GESA SCHWARTZ

# SCHERBEN DER DUNKELHEIT

cbt

Dieses Buch ist auch als E-Book erhältlich.

MIX
Papier aus verantwortungsvollen Quellen
FSC® C014496

Verlagsgruppe Random House FSC® N001967

1. Auflage 2017

Dieses Werk wurde vermittelt durch die
AVA international GmbH Autoren- und Verlagsagentur, München.
www.ava-international.de
Text © Gesa Schwartz
Lektorat: Michelle Gyo
Umschlaggestaltung: Carolin Liepins, München,
unter Verwendung von Motiven von Shutterstock
(tomertu, lpedan, Parfonova Iuliia, Serg Zastavkin)
kk · Herstellung: eS
Satz: Buch-Werkstatt GmbH, Bad Aibling
Druck und Bindung: GGP Media GmbH, Pößneck
ISBN: 978-3-570-16485-3
Printed in Germany

**www.cbt-buecher.de**

*Für die Königin der Farben*

# 1

Der Zirkus leuchtete. Bunte Lampions hingen zwischen den Oberlichtwagen, das Kassenhäuschen stand in goldenem Licht, und dahinter, von Glühbirnen bekränzt, erhob sich das Zirkuszelt. Es sah aus, als würde es aus Feuer bestehen, so rot war es. Über dem Eingang hing ein Schild, auf dem in altmodischer Schrift *Dark Circus* zu lesen war. Und tatsächlich strahlte der Zirkus eine tiefe Düsternis aus, geheimnisvoll wie ein Versprechen … oder ein Fluch.

Anouk ließ ihr Zeichenmesser sinken und bewegte ihre Finger. Sie hockte noch gar nicht so lange mit ihrem Block auf der Bank vor dem Dorf, aber trotzdem hatte der eisige Wind ihre Hände schon steif gefroren. Jetzt schlug er ihr die Haare ins Gesicht, doch sie beachtete ihn nicht. Stattdessen musterte sie das Bild des *Dark Circus*, das sie gerade beendet hatte. Wie bei all ihren Zeichnungen hatte sie auch hier schwarze Tusche auf Wachsmalfarben aufgetragen und dann mit ihrem Messer fortgekratzt. Nun glühten die Linien, als würde der Zirkus tatsächlich in Flammen stehen. Die Tusche an ihren Fingern hinterließ einen Schatten, als sie die Konturen nachzog, und ihr schoss durch den Sinn, wie warm es in ihrer eigenen Zeichnung sein musste, wenn sie nur einen Weg hineinfände. Denn auf ihrem Bild mochte der *Dark Circus* ein magischer Ort sein. Aber jenseits ihres Zeichenblocks gab es ihn nicht.

Sie schaute zum Parkplatz hinüber, auf dem der Zirkus Position bezogen hatte. Er war in der Nacht angekommen, zusammen mit einer Kälte, die Anouk aus dem Schlaf gerissen und ans Fenster getrieben hatte. Wie ein Relikt aus lang vergangener Zeit hatte er in einer Karawane aus historischen Zugmaschinen, Transportfahrzeugen und Oberlichtwagen eine glühende Schneise aus Lichtern in die dunklen Hügel gefräst. Bei diesem Anblick war ein Kribbeln durch Anouks Magen gegangen wie früher, wenn sie in den Schatten ihres Kinderzimmers ein Fabelwesen vermutet und mit dem berauschenden Gefühl in die Dunkelheit geschaut hatte, einem Wunder nahe zu sein. Jetzt bei Tageslicht war von diesem Eindruck allerdings nichts mehr übrig. Das Zelt war aschgrau, schwach nur erleuchtet von fahlen Glühbirnen, die Zirkuswagen standen da wie aus Blei gegossen, und das Kassenhäuschen erinnerte an den Eingang einer Gruft und hatte kaum etwas mit Anouks Zeichnung gemein. Insgesamt sah der *Dark Circus* aus, wie sie sich fühlte: blass und fremdartig zwischen den wilden, freien Hügeln der Bretagne, die ihn noch eigentümlicher wirken ließen, als er es ohnehin schon war.

Seufzend schaute sie über die Hügel hinweg. Als Kind hatte sie oft die Ferien hier verbracht. Es war ein Ort glücklicher Stunden für sie gewesen, doch diese Zeiten waren lange vorbei. Inzwischen begeisterten sich ihre Eltern für Sport- und Aktivreisen und das bedeutete Action am laufenden Band. Herumsitzen und Nachdenken war verpönt und wurde mit mitleidigen bis vorwurfsvollen Blicken geahndet, und da Anouk nun einmal besonders gern herumsaß und nachdachte oder mit ihren Büchern und Bildern in fremde Welten abtauchte, barg ein gemeinsamer Urlaub mit ihren Eltern ein gewaltiges Konfliktpotenzial. Und so war es ihr sehr gelegen gekommen, als ihre Tante Justine sie gefragt hatte, ob sie über die Ferien in ihrem Wirtshaus einhüten wollte. Vor ein paar Jahren hatte Justine es an diesem Ort eröffnet, doch nun fuhr sie in wenigen Tagen zu ihrem Exmann nach New York, um den Geburtstag ihrer gemeinsamen Tochter Madeleine zu feiern. Anouk hatte vor der Wahl gestanden: entweder eine Rückkehr an diesen Ort ihrer Kindheit – oder von morgens bis abends Bauch-Beine-Po mit ihren Eltern. Es war keine schwere Entscheidung gewesen. Offensichtlich hatte sie dabei allerdings vergessen, dass auch sie sich in den letzten Jahren verändert hatte. Sie war inzwischen sechzehn und kein Kind mehr, das sich für Wettrennen über die Hügel und Drachenfliegen begeistern konnte. Außerdem war es ein merkwürdiges Gefühl, plötzlich aus der umtriebigen Welt ihrer Eltern hinauskatapultiert worden zu sein. Seit ihrer Ankunft drückte ihr die Stille aufs Gemüt, die über den Hügeln lag, reglos wie ein Spiegel, der ihr eigenes Gesicht zeigte.

Sie schaute erneut zum Zirkus hinüber, der von den Dorfbewohnern heimgesucht wurde, als wäre er die Attraktion des

Jahrhunderts. Die Leute drängten sich in der Schlange vor dem Eingang, aber der Zirkus verharrte gespenstisch regungslos, und je länger Anouk ihn betrachtete, desto stärker hatte sie das Gefühl, als wäre er gar nicht wirklich da … wie ein Trugbild zwischen Tag und einbrechender Nacht.

»Wow, das sieht toll aus!«

Madeleines Stimme ließ Anouk so heftig zusammenfahren, dass ihr der Block aus den Händen fiel. Im letzten Moment fing sie ihn auf.

»Verflucht«, stieß sie aus und funkelte ihre Cousine wütend an, die mit wehenden roten Locken vor ihr stand. »Musst du mich so erschrecken?«

Für den Bruchteil einer Sekunde neigte Madeleine schuldbewusst den Kopf. Doch gleich darauf kehrte der übermütige Funke in ihren Blick zurück, den Anouk nur zu gut kannte. Mochte sie sich mit ihren dunklen Haaren und dem schmalen, blassen Gesicht optisch noch so stark von der sommersprossigen Madeleine unterscheiden, die außerdem drei Jahre jünger war als sie selbst – aber der spöttische Trotz in deren Augen war mit dem ihren identisch und zeigte eindeutig, dass sie miteinander verwandt waren.

»Ich wusste nicht, dass du so leicht zu erschrecken bist«, stellte Madeleine fest. »Ihr Stadtmenschen seid doch angeblich so hart im Nehmen.«

Anouk schnaubte. »Das sind wir auch. Allerdings haben wir es nicht so oft mit tückischen rothaarigen Koboldmädchen zu tun, die urplötzlich aus dem Gebüsch springen.«

Madeleine grinste wie am Abend zuvor, als sie Anouk dazu überredet hatte, heute mit ihr in den Zirkus zu gehen. »Du warst so versunken in dein Bild, dass du mich nicht gesehen hast. Seit du angekommen bist, finde ich dich ja sowieso entweder hinter einem Buch oder vor einer Zeichnung. Wenn ich allein an dein Zimmer bei uns denke!«

Anouk musste lächeln. Ihr kleines Zimmer im Wirtshaus quoll seit ihrer Ankunft vor Büchern und Bildern über, denn sie hatte nicht nur ziemlich schnell die Bibliothek ihrer Tante geplündert, sondern auch selbst einiges mitgebracht. Seit sie allein verreiste, hatte sie stets drei Koffer dabei: zwei große für Bücher und Bilder und einen kleinen für Klamotten. Ihre Freundinnen lachten darüber, aber es wäre ihr nie in den Sinn gekommen, das anders zu handhaben. Bücher und Bilder waren ihre Begleiter, ihre Vertrauten, ihre Freunde. Sie verreiste ja auch nicht ohne ihren Herzschlag.

»Meine Eltern wären nicht begeistert«, gab sie zurück. »Sie würden es lieber sehen, wenn ich meine Freizeit beim Joggen oder im Fitnessstudio verbringe. Aber ich habe lieber ein Buch vor der Nase als ein Turngerät. Nirgendwo ist die Welt so lebendig wie auf dem Papier.«

Madeleine schaute auf ihren Zeichenblock. »Sieht ganz so aus. Dein Bild wirkt fast … magisch.«

Anouk musste lachen. »Manchmal fühlt es sich beim Zeichnen wirklich so an. Dann kommt es mir so vor, als könnte ich das sehen, was wirklich da ist – das, was sich unter der Oberfläche verbirgt. Mein Vater hält das natürlich für kompletten Unsinn, und meine Mutter fand meine Malereien zwar ganz süß, als ich noch klein war, aber inzwischen sagt sie mir eher: *Lass endlich den Kinderkram und konzentriere dich auf die wichtigen Dinge im Leben.* Was auch immer das sein soll.«

»Den Spruch hat jede Mutter drauf, glaube ich«, sagte Madeleine grinsend. »Aber wer weiß, vielleicht wirst du eine berühmte Malerin. Das Talent dafür scheint ja in der Familie zu liegen. Ben hat doch auch …«

Sie verstummte so plötzlich, als hätte ihr jemand einen Hieb verpasst, und biss sich mit einer Verlegenheit auf die Lippe, die Anouk seufzen ließ. Sie hatte ihre Cousine wirklich gern, aber sie konnte diesen vorsichtigen Blick nicht ausstehen, mit dem Madeleine sie jetzt bedachte. Er begegnete ihr immer, wenn das Thema auf Ben kam – ihren kleinen Bruder, der vor fünf Jahren am Arschloch Krebs gestorben war. Anouk hatte ihn geliebt. Sie liebte ihn noch immer, so sehr, dass sie jedes Detail seines Gesichts im Schlaf hätte zeichnen können und den Gedanken an sein helles, klares Kinderlachen kaum ertrug. Sie wusste auch, dass sein Tod sie verändert hatte, wusste um die Mauer aus Kühle, die sie seitdem um sich herum errichtet hatte und die sie von der Welt da draußen trennte, und um die Traurigkeit in ihren Augen, die wie ein schwarzer Stein war unter stillem Wasser und die sich jederzeit in schneidenden Frost verwandeln konnte. Aber sie war kein zerbrechliches Pflänzlein, das in Tränen ausbrach, sobald Bens Name genannt wurde, und sie wollte auch nicht so behandelt werden. Diesen Triumph gönnte sie der Krankheit nicht.

»Keine Sorge«, sagte sie deshalb. »Du kannst ruhig von Ben sprechen, ohne dass ich anfange zu heulen. Und du hast recht, er hat auch gern gezeichnet, am allerliebsten Fabelwesen.«

Ein zaghaftes Lächeln vertrieb die Unsicherheit von Madeleines Gesicht. »Daran erinnere ich mich. Er hat mir mal ein Bild von einem Drachen geschenkt. Der war so riesig, dass nur sein Auge aufs Blatt gepasst hat.«

Anouk lachte. Das klang ganz nach ihrem Bruder. »Du hättest sein Zimmer sehen sollen. Die Wände waren mit seinen Bildern gepflastert. Er hat die Sonne und den Mond gemalt, dass sie aussahen wie Zauberkreaturen, und er hat ständig Greifen in den Wolken entdeckt und Spukgestalten in dunklen Straßen. Jedes Mal, wenn wir früher hier waren und nachts der Sturm ums Haus gebraust ist, haben wir uns ausgemalt, welche Kobolde gerade dort oben die Dachschindeln zum Klappern bringen. Natürlich habe ich geahnt, dass es keine Kobolde gibt, die auf den Häusern der Menschen herumtanzen. Aber mit Ben habe ich mich so stark nach ihnen gesehnt, dass es mir vorkam, als gäbe es sie wirklich.« Sie hielt inne, so deutlich erinnerte sie sich daran, wie sie gemeinsam mit Ben dem Klappern der Schindeln gelauscht hatte … damals, als die Welt noch voller Wunder gewesen war.

»Es ist bestimmt seltsam, wieder hier zu sein«, sagte Madeleine vorsichtig. »Nach all der Zeit, meine ich, und ganz allein.«

»Ein wenig«, gab Anouk zu. »Ich bin diese Stille nicht mehr gewohnt und überall erwarten mich hier Erinnerungen wie aus einem anderen Leben. Ben und ich hatten so viel Spaß beim Versteckspielen auf den Hügeln, und heimlich sind wir immer auf den Mauern der alten Ruine herumgeturnt, drüben auf den Klippen. Heute kann ich mir das kaum noch vorstellen. Durch meine Höhenangst wird mir ja schon beim Schaukeln schwindlig. Aber damals war alles anders. Ben hat diesen Ort sehr gemocht, genau wie ich selbst. Hier ging es uns immer gut. Und ganz davon abgesehen bin ich nicht allein. Ich habe doch ein Koboldmädchen an meiner Seite.«

Madeleine strahlte. »Da hast du recht. Die Ruine kenne ich

übrigens auch ziemlich gut. Ich habe mir mal fast den Hals gebrochen, als ich bei einer Mutprobe am alten Wehrturm hochgeklettert bin. Maman ist aus dem Schimpfen gar nicht mehr rausgekommen.«

Anouk konnte sich Justine in wütendem Zustand lebhaft vorstellen, denn ihr Vater hatte ein ebenso aufbrausendes Temperament wie seine Schwester. »Dann ist es ja gut, dass wir heute was ganz Ungefährliches unternehmen. Auch wenn ich nicht sicher bin, wie spannend es werden wird.«

Sie schaute skeptisch zum *Dark Circus* hinüber, aber Madeleine lächelte nur. »Sehr spannend, das kann ich dir garantieren. Bisher macht es nicht den Anschein, aber du wirst dich doch wohl nicht vom äußeren Bild täuschen lassen? Immerhin hast du die wahren Farben des *Dark Circus* schon ziemlich gut getroffen.«

»Du hast sie also tatsächlich auch gesehen«, sagte Anouk und stieß erleichtert die Luft aus. »Ich dachte schon, ich hätte das Ganze geträumt.«

Madeleine schüttelte den Kopf. »Der *Dark Circus* ist kein Traum, so viel ist sicher. Lass uns gehen. Dann wirst du schon sehen, was in ihm steckt.«

Anouk ließ den Block in ihre Tasche gleiten, und sie machten sich auf den Weg zum Parkplatz, um sich in die lange Schlange der Wartenden zu stellen. Es standen hauptsächlich Erwachsene vor dem Kassenhäuschen, die leise miteinander sprachen und hin und wieder zu den Unterkünften der Artisten hinüberspähten. Die historischen Zirkuswagen lagen dunkel und verlassen da, von Schwaden aus Holzspänen umspielt. Sie wirkten ebenso wie das aschgraue Zelt, als wären sie aus der Zeit gefallen, und Anouk konnte sich nicht gegen die gespannte Erwartung wehren, die von den tuschelnden Menschen langsam auf sie übergriff.

Dann öffnete sich das Kassenhäuschen und Schritt für Schritt ging es vorwärts. Der Verkäufer war ein Junge von vielleicht zwölf Jahren, der in einem abgewetzten Smoking steckte. Sein dunkles Haar stand in allen Himmelsrichtungen von seinem Kopf ab, und jedes Mal, wenn er von den Besuchern eine Münze bekam, warf er sie durch die Luft und zauberte an ihrer Stelle die Eintrittskarte hervor. Mit jedem Lob röteten sich seine zuvor noch auffallend bleichen Wangen ein wenig mehr, und als er Anouk ihre Karte reichte, konnte sie nicht anders, als sein Lächeln zu erwidern. Sein rechtes Auge war beinahe schwarz, aber sein linkes war von so heiterem Blau, dass sie meinte, die Strahlen der Sonne auf ihrer Haut spüren zu können.

In kleinen Gruppen wurden die Besucher in das Zelt eingelassen und schließlich waren auch Anouk und Madeleine an der Reihe. Mit einigen anderen wurden sie in einen düsteren Gang geführt. Vom anderen Ende fiel Licht über die Köpfe. Anouk meinte schon, das Innere des Vorzelts erkennen zu können, als die Besucher direkt vor ihr abrupt stehen blieben. Gleichzeitig huschten dunkle Gestalten rechts und links an den Wartenden vorbei, und bevor Anouk sich umdrehen konnte, schloss sich der Vorhang hinter ihnen mit unheimlichem Raunen. Im selben Moment wurde es stockdunkel.

Einzelne Schreckenslaute wurden laut, dicht gefolgt von unsicherem Gelächter. Anouk spürte Madeleine neben sich, als sie sich in Bewegung setzte, aber trotzdem beschleunigte sich ihr Puls. Sie hasste nichts mehr, als in plötzlicher Dunkelheit gefangen zu sein – und diese Finsternis war vollkommen. Mit jedem Schritt fühlte sie sich hilfloser und die taumelnden Menschen ringsum machten die Sache auch nicht besser.

Jemand trat Anouk in die Hacken und brachte sie zum Stolpern. Im letzten Augenblick fing sie einen Sturz ab, aber Madeleine war nicht länger an ihrer Seite, und die Stimmen der anderen wurden plötzlich leiser. Anouk hatte den Eindruck, als wäre sie ganz allein in einen abgelegenen Gang geraten. Sie musste sich zwingen, nicht nach Madeleine zu rufen wie ein kleines Kind. Mit klopfendem Herzen hob sie die Hände, um nicht gegen ein Hindernis zu laufen. Sie tastete über Wände aus Holz und Glas und stieß gegen etwas Weiches. Sie berührte seidenen Stoff – und eine eiskalte Hand schloss sich um ihren Arm.

Das Entsetzen fuhr mit solcher Wucht in ihren Leib, dass sie keinen Ton hervorbrachte. Dort in der Dunkelheit stand etwas, das auf sie gewartet hatte, etwas von solchem Schrecken, dass ihr der Atem stockte. Sie riss ihre Hand zurück, aber da blendete direkt vor ihr ein Licht auf, und sie schaute in das Gesicht eines Harlekins. Sein kalkweißes Gesicht war mit Rissen überzogen wie gesprungenes Porzellan, seine Augen blutunterlaufen, und als er den Mund aufriss und schrie, zeigte er messerscharfe Zähne.

Anouk kreischte so laut, dass ihre Stimme sich überschlug. Bei ihrem Sprung nach hinten stieß sie mit Madeleine zusammen, die ihrerseits von einem düsteren Clown erschreckt worden war. Erst als die Schreie der anderen Besucher in Gelächter übergingen, begriff Anouk, dass sie den Artisten des *Dark Circus* auf den Leim gegangen waren. Der Harlekin verzog den grausam geschminkten Mund zu einem Grinsen. Dann setzte er sich in Bewegung und trieb sie vorwärts, bis sie endlich durch einen schwarzen Vorhang das Vorzelt zur Manege erreichten.

Spinnenwebbehangene Kristallleuchter und düstere Musik sorgten auch hier für unheimliche Stimmung, aber davon abgesehen schien es doch ein recht gewöhnlicher Zirkus zu sein. Selbst der obligatorische Popcorngeruch stieg Anouk in die Nase, und fast war sie enttäuscht, als sie sah, wie sich einer der Clowns ganz in ihrer Nähe den Schweiß abwischte und darunter normale Menschenhaut sichtbar wurde. Kopfschüttelnd verdrehte sie die Augen. Sie benahm sich wie ein Kind. War sie etwa auch enttäuscht, dass es den Weihnachtsmann nicht gab?

»Also ehrlich«, sagte sie, als Madeleine mit zwei Tüten Popcorn auf sie zukam. »Du hättest mich ruhig vorwarnen können.«

»Und mir den ganzen Spaß verderben?«, erwiderte ihre Cousine mit diabolischem Grinsen. »Niemals! Wobei der Tunnel jedes Mal unheimlicher wird. Ich hatte das Gefühl, als wäre ich ganz allein im Dunkeln. Das war echt gruselig.«

Im Hauptzelt setzte sich die düstere Stimmung fort. Anouk und Madeleine nahmen auf abgenutzten Samtsesseln Platz, aßen ihr Popcorn und beobachteten, wie der Harlekin, der Anouk gerade noch in Angst versetzt hatte, über die Sitzreihen kletterte, um andere Besucher zu erschrecken. Immer wieder hallten gellende Schreie durch das Zelt, was auch daran lag, dass der Harlekin sich ausgesprochen geschickt bewegte. Es sah fast so aus, als hätte er den Körper einer Spinne, so mühelos und schnell huschte er über die freien Sessel, um dann urplötzlich hinter seinen Opfern aufzutauchen.

»Eine Nachahmung ist übrigens nicht empfehlenswert«, stellte Madeleine fest. »Ich habe es vor zwei Jahren versucht und mir dabei den Arm gebrochen. Maman hat mir danach monatelang verboten, die Stühle im Frühstücksraum auch nur anzurühren.«

Anouk fuhr zusammen, als eine Frau ganz in ihrer Nähe einen panischen Schrei ausstieß und vor dem Harlekin zurückwich, der dicht neben ihr aufgetaucht war. »Glück im Unglück«, entgegnete sie. »Immerhin hast du dich nicht an Hochseilartistik versucht.«

»Ach nein?«, fragte Madeleine betont unschuldig. »Vielleicht hat es auch nur niemand mitbekommen.«

»Ich hätte es mir denken können«, sagte Anouk kopfschüttelnd. »Der Leichtsinn muss in der Familie liegen.« Sie wollte Madeleine gerade erzählen, wie sie mit Ben mal die Hebefigur aus Dirty Dancing nachstellen wollte und ihren Bruder dabei fast in den Frisierspiegel ihrer Mutter befördert hatte. Aber kaum, dass sie Luft holte, verdunkelte sich der Raum, und die Vorstellung begann.

Es war so finster, dass Anouk damit rechnete, jeden Moment wieder in das Gesicht des Harlekins zu blicken. Doch stattdessen glühte ein blaues Licht im Zentrum der Manege auf. Es wurde größer, bis sie erkannte, dass es ein Eisvogel war, der dort schwebte. Anouk sah noch das tückische Blitzen in dessen Augen. Dann stieß er einen Schrei aus, und so schnell, dass er einen blauen Schemen in der Luft hinterließ, schoss er auf das Publikum zu.

Die Menschen kreischten, als er in einem Affenzahn durch die Reihen jagte und sie auf die Beine trieb. Mit einem Triumphruf flog er zurück in die Manege und explodierte zu einem schillernden Funkenregen. Und daraus trat ein Weißclown vor das Publikum. Er hob den Kopf, langsam, als müsste er schwere Lasten von seinem Nacken stemmen, und Anouk konnte in der atemlosen Stille die Anstrengung fühlen, die ihn das kostete. Sein schwarzes, mit goldenen Sternen besticktes Kostüm war abgenutzt, und eine Narbe zog sich über seine linke Wange, die selbst die in typischer Weißclownart aufgetragene Schminke nicht verdecken konnte. Kurz verzog er das Gesicht wie unter Schmerzen. Dann hob er die Faust und zwischen seinen Fingern flatterte mit jubelndem Ruf der Eisvogel hervor. Die Zuschauer brachen in Beifall aus, und der Clown lächelte angesichts der stehenden Ovationen, als der Vogel auf seiner Hand landete. Auch Anouk spendete ihm Applaus, aber bei seinem Anblick überkam sie ein Frösteln. Bildete sie es sich ein, oder war sie plötzlich zurück, die Kälte, die sie in der vergangenen Nacht aus dem Schlaf geholt hatte?

»Willkommen«, rief der Clown mit einer Stimme wie fernes Gewittergrollen. Sie fuhr Anouk mit betörend dunkler Kraft in die Glieder und ließ den Boden unter ihren Füßen vibrieren. »Willkommen auf den Schwingen der Illusionen, willkommen in der Finsternis – willkommen im *Dark Circus!* Mein Name ist Masrador und ich führe euch heute durch das Programm.« Er verneigte sich majestätisch, und seine Augen blitzten wie die seines Vogels, während er darauf wartete, dass der Beifall verklang und die Zuschauer wieder Platz nahmen. »Ihr wart sehr mutig, euch in unser Reich zu wagen«, fuhr er dann fort.

Anouk kam es so vor, als fixierte sein Blick jeden einzelnen Besucher, als er langsam an ihnen vorüberging. »Manche Gesichter sind neu«, sagte Masrador mit stetigem Lächeln. »Andere kenne ich schon gut. Aber auch ihnen habe ich nie die Frage gestellt, mit der wir den heutigen Abend beginnen wollen. Sagt mir, verehrte Gäste: Warum trägt dieser Zirkus den Namen *Dark Circus?*«

Irgendwer rief ihm eine Antwort zu, aber er schüttelte den Kopf und brach in donnerndes Gelächter aus. Es war ein Lachen, das wie ein Fluch auf die Köpfe niederging, und da begriff Anouk, was sie an seinem Anblick so beunruhigte. Er sah aus wie ein Clown, doch nicht wie einer von den lustigen, die man aus dem Zirkus kannte. Er wirkte, als hätte er die Maske, hinter der seinesgleichen sich für gewöhnlich versteckten, zerbrochen. Und darunter lag nichts als namenlose Finsternis. Anouk überkam der Impuls, aufzuspringen und wegzulaufen, nur fort von dieser Kreatur, die wie ein Riss war in ihrer Welt. Aber gleich darauf drehte Masrador sich um die eigene Achse und hörte auf zu lachen. Die Sterne auf seinem Anzug funkelten, jede Düsternis verschwand von seinem Gesicht, und er lächelte über die Reihen hinweg, als wäre ihm nur zu bewusst, welche Wirkung seine Stimme gerade entfaltet hatte. Anouk stieß die Luft aus. So weit war es also schon gekommen. Eine kurze Zeit in der Einöde, und sie ließ sich von einem Clown mit Glitzerkostüm und Theaterschminke ins Bockshorn jagen. Aber offensichtlich war sie damit nicht allein. Zu ihrer Beruhigung beobachtete sie, dass auch etliche andere Zuschauer aufatmend in ihre Sessel zurücksanken.

»Ich will euch erlösen«, rief Masrador nun. »Der *Dark Circus* trägt seinen Namen, weil er euch in die Dunkelheit führen wird – nicht nur in unsere, sondern auch in eure eigene! Doch damit er seine Kräfte vollends entfalten kann, brauchen wir eure Hilfe. Wie ihr seht, haben wenige Stunden zwischen diesen Hügeln ausgereicht, um ihm jede Farbe zu rauben. Aber ihr könnt sie ihm zurückgeben! Färbt unseren Zirkus wieder bunt mit eurem Applaus! Wollt ihr das tun, ihr wagemutigen Wanderer in den Schatten?«

Sofort brandete der Beifall wieder auf. Doch dieses Mal stoben Funken unter den Händen der Zuschauer auf. Fasziniert sah Anouk, dass auch über ihre Finger winzige Feuerfunken flogen. Sie schwirrten durch die Luft, sanken auf die Sessel, den Boden, die Zeltwände nieder und tauchten den ergrauten Zirkus an etlichen Stellen in lichte Farben. Es sah aus, als zerrissen sie einen trüben Schleier über einer fantastischen Wirklichkeit.

»Ja«, rief Masrador in den Applaus hinein. »Das sind die Farben, die ich meine! Und nun seht – seht in die Dunkelheit, die euch erwartet hat!«

Damit senkte er die Arme mit einer fließenden Geste, und während seine Gestalt in Finsternis gehüllt wurde, fiel ein Spotlight auf eine am Boden liegende Artistin. Langes dunkles Haar fiel über ihre Schultern, und ihr rotes Kleid schmiegte sich nebelgleich um ihren Körper, als sie sich an einem über ihr hängenden Seil auf die Beine zog. Dann lief sie zu unheilvoller Musik durch die Manege, so schnell, dass ihr Kleid hinter ihr herflatterte. Durch den Schwung hob das Seil sie in die Luft und sie flog zwei Runden über die Köpfe der Zuschauer hinweg. In der dritten ließ sie das Seil plötzlich los. Anouk hielt den Atem an. Sie erwartete, dass die Artistin in die Reihen stürzen würde. Aber stattdessen lief diese einfach weiter, scheinbar ohne jeden Halt. Sie lächelte, als der Applaus sie in Feuerfunken hüllte, griff wieder nach dem Seil und kletterte in vollendeter Eleganz höher. Immer wieder wickelte sie sich das Seil um die Glieder, schwebte kopfüber hoch in der Luft und stemmte sich so mühelos gegen die Schwerkraft, dass Anouk mit offenem Mund zu ihr hinaufstarrte. Schließlich kletterte sie bis zur Zirkusdecke und knotete sich das Ende des Seils um den Fuß. Anouk wurde schon beim Zusehen schwindlig. Sie wusste, was passieren würde, und doch stieß sie einen Schrei aus, als es dann tatsächlich geschah. Die Artistin ließ sich fallen. Schreckenslaute hallten durch das Zelt, als das Seil über ihr zerriss. Sie warf den Kopf zurück – und wurde kaum wenige Zentimeter über dem Boden aufgefangen, ohne dass Anouk hätte sagen können von was. Unter frenetischem Jubel landete die Artistin auf den Füßen, und Anouk ertappte sich dabei, wie sie durch die Zähne pfiff. So eine Zirkusnummer hatte sie noch nie gesehen.

Sie griff nach dem Popcorn, aber sie kam nicht dazu, sich entspannt zurückzulehnen. Denn als Nächstes lief ein Jongleur in die Manege, gekleidet in das samtene Kostüm eines Gauklers. Erst auf den zweiten Blick erkannte Anouk in ihm den Jungen, der ihr die Karte verkauft hatte. Nun war sein Gesicht weiß geschminkt und sein Mund mit roten Linien zu beiden Seiten verbreitert. Auf seinen Wangen prangten die Farben von Spielkarten und seine ungleichen Augen glühten vor Übermut. Mühelos warf er seine Kegel in die Höhe und wirbelte sie mit solcher Geschwindigkeit durch die Luft, dass sie silberne Streifen in der Luft hinterließen. Er lachte dabei, als würde er mit ihnen im Zwiegespräch stehen, bewegte sich leichtfüßig vor und zurück – und schleuderte plötzlich einen Kegel auf einen Mann in der ersten Reihe zu. Einige Zuschauer kreischten auf, der Mann krallte sich in seinen Sessel. Doch da stieß der Gaukler ein Lachen aus und der Kegel verharrte vor dem Gesicht des Mannes. Kreidebleich starrte dieser darauf. Dann rief der Gaukler einen Befehl und der Kegel landete unter dem Beifall des Publikums wieder in seiner Hand. Anouk hatte keine Ahnung, wie er das gemacht hatte, und es kümmerte sie auch nicht. Sie fühlte sich wie damals, wenn sie mit Ben im Zirkus gewesen war: unbeschwert wie ein Kind, das nicht gekommen war, um Geheimnisse zu lüften, sondern um sich von ihnen verzaubern zu lassen.

Die Artisten machten es ihr leicht, denn sie waren allesamt wie Figuren aus einer märchenhaften Geschichte. Da gab es einen als Vampir verkleideten Fakir, der mühelos über rasiermesserscharfe Glasscherben lief, einen traurigen Clown, der mit einer gläsernen Geige wunderschöne Musik machte, und eine Schlangenfrau, die sich verbiegen konnte, als wäre sie aus Gummi. Ein kleines Mädchen ließ weiße Papiervögel fliegen, die unter ihrem Zuruf zu echten Vögeln wurden, und schließlich trat ein Mann mit goldener Haut und bronzenem Bart auf, der sich als Feuerschlucker entpuppte und am Ende selbst verbrannte, bis nur noch ein Haufen Asche übrig war. Die Stille war fühlbar, als die letzten Flocken niederfielen – und Anouk sprang begeistert von ihrem Sitz auf, als sich goldene Schwingen aus der Asche erhoben und der Mann als Phönix daraus hervorschoss. Majestätisch flog er über die Sitzreihen hinweg. Knisternde Funken fielen von seinen Flügeln nieder und schließlich landete er mit erhabenem Schwingenrauschen in der Manege und verwandelte sich in seine menschliche Gestalt zurück. Demütig neigte er den Kopf und ließ einen gewaltigen Feuerregen über den Zuschauern niedergehen. Dann erlosch das Licht in der Manege. Aber es wurde nicht dunkel im Zirkuszelt. Denn ohne dass Anouk es bemerkt hatte, waren weitere Farben in den *Dark Circus* zurückgekehrt, mit jedem Applaus, jedem Zuruf, jedem begeisterten Pfiff. In allen Nuancen des Regenbogens hatten sie das Zelt ergriffen und bildeten hoch oben an der Decke langsam das Wort *PAUSE*.

»Du hast ja ganz rote Wangen«, stellte Madeleine fest und lachte, als Anouk überrascht die Hand hob. »Keine Sorge, das ist hier ganz normal. Schau dir nur die anderen an. Ich glaube, so viel Spaß hatten viele von ihnen seit Monaten nicht.«

In der Tat entdeckte Anouk leuchtende Augen, wohin sie schaute. Viele Männer hatten zerzauste Haare, bei den Damen war das Make-up verwischt, und sie lachten, als wäre es ihnen vollkommen egal.

»Du hattest recht«, sagte Anouk, als sie sich mit Madeleine auf den Weg nach draußen machte. »Ich hätte wirklich was verpasst, wenn ich nicht mitgekommen wäre.«

Madeleine strahlte von einem Ohr zum anderen. »Da bin ich froh, auch wenn ich es mir ja gedacht habe. Wollen wir draußen etwas Luft schnappen?«

Anouk ging vor, während Madeleine sich in der Schlange für die Bowle mit Trockeneis anstellte. Die Gläser dampften geheimnisvoll, und Anouk lächelte, als sie einen Mann im Greisenalter auf sein Glas schauen sah, so bezaubert, als wäre er ein kleiner Junge, der eine Fee erblickt hatte.

Die Nachtluft war kühl, aber angenehm angesichts der

Hitze im Zelt. Anouk drängte sich durch die Menge und fand einen Platz ein wenig abseits. Die Besucher waren ausgelassener Stimmung. Sie fing begeisterte Gesprächsfetzen auf und musste lachen, als sie hoch oben auf dem Dach des Vorzelts den Haarschopf des Gauklers entdeckte. Der Junge lag flach auf dem Bauch und lauschte den Lobpreisungen mit leuchtenden Augen. Doch kaum hatte Anouk ihn bemerkt, schien er zu spüren, dass sie ihn ansah, und erwiderte ihren Blick. Im ersten Moment hob er entschuldigend die Schultern. Aber dann ging ein schelmisches Leuchten durch seine Augen und er zwinkerte ihr übermütig zu. Anouk lächelte. Wäre Ben hier gewesen, hätte er sich mit dem Jungen dort oben sicher hervorragend verstanden. Sie wollte ihm gerade unauffällig zuwinken, als er abrupt den Blick von ihr fortriss. Er schaute über die Menschen hinweg und seine Miene verfinsterte sich. Kurz nur presste er die Zähne aufeinander, als unterdrückte er einen Fluch. Dann zog er den Kopf ein und kroch von seinem Versteck weg, bis Anouk ihn nicht mehr sehen konnte.

Sie folgte seinem Blick und bemerkte eine alte Frau, die am Rand des Platzes stand. Sie trug ein schwarzes Kleid mit einem Mieder wie aus vergangenen Zeiten und einen Hut in derselben Farbe, der ihr schief auf dem Kopf saß. Tiefe Falten zerfurchten ihr Gesicht, aber ihre Augen blitzten voller Leben, als sie durch einen Spalt zwischen zwei Zirkuswagen herüberspähte – und voller Zorn. Ihre Lippen bebten, so wütend murmelte sie vor sich hin, und mehrfach hob sie die Hand, um Abwehrzeichen in die Luft zu malen. Neugierig trat Anouk einen Schritt auf sie zu, um sie besser sehen zu können. Im selben Moment begegnete die Alte ihrem Blick und Anouk zog die

Brauen zusammen. Es war nicht nur Zorn, der in den Augen der Fremden stand. Vor allem anderen war es Furcht.

Mit einem Schlag hörte Anouk die Stimmen der anderen Zuschauer nicht mehr. Alles, was sie deutlich wahrnahm, war die Fremde, die jenseits des Parkplatzes stand, als würde ihr eine unsichtbare Mauer verbieten, auch nur einen Schritt näher zu kommen. Und sie spürte, wie der Blick der alten Frau die Unbeschwertheit von ihren Schultern brannte wie einen Mantel, der nur noch aus Fetzen bestand. Stattdessen drang ihr die Kälte in den Leib, die sie vergangene Nacht aus dem Schlaf gerissen hatte, und es kam ihr so vor, als würde die Welt um sie herum sich dunkel färben … so dunkel wie das, was sie hinter Masradors Zügen gesehen hatte. Die Finsternis kroch über das Zelt, die Wagen, die Menschen, bis es aussah, als wäre alles zu Asche geworden. Anouk konnte fühlen, wie diese Dunkelheit auch sie ergriff, und da bewegte die alte Frau erneut die Lippen. Sie formte Worte, etwas wie …

»Was tust du da?« Madeleines Stimme drang wie durch Watte an Anouks Ohr und brachte sie trotzdem dazu, erschrocken herumzufahren. Ihre Cousine sah sie abwartend an. Sie hielt in jeder Hand ein Glas und die Welt um sie herum war plötzlich wieder genauso farbenfroh wie noch vor wenigen Augenblicken. Anouk deutete über ihre Schulter unauffällig auf die alte Frau. »Wer ist das?«

Madeleine reichte ihr ein Glas. »Wen meinst du?«

»Die alte Frau«, erwiderte Anouk ungeduldig. »Die Fremde mit …«

Sie verstummte, als sie Madeleines Blick folgte. Der Platz zwischen den Wagen war leer.

»Ist alles in Ordnung?«, fragte Madeleine besorgt. »Du bist ja ganz blass.«

»Gerade eben stand da eine Frau«, sagte Anouk wie zu sich selbst. »Sie hat seltsame Zeichen in die Luft gemalt, und es sah aus, als würde sie …« Aber bevor sie den Satz beendet hatte, schüttelte sie den Kopf. Was sollte sie Madeleine erzählen? Dass sie Angst bekommen hatte, nur weil dort drüben eine seltsame Frau gestanden hatte, die vermutlich zur Zirkustruppe gehörte? Sie kam sich vollkommen lächerlich vor. »Ach, gar nichts. Ich glaube, ich bin nur einem weiteren Trick des *Dark Circus* auf den Leim gegangen.«

Madeleine musterte sie prüfend, aber sie kam nicht dazu, weiter nachzufragen. Das dumpfe Dröhnen eines Gongs verkündete das Ende der Pause, und während Anouk sich inmitten der fröhlichen Menschen ins Zelt schob, wich die Kälte aus ihren Gliedern. Natürlich war die alte Frau ein Mitglied des *Dark Circus*, was sollte sie sonst sein? Und ihr Auftritt hatte seine Wirkung ja auch nicht verfehlt: Anouk war das Herz in die Hose gerutscht, als wäre sie ein ängstliches Kind. Sie musste beinahe über sich selbst lachen, so albern erschien ihr die Situation auf einmal.

Doch als sie in ihrem Sessel saß und das Licht ausging, sah sie noch einmal die Augen der alten Frau vor sich, und es fiel ihr schwer, den Ausdruck der Furcht aus ihren Gedanken zu vertreiben. Deutlich erinnerte sie sich an den flüsternden Mund der Fremden, und ein Frösteln zog über ihren Rücken, als sie erneut die Worte von deren Lippen las:

*Lauf weg.*

# 2

Die Kehle des Artisten kam dem Dolch gefährlich nahe. Mit einer Hand balancierte er auf einer Stange, während direkt unter ihm ein funkelnder Dolch auf einem Pfahl steckte. Eine falsche Bewegung, und er würde sich den Hals aufschneiden. Ganz davon abgesehen, dass der Akrobat auf seinem Rücken eine Frau trug, die sich auf hohen Absätzen zu betörender Musik bewegte. Im Zelt war es totenstill, als der Artist sich noch tiefer auf den Dolch hinabsenkte. Dann stemmte er sich blitzartig in die Höhe. Wie schwerelos schoss er hoch in die Luft, riss die Stange mit sich – und stieß sie zielsicher in die Klinge des Dolchs. Kurz nur schwankte er. Dann breitete die Frau die Arme aus, und als der Artist mit ihr in der Manege landete, erklang tosender Applaus.

Anouk klatschte, bis ihr die Hände wehtaten. Der *Dark Cir-*

*cus* hatte sie auch nach der Pause in atemloser Spannung gehalten. Hin und wieder war das Gesicht der alten Frau in ihr aufgeblitzt, aber sofort wieder im Funkenregen des Beifalls untergegangen. Und nun, da eine Horde johlender Clowns in die Manege rannte und Scherze mit dem Publikum trieb, musste Anouk über die Warnung der Frau lachen. Wenn die merkwürdige Alte doch kein Teil des *Dark Circus* war, so hatte sie zumindest einen gehörigen Dachschaden. Warum sollte Anouk vor diesen Spaßvögeln weglaufen?

Gerade hatte sie das gedacht, als ein Ton durch die Manege ging. Er klang wie Glas kurz vor dem Zerspringen. Im selben Moment erstarrten die Clowns in ihren Bewegungen. Ein seltsamer Glanz ging durch ihre Augen. Dann fielen ihre Körper in sich zusammen wie Gebilde aus Sand, und an ihrer Stelle blieben Spiegel zurück, die sich schwebend um sich selbst drehten. Einer von ihnen leuchtete auf, als mit den ersten Klängen düsterer Musik ein menschlicher Schemen darin erschien. Kurz stand er einfach da, ein Schattenriss inmitten der Helligkeit. Dann setzte er sich in Bewegung und trat mit einem einzigen Schritt aus dem Spiegel in die Manege.

Es war ein junger Mann, ganz in Schwarz gekleidet. Sein Mantel war abgenutzt und staubbedeckt, als wäre er geradewegs aus einer anderen Welt gekommen, ein Messer hing an seinem Gürtel, und in seinen Händen bewegte er zwei Kristallkugeln. Sie glitten über seine Finger, als schwebten sie, ohne dass er ihnen auch nur einen Blick zuwarf. Das dunkle Haar fiel ungezähmt in seine Stirn und unterstrich den Bronzeton seiner Haut. Seine Augen jedoch waren von so intensivem Blau, dass es aussah, als trüge er Kontaktlinsen. Ein tiefer

Ernst lag in ihnen, der in seltsamem Kontrast zu den gerade noch tanzenden Clowns stand, und Anouk konnte sich nicht gegen die Faszination wehren, die sie bei seinem Anblick ergriff. Aber gleichzeitig erregte etwas an ihm ihren Unwillen. Vielleicht war es das Lächeln auf seinen Lippen, das sie an die Engelsstatuen der Pariser Friedhöfe denken ließ: leicht herablassend, als hätte er alle Weisheit der Welt für sich gepachtet.

Für einen Moment stand er nur da und betrachtete die Zuschauer, als müssten sie ihn unterhalten und nicht umgekehrt. Dann zog er blitzschnell die Hände von den Kugeln zurück. Aber diese fielen nicht zu Boden. Unter den überraschten Rufen des Publikums verharrten sie in der Luft. Der Magier bewegte leicht die Finger, und als hätte er ihnen einen Befehl gegeben, schwebten die Kugeln auf zwei Kinder in der ersten Reihe zu. Es waren ein Junge und ein Mädchen, die neugierig zu den Kugeln aufschauten.

Der Magier rührte sich nicht vom Fleck, aber als das Mädchen die Hand nach einer der Kugeln ausstreckte, vollführte er eine unscheinbare Geste, und die Kugel zuckte zurück, als hätte sie sich erschreckt. Das Mädchen riss die Augen auf, doch es kam nicht dazu, erneut nach der Kugel zu greifen. Denn nun hob der Magier beide Hände, und sofort flogen die Kugeln um die Kinder herum, so schnell, dass beide anfingen zu lachen. Das Publikum klatschte amüsiert, und Anouk sah staunend zu, wie die Kugeln sich blau verfärbten, umso strahlender, je lauter die Kinder lachten.

Schließlich ließ der Magier die Kugeln in einem glitzernden Funkenregen zusammenstoßen und befahl sie zu sich zurück. Doch anstatt sie aufzufangen, breitete er gebieterisch die Arme aus, worauf sie weit auseinanderflogen und jeweils am anderen Ende der Manege in Hüfthöhe über dem Boden innehielten. Zwischen ihnen lag nichts als Luft, aber der Magier strich über den leeren Raum, als würde er ein Seil berühren – und schwang sich hinauf. Unter dem Beifall des Publikums breitete er die Arme aus, um das Gleichgewicht zu halten, und hob die beiden Kugeln mit nichts als einem kurzen Nicken in die Höhe. Anouk kniff die Augen zusammen, aber sie konnte beim besten Willen kein Seil erkennen und auch keine Sicherungsfäden, die im Gegenlicht für gewöhnlich sichtbar wurden. Ohne jeden Halt stand der Magier in der Luft.

Er war fast unter der Zeltdecke angekommen, als er sich in Bewegung setzte. Während er weitere Kristallkugeln aus den Taschen seines Mantels zauberte – viel mehr, als eigentlich hineinpassen sollten –, ging er Schritt für Schritt auf dem unsichtbaren Seil voran. Geschmeidig drehte er sich um die eigene Achse, doch da zeigte sich, dass dieses Seil offenbar seinen eigenen Willen hatte. Plötzlich schien es sich aufzubäumen, denn der Magier stolperte und erlangte erst im letzten Moment das Gleichgewicht zurück. Anouks Magen zog sich zusammen. Schon der Anblick ließ ihr Herz schneller schlagen, aber der Magier schien keine Furcht vor der Tiefe zu kennen. Eine Kugel nach der anderen ließ er in seinen Händen rotieren, erst zwei, dann drei und schließlich auf jeder Hand eine Pyramide aus vier Kugeln, und während er sie scheinbar mühelos bewegte, widersetzte sich das Seil unter seinen Füßen nach Kräften und warf ihn mehrfach beinahe hinunter. Jedes Mal ging ein ängstliches Raunen durchs Publikum, und Anouk stockte der Atem, als der Magier ins Taumeln geriet.

Das Seil kämpfte gegen ihn, gleich würde er die Balance verlieren und dann …

Weiter kam sie nicht. Sie sah noch, wie der Magier die Arme ausbreitete und die Kugeln in seinen Händen aufglühten. Im nächsten Moment war er verschwunden. Rufe des Erstaunens hallten durch die Manege – und da tauchte der Magier wieder auf, am anderen Ende des Seils, die Kugeln in seinen Händen zu silbernem Feuer entfacht. In rasender Geschwindigkeit schickte er eine nach der anderen über das Seil, und jedes Mal, wenn es sich unter ihnen hob, loderten sie auf. Es war, als würden sie es unter ihre Kontrolle zwingen, während sie eine Spur aus brennendem Silber hoch oben in der Luft hinterließen. Als sie zu ihrem Herrn zurückkehrten, rührte das Seil sich nicht mehr.

Die Funken des Beifalls flogen bis zum Magier hinauf, während er in einem Überschlag durch die flammenden Schwärme sprang, als wäre er ein Schatten an der Zirkusdecke. Mit Leichtigkeit hielt er das Gleichgewicht und ließ eine Kugel nach der anderen über seinen Körper gleiten, hinauf zu den Schultern, über den Rücken und die Brust, immer schneller, bis es aussah, als würden ihn Lichtströme umfließen. Dabei glitt er vor und zurück, so sicher, als würde er über weiches Gras laufen. Und für keinen Wimpernschlag verlor er den Kontakt zu seinen Kugeln, selbst dann nicht, als er sich in raschen Sprüngen mehrfach um die eigene Achse drehte. Feuerfunken aus Applaus hüllten ihn ein, als er auf dem Seil landete und die Kugeln ihren Flug verlangsamten. Eine nach der anderen verharrte auf dem Körper des Magiers, auf den Schultern, den Ellbogen, den Händen, bis es aussah, als würde er marionettengleich von ihnen in der Luft gehalten. Dann schloss er die Augen und verharrte regungslos.

Es war ein schönes Bild, wie er in der Dunkelheit schwebte. Die Kugeln funkelten auf seinen Gliedern, und Anouk bemerkte die Konzentration, die sich als leichter Schatten zwischen seinen Brauen abzeichnete. Es war, als lauschte er auf etwas oder als riefe er etwas, wortlos und doch so eindringlich, dass die Luft in der Manege zu zittern begann. Dann spannte er die Muskeln, und als hätte er ihnen einen kräftigen Stoß verpasst, schossen die Kugeln hoch in die Luft. In gleißenden Bahnen flogen sie durch die Manege – und mitten hinein in die Spiegel. Kurz herrschte beklemmende Finsternis. Nur die Gestalt des Magiers wurde von einem schwachen Spotlight erhellt. Dann fiel grelles Licht aus den Spiegeln, und die Kugeln kehrten in die Manege zurück, pfeilschnell und mit etlichen weiteren ihrer Art im Schlepptau. In langen Schnüren zogen sie durch die Luft. Anouk hörte sie klirren, als sie dicht an ihr vorbeiflogen, und als sie mit den anderen Zuschauern applaudierte, huschte ein Lächeln über die Züge des Magiers.

Noch immer stand er mit geschlossenen Augen da, aber nun hob er die Arme. Die Kugeln verließen ihre Bahnen und verteilten sich im Raum. Langsam schwebten sie aufwärts, als wären sie Sterne, die an ihren angestammten Platz am Himmel zurückkehrten. Im selben Moment ging ein Raunen durch die Reihen. Denn nicht allein die Kugeln strebten der Zirkusdecke zu – die Sessel der Zuschauer flogen ihnen nach. Anouk krallte sich an ihrem Sitz fest, als dieser sich in die Luft erhob. Aber es ging so ruhig aufwärts, als würde sie von einer Hebebühne getragen, und die tiefe Düsternis unter ihr verwischte den lähmenden Blick in die Tiefe, der sie sonst in Panik versetzt hätte. Leise stieß sie den Atem aus. An diesem Abend hatte der Zirkus ihr so viel Unerklärliches gezeigt, da waren schwebende Sessel fast schon eine Kleinigkeit.

Madeleine lachte ihr zu, sie war ein Stück unter ihr, und Anouk beobachtete, wie der Magier einen Zuschauer nach dem anderen in die Luft hob. Bei keiner anderen Darbietung hatte sie bisher das Gefühl gehabt, so nah dabei zu sein wie jetzt, da sie inmitten der kristallenen Kugeln schwebte. Es war fast, als gleite sie tatsächlich durch den nächtlichen Sternenhimmel. Sie lächelte, als sie das Zelt in einer der Kugeln gespiegelt fand, und schaute zum Magier hinüber. Noch immer stand er regungslos auf seinem unsichtbaren Seil. Dann öffnete er die Augen und gleichzeitig tauchten glühende Bilder in den Kugeln auf.

Anouk sah Gesichter darin, den Himmel, Wälder und Meere, sie sah Tiere und Schatten, und für einen Augenblick glaubte sie sogar, Musik erkennen zu können, fließend wie Schleier aus Seide. Das Publikum stieß verzückte Laute aus. Es kam ihr so vor, als würden die Kugeln dadurch noch farbenprächtiger strahlen – als wären die Bilder, die sie sah, auf irgendeine Weise mit den Zuschauern verbunden, tief vergrabene Erinnerungen vielleicht, die nun geborgen worden waren, oder Träume, von unsichtbaren Händen ins Zwielicht gehoben. Der Gedanke ließ sie den Atem anhalten, und gleichzeitig wollte sie lachen, so absurd erschien er ihr. Im selben Moment fiel ihr Blick auf die Kugel direkt vor ihr.

Bens Haar stand in allen Himmelsrichtungen von seinem Kopf ab, und seine Augen sprühten vor Übermut, genau wie früher, wenn er alle Menschen in seiner Umgebung mit seiner unbändigen Lebensfreude angesteckt hatte. Anouk merkte kaum, wie sie die Hand nach ihm ausstreckte. Aber sie spürte sein Haar an ihren Fingern, weich wie frisch gefallener Schnee, und im selben Augenblick flammte das Bild unter ihrer Berührung auf. Es wurde so hell, als wäre es mit den Strahlen der Sonne in die Finsternis gemalt worden. Und da hörte sie Bens Stimme, gegossen in sein helles, klares Kinderlachen. Es klang in ihr wider wie ihr eigener Herzschlag … und da spürte sie, dass sich dieser Ton in der Manege fortsetzte.

Zuerst wollte sie über sich selbst den Kopf schütteln, so absurd erschien ihr diese Empfindung. Aber es gab keinen Zweifel. Dunkel ging ihr Puls durch den Raum und schickte die Farben des Bildes über das Zelt. Anouk sah die Wärme aus Bens Augen in tiefem Grün an der Decke über ihr erglühen … und fühlte gleichzeitig, wie eben diese Wärme tief in ihr selbst abnahm. Ihr Herzschlag beschleunigte sich, und sosehr sie sich auch bemühte ruhig zu bleiben, so wenig wollte es ihr gelingen. Die Kugel vor ihr war ein Spiegel, das spürte sie nun mit aller Kraft, und je stärker sie aufglühte, desto mehr verblasste Bens Bild in ihren Gedanken. Sie krallte ihre Hände in die Sessellehnen. Der *Dark Circus* bestahl sie, er nahm ihr die Farben. Mit rasendem Puls riss sie ihren Blick los – und sah, dass die Zeit um sie herum stillstand.

Die Menschen ringsum waren erstarrt. Mit hingebungsvollen Gesichtern betrachteten sie die Kugeln, manche lächelnd, andere wie verzaubert. Aber als Anouk ihren Blicken folgte, fand sie keine Meere und Wälder mehr. Stattdessen sah sie ihr eigenes Spiegelbild in jeder einzelnen Kugel. Es erschien ihr seltsam fremd, nun, da Bens Lachen ihr die übliche Kühle von den Zügen gebrannt hatte. Doch sie kam nicht dazu, ihren eigenen Blick zu erwidern. Denn noch jemand schaute sie an, so unverwandt, dass ihr das Blut in den Kopf stieg. Es war der Magier, der inmitten all der Kugeln zu ihr herübersah.

Sein Lächeln war verschwunden. Was auch immer er mit den anderen Besuchern angestellt hatte, es hatte bei ihr nicht funktioniert. Tiefes Erstaunen machte sein Gesicht ganz sanft, und da begriff sie, dass er in diesem Moment genau das spürte, was sie fühlte: ihr pochendes Herz, ihre eisigen Hände, Haare, weich wie Schnee – und die Nähe, die sich mit all diesen Empfindungen zwischen ihnen ausbreitete und die keiner von ihnen auch nur ansatzweise erwartet hatte. Anouk atmete schnell, während die Farben ihrer Kugel über ihr Gesicht glitten. Noch immer schwebte der Magier dort drüben inmitten seiner Lichter, aber es gab keine Distanz mehr zwischen ihnen, keine Menschen, keine Sterne. Er war ihr so nah, dass sie glaubte, seinen Atem auf ihren Wangen zu spüren. Und zu ihrer eigenen Überraschung kehrte die Kühle nicht auf ihre Züge zurück, mit der sie seit Jahren die Welt von sich fernhielt. Stattdessen überkam sie der plötzliche Impuls, die Hand nach dem Magier auszustrecken und ihn festzuhalten, ehe er in einem der Spiegel verschwinden konnte. Erst als ein scharfer Schmerz durch ihren Arm ging, merkte sie, dass sie die Finger mit aller Kraft in die Sessellehnen gekrallt hatte, als wollte eine innere Stimme sie in die Realität zurückholen. Erschrocken stellte sie fest, dass sie sich gefährlich weit nach vorn gelehnt hatte, und mit gleißender Schärfe erkannte sie die Tiefe unter sich. Panisch drückte sie sich zurück in den

Sessel, der schwankend nach hinten kippte. Der Magier fuhr zusammen, als hätte er Anouks Schreck auch gespürt – und verlor das Gleichgewicht.

Anouk stieß einen Schrei aus. Wie in Zeitlupe erloschen alle Kugeln. Sie hörte die panischen Rufe der Menschen, die nun wie aus einer Trance erwachten und mit den Kugeln in die Tiefe stürzten, fühlte den Luftzug in ihrem eigenen Haar, als der Sessel mit ihr abwärtsraste … und sah, dass der Magier in der Manege landete und im letzten Augenblick die Arme emporriss. Die Luft wurde ihr aus der Lunge gepresst, so plötzlich kam der Sessel zum Stehen. Gleichzeitig explodierten die Kugeln und alle Spiegel zu einem Feuerwerk, das jede Furcht, die gerade noch die Manege erfüllt hatte, in glühenden Funkenschwärmen zerriss.

Begeistert sprangen die Menschen von ihren Sitzen, kaum dass sie sicher am Boden gelandet waren. Anouk aber sah das Entsetzen auf den Zügen des Magiers, bevor er sein Lächeln auf seine Lippen zurückrief und sich verneigte – und sie spürte seinen Blick noch auf sich, als die Manege längst wieder im Dunkeln lag. Die anderen Zuschauer mochten sich täuschen lassen, doch sie fühlte mit jeder Faser ihres Körpers, dass dieser Sturz nicht geplant gewesen war. Sie waren haarscharf an einer Katastrophe vorbeigeschrammt.

Die folgenden Darbietungen liefen an ihr vorüber wie in einem Traum. Erst als zum Abschluss alle Artisten erneut in die Manege kamen, kehrte sie in die Realität zurück. Masrador animierte das Publikum zu einem frenetischen Applaus, worauf die Sitzreihen in Feuerfunken gehüllt wurden. Das Zelt erstrahlte in prächtigen Farben, aber Anouk nahm es kaum wahr. Sie sah nur den Magier, der durch den Tumult zu ihr herüberschaute, als wären sie ganz allein inmitten all der Flammen.

Er stand regungslos wie hoch oben auf seinem unsichtbaren Seil. Sein Lächeln war kühl und rätselhaft wie zwischen den Spiegeln, doch in seinen Augen lag ein Ausdruck, der sie schaudern ließ: eine Warnung vor ihm, dem Zauberer, dem sie sich gerade noch so nah gefühlt hatte. Ein eisiger Luftzug strich ihr das Haar zurück. Mochte er tausend Mal mit beiden Füßen auf dem Boden stehen: In Wirklichkeit fiel er noch immer, das spürte sie nun mit Gewissheit. Und er würde sie mit sich reißen, wenn sie ihm noch einmal nahe kam … tief hinab in eine Finsternis, von der sie keine Vorstellung hatte.

# 3

Das Gelächter drang unerträglich laut in Anouks Zimmer. Seufzend ließ sie ihr Buch sinken. Seit einer geschlagenen Stunde versuchte sie, in *Die Welt der bretonischen Sagen* abzutauchen, einen uralten Schinken, den sie in der Bibliothek ihrer Tante gefunden hatte. Aber Justine hatte wenige Tage vor ihrem Abflug nach New York ein letztes Mal Besuch von ihren Freundinnen aus der Nachbarschaft, und nun saßen die Damen zusammen beim Tee, redeten über ihre Männer oder die neue Frisur einer abwesenden Bekannten und brachen regelmäßig in so ohrenbetäubendes Lachen aus, dass Anouk meinte, die Holzdielen unter ihrem Bett ächzen zu hören. Es war unmöglich, in eine fiktive Welt zu fliehen, wenn die Realität von kreischenden Frauen beherrscht wurde, so viel war sicher.

Sie schaute zum Fenster hinüber. Draußen flogen die Wolken über den Nachmittagshimmel, und sie musste daran denken, wie sie einmal mit ihren Eltern durch dieses Dorf spaziert war und beide ihr Fabelwesen am Himmel gezeigt hatten. Drachen, Feen und Seeschlangen hatten sie in den Wolken entdeckt, und Anouk schüttelte den Kopf, so unwirklich erschien es ihr, sich an diese Seite ihrer Eltern zu erinnern. Heute würden beide sie für verrückt erklären, wenn sie ihnen davon erzählte. Ihre Mutter würde in ironischer Kälte die Brauen heben, und ihr Vater würde mit seinem knappen, spöttischen Lachen darauf antworten, das ihr jedes weitere Wort abschnitt. Dabei hatte er früher ebenso laut und zügellos gelacht wie seine Schwester ... und wie Ben.

Der Gedanke an ihren Bruder wischte jedes Lächeln von Anouks Lippen. Sie ließ den Blick über die Bilder schweifen, die sie von ihm mitgenommen hatte, und konnte sein Lachen hören, so deutlich, als bräuchte sie nur den Kopf zu wenden, um Ben anzusehen. Seit Jahren hatte sie sich nicht mehr so intensiv daran erinnert und jeder einzelne Ton ließ ihr Herz rasen. Schließlich sprang sie aus dem Bett und griff nach ihrem Mantel. Sie musste dringend einen klaren Kopf bekommen. In der vergangenen Nacht hatte sie kaum ein Auge zugetan. Immer wieder war Bens Gesicht in der Kristallkugel vor ihr aufgetaucht, im steten Wechsel mit tanzenden Clowns, prasselnden Feuerfunken und dem rätselhaften Blick des dunklen Zauberers. Erst im Morgengrauen hatte sie es geschafft, die Ereignisse im Zirkus auf das herunterzubrechen, was sie gewesen waren: durch mehr oder weniger billige Tricks produzierte Illusionen. Sie war so oft mit Ben im Zirkus gewesen, da war es kein Wunder, dass sie geglaubt hatte, ihn in der Kristallkugel zu sehen. Aber jetzt war die Vorstellung vorbei. Und ihr stand nicht der Sinn danach, sich durch einen Zirkusbesuch weiter derartig in Aufregung versetzen zu lassen.

Sie lief gerade die Treppe hinunter, als ihre Tante aus der Küche kam. Justines Locken standen wie immer in unbezähmbarem Elan von ihrem Kopf ab und umrahmten ihr Gesicht, das vom Lachen gerötet war. »Bitte entschuldige«, sagte sie und deutete unauffällig in Richtung Küche. »Eigentlich sind wir alle ganz gesittet – ehrlich! Aber es kommt ja nicht alle Tage vor, dass man zu seinem Ex über den Atlantik fliegt. Da können ein paar abschreckende Anekdoten über Liebesrevivals nicht schaden.«

»Madeleine würde es sicher nicht so schlecht finden, nach New York zu ziehen«, stellte Anouk fest. »Allerdings ist die Frage, ob es das wert wäre.«

»Glaub mir«, sagte Justine und seufzte. »Das wäre es nicht. So oder so, wir wollten dich nicht aus dem Haus treiben. Schon gar nicht bei diesem Wetter. Willst du nicht zu uns in die Küche kommen? Wir sind vielleicht gerade ein bisschen durchgedreht, aber immerhin haben wir Kekse.«

Anouk musste grinsen. »Das schlagende Argument der dunklen Seite. Sehr verlockend, aber ich gehe lieber ein bisschen spazieren. Ist ja schon eine ganze Weile her, seit ich das hier zuletzt gemacht habe.«

Ihre Tante hob die Brauen, als hätte Anouk ihr eröffnet, eine Runde im Meer schwimmen gehen zu wollen. Aber dann schüttelte sie ergeben den Kopf. »Ich sehe schon: Du bist das Kind deiner Eltern. Die lassen sich ja von einem Unwetter wie dem da draußen auch nicht abschrecken, von irgendwelchen

Gefahren mal ganz zu schweigen. Ich möchte nicht wissen, in welche Schluchten sie sich gerade stürzen.«

»Da ist ein Rundgang über die Klippen doch geradezu langweilig.« Anouk lächelte, wohl wissend, dass Justine recht hatte, was ihre Eltern betraf. In den letzten Jahren hatte es keine sportliche Herausforderung gegeben, der die beiden sich nicht gestellt hätten, wie riskant sie auch erschienen war.

Justine seufzte und strich Anouk das Haar zurück, so wie sie es früher immer getan hatte, als sie noch ein kleines Mädchen gewesen war. »Da hast du auch wieder recht. Und wer weiß: Vielleicht heben wir dir noch ein paar Kekse auf für später.«

»Da schlägt mein dunkles Herz gleich schneller«, sagte Anouk und öffnete die Tür. »Bis später, und mach dir keine Sorgen. Ich bin bald wieder da.«

Sie sah noch, wie Justine ihr mit diesem typischen Lächeln nachsah, das ihre Mutter früher auch perfekt beherrscht hatte: so sorgenvoll, als würde jenseits der eigenen Arme alles Übel der Welt warten. Dann zog sie die Tür hinter sich zu.

Es begann zu regnen, kaum dass sie auf die Straße trat. Der Wind zerrte an ihrem Mantel, aber mit jedem Schritt wich die Anspannung aus ihren Gliedern. Der Regen hatte immer schon die Gabe gehabt, sie zu beruhigen und ihr gleichzeitig das Gefühl zu geben, lebendig zu sein. Und dafür liebte sie ihn. Sie lief über den schmalen Pfad zu den Klippen und stellte fest, dass diese Gegend in all ihrer Einsamkeit noch genauso verzaubert war wie damals, als sie als Kind hinter jedem Kiesel einen Kobold entdeckt hatte. Gespenstischer Dunst lag über den Hügeln, und als sie die Ruine erspähte, die auf der höchsten Klippe stand, machte ihr Herz einen Satz.

Sie konnte nicht mehr sagen, wie oft sie in dem Gemäuer herumgeklettert war, früher, als sie noch nicht diese dämliche Höhenangst gehabt hatte, und sie hielt den Atem an, als sie das Ächzen der knorrigen Bäume hörte, die noch immer um die alten Mauern herumstanden. Dunkel drang das Rauschen der Wellen an ihr Ohr, die tief unten gegen die Klippe schlugen, und ein beschwingtes Glücksgefühl ließ sie schneller laufen. Leichtfüßig bog sie um die Trümmer des einstigen Wehrturms – und erstarrte. Sie war nicht allein in ihrer zerbrochenen Festung der Einsamkeit. Dort auf einem Seil, das vom Wehrturm hinüber zur gegenseitigen Mauer führte, stand der Magier.

Er hatte sie noch nicht bemerkt. Mit geschlossenen Augen und ausgebreiteten Armen balancierte er auf dem Seil, gekleidet in eine schwarze Hose und einen Pullover in derselben Farbe, der vom Regen durchnässt an seinem Körper klebte. Doch er schien weder Wind noch Kälte zu spüren. Barfuß hielt er das Gleichgewicht, als das Seil unter ihm unsichtbar wurde, und bewegte sich mit beeindruckender Routine vor und zurück. Aber sein Ausdruck war nicht kühl und überlegen wie in der Manege, sondern voller Hingabe an den Wind, der nach seinem Haar griff, das Rauschen des Meeres und den Regen, der über sein Gesicht lief wie über Marmor. Unwillkürlich musste Anouk lächeln. Sie hatte noch nie einen Menschen getroffen, der den Regen so sehr liebte wie sie selbst.

Das Knacken war so laut, dass Anouk zusammenzuckte. Sie hatte nicht gemerkt, dass sie aus dem Schatten des Turms hervorgetreten war, aber nichtsdestotrotz stand sie plötzlich zwischen den Mauern des Innenhofs, den verräterischen Zweig noch unter ihrem Fuß. Der Magier fuhr erschrocken herum – und verlor das Gleichgewicht. Gerade noch rechtzeitig wirbelte er um die eigene Achse und rollte sich am Boden ab, bis er katzengleich auf allen vieren innehielt. Mit rasendem Herzen lief Anouk auf ihn zu, um zu sehen, ob er sich verletzt hatte. Doch ehe sie ihn erreichte, sprang er mit zornigem Knurren auf.

»Verflucht noch eins«, rief er und kam ihr entgegen. »Verfolgst du mich etwa?«

Anouk prallte vor seiner Kälte zurück. Jede Sanftheit war von seinen Zügen gewichen, und nun sah sie wieder dem spöttischen Engel ins Gesicht, der vor allem eines in ihr hervorrief: wütenden Trotz. »Du bist wohl gar nicht von dir überzeugt, was? Ich bin nur zufällig hier vorbeigekommen, aber eins ist mal klar: Selbstüberschätzung ist ja wohl die unsympathischste Eigenschaft, die es gibt!«

Er schnaubte. »Ich wüsste da noch ein paar andere – plötzlich auftauchen wie ein Kastenteufel zum Beispiel und alles durcheinanderbringen! *Zufällig hier vorbeigekommen,* wenn ich das schon höre! Und zufällig Äste zerbrechen, um mich vom Seil zu reißen, was?«

»Es tut mir leid, wenn ich dich erschreckt habe«, erwiderte Anouk und meinte es ehrlich. »Aber ich habe nicht geahnt, dass du im strömenden Regen hier trainierst. Immerhin hast du doch ein riesiges Zelt zur Verfügung.«

»Ein Zelt, das sich nach sechs Stunden Probe wie ein Käfig anfühlt«, fuhr er sie an. »Verdammt, reicht es dir nicht, dass du fast meine Vorstellung verdorben hättest? Musst du mir jetzt auch noch beim Training auf die Nerven gehen? Ich gebe dir einen guten Rat: Halte dich fern von mir!«

Damit stapfte er an ihr vorbei, ohne sie noch eines Blickes zu würdigen. Anouk wusste nicht, ob es am Frost in seiner Stimme lag oder daran, dass er sie behandelte wie ein dummes Kind, aber ihre Wangen glühten, als sie herumfuhr. »Es ist nicht meine Schuld, wenn dein alberner Hokuspokus bei mir nicht wirkt!«

Er blieb stehen wie vom Donner gerührt und drehte sich so langsam zu ihr um, als hätte sie ihm einen Kiesel an den Kopf geworfen. Kurz glaubte sie, er würde sein Messer ziehen, so wütend sah er sie an. Doch dann stieß er die Luft aus, und auf seine Züge trat eine Herablassung, die fast noch schlimmer war als sein Zorn. »Du hast keine Ahnung, wovon du da redest«, sagte er kalt. »Mein *Hokuspokus* hätte dir beinahe das Genick gebrochen, ist dir das nicht klar? Aber was erwarte ich von jemandem, der nichts Besseres zu tun hat, als bei diesem Wetter einen Spaziergang zu machen! Sieh dir die Wolken da hinten an, die du offenbar noch gar nicht bemerkt hast. Es wird bald ein Unwetter kommen und hier gibt es keinen Schutz. Da drängt sich mir doch die Frage auf: Bist du lebensmüde oder einfach nur wahnsinnig?«

»Lustig, dass ausgerechnet du das sagst«, gab sie zurück und zwang sich, nicht zu den Wolken hinüberzuschauen. Sie hatte sie bisher tatsächlich nicht bemerkt. »Balancierst bei Wind und Regen in einer Ruine herum, als gäbe es kein Morgen. Du probst wohl für eine neue Nummer: *Menschlicher Blitzableiter! Jetzt exklusiv mit Super-Light-Show! Schnelles Dahinscheiden garantiert!*«

Er presste die Zähne aufeinander. Anouk war sich nicht sicher, ob er ein Lachen oder seine Wut unterdrückte, doch als er fortfuhr, hatte sein Ton die Schärfe verloren. »Das ist keine Antwort.«

Anouk hatte jede Menge Antworten für ihn – Antworten, die ihm seine Überheblichkeit austreiben würden, und wenn auch nur für einen Moment. Aber irgendetwas lag in seinen Nachthimmelaugen, das ihrer Abwehr zusetzte. Sie konnte sich nicht erinnern, jemals einen solchen Blickwechsel erlebt zu haben … so forschend und vorsichtig zugleich, als wären sie beide wilde Tiere, die sich zufällig in der Dämmerung begegnet waren und nun überlegten, ob sie zurück in den Schutz des Waldes fliehen oder bleiben sollten. Ihr Herzschlag beschleunigte sich, als sie leicht die Schultern hob. »Vielleicht beides.«

Noch immer stand der Magier einfach da, so regungslos wie hoch oben auf dem Seil – als würde ein falscher Schritt ihn auch hier unten das Gleichgewicht kosten. »Du bist vor etwas zurückgewichen«, sagte er schließlich. »Inmitten meiner Lichter. Vor etwas, das du in der Kugel gesehen hast.«

Anouk rechnete damit, dass Bens Gesicht vor ihr auftauchen würde, doch sie hörte nicht einmal den Widerhall seines Lachens. Alles, was sie wahrnahm, war der Regen, der von den Haarspitzen des Magiers über seine Haut lief und in seinem Pullover verschwand. »Ja«, entgegnete sie. »Ich habe meinen Bruder gesehen. Früher war ich in den Ferien oft mit ihm drüben im Dorf, und ich glaube, dass die ganze Szenerie in der Manege mich dazu gebracht hat, sein Bild vor mir zu sehen. Dann hatte ich plötzlich das Gefühl, es wieder zu verlieren … so als würde der Zirkus es mir wegnehmen. Im Nachhinein kommt mir das völlig absurd vor. Aber Ben ist so gern in den Zirkus gegangen, und jetzt …« Sie stockte. »Er ist tot.«

Das letzte Wort flog als eisiger Schauer über ihren Rücken. Sie rechnete damit, dass der Zauberer nachfragen würde, so wie es alle taten, wenn das Gespräch auf dieses Thema kam. Aber er sah sie nur an, schweigend, bis die Kälte verschwunden war. »Du hattest Angst«, sagte er dann wie zu sich selbst. »Das würde es erklären.« Ehe sie nachfragen konnte, neigte er leicht den Kopf und trat auf sie zu. Dicht vor ihr blieb er stehen. Anouk kam es so vor, als würden ihre Knie unter ihr nachgeben. Aus dieser Nähe hatte sein Blick etwas Stechendes, das sie für einen Herzschlag in die Manege zurücktrug … gerade zu dem Moment, da sie seinen Atem auf ihrer Haut gespürt hatte. Und inmitten all der Lichter fragte er sie: »Wie ist dein Name?«

»Anouk«, erwiderte sie, so leise auf einmal, dass sie sich selbst kaum verstand.

»Ich bin der Herr der Spiegel«, sagte er, und ein schelmischer Funke ging durch seinen Blick. »Aber mein wahrer Name ist Rhasgar.«

Anouk musste lächeln, und sie spürte den eisigen Wind kaum, als sie in die Ruine zurückkehrten. Der Magier hatte ihr seinen wahren Namen genannt. Es war, als hätte er ihr ein Geschenk gemacht. »Rhasgar«, wiederholte sie. »Der Zauberer, der im Regen auf Seilen herumturnt, mitten im Nirgendwo, weil ihm ein riesiges Zirkuszelt zu eng geworden ist. Und Anouk, die im schlimmsten Unwetter spazieren geht. Es scheint, als wären wir beide nicht ganz dicht.«

Er betrachtete sie schweigend. Dann lächelte er, doch nicht spöttisch wie in der Manege, sondern sanft wie hoch oben auf dem Seil. »Dieses Wetter gehört denen, die mit offenen Augen träumen können«, sagte er. »Und die besten Menschen sind die mit einem Schuss Wahnsinn. Aber wie kannst du müde vom Leben sein, wenn du noch nicht einmal damit angefangen hast?«

Anouk konnte sich nicht daran erinnern, dass ihr schon einmal jemand eine solche Frage gestellt hatte, und doch kam es ihr so natürlich vor, als hätte die Antwort seit einer Ewigkeit darauf gewartet, ausgesprochen zu werden. Sie sah zu, wie ein Regentropfen über Rhasgars Schläfe und die Wange hinablief, und auf einmal musste sie daran denken, wie sie früher mit Ben durch den Regen gelaufen war, einfach so. Sie waren in Pfützen gesprungen und hatten sich inmitten der Tropfen gedreht, bis ihnen schwindlig geworden war, und sie hatte sich lebendig gefühlt, so sehr, dass die Erinnerung daran als Kribbeln durch ihren Magen ging. Doch gleich darauf sank das Gefühl in sie zurück, als wäre es nicht mehr gewesen als ein Schimmer in der Finsternis. »Das Leben ist irgendwo da draußen«, sagte sie und machte eine unbestimmte Handbewegung. »So kommt es mir zumindest vor. So als wäre ich von ihm getrennt, seit … langer Zeit.«

»Das klingt eher, als wärst du von dir selbst getrennt«, erwiderte Rhasgar. »Das Leben ist nicht irgendwo da draußen. Es ist in dir.«

Fast musste Anouk lachen, so ernst sagte er das. »Woher willst du das wissen?«

»Ich habe es gespürt«, entgegnete er. »Ich habe gefühlt, was du fühltest, als du in mein Licht gesehen hast.« Er zögerte. Dann streckte er die Hand aus und berührte ihr Haar. »So viel Schmerz«, sagte Rhasgar leise und ließ eine Strähne durch seine Finger gleiten. »So viel Sehnsucht. Und so viel Schönheit.«

Er betrachtete sie so eindringlich, dass sie ihren Herzschlag in ihrer Kehle fühlte. Sie wartete auf den Impuls, vor ihm zurückweichen zu wollen, auf die Panik im Magen und den Schwindel hinter der Stirn, die sie schon auf dem verfluchten Sessel hoch oben unter der Zirkusdecke befallen hatten. Aber sie empfand nichts dergleichen, selbst dann nicht, als ihr klar wurde, dass Rhasgar sie nicht einfach nur ansah. Er war bei ihr, hinter der Mauer ... und es war ein Gefühl, als würde sie schweben.

Sie wusste nicht, wie lange sie so dagestanden hatten, als Rhasgar die Hand sinken ließ. »Verzeih mir«, sagte er ein wenig heiser. »Für meine harten Worte eben und dafür, dass ich dich in der Manege in diese Lage gebracht habe. Ich hatte nie vor, dich zu erschrecken – nicht auf diese Weise. Das war nicht meine Absicht.«

Er trat einen Schritt zurück, als wäre ihm auf einmal bewusst geworden, wie nah sie beieinanderstanden. »Das beruht wohl auf Gegenseitigkeit«, stellte Anouk fest und musste sich zwingen, ihm nicht zu folgen. »Ich hatte auch nicht vor, dich aus dem Konzept zu bringen. Das nächste Mal werde ich ...«

Er hob den Kopf wie ein witterndes Tier, so schnell, dass jedes weitere Wort in Anouks Kehle zurücksank. »Nein«, sagte er eindringlich. »Ich warne dich: Besuche den *Dark Circus* nicht noch einmal!«

Anouk zog die Brauen zusammen. Ihr lag schon eine spöttische Antwort auf der Zunge, aber Rhasgar sah sie mit solchem Ernst an, dass sie fröstelte. Urplötzlich tauchte das Gesicht der alten Frau wieder vor ihr auf, aber ehe sie deren Worte noch einmal in ihrem Schädel widerhallen hörte, verzog sie den

Mund zu einem Lächeln. »Hast du Angst, dass ich deine Vorstellung wieder ins Chaos stürze? Du wirst doch schon andere Zuschauer gehabt haben, die auch in irgendeiner Weise unerwartet reagiert haben. Jetzt weißt du, dass ich mich nicht so leicht von bunten Lichtern beeinflussen lasse. Aber keine Sorge, ich werde nicht noch mal fast vom Stuhl fallen. Am besten guckst du gar nicht erst in meine Richtung, wenn du oben auf dem Seil stehst. Dann ist doch alles in Ordnung.«

Sie hätte noch mehr sagen können, aber sie verstummte, als Rhasgar unmerklich den Kopf schüttelte. Ihre Worte waren von ihm abgeprallt wie Hagelkörner, und als er nun zu sprechen begann, war seine Stimme so leise, dass sie ihn fast nicht verstand. »Nichts ist in Ordnung«, raunte er. »Das, was in der Manege passiert ist, war … ganz und gar außergewöhnlich.«

Anouk zuckte mit den Schultern. »Natürlich«, stimmte sie ihm zu. »Und ich würde wirklich gern wissen, wie du das gemacht hast. Sind das Hologramme in den Kugeln gewesen, die jedem, der sie ansieht, irgendwie bekannt vorkommen? Wieso hatte ich das Gefühl, dass die Zeit stillsteht, als ich mich umgesehen habe? Und wie hast du die Sessel in der Luft gehalten und wieder aufgefangen?«

»Ein wahrer Zauberer verrät nie seine Tricks«, sagte er, doch das amüsierte Funkeln in seinen Augen erlosch umgehend. »Und ich habe nicht von mir gesprochen – sondern von dir. Ich kann es dir nicht näher erklären, aber ich habe sehr lange gebraucht, um meine Vorstellung zu perfektionieren. Meine Lichter blenden jeden, noch nie haben sie versagt. Bis jetzt. Du hast dich ihnen widersetzt. Du hast den Bann gebrochen.«

Anouk hob belustigt die Brauen. »Das klingt ja fast so, als

wäre tatsächlich Magie im Spiel, wie meine Cousine glaubt. Madeleine hält den Zirkus für was ganz Besonderes, und … nun ja, in gewisser Weise ist er das sicher auch. Aber von Bannsprüchen und dergleichen habe ich keine Ahnung, also wüsste ich auch nicht, wie ich einen hätte brechen sollen.«

Rhasgar erwiderte ihr Lächeln nicht. »Alles ist Magie«, sagte er stattdessen. »Alles, was man sich nicht erklären kann. Die Welt hat die meisten ihrer Wunder verloren oder vergessen, aber einige wenige gibt es noch, und der *Dark Circus* gehört dazu. Er birgt Geheimnisse, die kaum noch jemand kennt. Und ganz gleich, ob du Bannsprüche für real hältst oder nicht, bitte glaube mir eines: Manche dieser Geheimnisse sind gefährlich. Zu gefährlich für jemanden wie dich.«

»*Jemanden wie mich*«, entgegnete Anouk mit leisem Spott, doch sie konnte nicht verhindern, dass ihre Stimme zitterte. Auf einmal war es kalt zwischen den Mauern, und es schien ihr, als würde eine Finsternis heraufziehen, die dunkler war als jede Wolke oben am Himmel. »Wenn das ein Trick ist, um mich neugierig zu machen, kann ich nur sagen: Er wirkt ganz gut. Also bleibt mir gar keine Wahl, als noch mal in eine Vorstellung zu gehen, und dann werde ich ganz genau darauf achten, wie …«

»Nein!« Rhasgars Stimme traf Anouk mit diesem einen Wort wie ein Stromschlag und brachte sie zum Schweigen. »Das ist kein Trick und auch kein Scherz, es ist einfach die Wahrheit! Deine Cousine hat recht: Der Zirkus ist etwas Besonderes, und …«

Der Donner war so laut, dass Anouk erschrocken zusammenfuhr. Urplötzlich krachten ganz in der Nähe die Blitze ineinander, und der Wind peitschte den Regen auf, so heftig, dass er in nadelfeinen Stichen auf Anouk niederprasselte. Rasch griff Rhasgar nach ihrem Arm und zog sie in den Schutz eines Baumes. Noch immer strömte der Regen auf sie herab, aber Rhasgar schien es kaum wahrzunehmen. Er hielt Anouk am Ärmel fest, als befürchtete er, dass sie vom heulenden Wind davongerissen werden könnte. Dann beugte er sich vor, so weit, dass sie die silbernen Sprenkel im Blau seiner Augen sehen konnte.

*»Die Schatten sind tief im Zirkus der Dunkelheit«*, sagte er, und es klang wie eine Formel, deren wahren Sinn Anouk nicht begreifen konnte. »Und eines ist sicher: Nicht jeder kehrt mit heiler Haut aus ihnen zurück. Du hast meinen Zauber durchbrochen, du hast dich seinem Bann widersetzt. Noch einmal wird er das nicht dulden. Denn sieh, welche Macht er hat – sieh hin, Kind deiner Welt!«

Damit schob er seinen Ärmel bis zum Ellbogen hoch. Der Regen ließ seine Haut schimmern und Anouk hielt erschrocken den Atem an. Tiefe Narben bedeckten seine Handgelenke wie von glühenden Fesseln, die er vergeblich versucht hatte zu zerreißen. Sie wollte etwas sagen, irgendetwas, das dieses Bild als Illusion enttarnte. Aber als sie Rhasgar in die Augen sah, zerbrach jedes Wort. Schwarze Schatten zogen über das Blau seiner Iris, gnadenlos wie Gift drangen sie in das Weiß seiner Augäpfel ein. Grabeskälte kroch in Anouks Glieder, und da wusste sie, dass die Finsternis zurück war, die sie unter Masradors Maske in der Manege gesehen hatte ... eine Dunkelheit, die den Tod in sich barg und die sich von allen Seiten um sie schloss. Der Donner ließ den Boden erzittern, und als

Rhasgars Augen vollständig schwarz waren und Anouk sich selbst in ihrem Spiegelbild erkannte – mit schreckensbleichem Gesicht, den Mund vor Furcht geöffnet –, begriff sie, dass sie nicht mehr atmete. Der Schreck raste mit Übermacht durch ihren Leib. Es war, als hätte die Finsternis sich mit eisiger Klaue um ihren Hals geschlossen, ohne dass sie es überhaupt gemerkt hatte. Panisch griff sie sich an die Kehle. Aber erst als Rhasgar den Blick senkte, löste sich der Griff, und Anouk konnte Atem holen.

Die Luft drang eisig in ihre Lunge. Sie fiel auf die Knie und hustete, aber sie konnte sich nicht von Rhasgar abwenden. Er stand reglos da, doch nicht länger stolz und unantastbar, sondern so, als würde er zerbrechen, wenn er sich auch nur einen Fingerbreit von der Stelle rührte. Anouk kam auf die Beine. Alles in ihr schrie ihr zu, dass sie gehen sollte, so schnell sie nur konnte. Aber stattdessen streckte sie die Hand nach Rhasgar aus, und obwohl er wie unter einem plötzlichen Instinkt vor ihr zurückwich, berührte sie seinen Arm. Der Stoff seines Pullovers war kälter als der Wind, der um sie tobte, doch als er den Kopf hob und sie ansah, waren seine Augen wieder blau – tiefblau wie der Himmel in der Nacht.

»Halte dich fern von Dingen, die du nicht verstehst«, sagte er eindringlich. »Halte dich fern vom Zirkus der Schatten!«

Es war, als glitten seine Worte durch ihre Gedanken, und für einen Moment schien es ihr, als wollte er nicht, dass sie ihn losließ. Aber dann wich er vor ihr zurück in den Regen, der durch die Ruine peitschte. Er atmete schnell, als erwartete er, dass das nahende Unwetter ihn jeden Augenblick zerreißen würde. Anouk sah noch, wie er sie durch die Schleier anschaute, und sie bemerkte auch sein Lächeln, sanft und verloren, als er vor ihr den Kopf neigte.

Dann wallte der Donner auf, so heftig, dass der Boden erzitterte. Er klang wie Masradors Lachen und er erschütterte Anouk bis ins Mark. Sie kauerte sich nieder und barg den Kopf in den Armen, als die Mauern hinter ihr gefährlich bebten. Blitze zerfetzten die Luft, für Augenblicke war alles in grelles Licht gehüllt. Und dann, so plötzlich, wie er gekommen war, rollte der Donner über das Meer davon. Anouk trat aus dem Schatten des Baumes. Der Wind griff nach ihrem Haar, der Regen fiel noch immer in Strömen. Doch Rhasgar war verschwunden.

# 4

Die Kälte ließ die Luft knistern. Anouk spürte, wie sie von diesem Geräusch aus tiefstem Schlaf geholt wurde, und als sie die Augen öffnete und ihren Atem im Schein des Mondes gefrieren sah, da wusste sie, dass er zurück war: der Frost, der sie schon einmal geweckt und auf die Beine getrieben hatte ... in jener Nacht, als der Zirkus gekommen war.

Anouks Herz pochte gegen die Bettdecke. Die Kälte schien neben ihr zu stehen, und für einen Moment fürchtete sie, in eine entsetzliche Fratze zu blicken, als sie den Kopf wandte. Doch zu ihrer Erleichterung sah sie nur ihr verwaistes Zimmer. Seufzend schloss sie wieder die Augen. Die Ereignisse der letzten Tage hatten sie offensichtlich stärker verwirrt, als sie es sich eingestanden hatte. Jetzt fing sie schon an sich Monster in der Dunkelheit vorzustellen, als wäre sie drei Jahre alt. Es fehlte nur noch, dass sie ängstlich nach ihrer Tante rief, damit die unter ihrem Bett nach Ungeheuern suchte.

Sie lächelte, als sie sich Madeleines spöttisches Gesicht vorstellte und Justine, die auf Knien vor dem Bett herumrutschte. Fast war sie schon wieder eingeschlafen, als sie erneut das Geräusch hörte, das sie geweckt hatte. Aber jetzt klang es vielmehr wie ein Rauschen als wie ein Knistern, und es rührte keineswegs von der eisigen Luft her, wie Anouk im Halbschlaf geglaubt hatte. Es kam von draußen, und es wurde immer lauter … wie ein Ruf, der nur für sie bestimmt war und den niemand sonst hören konnte.

Kaum hatte sie das gedacht, nahm Anouk die Stille ringsum wahr. Die Marotten des alten Hauses waren ihr gut vertraut. Die Dachbalken ächzten im Sturm, die Dielen knarrten, wenn Mäuse darüber hinhuschten, und die Fenster im Erdgeschoss waren so dünn, dass sie sangen, wenn der Wind dagegen schlug. Auch wenn keine Menschen darin gewohnt hätten, wäre das Haus also überaus redselig gewesen, und Anouk hörte ihm gern zu, wenn sie abends nicht einschlafen konnte oder mitten in der Nacht aufwachte. Nun aber war es so still, dass sie zusammenfuhr, als das Geräusch ein drittes Mal an ihr Ohr drang. Es war, als würde der Wind ihren Namen flüstern, und da fühlte sie mit unabwendbarer Gewissheit, dass sie sich nicht geirrt hatte: Das Dorf schlief – und sie allein war von diesem seltsamen Ton geweckt worden.

Die Angst kroch in ihre Beine wie früher, wenn sie den Anfang eines Horrorfilms gesehen und sofort Panik bekommen hatte. Doch ehe die Furcht sie lähmen konnte, schlug sie mit Schwung die Decke zurück. Sie rang nach Atem, so eisig war es, und stieß gleich darauf ärgerlich die Luft aus. Sie würde sich nicht von irgendeinem Wispern in Angst und Schrecken versetzen lassen! Entschlossen sprang sie aus dem Bett, schlüpfte in ihre Hausschuhe und ging ans Fenster.

Zuerst glaubte sie, dass tiefschwarze Wolken am Mond vorüberzogen. Aber dann teilten sich die gespenstischen Schemen, und Anouk erkannte, dass es Krähen waren, die durch die Nacht glitten – unzählige Krähen. Ihre Körper schienen im Mondlicht zu glühen. Wie unter einem stummen Befehl zogen sie in Schwärmen dahin und bildeten in unnatürlicher Choreografie seltsame Formationen. Scharfe Linien entstanden so am nächtlichen Himmel, geometrische Figuren, die sofort wieder in sich zusammenfielen ... und schließlich Konturen, die Anouk den Atem anhalten ließen.

Die Krähen formten ein Bild da oben am Nachthimmel, in groben Strichen, als hätte Anouk es selbst dorthin gemalt. Schwingenschlag für Schwingenschlag zeichnete sich ein Zirkuszelt ab, gebildet aus unzähligen Vogelkörpern, und so groß, dass es den Mond fast gänzlich verdeckte. Es war der *Dark Circus,* der hoch am Himmel stand, von glühendem Halo umgeben. Dutzende Flügel flatterten, als der Eingang sich öffnete – und im selben Moment schoss etwas aus dem Zelt und direkt auf Anouk zu.

Instinktiv wich sie zurück. Doch sie konnte sich nicht von dem blauen Leuchten abwenden, das vor der Kulisse des Krähenzelts durch die Nacht jagte. Es war so schnell, dass es einen Schweif hinter sich herzog. Immer wieder drehte es Pirouetten, die in hellen Linien vor der Dunkelheit stehen blieben, und bevor es noch auf das Dorf niederschoss, wusste Anouk, wen sie vor sich hatte. Es war der Eisvogel von Masrador, der gleich darauf mit lautlosem Flügelschlag vor ihrem Fenster landete.

Seine kleinen Vogelaugen blitzten, als sie auf ihn herabsah. Mehrfach hatte sie sich nun in die Hand gekniffen, um sicherzugehen, dass sie wach war. Aber spätestens jetzt, da sie den Blick des Eisvogels erwiderte, wusste sie, dass sie nicht träumte. Er schaute sie direkt an und er tat es nicht mit dem neugierigen Blick eines Tieres. In seinen Augen lag die Dunkelheit, die sie unter Masradors zerbrochener Maske gesehen hatte, und die kalte, durchdringende Klugheit eines Menschen.

Anouk stand einen Schritt vom Fenster entfernt und war durch das Glas von dem Vogel getrennt, und doch kam es ihr so vor, als würde der durchdringende Frost seines Gefieders über ihre Wangen streichen. Unwillkürlich hob sie die Hand an ihre Kehle. Zwei Tage waren seit den Ereignissen in der Ruine vergangen, und noch immer erinnerte sie sich genau daran, wie sich diese Finsternis, die sie jetzt in den Augen des Vogels sah, um ihren Hals gelegt hatte. Sie war versucht, die Gardine vorzuziehen und zurück ins Bett zu gehen, um ihr zu entkommen. Aber stattdessen ballte sie die Hände zu Fäusten. Wie oft hatte sie ihre Empfindungen nun schon ad absurdum geführt? Dunkelheit hatte keine Substanz. Es war schlicht unmöglich, dass sie sich um Kehlen legte und irgendwen würgte, ganz abgesehen davon, dass Anouk auch nach reiflicher Überlegung keinen Grund dafür hätte finden können. *Mädchen aus Paris von Finsternis erdrosselt!* Fast musste sie lachen, als sie sich diese Schlagzeile vorstellte. Sie hatte sich von düsteren Warnungen ängstigen lassen, die vermutlich allein dem Zweck dienten, den *Dark Circus* noch mysteriöser erscheinen zu lassen, als er es ohnehin schon war. Das war alles. Aber sie würde nicht weiterhin das Mädchen aus der Großstadt sein, das auf alberne Tricks hereinfiel.

Ihre Knöchel knackten, als sie ihre Hände entspannte und den Blick des Eisvogels erwiderte. Von diesem Federvieh würde sie sich nicht ins Bockshorn jagen lassen. Es war ausgesprochen gut dressiert, das hatte sie bei der Vorstellung in der Manege ja gesehen, aber ganz sicher war es kein Ungeheuer, das ihr die Augen aushacken würde. Vermutlich erlebte sie gerade eine raffinierte Werbeaktion des *Dark Circus*, die bei Licht betrachtet gar keinen Anlass zur Beunruhigung gab. So gelassen wie möglich trat sie zurück ans Fenster und öffnete es.

Draußen war es kaum kälter als in ihrem Zimmer. Noch immer saß der Vogel reglos da, und er wich nicht zurück, als Anouk die Hand nach ihm ausstreckte. Sie wusste selbst nicht genau, warum sie das tat. Vielleicht um sich zu beweisen, dass sie keine Angst vor einem winzigen Vogel hatte ... oder weil das Gefieder in Farben schillerte, die sie unwiderstehlich anzogen.

Noch nie zuvor hatte sie alle Nuancen von Blau wahrgenommen, und als sie jetzt die Federn berührte, hatte sie den Eindruck, über einen strahlenden Sommerhimmel zu fliegen, nur um im nächsten Augenblick auf einem Gletscher zu landen und gleich darauf in Laken aus blauer Seide zu versinken. Erst als sie den Raureif an ihren Fingern spürte, merkte sie, wie kalt der Vogel war. Die Eiskristalle zogen sich über sein Gefieder und schienen selbst seine Augen in gesprungenes Glas verwandelt zu haben. Aus der Nähe betrachtet erinnerten sie Anouk an einen Irrgarten, und sie konnte sich nicht gegen die

Faszination wehren, die sie bei diesem Anblick ergriff. Der Vogel schien zu lächeln. Dann neigte er den Kopf, und als hätte er ihre Aufmerksamkeit erst jetzt freigegeben, bemerkte sie einen samtenen Beutel an seinem Bein.

Er war so winzig, dass Anouk Mühe hatte, die Schleife zu lösen, mit der er befestigt worden war. Behutsam streifte sie ihn schließlich ab und stellte fest, dass der Vogel den Kopf hob, als wollte er ihr sagen, dass sie hineinsehen sollte. Kaum hatte sie den Beutel geöffnet, zerfiel er zu Asche. Darin jedoch war ein Licht gewesen, das nun in der Luft schwebte und sich in eine Kristallkugel verwandelte. Anouk berührte sie vorsichtig. Silberner Staub blieb an ihren Fingern haften, aber die Kugel schwebte unverändert vor ihr in der Luft. Sie sah aus wie eine von denen, die Rhasgar während seiner Vorführung verwendet hatte.

Der Gedanke an ihn ließ Anouk innehalten. Seit ihrer Begegnung in der Ruine hatte sie sich bemüht, so wenig wie möglich an ihn zu denken. Es war schwer genug gewesen, eine einigermaßen beruhigende Erklärung für die Dunkelheit zu finden, die ihr auf einmal so bedrohlich erschienen war. Da musste nicht auch noch ein Zauberer in ihren Gedanken herumspuken, der ihr von Magie und Schatten erzählte und dessen Lächeln sie immer wieder zurück in den Regen trug, zurück unter den Baum, wo sie sich ihm so nah gefühlt hatte, ohne ein einziges Wort zu sprechen … und wo er sie gewarnt hatte vor dem Zirkus, der nun ihren Namen rief.

Sie wusste nicht, ob das Geräusch, das sie aus dem Schlaf gerissen hatte, von den Krähen am Himmel herrührte oder vom Flügelschlag des Eisvogels, der sich nun aufrichtete und ihre Gedanken durchbrach. Aber sie hörte deutlich ihren Namen, als würde er von unzähligen Kehlen geflüstert. Es schien ihr, als würde Applaus von irgendwo erklingen, und gleichzeitig glomm buntes Licht in der Kugel auf. Zuerst wirbelte es in farbigen Schleiern umeinander, bis es sich zu bewegten Bildern formte, die wie ein Film vor Anouks Augen abliefen.

Sie erkannte den kleinen Gaukler, der seine Kegel hoch in die Luft warf, während er sie direkt anlachte, den Feuerschlucker, der sich vom Phönix in einen Menschen verwandelte und sich vor ihr verneigte, Masrador, der lächelnd die Arme ausbreitete, und etliche andere Artisten, die noch einmal ihr Können präsentierten. Vergeblich versuchte Anouk herauszufinden, wie die Kugel funktionierte, aber ihr Sinn war ohne Zweifel klar: Sie warb für eine weitere Vorstellung des *Dark Circus*, die sich niemand entgehen lassen durfte, der auch nur im Entferntesten einen Sinn hatte für düstere Zauberei und übernatürliche Effekte. Anouk stieß die Luft aus. Sie hatte in den vergangenen Tagen genug über den Zirkus nachgedacht, um eines genau zu wissen: Sie hatte nicht vor, noch einmal in eine Vorstellung zu gehen, in der sie mit irgendwelchen Tricks an der Nase herumgeführt wurde. Sie wollte ihren Blick gerade von der Manege abwenden, als das Bild in kräftigem Rot explodierte. Feuerfunken jagten durch die Kugel und formten schließlich ein Gesicht, gerade so, wie die Krähen am Himmel das Zirkuszelt nachgebildet hatten.

Anouk spürte, wie ihr Herz schneller schlug. Es war ihr Gesicht, das dort in der Kugel sichtbar wurde, doch es war kein Spiegelbild, und es präsentierte sie auch nicht bei ihrem Besuch im *Dark Circus*. Stattdessen zeigte es den Moment, da sie zuletzt an diesem Fenster gestanden und in die Nacht hinausgesehen hatte – kurz nach ihrer Ankunft, als der Zirkus über die Hügel gekommen war. Anouk konnte den Wind in ihren Haaren sehen und die Farben der Zirkuswagen auf ihren Wangen. Aber es war nicht die Frage, wie dieses Bild in die Kugel gelangt war, die sie frösteln ließ. Nein, es war der Ausdruck tiefen Staunens auf ihren Zügen, den sie zuletzt vor einer Ewigkeit auf einem anderen Gesicht gesehen hatte. Ihre Augen leuchteten dort in der Kugel, und die Kühle, die sie sonst zeigten, war kindlicher Neugier gewichen. Sie sah aus, als wäre sie verzaubert worden … so wie Ben, wenn er glücklich gewesen war. Langsam nur verblassten ihre Konturen, aber Anouk sah deutlich die Buchstaben, die über ihrem Gesicht auftauchten. *Dieses Geheimnis ist nur für dich bestimmt,* las sie in roten Lettern, und gleich darauf: *Der Zauber existiert. Begegne ihm morgen um Mitternacht.*

Wie betäubt schaute sie zu, wie die Buchstaben zerbrachen, kaum dass sie sie gelesen hatte, und in erlöschenden Funken in die Dunkelheit fielen. Erst als die Kugel komplett schwarz geworden war, begriff sie, dass sie in den Zirkus eingeladen worden war – und dass sie lächelte. Sie spürte es deutlich, dieses Flirren in der Magengegend, das sie von früher kannte, wenn sie sich gemeinsam mit Ben auf die Suche nach einem Ort zwischen allen Welten begeben hatte: einem Ort voller Zauber, den kein Zweifel zerstören konnte. Sie hatten nach Elfen und Feen Ausschau gehalten und waren mit Vorliebe in die Wälder gelaufen, flüsternd, um die Zauberwesen nicht zu verschrecken … damals, als sie noch felsenfest an Wunder geglaubt hatte.

Aber gleich darauf stieß sie ein heiseres Lachen aus. Der Zirkus legte sich wirklich ins Zeug, um ein Mysterium zu werden, so viel war sicher. Madeleine hatte ihr erzählt, dass er jedes Mal mit einem neuen Programm und vielen Überraschungen aufwartete, wenn er an diesen Ort zurückkehrte, wozu vermutlich auch extravagante Marketingaktionen gehörten. Einen nächtlichen Besuch von einem Eisvogel hatte Anouk allerdings nicht erwartet, von ihrem eigenen Gesicht in der Kristallkugel einmal ganz zu schweigen. Es musste eine Erklärung dafür geben, die alles wieder ins rechte Licht rückte. Vermutlich hatten zeitgleich jede Menge andere Leute auch eine solche Kugel bekommen, und wenn Anouk sie auseinandernahm, würde sie darin wahrscheinlich einen mit simpler Technik arrangierten Trick finden, der es ermöglichte, dass sie ausgerechnet dieses Bild von sich sah. Wahrscheinlich war selbst der Eisvogel nicht echt, sondern eine ausgesprochen naturnahe Drohne, die ...

Ein Blick auf den Vogel genügte, um jeden dieser Gedanken als das zu enttarnen, was er war: der hilflose Versuch, etwas vollkommen Unerklärliches zu analysieren und in eine Schublade zu packen. Anouk merkte erst, als ihre Knöchel knackten, dass sie nervös ihre Hände knetete. Der Spott des Eisvogels brannte auf ihren Wangen, und plötzlich musste sie an die alte Frau denken, an ihre gewisperte Warnung ... und an vernarbte Handgelenke, benetzt vom Regen.

Sie sah Rhasgar so deutlich vor sich, dass sie meinte, seinen Atem auf ihrer Haut spüren zu können. Noch einmal fühlte sie die Dunkelheit seiner Augen, die sich mit entsetzlicher Kälte um ihre Kehle geschlungen hatte, ganz gleich, ob sie eine Erklärung dafür fand oder nicht, und sie hörte erneut seine Worte, so klar, als raunte er sie ihr ins Ohr.

*Halte dich fern von Dingen, die du nicht verstehst,* flüsterte er. *Halte dich fern vom Zirkus der Schatten!*

In den letzten Tagen hatte sie sich eingeredet, dass er das nur aus einem einzigen Grund zu ihr gesagt hatte: um weitere Störungen seiner Vorstellungen zu verhindern. Doch nun brach diese Erklärung in sich zusammen, als wäre sie nie mehr gewesen als ein Kartenhaus. Mit tödlichem Ernst jagten Rhasgars Worte durch Anouks Gedanken. Sie sah ihn erneut in der Manege stehen, regungslos und gleichzeitig mit diesem Ausdruck in den Augen, als würde er in eine entsetzliche Tiefe stürzen, und alles in ihr schrie ihr zu, dass sie auf ihn hören musste. Es war ganz leicht. Sie brauchte nur das Fenster zu schließen, die Vorhänge zuzuziehen und sich umzudrehen, und keine Finsternis könnte ihr folgen.

Aber sie rührte sich nicht von der Stelle. Denn sie sah Rhasgar im Regen stehen, mit diesem Lächeln, das so wunderschön und zugleich voller Schmerz war. Er hatte sie angesehen, als läge er in unsichtbaren Ketten, und sie konnte sich nicht gegen den Gedanken wehren, der nun durch ihren Kopf schoss.

*Du hast dich seinem Bann widersetzt.*

Auch das hatte Rhasgar zu ihr gesagt, und was auch immer das bedeutete … was, wenn ihr genau das wieder gelingen würde? Was, wenn tatsächlich mehr hinter alldem steckte, als sie sich jetzt noch vorstellen konnte? Was, wenn sie fähig wäre, hinter das Geheimnis des *Dark Circus* zu kommen und Rhasgars Fesseln zu lösen?

Es schien ihr, als würde er in ihrer Erinnerung den Kopf schütteln. Doch sie wandte sich nicht von ihm ab. Zu deutlich fühlte sie die Wärme, die sie in seiner Nähe empfunden hatte, und mit ihr kehrte das Gesicht ihres Bruders in ihre Gedanken zurück – und das Flirren, das ihren Herzschlag beschleunigte. Seit ihrer ersten Begegnung mit dem *Dark Circus* hatte ihr Verstand nach Erklärungen gesucht für das, was nicht zu erklären war. Sie hatte über Madeleines kindliche Begeisterung gelächelt, sie hatte nach Falltüren und doppelten Böden Ausschau gehalten, und selbst die größten Merkwürdigkeiten waren in ihren Gedanken verblasst, kaum dass sie eine Nacht darüber geschlafen hatte. Aber das Gefühl, das sie nun ergriff, konnte sie nicht länger kleinreden. Es versetzte sie in atemlose Spannung wie früher, wenn sie sich mit Ben eine Geschichte ausgedacht hatte und unbedingt wissen wollte, wie es weiterging, ganz gleich, welche Gefahren am Wegesrand lauerten, und es brachte sie dazu, den Blick des Eisvogels zu erwidern. Was, wenn er mehr war als ein geschickt inszenierter Werbegag? Vielleicht war er wirklich eine Einladung an einen magischen Ort, ihr Peter Pan an ihrem Fenster, ihr Schrank nach Narnia, ihr Kaninchenloch ins Wunderland, ihr Beweis für das, was sie ihre gesamte Kindheit hindurch gehofft hatte: dass es eine Welt voller Magie gab, ganz genau so, wie sie es sich mit Ben ausgemalt hatte – eine Welt, in der alles möglich war.

Sie holte tief Atem. Wahrscheinlich war das alles Unsinn. Wahrscheinlich hielt der *Dark Circus* sie wieder einmal zum Narren. Aber wenn nicht, dann hockte gerade ein verfluchtes Wunder vor ihrem Fenster! Konnte sie wirklich so dumm sein und es aus Angst zurückweisen? Und wenn sie das täte – würde sie damit nicht eine Tür zuschlagen, die sich niemals wieder öffnen ließ? Die einzige Tür, hinter der ihr kleiner Bruder immer auf sie warten würde? Sie fühlte, dass Ben in ihren

Gedanken lächelte, genau wie früher, wenn sie sich gemeinsam auf ein Abenteuer begeben hatten. Ganz gleich, ob es eine Erklärung für alles gab oder die schrecklichsten Ungeheuer in der Dunkelheit lauerten: Ihr Bruder wäre der Einladung des *Dark Circus* gefolgt, ohne jeden Zweifel. Kurz nur erwiderte sie sein Lächeln. Und im selben Augenblick war ihre Entscheidung gefallen.

Der Eisvogel blinzelte, als hätte er sie gehört. Noch einmal schaute Anouk in seine pechschwarzen Augen und zwang sich, nicht zu blinzeln. Dann schrie der Vogel, so laut, dass sie zusammenfuhr, und flog in die Nacht davon. Die Krähen zerstreuten sich oben am Himmel und zogen als Wolken dahin, als wären sie nie etwas anderes gewesen als das, und die lauernde Stille um Anouk herum zerbrach.

Im selben Moment zersprang die Kugel vor ihr. Silberne Splitter fielen zu Boden, als wäre eine Seifenblase zerplatzt, und für einen Augenblick glaubte Anouk, doch alles nur geträumt zu haben, so gewöhnlich drangen die Geräusche der Nacht zu ihr herauf, das Fauchen der Katzen, das Flüstern des Windes, das Rauschen des Meeres in der Ferne. Aber dann spürte sie ein Kribbeln an den Fingern und sah, dass feinster Silberstaub daran zurückgeblieben war … schimmernd wie ein Spiegel in der Finsternis.

# 5

Der nächtliche Wind riss an Anouks Haaren. Sie hatte die Arme fest um ihren Leib geschlungen und zitterte, so eisig war es zwischen den Hügeln. Aber ein einziger Blick auf den *Dark Circus* hatte genügt, um ihre Füße mit dem Boden zu verschmelzen, und so stand sie nun seit einer gefühlten Ewigkeit vor dem Parkplatz und konnte sich trotz der Kälte nicht überwinden, auch nur einen weiteren Schritt zu tun.

Der Zirkus sah aus, als wäre er vollkommen verwaist. Die Wagen standen verlassen da, die Lampions drehten sich trostlos um sich selbst, und das Zelt, das noch vor Kurzem in herrschaftlichen Farben erstrahlt war, hüllte sich erneut in Aschegrau. Träge wehte seine Plane im Wind und etwas in der Melancholie dieses Bildes ließ Anouk die Schultern anziehen. Sie wusste nicht genau, was sie erwartet hatte, als sie aus dem

Haus geschlichen und mit pochendem Herzen hierhergekommen war. Sie wusste ja noch nicht einmal, aus welchem Grund der *Dark Circus* sie eingeladen hatte. Aber sie hatte gedacht, dass das Zelt erleuchtet wäre wie bei ihrem letzten Besuch, und auch mit dem einen oder anderen Artisten auf dem Gelände hatte sie gerechnet. Nun jedoch zeigte sich keiner von ihnen und eine unheilvolle Stimmung lastete auf dem Platz. Es war, als hätte der *Dark Circus* jedes Leben verloren.

Erst als der Wind ihr mit aller Kraft in den Nacken fuhr, setzte Anouk sich in Bewegung. Sie bemühte sich, nicht auf die Fenster der Zirkuswagen zu achten, die ihr wie Totenaugen entgegenstarrten, und stieß leise die Luft aus. Wahrscheinlich war sie für dumm verkauft worden und die ganze Aktion mit der Kugel war nichts weiter als ein Scherz gewesen. Dieser Gedanke hatte angesichts der unheimlichen Szenerie fast etwas Tröstliches, bedeutete er doch auch, dass all die absurden Gedanken um tödliche Gefahren, die sie den ganzen Tag über hin und her gewälzt hatte, nichts weiter waren als Hirngespinste. Vermutlich würde gleich ein Artist hinter der nächsten Ecke hervorspringen und ihr einen Heidenschreck einjagen. Aber der sollte sich warm anziehen. Sie war sehr gut darin, plötzlich loszuschreien, wenn sie jemand in Angst versetzen wollte. Das hatte sie immerhin jahrelang mit Ben trainiert. Wer auch immer ihr auflauern wollte, musste sich auf eine geräuschvolle Überraschung gefasst machen, wenn er …

Weiter kam sie nicht. Sie hatte gerade das Zirkusgelände betreten, als ein brennender Schmerz durch ihre Hand schoss. Ihre Finger glühten in silbernem Licht auf, gerade dort, wo sie vergangene Nacht die Kugel berührt hatte. Dann wurde ihr schwarz vor Augen. Taumelnd stützte sie sich an einem der Wagen ab und fasste sich an die Stirn. Im nächsten Moment war der Schmerz verschwunden, doch hinter ihren Lidern flimmerte rotes Licht. Sie hob den Kopf – und traute ihren Augen nicht.

Der geisterhafte Zirkus, den sie gerade noch gesehen hatte, war verschwunden. Stattdessen erhob sich der *Dark Circus* in Feuerfarben vor ihr. Die Lampions warfen bunte Lichter auf die hell erleuchteten Wagen, und das Zelt glühte so rot, dass jede Kälte aus Anouks Körper wich. Der Eingang war weit geöffnet, betörende Musik drang aus dem Inneren, und davor standen etliche Artisten, gekleidet in die schönsten Kostüme, und winkten Anouk freundlich näher heran. Sie entdeckte den kleinen Gaukler unter ihnen, der nun mit einem Ballon auf sie zulief.

»Gestatten?«, fragte er mit charmanter Verbeugung. »Mein Name ist Levin. Darf ich dich zu deinem Platz geleiten?«

Anouk musste lachen und ergriff seinen Arm. »Es ist mir eine Ehre. Ich bin …«

»Anouk«, unterbrach er sie und nickte. »Natürlich. Das weiß hier jeder! Immerhin bist du unser Ehrengast, nicht wahr?«

Sie wollte fragen, woher er ihren Namen kannte, aber ein Blick in sein schelmisches Gesicht genügte, um ihr die Antwort zu geben. Sie erinnerte sich gut an sein Zwinkern hoch oben auf dem Zirkusdach. Sicher hatte er seine Ohren überall. Mit stolzgeschwellter Brust führte er sie an den Wagen vorüber, und Anouk lächelte, als die Lichter der Lampions auf ihren Wangen tanzten. Es kam ihr so vor, als würde sie in ein Traumreich geführt, fernab aller vernünftigen Fragen. Mit jedem Schritt fühlte sie sich ein wenig leichter, und sie hatten das Zelt schon fast erreicht, als sie einen Blick auf sich spürte.

Noch ehe sie sich umwandte, wusste sie, dass es Rhasgar war, der sie ansah. Er stand abseits der anderen an einen der Wagen gelehnt, den Kopf leicht geneigt, die Arme vor der Brust verschränkt. Er missbilligte, dass sie gekommen war, daran ließ seine finstere Miene keinen Zweifel. Aber während die anderen wahrscheinlich glaubten, dass er immer noch wütend wegen seiner fast verdorbenen Vorstellung war, erkannte Anouk die Sorge in seinem Blick. Sie färbte seine Augen noch eine Spur dunkler und legte sich wie ein sanfter Atemzug auf ihre Haut. Kurz hob er den Kopf, als hätte sie etwas entdeckt, das er lieber für sich behalten hätte. Dann wandte er sich ab und ging schnellen Schrittes über den Platz davon.

Ein Stechen zog durch Anouks Brust, als sie ihn zwischen den Wagen verschwinden sah, und sie überkam das Bedürfnis, ihm nachzulaufen und die Hand nach ihm auszustrecken, genau so, wie sie es im Regen in der Ruine getan hatte. Aber sie kam nicht dazu, diesem Impuls nachzugeben. Denn nun hatte sie das Zelt erreicht, und kaum, dass die anderen Artisten respektvoll vor ihr zurückwichen, führte Levin sie ins Innere. Dort wartete kein dunkler Tunnel mehr auf sie, sondern ein stimmungsvoll erleuchtetes Vorzelt, und dahinter, in samtenes Scheinwerferlicht getaucht, lag die Manege. Anouks Herz setzte für einen Schlag aus, als sie die leeren Reihen sah – und den einzelnen Sessel, der mitten in der Manege stand.

»Ist das etwa mein Platz?«, fragte sie Levin. Instinktiv hatte sie geflüstert, so riesig erschien ihr das Zelt auf einmal. Doch der Junge schaute mit beruhigendem Lächeln zu ihr auf.

»Aber ja«, sagte er ebenso leise. »Es ist ein besonderer Platz für einen besonderen Gast. Keine Angst. Niemand erwartet von dir, zur Zirkusdecke hinaufzufliegen oder deine Füße hinter dem Kopf zu verknoten.«

Er lachte, doch Anouks Herz schlug schneller, als sie sich auf den Sessel setzte. Levin befestigte den Ballon an den Lehnen, sodass er direkt über ihrem Kopf schwebte, und verschwand nach einem aufmunternden Zwinkern in der Dunkelheit der Sitzreihen. Die anderen Artisten waren ebenfalls nicht mehr zu sehen, und als Anouk in einen der Scheinwerfer blinzelte, der auf sie gerichtet war, kam sie sich vor wie die Ziege, die in *Jurassic Park* dem Tyrannosaurus geopfert wurde.

Sie zuckte zusammen, als der Boden erzitterte. Die Musik verschmolz zu einem dunklen Grollen und die Scheinwerfer wurden dunkler, bis Anouk jenseits ihres Lichtkegels nichts mehr sah als Finsternis. Kurz meinte sie, darin eine Gestalt zu erkennen, die reglos zu ihr herüberstarrte. Aber als sie die Augen zusammenkniff, um sie besser sehen zu können, brach die Dunkelheit auf, und aus ihrer Mitte schoss ein Schwarm Papiervögel auf sie zu. Da schwoll die Musik zu einer fröhlichen Melodie an, und Anouk musste lachen, als das Vogelmädchen hinter den Tieren herlief, das sie bereits in der Vorstellung gesehen hatte. Mit nicht mehr als einem Fingerzeig befahl es die Vögel in kunstvolle Formationen und lächelte, als es direkt vor Anouk stehen blieb. Flügelschlagend landete einer der Vögel auf seiner ausgestreckten Hand und wurde zu einem Glas mit leuchtend blauer Limonade. Freudestrahlend reichte das Mädchen Anouk das Glas. Dann wich es in die Schatten zurück, und im selben Moment, da der Schwarm sich in Eisvögel verwandelte und hoch hinauf zur Zirkusdecke flog, betrat Masrador die Manege.

Instinktiv nahm Anouk einen großen Schluck von der Limonade. Sie prickelte auf der Zunge, aber sie konnte ihr nicht die Anspannung nehmen, die sie nun ergriff. Kurz schien es ihr, als würde erneut der Donner in ihr widerklingen, den sie in der Ruine gehört hatte – dunkel wie das Lachen des Clowns, der jetzt langsam auf sie zutrat. Sie wappnete sich gegen die Finsternis, die sie zuletzt auf seinen Zügen gesehen hatte, doch entgegen ihrer Erwartung fand sie dieses Mal nichts Unheilvolles in seiner Miene. Stattdessen zierten Lachfältchen seine Augen, und als er vor ihr stehen blieb und eine Verbeugung andeutete, fiel es ihr schwer, sein Lächeln nicht zu erwidern. Mit aller Kraft zwang sie sich, an Rhasgars Warnung zu denken und an seine vernarbten Handgelenke. Aber beides erschien ihr auf einmal so fern wie die Düsternis, die sie vor Kurzem noch in Masrador gesehen hatte. Der Clown stand vor ihr wie ein Geschichtenerzähler, der sie jeden Moment auf ein unvergleichliches Abenteuer mitnehmen würde. Und sosehr sie sich auch dagegen wehrte, schien es ihr doch mit jedem Augenblick immer mehr, als hätte sie alles andere nur geträumt.

»Willkommen«, sagte Masrador und breitete die Arme aus. »Es ist mir eine große Freude, dich heute hier begrüßen zu dürfen. Umso mehr, da ich mir nicht sicher war, ob du meine Einladung annehmen würdest.«

Er schien auf eine Antwort zu warten, denn er schaute mit leicht geneigtem Kopf auf sie herab. »Nun ja«, sagte Anouk und rutschte auf dem Sessel in die Höhe. »Den Wirbelsturm nach Oz habe ich verpasst, also kann man sagen: Ich hatte heute einfach nichts anderes vor.«

Irgendwo aus den Reihen hinter ihr erklang Gelächter. Masrador hob die Brauen, dann verzog er den Mund zu einem Grinsen. »Furchtlosigkeit«, sagte er und nickte anerkennend. »Eine bewundernswerte Eigenschaft. Und ich darf dir versprechen, dass dein Mut belohnt werden wird. Denn heute Nacht erwartet dich ein einmaliges Erlebnis, das du niemals vergessen wirst. Aber weißt du, aus welchem Grund du nun auf diesem Sessel sitzt? Weißt du, warum ich dich einlud in den Zirkus der Schatten?«

Anouk schauderte, als hätte sie diesen Namen noch einmal aus Rhasgars Mund gehört. Doch gleich darauf umfing sie wieder Masradors Lächeln und sie zuckte mit den Schultern. »Vielleicht, damit ich meinen Freunden in Paris vom *Dark Circus* erzähle? Wie ich hörte, versteht der Zirkus sich darauf, Namen herauszufinden. Da war es bestimmt ein Leichtes zu erfahren, wer ich bin und ...«

Ein Schatten flog durch Masradors Blick, so tiefschwarz, dass er Anouk zum Verstummen brachte. »*Wer ich bin*«, wiederholte der Clown langsam. »Das ist die Frage aller Fragen für jeden von uns, nicht wahr? Und selbst wenn ich in deinem Fall die Antwort wüsste, würde ich den Teufel tun und sie dir verraten. Diesen Weg musst du ganz allein gehen. So ist das im Leben, hast du das nicht schon erfahren?« Ein rätselhaftes Funkeln ging durch seine Augen, ehe er fortfuhr: »Nein, es liegt nicht daran, dass du in der großen Stadt für uns Werbung machen könntest. So etwas hat der *Dark Circus* nicht nötig. Was wir aber nötig haben, ist Magie.«

Das Wort flog über Anouks Wangen wie die Schatten der Vögel, die hoch oben an der Zirkusdecke ihre Kreise zogen. »Man könnte denken, davon gibt es hier mehr als genug«, gab sie zurück. »Eure Vorstellung war beeindruckend.«

Masrador verstärkte sein Lächeln. »Das war sie gewiss. Und doch hast du dich nicht verzaubern lassen ... nicht gänzlich. Rhasgar trägt schwer an dieser Last, das kannst du mir glauben. Es ist ihm noch nie passiert, dass jemand seine Darbietung durcheinandergebracht hat. Aber du hast es getan. Inmitten all der Lichter hast du den Blick abgewandt, als wäre alles um dich herum nichts als ein albernes Possenspiel, und was auch immer die Gründe dafür sein mögen: Wir können das nicht hinnehmen. Denn wir haben eine lange Tradition im Verzaubern, und wir denken nicht daran, sie zu unterbrechen.«

In seiner Stimme lag ein so kindlicher Trotz, dass Anouk lächeln musste. »Und was wollt ihr nun tun?«, fragte sie und nahm noch einen Schluck Limonade. »Mich zur Strafe in eine Kröte verwandeln?«

»Ein interessanter Gedanke«, erwiderte Masrador amüsiert. »Aber keine Sorge, unser Plan ist weitaus simpler. Du darfst an unserer Probe teilnehmen, so nah bei den Artisten, dass du keine Chance mehr haben wirst, dich gegen ihre Macht zu wehren. Suche nach doppelten Böden, nach Sicherungsseilen und geheimen Tricks. Ich verspreche dir: Du wirst sie nicht finden. Aber eines wirst du stattdessen erfahren – etwas, das uns alle hier am Leben erhält und das ich dir heute Nacht zum Geschenk mache.« Er hielt inne, und in dem Moment, da sein Lächeln von seinen Lippen wich, erlosch jedes Licht. »Sieh nur«, raunte er, und Anouk schien es, als wäre er in der Dunkelheit um sie herum aufgegangen, so eindringlich umfasste sie seine Stimme. »Der Zauber existiert!«

Sie erschrak, als ein grelles Licht vor ihr explodierte, gerade dort, wo Masrador soeben noch gestanden hatte. Doch der Clown war verschwunden, und an seiner Stelle sprang Levin in die Manege, begleitet von lauter, unbeschwerter Musik. Blitzartig wirbelte er seine Kegel durch die Luft und entzündete dort, wo sie die leeren Reihen trafen, lodernde Fackeln. Anouk versuchte, seinen Bewegungen zu folgen, aber es war unmöglich. Seine Hände umfassten die Kegel so schnell, dass sie nur Schemen erkennen konnte, und als er sie hoch in die Luft schleuderte, kehrten sie nicht zu ihm zurück. Stattdessen bewegten sie sich wie auf vorbestimmten Bahnen um ihn herum. Schnell, immer schneller sausten sie durch die Manege, zischten an Anouk vorbei, dass ihr Haar im Luftzug wehte, und umkreisten Levin. Anouk schien es, als würde sie gemeinsam mit ihm einen magischen Raum betreten, in dem die Gesetze der Physik außer Kraft gesetzt waren.

Sie hielt den Atem an, als er nun einen Kegel vor sich schweben ließ und mit einem einzigen Satz hinaufsprang. Gleichzeitig verharrten die anderen Kegel rings um ihn. Levin stand in ihrer Mitte, als wäre er das Auge eines Orkans. Jede Faser seines Körpers war gespannt, aber sein Gesicht zeigte keine Anstrengung. Er schaute mit einem Lächeln zu den Kegeln hinauf, als würde er zum ersten Mal seit sehr langer Zeit wieder den Sternenhimmel sehen, und nichts als Freude war in seinem Blick – die unbeschwerte, grenzenlose Freude eines Kindes. Dann vollführte er einen dreifachen Salto, und im selben Moment, da die Kegel glitzernd zerbrachen, landete er in der Manege und verbeugte sich.

Anouks Applaus ließ bunte Funken durch die Luft prasseln. Sie fing Levins Lächeln auf, als er sich rückwärts in die Schatten zurückzog. Dann war er verschwunden, doch ihr war keine Atempause vergönnt. Immer weitere Artisten folgten, und alle waren bemüht, Anouk in ihre Nummern einzubeziehen. Die Seilakrobatin mit dem roten Kleid ergriff ihre Hand und zog sie in schwindelnde Höhen, die Schlangenfrau verdrehte ihre Glieder, ohne dass sie Schmerzen spürte, und der Artist mit dem Dolch stemmte sie auf seinem Rücken in die Luft, so mühelos, als wöge sie nicht mehr als eine Feder. Ihr Herz begann im Rhythmus der Musik zu schlagen, ihr Atem stockte mit dem der Artisten, und ein Lächeln blühte auf ihren Lippen bei dem Gedanken, dass sie ein Teil dieser schillernden Welt geworden war – so selbstverständlich, als wäre es niemals anders gewesen. In rauschendem Feuer jagte sie über die Sitzreihen hinweg, als der Phönix sie in seine Flammen hüllte, und sie lachte, als er sie würdevoll in der Manege absetzte. Gleich darauf empfingen sie die tanzenden Clowns mit wilden Sprüngen. Übermütig wirbelten sie Anouk herum – und im nächsten Moment fand sie sich zwischen schwebenden Spiegeln wieder.

Die Musik verstummte so plötzlich, dass Anouk taumelte. Auf einmal hörte sie nichts mehr als ihren Atem und ihr eigenes, wie verrückt hämmerndes Herz. Sie rechnete damit, dass nun Rhasgar auftreten würde, und in einem jähen Impuls trat sie auf einen der Spiegel zu. Doch ehe sie ihn erreichte, überzog er sich mit Rissen und zerbrach mit all den anderen. Wie in Zeitlupe fielen die Scherben nieder und löschten die Umgebung ringsum aus. Die Manege versank in Dunkelheit, und Anouk fand sich in einem Zimmer wieder – einem Zimmer, das sie sehr gut kannte. Ihr Herz setzte für einen Schlag aus, als sie die Bilder an den Wänden sah und den abgeliebten Teddy auf dem Bett. Sie war in Bens Kinderzimmer.

Sie drehte sich um sich selbst in der Erwartung, das Zimmer wieder zerbrechen zu sehen, so schnell, wie es gekommen war. Aber es blieb, und ein Schritt auf den knarrenden Dielen reichte aus, um Anouk das Gefühl von damals zurückzugeben: dieses warme, sichere Kindergefühl, das sie in diesem Raum früher empfunden hatte. Bens Kleiderschrank stand offen, wie es damals ständig gewesen war. Spielsachen lagen auf dem Boden. An den Wänden hingen all seine Bilder. Sie ließ den Blick über die Möbel schweifen, die niedrige Kommode mit den klemmenden Schubladen, den Schreibtisch, das Bett. Hier hatte sie sich mit Ben Abenteuer ausgedacht und zum Leben erweckt, sein Bett war ein Piratenschiff gewesen, eine Schmugglerhöhle oder ein Schloss, und dort drüben am Fenster hatten sie mit dem Fernrohr ihres Vaters nach Außerirdischen gesucht. Selbst der Geruch war noch so wie damals, ein Duft von Kaugummi, Lakritz und Wachsmalstiften, und im Türrahmen waren die Kerben zu sehen, die Bens Wachstum festgehalten hatten, jedes Jahr zu seinem Geburtstag. Ihre Hand zitterte, als sie darüberstrich. Es war, als wäre sie nie fort gewesen.

Das Lachen traf sie wie ein Messerstich. Sie wich zurück, noch ehe sie die Kinderfüße hörte, die sich über den Flur näherten, schnell und barfuß wie immer, und stieß mit dem Rücken gegen die Wand. Sie wusste, wer nun ins Zimmer kommen würde, und doch hätte sie fast das Gleichgewicht verloren, als sich die Tür öffnete.

Bens Haar stand in allen Richtungen von seinem Kopf ab.

Er trug die blaue Cordhose, in deren ausgebeulten Taschen er alle möglichen Schätze wie Kieselsteine, Heftklammern und Kreide verstaute, und er lachte noch immer, als er sich auf den Boden fallen ließ. Anouk sah nicht, was er in den Händen hielt, ein Spielzeugauto vielleicht oder einen ihrer Comics, die er ihr immer geklaut hatte, um heimlich die Bilder darin anzusehen. Alles, was sie wahrnahm, war sein Gesicht, dieses zarte, fröhliche Kindergesicht, das sie unwillkürlich auf ihren Bruder zutreten ließ. Sie sank neben ihm auf die Knie, und als sie sein Haar an ihren Fingern fühlte und er ihren Blick erwiderte, erstaunt zuerst und dann mit dieser Wärme, die seine Augen seit jeher hatte strahlen lassen, da war es, als wäre er wirklich da – ganz genau so wie früher.

Erst als die Tränen über ihre Wangen liefen, merkte sie, dass sie weinte. Ben berührte ihr Gesicht, wie er es immer getan hatte, wenn sie traurig gewesen war, und sie lächelte wie damals über sein Erstaunen darüber, dass es etwas wie Traurigkeit in der Welt gab. Ihr Magen zog sich zusammen, so sehr wünschte sie sich, diesen Ausdruck in Bens Augen bewahren zu können. Aber kaum hatte sie das gedacht, trat ein Ernst in seinen Blick, der weit über sein Alter hinausging. Es war eine Gewissheit, die Anouk die Luft abschnürte, so unabänderlich war sie, und sie ergriff Bens Hand, als könnte sie so verhindern, was doch geschehen musste.

Noch einmal glitt ein Lächeln über sein Gesicht. Dann wurden seine Finger kalt. Es war eine gnadenlose, entsetzliche Kälte, aber Anouk ließ seine Hand nicht los, während das Zimmer um sie herum sich veränderte. Es wurde zu all den Wartezimmern der Ärzte und zu den Räumen in den Kinderstationen, und Anouk hielt ihren Bruder fest, während sein kleiner Körper schwach und mager wurde und sein gerade noch fröhliches Gesicht ausgezehrt und bleich. Sie hielt seine Hand, während sie ihn sterben sah, mit jedem Atemzug ein bisschen mehr, und schließlich fand sie sich in dem letzten Zimmer wieder, in dem sie zusammen gewesen waren – dem Raum, in dem sie ihn verloren hatte.

Sie sagte kein Wort, während ihre Eltern weinten. Sie hielt nur Bens Hand gegen diese Macht, die sie nicht aufhalten konnte, hielt sich an ihm fest, an seiner Wärme, seiner Sanftheit, seinem Lachen, das sie noch immer hören konnte, obwohl er nichts mehr hörte. Sie fühlte ihn genau, den Frost, der Ben von ihr fortzog. In einem kurzen anschwellenden Ton packte er Anouks Herz wie damals – und wie damals hoffte sie, dass er sie mitnehmen, dass er sie nicht zurücklassen würde in dieser Welt, die sich einfach weiterdrehte, obwohl sie das wunderbarste Lachen verloren hatte, das je geboren worden war. Doch wie damals auch zerbrach der Ton. Und Ben war fort.

Anouk ließ seine Hand los, die sich auf einmal ganz fremd anfühlte, und im selben Moment fand sie sich allein in seinem Kinderzimmer wieder, mit dem Rücken zur Wand. Aber das Gefühl der Kälte war noch immer da. Sie hatte es mitgenommen, den langen Weg vom Krankenhaus zurück, die Treppe hinauf und in diesen Raum, wo sie sich mitten in der Nacht hineingeschlichen hatte, um sich in die Ecke zu hocken, gerade so, wie sie jetzt dasaß. Jahre waren vergangen, Jahre, in denen diese Kälte tief in ihr sich nicht verändert hatte. Anouk kam es so vor, als hätte sie in all der Zeit nur in dieser Ecke gesessen, umgeben von haltloser Stille. Und vielleicht tat sie das noch immer. Vielleicht würde das niemals aufhören.

Ihr Herz begann zu rasen, aber sie konnte sich nicht rühren, selbst dann nicht, als plötzlich Schatten über die Wände huschten, so schwarz, dass sie aussahen, als würden sie aus Tinte bestehen. Lautlos krochen sie über die Bilder, die sich unter ihrem Griff wölbten wie verkohlendes Papier, über den Schreibtisch, das Bett, die Zeichen neben der Tür. Wie flammenloses Feuer raubten sie dem Zimmer die Farben und ließen nichts als Asche zurück und Anouk wich das Blut aus dem Kopf. Es war die Finsternis des *Dark Circus,* die nun auf sie zukroch, das spürte sie, dieselbe Schwärze, die in Masradors Augen lauerte und Rhasgar in unsichtbare Ketten legte. Ohne jedes Geräusch glitt sie über die Dielen auf Anouk zu, und sie konnte fühlen, wie sie sich in ihr Innerstes fraß, kaum dass sie sie berührte … diese Dunkelheit, die kein Leben mehr in sich barg.

Anouk stemmte sich auf die Beine. Sie musste fort – nur fort aus diesem Zirkus, der alles auslöschen konnte, was sie war. Die Umgebung verschwamm vor ihrem Blick, als sie losrannte, aber sie hörte sich selbst schreien, so laut, als könnte sie alles um sich herum damit in Fetzen reißen. Irgendjemand griff nach ihr, doch sie ließ sich nicht halten. Mit aller Kraft schlug sie um sich und da zerbrach das Zimmer wie ein Bild aus dünnem Glas.

Anouk fand sich am Boden der Manege wieder. Sie brauchte einen Augenblick, um zu begreifen, dass das Zimmer nichts als ein Trugbild gewesen war. Dann strich eisiges Entsetzen über ihre Stirn. Die Musik war verstummt und einer lauernden Stille gewichen. Blitzlichtartig sah Anouk die alte Frau vor sich, las die Worte von ihren Lippen ab und spürte Rhasgars Blick, die dunkle Warnung, die in seinen Augen gelegen hatte und die ihr nun nicht mehr helfen würde. Was auch immer der *Dark Circus* sein mochte – sie war ihm in die Falle gegangen.

Sie rechnete damit, Masrador vor sich zu sehen, als sie den Kopf hob. Doch sie war ganz allein. Kalter Wind pfiff durch die Zeltplane, die blass und farblos wirkte im Schein einer einzelnen Fackel, und Anouk überkam dasselbe unheilvolle Gefühl, das sie vor dem Parkplatz hatte innehalten lassen – diese Ahnung von etwas, das sie nicht greifen, aber umso stärker spüren konnte und das ihr eisige Schauer über den Rücken schickte. Noch immer liefen Tränen über ihre Wangen. Lautlos fielen sie auf den ebenfalls ergrauten Boden … und da sah sie, dass ihre Tränen ihn bunt färbten.

Kurz glaubte sie, ihren Augen nicht zu trauen. Aber sie sah deutlich, wie ihre Tränen auf den Holzspänen aufkamen und im Rhythmus ihres Herzschlags farbige Ringe über die Manege schickten. Und während der Zirkus ringsherum bunter wurde, begann sie selbst zu zittern. Sie fühlte, wie all die Szenen, die sie gerade erlebt hatte, tief in ihrem Inneren in Schatten gehüllt wurden, und ihr Herz setzte für einen Schlag aus. Der Zirkus raubte ihr das Leben.

Ein Krächzen drang aus ihrer Kehle, das wie ein heiseres Lachen klang. Ihr Verstand rebellierte gegen das, was hier geschah, und sie kam sich vor wie ein Tier, das in einen Waldbrand geraten war. Mit aller Kraft zwang sie sich, ruhig zu atmen, und ihre Gedanken schlossen sich zu einem einzigen zusammen. Ganz gleich, was an diesem Ort vor sich ging: Sie musste von hier verschwinden.

Ihre Beine waren eingeschlafen, aber das merkte sie erst, als sie sich aufrappelte. Taumelnd bewegte sie sich auf den Ausgang zu und hatte ihn gerade erreicht, als eine Gestalt vor ihr aus den Schatten trat. Anouk wich zurück. Nur im letzten Moment konnte sie einen Sturz verhindern. Vor ihr stand Masrador, doch er hatte nichts mehr mit dem Clown gemein, der sie in dieser Nacht begrüßt hatte. Sein gerade noch prunkvolles Kostüm war modrig und zerrissen, seine Schminke verlaufen, und seine Augen glühten in einer Schwärze, als wäre jeder menschliche Körper nichts als die bröckelnde Haut über einem Abgrund.

»Siehst du«, raunte er mit einer Stimme, die sich schlangengleich um Anouks Körper wand. »Ich habe es dir gesagt: Du wirst diese Nacht niemals mehr vergessen!«

Anouk riss ihren Blick von ihm los. So schnell sie konnte, rannte sie in die entgegengesetzte Richtung, nur um nach wenigen Schritten erneut mit ihm zusammenzustoßen. Sie taumelte rückwärts, und da sah sie, wie Masradors Gestalt an etlichen Stellen in der Manege aufflammte, so als wäre er überall zugleich. Hilflos tat Anouk einen Schritt, und da legte Masrador den Kopf in den Nacken und lachte, so ohrenbetäubend laut, dass sie meinte, der Ton käme aus ihrer eigenen Kehle.

Hustend stürzte sie sich vor, direkt auf einen Spalt in der Zirkuswand zu. Sie rechnete damit, von Masrador zurückgerissen zu werden oder erneut mit ihm zusammenzuprallen. Irgendetwas packte sie am Arm. Ein heftiger Schmerz ging durch ihren Leib, und sie sah, dass ein Schmiss über ihre

Handfläche lief. Doch sie riss sich los und stolperte atemlos ins Freie.

Sie schlug hart am Boden auf. Eine innere Stimme schrie ihr zu, dass sie auf die Beine kommen und rennen musste, nur fort von dem Clown, der jeden Moment hinter ihr durch die Plane brechen konnte. Aber sie rührte sich nicht. Wie erstarrt lag sie da und spürte, wie ihr das Blut aus dem Kopf wich.

Die Welt stand in Flammen.

# 6

Die Hitze des Feuers ließ die Luft flackern. Schwaden aus glühenden Funken fegten über die verkohlte Erde, und für einen gnädigen Moment glaubte Anouk, in einen absurden Traum geraten zu sein, aus dem sie jeden Augenblick erwachen würde. Aber dann drang die heiße Luft in ihre Lunge und nahm ihr jede Illusion. Das Bild, das sich ihr bot, war kein Traum. Alles geschah wirklich.

Der Zirkus brannte. Die Wagen der Artisten, das Zelt hinter ihr, selbst die Lampions standen in Flammen. Aus der zerklüfteten Erde schoss Glut in den Himmel, und dazwischen liefen Kreaturen umher, die auf den ersten Blick aussahen wie Artisten aus lang vergangener Zeit. Sie waren in zerschlissene Kostüme gekleidet, ihre Haare wehten im Wind. Doch ihre Leiber waren von Feuer überzogen. Es leckte über die ausgezehrten

Glieder, sprühte aus den Mündern und verzerrte die Gesichter zu dämonenhaften Fratzen. Anouk beobachtete schreckensstarr, wie sie mit heulendem Gelächter über den Platz tanzten, auf den Seilen des Zelts balancierten oder durch die Luft sprangen, so schnell, dass es aussah, als würden sie fliegen. Ihr kam es vor, als wäre sie in einem von Dantes Höllenkreisen gelandet.

Ihr schlug ein Funkenregen entgegen, aber die Hitze erreichte sie nicht. Stattdessen zog plötzlich eine grausame Glut von ihrer Hand durch ihren ganzen Körper, die sie aufkeuchen ließ. Es war, als hätte sich ein Fieber hinter ihrer Stirn entfacht, gefolgt von heftigem Schüttelfrost. Mit stockendem Atem schaute sie auf den Schnitt in ihrem Fleisch. Er war tiefer, als sie im Dunkel des Zelts angenommen hatte. Blut quoll daraus hervor, und als ein Tropfen zu Boden fiel, ging ein Knistern durch die Luft wie vom Brechen einer Eisschicht. Der Ton durchschnitt das Rauschen der Flammen. Die brennenden Wesen rissen die Köpfe herum und starrten Anouk aus glühenden Augen an. Und im selben Moment, da die Zeltplane hinter ihr von scharfen Klauen zerrissen wurde, stoben die Kreaturen auf sie zu.

Anouk sprang auf die Beine und rannte los. Sie duckte sich unter brennenden Händen hinweg und drehte sich nicht um. Aber in ihren Gedanken jagte Masrador ihr nach, die entsetzlichen Klauen nach ihr ausgestreckt. Immer wieder standen ihr plötzlich Zirkuswagen im Weg, und kaum dass sie langsamer wurde, stürzten die lodernden Kreaturen auf sie herab, sodass sie die Glut ihrer knöchernen Finger auf der Haut spürte. Doch sie blieb Anouk seltsam fern. Stattdessen wuchs die Hitze in ihr, die ihre Bewegungen zusehends stocken ließ. Mehrfach schlug sie der Länge nach hin, weil die Füße ihr nicht mehr gehorchten. Es war, als würde sie mit jedem Schritt Kraft verlieren, während die Flammen um sie herum nur umso mächtiger aufloderten.

Als sie das Zirkusgelände endlich hinter sich ließ, umfing sie die sanfte Kühle der Nacht wie eine rettende Umarmung. Das Gras war weich unter ihren Füßen. Die Kreaturen blieben hinter ihr zurück, genauso wie Gelächter und Flammen, aber sie verlangsamte ihren Lauf nicht. Was in diesem Zirkus vor sich ging, hatte definitiv nichts mehr zu tun mit Possenspielen und Tricksereien. Der Schnitt in ihrer Hand schickte schmerzhafte Impulse durch ihren Körper, und mit jedem keuchenden Atemzug schmolz ihre Panik zu einem einzigen Gedanken zusammen: Fort. Nur fort von diesem Zirkus und allem, was er war.

Ihre Schritte hallten in den leeren Straßen des Dorfes wider. Das Geräusch hatte etwas Beruhigendes. Nun war es nicht mehr weit. Am Ende der Gasse links, dann hatte sie das Wirtshaus erreicht. Der Gedanke an Justine und Madeleine ließ sie schneller rennen. Sie bog um die Ecke – und schlug fast hin, so plötzlich blieb sie stehen. Sie kannte den Weg vom Parkplatz zum Wirtshaus genau, sie war ihn etliche Male gegangen. Aber statt in der schmalen Gasse fand sie sich auf dem Marktplatz wieder. Und dort in der Mitte nahe des Brunnens, die Arme wie zur Begrüßung erhoben, stand Masrador und sah mit dunklem Lächeln zu ihr herüber.

Noch immer trug er sein vermodertes Kostüm, und jetzt konnte Anouk die Fäulnis riechen, die von ihm ausging, obwohl er ein ganzes Stück von ihr entfernt stand. Auch seine Stimme war ihr so nah, dass sie nicht wusste, ob er tatsächlich laut zu ihr sprach oder sie in Gedanken erreichte.

*Anouk*, hallte es in ihr wider. *Deine Flucht ist zwecklos. Es gibt für dich keinen Weg mehr fort von mir!*

Sie sah, dass Masrador zum Lachen ansetzte, und der Schnitt in ihrer Hand begann heftig zu brennen. Das Fieber in ihrem Schädel ließ sie schwanken, als sie vor dem Clown davonrannte, und sein Lachen donnerte so laut durch ihre Gedanken, als brüllte er ihr ins Ohr. Schon nach wenigen Schritten schlossen sich die Straßen wie Kerkertüren um sie. Die ihr so vertrauten Wege verzweigten sich zu einem Labyrinth, das sich fortwährend veränderte, und gerade als sie glaubte, den Rand des Dorfs erreicht zu haben, fand sie sich erneut auf dem Marktplatz wieder. Masrador stand noch immer da, ein spöttisches Grinsen auf dem Gesicht.

*Du hast keinen Grund, vor mir davonzulaufen*, sagte er beinahe sanft. *Ich kann dir mehr bieten, als du auch nur ahnst. Lass die Angst los. Vertraue – dir!*

Das letzte Wort schlug Anouk wie eine Faust ins Gesicht. Sie taumelte in die Gasse zurück und starrte Masrador mit aufkeimendem Zorn an. Wenn sie einem Menschen auf dieser Welt vertraute, dann sich selbst! Erneut rannte sie die Gasse hinab, aber sie sah kaum, wohin sie lief. Die Hitze in ihren Gliedern ließ ihr Herz rasen. Die Häuser verschwammen vor ihrem Blick, die Pflastersteine unter ihren Füßen schienen sie wie ein Laufband in die andere Richtung zu ziehen, und als ein dunkles Grollen in ihren Nacken fuhr, wurden ihr die Knie weich. Sie hielt inne, um nicht zu fallen. Das Blut rauschte in ihren Ohren, als sie sich umdrehte und entgegen jeder Logik wieder am Rand des Marktplatzes stand. Masrador hatte sich nicht von der Stelle gerührt, doch nun neigte er gefährlich langsam den Kopf.

*Närrin,* sagte er, und das Wort glitt durch Anouks Gedanken, eisiger noch als jedes Lachen zuvor. *Du musst eines begreifen: Entweder wirst du ein Teil des Dark Circus – oder er wird dich vernichten!*

Er hob die Hände. Anouk wusste, dass sie laufen musste, so schnell sie nur konnte, aber es war ihr unmöglich, sich von Masrador abzuwenden. Die Finsternis in seinen Augen glomm auf, und da stoben Eisvögel aus seinen Händen, schillernd wie Saphire. Anouk zählte mehr als ein Dutzend, doch anstatt sich in die Luft zu erheben, stürzten die Tiere zu Boden. Mit dem Knacken brechender Knochen schlugen ihre kleinen Leiber auf … und verwandelten sich in etwas anderes.

In Lumpen gehüllte Glieder schoben sich aus den Federn und wuchsen zu menschlicher Größe heran und gleich darauf fand Anouk sich anstelle der Vögel entsetzlichen Clowns gegenüber. Sie alle hatten entfernte Ähnlichkeit mit Masrador. Aus ihren Mündern wuchsen Reißzähne, Krallen kratzten über den Asphalt, und ihre Hände hatten sich zu Klauen geformt. Geduckt standen sie da, die Augen zu pechschwarzer Glut entfacht, und einige knurrten, als wären sie Wölfe, die nur darauf warteten, den Befehl zum Töten zu bekommen. Unmerklich nur bewegte Masrador die Hände – und im selben Moment preschten die Clowns auf Anouk zu.

Sie rutschte aus, als sie sich herumwarf, und schlug sich die Knie auf. Aber sie spürte keinen Schmerz. Zu deutlich sah sie die Clowns näher kommen: schattenschnell und wie Kreaturen in einem Albtraum, aus dem es kein Erwachen gab. Anouk riss sich die Finger auf, als sie auf die Beine kam, und rannte, so schnell sie nur konnte, die Gasse hinab. Schlitternd bog sie um eine Ecke – und plötzlich hörte sie nichts mehr als ihren eigenen Atem.

Die Schritte ihrer Verfolger waren verstummt, doch Anouk spürte, dass sie sich noch immer näherten, lautlos nun wie Gedanken, die ohne Vorwarnung über sie kommen konnten. Stolpernd lief sie weiter und versuchte mit aller Kraft, einen kühlen Kopf zu bewahren. Bildete sie sich alles nur ein? Waren irgendwelche Drogen in der Limonade gewesen? Sie fühlte, wie ihr fiebernder Verstand gegen die Wirklichkeit anrannte, aber sie drängte die aufkeimende Panik zurück. Was auch immer hier vor sich ging: Sie musste sich in Sicherheit bringen. Alles andere war jetzt nicht wichtig.

Mit wachsender Verzweiflung begann sie an geschlossene Türen zu hämmern, aber niemand öffnete ihr. Sie musste an die vergangene Nacht denken, als sie die Einladung erhalten hatte. Auch dort hatte sie das Gefühl gehabt, als einziger Mensch in diesem Dorf wach zu sein. Sie fröstelte, als die Stille sich zusehends mächtiger um sie schloss. Ihre Knöchel knackten, so heftig schlug sie gegen die Türen – und endlich hörte jemand ihr Klopfen.

Licht flutete aus den Fenstern des Hauses auf die Straße und Anouk sog erleichtert die Luft ein. Doch gleich darauf hörte sie die Schritte, die sich der Tür näherten. Es waren leichte Kinderfüße, die barfuß über Dielen liefen. Der Schreck trieb sie gerade noch rechtzeitig von der Tür zurück. Dann sprang ein Clown daraus hervor und griff nach ihr. Sie spürte den Windzug seiner Klaue und sein Lachen, das von den Mauern widerhallte. Aber ehe er sie packen konnte, stieß sie einen zornigen Schrei aus. Sie war kein hilfloses Tier, das sich von irgendwelchen Spukgestalten hetzen ließ, ohne auch nur das Geringste gegen sie zu unternehmen! Ohne darüber nachzudenken, sprang sie vor und schlug dem Clown ins Gesicht. Sie fühlte nichts als Asche unter ihren Fingern. Aber der Clown brachte einen Schmerzenslaut hervor, der schrill wie ein Kinderschrei durch die Gasse hallte.

Anouk zögerte keinen Augenblick. Von glühendem Triumph erfüllt lief sie vor dem Clown davon. Weitere Türen flogen auf und spuckten andere Clowns in die Gasse, doch Anouk sah sie nicht an. Ein einziger Blick in diese entsetzlichen Fratzen und sie würde der Länge nach auf dieses verfluchte Pflaster schlagen, das fühlte sie in jeder Faser ihres Körpers. Mit jagendem Puls bog sie um eine Ecke und fiel erneut in Stille, als augenblicklich jedes Geräusch hinter ihr erstarb. Gewaltsam zwang sie ihren Atem zur Ruhe. Sie würde sich nicht in den Wahnsinn treiben lassen. Sie konnte den Mond über sich sehen und die Sterne und hinter den Gassen die blass beschienenen Hügel. Wenn sie sich nicht irrte, war sie nicht weit vom Pfad zu den Klippen entfernt. Mochten diese elenden Straßen sich verändern, wie sie wollten. Sie würde den Blick nicht mehr von den Hügeln abwenden, und dann …

Der Schatten glitt so schnell aus dem Hauseingang, dass sie nicht mehr ausweichen konnte. Sie sah noch, wie die Hügel vor ihrem Blick verschwanden. Dann wurde sie am Arm gepackt und in die Dunkelheit gerissen, so abrupt, dass ihr schwarz vor Augen wurde. Sie hörte, wie eine Tür sich mit leisem Klacken schloss, spürte die Steine in ihrem Rücken und warmen Atem an ihrer Stirn, und sie wehrte sich mit aller Kraft gegen den Griff, wohl wissend, dass sie jeden Moment die scharfen Zähne eines Clowns in ihrem Fleisch fühlen würde. Aber stattdessen wurde sie gepackt und so fest gegen die Wand gedrückt, dass ihr der Atem stockte. Benommen hob sie den Kopf – und riss die Augen auf. Es war kein Clown, der sie ins Dunkle gezogen hatte. Es war ein Zauberer.

Rhasgars Augen glühten im Licht, das durch einen Spalt in der Tür fiel. Er war ihr so nah, dass sie seinen Herzschlag spüren konnte. Oder war es ihr eigener? Erschrocken stellte sie fest, dass sie ihm in ihrer Panik einen blutigen Kratzer an der Wange zugefügt hatte, und sie erkannte etwas wie Erstaunen in seinem Blick, gepaart mit einer leisen Ahnung von Respekt. Noch immer hielt er ihre Handgelenke umfasst, aber nun, da ihre Gegenwehr erlosch, ließ er ihren rechten Arm los und hob warnend den Finger an die Lippen zum Zeichen, dass sie keinen Laut von sich geben sollte. Noch einmal streifte sein Atem ihre Stirn, als er den Blick auf die Tür richtete. Dann hörte Anouk sie kommen.

Die Schritte der Clowns klangen so gemächlich, als hätten sie es nicht nötig, schneller zu gehen. Anouk sah sie vor sich, wie sie die Gasse herabkamen, leise lachend und mit diesem entsetzlichen Grinsen, das schlimmer war als jedes tödliche Versprechen. Nichts als eine dünne Holztür trennte sie von diesen Kreaturen, die ihr Versteck jeden Moment entdecken konnten. Ein Zittern lief über ihren Körper. Doch Rhasgar hielt sie noch immer fest, und er strahlte eine Stärke aus, die ihre eigene Panik zurückdrängte. Es war, als gäbe es für ein Gefühl wie Furcht keinen Platz in dieser Finsternis. Noch einmal drang das Lachen der Clowns durch die Gasse. Und dann endlich waren sie fort.

Rhasgar lauschte. Sein Atem ging schnell, während er die Tür fixierte, und kurz spürte Anouk seine Anspannung in ihren eigenen Gliedern. Dann riss er den Blick los und sah sie an und sofort nahm sie nichts mehr wahr als sein Gesicht und das tiefe Blau seiner Augen. Es war wie der Regen, der zwischen den Mauern der Ruine über ihre Haut geglitten war, so zärtlich, dass er sie bis in ihr tiefstes Inneres mit Freude erfüllte. Ein Lächeln flog über Rhasgars Lippen, und da wusste sie, dass er ebenso empfand. Regungslos standen sie da, umgeben von Dunkelheit, und waren einander der Regen. Und sie konnte sich nicht daran erinnern, wann sie sich zuletzt so geborgen gefühlt hatte wie in diesem Augenblick.

Es war der Schmerz in seinen Augen, der den Moment zerbrach. Ganz plötzlich war er in seinem Blick aufgetaucht, und als Rhasgar ihre Hand losließ, fühlte Anouk ihn am eigenen Leib. Erschrocken sog sie die Luft ein, so heftig war das Brennen, das nun ihren Arm erfasste. Das Fieber erlosch hinter ihrer Stirn, der Schnitt in ihrer Hand war wie durch einen Zauber verschwunden und hatte nichts als eine blasse Narbe zurückgelassen. Rhasgar hatte sie geheilt, das begriff sie ohne jeden Zweifel … aber dort, wo er sie berührt hatte, zogen schwarze Schatten über ihre Haut und sanken in ihr Fleisch ein. Gleichzeitig erfasste Anouk ein Frost, der ihr die Luft aus der Lunge presste. Keuchend griff sie sich an die Kehle. Ihr Herz krampfte sich zusammen, und sie sah noch einmal die Finsternis, die in der Ruine in Rhasgars Augen aufgeflammt war: die gnadenlose Schwärze des *Dark Circus*, die nun durch ihre Adern jagte. Es fühlte sich an, als wäre sie vergiftet worden, und sie spürte erneut den Regen: grausam nun, als bestünde er aus winzigen

Klingen. Sie sah Rhasgar auf den Klippen stehen, so nah und zugleich so weit von ihr entfernt, und spürte den Luftzug in ihrem Haar, als würden sie zusammen in die Dunkelheit stürzen. Dann zersprang der Schmerz und ließ nichts in ihr zurück als ein dumpfes, eiskaltes Pochen.

Rhasgar rührte sich nicht. Er war so weit vor ihr zurückgewichen, wie es der schmale Hauseingang zuließ, und er hielt den Kopf gesenkt, als würde ein Blick von ihm genügen, um ihr erneut Schmerzen zu bereiten. Auf einmal wirkte er schrecklich blass. Doch als sie die Hand nach ihm ausstreckte, instinktiv wie unter dem Baum im Regen, hob er den Kopf, und sie prallte von ihm zurück. In seinen Augen lag ein Ausdruck, der keine Worte mehr brauchte, um ihr eines ganz deutlich zu machen: Rhasgar bedeutete Gefahr – eine Gefahr, die er nicht von ihr fernhalten konnte, sosehr er es auch versuchte.

Schweigend streifte er seinen Mantel ab und legte ihn ihr um die Schultern, deutlich darauf bedacht, nicht noch einmal ihre Haut zu berühren. Erst jetzt bemerkte sie, dass seine Kleidung darunter zerrissen war, als wäre er in einen Kampf verwickelt worden. Aber als sie ihn besorgt ansah, kehrte das Lächeln zu ihm zurück.

»Lauf heim«, raunte er so leise, dass seine Stimme kaum zu hören war. »Der Mantel wird dich auf sichere Wege führen.«

Anouk fühlte die Wärme, die von dem Mantel ausging, aber ihr Herz schlug ihr bis zum Hals. »Was geht hier vor? Ist das ein Traum?«

Für einen Wimpernschlag wünschte sie sich nichts mehr, als dass er ihre Frage bejahen würde. Doch er sah sie nur an, so zärtlich, als wäre sie ein unschuldiges Kind, das er um jeden

Preis beschützen wollte, und dann schüttelte er den Kopf. »Ich werde dir alles erklären, aber hier ist nicht der richtige Ort. Du musst dich in Sicherheit bringen. Geh zum Wirtshaus, dreh dich nicht um, und sprich mit niemandem über das, was geschehen ist. Ich werde zu dir kommen, sobald ich kann.«

Anouk spürte das Frösteln, das sie bei seinen Worten ergriff, und stellte zu ihrer Verwunderung fest, dass es Sorge war – Sorge um Rhasgar, der nun mit kühler Entschlossenheit nach der Tür griff. »Was hast du vor?«

Lautlos schob er die Tür einen Spalt auf und lauschte erneut. Etwas Düsteres war in seinen Blick getreten, als er sich zu Anouk umdrehte, und er legte die Hand auf sein Messer. »Ich werde sie jagen, damit sie dich nicht jagen können.«

»Aber …«, begann sie, doch da ging ein Wispern durch die Gasse, und jeder Rest von Sanftheit wich von Rhasgars Zügen.

»Für Fragen ist keine Zeit mehr«, flüsterte er und zog sie zur Tür. »Geh!«

Damit schob er sie ins Freie. Sie sah noch, wie er in die andere Richtung davoneilte. Dann drehte sie sich um und begann zu laufen. Mehrfach war sie versucht zurückzuschauen, aber Rhasgars Worte hallten in ihr wider, und so zwang sie sich vorwärts, Schritt für Schritt durch das Dorf. Die Gassen lagen da wie erstarrt und bald kamen Anouk die Wege bekannt vor. Dennoch rechnete sie an jeder Häuserecke damit, einem der Clowns gegenüberzustehen. Doch stattdessen drangen plötzlich Schreie über die Dächer – schrill wie von Vögeln im Todeskampf. Jeder Ton fuhr Anouk ins Mark, jeder Moment der Stille schnürte ihr die Kehle zu, und als sie endlich das Wirtshaus erreichte, fiel sie mehr über die Schwelle, als dass sie ging.

Das Haus lag im Dunkeln, aber die vertraute Atmosphäre umgab Anouk wie eine tröstende Umarmung. Kurz fühlte sie sich, als wäre sie mitten in der Nacht aus einem Albtraum erwacht. Doch der Mantel lag noch immer um ihre Schultern, und als sie die Hand hob, konnte sie die Narbe erkennen, die durch ihr Fleisch lief: leicht schimmernd, als wäre Silberstaub darübergestreut worden.

So leise wie möglich ging sie die Treppe hinauf und hatte ihr Zimmer fast erreicht, als sie die Stimme ihrer Tante hörte. Justine hatte die Angewohnheit, sich selbst Geschichten vorzulesen, wenn sie nicht schlafen konnte, eine Eigenschaft, die Anouk immer schon hatte lächeln lassen, weil sie sie so gut verstand. Nun aber hielt sie inne, als hätte sie ein Schlag getroffen. Justine las ein altes Märchen und die Worte zogen Anouk wie von selbst näher an ihre Zimmertür heran. So viel Wärme war in der Stimme ihrer Tante, so viel Sicherheit und Normalität, dass all die Ereignisse der vergangenen Stunden wie Spukbilder erschienen. Anouks Atem ging schneller. Überdeutlich hörte sie Rhasgars Warnung, mit niemandem über die Vorkommnisse zu sprechen, aber gleichzeitig konnte sie sich nicht von der Klinke abwenden, die zu Justines Zimmer führte. Wenn sie ihrer Tante alles erzählen würde – vielleicht würden die Schreckensbilder dann zerbrechen, wie es mit Träumen manchmal passierte, sobald man über sie redete. Und vielleicht war dann alles wieder gut.

Der Gedanke ließ Anouk auf die Tür zutreten. Mit rasendem Herzen berührte sie die Klinke – und da brach Masradors Lachen in ihrem Schädel auf, so gnadenlos, dass ihr die Luft aus der Lunge wich. Ihre Finger krampften sich um die Klinke, als hätte sie einen elektrischen Schlag bekommen. Ruckartig bewegte sie sich von der Tür zurück, doch sie tat es nicht aus eigenem Antrieb. Es war, als würde ein fremder Wille sie dazu zwingen. Schwer atmend musste sie zusehen, wie sich ihre Arme in die Höhe bewegten, und als sie den Kopf neigte, wusste sie, wie sie dastand: gerade so, wie Masrador in der Manege das Publikum begrüßt hatte. Wie eine willenlose Puppe richtete sie ihren Blick auf die Tür ihrer Tante, und in einem entsetzlichen Augenblick der Erkenntnis wurde ihr bewusst, dass es Justines Ende wäre, wenn sie nun aus ihrem Zimmer kommen würde. Der *Dark Circus* würde sie in Finsternis hüllen – und ihr letzter Anblick wäre Anouks Gesicht.

Anouk spürte, wie das Lachen des Clowns in ihre Kehle kroch. Schon öffnete sich ihr Mund, um es freizulassen. Aber da ballte sie die Hände zu Fäusten. Was Masrador auch vorhatte, sie würde sich ihm nicht kampflos ergeben! Entschlossen riss sie den Blick fort, und ehe auch nur ein Laut über ihre Lippen kam, biss sie sich auf die Zunge. Sie tat es so heftig, dass es knackte. Der Schmerz jagte in ihre Schläfen und ließ sie taumeln. Blut schoss ihr in den Mund, doch es schmeckte seltsam, fast wie …

Justines Bett knarzte und das Geräusch zerbrach jeden Gedanken. Anouk stand da wie erstarrt. Masradors Lachen war verstummt, sein eiserner Griff hatte sie freigegeben. Aber nun hörte sie, wie ihre Tante aufstand und zur Tür ging. So schnell wie möglich eilte sie in ihr Zimmer. Sie konnte gerade noch die Tür hinter sich schließen, als das Blut ihren Rachen hinabrann und sie husten ließ. Sie glaubte zu ersticken, so heftig schnürte sich ihre Kehle zusammen, und ihr Blut ergoss sich in einer Lache über die Dielen.

Atemlos sank Anouk vor ihrem Bett auf die Knie und starrte auf den Fleck. Er war schwarz wie die Schatten, die nach Rhasgars Berührung in sie eingesunken waren, doch es war kein Blut, das sie noch immer auf ihren Lippen schmeckte. Benommen führte sie die Hand zum Mund und starrte auf ihre Finger.

Es war Tinte.

# 7

Regungslos kauerte Anouk in ihrem Bett, den Rücken gegen die Wand gelehnt, und lauschte in die Dunkelheit. Die Nacht flüsterte. Mäuse huschten über die Dielen, der Wind ließ den Giebel ächzen, und vereinzelt drangen Stimmen durch das Haus, weil Madeleine den Fernseher angestellt hatte. Es waren ganz gewöhnliche Geräusche, doch Anouk konnte sie kaum ertragen.

Sie hatte den Tag in atemloser Anspannung verbracht. Immer wieder war sie in unruhige Träume gefallen, die sie in die vergangene Nacht mit all ihren Schrecken zurückversetzt hatten. Nach jedem Aufwachen hatte sie sich für einen Wimpernschlag der Illusion hingegeben, dass die Ereignisse tatsächlich nichts als ein Traum gewesen waren. Aber sie schmeckte noch immer die Tinte auf ihrer Zunge, noch immer zog sich die blasse Narbe über ihre Hand, und es brauchte nicht mehr als ein Gewittergrollen in der Ferne, um Masradors Lachen in ihr widerhallen zu lassen – dieses Lachen, das keinen Zweifel daran ließ, dass sie noch immer in seinen Ketten lag.

Mit leisem Knarren öffnete sich Madeleines Zimmertür und ließ Anouk erstarren. Sie hatte eine Migräne vorgetäuscht, um ihre Cousine und Justine von sich fernzuhalten, und tatsächlich hatten die beiden sie weitgehend in Ruhe gelassen. Doch jedes Mal, wenn sie an ihrer Tür vorübergegangen waren, hatte Anouk befürchtet, dass sie nach ihr sehen würden, und bei jedem besorgten Blick und jedem liebevollen Wort war es ihr schwerergefallen, das Schauspiel durchzuhalten. Sie wollte nichts mehr, als sich den beiden anzuvertrauen, zurückzukehren in die wirkliche Welt und all das Absurde, das ihr in den letzten Stunden zugestoßen war, hinter sich zu lassen. Aber sie erinnerte sich zu gut daran, wie hilflos sie vergangene Nacht vor Justines Tür gestanden hatte. Sie fühlte noch immer die Macht des fremden Willens, dem sie sich nur in allerletzter Sekunde hatte entziehen können, und sie stieß erleichtert die Luft aus, als Madeleine an ihrem Zimmer vorbei ins Bad lief. Sie durfte nicht riskieren, noch einmal in eine solche Lage zu kommen. Was auch immer der *Dark Circus* mit ihr vorhatte – sie durfte niemanden gefährden, indem sie darüber sprach.

*Dark Circus*. Der Name ließ sie frösteln. Mehrfach hatte sie versucht, sich die Ereignisse zu erklären, und war kläglich gescheitert. Im Gegenteil schien es ihr, dass sich ihre Gedanken nur umso stärker verdrehten, je mehr sie darüber nachdachte. Vor wenigen Stunden hatte ihr Verstand beschlossen, dass sie im Morgengrauen zum Bahnhof aufbrechen und zurück nach

Paris fahren musste. Vielleicht würde sich die Macht des *Dark Circus* verlieren, wenn sie sich von ihm entfernte. Kurz bot ihr dieser Plan ein wenig Erleichterung. Doch gleich darauf kehrte die Anspannung umso mächtiger zurück und mit ihr die Gewissheit, die mit Masradors Lachen tief in Anouk hineingesunken war: Es gab kein Entkommen vor dem, was sie erwartete.

Ihre Hände zitterten, als sie sich Rhasgars Mantel um den Leib zog. Noch immer ging eine leichte Wärme von ihm aus, als könnte er sie vor der fremden Welt beschützen, die ihre Klauen nach ihr ausstreckte. Aber ihre eigenen Gedanken konnte er nicht von ihr fernhalten. Je weiter die Nacht fortschritt, desto lauter wurden die Geräusche um sie herum, und bald hatte sie zu jedem einzelnen ein eigenes Schreckensbild entworfen. Bei jedem Kratzen stellte sie sich vor, dass die Clowns das Wirtshaus stürmen und sie mit sich zerren würden, bei jedem Wispern des Windes sah sie die Flammen des *Dark Circus* auf das Dorf übergreifen, und sie fuhr heftig zusammen, als plötzlich etwas gegen ihr Fenster pochte. Wie gelähmt saß sie da, und erst als sich das Klopfen wiederholte, stieg sie aus dem Bett und ging zum Fenster.

Sie hatte die Vorhänge zugezogen, weil sie das Gefühl gehabt hatte, von der Dunkelheit beobachtet zu werden. Jetzt streckte sie die Hand nach dem Stoff aus, doch ihre Finger waren steif, als sie ihn berührte. Kurz sah sie Masradors Gesicht vor sich, durch nichts als eine dünne Glasscheibe von ihr getrennt. Dann stieß sie die Luft aus. In was für eine groteske Geschichte sie auch geraten sein mochte, sie würde nicht die Rolle des Feiglings darin übernehmen, so viel war sicher. Fast musste sie über sich selbst lachen, so wenig überzeugte sie ihr eigener Gedanke. Aber trotzdem zog sie den Vorhang mit der größtmöglichen Unerschrockenheit zurück. Tiefste Finsternis lag auf der anderen Seite – und Anouks Blick wurde von einem anderen Augenpaar aufgefangen.

Rhasgar hockte auf dem schmalen Vordach, als wäre er geradewegs aus Nimmerland gekommen. Ein leichtes Lächeln zog über sein Gesicht und sein Anblick schickte einen Schauer der Erleichterung über Anouks Körper. Rasch öffnete sie das Fenster.

»Verzeih mir«, sagte er leise. »Ich konnte nicht eher kommen. Masrador ist zu wachsam, als dass wir ein Risiko eingehen dürfen.«

Der Name des Clowns zog Anouks Magen zusammen. »Dann solltest du nicht da draußen sein«, flüsterte sie und trat vom Fenster zurück. »Komm rein, bevor er dich sieht.«

Rhasgar warf einen Blick ins Zimmer. »Interessante Einrichtung. Mehr Bücher als Regale und jede Menge seltsame Bilder … Dir würde es in meinem Wagen gefallen. Aber weder dort noch hier ist jetzt der richtige Platz für Geheimnisse. Doch es gibt einen Ort, an dem wir sicher sind, jedenfalls heute Nacht. Komm mit mir.«

Beinahe musste Anouk lächeln. Hätte ihr noch vor wenigen Tagen jemand erzählt, dass eines Nachts ein Zauberer vor ihrem Fenster sitzen und sie bitten würde, mit ihm an einen geheimen Ort zu fliehen, hätte sie ihn für verrückt erklärt. Doch dann fiel ihr Blick auf Rhasgars ausgestreckte Hand, die in einem ledernen Handschuh steckte. Plötzlich erinnerte sie sich mit aller Kraft an die Kälte, die durch eben diese Hand in ihren Körper gelangt war, und sie spürte sie erneut: die Gefahr, die von Rhasgar ausging wie eine Aura aus Dunkelheit. Aber sie zwang sich, nicht vor ihm zurückzuweichen. Er war ihre einzige Chance, die Ereignisse zu begreifen, in die sie geraten war, und offensichtlich war er sehr darauf bedacht, ihr nicht noch einmal zu nah zu kommen. Regungslos saß er da, als würde er ihren inneren Kampf spüren, und Anouk holte tief Atem. Sie hatte keine andere Wahl. Sie musste ihm folgen.

Eilig schlüpfte sie in ihre Stiefel und kletterte mit Rhasgars Hilfe hinaus aufs Dach. Geschickt zog er ihr Fenster so heran, dass es aussah, als wäre es geschlossen. Dann sprang er zu Boden und fing sie auf, als sie sich mehr schlecht als recht an der Regenrinne abwärtshangelte. Wortlos griff er nach ihrer Hand, und als sie neben ihm durch die Nacht lief, fühlte sie sich zum ersten Mal seit Stunden annähernd in Sicherheit.

Die Gassen waren ebenso verwaist wie in der Nacht zuvor. Doch aus vielen Fenstern fiel Licht, und vereinzelt hörte Anouk die Stimmen der Menschen, die in ihren Häusern redeten und lachten. Alles war so normal, dass die Ereignisse der vergangenen Nacht ihr noch unwirklicher erschienen. Erst als Rhasgar den Weg zu den Klippen einschlug, kehrte die Anspannung zu ihr zurück. Das Gras auf den Hügeln flüsterte wie seit jeher, aber der Himmel hüllte sich in tiefste Dunkelheit, und die Luft roch nach einem nahenden Unwetter. Anouk musste an das grollende Lachen des letzten Gewitters denken – und da erhoben sich die Schatten jenseits des Weges.

Erschrocken taumelte Anouk rückwärts. Nur im letzten Moment konnte Rhasgar sie vor der Finsternis zurückziehen, die sich auch auf der anderen Seite des Weges aufrichtete und in Form unheimlicher Schemen nach ihr griff. Anouk meinte, das Geräusch von Klauen zu hören, die rasend schnell durch die Luft glitten. Erst als Rhasgar eine Kristallkugel aus seiner Tasche zog und ein silbernes Licht darin entzündete, wichen die Schatten ein Stück weit vor ihnen zurück.

»Was ist das?«, flüsterte Anouk, als sie ihren Weg fortsetzten.

Rhasgar hatte die Hand auf sein Messer gelegt. »Masrador nennt sie die tanzenden Schatten«, sagte er dunkel. »Sie umgeben den *Dark Circus* in unregelmäßigem Abstand und sie sind für uns nicht zu durchdringen. Sie sind die äußeren Kerkermauern, die er um uns gezogen hat.«

Anouk öffnete den Mund, doch ein Blick von Rhasgar genügte, um ihr klarzumachen, dass er inmitten dieser Finsternis keine weiteren Fragen beantworten würde. Sie schaute über die Schulter zurück. Die Schatten legten sich nieder, sobald sie sich von ihnen entfernten, aber nun erkannte Anouk, dass sie auch den Himmel überzogen hatten, und sie konnte nicht mehr wie früher über die Hügel hinwegschauen. Alles, was jenseits des Weges lag, versank in tiefster Dunkelheit. Noch einmal hörte sie die Klauen durch die Luft gleiten, und ihr Herz raste bei dem Gedanken, dass sie von etwas gefangen gehalten wurde, das sie nicht einmal ansatzweise begriff. Doch bevor die Panik sich in ihr ausbreiten konnte, verlangsamte Rhasgar seine Schritte. Der Wind des Meeres schlug ihnen entgegen, vereint mit dem Ächzen der Bäume. Sie hatten die Ruine erreicht.

Sie lag unverändert da und Anouk empfand einen stillen Trost bei ihrem Anblick. Dann jedoch fiel Rhasgars Licht auf die Mauern und da begannen die Trümmer gleißend hell zu leuchten. Anouk hob die Hand vor die Augen, so sehr wurde sie geblendet, und sah durch ihre Finger, wie sich die Ruine verwandelte. Das Licht verband sich zu neuen Steinen, uralte Risse verschmolzen mit dem Mauerwerk, und nach wenigen Atemzügen erhob sich ein Turm vor ihnen, so märchenhaft, als wäre er aus Mondlicht erschaffen worden. Schmale Fenster zierten seine Fassade, Funken fielen vom Dach herab, und dort, kaum wenige Schritte von Anouk entfernt, lag ein Eingangsportal, das silbern glühte. Sie wechselte mit Rhasgar einen Blick, aber er lächelte nur, als hätte er ihre Sprachlosigkeit vorausgesehen. Wortlos führte er sie auf das Portal zu, das sich wie durch Zauberhand öffnete, und mit angehaltenem Atem betrat Anouk den Turm.

Eine breite Treppe führte aufwärts, gewunden wie eine Spirale und von Fackeln erhellt. Steinerne Figuren in Form von Menschen, Tieren und Fabelwesen standen in den Nischen. Der Feuerschein ließ ihre Augen glühen, und Anouk hätte es nicht gewundert, wenn sie zum Leben erwacht wären. Schritt für Schritt führte Rhasgar sie aufwärts, vorüber an verschlossenen Türen und ins Dunkle abzweigenden Gängen, bis sie am Ende der Treppe einen schwach erleuchteten Raum betraten. Bücherregale standen an den Wänden, der Boden war mit Kissen bedeckt. In einem Kamin brannte ein Feuer, und davor, ein Lächeln auf den Gesichtern, saßen Levin und das Mädchen mit den Papiervögeln.

Anouk fuhr so heftig zusammen, dass sie sich den Arm am Treppenaufgang stieß. Sie hörte noch einmal Levins Lachen, als er sie in die Manege geführt hatte, und meinte, den Flügelschlag der Papiervögel zu spüren, die sich im Zirkus in Masradors Eisvögel verwandelt hatten. Diese beiden waren ein Teil der Vorstellung gewesen, sie hatten sie in die Manege gelockt und …

»Keine Angst.« Es war Rhasgars Stimme, die ihre Gedanken durchbrach und sie daran hinderte, noch weiter zurückzuweichen. »Ich weiß, dass es dir anders erscheinen muss, doch von Levin und Amélie droht dir keine Gefahr.«

»Aber sie waren dabei.«

Anouk riss die Augen auf. Sie hatte den Mund geöffnet, um genau diese Worte auszusprechen, doch nicht sie hatte sie über die Lippen gebracht. Es war Amélie gewesen, die nun mit einem Lächeln auf sie zukam.

»Du hast recht«, sagte das Mädchen, als es dicht vor Anouk stehen blieb. »Wir sind dabei gewesen in der Manege. Aber wir hatten keine andere Wahl. Und immerhin habe ich dich vor dem Zirkus gewarnt.«

Anouk zog die Brauen zusammen. »Ich kann mich nicht daran erinnern. Wir sind uns doch erst in der Manege begegnet.«

Ein amüsiertes Blitzen ging durch Amélies Blick. »Erkennst du mich denn wirklich nicht wieder?«

Ihre Stimme war so leise gewesen, dass Anouk sie kaum verstanden hatte. Unwillkürlich hatte sie auf Amélies Lippen geschaut, um die Worte davon abzulesen – und sie hielt den Atem an. Denn nun formte der Kindermund zwei Worte, die sie schaudern ließen wie an jenem Abend, da sie sie zum ersten Mal gesehen hatte.

*Lauf weg.*

Mit pochendem Herzen hob Anouk den Blick und sah, wie sich Amélies Gestalt verwandelte. Sie wuchs, bis sie beinahe Anouks Größe erreicht hatte, ihr langer Pullover wurde zu einem schwarzen Kleid mit altmodischem Mieder, und ihr Gesicht alterte, bis es von Falten durchzogen wurde. Anouk spürte ihren Puls im ganzen Körper. Vor ihr stand die Frau, die sie bei ihrem ersten Besuch vor dem *Dark Circus* gewarnt hatte.

»Du hast nicht auf mich gehört«, sagte Amélie, und auch ihre Stimme war nun die einer alten Frau. »Und so sehen wir uns hier wieder. Ich freue mich darüber – und gleichzeitig wünschte ich, dass es anders gekommen wäre. Aber bitte, setz dich doch. Wir sind hier, um dir alles zu erklären.«

Amélie sah mit weisem Lächeln zu ihr auf. Es lag nichts Düsteres mehr in ihren Augen. Vielmehr glitzerten sie nun wie die Augen der Papiervögel, als würden sie aus Sternenstaub bestehen. Und doch fiel es Anouk nicht leicht, angesichts der plötzlichen Verwandlung das Zittern ihrer Hände zu unterdrücken. Sie warf Rhasgar einen Blick zu, der nicht von ihrer Seite gewichen war. Er hatte sie vor dem Zirkus gewarnt, er hatte sie vor Masrador und seinen Clowns beschützt, und offensichtlich schenkte er sowohl Levin als auch Amélie sein Vertrauen. Ausatmend folgte Anouk seinem Nicken und nahm mit den anderen am Feuer Platz. Rhasgar schickte seine Kugel zwischen ihnen in die Höhe. Das silberne Licht mischte sich mit dem Flammenschein und legte sich wie ein schützender Zauber über sie.

»Wir sind sehr froh, dass du gekommen bist«, sagte Levin und brachte ein vorsichtiges Lächeln zustande. »Die Ereignisse der letzten Tage müssen ziemlich verwirrend für dich gewesen sein.«

»*Verwirrend*«, wiederholte Anouk. »So könnte man es auch bezeichnen. Ich habe in den letzten Tagen Dinge erlebt, die mich an meinem Verstand zweifeln lassen, und ehrlich gesagt machen tanzende Schatten, magische Türme und Kinder, die sich plötzlich in alte Frauen verwandeln, das Ganze nicht gerade besser. Was zum Teufel geht hier vor?«

Das Lächeln verschwand von Levins Lippen, doch es war Rhasgar, der das Wort ergriff. »Ich kann mir vorstellen, wie erschreckend die Ereignisse für dich gewesen sind. Aber du bist nicht allein. Auch wir werden vom *Dark Circus* gefangen gehalten – in unsichtbare Ketten gelegt von einem Fluch, der seit Urzeiten auf dem Zirkus lastet.«

Anouk starrte ihn an. In einem plötzlichen Impuls wollte sie lachen, so absurd klangen seine Worte. Doch gleich darauf wurde ihr erneut mit aller Klarheit bewusst, dass sie in den vergangenen Stunden vor grausamen Clowns und brennenden Geisterwesen geflohen war, ganz davon abgesehen, dass sie gerade in einem Turm aus Mondlicht saß. Sollte sie wirklich den Verstand verloren haben, brachte es überhaupt nichts, gegen die Trugbilder anzukämpfen – und außerdem verursachten Illusionen keine Narben. Sie strich über ihre Handfläche. »Ich wurde also … verflucht?« Das Wort fühlte sich fremd an, aber der Schnitt in ihrer Hand begann zu pochen, als würde er ihr Antwort geben.

Rhasgar nickte. »Jeder Artist des *Dark Circus* hat seine eigene Geschichte, aber dies trifft auf uns alle zu: Wir wurden vom Zirkus gerufen. Wir sind diesem Ruf gefolgt. Und dann traf uns sein Fluch. Uns ist es genauso ergangen wie dir jetzt.«

»Ein Fluch«, sagte Anouk und schüttelte den Kopf. »Das hört sich an wie in einem Märchen. Was für ein Fluch ist das? Wer hat ihn ausgesprochen?«

»Einige von uns sind schon sehr lange im *Dark Circus*«, erwiderte Amélie. Sie hatte die Arme um den Körper geschlungen, und obwohl sie nah beim Feuer saß, schien sie zu frösteln. »Aber selbst wir wissen nicht mit letzter Gewissheit, woher er kommt, denn er reicht sehr weit zurück. Manche sagen, er sei mit dem Zirkus selbst entstanden, geboren aus einem Herzen aus Glas. Andere glauben, er wäre eines Tages über ihn gekommen wie ein finsterer Schatten. Sicher ist nur, dass dieser Fluch von Masrador aufrechterhalten wird und dass er dich beraubt, um den Zirkus zu stärken. Du wirst es in der Manege gespürt haben, kurz bevor du geflohen bist.«

Anouk zog die Schultern an. Noch einmal sah sie Bens Zimmer vor sich, die Schatten, die langsam auf sie zukrochen … und all die Bilder, die in ihrem Griff verkohlten. »Er hat mir das Leben genommen. Er ist in meine Gedanken eingedrungen, in die Bilder meiner Vergangenheit, und jetzt sind sie mir so fern, als hätte er sie in Dunkelheit gehüllt.«

»Und genau das ist passiert«, sagte Levin leise. »Auf dem Weg hierher hast du bestimmt die tanzenden Schatten bemerkt. Sie begrenzen das Reich des *Dark Circus* und verschlingen nach und nach alles, was dich mit der Welt jenseits davon verbindet. Du wirst es nicht vergessen. Aber es wird dir fremd erscheinen mit der Zeit. Und eines Tages wird es sein, als hätte es nie etwas anderes von Bedeutung gegeben als den Zirkus, von dem du ein Teil geworden bist. Es hat bereits begonnen, nicht wahr? Ich kann die Tinte auf deinen Lippen riechen.«

Unwillkürlich fuhr Anouk sich an den Mund. Noch einmal ging der Schmerz durch ihre Kehle und der Geschmack von Tinte wurde so übermächtig, dass sie glaubte, sich übergeben zu müssen. Sie öffnete den Mund, doch sie brachte keinen Ton heraus.

»Du wirst dich verwandeln«, sagte Amélie, als hätte sie ihre stumme Frage gehört. »In eine Gestalt zwischen den Welten, wie wir es sind. Du wirst zu einer Figur in einer Geschichte werden, einer Figur voller Magie und Zauber. Aber jenseits deiner Seiten … gibt es nichts.«

Anouk erwiderte ihren Blick, doch sie nahm Amélie kaum wahr. Sie sah Ben vor sich, lachend und mit zerstrubbeltem Haar, genau so, wie sie ihn in Rhasgars Kugel gesehen hatte, und sie stellte sich vor, wie Masradors Finsternis auch dieses Bild befallen würde … gnadenlos, bis das Lachen ihres Bruders in ihr verstummt war. »Nein«, sagte sie und schluckte den Tintengeschmack hinunter. »Das nehme ich nicht hin.« Sie war selbst überrascht von der Entschlossenheit, die in ihrer Stimme mitschwang. »Jeder Fluch kann gebrochen werden, ist es nicht so?«

Es war, als hätten ihre Worte ein Licht in die Dunkelheit getragen. Levin setzte sich auf, Amélie ließ die Arme sinken, und Rhasgar lächelte unmerklich, als sie seinen Blick erwiderte. »Ja«, sagte er. »So erzählt man es sich. Aber es ist nicht so einfach, wie es in deinen Ohren vielleicht klingt, und vielleicht solltest du nicht so leichtfertig danach rufen, den Fluch brechen zu wollen. Denn der *Dark Circus* bestiehlt dich nicht nur. Er beschenkt dich auch. Du hast unsere Vorstellungen gesehen. Du hast gespürt, dass mehr im Spiel war als reine Tricksereien. Und du hast die Finsternis gesehen, die wir alle in uns tragen und die weit mehr ist als jeder Fluch.«

Instinktiv berührte Anouk ihren Arm an der Stelle, an der Rhasgars Schatten in sie eingedrungen waren. »Die Dunkelheit des *Dark Circus*«, sagte sie und konnte nicht verhindern, dass Abscheu in ihrer Stimme mitschwang. »Ehrlich gesagt ist sie mir bisher nicht gerade von ihrer freundlichen Seite begegnet. Ich habe sie in deinen Augen gesehen, in Masradors Blick, in der Finsternis der Sitzreihen. Ich habe sie in meinen Gedanken gefühlt und sie mit der schwarzen Tinte auf meiner Zunge geschmeckt, und ich habe sie gespürt, als du mich berührt hast. Und immer hat sie mir etwas genommen.«

Sie sah aus dem Augenwinkel, dass Amélie mit Levin einen Blick wechselte. Doch Rhasgar wandte sich nicht von ihr ab. »Es ist wahr«, sagte er ruhig. »Meine Berührung hat dich tiefer in die Dunkelheit geführt. Aber gleichzeitig hat sie dich vor Schlimmerem bewahrt. Denn Masrador hat dich verwundet. Hätte ich den Schnitt nicht geheilt, hättest du den Verstand verloren und wärest jetzt schon eine von uns. Die Finsternis des *Dark Circus* verleiht große Macht – auch dir, selbst wenn du noch nichts davon ahnst. Und ganz gleich, was du jetzt vor dem Eindruck all der Schrecken der letzten Tage sagst: Der Zirkus hat dich auf eine Weise berührt, wie du es seit langer Zeit nicht mehr erlebt hast. Denn in all seinen Schatten birgt er das, woran kaum ein Mensch dort draußen in diesen Tagen noch glaubt: reine Magie.«

Seine Worte tanzten über Anouks Haut. Es schien ihr, als würde sie noch einmal mit atemlosem Staunen am Fenster stehen und zu den Lichtern des *Dark Circus* hinausschauen. Noch einmal sah sie die Eisvögel durch die Manege fliegen, noch einmal fühlte sie den Windzug der Artisten, die durch die Luft jagten, als würden sie schweben, und ein Schauer überkam sie, als auch der letzte Zweifel in ihr zerbrach. All diese Momente, all die Verzauberung, die sie im *Dark Circus* empfunden hatte, waren nicht auf Illusionen und Tricks gegründet gewesen. Alles, was sie gesehen hatte, war wirklich passiert.

»Du siehst aus wie die meisten von uns, als sie zum ersten Mal davon gehört haben«, stellte Levin fest und grinste. »Magie! Wie wunderbar, dachte ich mir. Und das ist sie tatsächlich. Je nachdem, wo deine Begabungen liegen, lässt sie dich fliegen, wenn du es willst. Sie kann es dir ermöglichen, Gedanken zu belauschen. Und manchmal kann sie dich unsichtbar machen, solange du ihr ausreichend vertraust. Mitunter verlangsamt sie die Zeit, einige von uns lässt sie nicht altern. Außerdem verleiht sie dir Macht über die Menschen, die den Zirkus besuchen. Denn sie wollen sich verzaubern lassen, und jedes Mal, wenn du sie ein Stück weit in deine Welt ziehst, blüht der *Dark Circus* auf.«

Anouk presste die Zähne aufeinander. »Ich wusste es«, sagte sie dunkel. »Als ich Ben in der Kugel gesehen habe, hatte ich das Gefühl, dass er mir genommen wird. Und genau so ist es gewesen.«

Sie hatte Rhasgar fixiert, ohne es beabsichtigt zu haben, und sah zu, wie ihr plötzlicher Zorn von seiner reglosen Miene abglitt. »Wir bestehlen die Menschen nur für die Dauer ihres Besuchs«, gab er zurück, so abgeklärt, als spräche er übers Wetter. »Der *Dark Circus* lebt von ihren Gefühlen, ihren Sehnsüchten, ihrem Leben. Aber alles, was sie uns geben, kehrt wieder zu ihnen zurück. Dann liegt der Zirkus erneut in Asche und Dunkelheit und ...«

»... das Spiel beginnt von vorn«, beendete Anouk seinen Satz. »Ihr seid also Diebe, nicht wahr? Ist ja reizend.«

Rhasgars Gesicht verfinsterte sich, doch nur für einen Moment. »So einfach ist es nicht. Aber das ist jetzt ohne Belang. Wichtig ist für dich momentan nur, dass die Magie des *Dark Circus* eine erstaunliche Wirkung erzielen kann. Denn sie kennt nur die Grenzen des Fluchs, und schon so mancher, der anfangs nichts weiter wollte, als den Zirkus wieder zu verlassen, wurde schon nach kurzer Zeit einer seiner treuesten Anhänger.«

»Aber der *Dark Circus* ist ein Käfig«, gab Anouk zurück. »Was nützt mir Magie, wenn ich keinen Schritt mehr in Freiheit tun kann?«

Ein Lächeln ging durch Rhasgars Augen, aber seine Züge blieben ernst. »Die ganze Welt ist ein Käfig«, sagte er leise. »Das ist es, was Masrador behauptet. Und viele seiner Anhänger empfinden wie er.«

»Ihr offensichtlich nicht«, erwiderte Anouk. »Ihr stellt euch ihm trotzdem entgegen. Und genau das werde ich auch tun, ganz egal, welche großartigen Fähigkeiten er mir verleiht. Ich habe schon einmal erfahren, wie es ist, wenn man verliert, was man im Herzen trägt. Diese Erfahrung werde ich nicht wiederholen – für keine Magie der Welt.« Sie sah sie genau, die Wärme, die bei diesen Worten über Rhasgars Züge flog, und für einen Moment schien es ihr, als würde er noch einmal die Hand nach ihrem Haar ausstrecken. Schnell wandte sie sich ab und schaute in die Runde. »Und es gibt doch bestimmt noch andere, die sich von Masrador und seinem Fluch befreien wollen, oder nicht?«

Levin warf Rhasgar einen fragenden Blick zu, und als dieser nickte, beugte der Junge sich vor. »Wir haben Verbündete«, begann er, so leise, als würde er fürchten, dass seine Worte zum

Zirkus hinüberfliegen würden, wenn er lauter sprach. »Artus, der Phönix, ist genau wie Amélie am längsten im *Dark Circus* und seit langer Zeit sein heimlicher Gegner. Seine Gefährtin Luana, die Akrobatin am Seil, teilt seine Leidenschaft für die Freiheit. Außerdem Aaron, der Fakir, und Amélies Assistentin Esra. Du kennst sie noch nicht, denn sie arbeitet derzeit an einer neuen Nummer, in der sie ihre telepathischen Kräfte zeigen kann. Und dann noch ein paar andere, wobei wir nicht bei jedem sicher sind, auf wessen Seite er steht.«

»Nichts ist, wie es scheint«, sagte Rhasgar dunkel. »Das ist das einzige Gesetz des *Dark Circus*, das immer gilt. Jeder Artist hat gelernt, viele Masken zu tragen, und nur die wenigsten kennen einander so gut, wie wir es tun. Fest steht, dass nicht jeder im Zirkus sein Leben riskieren würde, um den Fluch zu brechen. Im Gegenteil. So mancher würde uns sofort an Masrador verraten, wenn er von unserem Vorhaben wüsste. Daher dürfen wir niemandem außerhalb unseres engsten Kreises vertrauen und deshalb sind die anderen heute Nacht auch nicht hier.«

Anouk ließ den Blick über die silberglühenden Mauern schweifen. »Ich dachte, wir wären hier sicher«, sagte sie instinktiv leiser. »Können wir etwa auch hier gefunden werden?«

Amélie strich über den Boden, so sacht, als berührte sie den Rücken eines Tieres, und Anouk sah staunend zu, wie silberne Funken von ihren Fingern über den Stein und die Wände liefen. »Nein«, entgegnete Amélie mit einem Lächeln. »Die Magie in diesen Mauern ist sehr alt, und ich habe all mein Können aufgebracht, um sie in ein Refugium zu verwandeln, in das selbst Masrador nicht vordringen kann. Aber wir wären schon in Gefahr, wenn er nur ahnen würde, dass wir uns hier treffen, und wenn auf einen Schlag viele Artisten verschwinden, wäre uns seine Aufmerksamkeit gewiss.«

»Aber es muss doch eine Möglichkeit geben, ihm zu entkommen«, murmelte Anouk und beobachtete die Funken, die an den Wänden hinabglitten. »Ihr sagt, dass ihr alle über Magie verfügt. Könnt ihr ihn nicht zum Kampf herausfordern? Wer weiß, ob sich überhaupt jemand auf seine Seite stellt. Vielleicht ist er am Ende allein und …«

Rhasgar stieß die Luft aus, so heftig, dass sie verstummte. »Masrador ist nie allein«, erwiderte er. »Ganz gleich, was passiert: Die Macht des *Dark Circus* ist immer bei ihm, und in niemandem ist sie so stark wie in ihm. In einem magischen Kampf ist er nicht zu bezwingen.«

Anouk zog die Brauen zusammen. »Woher wisst ihr das?«

»Weil wir es versucht haben.« Amélie hatte leise gesprochen, und doch schien es, als würden ihre Worte die Luft gefrieren lassen, so kalt klangen sie. Eine plötzliche Härte war auf ihre Züge getreten, die Anouk schon einmal in ihrem Gesicht gesehen hatte: jenseits des Zirkusplatzes, als sie versucht hatte, sie zu warnen, und nichts als haltlosen Zorn und Furcht im Blick getragen hatte. Langsam schüttelte Amélie den Kopf und ihre Augen wurden dunkel vor Traurigkeit. »Und wir sind gescheitert.«

»Heute nennt man jenen Kampf die *Nacht der Schwerter*«, fuhr Rhasgar fort. »Denn viele von uns trugen magische Waffen, um Masrador zu begegnen. Gemeinsam mit einigen anderen stellten Amélie, Artus und ich uns Masrador entgegen und versuchten, ihn mit geballten Kräften zu bezwingen. Aber wir hatten keine Chance. Seine Macht war zu groß.«

Sein Blick war in die Schatten geglitten, und als er verstummte, ging ein Ausdruck über sein Gesicht, als würde er noch einmal im Kampf stehen – in einer Schlacht, die aussichtslos war angesichts eines übermächtigen Gegners und nichts als Entsetzen auf Rhasgars Zügen zurückließ.

»Er tötete viele von uns sofort«, sagte Amélie leise. »Andere wurden in die Schatten getrieben, einigen wenigen gelang die Flucht … zumindest vorerst. Ich wurde von der dunklen Magie erfasst, bis ich nichts mehr wahrnahm um mich herum als tanzende Schatten. Ich sehe sie noch heute vor mir, diese schwarz glühenden Schleier mit all den unsichtbaren Klingen, und ich kann nicht mehr zählen, wie oft ich aus einem Albtraum hochgeschreckt bin, in dem ich spürte, wie sie mich verschlingen. Getötet hat der *Dark Circus* mich nicht. Doch er zog meinen Willen aus meinem Leib, bis ich nichts mehr war als eine Marionette.« Amélie schaute Anouk an. »Du weißt, wie das ist, nicht wahr? Masrador ließ es dich fühlen.«

Anouk nickte. Sie konnte sich so deutlich an ihre Hilflosigkeit vor Justines Tür erinnern, dass sich allein bei dem Gedanken daran ihre Kehle zusammenzog.

»Aber mein Wille war immer schon stark«, fuhr Amélie fort. »Und meine Magie war es ebenso. Es gelang mir, ihn zu bewahren und fern des *Dark Circus* in einen anderen Leib zu kleiden – in den Körper jener alten Frau, vor dem der Zirkus mich über viele Jahre bewahrte und die ich in Wirklichkeit schon vor langer Zeit geworden war. Sie kann den Zirkus nicht betreten, sonst würde sie mitsamt meinem freien Willen vernichtet werden. Aber sie ist da und ich kann sie immer spüren. Ohne sie hätte ich nicht die Kraft, andere Menschen vor dem Zirkus zu warnen, wie ich es bei dir versucht habe.«

Anouk senkte den Blick. Es schien eine Ewigkeit her zu sein, dass sie mit Madeleine vor dem Zirkuszelt gestanden und zu der alten Frau hinübergeschaut hatte. Und doch erinnerte sie sich genau an das beklemmende Gefühl, das sie angesichts der stummen Warnung ergriffen hatte … und an die Ignoranz, mit der sie ihr schon kurz darauf begegnet war. »Ich habe deine Worte gesehen«, sagte sie leise. »Aber *zugehört* habe ich dir nicht.«

»Das tun die wenigsten«, stellte Levin fest. »Und trotzdem riskiert Amélie jedes Mal wieder ihr Leben, um sie zu warnen.«

Anouk musste daran denken, wie plötzlich sich sein Gesicht oben auf dem Zeltdach verfinstert hatte, als sein Blick zur alten Frau am Rand des Platzes hinübergeschweift war. Sie hatte geglaubt, Zorn und Unwillen auf seinen Zügen gesehen zu haben, ob geschauspielert oder nicht. Niemals hatte sie erwartet, dass die Düsternis in seinen Augen der Angst um eine Freundin geschuldet gewesen war.

»Ich weiß, dass du dich um mich sorgst«, sagte Amélie nun und berührte Levins Arm. »Aber es geht um mehr als nur um uns bei dieser Sache. Vergiss das niemals.«

Sie hatte sanft gesprochen, doch in ihren Augen lag dieselbe strenge Entschlossenheit, mit der sie Anouk zwischen den Wagen hindurch angesehen hatte, und als Levin schließlich nickte, konnte Anouk die Kraft dieser Worte spüren, die sich auf ihre Köpfe niedersenkte … bindend wie ein Versprechen. »Was ist dann passiert?«, fragte sie. »Was geschah mit den anderen, die damals mit euch gegen Masrador gekämpft haben?«

»Wir wurden in Ketten gelegt«, sagte Rhasgar leise. Er hatte den Blick ins Feuer gerichtet, und Anouk sah, wie er seine

Finger fest um seinen Arm schloss, gerade dort, wo die Narben sein Fleisch bedeckten. »So lange, bis der Zirkus sicher war, uns gebrochen zu haben. Ich war es, der Masrador damals die Klinge ins Herz trieb, daher setzte der *Dark Circus* mir besonders zu. Jede Faser meines Körpers hat er mit seiner Macht erfüllt. Seither ist die dunkle Magie in niemandem außer in Masrador so stark wie in mir.«

Unwillkürlich schaute Anouk auf seine Hände, und sie empfand noch einmal die Kälte der Schatten, die über seine Finger in sie eingesunken waren. »Trägst du deswegen diese Handschuhe?«, fragte sie. »Um mich vor deiner Dunkelheit zu schützen?«

Er erwiderte ihren Blick regungslos, doch sie fühlte die Anspannung, die bei ihren Worten durch seinen Körper lief. »Der *Dark Circus* ist gierig. Ich kann seine Macht nutzen, um dich zu heilen, aber ich kann dich nicht vor den Konsequenzen bewahren, die das nach sich zieht. Und ich kann seinen Hunger noch immer in meinen Adern spüren. Er greift nach dir, sobald ich dir zu nahe komme, ohne dass ich das Geringste dagegen tun kann. Deswegen bin ich eine Gefahr für dich. Eine einzige Berührung kann ausreichen, um deine Verwandlung voranzutreiben und dich weiter in die Schatten zu ziehen. Und ich will nicht, dass du in diese Finsternis stürzt. Ich weiß zu gut, wie sich das anfühlt.« Er strich über die Narben an seinen Handgelenken. »Ich kann die Fesseln von damals noch immer spüren. Viele von uns haben durch sie gelernt, sich in sich selbst zurückzuziehen ... so tief, dass selbst die Schatten ringsum hell erscheinen gegen die Dunkelheit tief in uns.«

Er wirkte auf einmal so weit entfernt, dass Anouk fast die

Hand auf seinen Arm gelegt hätte, um ihn an ihre Seite zurückzuholen. Doch dann kehrte das Lächeln in seine Augen zurück. Er hatte sie an diesen Ort gebracht, um sie zu beschützen. Und nichts würde ihn davon abhalten, das las sie in seinem Blick – auch nicht die Dunkelheit tief in ihm.

»Es war eine Nacht voller Schmerz und Trauer«, sagte Amélie. »Wir haben viele Gefährten verloren, manche durch den Tod, andere durch den Entschluss, sich von unserem Weg abzuwenden. Aber seit damals wissen wir, dass der Fluch nicht von außen zu bezwingen ist. Er muss von innen zerbrochen werden, aus dem Geheimnis heraus, das ihn begründet. Und das kennt nur einer: der, der ihn aufrechterhält.«

Anouk schwieg einen Moment. »Masrador«, sagte sie dann.

Rhasgar nickte. »Natürlich tut er alles, um den Fluch zu schützen. Aber wo verbergen wir die größten Geheimnisse, die dunkelsten Taten, die heimlichsten Sehnsüchte? Selbst wir, die Kinder der Nacht?« Er legte die Hand auf sein Herz. »Dort, wo wir frei geblieben sind. Und Masrador ist da keine Ausnahme.«

»Na großartig«, gab Anouk zurück und seufzte. »Er hat also das Geheimnis des Fluchs in seinem Herzen bewahrt. Wollen wir ihn aufschneiden und darin lesen?«

Levin grinste, als wäre das eine interessante Option, doch Amélie blieb ernst. »Es gibt eine Möglichkeit, in einem Herzen zu lesen. Man gleitet auf den Strömen der Gedanken tief hinein ins Nimmerreich. Es fühlt sich an, als würde man mit wachen Augen den Traum eines anderen erleben. Das magische Ritual dafür ist sehr kompliziert, aber ich habe es lange geübt und bin mir sicher, dass es mir auch bei Masrador gelingen würde. Alles, was ich dafür brauche, ist eine Verbindung zu ihm. Etwas ... Menschliches.«

Anouk hob die Brauen. »Ich kann mir nicht vorstellen, dass irgendetwas an Masrador noch menschlich ist, geschweige denn dass er ein Herz hat, in dem man lesen könnte.«

»Oh doch«, widersprach Amélie mit leisem Lächeln. »Denn das Herz ist das Leben, ganz gleich, wie schwarz es geworden sein mag. In seinem Kern sitzt noch immer das Kind, das unseren Herzschlag bestimmt. Bei Masrador wurde es vielleicht gefesselt und geknebelt, aber es ist noch immer da. Sonst wäre er schon längst in die tanzenden Schatten gestürzt, in die es alle zieht, die keine Hoffnung mehr haben.«

Anouk konnte sich nicht vorstellen, worauf Masrador hoffen sollte, doch das war jetzt ohne Belang. »Etwas Menschliches also«, sagte sie nachdenklich. »Und was soll das sein? Ein Haarbüschel? Oder ein Zahn? Hat er vielleicht eine kleine Dose, auf der ›Masradors Milchzähne‹ steht?«

Levin lachte laut auf, und ein amüsiertes Funkeln glitzerte in Rhasgars Augen, als er ihren Blick erwiderte. »Der *Dark Circus* hat uns beraubt und beschenkt«, sagte er dann jedoch mit einem Ernst, der das Lächeln von Anouks Lippen vertrieb. »Aber jeder Einzelne von uns erinnert sich daran, wie es früher gewesen ist – damals, als er noch ein Mensch war in der Welt dort draußen. Viele Bilder in uns mögen verblasst sein, aber ohne sie, so sagen die meisten, würden wir zu den tanzenden Schatten werden, die die Grenzen unserer Welt markieren. Du hast bereits erlebt, wie schwer es sein kann, diese Bilder zu bewahren. Aus diesem Grund haben die meisten von uns Erinnerungsstücke aus ihrem anderen Leben aufgehoben.

Fotos, Notizbücher, Briefe, was auch immer. Auch Masrador war einmal ein Mensch, und wir wissen, dass auch er Dinge aus jener Zeit bewahrt hat – Erinnerungen, die der Schlüssel für unsere Freiheit sein können. Er hütet sie in seinem Zirkuswagen, doch er lässt ihn so gut bewachen, dass jede Festung dagegen schwach erscheint. Schwarze Flammen ziehen darüber hin, ein Zutritt ist nur nach ausdrücklicher Einladung erlaubt, und jeder, der bislang heimlich hineingelangen wollte, musste bitter dafür büßen.«

Levin nickte bedeutungsvoll. »Manche haben vergessen, wer sie sind, noch bevor sie auch nur die Tür berührt haben. Andere wurden von plötzlicher Furcht befallen, die sie fast den Verstand kostete, oder haben sich an Masradors Spiegeln geschnitten. Die bestehen aus Schattenglas, musst du wissen. Es ist pechschwarz und trägt mächtige Magie in sich. Wenn ein Kind der Nacht damit verwundet wird, gibt es keine Rettung mehr. Und einige sind bei lebendigem Leib verbrannt. Ich höre noch heute ihre Schreie, so entsetzlich laut, dass …«

Rhasgar brachte ihn mit einem Blick zum Schweigen, und fast musste Anouk lachen, als der Junge beschämt den Mund zuklappte. Doch seine Worte hatten sie frösteln lassen, und als Rhasgar sie ansah, schien ein eisiger Windhauch durch den Raum zu ziehen. »Ich glaube nicht, dass du diese Veranschaulichung brauchst«, stellte er fest. »Du hast selbst erlebt, wie groß Masradors Macht ist. Es ist verdammt schwer, sich gegen sie zu wehren.«

»Schwer?« Anouk stieß die Luft aus. »Unmöglich, würde ich sagen. Offenbar genauso unmöglich, wie unbemerkt in seinen Wagen zu gelangen.«

Rhasgar wechselte mit den anderen einen Blick. »Nun ja«, begann er, und zum ersten Mal in dieser Nacht hörte Anouk ein Zögern in seiner Stimme. »Nicht für dich.«

Die Stille, die sich über sie senkte, brachte die Luft zum Flirren. Anouk spürte die Blicke der anderen auf sich, aber sie schaffte es nicht, sich von Rhasgar abzuwenden, so unverwandt betrachtete er sie. »Wie bitte?«, fragte sie, die Stimme nicht mehr als ein heiseres Krächzen.

»Wir tragen die Kraft des *Dark Circus* in den Adern«, erwiderte er so ruhig, als spräche er mit einem verängstigten Kind. »Dieselbe, die Masradors Macht begründet. Wir haben ihr nichts entgegenzusetzen, mit dem wir einen Weg durch ihre Finsternis finden könnten. Aber deine Verwandlung hat erst begonnen. Du bist noch ein Mensch aus jener Welt dort draußen. Du kannst Wege betreten und Türen öffnen, die uns verschlossen bleiben. Du kannst dich Masradors Feuer widersetzen und uns eine Erinnerung beschaffen. Und dann werden wir herausfinden, wie man den Fluch brechen kann.«

Trotz der Ruhe in seiner Stimme schossen seine Worte mit einer Wucht in Anouks Schädel, die sie die Augen aufreißen ließ. »Seid ihr verrückt geworden?«, fragte sie so laut, dass sie vor ihrer eigenen Stimme erschrak. »Ich soll in Masradors Wagen einbrechen – genau wie etliche vor mir, die elendig darin verbrannt sind?«

Rhasgar warf Levin einen düsteren Blick zu, ehe er sich wieder an sie wandte. »Das waren Wesen, wie wir es sind – Kreaturen des *Dark Circus*, die blind werden in Masradors Flammen, weil sie schon zu sehr ein Teil seines Feuers geworden sind. Du aber könntest ihm begegnen. Er hat dich nicht grundlos auserwählt, ist dir das nicht klar? Du trägst so viele Bilder in dir, die er besitzen möchte – und gerade ihretwegen hast du dich seinem Willen schon einmal widersetzt. Du hast seine Illusion in der Manege zerstört und bist ihm entkommen!«

Anouk spürte, wie Übelkeit in ihr aufstieg. Noch einmal fühlte sie den Schnitt über ihre Hand gehen, noch einmal hörte sie, wie das Zelt direkt hinter ihr von tödlichen Klauen in Fetzen gerissen wurde. »Unsinn«, gab sie zurück und kam auf die Beine. »Ich bin einfach nur abgehauen! Du hast es doch selbst gesehen. Ich bin hilflos wie ein dämliches Karnickel durch das Dorf gerannt und wäre draufgegangen, wenn du nicht gekommen wärest. Ich habe ihm rein gar nichts entgegenzusetzen!«

Mit rasendem Herzen ging sie zum Fenster und kehrte den anderen den Rücken zu. Fieberhaft hatte sie in den vergangenen Stunden gehofft, dass sich ihr ein Ausweg zeigen würde, der sie hinausführen konnte aus diesem entsetzlichen Albtraum. Und nun sollte ausgerechnet sie diejenige sein, ohne die jeder Schritt in die Freiheit unmöglich war? Sie sah sich selbst im Spiegel der Nacht, leichenblass, als würde sie jeden Moment in Ohnmacht fallen. Dieses Mädchen dort sollte also Masrador herausfordern, einen Clown, der es schon einmal fast zur Strecke gebracht hatte und dessen Anblick ausreichte, um es schlottern zu lassen wie ein kleines Kind? Die Panik schnürte ihr die Kehle zu, und sie wollte sich abwenden, weil sie ihren eigenen Anblick nicht mehr ertrug. Aber erst als Rhasgar ihr die Hand auf die Schulter legte, drehte sie sich um.

Sie rechnete damit, ihre eigene Hoffnungslosigkeit in seinen Augen gespiegelt zu finden. Doch stattdessen betrachtete er sie wie die anderen mit einem Ausdruck, den sie nicht sofort einordnen konnte, so wenig hatte sie ihn erwartet. Ungläubigkeit war es. Tiefe Ungläubigkeit angesichts dessen, was sie gerade gesagt hatte. Sie spürte Rhasgars Wärme durch den Handschuh hindurch, ebenso wie die Zärtlichkeit seines Lächelns, die nun in seiner Stimme mitschwang.

»Mädchen aus der Welt der Menschen«, sagte er sanft. »Das glaubst du wirklich, nicht wahr? Dann sieh – sieh, was du getan hast!«

Behutsam führte er sie zurück zu ihrem Platz. Amélie und Levin betrachteten schweigend die Kugel, die Rhasgar nun zu ihnen herabschweben ließ. Durch ein Fingerschnipsen wurde sie größer. Schatten zogen darin auf und verdunkelten das Zimmer – und dann zerriss die Finsternis. Anouk fuhr zurück, so plötzlich brach Masradors Gestalt vor ihr auf. Rhasgar legte beruhigend die Hand auf ihren Arm, und da erkannte sie, dass sie Masrador durch die Augen eines Beobachters betrachtete, der dem Clown selbst offensichtlich verborgen blieb. Sie sah ihn von hinten. Er kam vom Dorf und ging auf den Zirkus zu. Das Zelt stand in Flammen, die Wagen brannten, und Anouk brauchte nicht die geisterhaften Gestalten zu sehen, die durch die Luft flogen, um zu wissen, dass diese Szene in jener Nacht stattgefunden hatte, in der sie vor Masrador geflohen war.

Sie schauderte, als sie den Clown beobachtete, doch etwas an ihm ließ sie die Brauen zusammenziehen. Er hinkte. Als er die Stufen zu seinem Wagen hinaufging, glitt der unsichtbare Beobachter ihm nach, schnell wie ein Raubvogel auf der Jagd. Anouk beugte sich vor und da sah sie den dunklen Fleck auf dem Gras nahe dem Parkplatz. Es war schwarzes Blut. Sie hob mit dem Beobachter den Blick. Masrador hatte die Tür seines

Wagens erreicht, aber bevor er sie öffnete, drehte er sich noch einmal um. Der Beobachter erstarrte ebenso wie Anouk, doch Masrador sah sie nicht an. Er schaute in Richtung des Dorfs. Und über seine Wange liefen blutige Striemen, so tief, dass man den Knochen seines Kiefers sehen konnte.

Anouk hielt den Atem an. Kurz stand sie noch einmal in der Gasse und spürte die Asche an den Fingern, als sie den Clown geschlagen hatte. Die Erkenntnis schoss wie glühendes Feuer in ihren Schädel: Sie hatte Masrador verwundet. Mit weit aufgerissenen Augen starrte sie ihn in der Kugel an, und plötzlich schien es, als würde er ihren Blick erwidern, durch Raum und Zeit hindurch. Sie konnte die Finsternis sehen, die sich in seinen Augen zusammenzog, ebenso schwarz wie das Blut an seiner Wange. Aber sie wandte sich nicht von ihm ab. Sie hatte ihn verwundet, und ganz gleich, welche Kräfte er ihr entgegensetzte – in diesem Moment hatte sie gesiegt! Sie sah das Muskelspiel seiner Schläfen, als er die Zähne aufeinanderpresste. Dann packte er die Tür und gleich darauf war er in seinem Wagen verschwunden.

Erst als die Szene in der Kugel verschwamm und nichts als Dunkelheit zurückließ, konnte Anouk Atem holen. Sie sah ihr eigenes Spiegelbild darin und stellte fest, dass sie lächelte.

»Das war keine Absicht«, sagte sie wie zu sich selbst. »Das heißt … ich wollte mich natürlich wehren, aber dass ich ihn so verwundet habe … ist einfach passiert.«

Rhasgar saß noch immer neben ihr, so nah, dass sie sein Lächeln aus dem Augenwinkel sehen konnte. »So wie alles, das wirkliche Macht besitzt.«

Leise hatte er das gesagt, so leise, dass Anouk nicht sicher war, ob die anderen ihn überhaupt gehört hatten. Sie erwiderte seinen Blick, und da war er zurück: der Regen auf ihrer Haut, der sie beide an einen Ort bringen konnte, der unantastbar war. Sie musste all ihre Kraft aufbringen, um sich abzuwenden, und schaute auf die Narbe in ihrer Hand. »Nehmen wir an, ich würde euch glauben«, begann sie. »Nehmen wir an, ich würde eine winzige Chance sehen, Masrador entgegenzutreten. Ich wüsste gar nicht, wie ich anfangen sollte.«

»Mit dem ersten Schritt«, sagte Levin und grinste, als hätte er diese Antwort immer schon mal geben wollen. »Und wir sind an deiner Seite.«

Rhasgar nickte. »Es ist, wie ich sagte: Der Zirkus beraubt dich nicht nur, er beschenkt dich auch. Noch mag dir die Magie wie eine Feindin erscheinen, aber wir werden dir zeigen, wie du sie für deine Zwecke nutzen kannst. Wir werden sie Masradors Willen entziehen und sie in deine eigenen Hände legen, und eines verspreche ich dir: Solange du nicht gegen Masradors Feuer gewappnet bist, werde ich dich nicht gehen lassen.«

Trotz der Wärme in seiner Stimme lief ein Frösteln über Anouks Rücken. »Das klingt, als müsste ich in den Zirkus zurückkehren. Also hatte Masrador recht: Entweder werde ich ein Teil des *Dark Circus* – oder er wird mich vernichten.«

Rhasgar schwieg. »Es ist wahr«, sagte er dann. »Du musst in den Zirkus zurückkehren und ein Teil unserer Vorstellung werden. Nur so können wir dir zeigen, welche Kräfte die dunkle Magie birgt … und nur so können wir Masrador in Sicherheit wiegen.«

»Aber ich kann doch nicht einfach verschwinden«, gab sie zurück. »Früher oder später werden meine Eltern oder meine Freunde merken, dass ich weg bin, und dann …«

Levin schüttelte langsam den Kopf. »Der *Dark Circus* versteht sich darauf, Menschen verschwinden zu lassen, da kannst du sicher sein. Illusionen und Trugbilder sind sein Metier. Es wird ihm für lange Zeit gelingen, deine Leute in Sicherheit zu wiegen, und wenn sie schließlich begreifen, dass du fort bist …« Er hob leicht die Schultern. »Weißt du, wie viele Menschen jeden Tag spurlos verschwinden und nie wieder auftauchen? Niemand wird dich im *Dark Circus* finden und niemand kann dich retten. Der einzige Weg hinaus ist durch deine eigene Kraft.«

Anouk sah ihre Eltern vor sich, wie sie sich von ihnen verabschiedet hatte: zwischen Tür und Angel wie immer, wenn eine Reise bevorstand, und die Umarmungen doch so liebevoll, dass sich ihre Kehle zusammenzog bei dem Gedanken an den Schmerz, den ihr Verschwinden beiden bereiten konnte. »Meine Eltern sind auf irgendwelchen Höhentouren«, murmelte sie nachdenklich. »Sie werden sich nicht wundern, wenn sie eine Weile nichts von mir hören, weil sie ohnehin nicht erreichbar sind. Und meine Freunde wissen, dass ich in die Einöde gefahren bin, wo der Empfang nicht unbedingt der Beste ist. Aber ist es überhaupt möglich, dass ich jetzt in den Zirkus zurückkehre? Immerhin habe ich alles getan, um vor ihm zu fliehen. Würde Masrador denn nicht misstrauisch werden?«

»Du bist nicht die Einzige, die zuerst vor ihm geflohen ist und dann doch zurückkam«, sagte Rhasgar. »Er weiß sehr gut, dass du letzten Endes gar keine andere Wahl hast, als zu ihm zu gehen, wenn du einigermaßen bei Verstand bleiben willst. Außerdem ist es kein Geheimnis, dass ich seine Methoden, neue Artisten in den Zirkus zu holen, nicht gutheiße. Und es war meine Vorstellung, die du beinahe verdorben hättest.

Ich habe deine Kraft zuerst gespürt, und Masrador wird nicht überrascht sein, wenn ich ihr nach anfänglichem Ärger weiter auf den Grund gehen will. Ich könnte ihm also vorschlagen, dir ganz offiziell einen Besuch abzustatten und dich davon zu überzeugen, ein Teil des *Dark Circus* zu werden. Wenn du dann zu uns kommst, wird er keinen Verdacht schöpfen.«

Anouk holte tief Luft. »Wenn ich es schaffe, ihm etwas vorzumachen.«

»Ja«, stimmte Rhasgar ihr zu. »Aber wir zweifeln nicht daran, dass du genau das tun kannst. Täusche ihn. Werde ein Teil des *Dark Circus* – und hilf uns, den Fluch zu brechen.«

Die Anspannung, die seine Worte auslöste, war fühlbar. Anouk konnte sie sehen, als sie Levins Blick erwiderte, sie spürte sie in Amélies ineinander verschränkten Händen, und sie hörte sie in Rhasgars Schweigen, das sie zu nichts drängte und doch wie rasche Atemzüge über ihre Haut glitt. Mit pochendem Herzen schaute sie noch einmal in die Kugel. Es war Masradors Finsternis, die darin auf sie wartete, das Grollen seines Lachens, die Schärfe seiner Klauen und die Macht seines Willens, mit der er sie noch vor wenigen Stunden zu einer hilflosen Marionette gemacht hatte. Doch Anouk fixierte die Dunkelheit, bis sie erneut ihr eigenes Gesicht darin erkannte, und nun erinnerte sie sich, dass sie das Lächeln auf ihren Lippen schon einmal gesehen hatte, vor langer Zeit. In ihren Augen stand Angst, ihre Wangen waren bleich vor Anspannung. Aber es war Bens Lächeln, das ihr Gesicht erhellte, dieses Lächeln, mit dem er in die Schlacht gezogen war … zum ersten Mal in jenem Zimmer im Krankenhaus, und von da an immer wieder, bis zum Schluss. Sie sah ihn vor sich, wie er damals zu ihr aufgeschaut hatte. Es waren schwache Farben, die dieses Bild erleuchteten, aber sie waren doch da – und Anouk würde sie sich von keiner Macht der Welt nehmen lassen.

»Ein Gaukler«, sagte sie und schaute zu Levin hinüber, ehe sie den Blick in die Runde schweifen ließ. »Eine Wandlerin und ein Zauberer. Welche Rolle ich auch immer einnehmen werde bei diesem Abenteuer – ich könnte mir schlechtere Reisegefährten vorstellen.«

»Heißt das, du sagst Ja?« Levin riss die Augen auf, und für einen Moment war er tatsächlich nicht mehr als das Kind, das hoch oben auf dem Zeltdach die Gespräche der Menschen belauscht hatte.

Anouk hob leicht die Schultern. »Wann bekommt man schon die Gelegenheit, einen bösartigen Clown zur Strecke zu bringen?«

»Genau so ist es!« Levin schlug begeistert die Hände zusammen und sprang auf die Beine. »Gemeinsam machen wir ihn fertig, so schnell, dass er gar nicht weiß, wie ihm geschieht!«

Er vollführte rasante Kampfbewegungen, doch gerade als er sich wieder auf ein Kissen fallen lassen wollte, stieß er mit dem Ellbogen gegen ein Regal und brachte es zum Schwanken. Die Bücher stürzten ihm entgegen, Amélie fuhr erschrocken in die Höhe. Aber Levin drehte sich um die eigene Achse, und so rasch, dass Anouk seinen Bewegungen kaum folgen konnte, stapelte er die Bücher auf beiden Händen zu schwankenden Türmen auf. Die Röte seiner Wangen zeigte, dass er diese Darbietung keinesfalls geplant hatte. Aber er strahlte übers ganze Gesicht und verbeugte sich wie in der Manege, so taumelnd, dass Anouk lachen musste.

»Nun ja«, sagte Amélie und ließ sich erleichtert zurück auf die Kissen sinken. »Wenn wir uns in nächster Zeit immer so zu helfen wissen wie du, kann ja nichts schiefgehen.«

Sie fiel in Levins Lachen ein, und Anouk spürte, wie mit jedem Ton die Furcht der letzten Stunden aus ihren Gliedern wich. Nichts als Wärme schloss sich nun um ihren Körper, und als sie Rhasgars Blick erwiderte, der die Kugel zwischen ihnen mit einem Lächeln wieder in silbernen Glanz tauchte, da schien es ihr, als wäre Ben bei ihr: hier mit einem Gaukler, einer Wandlerin und einem Zauberer in einem Turm aus Mondlicht … hier an einem Ort zwischen allen Welten.

# 8

»Macht euch keine Sorgen.« Anouk wich ihrer Tante aus, die sich mit einem völlig überdimensionierten Koffer an ihr vorbeischob. »Es war doch alles abgesprochen. Es gibt keine Gäste, um die ich mich kümmern muss, und ich bin schon öfter über die Ferien allein gewesen. Damit habe ich wirklich kein Problem.«

Justine stellte den Koffer auf der Straße ab. »Ich weiß. Aber du bist immer noch ganz blass um die Nase. Wer weiß, ob du die Migräne wirklich schon überstanden hast.«

»Es geht mir wieder gut.« Anouk war selbst erstaunt, mit welcher Leichtigkeit ihr diese Lüge über die Lippen kam. »Und so blass wie jetzt bin ich doch immer.«

Ihre Tante musterte sie wenig überzeugt, hob dann aber resigniert die Schultern. »Sollten die Kopfschmerzen zurückkommen, musst du zum Arzt gehen. Die Adresse hast du ja, die Praxis ist nur ein paar Straßen entfernt. Und sei bitte vorsichtig. Ich will nicht, dass dir etwas passiert.«

»Du redest, als wäre Anouk fünf Jahre alt«, stellte Madeleine fest, die nun die Treppe herunterkam. Ihr Rucksack leuchtete neongrün, und sie blinzelte, als die letzten Sonnenstrahlen des Tages ihr Gesicht trafen. »Was sollte ihr denn in diesem Kaff schon passieren?«

Anouk biss sich auf die Lippe. Hätte Madeleine auch nur die leiseste Ahnung davon gehabt, was in den letzten Tagen vor sich gegangen war, hätte sie anders geredet. Doch Justine schienen die Worte ihrer Tochter zu beruhigen. »Da hast du auch wieder recht«, stimmte sie ihr zu. Dann wandte sie sich an Anouk. »Aber trotzdem. Solltest du dich einsam fühlen – wir sind jederzeit für dich erreichbar, in Ordnung?«

Anouk schloss die Augen, als ihre Tante sie umarmte. Es lag so viel Wärme in Justines Stimme, dass sie am liebsten mit ihnen gefahren wäre … wohl wissend, dass das nicht möglich war. Sie löste sich von Justine und zauberte das unbeschwerteste Lächeln auf ihr Gesicht, zu dem sie fähig war. »Ich wünsche euch eine schöne Zeit. Oder zumindest tolle Geschenke.«

Madeleine lachte, als sie Anouk zum Abschied drückte. »Wenigstens darauf kann man sich bei Papa immer verlassen. Lass es dir gut gehen und viel Spaß in der sturmfreien Bude.«

Justine maß Anouk mit einem Blick, als würde sie sich im letzten Moment doch noch umentscheiden und dableiben wollen. Aber dann seufzte sie, schnappte sich ihren Koffer und setzte sich in Bewegung. Anouk zog sich ihren Mantel enger um den Leib und sah zu, wie die beiden die Gasse hinabliefen.

Sie drehten sich noch einmal zu ihr um und winkten. Dann bogen sie um die Ecke und verschwanden aus ihrem Blickfeld.

Anouk lauschte den entschlossenen Schritten Justines und den klackernden Absätzen ihrer Tochter, die sich mit ihren leisen Stimmen mischten. Keine von beiden hatte auch nur das Geringste geahnt. Anouk war nach ihrem Ausflug zum silbernen Turm rechtzeitig wieder in ihrem Zimmer gewesen, bevor sie ihre Abwesenheit hätten bemerken können, und am Tag darauf hatte sie sich so normal verhalten, wie es ihr nur möglich gewesen war. Offensichtlich war ihr Schauspiel gar nicht so schlecht gewesen, denn weder Madeleine noch Justine hatten gespürt, was in ihr vorgegangen war. Anouk holte tief Atem. Mit jeder Faser ihres Körpers hatte sie auf diesen Augenblick hingefiebert. Und doch konnte sie sich erst von der Stelle rühren, als sie Justine und Madeleine nicht mehr hörte. Ganz gleich, was nun geschehen würde: Die beiden waren der Gefahr des *Dark Circus* entkommen.

Ehe die einbrechende Stille sie lähmen konnte, schloss Anouk die Tür und lief nach oben in ihr Zimmer. Sie hatte bereits im Morgengrauen heimlich ihren Koffer gepackt, den sie nun unter dem Bett vorzog. Im *Dark Circus* würde sie nicht allzu viel Platz zur Verfügung gestellt bekommen. Deshalb hatte sie sich neben ihren Klamotten auf ein paar Bücher und zwei Bilder beschränkt: ein Fabelwesen von Ben, das an einen Greif erinnerte, und einen Sonnenaufgang über dem Meer, den sie selbst gezeichnet hatte. Er glühte in so leuchtenden Farben, dass Anouk die Wärme fast spüren konnte. Rasch schlüpfte sie in ihre Stiefel, schlang sich den Schal um den Hals und machte sich auf den Weg … einen Weg, den sie schon unzählige Male gegangen war und der ihr nun dennoch vorkam wie eine Reise in eine andere Welt.

Der Wind fuhr ihr grob ins Haar, als sie das Dorf hinter sich ließ und den Pfad zum Parkplatz hinabging. Sie bemühte sich, nicht auf die Schatten zu achten, die jenseits davon verharrten wie zu tief herabgesunkene Gewitterwolken und ihr den Blick auf die Hügel verwehrten. Stattdessen hielt sie nach Justines Auto Ausschau. Aber der kleine Citroën war bereits fort und so richtete sie ihren Blick auf den Zirkus. Im Licht der untergehenden Sonne wirkte er wie ein Schattenriss, und auch wenn nichts mehr an die Flammen erinnerte, schloss sich die Anspannung doch mit jedem Schritt stärker um Anouks Brustkorb. Es war seltsam, das letzte Licht des Tages auf der Haut zu spüren, ohne die Sonne sehen zu können, und sie hielt inne, als ihr schließlich die Schatten der ersten Wagen entgegenfielen. Nur noch wenige Schritte bis zum Parkplatz, der ihr auf einmal erschien wie mit einem Schild versehen: *Lebensgefahr! Betreten verboten!* Misstrauisch schaute sie auf den Schatten direkt vor ihr und rechnete fast damit, dass er anfangen würde zu tanzen. Aber gerade als sie zurückweichen wollte, trat eine Gestalt hinter dem Wagen hervor und lenkte ihre Aufmerksamkeit von der Finsternis ab.

Rhasgar näherte sich ihr ohne ein Wort. Erst als er den Rand des Geländes erreicht hatte, blieb er stehen und sah ihr entgegen, und der Ausdruck in seinen Augen genügte, um sie dazu zu bringen, sich wieder in Bewegung zu setzen – dieser Schimmer zwischen Vorsicht und Hingabe, der sich nun auch in seinem Lächeln wiederfand. Zwei Tage hatten sie sich nicht mehr gesehen, und entgegen jeder Erwartung ertappte Anouk sich bei dem Bedürfnis, schneller zu gehen. Dicht vor ihm blieb sie stehen. Der Sonnenschein, der ihn nicht mehr erreichte, glitt über ihr Gesicht, und sie sah die letzten Strahlen in seinen Augen gespiegelt.

»Ich habe auf dich gewartet«, sagte er. »Als ich deine Tante sah, fürchtete ich für einen Moment, du würdest nicht kommen.«

Sie hob die Brauen. »Hast du geglaubt, dass sie mich in ihrem Koffer fortschleppen würde? Das hätte wohl kaum zum Erfolg geführt, oder doch?«

»Nein«, erwiderte er, so ernst nun, dass seine Stimme ganz rau klang. »Aber du hättest es dir anders überlegen können, ungeachtet aller Konsequenzen. Angst ist ein starker Gegner.«

Sie nickte. »Ich weiß. Und ich wäre vermutlich ganz schön naiv, wenn ich keine Angst hätte. Aber ich habe mich entschieden und ich habe dir versprochen zu kommen. Also bin ich hier.«

Er schwieg und sah zu, wie die Sonnenstrahlen in ihren Augen erloschen. Dann trat er zurück und neigte den Kopf wie bei einer Verbeugung. »Tritt ein«, sagte er, und sein Lächeln kehrte zu ihm zurück. »Willkommen im Reich der Dunkelheit.«

Er vollführte eine vornehme Geste, um ihr Einlass zu gewähren, und sie zögerte nicht länger. Mit einem einzigen Schritt betrat sie das Gelände des *Dark Circus*. Rhasgar nahm ihr den Koffer ab und führte sie an den ersten Wagen vorüber. Instinktiv hielt sie Abstand, als könnte jeden Moment ein entsetzlicher Clown aus den Türen springen. Aber bereits nach wenigen Schritten schien sich der Zirkus zu wandeln. Die eben noch drückende Stille wurde von leisen Stimmen und Gelächter durchbrochen, Anouk bemerkte Blumen in der Dämmerung, glühend, als hätten sie das Licht der Sonne gespeichert, und selbst die Wagen der Artisten warfen ihre unheimlichen Masken ab, als wären sie nie mehr gewesen als Schleier aus Staub. Freundliches Licht fiel aus den Fenstern, und Anouk sah zu, wie Schuppen über die Fassade eines Wagens liefen, als wäre er der Leib einer Schlange. Sie fand den Wagen des Phönix, weil er gänzlich aus Asche bestand, und sie musste lächeln, als sie die weißen Papiervögel auf einem der Kupferdächer bemerkte, die eindeutig Amélies Wagen erkennen ließen. Immer tiefer führte Rhasgar sie in seine Welt hinein, die Stück für Stück ihr wahres Gesicht offenbarte. Er bewegte sich lautlos neben ihr, aber seine Präsenz war so fühlbar wie das Licht des Mondes, das durch die Dunkelheit gleitet. Wiederholt erblühten die Blumen gerade dort, wo er an ihnen vorüberging, und Anouks Lächeln vertiefte sich. Es kam ihr so vor, als würde er allein durch seine Anwesenheit eine Schönheit wachrufen, die sie niemals im *Dark Circus* vermutet hätte.

Das Flüstern schwarzer Flammen durchbrach ihre Gedanken, und noch bevor sie den Kopf wandte, wusste sie, dass sie an Masradors Wagen vorübergingen. Das Feuer glitt wie Wasser über die Stufen der Treppe, die vorgesetzte Terrasse und die Fassade. Es ließ die Reifen glühen und fiel in Kaskaden vom Dach hinab, und kurz meinte Anouk, die Funken auf ihrer Haut spüren zu können, als wären sie der Atem eines Drachen. Sie konnte sich nicht gegen die Faszination wehren, die sie beim Anblick dieses Wagens ergriff, aber als sie in die dunklen Fenster sah, schauderte sie. Es war, als würde ihr Blick aus toten Augen erwidert.

»Er wird dich zu sich rufen«, sagte Rhasgar, der ihrem Blick gefolgt war. »Wie erwartet zeigte er sich zufrieden mit der Aussicht, dich im Zirkus begrüßen zu dürfen. Leider hat er es sich noch nie nehmen lassen, neue Artisten persönlich willkommen zu heißen. Ich habe versucht, dir das zu ersparen, aber es ist mir nicht gelungen.«

»Trotzdem danke für den Versuch«, sagte Anouk und riss ihren Blick vom schwarzen Wagen los. »Was wird mich bei ihm erwarten?«

Rhasgar hob die Schultern. »Das hängt von dir ab. Gib dir den Anschein, als würdest du Masradors Autorität im *Dark Circus* akzeptieren, und halte ihn fern aus deinen Gedanken. Dann kann nichts schiefgehen.«

»Großartig.« Sie stieß die Luft aus. »Abgesehen davon, dass er schon einmal in meinem Kopf war: Ich bin eine wirklich miese Schauspielerin.«

Der Schalk blitzte durch Rhasgars Augen, als er sie von der Seite ansah. »Am besten lernt man in der Praxis, sagt man das nicht?«

»Mit fällt da eher ein anderes Sprichwort ein. Wer sich in Gefahr begibt, kommt darin um.«

Er lachte leise. »Dann müsste ich schon etliche Male gestorben sein. Ich halte es lieber mit dem Satz: Die Höhle, die du am meisten fürchtest, birgt den Schatz, den du suchst.«

»Das hoffe ich sehr«, seufzte Anouk. »Und dass ich vorher überhaupt erst mal einen Weg hineinfinde.«

Für einen Moment sah sie wieder die schwarzen Flammen vor sich, und sie erinnerte sich daran, was Levin über all die Unglücklichen erzählt hatte, die in Masradors Wagen umgekommen waren. Doch Rhasgar schien jede Sorge abgelegt zu haben. »Keine Angst«, sagte er, und es klang wie ein Zauberspruch, dem sie sich nicht verweigern durfte. »Ich werde dich so gut auf deinen Besuch bei Masrador vorbereiten, wie es mir nur möglich ist. Aber darüber sollst du dir jetzt nicht den Kopf zerbrechen. Zuerst musst du dich erholen. Die letzten Tage waren sicher sehr anstrengend für dich.«

Sie verzog den Mund. »So kann man es auch ausdrücken. Ich hätte gesagt: Die letzten Tage haben mich kreuz und quer durch die Hölle geschickt.«

»Nun, dann ist es Zeit, dass du zur Ruhe kommst. Und aus eigener Erfahrung kann ich sagen, dass es keinen besseren Ort dafür gibt als diesen.« Er blieb stehen und holte tief Atem. »Wir sind da. Hier wohne ich.«

Rhasgars Wagen schwebte ein Stück weit über dem Boden. Das Holz der Fassade war tiefblau. Glühende Kugeln drehten sich neben der Treppe, die so ausgetreten war, als würden jeden Tag ganze Trollhorden über ihre Stufen laufen. Die Tür hingegen verfügte über eine Klinke in Form eines Fuchses, die glänzte, als wäre sie noch nie zuvor benutzt worden. Fasziniert sah Anouk zu, wie Rhasgar die Hand danach ausstreckte und der Fuchs ein Auge öffnete, um sie zu mustern. Es glitzerte wie ein Smaragd. Dann schloss der Fuchs das Auge wieder und mit leisem Klacken öffnete sich die Tür. Anouk trat ein – und ihr kam es so vor, als wäre sie in einen Kosmos verzauberter Dinge geraten.

Auch hier spendeten Kristallkugeln ein schwaches Licht. Sie schwebten zwischen den Oberlichtern und warfen ihren Schein auf die Regale vor den Wänden, in denen sich Bücher, alte Spiegel und zerbrochenes Spielzeug ebenso aneinanderreihten wie Steine in jeder Form und Größe, Gemälde und unzählige Zauberutensilien. Rechts neben der Tür stand ein kleiner Ofen mit Klauenfüßen, schräg gegenüber ein Tisch, beladen mit Papieren und einer unter einem dünnen Tuch versteckten Kristallkugel. Am linken Ende des Wagens erkannte Anouk im Dämmerlicht einen abgenutzten Diwan, einen mannshohen Spiegel und ein Teetischchen, halb verborgen von einer Kochnische davor. Am rechten Ende lag eine Tür aus Buntglas, die vermutlich ins Bad führte. Daneben stand eine Kommode und ein mit unzähligen Kissen bedecktes Bett. Ein Vorhang aus Glasperlen war ein Stück weit davorgezogen. Er klirrte leise, als Rhasgar die Tür hinter sich schloss.

»Ich schlafe dort drüben«, sagte er und deutete auf den Diwan. »Du kannst das Bett haben und die Kommode für deine Sachen. Ich weiß, es ist nicht gerade ein Palast, aber …«

»Doch«, sagte Anouk und stellte erschrocken fest, dass sie ihren Gedanken laut ausgesprochen hatte. »Ich meine, ich war bisher noch nie in einem Zirkuswagen und ich weiß nicht, was ich erwartet hatte, aber du hast ja mein Zimmer bei meiner Tante gesehen. Ich umgebe mich gern mit Dingen, die Geschichten zu erzählen haben … und davon gibt es hier anscheinend jede Menge.«

»Das ist wahr«, erwiderte er. »Traurige und fröhliche und alle dazwischen. Man muss für ein Leben im Zirkuswagen geboren sein, nicht jeder kommt damit zurecht. Aber als ich dein Sammelsurium an Büchern und Bildern gesehen habe, war mir alles klar. Du brauchst Magie um dich herum. Und damit bist du hier gerade richtig.«

Anouk ließ den Blick über eine Reihe von Spiegeln schweifen, deren Silberschicht in geheimnisvollen Mustern oxidiert war. »Es ist so still bei dir«, sagte sie nach einem Moment. »Und es riecht so gut. Nach Regen und Wind.«

Rhasgar hob spöttisch die Brauen. »Interessant. Du hast also gedacht, dass es bei mir stinkt?«

Anouk musste grinsen. »Du weißt doch, was man über allein wohnende Männer sagt.«

»Oh nein.« Er hob abwehrend die Hände. »Bitte keine Horrorgeschichten und Vorurteile am Abend, davon schlafe ich schlecht.«

»Na gut, ausnahmsweise halte ich mich zurück.« Sie legte Mantel und Schal aufs Bett. Rhasgar lehnte an dem Balken, der das Dach stützte. Ein Lächeln lag auf seinen Lippen, aber er schien jede ihrer Bewegungen mit einer Konzentration zu beobachten, als würde er fürchten, dass sie jeden Moment eines der Regale zum Einsturz bringen würde. »Es ist seltsam für dich, mich hierzuhaben, oder?«

Sein Gesicht zeigte keine Regung. »Ich habe dich in den Zirkus geholt«, gab er betont gleichmütig zurück. »Also muss ich dich aufnehmen, so ist es Brauch. Und ehrlich gesagt ist das auch ganz sinnvoll. Für die meisten Neuankömmlinge ist es gar nicht so leicht, die ersten Nächte im *Dark Circus* zu verbringen, das lehrt uns die Erfahrung. Viele bekommen es mit der Angst zu tun, wenn sie allein sein müssen.«

»Interessant«, erwiderte Anouk mit leiser Ironie. »Allerdings war das keine Antwort auf meine Frage.«

»Doch«, gab er zurück, ohne sein Lächeln einzubüßen. »Das war die einzige Antwort, die du bekommen wirst.«

Sie seufzte und wandte sich ab. Noch nie zuvor war ihr jemand begegnet, der so schwer zu fassen war wie Rhasgar, so viel war sicher. »Ich hatte mir ein Nomadenleben immer ziemlich rastlos vorgestellt. Aber wenn ich mich hier umsehe, dann ist alles so passend, so …« Sie stockte, weil sie nicht die richtigen Worte fand. »Es sieht aus wie ein Zuhause«, sagte sie schließlich. »Und es fühlt sich auch genauso an. Jedenfalls, soweit ich mich erinnere.«

Sie spürte seinen Blick, als sie winzige solarbetriebene Roboter beobachtete, die zwischen zwei Büchern herumliefen. »Soweit du dich erinnerst«, sagte er. »Bist du nicht zu Hause, dort, woher du gekommen bist?«

Anouk dachte an die Wohnung ihrer Eltern mit den langen Fluren und den hohen Decken, die Wohnung, in die sie geflohen waren nach Bens Tod, und sie schüttelte den Kopf. »Da ist niemand zu Hause.« Sie rechnete damit, dass er nachfragen würde, so wie es alle immer taten. Aber er schwieg, genau so, wie er es in der Ruine im Regen getan hatte, und die Schwere, die gerade auf ihren Schultern hatte landen wollen, flog davon.

Ihr Blick fiel auf eine Muschel, auf die der geschwungene Umriss einer Welle gezeichnet worden war, und sie hielt sie sich ans Ohr. »Man kann das Meer rauschen hören«, sagte sie und musste daran denken, wie sie früher stundenlang mit Ben am Strand herumgestreunt war und Muscheln gesucht hatte. »Ich weiß noch, wie enttäuscht ich war, als meine Eltern mir erklärten, dass es in Wirklichkeit nur mein eigenes Blut ist, das ich höre.«

Rhasgar schnaubte verächtlich. »*In Wirklichkeit*«, gab er zurück. »Es gibt keine größere Entzauberungsformel als das. Sie ist so typisch für die Welt da draußen. Von welcher Wirklichkeit haben deine Eltern denn gesprochen, von ihrer oder von deiner? Und warum sollte es weniger wirklich sein, sich das Meer in einer Muschel vorzustellen, als das Echo des eigenen Bluts?«

Anouk musste lächeln. Auf einmal war sie zurück, die Leidenschaft, mit der Rhasgar binnen eines Wimpernschlags jede Kühle von seinen Zügen reißen konnte. Sie drehte die Muschel in ihrer Hand. »Aber du kannst es noch immer hören, oder nicht? Das Meer, meine ich … trotz der tanzenden Schatten?«

Rhasgar nickte unmerklich. »Ich weiß noch, wie ich das Meer zum ersten Mal gesehen habe. Es war so beängstigend und wunderschön, dass ich einfach drauflosgerannt bin, mitten hinein in die nächtlichen Wellen. Es hätte mich mühelos vernichten können. Doch stattdessen hat es mich aufgefangen, so selbstverständlich, als wäre es nur für diesen einen Zweck da: um mich zu halten in der Finsternis. Es war wie Magie. Seitdem kann ich es immer hören, vor allem oben auf den Klippen. Aber ich sehe nicht mehr das Mondlicht auf den Wellen. Diese Möglichkeit hat der Zirkus mir genommen, auch wenn ich mich ganz genau daran erinnere, wie das war … an dieses silberne Glühen in der Nacht. Es sah aus, als könnte sich das Licht jeden Moment über das gesamte Meer ausbreiten und die Dunkelheit verwandeln. Oder als wäre es eigentlich diese Finsternis, die nur ein Tanz auf den Wellen war und darunter strahlenden Silberglanz verbarg. Früher habe ich stundenlang am Meer gesessen und mir dieses Bild eingeprägt. Es brachte mir … Frieden.«

Es war das letzte Wort, das jede Frage hinter Anouks Lippen verschloss. Sie wollte wissen, wie Rhasgar in den Zirkus gekommen war, welches Leben er zuvor geführt und welche Kämpfe er ausgetragen hatte, wenn es ihn so sehr nach Frieden verlangte. Aber je länger das letzte Wort in ihr widerklang, desto stärker spürte sie, dass jede Frage ihn nur von ihr forttreiben würde, zurück in die Kälte, die er normalerweise auf seinen Zügen trug ... und gleichzeitig entstand das Bild vor ihren Augen, das er ihr soeben beschrieben hatte. Sie sah Rhasgar vor sich, seine dunkle Gestalt vor dem silberglühenden Meer, und es schien ihr, als hätten seine Worte aus den gewöhnlichen Wellen ihrer Welt und etwas Mondlicht ein Wunder gemacht ... gerade so, wie seine bloße Anwesenheit den *Dark Circus* in ein Reich düsterer Schönheit verwandelt hatte.

»Ich kenne dieses Gefühl«, sagte sie und legte die Muschel zurück ins Regal. »Ich hatte es jedes Mal, wenn ich mit meinen Eltern nachts Auto gefahren bin. Ben hat neben mir geschlafen, und ich habe den Himmel durchs Fenster gesehen, funkelnd vor Sternen. Ich habe mich so sicher gefühlt ... als wäre ich in einem Schutzraum mit tausend Glitzerlichtern über mir.« Sie schüttelte den Kopf. »Es ist merkwürdig. Ich habe seit Jahren nicht mehr daran gedacht.«

Rhasgar erwiderte ihren Blick schweigend, und da wusste sie, dass er sie in diesem Moment auch sehen konnte: all die Glitzerlichter hoch oben am dunkelblauen Firmament. »Es sind diese Bilder, die dich stark machen gegen die Kraft des *Dark Circus*«, sagte er schließlich. »Bewahre sie dir gut.«

Anouk senkte den Blick. Auf einmal war sie zurück, die Erinnerung an Masrador, dem sie schon bald gegenübertreten musste, und ein Schauer lief über ihren Leib. »Das sagst du so einfach. Wenn ich an den verfluchten Clown denke, dann ...«

Sie stockte. »In deinen Ohren klingt das vermutlich lächerlich, aber ich brauche mich nur an sein Grinsen zu erinnern und bekomme schon Herzrasen. Ich bin eben keine Zauberin und ich habe Angst. Weißt du überhaupt, was das ist?«

Rhasgar schwieg für einen Moment. Er schaute aus dem Fenster, als würde er mehr darin erkennen als tiefste Dunkelheit. »Ich frage mich manchmal, was ich tun werde, wenn all das hier vorbei ist«, sagte er leise, wie zu sich selbst. »Wenn der Fluch gebrochen ist und ich auf einmal wieder in deiner Welt bin, nach so vielen Jahren. Meistens sehe ich mich als Zauberer auf irgendwelchen Bühnen ... deine Welt braucht Magie, so viel ist sicher. So oder so werde ich ein Fremder in ihr sein und diese Vorstellung ist sehr beängstigend. Aber dann denke ich immer: Ich will die Wüsten sehen, von denen ich gelesen habe. Ich will auf Berge steigen, auf denen immer Schnee liegt, weil sie so hoch sind. Ich will das Meer sehen, ohne Grenzen, und das Licht des Mondes auf den Wellen, und vor allem will ich frei sein. Wirklich frei. Es gibt keine Angst, die dieser Sehnsucht standhält.«

Anouk meinte, einen Luftzug in ihrem Haar zu fühlen, und im selben Moment wusste sie, dass er aus den Wüsten kam, nach denen Rhasgar sich sehnte. Nie zuvor hatte sie einen so drängenden, rauen und zugleich betörend sanften Wind gespürt, und sie musste lächeln, als Rhasgar zu ihr herübersah. »Ich wünschte, ich müsste dich bestehlen und nicht Masrador«, sagte sie. »Du redest vom Mond und von silbernen Wellen, und wenn ich mich hier so umsehe, wäre es sicher nicht schwer, eine deiner Erinnerungen zu finden.«

Doch Rhasgar schob das Kinn vor, und der überhebliche

Ausdruck trat auf seine Züge, der sie zu gleichen Teilen herausforderte und amüsierte. »Traue niemals dem Schein«, gab er zurück. »Manchmal warten die größten Schrecken gerade dort, wo man sie nicht erwartet. Und alles hier birgt Erinnerungen. Aber nicht alle stammen von mir. Doch sieh dich nur um. Ich mache uns einen Tee.«

Damit ging er zur Kochnische hinüber. Anouk betrachtete die Bücher, die allesamt magische Grimoires hätten sein können, drehte hölzerne Karussells, erwiderte die Blicke der Masken, die über den Regalen hingen, und blieb schließlich vor einem kleinen Kupferrohr stehen. Sie nahm es in die Hand und stellte fest, dass es ein Kaleidoskop war, so filigran, dass sich unzählige bunte Formen vor ihrem Auge entfalteten. »Das ist wunderschön«, flüsterte sie, mehr zu sich selbst als zu Rhasgar, und erschrak umso heftiger, als sie seine Stimme direkt hinter sich hörte.

»Ja«, sagte er und nahm ihr das Kaleidoskop aus der Hand. »Und zielsicher hast du eine meiner Erinnerungen gefunden.«

Sie drehte sich zu ihm um. Noch immer spielte ein Lächeln um seine Lippen, aber seine Stimme hatte rau geklungen, als hätte er in Gedanken einen vergessenen Schmerz gestreift.

»Es sah aus, als wäre es lange nicht mehr angeschaut worden«, sagte sie und beobachtete, wie er das Kaleidoskop zwischen den Fingern drehte. »Woran erinnert es dich?«

Er schwieg so lange, dass sie glaubte, er hätte ihre Frage nicht gehört. Sein Gesicht hatte jede Regung verloren und er stand vollkommen still. Nur seine Finger bewegten sich. Er sah aus wie bei einem seiner Auftritte in der Manege. Doch als er antwortete, war seine Stimme noch immer rau. »An die Dunkelheit«, sagte er kaum hörbar.

Zum ersten Mal, seit sie ihm begegnet war, erkannte Anouk die tiefe Verletzlichkeit in seinem Blick. Sie konnte sie fühlen wie einen Schnitt, der durch ihr eigenes Fleisch ging und eine Wunde offenbarte, die nicht heilen wollte, und sie musste an die Finsternis des *Dark Circus* denken, die in Rhasgars Augen aufgezogen war. Ob er von ihr gesprochen hatte? Oder meinte er eine andere Dunkelheit, die alles überstieg, was sie sich bisher vorstellen konnte?

Er hob den Blick, als wäre ihm plötzlich bewusst geworden, dass sie noch da war. »Ich kann die Fragen in deinen Augen sehen«, sagte er, langsam, als wäre er plötzlich sehr erschöpft. »Warum stellst du sie nicht laut?«

Für einen Wimpernschlag fragte sie sich, ob er tatsächlich fähig war, in ihren Augen zu lesen. Dann nahm sie ihm das Kaleidoskop aus der Hand und legte es zurück an seinen Platz. »Vielleicht, weil ich zu gut weiß, wie es ist, wenn man nach etwas gefragt wird, für das man keine Worte hat. Wenn du mir deine Geschichte erzählen willst, wirst du es tun … wenn die Zeit gekommen ist. Und wenn nicht, dann eben nicht. Das ändert nichts.«

Das Erstaunen in seinem Blick schmolz die Kälte von seinen Zügen. »Für gewöhnlich könnt ihr Menschen von draußen doch gar nicht aufhören, anderen Fragen zu stellen.«

»Betrachte mich als die berühmte Ausnahme.« Sie lächelte ein wenig. »Auch wenn ich eines ja zugeben muss: Ich würde wirklich gern wissen, wie du ein Zauberer geworden bist. Sind das all deine Kristallkugeln?« Sie deutete auf ein Regalbrett voller Samtbeutel, die die Umrisse von Kugeln in verschiedenen Größen erahnen ließen.

Rhasgar schüttelte den Kopf. »Nur die, mit denen ich derzeit trainiere. Sie müssen in den Beuteln sein, weil sie wie Brenngläser funktionieren. Ich hätte schon öfter beinahe meinen Wagen abgefackelt, weil ich vergessen habe, eine Kugel in Sicherheit zu bringen.«

Bei der Vorstellung musste Anouk grinsen. »Und ich dachte, deine Auftritte würden aus reiner Magie bestehen.«

»Oh nein. Das meiste davon ist harte Arbeit. Sieh her. Hier ist keine Magie im Spiel.« Er griff nach einem der Beutel und zog eine Kugel hervor. Routiniert ließ er sie über seine Hand gleiten und den Arm hinauf, so mühelos, dass Anouk den Atem anhielt. Dann fing er die Kugel geschickt auf und drehte sie vor ihren Augen im Kreis. »Willst du es versuchen?«

Anouk starrte wie gebannt auf die Kugel. Sie hatte erwartet, dass die Jonglage aus so kurzer Distanz weniger geheimnisvoll wirken würde, aber stattdessen war sie noch faszinierter als zuvor. Es sah tatsächlich so aus, als würde die Kugel in der Luft schweben. »Und wenn ich sie fallen lasse?«, fragte sie unsicher.

»Dann landet sie am Boden«, stellte Rhasgar fest, und der Schalk in seinen Augen vertrieb den letzten Rest der Kälte, die seine Züge gerade noch beherrscht hatte. »Komm schon. Du hast eine Horde blutrünstiger Clowns überstanden, willst du jetzt wirklich vor einer Kristallkugel zurückschrecken?«

Anouk verzog den Mund, doch ihr Herz schlug schneller, als sie die Kugel entgegennahm. Sie war schwerer, als sie erwartet hatte. Vorsichtig versuchte Anouk, sie auf ihrer Handfläche kreisen zu lassen, aber so mühelos es bei Rhasgar ausgesehen hatte, so wenig wollte es ihr gelingen. Mehrfach rollte die Kugel über ihre Fingerkuppen und immer wieder konnte sie nur im letzten Moment einen Sturz verhindern. »Oh, verdammt«, stieß sie aus, als die Kugel schließlich doch zu Boden fiel. »Wie zum Teufel machst du das? Bei dir sieht es so leicht aus!«

Rhasgar lachte. »So ist es mit den meisten Dingen: Je einfacher sie aussehen, desto schwieriger sind sie. Aber pass auf. Wenn man einmal den Dreh raus hat, ist das hier wirklich ganz leicht.«

Er trat hinter sie und ließ die Kugel auf ihre Handfläche rollen. Dann legte er seine Hand unter ihre. Sie fühlte den Handschuh kaum, so gespannt schaute sie auf die Kugel. Unmerklich bewegte Rhasgar ihre Finger. Die Kugel setzte sich in Bewegung, und als er leicht die Hand drehte, vollführte sie einen nahezu perfekten Kreis. Anouk riss die Augen auf, als sie zusah, wie die Kugel über ihre Finger tanzte, als wäre sie magnetisch mit ihnen verbunden. Schneller und schneller ließ Rhasgar sie über ihre Hand gleiten, bis es so aussah, als schwebte sie darüber in der Luft. Anouk lachte auf, und da spürte sie, dass Rhasgar sie ansah. Sie hob den Blick und erkannte sie beide im Spiegel gegenüber, so nah beieinander, dass ihr Haar seine Wange berührte. Die Kugel glitt über ihre Hand, aber sie fühlte es kaum noch. Mit aller Kraft zwang sie sich, an die Macht des *Dark Circus* zu denken, die Rhasgar in sich trug, und an die Finsternis seiner Augen, die ihr schon einmal die Luft abgedrückt hatte. Doch ihre Gedanken blieben seltsam fern. Alles, was sie deutlich wahrnahm, war der warme Schauer, der über ihren Rücken flog, sein Blick, der jede ihrer Masken durchdrang, gerade so wie bei ihrer ersten Begegnung – und die Kugel, die plötzlich über ihren Daumen sprang. Rhasgar fing sie auf, bevor sie den Boden erreichte, und Anouk drehte sich zu ihm um. Er war vor ihr zurückgewichen und schaute sie mit derselben Atemlosigkeit an, die auch sie empfand … wie nach dem Erwachen aus einem Traum, von dem niemand sagen konnte, ob er Schönheit oder Verderben in sich barg.

»Ich glaube, für Jonglage bin ich nicht geschaffen«, sagte sie, um ihre Verlegenheit zu überspielen. »Und ich habe Höhenangst. Ich weiß, das sagen viele Leute, aber bei mir ist es wirklich schlimm. Ich traue mich noch nicht mal auf eine Leiter. Damit wären irgendwelche Hochseiltricks also auch gestorben. Hast du eine Idee, was ich sonst für eine Vorstellung in der Manege geben könnte?«

Rhasgar betrachtete sie, als würde er überlegen, ob er bei ihrem Ausweichmanöver mitspielen sollte oder nicht. Dann nickte er und steckte die Kugel zurück in ihren Beutel. »Was kannst du denn besonders gut?«

Anouk zuckte mit den Schultern. »Nichts, woraus man eine Zirkusnummer konstruieren könnte, fürchte ich.«

Er lehnte sich gegen den Tisch und hielt den Kopf leicht geneigt, was seinem Lächeln etwas Verwegenes gab. »In Ordnung, dann frage ich anders: Was machst du besonders gern?«

Sie dachte nach. Mit ihren Freundinnen telefonieren? Ins Kino gehen? Lesen? »Ich zeichne«, sagte sie schließlich und war davon überzeugt, dass sich daraus genauso wenig machen ließ wie aus den anderen Dingen, die sie gern tat. Aber Rhasgar hob interessiert die Brauen.

»Was zeichnest du?«

Anouk war versucht genau das zu antworten, was sie bei dieser Frage ansonsten zum Besten gab: *Bilder!* Aber stattdessen erwiderte sie seinen Blick und sagte die Wahrheit. »Das, was ich sehe.«

Rhasgar verharrte für einen Moment regungslos. Dann kam er zu ihr herüber, streifte seinen Handschuh ab und hielt seine Finger dicht über ihre. Anouk spürte, wie ein Impuls ihre Hand traf, und gleich darauf strömte die Dunkelheit durch ihre Adern, die unter Masradors Befehl noch vor Kurzem ihren Willen gelähmt hatte. Es war, als hätte Rhasgar diese Kraft gerufen. Aber nun verlor sie ihre Kälte und erfüllte Anouk mit einem samtenen Glücksgefühl, als wäre sie eine Blume, die soeben ihre Blüten entfaltet hatte. Es war wie ein tiefes Ausatmen, als Rhasgar die Energie in ihrer Hand sammelte, und plötzlich sprangen Feuerfunken über ihre Fingerspitzen. Fasziniert beobachtete Anouk die glühenden Linien, die sie in der Luft hinterließen.

»Zeig es mir«, sagte Rhasgar und trat von ihr zurück. »Zeig mir, was du siehst.«

Anouk zögerte. Doch dann hob sie die Hand, und als hätte diese Bewegung etwas in ihr bewirkt, wurden die Funken auf ihren Fingern schwarz. Gebannt sah sie zu, wie sich die Luft verfärbte, kaum dass sie darüber hinstrich, als wäre sie eine Leinwand. Bald hatte sie alles um sich herum schwarz gefärbt – genau so, wie sie es sonst mit ihrem Zeichenpapier tat. Nur noch schemenhaft konnte sie Rhasgar inmitten der Finsternis erkennen, aber sie spürte seinen Blick, und ihre Finger zitterten leicht wie früher, wenn ihr jemand beim Malen über die Schulter geschaut hatte. Dann schloss sie die Augen und begann zu zeichnen.

Es war lange her, seit sie zuletzt auf diese Weise ein Bild

gemalt hatte: mit einem Schritt hinein in die Dunkelheit, ohne zu wissen, welches Motiv sie darin erwartete. Es war, als würde sie einen Traum zeichnen. Ihre Hände bewegten sich wie von selbst und auf einmal spürte sie den Wind an ihren Fingern und den Regen. Sie nahm den rauen Fels uralter Mauern wahr, dann kristallene Kugeln und das Seil, das sich unter ihren Händen auflöste, und als sie die Augen öffnete, war sie nicht überrascht, als sie Rhasgar vor sich sah: hoch oben auf dem Seil in der Ruine. Der Regen hatte sein Haar durchnässt wie in jener Nacht, doch er war nicht allein. Denn dort oben, die Hand behutsam nach ihm ausgestreckt, stand Anouk selbst, glühend in unzähligen Feuerfarben.

Sie wandte sich nicht von dem Bild ab, aber sie sah aus dem Augenwinkel, dass Rhasgar aus der Dunkelheit auf sie zutrat. »Jetzt weiß ich, wie ich dich nennen werde«, sagte er leise. »Du bist die Königin der Farben.«

Sie wollte lachen, doch er klang so ernst, dass ihr Herz unwillkürlich schneller schlug. Mit sachter Geste hob er die Hand seines Abbildes und berührte die Finger ihrer Figur, als forderte er sie zum Tanz. Atemlos sah Anouk, wie tiefstes Blau in ihre Farben floss, durchsetzt mit silbernen Funken. Sie konnte ihr Licht auf der Haut spüren … und sie fühlte Rhasgars Herzschlag darin. Es war, als würden alle Farben des Bildes durch ihren Körper jagen, getragen von Wellen aus Mondlicht, und sie wusste, dass Rhasgar ebenso empfand. Sanft strichen seine Finger in der Zeichnung über ihre Hand, und jeder Impuls, vor ihm zurückzuweichen, erlosch. Mochten sie jenseits dieser Farben in der Dunkelheit sein, umgeben von Furcht und Gefahr – aber in diesem einen Moment waren sie grenzenlos.

Das Bild zerbrach ohne jedes Geräusch. Langsam erloschen die Farben, doch erst als sie gänzlich verschwunden waren, hob Anouk den Blick.

Rhasgar stand nah bei ihr. Um sie herum herrschte Finsternis, aber in seinen Augen tanzten die letzten Lichter ihres Bildes, und Anouk lächelte, als der Schein über ihre Haut glitt. Diese Lichter waren wie winzige Spiegel in der Dunkelheit. Und in jedem einzelnen sah sie die Königin der Farben und ihren Zauberer.

# 9

Zwischen den Zirkuswagen stand der Dunst des Morgens, als Anouk ins Freie trat. Auf dem Platz herrschte geschäftiges Treiben. Kostüme und Requisiten wurden ins Zelt geschleppt, Glühbirnen und Leinen überprüft, und im fahlen Sonnenlicht probten etliche Artisten für ihren Auftritt. Dario, der die Zuschauer als Harlekin in Schrecken versetzte, balancierte mit dem ihm eigenen Geschick auf zwei wackligen Stühlen, Artus spie in rascher Folge Flammen in die Luft, und Anouk entdeckte auch Levin auf dem Übungsplatz. Sie nickte ihm zu, worauf der Junge freudestrahlend winkte. Sein Lächeln wärmte sie, doch nur für einen Moment. Dann holte sie Atem und setzte sich in Bewegung. Dieser Morgen würde anderes für sie bereithalten als das freundliche Lächeln eines Kindes, so viel war sicher.

Einen ganzen Tag hatte Masrador ihr gewährt, ehe seine Einladung gekommen war. Sie hatte in Form eines Eisvogels an die Tür geklopft, kaum dass Rhasgar sich auf den Weg zur abendlichen Vorstellung gemacht hatte, und sich in Anouks Händen zu einem schwarzen Stück Papier entfaltet. Nur ein einziges Wort hatte darauf gestanden: *Sieh.*

Anouk hatte der überwältigende Drang erfasst, das Papier in tausend winzige Fetzen zu zerreißen. Aber dann hatten sich die Buchstaben wie flüssiges Gold verformt und ihr Gesicht gezeigt, in groben Linien, als hätte sie es selbst zu Papier gebracht. Es stellte sie mit einem Ausdruck des Staunens dar, dann der Abwehr und Furcht und schließlich mit einem Lächeln. Doch es war nicht ihr Lächeln gewesen, sondern das des Clowns. Gleich darauf hatte ihr Abbild Masradors Züge angenommen, und seine Stimme war durch den Wagen gehallt, laut wie Donner.

*Morgen früh in der Dämmerung. Ich werde dich erwarten.*

Anouk hatte den Blick des Clowns erwidert, bis die Linien verschwunden waren. Dann hatte sie die Finger um das Papier geschlossen, aber ehe sie es hatte zerreißen können, war es zu Asche geworden, als hätte Masrador ihre Absicht vorausgesehen. Selbst nun, da sie im Morgengrauen über den Platz ging, fühlte sie noch die Ascheflocken an ihren Fingern.

Masradors Wagen stand unverändert in schwarzem Feuer, und sie zögerte, ehe sie darauf zutrat. Sie konnte die Grausamkeit spüren, die in der Glut lauerte, und kaum war sie bei der Treppe angelangt, loderten die Flammen auf. Sie formten sich zu Geisterwesen, denselben, die sie durch den brennenden Zirkus gejagt hatten, und sie erschrak, als die Kreaturen mit tückischem Grinsen nach ihr griffen. Doch im selben Augenblick begannen Anouks Finger zu brennen, gerade so, wie es bei ihrem nächtlichen Besuch im *Dark Circus* gewesen war. Und als hätte ihr Schmerz den Kreaturen einen Peitschenhieb versetzt, wichen sie vor ihr zurück. Sie hörte noch, wie sie ein Raunen ausstießen, dunkel wie verlorene Flüche. Dann folgte sie ihren einladenden Gesten die Treppe hinauf. Die Flammen knisterten unter ihren Füßen, aber sie verbrannten sie nicht. Mit glühenden Fingern griffen die Wesen nach der Tür und öffneten sie und Anouk betrat den Wagen des Clowns.

Die Tür schloss sich mit leisem Klicken, und Anouk musste unwillkürlich an eine Falle denken, die zuschnappte. Doch der Anblick, der sich ihr bot, gab ihrer Furcht keine Antwort. Sie wusste selbst nicht, was sie in Masradors Wagen erwartet hatte, tanzende Dämonen vielleicht oder brennende Engel, die ihr das Fleisch von den Knochen reißen wollten. Stattdessen fand sie sich in einem überaus gemütlichen Zirkuswagen wieder. Kunstvoll bemalte Schränke hingen an den Wänden, eine Bank stand neben der Tür, und ein kleiner Ofen mit Teufelsfratze verbreitete eine angenehme Wärme. In den Regalen standen alte Bücher, Marionetten hingen an der Decke und zahlreiche Gemälde zierten die Wände, die freundlich dreinblickende Artisten aus vergangenen Zeiten darstellten. Auf den Tischen lagen Spielkarten herum und selbst die schwarzen Spiegel neben den Fenstern wirkten keinesfalls bedrohlich. Die Szenerie war so, wie sich wohl Kinder das Zuhause eines Clowns vorstellten, und der Gedanke ließ Anouk die Schultern anziehen. Dieses Bild war zu perfekt. Im selben Moment begegnete sie Masradors Blick.

Der Clown saß hinter seinem Schreibtisch und schaute unverwandt zu ihr herüber. Anouk wusste nicht, was sie stärker beunruhigte: die Tatsache, dass er vollständig geschminkt und kostümiert war, obwohl bis zur nächsten Vorstellung noch reichlich Zeit war, oder seine Reglosigkeit, lauernd wie bei einem Tier, das im dichten Dschungel auf seine Beute wartet. Ein Lächeln glitt auf seine Lippen und da begann die Umgebung zu flackern. Der Boden hob und senkte sich, die Wände glühten in plötzlicher Hitze auf, und Anouk begriff mit kaltem Schaudern, dass das, was sie sah, nur eine dünne Haut war – eine Illusion über etwas Unsagbarem, das ihr mehr nehmen konnte als ihren Verstand, wenn sie auch nur einen falschen Schritt tat. Dennoch zwang sie sich, auf Masrador zuzugehen. Sie ließ ihn nicht aus den Augen und mit jedem ihrer Schritte kehrte die Umgebung mehr in ihren ursprünglichen Zustand zurück. Als sie vor dem Schreibtisch stehen blieb, war es, als würde sie sich wieder in einem ganz gewöhnlichen Zirkuswagen befinden.

»Da bist du also«, sagte Masrador mit einer Stimme wie Gewittergrollen und lehnte sich in seinem Sessel zurück. »Und noch immer hast du diesen Trotz im Blick, als würdest du mich am liebsten schlagen.«

Anouk musste sich zwingen, sich nicht abzuwenden. Sie hatte es noch nie besonders gut hinbekommen, ihre Gedanken für sich zu behalten, aber Masrador schien in ihr zu lesen wie in einem Buch. »Was wohl kein Wunder ist nach allem, was du mir angetan hast«, gab sie zurück. »Behandelst du alle künftigen Artisten so?«

Das Lächeln des Clowns wurde breiter. »Alle, die es verdienen. Und wie man an deinem Beispiel sieht, gibt der Erfolg mir recht.«

Anouk schob das Kinn vor. »Das klingt, als wärest du nicht im Mindesten überrascht, mich zu sehen.«

»Es braucht mehr als ein störrisches Gemüt, um mich zu überraschen«, entgegnete er. »Ich wusste, dass du dich früher oder später hier einfinden würdest. Denn so stur du auch sein magst, dumm bist du nicht. Die Menschen fürchten, was sie nicht verstehen. Und auf ihre Furcht folgt ihr Hass. Aber du bist anders, nicht wahr? Du würdest mich gern hassen, doch es gelingt dir nicht, dafür bist du viel zu erpicht darauf, hinter meine Masken zu schauen. Und außerdem beschenkt der Zirkus jeden von uns. Wer wäre schon so töricht und würde darauf verzichten?«

Anouk konnte nicht verhindern, dass Zorn in ihr aufstieg. »Jeder, der einfach nur sein Leben zurückhaben will? Um eins gleich klarzustellen: Ich bin weder wegen deiner Masken noch wegen deiner *Geschenke* hier. Sondern einzig und allein wegen der Konsequenzen, die mir drohen, wenn ich weiter vor dir davonlaufe.«

Der Clown zuckte gleichgültig mit den Schultern. »Du ahnst nicht, wie oft ich das schon gehört habe. So wie dir ergeht es den meisten am Anfang. Aber warte nur, bis du eine von uns geworden bist. Dann wirst du anders reden, das versichere ich dir.«

»Du scheinst ja ganz genau zu wissen, wer ich bin«, erwiderte Anouk und hörte mit Genugtuung den Spott in ihrer Stimme. »Hast du mich deswegen ausgewählt – weil du glaubst, mich zu durchschauen? Oder war das nur ein Zufall?«

»*Zufall*«, entgegnete Masrador abfällig. »Im *Dark Circus* gibt es keine Zufälle. Und natürlich durchschaue ich dich, doch das war nicht der Grund, warum ich dich aussuchte. Wie ich dir schon sagte, lebt der *Dark Circus* seit langer Zeit davon, die Menschen zu verzaubern. Er bringt ihnen Furcht, Ekstase, kindliche Freude, er entführt sie in andere Welten und hält ihnen Spiegel vor. Kurzum: Er versetzt sie in Erstaunen, und eines sei dir versichert: Nichts ist schwerer zu erreichen als das. Du aber hast es geschafft, und mehr als das. Du hast dich erfolgreich gegen die Macht des *Dark Circus* gewehrt und damit denjenigen beeindruckt, der lange glaubte, von nichts mehr überrascht zu werden: mich. Wenn du das bei mir schaffst, frage ich dich: Was wirst du erst bei den Menschen erreichen – und welche Kraft wirst du dem Zirkus damit geben?«

Anouk wollte die Frage nicht stellen, aber ehe sie sich auf die Lippe beißen konnte, hörte sie sich bereits reden. »Du sagst das, als gehörtest du nicht dazu. Bist du etwa kein Mensch?«

Der Hohn in ihrer Stimme war nicht mehr als eine Ahnung, und ihr Mund war auf einmal so trocken, dass ihre Zunge am Gaumen klebte. Plötzlich nahm sie in gestochener Schärfe das Tintenfass wahr, das auf dem Schreibtisch stand, und die schwarze Feder daneben. Die Tinte sah rot aus. Masrador lächelte noch immer, doch die Regung war zu einer Maske geworden, die sie nicht durchdringen konnte. »Nein«, erwiderte er nach einer gefühlten Ewigkeit. »Ich gehöre nicht zu ihnen.«

Anouk war sich bewusst, dass er ihr keine Antwort gegeben hatte, und das beunruhigte sie fast noch mehr als das grausame Flackern seiner Pupillen, das sie an die Flammen erinnerte … und an Levins Worte über all jene, die in diesem Wagen verbrannt waren. Doch gleichzeitig fand sie etwas in Masradors Augen, das ihr bekannt vorkam. Es lag auch in ihrem eigenen Blick – die Distanz zu einer Welt, der sie sich seit langer Zeit fremd fühlte. »Nun ja«, sagte sie und war selbst überrascht von dem ruhigen Klang ihrer Stimme. »Dasselbe kann ich von mir behaupten. Ich fühle mich den Menschen auch nicht besonders zugehörig. Es gibt Schlimmeres, nicht wahr?«

Er starrte sie an, als hätte sie den Verstand verloren. Dann entblößte er seine Zähne und lachte so donnernd, dass der Boden erzitterte. »Du beginnst, mir zu gefallen. Rhasgar erzählte mir, dass du bereits begonnen hast, die dir geschenkte Kraft zu nutzen. Was willst du also beitragen zu unserem Programm?«

Anouk holte tief Atem. Sie hatte die ganze Nacht damit verbracht, sich auf diesen Moment vorzubereiten, und trotzdem begann ihr Herz zu rasen, nun, da Masrador sie abwartend ansah. Aber sie erinnerte sich daran, wie Rhasgar in den vergangenen Stunden an ihrer Seite gewesen war. Er hatte ihr geholfen, sich die Dunkelheit in ihren Adern vertraut zu machen, und wieder und wieder die Begegnung mit Masrador mit ihr durchgespielt … und er hatte jedes Mal mit stiller Hingabe zu den Bildern aufgesehen, die unter ihrer Hand entstanden waren. So deutlich sah sie sein Lächeln vor sich, dass sie es beinahe erwidert hätte.

»Als Kind träumte ich davon, Seiltänzerin zu werden«, sagte sie und stellte zu ihrer Erleichterung fest, dass ihre Stimme unverändert ruhig klang. »Aber ich habe entsetzliche Höhenangst und abgesehen davon kann ich mir mich in einem hautengen Paillettenanzug nicht vorstellen. Stattdessen entführe ich dich in eine Welt … der Farben.«

Sie sah noch, wie der Clown sich vorbeugte. Dann schloss sie die Augen. Ihre Hand zitterte nicht, als sie die Luft vor sich schwarz färbte, und gleich darauf fühlte sie Federn an ihren Fingern, kalt wie Eis. Raureif zog über ihre Wangen, während sie die Konturen eines Vogels zeichnete. Seine Augen waren Tore in eine andere Welt, doch sein Gefieder trug das Blau von Kornblumen in sich, die Wärme eines Sommerhimmels und die Erhabenheit des Ozeans, und es erzählte von einem Flug ohne Grenzen. Atemlos sah sie zu ihrem Bild auf. Der Eisvogel schwebte direkt vor ihr. Er breitete die Flügel aus, und in seinen Augen glühte der *Dark Circus*, wie er wirklich war: ein Geheimnis, ein Schrecken, ein Refugium in der Finsternis – entfacht zu Farben aus Feuer.

Die Schatten der Vogelschwingen glitten über Masradors Gesicht. Der Clown betrachtete das Bild reglos. Auf seinen Zügen lag ein Lächeln, doch Anouk fand noch etwas anderes darin ... einen Ausdruck von Sehnsucht und Zorn, als würde ihm in diesem Moment bewusst, dass die Farben vor ihm aus einer Welt stammten, die für ihn unerreichbar geworden war. Der Vogel schrie mit Kinderstimmen und schwarze Flammen brachen aus seinem Gefieder hervor. Anouk wich einen Schritt zurück, so plötzlich war die Hitze in ihrem Bild aufgeglüht. Kurz nur warf der Vogel den Kopf zurück, als würde er sie direkt ansehen. Dann erlosch das Bild unter der Glut des Feuers. Aber sie spürte noch die Kälte an ihren Fingern, als sie die Hand sinken ließ, und sie erwiderte das Lächeln des Clowns, während die Funken zwischen ihnen niederfielen.

»Eines ist sicher«, sagte Masrador nach einer Weile. »Eine Artistin, die solche Bilder malen kann, wäre auf jedem Seil der

Welt verschwendet. Mit dieser Gabe wirst du den Zirkus glühen lassen, daran zweifle ich nicht.« Er erhob sich und hielt ihr die Hand hin. »So heiße ich dich also bei uns willkommen. Willkommen im *Dark Circus!*«

Anouk schluckte. Masradors Hand steckte in einem weißen Handschuh, aber sie erinnerte sich noch gut daran, wie sie sich in eine Klaue verwandelt und nach ihr gegriffen hatte. Doch sie schob den Gedanken beiseite. Hätte der Clown sie umbringen wollen, hätte er innerhalb der letzten Minuten jede Gelegenheit dazu gehabt. Mit klopfendem Herzen ergriff sie seine Hand.

Für einen Moment spürte sie nur den Stoff des Handschuhs und die kräftigen, warmen Finger des Clowns. Dann stieg der Geruch von verbranntem Fleisch in ihre Nase – und sie sah, dass der Handschuh anfing zu kohlen. Erschrocken wollte sie ihre Hand zurückreißen, doch Masrador hielt sie fest. Schatten tanzten in seinen Augen, als er die Lippen wie Lefzen von den Zähnen zurückzog, und ohrenbetäubend laut drang sein Lachen aus seiner Kehle. Anouk konnte die Glut spüren, die in jedem Ton lag. Die Hitze schlug ihr entgegen wie eine Faust, und gleichzeitig brannte sie die Haut von ihrer Umgebung, knisternd, als ginge Pergament in Flammen auf. Das Innere des Zirkuswagens verschwand zugunsten einer Oase in der Wüste, nur um sich gleich darauf in einen Eispalast, einen orientalischen Harem, einen verlassenen Highway zu verwandeln. So schnell wechselte die Umgebung, dass Anouk sie bald nur noch als verschwommenen Farbenstrom wahrnahm. Sie fuhr zusammen, als die Glut des Clowns sich in ihre Finger fraß, aber sie kam sich vor wie in einem Traum, in dem nichts um sie herum wirklich da war. Selbst Masrador, der noch immer vor ihr stand, erschien ihr wie ein Trugbild, und sie keuchte, als sein Lachen mit aller Kraft in ihrem Schädel widerhallte. Die Erkenntnis ließ sie schwanken: Masrador mochte noch immer vor ihr stehen und sie festhalten, doch in Wirklichkeit war er nicht mehr da. Er war in ihrem Kopf.

Schmerzerfüllt krümmte Anouk sich zusammen. Sie fühlte, wie Masradors Flammen sich durch ihre Gedanken fraßen, auf der Suche nach der Wahrheit, die sie vor ihm verbarg. Blitzlichtartig glühten Erinnerungsbilder um sie herum auf, jedes Mal, wenn er eines davon betrat, und plötzlich fand sie sich auf weichem Gras wieder. Es war der Pfad zu den Klippen, auf dem sie gelandet war, und sie sah den Clown in einiger Entfernung. Er ging ohne jede Eile auf die Ruine zu. Anouk begann heftig zu zittern. Wenn er diesem Weg folgte, würde er den silbernen Turm finden und von der Verschwörung gegen ihn erfahren. Irgendwo jenseits ihrer eigenen Gedanken riss sie an ihrer Hand. Der Clown hielt sie noch immer umfasst. Donnernd packte sein Lachen ihre Glieder. Aber gerade als Anouk glaubte, unter dieser Macht das Gleichgewicht zu verlieren, drang eine Stimme durch den Lärm.

*Er ist die Finsternis,* sagte Rhasgar, gelassen wie bei ihren Übungen in seinem Wagen. *Aber du hast alle Farben der Welt, um sie ihm entgegenzusetzen. Nutze sie!*

Noch einmal sah Anouk ihn vor sich, den Zauberer, der ohne jeden Zweifel an sie glaubte. Dann ging sie auf dem Pfad in die Knie und grub mit geschlossenen Augen ihre Finger ins Gras. Sie fühlte es so deutlich, als wäre sie wirklich an diesem Ort. Es war feucht vom Morgentau und kühl … so kühl wie der Regen auf den Gräbern vom Friedhof Père Lachaise. Sie riss die Augen auf und sah ihre Finger, die über einen Grabstein strichen. Um sie herum heulte der Herbstwind von Paris, und unendliche Erleichterung flutete ihren Leib, als sie begriff, dass sie dem Pfad zu den Klippen entkommen war. Sie schaute über die friedlichen Gräber hinweg – und sah Masrador, der wie aus dem Nichts in das Bild hineintrat und direkt auf sie zukam.

Anouk sprang auf die Beine. Der Clown lächelte. Für ihn war es ein Spiel, aber sie wusste, dass er sie binnen weniger Augenblicke packen würde. Und wenn er sie hier in die Klauen bekam, in ihrem Inneren … dann konnte er all ihre Gedanken lesen. Schon meinte sie, seinen Atem zu spüren, und schloss erneut die Augen. Mit aller Kraft konzentrierte sie sich auf das Laub zu ihren Füßen, den feinen Regen auf ihren Wangen und den Wind in den Bäumen. Und im selben Moment, da Masrador die Hand nach ihr ausstreckte, sah sie ihn an. Kurz nur traf sie sein Lächeln. Dann ballte sie die Hände zu Fäusten, und als hätte sie einen Schleier von ihrem Gedanken fortgerissen, brachen Farben in den Gräbern auf, in den Blättern, dem Wind und dem Regen, so gleißend, dass Masrador geblendet zurückwich. Anouk warf sich herum und tauchte in ihren nächsten Gedanken ein.

Die Wiese hinter ihrem Haus im Frühling. Die Straßen von Paris, wenn es regnete. Das Lachen einer Kindergruppe im Zoo. Sie ließ sie erblühen, all die Erinnerungen, die sie in sich vergraben hatte, und die Gedanken, die in ihr verschüttet worden waren wie Schätze in einem eingestürzten Bergwerk. Sie fühlte die Farben auf ihrer Haut, sie ließen sie fast fliegen, so kraftvoll pulsierten sie durch die Szenen, und immer wieder sah sie, wie Masrador von ihnen ins Schwanken gebracht wurde.

Doch sosehr sie auch versuchte, ihm zu entkommen … es gelang ihr nicht. Schritt für Schritt ging er durch ihre Gedanken, den Blick unverwandt auf sie gerichtet, als wäre alles um ihn herum nichts als flüsternder Staub. Seine Fußspuren hinterließen verbrannte Stellen wie kohlendes Papier, und Anouk konnte sie spüren, glühend heiß wie die Hand, die sich irgendwo in der äußeren Welt immer fester um ihre Finger schloss. Der Schmerz peitschte durch ihren Leib und ließ sie taumeln. Sie fühlte noch, wie sie das Gleichgewicht verlor und fiel. Dann schlug sie am Boden auf – und riss mit einem lauten Schrei die Augen auf.

Die Stille um sie herum war unwirklich, und sie brauchte einen Moment, um zu begreifen, wo sie sich befand. Die Lichter von Paris fielen durch das Fenster ihres alten Kinderzimmers, und für einen Augenblick gab sie sich der Illusion hin, dass sie tatsächlich nur geträumt hatte. Sie hörte den Fernseher im Nebenzimmer, die nackten Füße, die über den Flur gelaufen kamen – und gleich darauf die Tür, die sich öffnete und Ben hereinließ. Anouks Herz zog sich zusammen bei seinem Anblick. Sie hatte diese Nacht vergessen, in der sie von Albträumen geplagt worden und mehrfach schreiend hochgefahren war. Aber jetzt erinnerte sie sich an jedes Detail. Die verlassene Wohnung, weil ihre Eltern ausgegangen waren. Der Horrorfilm, den sie heimlich mit Ben angeschaut hatte. Die unheimlichen Schatten, die die Äste des Baums vor dem Fenster auf die Dielen warfen. Die Angst kurz nach dem Erwachen. Und Ben, der mit seinem Holzschwert in ihr Zimmer kam, um sie gegen Ungeheuer zu verteidigen. Anouk erinnerte sich daran, wie sie das Schwert auf einem Mittelaltermarkt gekauft hatten. Ben hatte sich wie ein Ritter gefühlt und genau so hatte er sich auch wochenlang benommen.

*Ich beschütze dich,* hörte sie noch einmal seine Stimme, nun, da er neben ihrem Bett stehen blieb. *Gegen alles Böse der Welt!*

Anouk wollte ihn an sich ziehen und ihn nicht mehr loslassen. Aber wie damals lachte Ben und sprang mit seinem Schwert durchs Zimmer, während er gegen einen unsichtbaren Gegner kämpfte. Und für einen winzigen Augenblick sah sie nur ihn – ihren Bruder, der bei ihr war und sie beschützte, ganz gleich, welche Finsternis nach ihr griff. Dann begannen die Schatten in den Ecken zu tanzen und Anouk traf der Schmerz. Er war so übermächtig, dass ihr die Luft wegblieb. In der äußeren Welt schoss die Hitze des schwarzen Feuers durch ihre Glieder, und sie konnte sie auch hier spüren, wie sie in den Ecken aufloderte und ihre Glieder lähmte.

Wie erstarrt saß sie da und fixierte die Tür, die sich unter dem Umriss von Masrador verzerrte. Er ging einfach durch sie hindurch, so wie er all ihre Gedanken durchschritten hatte – als wäre sie nicht mehr als eine lächerliche Illusion, die er zerfetzen konnte. Knisternd gruben seine Flammen sich in den Boden, und Anouk sah schreckensstarr, wie der Schatten des Clowns auf ihren Bruder fiel. Noch immer lief Ben durch den Raum, genau wie damals, nicht ahnend, welche Kreatur da auf ihn zutrat. Sie fühlte Masradors Lächeln wie Gift auf ihrer Haut, doch sie sah ihn nicht an. Sie richtete ihren Blick auf Ben, wohl wissend, dass der Clown auch ihn fortwischen konnte. Er würde durch ihren Bruder hindurchgehen und zu ihr ans Bett treten und dann würde er sie packen und jeden ihrer Gedanken aus ihr herausreißen. Aber noch war Ben da, mit seinem Lachen, das sie wärmte, und dem Übermut in seinen Augen, den sie so sehr liebte. Mit müheloser Drehung sprang Ben vor sie, die Wangen erhitzt, und lächelte zu ihr auf. Und dann, gerade in dem Moment, da Masrador hinter ihm war, fuhr er herum und stieß sein Schwert in die Luft.

Die Stille war gläsern. Anouk konnte sie erzittern hören wie kurz vor dem Zerspringen. Dort stand ihr Bruder und sah zu dem Clown auf. In Bens Augen war nichts als Erstaunen. Und Masrador taumelte vor ihm zurück – vor diesem Kind, das ihn durch Raum und Zeit betrachtete und das ihn mit einem Schwert aus Holz verwundet hatte.

Anouk sah den Striemen, der über Masradors Schulter lief, und noch einmal schaute sie ihrem Bruder in die Augen. Dann grub sie ihre Finger in die Decke, und als Bens Lachen in silbernem Licht zerstob, kehrte sie in die äußere Welt zurück.

Sie brauchte einen Moment, um ihr Gleichgewicht wiederzufinden, als sie sich vor Masradors Schreibtisch wiederfand. Sie standen noch immer da, die Hände ineinander verschränkt. Doch der Clown sah sie ohne jedes Lächeln an, und Anouk überkam ein überwältigendes Triumphgefühl, als sie den blutigen Schmiss an seiner Schulter bemerkte. Sie hatte ihn aus ihren Gedanken vertrieben – ihn, den Herrn der Finsternis, der sie herausgefordert hatte!

Langsam verzog er den Mund, und sie rechnete damit, dass er etwas sagen würde, irgendetwas, das den Schmiss an seiner Schulter verschwinden lassen würde. Aber kein Ton drang über seine Lippen. Stattdessen bewegte er leicht den Arm.

Flüssige Schwärze fiel von dem zerrissenen Stoff, doch ehe sie den Schreibtisch erreichte, verwandelte sie sich in Asche. Anouk riss die Augen auf. Der Schmiss an Masradors Schulter war nicht mehr zu sehen … und der Clown lächelte, als der Geschmack von Tinte auf ihre Lippen trat.

Erschrocken fuhr Anouk sich über den Mund, und da spürte sie die Dunkelheit, die sie durchzog – so haltlos, dass sie zu zittern begann. Der Wagen um sie herum verschwamm. Sie fand sich noch einmal auf dem Friedhof Père Lachaise wieder, auf der Wiese hinter ihrem Haus, auf den Straßen von Paris. Unzählige ihrer Gedanken, die sie gerade auf der Flucht vor Masrador durchlaufen hatte, erhoben sich rings um sie … und überzogen sich mit pechschwarzer Asche. Entsetzt sah Anouk zu, wie sie erstarrten und zu leblosen Abbildern wurden, die sie kaum mehr begreifen konnte, und sie atmete schwer, als sie vor Masradors Schreibtisch zurückkehrte. Der Clown stand noch immer regungslos. Aber nun spiegelten sich ihre Farben in seinen Augen.

Masrador zog seine Hand so abrupt zurück, dass Anouk nach vorn stürzte. Nur im letzten Augenblick konnte sie sich an seinem Schreibtisch festhalten. »Königin der Farben«, sagte der Clown, und seine Stimme war voller Hohn. »Wir werden viel Freude zusammen haben, dessen kannst du gewiss sein. Und nun geh.«

Anouk öffnete den Mund zu einer Entgegnung, doch all ihre Worte zerbrachen unter Masradors Blick. Schwankend wandte sie sich ab und lief den Gang hinunter, vorbei an den Bildern, deren Figuren ihr nachschauten. An der Tür sah sie noch einmal zum Clown zurück. Er saß auf seinem Sessel, in genau der

Pose, in der sie ihn vorgefunden hatte, und blickte mit leicht geneigtem Kopf zu ihr herüber, während die Schwärze in seinen Augen ihre Farben verschlang. Dann riss sie die Tür auf und stolperte ins Freie.

Sie lief die Treppe so schnell hinab, dass sie die Flammen kaum wahrnahm. Aber erst als sie zwischen den anderen Wagen untergetaucht war, merkte sie, wie taub ihre Hand geworden war. Ein Schauer überlief sie, als sie die dunklen Adern sah, die sich über ihre Finger zogen, und die Narbe, die noch einmal in schwarzem Feuer aufglühte, ehe sie verschwand. Nun hatte sie ihn besiegelt, den Pakt, den Masrador von ihr gefordert hatte. Nun würde er beginnen: der Kampf der Farben gegen die Finsternis.

# 10

»Pass doch auf!«

Die Stimme ließ Anouk herumfahren, aber sie war nicht schnell genug. Sie sah noch, wie Luana mit einem riesigen Karton voller Kostüme direkt auf sie zusteuerte. Dann schlug ihr eine Federboa ins Gesicht und sie wich zurück. Ein höhnisches Lachen klang durch die Manege.

»Ich habe dich gewarnt.« Luana wedelte mit verächtlichem Lächeln an Anouk vorbei. »Das kommt davon, wenn man anderen Leuten im Weg rumsteht.«

Anouk presste die Zähne aufeinander. Sie sah zu, wie Luana sich am Rand der Manege mit anderen Artisten ins Gespräch vertiefte, und konnte nur mühsam das Bedürfnis unterdrücken, der aufgeblasenen Ziege ihr dämliches Grinsen aus dem Gesicht zu schlagen. Nur zu gut erinnerte sie sich daran, wie sie bei ihrem ersten Besuch im *Dark Circus* bewundernd zu der Akrobatin aufgesehen hatte. Aber Luana machte es ihr nicht leicht, dieses Gefühl auch nur ansatzweise aufrechtzuerhalten. Seit den frühen Morgenstunden polierte Anouk nun auf Masradors Geheiß die Scheinwerfer der Manege, fegte die Sitzreihen und reinigte die Sessel, und auch sonst hatte sie in den vergangenen Tagen jeden Handlangerdienst, ohne zu murren, übernommen. So war es für Neuankömmlinge üblich und die meisten Artisten begegneten ihr aufgeschlossen oder zumindest mit höflichem Respekt. Luana allerdings ließ keine Gelegenheit aus, sie zu schikanieren.

»Wie es aussieht, bist du schon dabei, Freundschaften zu schließen.«

Esra war neben sie getreten, ohne dass Anouk es bemerkt hatte. Amélies Assistentin hatte ein Talent dafür, urplötzlich aufzutauchen und ebenso schnell wieder zu verschwinden, und obwohl Anouk das inzwischen wusste, setzte ihr Herz für einen Schlag aus. Doch wie immer genügte ein Blick in Esras Gesicht, um den Schreck zu vertreiben. Es war ebenso bleich wie ihr eigenes, aber um ihre Lippen spielte stets ein schelmisches Lächeln, und ihre grünen Katzenaugen funkelten, als würden sie nur mühsam den Schalk verbergen können, den Esra darin trug. Sie war etwas älter als Anouk und hatte hüftlanges rotes Haar. An ihrem Gürtel hing eine Peitsche, mit der sie Spielkarten und Münzen aus der Luft fangen konnte, und wie so oft trug sie auch nun den Anzug eines Pagats mit Flickenkaro und weißer Halskrause, als wäre sie für eine Vorstellung in die Manege gekommen.

»So kann man es auch nennen«, sagte Anouk mit finsterer

Miene. »Und was machst du hier? Ich dachte, du würdest Amélie mit ihren Papiervögeln helfen.«

Esra seufzte. »Erinnere mich nicht daran. Ich kann gar nicht mehr zählen, wie viele Vögel ich inzwischen gefaltet habe. Amélie nennt sie die *Flügel der Dämmerung*, aber lass dich von dem romantischen Namen und ihren Augen aus Sternenstaub nicht täuschen. Ihre Körper sind messerscharf, und wenn sie zum Leben erwachen, fangen die kleinen Biester an mit dem Schnabel zu hacken. Das ist echt kein Spaß. Allerdings habe ich in den letzten Stunden offenbar genug rumgejammert. Amélie hat mich losgeschickt, um frische Luft zu schnappen. Und sie hat mir aufgetragen, dir viel Glück zu wünschen. Es ist etwas Besonderes, zum ersten Mal hier in der Manege die eigene Nummer zu proben. Du bist bestimmt aufgeregt, oder nicht?«

»Aufgeregt ist gar kein Ausdruck«, gab Anouk zu. »Es klingt so einfach, sich eine Zirkusnummer auszudenken. Aber es gibt so viel zu beachten und zu lernen, dass ich regelmäßig komplett überfordert bin. Zum Glück hilft Rhasgar mir, er …«

Ein höhnisches Lachen unterbrach sie. »Hört euch das an! Das Prinzesschen will ein bisschen Zirkus spielen!« Luana stemmte die Fäuste in die Hüfte und schaute herausfordernd zu Anouk herüber. »Ich habe dich in den letzten Tagen auf dem Seil herumstümpern sehen. Es hing gerade mal eine Handbreit über dem Boden und du bist darauf herumgetaumelt wie ein betrunkener Seemann! Eins ist mal sicher: Du wirst noch reichlich Hilfe brauchen!«

Anouk biss erneut die Zähne aufeinander. In den vergangenen Tagen hatte sie sich unter Rhasgars Anleitung stundenlang auf dem Seil zum Idioten gemacht, um Körperbeherrschung und Präsenz in der Manege zu lernen. Sie hatte gehofft, dabei von niemandem beobachtet worden zu sein – vergeblich, wie es schien. Sie öffnete den Mund, doch ehe sie auch nur ein Wort über die Lippen brachte, trat Esra einen Schritt vor.

»Und du brauchst wohl mal wieder jemanden, der dir die Leviten liest«, rief sie Luana zu. »Jeder hat mal angefangen! Und ich bin mir sicher, dass nicht nur ich mich an das Pummelchen erinnere, als das du zum ersten Mal an dem Seil hochgeklettert bist! Mag ja sein, dass deine halbe Familie früher beim Zirkus war und Zigeunerblut in den Adern hat, aber du sahst aus wie eine Pflaume, kurz bevor sie vom Baum fällt!«

Die anderen Artisten lachten, und Luana presste die Lippen so fest aufeinander, dass ihr Mund an eine blasse Narbe erinnerte. »Immerhin habe ich angefangen, nicht wahr?«, gab sie zurück. »Anders als du, die du immer noch ohne eigene Nummer dastehst! Du hast dir vielleicht den Schmutz vom Gesicht gewaschen, aber du bist noch immer das Straßenkind von damals und mehr nicht!«

Anouk spürte das angespannte Schweigen, das sich über die Köpfe senkte. Es war kein Geheimnis, dass Esra als Kind von Amélie gefunden worden war. Sie hatte am Straßenrand gekauert und erst gelächelt, als Amélie ihr das Blut von den aufgesprungenen Lippen gewischt und in einen Papiervogel verwandelt hatte – so rot wie Esras Haar und ebenso wunderschön. Seither hüllte sie den Zirkus in ihren kindlichen Charme. Sie spielte nach den Vorstellungen in der Manege mit den Schatten, so hingebungsvoll, als würde sie nie erwachsen werden, lachte, tanzte und sang als Assistentin während der einzelnen Nummern und erzählte dem Publikum in den Pausen von steinernen Schmetterlingen und grauen Felsen im Schlafgebirge, die irgendwo in ihrer eigenen Vorstellung existierten. Als Telepathin liebte sie es, in anderer Leute Gedanken vorzudringen, und umgekehrt gab es niemanden im *Dark Circus*, der seine Gedanken so gut schützen konnte wie Esra. Nicht einmal Masrador fand einen Weg hinein, und jedes Mal, wenn es jemand versuchte, beförderte Esra ihn mit schalkhaftem Übermut und höhnischem Lachen wieder hinaus. Manchmal aber wurde sie sehr still, als würde sie noch immer spüren, was Heimatlosigkeit bedeutete, und dann bekam Anouk eine Ahnung davon, wie groß Esras Gaben als Telepathin tatsächlich waren. Denn Esra konnte nicht nur Gedanken lesen, sondern sie in den Köpfen anderer verwandeln, bis sie das Gefühl hatten, in eine gänzlich andere Wirklichkeit geraten zu sein. Aber es war nicht einfach, diese Fähigkeit zu kontrollieren. Oft genug hatte Esra sich in entsetzlichen Gedankenströmen verstrickt und war tagelang wach geblieben aus Furcht, ihnen in ihren Träumen erneut zu begegnen. Und so besaß sie auch nach all den Jahren keine eigene Nummer. Vielleicht, so hatte Amélie einmal gesagt, war das gut so. Denn Esra konnte zwar das Licht stehlen, aber sie konnte es nicht festhalten. Ihre Welt war Chaos mit einem schwarzen Himmel ohne Sterne, und es konnte nicht nur für die Telepathin selbst übel enden, dort hineingezogen zu werden. Esra jedoch litt darunter, ihre Kräfte nicht beherrschen zu können, das wusste Anouk.

*Ich wäre gern eine Kriegerin oder eine Zauberin,* hatte Esra ihr gesagt, kurz nachdem sie sich kennengelernt hatten. *Aber ich habe nur Träume und Gedanken. Und manchmal, wenn ich sehr traurig bin, Tränen aus Eis.*

Nun jedoch, da sie zornig zu Luana hinüberfunkelte, stand keine Traurigkeit in ihrem Blick. »Bist du ganz sicher?«, fragte Esra und ging einen weiteren Schritt auf Luana zu. »Dann nimm die Kette ab und lass es uns ausprobieren!«

Luana rührte sich nicht von der Stelle, doch ihre Hand griff unwillkürlich nach der Halskette, die sie vor Esras Fähigkeiten schützte. Sie schien zu überlegen, ob sie sich auf ein Kräftemessen einlassen wollte. Aber Esras Lächeln war ebenso frostig wie ihre Stimme, und etwas lag in ihren Augen … ein Ausdruck, so angriffslustig und kompromisslos, dass Anouk den Atem anhielt. Es schien, als wäre der sternlose Himmel in ihrem Blick aufgebrochen und hätte jede Kindlichkeit von ihren Zügen gebrannt. Selten nur zeigte Esra diese Härte, aber wenn sie es tat, verfehlte sie ihre Wirkung nie. So auch dieses Mal. Luana schnaubte noch einmal. Dann warf sie ihr Haar zurück und wandte sich zu den anderen um, als hätte der Wortwechsel gar nicht stattgefunden. Esra verdrehte die Augen. Binnen eines Wimpernschlags war jede Härte von ihren Zügen verschwunden.

»Mach dir nichts draus«, sagte sie kopfschüttelnd. »Luana ist unsere Diva. Es gibt hier kaum jemanden, der noch kein Opfer ihrer legendären Wutanfälle wurde, und sie ist bekannt für ihre scharfe Zunge, vor allem den Neuen gegenüber. Nimm es nicht zu persönlich.«

Anouk zuckte mit den Schultern. »Ich verstehe es nicht, das ist alles. Ich habe ihr nichts getan.«

»Glaubst du das wirklich?« Esra sah sie mit leichtem Spott an. »Du hast dich vor ein paar Tagen doch ganz angeregt mit Artus unterhalten. Er ist Luanas Gefährte.«

Anouk hob die Brauen. »Willst du damit sagen, sie ist eifersüchtig? Das ist ja lächerlich! Artus redet doch mit allen, zum Beispiel auch mit dir.«

Esra zuckte mit den Schultern. »Er ist wie ein Bruder für mich, das war schon immer so. Seit er mir damals das Feuerschlucken beigebracht hat. Aber du bist neu und du redest nicht nur mit ihm. Er hilft dir bei deinem Auftritt.«

»Er sorgt für die Musik«, gab Anouk zurück. »Wie er das bei allen macht. Und er wird mir ein paar Tipps geben, sobald ich genauer weiß, wie meine Nummer aussehen soll. Das ist alles und ich finde das nicht besonders ungewöhnlich. Viele meiner Farben entzünden sich in der Zirkusluft und mit Feuer kennt er sich schließlich aus.«

»Naturgemäß«, stellte Esra fest. »Amélie hat ihm viel beigebracht, was Magie betrifft. Und er war Schmied in seinem früheren Leben.«

Anouk nickte. Sie hatte den Phönix kurz nach ihrem Besuch bei Masrador kennengelernt. Er hatte mit Amélie am Rand der Manege gesessen, so vertraut wie Mutter und Sohn, und Anouk erzählt, dass er aus reiner Abenteuerlust in den *Dark Circus* gekommen war. Dafür hatte er vor langer Zeit das *Drachenfeuer* verlassen, die Schmiede seines Großvaters mit dem Amboss in Form eines Drachenkopfes. Seine Augen hatten in warmem rotem Feuer geleuchtet, als er Anouk davon erzählt hatte, und waren gleich darauf erloschen, als wäre die Schmiede selbst in seinen Gedanken inzwischen für ihn kaum mehr erreichbar. Mit Übermacht hatte Anouk an die Farben gedacht, die Masrador ihr mit seinen schwarzen Flammen geraubt hatte … und auf einmal die Glut gefühlt, die in den Augen des Phönix aufgelodert war wie ein verschwörerisches Lächeln.

*Feuer bringt nicht nur Zerstörung,* hatte er gesagt. *Sondern auch Hoffnung. Du wirst schon sehen.*

»Jetzt ist er ein Phönix«, sagte Anouk. »Und er weiß genau, wie es ist, wenn man aus der Asche auferstehen muss. Er kann mir helfen bei dem, was vor mir liegt. Aber das ist alles. Denn abgesehen davon, dass er mehr als doppelt so alt ist wie ich, sieht er niemanden so an wie Luana. Also hat sie gar keinen Grund zur Eifersucht. Ich weiß wirklich nicht, wieso sie mich nicht in Ruhe lässt. Schließlich ist sie doch eine von uns.«

Die Warnung in Esras Augen war wie das kurze Aufglühen eines uralten Feuers und genügte, um Anouk jedes weitere Wort zu verbieten. Schnell malte Esra ein verschlungenes Zeichen in die Luft, das in glimmenden Linien vor ihnen schwebte. Anouk konnte die Impulse spüren, die von ihm ausgingen. Sie fühlten sich an wie leichte Windböen. »Sprich nie außerhalb der Refugien über unseren Plan«, sagte Esra eindringlich. »Der *Dark Circus* hat Augen und Ohren, wo man sie nie vermuten würde, und nichts ist, wie es scheint. Hat Rhasgar dir das nicht gesagt?«

Anouk biss sich auf die Lippe. Natürlich hatte Rhasgar das getan. Er hatte sie in den letzten Tagen immer wieder so nachdrücklich vor dem *Dark Circus* und all seinen Falltüren gewarnt, dass sie in den Nächten kaum geschlafen hatte vor Anspannung. Aber kaum dass sie am Morgen in das Treiben der Zirkusleute eingetaucht war, hatte sich ihre Unruhe wieder aufgelöst. Mit jedem Lachen und jedem freundlichen Wort von einem der Artisten hatte sie stärker das Gefühl gehabt, in eine phantastische Parallelgesellschaft eingetreten zu sein, in der kaum etwas wichtig war als der nächste Sprung, die nächste Drehung, der nächste Trick. So unterschiedlich sie alle waren, so vertraut gingen die Artisten miteinander um, und Anouk hatte sich während der Putzerei in den Sitzreihen wie in einer großen Familie gefühlt. Doch von einer Sekunde zur nächsten konnte die Stimmung kippen und so war es auch jetzt. Hatte sie sich gerade noch über Luanas Sticheleien geärgert, bemerkte sie nun plötzlich wieder die Schatten, die zwischen den Reihen flackerten … so nah, dass sie nur die Hand hätte auszustrecken brauchen, um die Finsternis auf der Haut zu spüren. Sie zog die Schultern an und senkte unter Esras Blick den Kopf.

»Doch«, sagte sie leise. »Bitte entschuldige. Rhasgar hat mich gewarnt. Ich dachte nur nicht, dass selbst geflüsterte Worte von Masrador gehört werden können.«

Esra nickte bitter. »Er kann selbst Gedanken hören, wenn wir nicht aufpassen. Nun … jedenfalls deine. Aber keine Sorge. Wenn du dich an die Vorsichtsmaßnahmen hältst, wird alles gut gehen. Und was Luana betrifft: Sie *ist* eine von uns. Doch das bedeutet nicht, dass sie dich leiden kann. Um genau zu sein, kann sie niemanden leiden, der Artus zu nahe kommt, und dasselbe gilt für Rhasgar. Die beiden sind seit Langem eng befreundet. Manche munkeln sogar, dass sie früher mal zusammen waren. Aber jetzt bist du da und nimmst ihr seine Aufmerksamkeit. Du bist ihm nah gekommen, und was soll ich sagen: Sie hasst Konkurrenz.«

Anouk konnte förmlich spüren, wie Esras Worte den Frost von ihren Gliedern zogen und ihren Herzschlag beschleunigten. »So ein Unsinn. Wir verstehen uns einfach gut. Er ist freundlich zu mir.«

Sie hörte sich reden und war überzeugt, noch nie etwas Dämlicheres von sich gegeben zu haben. Natürlich war sie Rhasgar nah gekommen. Sie fühlte noch immer die Farben ihrer Zeichnung und seine Hand, die zärtlich über ihre Finger strich … und umso deutlicher erinnerte sie sich auch an die Kälte, mit der er ihr in den vergangenen Tagen begegnet war. Nachts fand sie den Diwan oft verlassen, als würde er ihre Nähe nicht ertragen, und bei ihren Trainingseinheiten vermied er Berührungen mit beinahe zornigem Trotz. Wenn sie dennoch versehentlich seine Hand streifte, fuhr er zusammen und sah sie so tadelnd an, als hätte sie alle Schuld der Welt auf sich geladen. Und jedes Mal ärgerte sie sich über ihr eigenes rasendes Herz. Denn natürlich wusste sie, welche Gefahr er barg. Aber immer wenn er sie mit dieser abwehrenden Kühle ansah, wollte sie ihn am liebsten packen und zurück in die Farben ihres Bildes ziehen … diese Farben, von denen sie nicht einmal gewusst hatte, dass sie in ihr lagen, und die ihn so sehnsuchtsvoll hatten lächeln lassen.

»*Freundlich*«, wiederholte Esra spöttisch und durchbrach Anouks Gedanken. »Um eins mal klarzustellen: Rhasgar mag vieles sein. Aber freundlich ist er für gewöhnlich nicht. Und ich kann mich auch nicht daran erinnern, wann er jemals einen Neuankömmling bei sich im Wagen wohnen ließ. Das hat er nicht mal bei Levin zugelassen, obwohl er es war, der ihn gefunden hat.«

»Weil Levin noch ein kleines Kind war, als er in den Zirkus kam«, gab Anouk zurück. Sie merkte, dass sie anfing, sich zu rechtfertigen, doch aus irgendeinem Grund konnte sie nicht aufhören. »Rhasgar hat mich in den Zirkus geholt und damit ist er für mich verantwortlich. Aber das muss ich dir ja wohl nicht erklären. Du kennst eure Bräuche besser als ich.«

Esras Grinsen wurde breiter. »Ich weiß gar nicht, warum du dich so anstellst. Er ist doch süß, oder nicht?«

Anouk stieß die Luft aus. *Süß* war so ziemlich das letzte Wort, mit dem sie Rhasgar beschreiben würde. Stattdessen hörte sie seine Stimme, die immer ein wenig rau wurde, wenn er verlegen war. Sie sah seine Augen, dunkel und geheimnisvoll wie der Himmel in der Nacht. Und trotz der Distanz der vergangenen Tage konnte sie nicht verhindern, dass sie seinen Atem auf ihrer Haut spürte wie am ersten Abend in seinem Wagen, als sie sich im Spiegel angesehen hatten. Esras Grinsen wurde so breit, dass Anouk sich fast sicher war, in diesem Moment vollkommen gläsern vor ihr zu stehen. »Das ist doch völlig egal«, sagte sie heftiger, als sie es beabsichtigt hatte. »Kann sein, dass er ganz gut aussieht, aber …«

Ehe sie den Satz beenden konnte, flog Esras Blick an ihr vorbei. »Hallo, Rhasgar«, sagte sie fröhlich, und Anouk schnaubte ärgerlich.

»Sehr lustig«, stellte sie fest. »Aber im Ernst. Ja, wir verstehen uns gut, und noch mal ja, ich finde ihn durchaus attraktiv.« Sie verdrehte im Geist die Augen über sich selbst. *Durchaus attraktiv.* Das war so weit von der Wahrheit entfernt, dass sie fast lachen musste. Aber was hätte sie sagen sollen? Dass es ihr mit jedem Tag im *Dark Circus* schwererfiel, nicht mit einem albernen Lächeln auf den Lippen an Rhasgar zu denken? Dass es noch nie jemand geschafft hatte, sie so mühelos in seinen Bann zu ziehen, obwohl er gerade das doch offensichtlich gar nicht wollte? Oder dass ein einziger Blick von ihm genügte, um ihr das Gefühl zu geben, dass er sie in- und auswendig kannte? Anouk seufzte. Sie wusste ganz genau, dass allein der Gedanke an diesen Blick ausreichte, um jedes vernünftige Wort von ihrer Zunge zu fegen. »Aber ich habe echt andere Sorgen als irgendwelche romantischen Verwicklungen«, sagte sie und merkte sofort, wie der sachliche Tonfall ihrer Stimme ihren Herzschlag beruhigte. Außerdem stimmte es: Wenn sie eines momentan nicht gebrauchen konnte, dann waren es irgendwelche absurden Schwärmereien für einen Kerl, der ihr in mehr als einer Hinsicht gefährlich werden konnte. »Und da geht es ihm bestimmt genauso. Rhasgar und ich sind Freunde, mehr nicht. Wir …«

Sie verstummte erst, als Esra die Augen so weit aufriss, dass sie fast aus den Höhlen sprangen, und bedeutungsvoll hinter sie deutete. Unwillkürlich hatte Anouk das Gefühl, die Erde würde sich unter ihr auftun, und für einen Moment wünschte sie sich nichts mehr, als dass genau das wirklich passieren würde. Langsam drehte sie sich um – und sah Rhasgar ins Gesicht. Er stand kaum eine Armlänge von ihr entfernt, die Hände lässig in seinen Taschen vergraben, und schaute amüsiert auf sie herab. »So«, sagte er. »Sind wir das?«

Anouk schoss das Blut in den Kopf. »Jedenfalls wüsste ich nicht, was ich sonst dazu sagen sollte.«

Ihre Stimme war leise gewesen, aber Rhasgar hatte sie natürlich trotzdem gehört. Er ließ seinen Blick auf ihr ruhen, und sie musste all ihre Kraft aufwenden, um nicht wegzusehen. Seine Miene machte es ihr unmöglich zu erahnen, was er dachte. »Nun ja«, sagte er schließlich. »Warten wir ab, ob du das nach unserem Training immer noch so siehst. Fangen wir an.«

Ohne eine Entgegnung abzuwarten, pfiff er laut durch die Zähne. Es brauchte kein einziges Wort von ihm, um sämtliche Artisten aus dem Zelt zu vertreiben. Esra blieb dicht neben Anouk stehen. »Viel Glück«, flüsterte sie und lächelte vielsagend. »Mit so einem *Freund* trainiert es sich doch gleich noch mal so gut.«

Am liebsten hätte Anouk ihr einen Knuff versetzt. Aber Esra sprang schon davon, so schnell, als würde der Boden ihr Schwung verleihen. Luana warf Anouk noch einen giftigen Blick zu. Dann verließen die Artisten das Zelt und Anouk war mit Rhasgar allein.

Er hatte angefangen, ein paar zurückgelassene Jonglierbälle aufzusammeln, und sie überlegte, ob sie etwas zu der peinlichen Situation eben sagen sollte. Doch bevor sie zu einem Entschluss gekommen war, fuhr ihr ein Windstoß in den Nacken. Ihr Blick schweifte über die leeren Sitzreihen und sie zog die Schultern an. Das letzte Mal hatte sie die Manege bei der Mitternachtsvorstellung so verlassen gesehen. Im Alltag des *Dark Circus* verblassten die Erinnerungen an die Flammen, aber nun kehrte die lähmende Furcht jener Nacht zurück. Auf einmal hatte sie das Gefühl, von allen Seiten beobachtet zu werden. Und wie immer bemerkte Rhasgar ihre Anspannung sofort.

»Keine Sorge«, sagte er und kam zu ihr herüber. Mit nicht mehr als einem Fingerzeig ließ er das Zeichen über ihnen in neuem Licht erstrahlen. »Keins unserer Worte wird nach außen dringen, dafür sorgt das Schutzzeichen. Masrador selbst hat diese Zauber schon vor einer ganzen Weile erlaubt, nachdem sich in der Vergangenheit ein paar Artisten gegenseitig die Tricks geklaut haben.«

»Es fühlt sich trotzdem seltsam an, so allein hier zu sein«, erwiderte Anouk. »Hier, wo … alles angefangen hat.«

Rhasgar schwieg für einen Moment. »Du bist nicht allein«, sagte er dann. »Und wer sagt, dass es hier angefangen hat? Du hast mir doch erzählt, wie du den Zirkus mit all seinen Lichtern auf den Hügeln gesehen hast. Ich bin mir sicher, dass du dort schon den Entschluss gefasst hast, hierherzukommen. Und du fürchtest dich ja auch nicht vor den Hügeln, oder doch?«

Kurz nur deutete sich ein Lächeln auf seinen Lippen an, und das genügte, um die Kälte in ihr zu vertreiben. »Das wäre auch ziemlich albern. Vor einem Clown in vermoderten Klamotten und mit messerscharfen Zähnen kann man allerdings schon mal Angst haben.«

»Achte nicht auf deine Angst«, sagte er ruhig. »Sie ist nicht mehr als eine Welle in einem Ozean. Sie wird verschwinden. Konzentriere dich stattdessen auf mich.«

Anouk stieß leise die Luft aus. Sie hatte das Gefühl, dass sie das ohnehin schon viel zu sehr tat. Rhasgar warf die Jonglierbälle in Richtung Ausgang, dann lehnte er sich gegen den Rand der Manege.

»Offiziell arbeiten wir heute an einer Nummer, mit der du vor dem Publikum bestehen kannst«, stellte er fest. »In Wahrheit aber geht es darum, dich gegen Masradors Feuer zu wappnen. Dieses Feuer ist der Inbegriff seiner Macht. Ein einziger Fehler, und es wird dich verbrennen – und zwar nicht nur deinen Körper, sondern vorher noch jeden Gedanken, jede Erinnerung, jedes Gefühl, das dich mit der Welt dort draußen verbindet.«

Anouk verzog das Gesicht. »Nett, dass du mir das noch mal so genau erklärst. Als wäre ich nicht schon nervös genug, wenn ich daran denke, dass ich in diesen verfluchten Wagen einbrechen soll. Bei meinem letzten Besuch konnte ich Masrador nur mit Mühe aus meinen Gedanken vertreiben. Trotzdem hat er es geschafft, viele Bilder in mir schwarz zu färben. Wie zur Hölle soll ich mich gegen die tödliche Kraft seines Feuers schützen, wenn ich schon bei meiner ersten Unterhaltung mit ihm an meine Grenzen gekommen bin?«

Rhasgar zuckte fast gelangweilt mit den Schultern. »Grenzen sind dafür da, um überschritten zu werden. Und abgesehen davon wirst du dem schwarzen Feuer nicht allein gegenübertreten. Wir holen uns Hilfe – von der Welt, nach der Masrador sich sehnt.«

»Und welche Welt soll das sein?«, fragte Anouk und hob spöttisch die Brauen. »Die der tanzenden Leichen und blutrünstigen Clowns?«

»Die Welt der Menschen«, sagte er.

Wie immer sprach er mit einer Mischung aus Verachtung und Faszination von der Welt dort draußen, und Anouk meinte fast, das Mondlicht auf schwarzen Wellen in seinen Augen gespiegelt zu sehen. Sie war erst wenige Tage fort und ertappte sich bereits dabei, wie sie sich nach dem Horizont sehnte, nach dem Sternenhimmel oder der Weite über den Hügeln. Wie stark mussten diese Gefühle erst in Rhasgar sein … und wie fremd war ihm ihre Welt gleichzeitig, unerreichbar wie Narnia oder das Wunderland?

»Und wie soll die Welt der Menschen mir helfen?«, fragte sie, als er keine Anstalten machte fortzufahren.

»Nicht die ganze Welt«, erwiderte er. »Masrador braucht die Gefühle und Sehnsüchte des Publikums. Damit hält er den Zirkus lebendig, und auch du wirst ihm mit deiner Nummer das beschaffen, was er will: die Farben deiner Welt. Aber entgegen seiner Forderung wirst du ihm nicht alles davon geben. Einen Teil behältst du für dich, und sobald du genug zusammen hast, werden wir einen Zauber daraus weben. Unter seinem Schutz wirst du dich dem schwarzen Feuer stellen können.«

Anouk verschränkte die Arme vor der Brust. Sie konnte sich nicht vorstellen, wie sie irgendwelche Gefühle vor Masradors Feuer schützen sollten, doch Rhasgar klang so sicher, dass sie ihre Zweifel für sich behielt. »Keine Ahnung, wie das genau ablaufen soll, aber du klingst ja ziemlich optimistisch.«

»Ich bin es«, sagte Rhasgar und nickte. »Jedenfalls in diesem einen Fall.« Dann griff er in seine Tasche und warf ihr etwas zu. Es war ein Kristall von der Größe eines Hühnereis, der in weißem Licht strahlte. »Wenn du die Menschen während deiner Vorstellung bestiehlst, wird ein Teil deiner Beute in diesem Stein gespeichert. Das passiert automatisch, du brauchst dich nicht darum zu kümmern.«

Anouk drehte den Kristall zwischen den Fingern. »Die Vorstellung, dass ich jemanden beklauen soll, fühlt sich nicht gerade umwerfend an.«

»Du schadest niemandem damit«, sagte Rhasgar schulterzuckend. »Und abgesehen davon ist es eigentlich vielmehr ein Tauschgeschäft, auch wenn die Menschen nichts davon wissen. Aber das ist jetzt nicht von Belang. Die Aufgabe von uns Artisten ist es, die Emotionen der Zuschauer zu bannen, auf welche Weise auch immer. Du tust das, indem du das Publikum in die Bilder hineinziehst, die du malst. Und du wirst sie vor dem Zugriff durch den Zirkus schützen, indem du ihre Farben stärker machst, als jede Finsternis es je sein könnte. Wenn du das schaffst, kannst du kontrollieren, was du dem *Dark Circus* überlässt und was du für deine eigenen Zwecke behältst.«

»Klingt nach einem Kinderspiel.« Anouk legte alle Ironie in ihre Worte, zu der sie fähig war. »Es ist ja auch nicht so, dass ich bis vor ein paar Tagen noch nicht einmal wusste, dass ich Bilder in der Luft zeichnen kann.«

»Dafür hast du es ziemlich gut gemacht«, entgegnete Rhasgar, und dieses überhebliche Grinsen glomm über sein Gesicht, das sie zu gleichen Teilen verabscheute und erwidern wollte. »Also ein Schritt nach dem anderen. Beginnen wir damit, dass du ein Bild erschaffst, das dein Publikum in Erstaunen versetzt. Du wirst es anfangs kaum bemerken, vielleicht abgesehen von der Kälte, die deinen Körper durchzieht: Doch jedes Mal, wenn du die Macht des *Dark Circus* nutzt, wird sie stärker in dir. Dagegen kannst du nichts tun, und du musst lernen, deine Farben zu verteidigen, nicht nur innerlich, sondern auch in deinen Bildern. Hier in der Manege wird es um einiges schwieriger sein als in meinem Wagen, darauf musst du dich gefasst machen. Nirgendwo ist die Macht des *Dark Circus* so stark wie hier. Das gilt sowohl für die Magie, die dich umgibt, als auch für die Kraft in deinen Adern.«

Mit düsterer Miene schaute Anouk auf die leeren Sitzreihen. »Ich soll das Nichts in Erstaunen versetzen? Dafür fehlt mir mindestens ein Krieger des Gräsernen Meeres und ein Glücksdrache.«

Rhasgar hob spöttisch die Brauen. »Glaub mir, selbst Fuchur und Atréju hätten mit der Finsternis dieser Reihen ihre Schwierigkeiten. Außerdem hast du ein Publikum. Also, Königin der Farben. Erstaune mich.«

Anouk konnte nichts dagegen tun, dass ihr Mund auf einmal staubtrocken war. Die letzten Worte hatte Rhasgar geflüstert und trotzdem waren sie wie eine zärtliche Berührung ihren Nacken hinabgeflogen. Sie holte tief Atem. Verdammt, sie musste sich zusammenreißen. Hier ging es um mehr als ein unwiderstehliches Lächeln und nachtblaue Augen!

Sie schaute auf ihre rechte Hand und konzentrierte sich auf die düstere Kraft in ihren Adern. Inzwischen fühlte sie sich an wie ein kühler Schauer, der zum Leben erwachte, kaum dass sie an ihn dachte. Dann strömte er durch ihren Körper und brach in prasselnden Funken aus ihren Fingerspitzen. Sie ignorierte die Kälte, die sich in ihr ausbreitete, und sah zu Rhasgar hinüber, der unmerklich nickte. Dann begann sie, ihre Leinwand vorzubereiten. Die Umgebung wurde schwarz unter ihrer Hand, doch selbst als sie die Augen schloss, beruhigte sich ihr Herzschlag nicht. Noch immer sah sie die flackernden Schatten zwischen den Sitzreihen, noch immer spürte sie die Holzspäne der Manege unter ihren Füßen, und noch immer wusste sie, dass Rhasgar sie ansah – unverwandt, als würde er ihren Puls fühlen können. Esras vielsagendes Grinsen ging ihr durch den Kopf, und als sie schließlich zu zeichnen begann, schnitten sich die Linien scharf in die Schwärze rings um sie. Aber sie fügten sich nicht zu einem Bild zusammen, und als Anouk schließlich die Augen öffnete, sah sie gerade noch, wie die Farben sich verflüchtigten. Hoch oben in der Kuppel glühten sie noch einmal auf, ehe sie in das Zelt eindrangen. Seufzend ließ sie die Hand sinken. Der *Dark Circus* hatte ihre Farben gestohlen, bevor sie überhaupt gewusst hatte, was sie mit ihnen anfangen sollte.

»Ich weiß nicht, was ich tun soll«, sagte sie kopfschüttelnd. »Ich habe versucht, es ganz genau so zu machen wie bei dir im Wagen, aber …«

»Wir sind nicht bei mir im Wagen«, unterbrach Rhasgar sie. Seine Stimme hatte diesen strengen Unterton, mit dem er während ihrer Übungen meistens zu ihr sprach. »Wir sind in der Manege des *Dark Circus*, dort, wo sich die dunkle Macht frei entfaltet und wo sie jeden beraubt, der sich nicht verteidigt. Aber ich weiß, dass du es kannst. Du hast es bewiesen, mehr als einmal. Nur versuche es nicht. Tue es.«

Anouk verdrehte die Augen. Ihr lag ein Spruch über Yoda auf der Zunge, doch sie behielt ihn für sich. Sie durfte sich nicht ablenken lassen. Sie musste sich konzentrieren – auf ihr Ziel. Sie ging in die Knie und berührte die Holzspäne. Noch einmal sah sie Masrador durch die Manege gehen, zuerst mit diesem unerträglich freundlichen Lächeln, dann in zerrissener Kleidung und mit tödlichem Funkeln in den Augen. Aber sie ließ sich vom aufkeimenden Entsetzen nicht lähmen. Stattdessen bewegte sie die Finger und spürte die Dielen ihres Kinderzimmers. Hier hatte Masrador versucht, sie zu unterwerfen – hier war er gescheitert. Wie ein Flügelschlag ging Bens Lachen durch ihre Gedanken, und sie schloss die Augen, während sie sich aufrichtete. Sie war nicht an diesen Ort zurückgekehrt, um sich geschlagen zu geben und zu jammern. Sie war gekommen, um sich zu befreien. Und Rhasgar hatte recht. Sie war nicht allein.

Unwillkürlich beschleunigte sich ihr Herzschlag, als sie ihre Aufmerksamkeit auf Rhasgar richtete. Sie war nervös, noch immer. Aber es war nicht mehr dieselbe Aufregung, in die sein Lächeln, seine Stimme oder sein Blick sie versetzen konnten. Es war die Anspannung kurz vor dem ersten Schritt in einen Abgrund, die Furcht zu fallen – und die Hoffnung aufgefangen zu werden.

Die Funken prasselten unter ihren Fingern, als sie zu zeichnen begann. Ihre Hände glitten durch die Finsternis hinter ihren Lidern, und als sie die kühle Schwere der Kristallkugeln spürte, da wusste sie, dass es Rhasgar war, den sie zeichnete – Rhasgar, der mit einem einzigen Schritt aus dem Spiegel vor sein Publikum trat, an jenem Abend, da sie sich zum ersten Mal begegnet waren. Kurz sah sie ihn vor sich, mit geschlossenen Augen. Wie schwerelos bewegten sich die Kugeln über seinen Händen. Sein Lächeln raubte ihr fast den Atem, so mühelos hielt er es zwischen Herablassung und Verführung.

Gleich darauf spürte sie, wie der *Dark Circus* nach ihren Linien griff. Doch dieses Mal zog sie ihre Hand nicht zurück. Stattdessen strich sie über Rhasgars Mantel, und im nächsten Moment war es, als schlüpfte sie in das Bild hinein. Sie konnte das Scheinwerferlicht fühlen und schaute aus Rhasgars Perspektive ins Publikum. Sie sah sich selbst dort sitzen, ein Mädchen mit blassem Gesicht und tausend Mauern um sich herum, und sie rechnete fest damit, die Arroganz zu spüren, die Rhasgar an jenem Abend im Blick getragen hatte. Aber stattdessen ging ein Ziehen durch ihren Leib, das sie in der Zeit zurücktrug, zurück in Rhasgars Wagen, unter den Baum in der Ruine, zwischen all seine Lichter – selbst zurück an ihr Fenster, als der Zirkus über die Hügel gekommen war. Und da wusste sie, was Rhasgar empfand, jedes Mal, wenn er vor sein Publikum trat. Bei jedem Schritt hinaus aus dem Spiegel wollte er nur eines: einem Augenpaar begegnen, das seine Mauern durchdringen konnte, genau so, wie sie es sich selbst insgeheim so oft gewünscht hatte. Und an diesem Abend, da sie sich zum ersten Mal begegnet waren, hatten sie es beide gefunden.

Es war Rhasgars Applaus, der sie die Augen öffnen ließ. Sie sah ihn an, durch die Linien hindurch, und erwiderte das Lächeln, das auf seine Züge trat. Im selben Moment glitten die Funken seines Beifalls in ihr Bild hinein und ließen es noch prächtiger strahlen. Wie aus weiter Ferne spürte Anouk die dunkle Macht des *Dark Circus*, die nach ihren Farben rief, aber sie büßte ihr Lächeln nicht ein. Der Zirkus mochte mächtig sein, doch sein Reich war die Finsternis. Und diese Farben gehörten ihr.

Sie wusste nicht genau, aus welchem Grund sie sich von Rhasgar abwandte und sein Ebenbild in ihrer Zeichnung betrachtete. Vielleicht hatte sie das Flackern in dessen Blick bemerkt, das urplötzlich darin aufgetaucht war – so unruhig und getrieben, dass sie schauderte. Gleich darauf traf sie ein eisiger Impuls. Er ging durch ihr Bild wie ein Herzschlag und da veränderten sich die Linien. Die Manege rings um Rhasgar löste sich auf, die Spiegel hinter ihm zersprangen, und seine Augen wurden schwarz … so schwarz wie unter dem Baum im Regen. Anouk hielt den Atem an. Während sich die Dunkelheit in seine Iris fraß, sah sie aus dem Augenwinkel, dass Rhasgar jenseits des Bildes auf die Beine kam. Aber sie konnte sich nicht von der Zeichnung abwenden. Langsam veränderte sich Rhasgars

Körper darin, als würden Kinderhände die Linien neu ziehen. Und tatsächlich war es ein Kind, das Anouk gleich darauf gegenüberstand.

Der Rhasgar in ihrem Bild war vielleicht sieben oder acht Jahre alt. Sein Haar stand zerzaust von seinem Kopf ab, doch die Spiegel hinter ihm starrten wie gebrochene Augen ins Leere, und statt einer Kristallkugel hielt er ein Messer in der Hand. Blut bedeckte seine Kleidung und sein Gesicht, und Anouk spürte ihren Herzschlag im ganzen Körper, als die Dunkelheit in seinem Blick sich vollendete. Sie hatte sich geirrt. Es war nicht die Finsternis des *Dark Circus*, die sie darin erkannte. Es war eine Dunkelheit, die ihr den Boden unter den Füßen nahm. Unnennbare Kälte schoss in ihre Glieder und schleuderte sie zurück. Die Farben splitterten um sie herum, als bestünden sie aus dünnem Glas, und als sie auf dem Rücken aufschlug, bekam sie keine Luft mehr. Ihr Bild war zerbrochen, aber noch immer spürte sie den Frost des Jungen in ihren Gliedern – die Dunkelheit Rhasgars, die ihr den Atem nahm, so grausam war sie.

Die Luft schoss glühend heiß in ihre Lunge. Hustend wollte sie sich aufrichten, doch jemand hielt sie mit sanfter Gewalt zurück. Sie öffnete die Augen, und da sah sie, dass Rhasgar sich über sie beugte. Die Bruchstücke ihres Bildes drehten sich wie gefrorene Scherben um sie herum, und für einen winzigen Moment meinte Anouk, den Regen zu spüren, so zärtlich wie das Lächeln, das nun in unendlicher Traurigkeit auf Rhasgars Züge trat. Dann fühlte sie seine Finger an ihrer Wange, und der Schreck fuhr ihr in den Leib, als sie merkte, dass er keinen Handschuh trug. Mit gleißender Klarheit begriff sie, dass er sie mit seiner Magie aus der Finsternis geholt hatte … und sie spürte die Macht, die nun durch ihre Adern pulste.

Ihre innere Stimme schrie ihr zu, dass sie ihn fortstoßen und auf die Beine kommen musste. Was auch immer dieses Bild gerade zu bedeuten hatte: Es war ein Blick in Rhasgars Vergangenheit gewesen, das stand außer Zweifel. Ganz offensichtlich barg er größere Geheimnisse, als sie es je für möglich gehalten hätte. Geheimnisse, die sie vor wenigen Augenblicken in tödliche Kälte gerissen hatten. So deutlich wie nie zuvor spürte Anouk, dass Rhasgar ihr die Wahrheit gesagt hatte: Er war eine Gefahr für sie, und sie würde gut daran tun, auf Abstand zu gehen. Aber sie rührte sich nicht. Sie sah ihn nur an, die Farben ihres zerbrochenen Bildes noch immer auf ihrer Haut, und fühlte, wie die Furcht vor ihm mit einem einzigen Blick in seine Augen in sie zurücksank. Sie waren blau wie das Meer. Doch sie wusste, dass sie von nun an immer auch die Augen des Jungen sehen würde, und eine einzige Frage blieb in ihr zurück, als sie sacht ihre Finger auf Rhasgars Hand legte. Was hatte er erlebt, um solche Augen zu bekommen?

Unendlich langsam zog Rhasgar seine Hand zurück. »Du lernst schnell«, sagte er mit rauer Stimme. »Aber eines darfst du von nun an nie mehr vergessen: Es gibt tiefere Schatten in der Welt als die Finsternisse des *Dark Circus*. Halte dich fern von ihnen. Halte dich fern von meiner Dunkelheit.«

Noch einmal sah er sie an, so eindringlich, als wollte er jedes seiner Worte in ihrem Herzen eingravieren. Dann wandte er sich ab und ging durch die Manege davon. Anouk kam auf die Beine. Doch ehe sie ihn aufhalten konnte, erlosch das Licht über ihr. Und sie war allein.

# 11

Der Regentropfen fiel kühl auf Anouks Hand und holte sie mitten in der Nacht aus dem Schlaf. Verwirrt öffnete sie die Augen. Sie blinzelte im Licht des Ofens und bemerkte zu ihrer Verwunderung, dass es kein Regentropfen war, der in ihrer Handfläche schimmerte, sondern eine schwarze Träne. Im selben Moment sah sie die Gestalt, die neben ihrem Bett stand.

Es war Dario, der auf sie herabschaute. Er trug sein Harlekinkostüm, die Schellen seiner Kappe glühten im Feuerschein. Aber Anouk empfand keinen Schrecken bei seinem Anblick, sondern eine Betroffenheit, die sie den Atem anhalten ließ. Denn das Lächeln, das für gewöhnlich Darios Gesicht zierte, war verschwunden. Stattdessen stand haltloses Staunen auf seinen Zügen und ... er weinte ...

Das Bild zerbrach so plötzlich, dass Anouk in die Höhe fuhr. Mit klopfendem Herzen starrte sie an die Stelle, an der sie gerade noch Dario gesehen hatte – und stellte fest, dass die Glut im Ofen fast ganz heruntergebrannt war. Der Regen prasselte mit rauschender Urgewalt auf das Dach des Zirkuswagens und sie fuhr sich über die Augen. Sie hatte geträumt.

Aufatmend ließ sie sich zurück aufs Bett fallen. Ihr Herz klopfte gegen ihre Rippen, während sie still dalag und lauschte. Sie liebte das Rauschen des Regens, wenn er auf den Wagen niederging. Es gab ihr das Gefühl, als wäre sie an einem magischen Ort, der alles von ihr fernhielt, was sie auch nur ansatzweise belastete, und an dem sich selbst merkwürdige Träume binnen eines Wimpernschlags verloren. Seufzend setzte sie sich wieder auf. Die Biester namens Gedanken waren da leider bedeutend hartnäckiger.

Sie schaute zum Ofen hinüber. Seine Wärme wich zusehends der Kälte, die durch die Dielen kroch. Anouk schlüpfte aus dem Bett, um Holz nachzulegen, und warf einen Blick auf den Diwan. Er war leer, wieder einmal. In den letzten Nächten hatte Rhasgar kaum einen Moment gemeinsam mit ihr in seinem Wagen verbracht, und der Anblick seiner verwaisten Schlafstätte genügte, um sie frösteln zu lassen. Mit Rhasgar darin war der Wagen ein schützendes Refugium. Doch ohne ihn fühlte sie sich an diesem Ort verlassen und fehl am Platz. Flüchtig strich sie über Rhasgars Kissen. Es war kühl wie die Dielen unter ihren Füßen, und auf einmal wusste sie, wo er war. Vermutlich hatte er das Unwetter gespürt, lange bevor es den Zirkus erreicht hatte, und nun stand er im Regen zwischen den Mauern der Ruine … so weit wie möglich vom *Dark Cir-*

*cus* entfernt, dessen nächtliche Stille Anouk plötzlich wie ein tückisches Clownsgrinsen ins Gesicht starrte.

Ehe sie noch darüber nachgedacht hatte, warf sie sich ihren Mantel über und öffnete die Tür. Der Impuls, Rhasgar zu folgen, trieb sie hinaus in den Regen. Aber als die ersten Tropfen sie trafen, hielt sie inne. Sie fühlte ihn noch immer, den Frost, der in den vergangenen Tagen nicht für einen Wimpernschlag aus Rhasgars Blick gewichen war, wenn er sie angesehen hatte. Seit dem Vorfall in der Manege hatte er jenseits der Übungen kein Wort mehr mit ihr gesprochen und er hatte über die Hälfte ihrer Trainingseinheiten an Artus abgegeben. Einerseits tat es ihr gut, mit dem Phönix zu üben, der ihr mit spielerischer Leichtigkeit die Furcht vor dem Publikum nahm und sie auf seine gelassene Art mit ihrer Magie vertraut machte. Doch andererseits wusste sie genau, warum Rhasgar das getan hatte. Er ging ihr aus dem Weg, wann immer es ihm möglich war … und das nicht ohne Grund.

Sie sah noch einmal das Kindergesicht mit den grausamen Augen vor sich, fühlte das Entsetzen angesichts dieses Anblicks und gleich darauf die Kälte, die mit tödlicher Gewalt durch ihre Adern gerauscht war. Noch immer zitterte sie bei dem Gedanken daran, dass es Rhasgars Inneres gewesen war, das sich wie ein Abgrund unter ihr geöffnet und ihr das Bewusstsein genommen hatte. Ohne jeden Zweifel wäre sie noch tiefer in die Finsternis gefallen, wenn Rhasgar sie nicht mit dem einzigen Mittel davor bewahrt hätte, das seiner Kälte gewachsen war: der Magie des *Dark Circus*.

Sie presste die Zähne aufeinander. Sie spürte sie genau, diese verfluchte Macht, die sich wie ein Geschwür in ihr ausbreitete, ohne dass sie auch nur das Geringste dagegen tun konnte. In jeder wachen Sekunde fürchtete sie, dass die Dunkelheit auf ihre Gedanken und Gefühle übergreifen würde, und sie hatte selbst Schuld. Rhasgar hatte diese Magie in ihren Leib geschickt, um sie zu retten, vor dem, was er war. Immer wieder hatte er sie davor gewarnt, ihm nahe zu kommen, und immer wieder hatte sie diese Warnung ignoriert, als wäre sie ein törichtes Kind. Abrupt drehte sie sich um. Dieses Mal würde sie ihm nicht folgen. Er hatte recht: Sie musste sich von ihm fernhalten. Und genau das würde sie tun.

Sie wollte gerade die Tür schließen, als sie ein Rumpeln hörte. Im ersten Moment meinte sie, das Ofenrohr im Wind ächzen zu hören. Aber als sie zum Dach hinaufsah, traute sie ihren Augen nicht. Dort oben stand Levin und hantierte mit einem riesigen gelben Regenschirm herum, der sich im Griff des Windes in die falsche Richtung entfaltet hatte.

»Was zur Hölle tust du da?«, fragte sie und erschreckte ihn damit so sehr, dass er einen Satz machte. Gerade noch rechtzeitig hielt er das Gleichgewicht und schaute mit schiefem Grinsen zu ihr herunter.

»Ich übe an einer neuen Nummer«, erwiderte er achselzuckend. »Gene Kelly, Singin' in the Rain und so, du weißt schon. Könnte ein Knüller werden, wenn ich erst mal mit dem Schirm zurechtkomme.«

Erst jetzt bemerkte Anouk die Decke unter seinem Arm und die Kissen, die er mühsam festhielt. »Was auch immer du wirklich da oben vorhast, du solltest es sein lassen!«, rief sie ihm zu. »Sieh dich nur an, du wirst ja ganz nass!«

In der Tat lief der Regen in Strömen über Levins Gesicht,

doch der Junge kümmerte sich nicht darum. »Ich trockne auch wieder, keine Sorge. Ich bin Wind und Wetter gewöhnt. Aber du solltest lieber wieder reingehen. Sonst holst du dir noch eine Erkältung.«

Anouk wusste, dass er recht hatte, und für einen Moment hörte sie das warme Bett förmlich ihren Namen rufen. Doch sie sah auch, wie Levin sich vergeblich mit dem gelben Ungetüm von einem Regenschirm abmühte und ganz offensichtlich nicht bereit war, auch nur einen Schritt von der Stelle zu weichen. »Warte«, sagte sie und zog sich die Kapuze über den Kopf. »Ich komme zu dir rauf.«

Sie kletterte an den Metallsprossen aufwärts, die die Seite des Wagens zierten. Gleich darauf stand sie neben Levin und nahm ihm den Schirm aus der Hand. Beherzt drückte sie die Speichen in die ursprüngliche Position zurück, betätigte den Schieber – und mit erhabenem Knirschen entfaltete sich der Schirm. Levin klatschte begeistert in die Hände. »Wunderbar!«, rief er und entzündete mit einem Schnipsen ein rotes Feuer zwischen den Fingern. Es war so warm, dass es augenblicklich die Kälte aus Anouks Gliedern zog, und es legte sich als samtener Glanz auf das Wagendach. Der Regen verdampfte im Schutz des Schirms, bis Levin die Decke ausbreiten konnte. Einladend klopfte er auf das Kissen neben sich und Anouk setzte sich zu ihm. Noch immer schlug der Regen rings um sie aufs Dach, aber das Feuer hielt sie warm, und der Schirm spannte sich über sie wie eine schützende Kuppel.

»Tut mir echt leid, wenn ich dich geweckt habe«, sagte Levin und sah sie mit diesem Lächeln von der Seite an, das Steine zum Erweichen bringen konnte.

Anouk winkte ab. »Das hast du nicht. Ich bin von wirren Träumen aufgewacht und dann habe ich dem Regen zugehört. Ich hätte nie gedacht, dass es so gemütlich sein kann, in einem Zirkuswagen zu schlafen.«

»Der Regen ist ein Zauberer«, erwiderte Levin. »Und er hat tausend Stimmen. Heute Nacht erzählt er Geschichten, die er in der Welt dort draußen erlebt hat. Da kann ich auch nicht anders, als ihm zuzuhören.«

Anouk musste lächeln. »Das hätte Rhasgar sagen können. Ich gehe jede Wette ein, dass er gerade ebenfalls irgendwo hier draußen unterwegs ist.«

»Natürlich ist er das«, sagte Levin und schaute wie beiläufig in Richtung der Ruine. »Allerdings wird er keinen Schirm bei sich haben, das wäre für ihn Verschwendung. Er hat mir beigebracht, dem Regen zuzuhören. Er hat ihn für mich verzaubert, ohne einen einzigen Funken Magie. Jetzt ist es wie Nachhausekommen, wenn er Geschichten erzählt. Deswegen sitze ich gern hier. Und außerdem hat man von hier die beste Sicht auf das Dorf.«

Tatsächlich lag das Dorf inmitten der Regenschleier wie ein romantisches Gemälde vor ihnen und schickte goldene Lichter durch die Dunkelheit. »Du beobachtest die Menschen ziemlich oft«, stellte Anouk fest. »So sind wir uns auch zum ersten Mal wirklich begegnet. Du hattest dich auf dem Vorzelt versteckt. Erinnerst du dich?«

Levin lachte. »Das mache ich gern. Es ist interessant, was die Leute erzählen, wenn sie glauben, dass niemand sie hören kann. Und es passiert wirklich selten, dass mich jemand dabei entdeckt. Die meisten Menschen sind so nah und gleichzeitig so weit von mir entfernt. Wie Figuren aus einer anderen Welt.«

Anouk folgte seinem Blick zum Dorf hinüber. Tatsächlich erschien es ihr mit seinen beschaulichen Gassen und den alten Häusern so vertraut, als bräuchte sie nur über den Pfad zu laufen, um in ihr altes Leben zurückzukehren. Doch im selben Moment spürte sie eine Distanz, die weit über das Gefühl hinausging, das sie in den vergangenen Jahren gegenüber der äußeren Welt empfunden hatte. Und das lag nicht nur an den tanzenden Schatten auf den Hügeln. Kein Dorfbewohner ahnte etwas von dem, was sie in den vergangenen Tagen erlebt hatte. Und wie hätte sie ihnen jemals davon erzählen können? Ein Ziehen ging durch ihren Magen, das sie erst nach einem Augenblick als das erkannte, was es war. Heimweh ... und die unstillbare Sehnsucht nach einem Ort, der unwiederbringlich verloren war.

Levin sah sie von der Seite an. Er hatte ihren Stimmungswandel sofort bemerkt, das erkannte sie an dem forschenden Ausdruck seiner ungleichen Augen, und sie seufzte leise. Rhasgar war ihm ein guter Lehrer gewesen.

»Du vermisst deine Familie, nicht wahr?«, fragte er.

Anouk schaute zu den Lichtern des Dorfes, und auf einmal sah sie ihren Vater durch die Gassen gehen, ihre Mutter, die mit Blumen im Arm zum Meer hinunterlief, ihre Tante und Madeleine, die in der Küche lachten, und die kleine Gestalt von Ben, die auf den Hügeln spielte. Ein Lächeln glitt über ihr Gesicht. Trotz all der Geheimnisse, die sie von ihrem alten Leben trennten, fühlte sich die Welt dort draußen näher an als je zuvor, nun, da sie hier im Regen saß. Vielleicht lag es an den Bildern, die sie in den letzten Tagen gezeichnet hatte. Bilder von ihrer Familie, ihren Freunden, ihrem eigenen Gesicht, auch scheinbar unbedeutende Momentaufnahmen von

Gras und ziehenden Wolken, die wie Bruchstücke tief in ihrem Inneren darauf gewartet hatten, zum Leben erweckt zu werden, und die unter Rhasgars Blick zu leuchtenden Farben erblüht waren. Es war, als würde er in all den Bildern ihrer Welt das Wunderbare sehen … und allein durch sein Staunen sah sie es auch. »Ja«, sagte sie. »Sehr sogar.«

»Das ist schön.« Levin wandte sich wieder dem Dorf zu. »Ich habe niemanden, den ich dort draußen vermissen kann, und trotzdem vermisse ich alles. Wenn ich mir das Dorf ansehe, stelle ich mir vor, in einem der Häuser vor dem Kamin zu sitzen, am liebsten mit Eltern und vielen Geschwistern. Ich habe Geschichten darüber gehört, auch von den Märchen, die Großeltern ihren Enkeln erzählen, und von selbst gebackenen Keksen und Schultüten. Dir kommt das bestimmt merkwürdig vor. Aber ich würde gern wissen, wie das ist … ein glückliches Kind zu sein dort draußen in der Welt.«

Anouk ging jede Wette ein, dass die meisten Kinder alles gegeben hätten, um ihr Leben zumindest für eine Weile gegen ein Leben im Zirkus einzutauschen … jedenfalls bis zu dem Moment, da sie zum ersten Mal hinter Masradors Maske geschaut hätten. Sie sah Levin an, um den Gedanken an den verfluchten Clown loszuwerden. »Du warst sehr jung, als du in den Zirkus gekommen bist, nicht wahr?«

Levin nickte. »Ich war noch ein Kind«, sagte er, als wäre er inzwischen ein uralter Mann. »Rhasgar hat mich hergebracht.«

Anouk erinnerte sich daran, wie Amélie ihr das erzählt hatte. Sie hatte nicht mehr gesagt, als dass Levin von Rhasgar gefunden worden war – *in der Welt dort draußen*, wie sie betont hatte. Aber bei ihren Worten war eine Traurigkeit in ihren Blick getreten, die sich auch jetzt noch schwer auf Anouks Schultern legte. »Es ist sicher etwas ganz Besonderes, als Kind im *Dark Circus* aufzuwachsen«, sagte sie vorsichtig. »Hast du noch Erinnerungen an dein Leben davor?«

Kurz nur erwiderte er ihren Blick, und doch genügte dieser Moment, um ihr einen Schauer über den Rücken zu schicken. Es kam selten vor, dass Levins Lächeln ernst wurde, sodass seine Augen wirkten wie die eines alten Mannes, und sie fühlte die Kluft, die jederzeit zwischen ihnen aufreißen konnte. Sie hatte es in den vergangenen Tagen immer wieder erlebt, wenn sie durch eine unbedachte Frage oder ein flüchtig ausgesprochenes Wort die scheinbare Nähe zu einem der Zirkusbewohner fortgewischt hatte. Jedes Mal hatte sie sich selbst dafür verflucht, und es war ihr so vorgekommen, als wären die Artisten in Wahrheit doch bereits zu den tanzenden Schatten auf den Hügeln geworden, wunderschön, wenn man sie aus der Ferne betrachtete, und ebenso schwer zu fassen. Sie wollte ihre Frage schon zurücknehmen, als Levin ein Schutzzeichen in die Luft malte. Es flackerte, als er Atem holte, und der Wind schien leiser zu werden. Nur der Regen war noch ebenso deutlich zu hören wie zuvor, raunend wie ein Freund, der seine schützenden Arme um sie legte.

»Ich habe lange geglaubt, dass ich im Zirkus geboren wurde«, begann Levin. »Ich dachte, ich wäre das Kind einer Seiltänzerin, die kurz nach meiner Geburt tödlich verunglückte. So hat Rhasgar es mir erzählt, und er sorgte dafür, dass es mir an nichts fehlte. Ich wuchs zwischen Clowns und Wahrsagern auf, und ich kletterte mit den besten Akrobaten der Welt um die Wette, kaum dass ich die Streben der Masten erreichen konnte. In all der Zeit war Rhasgar wie ein großer Bruder für mich. Das ist er bis heute … und er benimmt sich auch so, was ganz schön nervig sein kann. Immerhin bin ich ja kein Kind mehr, auf das er ständig aufpassen muss.«

Er verdrehte die Augen, aber sein Lächeln war sanft, und obwohl er noch immer das Dorf betrachtete, wusste Anouk, dass er Rhasgar vor sich sah: den Zauberer, der sich seit frühester Kindheit um ihn gekümmert hatte und der ihm ein Vorbild war. »Aber er hat dir nicht die Wahrheit gesagt«, meinte sie nach einer Weile.

»Nein.« Levins Lächeln verschwand. »Er wollte mich beschützen, deshalb erzählte er mir nichts von meiner Vergangenheit. Aber es gibt Dinge, vor denen man nicht weglaufen kann. Das hat Amélie mir gesagt, später, als …« Er stockte und begann, seine Hände zu kneten. Anouk war sich sicher, dass er es nicht einmal merkte.

»Hör mal«, sagte sie behutsam. »Du musst mir nicht davon erzählen, wenn du es nicht willst.«

Levin sah sie an, als hätte sie ihn aus einem bösen Traum geweckt. Kurz wirkte er erleichtert, doch dann schüttelte er den Kopf. »Du hast mich gefragt«, sagte er mit der stillen Ernsthaftigkeit, die auch Ben bisweilen in der Stimme getragen hatte. »Und ich will dir antworten. Es ist nicht gut, auf der Flucht zu sein.«

Anouk ging jede Wette ein, dass auch dieser Satz von Amélie stammte, und obwohl sie noch nicht wusste, was Levin ihr erzählen würde, war sie heilfroh darüber, dass die Gestaltwandlerin ihm in all den Jahren beigestanden hatte. Sie schwieg, bis Levin schließlich Luft holte.

»Ich habe damals noch keine eigene Nummer gehabt«, fuhr er fort. »Dafür war ich noch zu klein. Aber ich habe Rhasgar während seiner Vorstellung geholfen und durfte sogar selbst ein wenig auf dem Seil laufen. Das Publikum war jedes Mal begeistert. Ich habe es geliebt, in die freundlichen Gesichter zu schauen. Und eines Abends kam mir jemand im Publikum bekannt vor. Es war ein Mann. Er sah nicht ungewöhnlich aus, im Gegenteil. Er hatte ein ganz normales Gesicht, wie ich es schon etliche Male gesehen hatte. Aber seine Augen waren kalt wie blaues Eis, und obwohl mir nicht klar war, woher ich ihn kannte, wusste ich doch, dass es so war. Ich erinnere mich daran, wie er mich angesehen hat, als er mich erkannte. Zuerst schockiert. Dann prüfend. Und schließlich mit diesem Lächeln …« Er hielt inne und ein bitterer Ausdruck legte sich auf seinen Mund. »Es war ein Lächeln wie ein Schlag. Ich verlor das Gleichgewicht und stürzte vom Seil. Rhasgar fing mich auf und rettete die Vorstellung, aber daran erinnere ich mich kaum. Ich weiß nur noch, dass ich mich vor dem Zelt übergeben musste und danach jede Nacht Albträume hatte, aus denen ich schreiend erwachte. In jedem einzelnen davon kam der Mann vor. Er verfolgte mich mit einem Stock und hat mich geschlagen, so hart er nur konnte. Ich bin vom Knacken meiner Knochen aufgewacht. Als ich Rhasgar davon erzählte, sagte er mir die Wahrheit. Dass der Mann mein Vater gewesen war. Dass er mich verprügelt hat, so lange, bis ich mit gebrochenen Knochen vor ihm davonlief. Und dass ich fast gestorben wäre, hätte Rhasgar mich nicht gefunden. Ich habe ihm nicht geglaubt. Ich weiß, dass ihn das verletzt hat. Aber er machte mir keine Vorwürfe. Stattdessen brachte er mich zu Amélie. Sie hat mir geholfen, mich zu erinnern. Und so erfuhr ich, dass alles der Wahrheit entsprach. Mein Vater war ein Säufer und ein Schläger. Wenn es nach ihm gegangen wäre, dann wäre ich jetzt tot.«

Er fuhr sich über die Augen, und Anouk musste ihre gesamte Kraft aufwenden, um ihre Tränen zurückzuhalten. Unfassbare Wut war in ihr aufgestiegen, und sie konnte nur mühsam die Hasstirade unterdrücken, die sie auf der Zunge fühlte. Vorsichtig legte sie den Arm um Levin. »Wie hast du es geschafft, damit fertigzuwerden?«

Er hob den Kopf und der Hauch eines Lächelns kehrte zu ihm zurück. »Vor allem durch Rhasgar. Anfangs habe ich meinen Vater gehasst und mit ihm die ganze Welt da draußen. Aber dann habe ich die Erwachsenen gesehen, die in den Zirkus kamen. Die Kinder, die dabei waren. Und das Vertrauen zwischen ihnen. Es ist wie zwischen Rhasgar und mir. Er hat mir so vieles beigebracht ... bis auf den Trick mit seinen Spiegeln. Ich habe nie herausgefunden, wie er es schafft, sie zu betreten. Und er schweigt eisern, obwohl ich mit allen Mitteln versucht habe, ihn zum Reden zu bringen. Aber ich übe schon seit Monaten und eines Tages werde ich es aus eigener Kraft schaffen. Ich freue mich jetzt schon auf Rhasgars Gesicht.« Er grinste, ehe er wieder ernst wurde. »Durch ihn habe ich gelernt, die Dinge wieder anders zu sehen ... das Schöne in ihnen zu erkennen. Er würde es selbst niemals offen sagen, aber er hat viel übrig für die Welt dort draußen. Er weiß, dass mehr darin steckt als ... all das. Und dank ihm weiß ich es auch.«

Anouk erwiderte sein Lächeln, doch sie sah Rhasgar als Kind vor sich: so kalt und verloren, dass sich ihr Herz zusammenzog. Übermächtig keimte der Drang in ihr auf, Levin nach ihm zu befragen, herauszufinden, welches Schicksal die Dunkelheit in seinen Augen begründet hatte. Aber sie schwieg, und vielleicht war es dieser Moment, der sie den Regen hören ließ, wie er wirklich war: flüsternd wie ein Zauberer in der Finsternis. Eines Tages würde sie erfahren, welche Geheimnisse Rhasgar bewahrte. Wenn er bereit war, sie ihr zu erzählen.

»Ich bin sehr froh, dass Rhasgar an deiner Seite ist«, sagte sie und strich Levin eine Haarsträhne aus der Stirn. »Und dass du hier im *Dark Circus* ein Zuhause gefunden hast.«

Levin nickte. »Das kommt dir wahrscheinlich ziemlich merkwürdig vor. Du hast ja vor allem die dunklen Seiten vom Zirkus kennengelernt. Aber er ist auch ein Zufluchtsort für alle, die dort draußen verloren gegangen sind. So hat Amélie es mir erzählt. Und manchmal, in Momenten wie diesen, kann man das ganz deutlich fühlen.«

Anouk schaute über die anderen Zirkuswagen zum Zelt hinüber. Die Glühbirnen flackerten im Regen, und sie überkam wieder das Gefühl, das sie schon einmal empfunden hatte: damals vor wenigen Tagen oder hundert Jahren, als der *Dark Circus* über die Hügel gekommen war. Wie ein Kosmos voller Magie inmitten einer Wüste war er ihr erschienen, und sie spürte ihn erneut: den betörenden Zauber, der diesen Ort erfüllte und der irgendetwas tief in ihrem Inneren zum Klingen brachte. »Der Zirkus ist wie ein Kaleidoskop der Dunkelheit«, sagte sie leise. »Schrecklich, verwirrend und wunderschön. Doch was wird passieren, wenn unser Plan aufgeht? Was, wenn der Fluch zerbricht … und der Zirkus mit ihm?«

Beinahe erschrocken sah Levin sie an, aber dann schüttelte er den Kopf. »Wahrscheinlich werden wir durch das Brechen des Fluchs erst mal in alle Richtungen verstreut. Artus hat mir das erklärt, irgendwas mit Energie und so, ich habe es nicht richtig verstanden. Dann werden wir uns alle in der Ruine wiedertreffen, so ist es ausgemacht. Und eins ist sicher: Der *Dark Circus* erlischt niemals. Er wird sich nur wandeln. Du wirst schon sehen.«

Etwas an dem Vertrauen in seiner Stimme ließ Anouk lächeln. »Wie könnte ich zweifeln, wenn du das so genau weißt?«, sagte sie, und tatsächlich drängte Levins Überzeugung das beklemmende Gefühl zurück, das sie bei der Vorstellung überkommen hatte, dass der Zirkus mit einem einzigen Schlag vernichtet werden könnte ... und mit ihm die Magie, die Anouk trotz all der Schrecken noch immer in ihren Bann zog. Doch gleichzeitig verdrehte sie über sich selbst die Augen. Verflucht, der Zirkus war nicht ihr Freund, im Gegenteil. Sie musste damit aufhören, sich von ihm einwickeln zu lassen. Sie räusperte sich, um den Gedanken an die glühenden Lichter zurückzudrängen. »Weißt du denn schon, was du tun wirst, wenn der Fluch gebrochen ist?«

»Darüber habe ich schon oft nachgedacht. Früher wollte ich ein Held werden, irgendwas Spektakuläres. Aber wenn ich mir überlege, wer ich im *Dark Circus* bei all meinen Auftritten schon alles gewesen bin ... Ich war das Feuer eines Drachen, der Traum der Medusa und der letzte Gedanke des steingrauen Riesen. Ich war es, der zu den silbernen Bergen gewandert ist, und ich allein habe den Phönix über dem Meer der Nacht gesehen. Ich war der Junge mit den Augen aus Sternenlicht ... aber ich habe noch nie in meinem Leben echte Sterne gesehen. Daher will ich kein Held mehr sein, wenn all das hier vorbei ist. Ich will nur die Sterne sehen in einem Himmel ohne Grenzen ... und sie sollen meinen Blick erwidern.« Er schwieg, als er wieder zum Dorf hinüberschaute. »Und dann werde ich frei sein«, fuhr er fort, so leise auf einmal, als spräche er nur zu sich selbst. »Ich werde, so schnell ich nur kann, über diese verfluchten Hügel rennen. Ich werde den Horizont sehen, von dem Rhasgar mir erzählt hat – den Horizont am Ende der Welt. Und vielleicht werde ich herausfinden, was es dort draußen für Rätsel gibt. Denn ich bin mir sicher, dass sie noch da sind. Es kann gar nicht anders sein. Die Menschen haben sie nur vergessen, deswegen verstecken sie sich. Aber es gibt immer einen Weg. Und wenn der Fluch gebrochen ist, ziehe ich los, als Wanderer oder so, und erinnere sie daran – dort draußen, in ihrer Welt.«

Anouk sah ihn von der Seite an, und die Art, wie er mit dieser stillen Faszination zum Dorf hinüberschaute, erinnerte sie so stark an Ben, dass sie Luft holen musste. Levin beobachtete die Menschen nicht nur, weil er sie interessant fand, das wurde ihr nun klar. Er tat es aus der Sehnsucht heraus, ein Teil ihrer Welt zu werden, und sie wusste genau, wie sich das anfühlte: einen Platz zu suchen, wohl ahnend, dass man ihn in der Welt dort draußen niemals finden würde. Manchmal schwieg dieses Gefühl in ihr. Wenn sie mit Ben zusammen gewesen war. Mit Rhasgar. Oder jetzt, da sie neben einem Verlorenen Jungen auf dem Dach eines Zirkuswagens saß und in den Regen hinausschaute, schweigend und mit der Gewissheit, einen Freund gefunden zu haben. »Ja«, sagte sie leise. »Das glaube ich auch.«

Er lächelte, als er ihren Blick erwiderte. »Aber zuerst müssen wir den Fluch brechen. Wobei ich nicht mehr daran zweifle, dass wir es schaffen werden. Nicht, seitdem du da bist.«

Anouk seufzte. »Danke für dein Vertrauen. Ich wünschte, ich hätte das auch. In vier Tagen ist meine erste Vorstellung vor echtem Publikum und mir graut schon jetzt davor.«

»Sag bloß, du hast die Hosen voll.« Levin grinste. »Keine Sorge, ein bisschen Lampenfieber ist ganz normal. Ich habe ein paar deiner Übungen gesehen, und eins ist mal sicher: Ich wäre begeistert von dir.«

Jedes Mal, wenn Anouk an die Vorstellung dachte, zog sich ihr Magen auf Erbsengröße zusammen. Doch jetzt, da sie Levins Blick auf sich fühlte, so forschend, als würde er spüren, wie sich die Worte auf ihrer Zunge bildeten, wich diese Empfindung einem anderen Gefühl. Es war nicht nur Lampenfieber, das sie seit Tagen in Unruhe versetzte. Es war tiefe Abscheu vor dem, was sie tun musste. »Ich will die Menschen nicht bestehlen«, sagte sie, noch ehe sie ihren Gedanken selbst gänzlich begriffen hatte. »Dafür weiß ich einfach zu genau, wie sich das anfühlt. Es gibt kaum eine schrecklichere Vorstellung für mich, als mir das Gesicht meines Bruders vorzustellen, von schwarzer Tinte überzogen – und dann soll ich losziehen und den Menschen genau das antun?« Sie schmeckte Bitterkeit auf der Zunge. »Ich weiß, dass sie es nie erfahren werden, dass alles, was ich ihnen nehme, wieder zu ihnen zurückkehrt, und auch, dass ich keine andere Wahl habe. Aber es fühlt sich trotzdem nicht richtig an. Ich werde den *Dark Circus* stärken. Ich werde die Menschen bestehlen, um ihn am Leben zu erhalten.«

Levin sah sie eine ganze Weile ernst an. »Du wirst helfen,

den Fluch zu brechen«, sagte er dann. »Und außerdem bestehlen wir die Menschen nicht nur. Wir geben ihnen auch etwas zurück.«

Anouk warf ihm einen Blick zu. »Ach ja? Einmal Popcorn zum halben Preis?«

Doch ihr Spott perlte von Levin ab. »Der *Dark Circus* beschenkt die Menschen«, sagte er beharrlich. »Mit Wundern.«

Unwillkürlich musste Anouk lächeln. »Du klingst wie mein kleiner Bruder, wenn er von den Feenhügeln hinter unserem Haus gesprochen hat.«

»Und du lachst mich aus«, gab Levin zurück. »Dabei habe ich dir gerade erzählt, dass der *Dark Circus* mich gerettet hat. Er hat mir ein Zuhause gegeben. Und genau dasselbe tut er für jeden, der ihn besucht, ob derjenige es nun merkt oder nicht. Warte, ich will dir was zeigen.«

Er griff in seine Tasche und zog einen kleinen Kristall hervor. Er ähnelte dem, den Anouk von Rhasgar bekommen hatte, aber er funkelte wie ein Stern in der Nacht, und als Levin ihn zwischen den Fingern drehte, schimmerte er silbern. Anouk fühlte den Glanz auf ihren Wangen. Im selben Moment hörte sie Gelächter aus unzähligen Kehlen, und ohne dass sie etwas dagegen tun konnte, fand sie sich inmitten der Lichter des *Dark Circus* wieder. Blitzartig tauchten Gesichter darin auf – all die freundlichen Gesichter, die Levin gesammelt hatte und die nun ihre Masken ablegten. Die Erwachsenen verloren ihren Verstand und wurden wieder Kinder, und als ihr Lachen in Anouk widerklang, da fühlte sie noch einmal, was sie bei ihrer ersten Vorstellung empfunden hatte: dass mehr hinter den Darbietungen des *Dark Circus* steckte als

Training und Spezialeffekte und dass an jenem Abend etwas in ihr geheilt worden war – etwas, das Ben zeit seines Lebens in sich getragen hatte und an das sie nun erinnert worden war.

»Der *Dark Circus* ist Magie«, sagte Levin, als die Lichter um sie herum erloschen. »Und er erinnert uns an eines: Wenn wir es wollen, sind wir es auch.«

Anouk sah zu, wie er den Kristall in seine Tasche wandern ließ. Aber der silberne Schimmer blieb in seinen Augen zurück, und als Anouk sein Lächeln erwiderte, löste sich all die Anspannung, die sich in den vergangenen Tagen in ihr angesammelt hatte. Levin hatte recht. Es gab mehr in der Welt, als sie seit langer Zeit für möglich gehalten hatte, so viel mehr als das. Und ganz gleich, ob ihre Vorstellung den Zirkus letzten Endes stärken oder schwächen würde, eines war doch sicher: Zum ersten Mal in ihrem Leben würde sie ein Teil eines Wunders sein.

Das Geräusch war kaum mehr als ein Wispern und doch drang es wie ein fernes Rufen durch den Regen. Anouk wandte den Blick, und da sah sie, dass ein Papiervogel auf sie zuflog und flügelschlagend auf Levins Arm landete. Er schüttelte sich, als hätte er Federn, die er gegen die Nässe aufplustern konnte, und Levin lächelte, als ein feines Krächzen aus der papierenen Kehle drang. »Amélie schickt mich ins Bett«, sagte er und seufzte. »Offenbar wusste sie mal wieder genau, dass ich mich hier hochschleichen würde. Eins ist klar: Ich weiß zwar nicht, wie es ist, eine richtige Mutter zu haben, aber ich glaube, Amélie kommt ganz nah ran. Mit all den nervigen Angewohnheiten, die Mütter eben so haben.«

»Aber eins musst du bedenken«, sagte Anouk und grinste.

»Ich kenne niemanden, dessen Mutter eine Gestaltwandlerin ist.«

Levin lachte, als sie auf die Beine kamen und die Decke zusammenlegten. Vorsichtig verstaute er den Papiervogel in seiner Tasche und klemmte sich Decke und Kissen unter den Arm. »Ich werde dann mal gehen, sonst erwartet mich ein Donnerwetter, das sich gewaschen hat«, stellte er fest und seufzte noch einmal. »Den Schirm kannst du behalten, du brauchst ihn nötiger als ich.« Bei den Metallsprossen drehte er sich noch einmal zu ihr um. Der Regen durchnässte sein Haar, aber auf seinen Lippen blühte ein Lächeln, das jede Wärme seines Feuerzaubers übertraf. »Anouk, die Königin der Farben«, sagte er und neigte unmerklich den Kopf. »Es ist gut, dass du hier bist ... mittendrin im Kaleidoskop der Dunkelheit.«

Damit kletterte er am Wagen hinab und lief über den Platz. Anouk sah ihm nach, einer kleinen düsteren Gestalt, die durch graue Schleier rannte. Als er verschwunden war, klappte sie den Schirm zusammen und legte den Kopf in den Nacken. Der Regen rann über ihre Wangen, und sie wusste, dass gerade in diesem Moment ein Zauberer genau dasselbe empfand wie sie: das Leben.

Ja, ging es ihr durch den Kopf. Es war gut, dass sie an diesen Ort geraten war ... diesen Ort voller Zauber in einer verlorenen Welt.

# 12

Das Zelt glühte. Es sah aus wie ein angefachtes Kohlestück, und wenn der Applaus erklang, liefen farbige Funkenschauer über die Plane. Doch Anouk spürte die Hitze nicht. Sie stand abseits in der Dunkelheit und merkte langsam, dass es keine gute Idee gewesen war, schon zu Beginn der Vorstellung hierherzukommen. Jeder hatte sie davor gewarnt und ihr geraten, im Maskenwagen abzuwarten, bis sie mit ihrem Auftritt an der Reihe war. Aber sie hatte es einfach nicht ausgehalten, dort herumzusitzen. Und so stand sie nun seit einer Ewigkeit in ihrem dünnen Kostüm und mit jeder Menge Schminke im Gesicht im eisigen Wind, eingewickelt in eine Decke, die die Kälte kaum abhielt, und starrte wie ein Kaninchen vor der Schlange zur Schleuse hinüber.

Wenn sich der Vorhang öffnete und die Artisten entließ,

konnte sie die Musik deutlicher hören, und dann versuchte sie einen kurzen Blick auf das Publikum zu erhaschen, was angesichts der grellen Scheinwerfer ein Ding der Unmöglichkeit war. Zum wiederholten Mal sog sie die kalte Luft ein, um sich zu beruhigen, und scheiterte kläglich. Gerade kam Jasper, der Akrobat mit dem Dolch, aus der Manege gelaufen. Nun dauerte es nicht mehr lange, bis sie selbst durch diesen Vorhang treten würde. Gleich war Levin an der Reihe, anschließend Amélie – und dann die Königin der Farben.

Normalerweise verzog Anouk bei diesem Namen den Mund zu einem ironischen Grinsen, doch nun ließ er ihr Herz rasen. Angestrengt dachte sie an die erfolgreichen Übungen der letzten Tage, an die Glückwünsche der anderen Artisten und die Beruhigungsversuche von Amélie und Esra, die alles getan hatten, um ihr die Aufregung zu nehmen. Aber hier vor dem Zelt half all das rein gar nichts, und als nun Masradors Stimme durch die Plane klang, zuckte sie zusammen.

Das Publikum lachte über seine Scherze, doch Anouk kam es so vor, als würden seine Worte sich grollend durch den Boden wühlen und wie lähmendes Gift ihre Beine hinaufkriechen. Auf einmal sah sie die Zuschauer vor sich: entsetzliche Clowns, die nur darauf warteten, sie in der Manege in Fetzen zu reißen. Tief in ihrem Inneren lachte sie über sich selbst. Aber sie konnte nicht verhindern, dass sie zurückwich, instinktiv, als hätte ihr Körper eine Flucht beschlossen, zu der ihr Verstand nicht mehr fähig war. Dafür bombardierte er sie mit bösartigen Gedanken. Was hatte sie sich nur gedacht? Dass ein Glitzerfummel eine Zirkusartistin aus ihr machen würde? Sie war doch schon bei Referaten in der Schule schrecklich nervös!

Und jetzt sollte sie in einer Manege auftreten? Sie würde wie ein zitterndes Häufchen Elend dastehen, alles vergessen, was sie gelernt hatte, und jämmerlich versagen! Sie würde alle enttäuschen, und dann …

»Lampenfieber, hm?«

Sie erschrak heftig, als sie rücklings mit jemandem zusammenprallte. Atemlos fuhr sie herum und schaute in das Gesicht eines Harlekins. »Dario«, sagte sie und stieß erleichtert die Luft aus. »Du hast mich zu Tode erschreckt.«

Prompt verzog er den Mund zu einem Grinsen. »Das wäre ja nicht das erste Mal. Ich weiß noch, wie du bei unserer ersten Begegnung losgekreischt hast.«

Anouk musste lachen, als sie daran zurückdachte. Sie sah ihn noch vor sich, den unheimlichen Harlekin, der plötzlich aus der Finsternis aufgetaucht war. Noch immer bewunderte sie die Leichtigkeit, mit der Dario über die Sessel hinwegstieg, ohne auch nur für einen Moment das Gleichgewicht zu verlieren. Aber inzwischen hatte sie das Gesicht des jungen Mannes gesehen, das sich unter all der Schminke verbarg – ein Lausbubengesicht mit blitzenden dunklen Augen und einem schelmischen Lächeln, das jeden Anflug von Furcht im Keim erstickte. Bisher hatte Anouk nur wenige Worte mit Dario gewechselt, doch er war ihr stets freundlich begegnet. Hin und wieder entdeckte sie ihn am Rand des Platzes, wie er mit leicht zur Seite geneigtem Kopf die Dorfkinder beobachtete, die in der Nähe spielten, und jedes Mal ließ dieses Bild sie lächeln. Vielleicht lag das an der Art, wie Dario den Kindern zusah … halb spöttisch, halb sehnsuchtsvoll wie Anouk selbst, wenn sie die Welt dort draußen betrachtete.

»Ich hätte nie gedacht, dass ich das mal sage«, stellte sie fest und seufzte. »Aber gerade hätte ich nichts dagegen, mich im Dunkeln erschrecken zu lassen. So ungefähr für die nächsten dreißig Minuten, um auch ganz sicherzugehen, dass ich hinterher nicht doch noch auftreten muss.«

»Gegen Lampenfieber hilft nur eins«, erwiderte Dario mit einem Lächeln. »Und das ist der Auftritt. Wobei manche Menschen auch viel Wert auf Glücksbringer legen, was skurrile Ausmaße annehmen kann. Ich kannte mal einen Messerwerfer, der ausschließlich in seinen Glückssocken in die Manege gegangen ist, bevorzugt waren sie ungewaschen.«

Anouk verzog das Gesicht. »So weit ist es bei mir noch nicht gekommen. Aber ich muss ehrlich sagen: Ich bin froh, wenn ich es hinter mir habe. Was ist mit dir, bist du noch nervös vor deinem Auftritt?«

»Es ist ein Spiel, mehr nicht«, sagte er achselzuckend. »Und ich bin der Harlekin. Wovor sollte ich mich fürchten? Abgesehen davon: Was wäre ich für ein Erschrecker, wenn ich Angst vor dem Publikum hätte? Ich werde eher nervös, wenn gerade keine Vorstellung stattfindet.«

Anouk lächelte. »Warum denn das? Sag bloß, du hast Angst vor der Langeweile!«

»Langeweile«, wiederholte Dario und stieß die Luft aus. »Dieses graue, zähe, schleimige Miststück. Es gibt nichts Entsetzlicheres. Und sie lauert überall, selbst hier an diesem magischen Ort. Da drüben aber, hinter dem Vorhang, wartet das Abenteuer. Menschen verwandeln sich in Feuer und steigen aus der Asche empor, sie fliegen durch die Luft und lassen Sternfunken in die Dunkelheit fallen, und für die Dauer einer

Vorstellung erinnern sie sich selbst und ihre Zuschauer daran, was sie vor langer Zeit vergessen haben: dass alles möglich ist. Es ist, als wären sie Engel … so wie Engel sein sollten.«

Er legte leicht den Kopf schief, und für einen Moment meinte sie, ein Glimmen in seinen Augen zu sehen wie von auflodernder Glut. Das Lächeln verlor sich auf seinen Zügen. Auf einmal wirkte er viel älter, als er eigentlich war, und zum ersten Mal hatte Anouk den Eindruck, als wäre nicht nur die Schminke eine Maske, sondern auch das Gesicht des jungen Mannes … eine Maske, die sie zu gleichen Teilen verunsicherte und anzog und die sie nicht durchdringen konnte, sosehr sie es auch versuchte.

»Was zum Teufel tust du hier?«

Anouk fuhr zusammen, so plötzlich zerriss Rhasgars Stimme die Luft. Er trat zwischen zwei Zirkuswagen auf sie zu, aber er sah sie nicht an. Er fixierte Dario, der nun im Gleichtakt mit Rhasgars Schritten zurückwich, bis er fast mit den Schatten der anderen Wagen verschmolz. Das Lächeln kehrte auf Darios Züge zurück, doch jede Freundlichkeit wich aus seinen Augen, während er Rhasgar mit seinem Blick maß. Dann drehte er sich um und ohne ein Wort verschwand er in der Dunkelheit. Ehe Anouk etwas sagen konnte, schaute Rhasgar sie an. Seine Augen waren kälter als die Luft, die sie umgab.

»Traue niemals dem Schein«, sagte er eindringlich. »Wie oft muss ich dir das noch sagen?«

Anouk presste die Zähne aufeinander. Sie konnte ihn nicht ausstehen, diesen arroganten Tonfall, der ihr das Gefühl gab, als wäre sie ein unartiges Kind. »Dario war einfach nur freundlich«, gab sie zurück und bemühte sich nicht darum, ihren Ärger zu verbergen. »Er hat mich von meinem Lampenfieber abgelenkt, und er …«

»Er ist die rechte Hand von Masrador«, unterbrach er sie. »Und er wird alles tun, um herauszufinden, ob du dem *Dark Circus* wirklich treu bist. Du musst dich vor ihm in Acht nehmen. Sonst sind all unsere Bemühungen umsonst.«

Anouk schaute zu der Stelle hinüber, an der Dario verschwunden war. »Ich hätte nicht gedacht, dass …« Sie stockte und fixierte Rhasgar mit ihrem Blick. »Warum erzählst du mir das erst jetzt?«

»Ich sagte dir, dass du niemandem trauen darfst«, erwiderte er. »Niemandem außer unserem engsten Kreis. Ich habe nicht damit gerechnet, dass kaum ein paar Tage vergehen, bis ich dich mit Dario in den Schatten finde.«

Anouk stieß die Luft aus. »Oh ja, du hast recht. Ich bin dir so dankbar, dass du gekommen bist. Sonst hätte ich mir noch die Klamotten vom Leib gerissen und mich auf ihn gestürzt!«

Damit drehte sie sich um und ließ ihn stehen. Sie konnte seine Herablassung keine Sekunde länger ertragen. Entschlossen stapfte sie in Richtung Maskenwagen, doch schon nach wenigen Schritten hatte Rhasgar sie eingeholt.

»Anouk«, sagte er und trat ihr in den Weg. »Es tut mir leid. Ich wollte dich nicht so anfahren, aber als ich dich mit Dario gesehen habe …« Er schüttelte den Kopf. »Er ist gefährlich, verstehst du? Seine magische Kraft ist groß, auch wenn man sie ihm nicht ansieht. Er versteht sich darauf, jeden zu täuschen. Und er ist ein Traumdieb. Besonders die Neuankömmlinge sucht er oft heim. Du …« Er hielt inne und zog die Brauen zusammen. »Was ist los? Du bist auf einmal ganz blass.«

Anouk starrte ihn an, aber sie sah noch einmal Darios Gestalt vor sich, wie sie ihr vor wenigen Tagen neben ihrem Bett erschienen war. Sie war überzeugt gewesen nur geträumt zu haben, aber Rhasgars Worte ließen ihr Herz schneller schlagen. Rasch erzählte sie ihm von dem Erlebnis. »Alles hat damit angefangen, dass mich eine seiner Tränen getroffen hat«, sagte sie am Ende. »Aber als ich dann tatsächlich aufwachte, war sie verschwunden, und …«

Rhasgar sagte kein Wort, doch er griff nach ihrer Hand. Mit finsterer Miene strich er mit den Fingern darüber – und schwarze Scherbensplitter wurden auf ihrer Haut sichtbar. Anouk riss die Augen auf, aber Rhasgar nickte nur. »Er hat dich bestohlen«, sagte er und wischte die Scherben mit einer Verachtung zu Boden, die Anouk frösteln ließ. »Dieser verfluchte Bastard.«

Anouk schaute auf ihre Hand. Noch einmal spürte sie den kalten Schauer der Träne, aber Rhasgars Zorn blieb ihr fern. Zu deutlich sah sie Darios Gesicht vor sich, von Tränen bedeckt und so staunend, dass es jede Abscheu in ihr erstickte. »Warum hat er geweint?«

»Wer weiß, was in Dario vorgeht«, murmelte Rhasgar. »Oder ob seine Tränen überhaupt echt waren. Er lässt dich sehen, was du sehen sollst, nicht, was er wirklich ist.« Er hielt inne, und als er ihren Blick erwiderte, wich die Härte von seinen Zügen. »Es tut mir leid, dass ich nicht da war«, sagte er leise. »Ich hielt meinen Wagen für sicher genug, aber offenbar hat Dario ein Schlupfloch gefunden, wie es eben seine Art ist. Gleich nach der Vorstellung werde ich es schließen. Und es tut mir auch leid, dass ich dich so angefahren habe. Aber ich habe versprochen, dich zu beschützen. Nichts anderes versuche ich jeden Tag.«

Anouk schaute zu ihm auf. Er stand so dicht vor ihr, dass sie die Zirkusbeleuchtung in seinen Augen sehen konnte. »Ich weiß. Und du musst dich nicht entschuldigen. Aber ich habe deine Warnungen nicht vergessen, keine von ihnen. Du kannst mir vertrauen. Ich bin vorsichtig.«

Er neigte unmerklich den Kopf, so wie immer, wenn er sie prüfend ansah, und ein Hauch von Wärme trat in seinen Blick. »Und deswegen stehst du entgegen aller Ratschläge kurz vor deinem Auftritt hier in der Kälte?«

Noch immer klang der leise Spott in seinen Worten mit, aber seine Stimme war nun sanft, beinahe zärtlich. »Nein«, sagte Anouk. »Ich bin hier, um mir ein Erdloch zu suchen. Irgendein Versteck, das genauso jämmerlich ist wie ich und das mich vor einer entsetzlichen Blamage beschützt.«

Zum ersten Mal seit Tagen flammte ein Lächeln über seine Züge – dieses Lächeln charmanter Überheblichkeit, das Anouk seit ihrer ersten Begegnung gleichzeitig ärgerte und unwiderstehlich anzog. »Das gemeine Erdloch ist weit weniger ritterlich, als die Legenden berichten«, stellte er fest. »Und es hat nicht das geringste Interesse daran, durchgefrorene junge Mädchen zu beschützen. Seit wann bist du schon hier draußen?«

Sie senkte den Kopf, um dem Blau seiner Augen zu entkommen. »Noch nicht so lange«, murmelte sie und spürte ihn genau: diesen intensiven Blick, der jede Lüge sofort durchschaute.

Wortlos schob er die Decke ein Stück beiseite und seufzte, als er sie zittern sah. »Ich sagte dir doch, dass du erst kurz vor deinem Auftritt herkommen sollst.« Er nahm ihre Hände in die seinen und hielt sie fest. Trotz der Handschuhe fühlte sie seine Wärme. »Alles andere ist reiner Selbstmord, ganz besonders bei der allerersten Vorstellung.«

»Ich wollte eben nicht mehr im Maskenwagen herumsitzen«, gab sie zurück. »Die anderen scheinen überhaupt nicht aufgeregt zu sein, und ich hatte irgendwann das Gefühl, dass ich noch verrückt werde, wenn ich nichts unternehme.«

»Und da dachtest du dir, dass es viel besser wäre, ein wenig in der Kälte herumzustehen, zuzusehen, wie das Lampenfieber ins Unermessliche steigt, und dabei einen kleinen Plausch mit Dario zu halten.« Er schüttelte den Kopf. »Ich habe es dir schon mal gesagt, und ich wiederhole es gern: Es ist völlig normal, wenn man vor dem Auftritt nervös ist. Selbst die Erfahrenen unter uns haben noch Lampenfieber, auch wenn sie es nicht zeigen.«

Anouk sah ihn an. In seinen schwarzen Bühnenklamotten wirkte er so entspannt, dass sie ihn sich in nervösem Zustand gar nicht vorstellen konnte. »Dario nicht«, gab sie zurück. »Er sagte, der Auftritt wäre nur ein Spiel, und ...«

Rhasgar stieß die Luft aus. »Für Dario ist alles nur ein Spiel. Glaub mir, er ist kein Maßstab für dich. Das Lampenfieber gehört dazu, sonst verlierst du die Freude an der Sache. Aber man kann den Teufel austricksen.«

Anouk verdrehte die Augen. »Sag mir jetzt bloß nicht, dass ich mir die Zuschauer in Unterhosen vorstellen soll.«

»Tu das bloß nicht«, erwiderte er schnell. »Ich habe diesen Rat einmal befolgt und hatte wochenlang Albträume. Kein schöner Anblick bei den meisten, das kann ich dir sagen. Nein, mein Trick ist viel simpler. Geh raus in die Manege – und genieße es. Du hast hart trainiert für diesen Moment. Und auch, wenn dir das eine oder andere Element vermutlich Magenschmerzen verursacht: Ich weiß, dass du Freude daran hattest, deine Bilder zu zeichnen. Das ist keine Prüfung, verstehst du? Es ist ein Triumph.«

Sie hob den Kopf. Es war lange her, seit Rhasgar auf diese Weise mit ihr gesprochen hatte. In den letzten Tagen war er ihr ausnahmslos mit der strengen Distanz eines Lehrers begegnet. Aber jetzt kehrte die Sanftheit auf seine Züge zurück, die sie so an ihm mochte, und sie lächelte. »Vielleicht solltest du Motivationstrainer werden.«

Der Ernst in seinem Blick traf sie wie ein elektrischer Impuls. »Ich glaube an dich«, sagte er leise. »In jeder möglichen Hinsicht.«

Da war er wieder, dieser Ausdruck in seinen Augen, der sie binnen einer Sekunde in eine andere Dimension katapultieren konnte … in einen Raum, in dem jede Entfernung der letzten Tage sich in Luft auflöste. Reglos stand sie da, während er die Kälte aus ihrem Körper zog, und gleichzeitig verschwand ihre Panik, als wäre sie nie mehr gewesen als ein ferner Traum. Anouk holte Atem. Sie wollte Rhasgar sagen, dass er ihr in den vergangenen Tagen gefehlt hatte, wollte ihn fragen, ob es ihm genauso gegangen war und wo zur Hölle noch eins dieses Lächeln herkam, das sie jedes Mal entwaffnete, wenn sie ihn nur ansah, ganz gleich, wie wütend sie auf ihn war. Doch sie schwieg. Zu lange war es her, dass sie einen Moment wie diesen geteilt hatten, als dass sie ihn mit Fragen zerstören wollte.

Sie hörte die Musik erst, als Rhasgar sich abwandte und zur Schleuse hinübersah. Gerade schloss sich der Vorhang hinter

Amélie, die eilig im Maskenwagen verschwand. Kurz nur wechselte Anouk mit Rhasgar einen Blick. Dann ließ sie seine Hände los und sie gingen nebeneinander auf das Zelt zu. Ihr Herz schlug schneller, als sie die Schleuse betrat und vor dem Vorhang innehielt. Aber sie hörte kaum, dass Masrador sie in der Manege ankündigte. Alles, was sie wahrnahm, waren Rhasgars Hände, die sich auf ihre Schultern legten, und sein Atem an ihrem Ohr, als er sich vorbeugte.

»Gib der Angst keine Macht über dich«, raunte er, und sie konnte hören, dass er lächelte. »Sei, wer du bist – Königin der Farben!«

Sie fühlte noch, wie er die Decke von ihrem Körper zog und in den Schatten verschwand. Dann öffnete sich der Vorhang, und ohne auf Masrador zu achten, der an ihr vorbeiging, trat sie mit den ersten Tönen ihrer Musik hinaus in die Manege. Die Reihen waren voll besetzt. Der Applaus schickte glitzernde Funken durch den Raum, und Anouks Blick glitt über die Gesichter der Menschen hinweg, die erwartungsvoll zu ihr herübersahen. Ihr Atem beschleunigte sich, aber sie erinnerte sich daran, was Rhasgar ihr während ihrer Lektionen über die Zuschauer beigebracht hatte.

*Sie können dich nicht sehen,* hörte sie seine Stimme in ihren Gedanken. *Sie sehen, was sie sehen wollen.*

So anmutig wie möglich setzte sie ihren Weg fort. Sie ging an den Sesseln vorüber und zog fließende Farben hinter sich her, die wie erstarrte Tücher in der Luft stehen blieben. Sie hatte ewig gebraucht, um diese Gesten mit ihren Schritten und der Musik in Einklang zu bringen, und selbst Artus war fast an ihr verzweifelt. Aber offensichtlich hatte sich das Training gelohnt.

Die Blicke der Zuschauer hingen an ihr, als wäre sie eine Figur aus einem Märchen, und trotz ihrer Aufregung betrachtete sie jeden Einzelnen von ihnen, ohne auch nur für einen Moment ihr Lächeln einzubüßen. Dann wandte sie sich ab und trat auf das Trapez zu, das in der Mitte der Manege von einem Spotlight erhellt wurde.

Ihr Herz schlug unwillkürlich schneller, als sie sich darauf niederließ. Nur mühsam konnte sie sich davon abhalten, sich an den Seilen festzuklammern, als das Trapez in die Höhe gezogen wurde. Die Scheinwerfer ließen ihr Kostüm glitzern. Es war ein langes Kleid, dunkelblau wie die Nacht und mit unzähligen Pailletten bestickt. Der Rock bauschte sich unter der Bewegung so eindrucksvoll, dass die Zuschauer Laute des Entzückens ausstießen, und ehe Anouk angesichts der Höhe in Panik verfallen konnte, dachte sie daran, wie Rhasgar sie zum ersten Mal in diesem Kleid gesehen hatte. Er war während der Anprobe überraschend in Amélies Wagen gekommen und wie angewurzelt stehen geblieben, als Anouk hinter dem Regal vorgetreten war. Wie verzaubert war er gewesen, nur für einen Wimpernschlag zwar, aber lange genug, um ein Kribbeln durch ihren Körper zu schicken. Er hatte so verwundbar ausgesehen, wie sie es selten zuvor erlebt hatte. Es war ein wunderschöner Anblick gewesen.

Das Trapez hielt inne. Anouk konnte den Boden im Gegenlicht nicht erkennen, aber sie wusste, dass sie sich verflucht weit oben befand. Ihr Magen zog sich bei diesem Gedanken zusammen, umso mehr, als das Wispern der Zuschauer wie aus weiter Ferne zu ihr drang. Doch dann sog sie die Luft ein, langsam, wie Artus es sie gelehrt hatte. Ihre Anspannung verringerte sich, und als die Musik zu einem betörenden Gesang verschmolz, schien es ihr, als würde sie schweben – hoch oben zwischen allen Welten. Im nächsten Moment kam der Wind auf und im Takt der Musik versetzte er sie in leichten Schwung.

Funkenschwärme fielen aus ihrem wehenden Kleid, und entgegen all ihrer Erwartung empfand sie dasselbe Glücksgefühl wie damals, als sie mit Ben auf jedem gottverdammten Spielplatz ein Wettschaukeln veranstaltet hatte. Höher und höher trug der Wind sie hinauf und schließlich hob sie die Hand und begann zu zeichnen. Im selben Moment erstarrte das Trapez in der Bewegung. Wie in Zeitlupe bewegte sich Anouks Kleid durch die Dunkelheit, doch sie nahm es kaum wahr. Stattdessen konzentrierte sie sich auf die Federn, die unter ihren Händen entstanden, die scharfen Wangenknochen und den glühenden Bart, und ihre Finger prickelten, als sie Artus lächeln ließ. Der Phönix stand vor ihr, als wäre er wirklich da, und als sie seine Feuerschwingen entfaltete, ging ein Raunen durch die Menge. Anouk spürte die Funken, die von den Händen der Zuschauer in ihre Linien flogen und sie heller strahlen ließen, und eine unbeschreibliche Euphorie strömte durch ihren Leib, als das Trapez sich aus der Starre löste und sie erneut durch die Luft trug. Bunte Impulse glitten über ihr Kleid, und sie konnte sie fühlen: die Freude, das Erstaunen, die Hingabe, mit denen die Menschen ihr Bild zum Leuchten brachten.

Vom Wind getragen zeichnete sie auch die anderen Artisten, die das Publikum an diesem Abend bereits in Atem gehalten hatten. Luana hatte die Hände in die Hüfte gestemmt und schaute verführerisch zu den Menschen hinab, Levin hielt lachend seine Kegel in der Luft, und Amélies Papiervögel schillerten, als bestünden sie aus geschliffenem Eis. Dunkel nahm Anouk die Macht des *Dark Circus* wahr, die nach ihren Bildern griff. Aber sie achtete kaum darauf. Sie schaute ihren Figuren in die Augen, jedes Mal, wenn der Wind sie an ihnen vorübertrug. Es schien ihr, als würde nur ein Funke fehlen, um sie lebendig zu machen, und sie fand ihre eigene Faszination auf den Gesichtern der Zuschauer gespiegelt. Vor allem ein Junge in der ersten Reihe schaute gebannt zu ihr auf. Er war vielleicht neun oder zehn Jahre alt und sah ihr mit derselben Begeisterung zu, die sie von Ben kannte, wenn ihm etwas Unerklärliches begegnet war. Und wie ihr Bruder trug auch er eine Gewissheit im Blick, als würde er fühlen, dass es mehr auf der Welt gab, als er bisher gesehen hatte. Anouk verstärkte ihr Lächeln, als sie seinem Blick begegnete. Er irrte sich nicht.

Sie schloss die Augen, als der Wind sie in der Dunkelheit zwischen zwei Figuren festhielt. Für einen Moment strich sie mit der Hand durch die Luft, und es schien ihr, als würde sie die Nacht an ihren Fingern fühlen können … samten und geheimnisvoll wie früher, wenn sie mit Ben am Fenster gesessen und sich Geschichten ausgedacht hatte. Viele Fabelwesen waren ihnen auf ihren Gedankenreisen begegnet, doch keines hatte sie beide so begeistert wie jenes, das nun unter ihrer Hand Gestalt annahm. Manchmal hatten sie geglaubt, es in den Wolken vor ihrem Fenster entdeckt zu haben, und dann waren sie nach draußen gerannt, so schnell, als würde es vor der Tür auf sie warten. Anouk spürte das weiche Fell der Kreatur unter ihren Händen, die Federn, die im Licht schimmerten, und die kräftigen Pranken, und sie erinnerte sich daran, wie sie von den Augen geträumt hatte, die sie nun in die Finsternis der Manege zeichnete: diese Augen, die so viel mehr gesehen hatten als die Welt der Menschen. Sie hatte Ben von ihrem Traum erzählt und kurz darauf hatte er das Wesen für sie gemalt. Für einen Moment sah sie das Bild vor sich, das nun in Rhasgars Wagen stand. Es war Bens letztes Geschenk an sie gewesen. Dann ließ sie die Hand sinken und öffnete die Augen ... und sie schaute ihrem Traum ins Gesicht.

Der Applaus der Zuschauer erreichte sie wie durch dicke Tücher. Ihre gesamte Aufmerksamkeit galt dem Geschöpf, das vor ihr in der Luft stand, so groß, dass sie den Kopf zurücklegen musste, um es anzusehen. Er stammte aus dem Reich der Mythen und Sagen, aber gleichzeitig gehörte er auch in ihre Welt, in den Himmel vor ihrem Fenster und in ihre Gedanken: der Greif mit dem silbernen Löwenkörper und dem Kopf eines Adlers, der nun ihren Blick erwiderte. Anouk hielt den Atem an. Unzählige Male hatte sie ihn in den vergangenen Tagen gemalt. Aber nun war er kein Abbild mehr wie in all den Proben. Er war es – der Greif aus ihren Träumen, den Ben ihr geschenkt hatte. Kurz schien es ihr, als würde er ihr Lächeln erwidern. Und im selben Moment kamen die Schatten.

Sie stiegen aus den dunklen Nischen des Zelts, huschten über die Holzspäne der Manege und wurden größer, mit jedem Lichtfunken, den sie unter sich erstickten. Die Musik schwoll unheilvoll an, und noch während die Schatten auf Anouk zustoben, verwandelte sich der eben noch sanfte Wind in reißenden Sturm. Grob packte er das Trapez und schleuderte es mit solcher Gewalt durch den Raum, dass Anouk sich mit aller Kraft daran festhalten musste. Erschrockene Schreie gingen durch die Reihen. Sie sah die Gesichter der Menschen, die mit weit aufgerissenen Augen zu ihr aufschauten, und mehr als einmal rutschte sie gefährlich weit in die Tiefe. Ihr Kleid wurde schwarz, kaum dass die Schatten es streiften. Dann zogen sie sich über die Figuren hin. Die glühenden Linien erstarrten, die Augen des Greifs wurden stumpf. Gleich darauf waren alle Bilder schwarz ... schwarz wie Tinte.

Der Sturm verschwand so plötzlich, wie er gekommen war. Die Musik wurde zu einem leisen Raunen. Jedes Licht war erloschen bis auf das fahle Spotlight, das Anouks Gestalt erhellte. Mühsam richtete sie sich auf dem Trapez auf. Sie hörte deutlich die Schatten, die von der Decke aus zu ihr herabkrochen. Sie nagten an den Seilen, als hätten sie messerscharfe Zähne. Schon begann das Trapez zu zittern. Anouk hob die Hand, doch ihre Funken stoben hilflos in die Finsternis und erloschen umgehend. Mit fliegendem Atem zog sie sich auf die Beine. Sie schwankte gefährlich, und als ein Raunen durchs Publikum ging, wusste sie, was die Menschen dort unten sahen: Es war, als gäbe es nichts zwischen ihr und dem Abgrund. Unmerklich flog ein Lächeln über ihr Gesicht. Aber so war es nicht. Es gab mehr in der Dunkelheit als das.

Für einen Moment ließ sie die Anspannung der Zuschauer über sich hinwegspülen. Dann breitete sie die Arme aus und legte den Kopf in den Nacken. Die Furcht vor der Höhe biss ihr ins Fleisch, aber sie lauschte in die Düsternis, die sie umgab, und drängte den Schwindel mit aller Kraft zurück. Kurz nur hörte sie ein Rauschen wie von auflodderndem Feuer. Dann ließ sie sich fallen.

Ihr Kleid flatterte im Wind. Plötzlich sah sie mit gleißender Schärfe den Boden auf sich zurasen. Ihr Magen krampfte sich zusammen, heftiger als bei jeder verfluchten Probe zuvor. Aber dann erklang ein Schwingenschlag ganz in ihrer Nähe. Und ehe das Entsetzen sie packen konnte, glitt ein mächtiger Körper unter sie und fing sie auf. Atemlos krallte sie ihre Finger in seidiges Fell. Funken stoben über ihre Hände, und als der Greif den Kopf in den Nacken legte und schrie, zerriss die Finsternis ihres Kleides. Wie verkrustetes Vulkangestein sprang sie von ihr ab und ließ ein Gewand aus Farben zurück. In strahlender Glut zogen sie sich über den Greif, und kaum dass sie an den Figuren vorüberflogen, zerbrach auch über ihnen die Düsternis. Mit Augen aus Feuer erwachten sie aus ihrer Starre. Artus spie gleißende Flammen in die Dunkelheit, Luana sprang in die Manege hinab und verteilte Blumen, die in den Händen der Menschen aufglühten, und donnernder Applaus schickte Schwärme aus Funken durch das Zelt.

Mit mächtigem Schwingenschlag zerriss der Greif die letzten Schatten und Anouk legte den Kopf zurück. Sie breitete die Arme aus, während tausend Lichter über ihr Gesicht glitten, und zum ersten Mal, seit sie diesen Namen bekommen hatte, fühlte sie, was er bedeutete: Sie war eine Träumerin, eine Wanderin, eine entfesselte Fackel in der Finsternis. Sie war die Königin der Farben.

Erst als der Greif hoheitsvoll in der Manege landete, schaute Anouk zu den Menschen hinüber. Sie waren von ihren Sitzen aufgesprungen. Immer noch applaudierten sie voller Begeisterung, und sie folgten Anouk mit ihren Blicken, als sie vom Rücken des Greifs sprang. Seite an Seite gingen sie auf den Rand der Manege zu und blieben vor dem Jungen stehen. Für einen Moment saß er da wie erstarrt. Dann neigte der Greif vor ihm den Kopf ... und der Junge streckte die Hand nach ihm aus und strich über seine Stirn. Glitzernde Funken blieben an seinen Fingern haften, und Anouk schien es, als würde der Greif das Lächeln des Kindes erwidern, das mit glänzenden Augen zu ihm aufsah. Levin hatte recht gehabt. Ganz gleich, welche Empfindungen, Wünsche und Sehnsüchte sie diesem Jungen heute Abend gestohlen hatte ... sie hatte ihm ein Wunder geschenkt.

Noch einmal strich sie über den Rücken des Greifs und sah aus dem Augenwinkel, wie ihre Figuren in der Manege landeten. Wie auf einen lautlosen Befehl hin verbeugten sie sich vor dem Publikum und ein letztes Mal schlug der Applaus über ihnen zusammen. Dann riss Anouk die Arme in die Luft – und all ihre Bilder explodierten in tausend Funken.

Sie wusste nicht, wie sie es schaffte, sich in der Mitte der Manege noch einmal zu verbeugen. Sie fühlte sich, als würde sie schweben, und als der Vorhang hinter ihr zufiel und sie auf die Dunkelheit zwischen den Zirkuswagen zueilte, überkam sie unendliche Erleichterung. Sie hatte es geschafft. Noch immer spülte der Applaus der Zuschauer über sie hinweg, noch immer spürte sie den Schwingenschlag des Greifs auf ihrer Haut, und sie sah sich selbst auf seinem Rücken, ein Mädchen, das gelernt hatte, was fliegen bedeutete. Sie wartete auf das Glücksgefühl, als Bens Gesicht vor ihr auftauchte ... aber es blieb still in ihr.

Der Schreck darüber fuhr ihr in die Glieder und ließ sie stolpern. Sie sah Ben vor sich, wie er mit ihr am Fenster gesessen und von dem Greif erzählt hatte, doch sie empfand nichts bei seinem Anblick. Es war, als hätten sich gläserne Mauern zwischen dieses Bild und ihre Gefühle gesenkt, die sie nicht überwinden konnte. Und während sie noch Bens Blick erwiderte, überzog sich seine Gestalt mit Finsternis … der Finsternis des *Dark Circus*, die ihren Tribut einforderte.

Anouk spürte kaum, dass sie das Gleichgewicht verlor. Hart schlug sie am Boden auf, doch ehe sie sich aufrappeln konnte, war Rhasgar an ihrer Seite und zog sie hoch. Er nahm ihr Gesicht in beide Hände und sah sie an, mit dieser zärtlichen, behutsamen Traurigkeit im Blick, der sofort durchschaute, was passiert war. Anouk sah den Zorn, der in ihm aufbrach, und sie empfand sie selbst: die entsetzliche Leere, die sie aus Bens schwarzen Augen anstarrte. Es fühlte sich an, als wäre die Erinnerung einer Fremden in ihren Kopf geraten.

Sie konnte nicht verhindern, dass sie zitterte. Das Zelt hinter ihr glühte in den Farben, die sie dem *Dark Circus* verschafft hatte, und überdeutlich hörte sie nun Masradors Stimme in die Nacht klingen: so laut und triumphierend, als würde er nicht wissen, was eine Niederlage überhaupt war. Aber bevor sein hämisches Grinsen vor ihr auftauchte, presste sie die Zähne aufeinander und zog die Kette hervor, die sie um den Hals trug. Den ganzen Abend über war er unter ihrem Kleid verborgen gewesen, doch nun glühte der Kristall in einem Licht, das für einen Moment jede Finsternis zurückdrängte.

Rhasgar sagte kein Wort, aber sie konnte sehen, wie sein Zorn dem Erstaunen wich, und sie lächelte, als sie den Kristall mit ihren Händen umschloss. Mochte der *Dark Circus* sie berauben, mochte er sie mit seiner Düsternis fluten, so viel er wollte – doch das Feuer des Greifs hatte sie bewahrt. Und das war erst der Anfang. Bald schon würde der Kristall in Flammen stehen. Und dann würde sie die Dunkelheit in sich in Fetzen reißen und sie sich zurückholen: alle Farben ihrer Welt.

# 13

Durch die Lupe wirkte Amélies Sternenstaubauge so groß wie eine Galaxie. Hoch konzentriert stand die Wandlerin an ihrem Schneidertisch und beugte sich über den Kristall. Immer wieder drehte sie ihn im Licht ihrer Lupe ein wenig nach rechts und ein wenig nach links, und zwischendurch murmelte sie vor sich hin, als würde sie geheime Zwiesprache mit ihm halten.

Nur mühsam unterdrückte Anouk ein Seufzen. Am liebsten hätte sie Amélie den Kristall aus der Hand genommen und selbst nachgeschaut, ob er endlich genügend Farben für den Zauber gegen Masradors Feuer gespeichert hatte. Aber leider hatte sie keine Ahnung, woran sie das erkennen sollte, und so blieb ihr nichts anderes übrig, als auf dem klapprigen Hocker neben Amélies Tisch zu sitzen und das zu tun, was sie so ziemlich am meisten auf der Welt verabscheute: abzuwarten.

Sie nippte an dem Tee, den Amélie ihr hingestellt hatte, und hoffte, dass die entspannte Atmosphäre des Wagens auf sie übergehen würde. Eigentlich waren alle Voraussetzungen erfüllt: Neben ihr prasselte ein Feuer im Ofen, es roch nach Zimt und Anis. Überall lagen Utensilien für magische Rituale und Heilzauber herum, und inmitten der Schneiderpuppen, Stoffmuster und Schnittzeichnungen kam Anouk sich vor wie in einer Zauberwerkstatt. Früher, in ihrem anderen Leben, hatte Amélie als Schneiderin gearbeitet, und Anouk hatte schon so manche Stunde in ihrem Wagen verbracht und sich ihre Lebensgeschichte angehört, angefangen bei der Kindheit in ärmsten Verhältnissen über den Tod der Eltern bis hin zu einem Ehemann, der dem Alkohol verfallen war. Anouks Magen zog sich zusammen, wenn sie das hörte, aber Amélie erzählte von den dunklen Kapiteln ihrer Vergangenheit ebenso wie von den schönen Momenten, und meistens lächelte sie, während sie die Kostüme der Artisten ausbesserte und ihre weißen Papiervögel um sie herumflatterten. Nur manchmal, wenn sie davon sprach, wie sie vor ihrem Mann geflohen war, schweifte ihr Blick ab. Dann kam es Anouk so vor, als würde sie in den Nischen ihres Wagens die Schatten von damals auferstehen sehen, und sie empfand noch größere Zuneigung für Amélie, die in der Gestalt eines kleinen Mädchens vor ihr saß – der Gestalt des Kindes, das sie gewesen war, ehe die Welt dort draußen sie verloren hatte. Anouk schaute zu Amélie hinüber, wie sie nun dastand, das Kindergesicht vom flackernden Licht des Kristalls erhellt. Auch sie hatte im *Dark Circus* ein Zuhause gefunden, nur um dann festzustellen, dass sie in einen Kerker geraten war. Und auch sie hatte beschlossen, sich von diesen Fesseln zu befreien.

Der Gedanke an ihr Ziel machte jede Ruhe zunichte, die Anouk sich gerade mühsam aufgebaut hatte. Mehrere Tage waren seit ihrer ersten Vorstellung vergangen, und an jedem verfluchten Abend hatte sie Amélie prüfen lassen, ob der Kristall ihren Anforderungen genügte. Immer hatte die Wandlerin sie kopfschüttelnd wieder fortgeschickt. Aber dieses Mal hockte sie schon viel länger als sonst über dem Kristall. Vielleicht bedeutete das etwas Gutes. Vielleicht hieß das …

Da hob Amélie den Kopf. Sie schob die Lupe von ihrem Auge, ein Lächeln huschte über ihr Gesicht. »Ja«, sagte sie und nickte unmerklich. »Es ist so weit.«

Fast wäre Anouk vor Begeisterung auf die Beine gesprungen. So vielen Menschen war sie an den vergangenen Abenden gegenübergetreten, so viele Empfindungen, Gedanken, Sehnsüchte hatte sie in ihre Bilder gezogen, und nun endlich würden sie in den Zauber verwandelt werden, der sie vor Masradors Feuer schützen konnte. Sie war ihrer Freiheit so nah wie nie zuvor. »Wie geht es jetzt weiter?«, fragte sie aufgeregt. »Sollen wir die anderen rufen?«

Amélie winkte ab. »Das würde nur unnötige Aufmerksamkeit auf uns ziehen. Deshalb nutzen wir für Konferenzen ja meistens die Kristallkugeln. In diesem Fall halte ich das aber für Unsinn. Ich kann mir nicht vorstellen, dass die anderen sonderlich interessiert wären an dem, was jetzt passiert. Für die meisten zählt das Ergebnis, nicht der Weg dorthin.«

Anouk zuckte mit den Schultern. »In Ordnung, aber was …«

Weiter kam sie nicht, denn Amélie streckte die Hand aus, und ehe Anouk etwas dagegen tun konnte, schleuderte sie den Kristall gegen die Wand. Ein Strom aus gleißendem Licht brach daraus hervor, der sich zu einem bodenlangen Mantel formte. Er war tailliert, lief zum Saum hin weit zu, und eine Reihe funkelnder Knöpfe zog sich bis hinauf zur Kapuze. In glühenden Linien liefen Stickereien über die Ärmel und den Rücken. Anouk konnte sich nicht daran erinnern, jemals ein so schönes Kleidungsstück gesehen zu haben.

Da schnalzte Amélie mit der Zunge und im selben Moment zerbrach das Licht. In erlöschenden Funken fiel es zu Boden und ließ den Mantel pechschwarz zurück. Er schwebte wie in leichtem Wind in der Luft und sah aus wie aus Asche gewoben. Anouk starrte betroffen auf die Funken, die sich auf den Dielen in matte schwarze Scherben verwandelten. Alle Farben darin waren erloschen. Aber ehe sie auch nur einen Ton von sich geben konnte, flogen die Papiervögel heran. Sie stoben von den Oberlichtern herab, schossen hinter den Kleiderpuppen hervor und pickten nach den Scherben. Mit leisem Zwitschern trugen sie die winzigen Splitter in die Höhe, und Anouk sah zu, wie sich die Leiber der Vögel in Nadeln und Fäden verwandelten, die die Scherben an der Finsternis des Mantels festzunähen begannen. Immer schneller wurden die Bewegungen und ein glühendes Triumphgefühl ging durch Anouks Magen. Es geschah wirklich. Ihr Schutzzauber wurde gesponnen – der Zauber, mit dem sie Masradors Feuer begegnen würde.

Der Schmerz kam so plötzlich, dass Anouk die Luft wegblieb. Gleißende Hitze schoss durch ihre Adern und in die Schläfen und gleich darauf sah sie den Boden auf sich zukommen. Keuchend hielt sie sich am Tisch fest, doch es war Amélie, die ihren Arm packte und so einen Sturz verhinderte.

»Du meine Güte, ist alles in Ordnung?«, fragte sie erschrocken und drückte Anouk zurück auf den Hocker. »Du brauchst keine Angst zu haben, meine Vögel werden die Kraft des Kristalls nicht zerstören. Sie fügen seine Magie nur zusammen, damit sie sich entfalten kann. Geben wir ihnen ein wenig Zeit, dann wirst du schon sehen.«

Anouk presste die Finger gegen die Schläfe. Der Schmerz war so schnell verschwunden, wie er gekommen war, aber sie spürte noch immer die Dunkelheit des *Dark Circus* in ihren Gliedern, die nun in lauernde Kühle zurücksank. »Es ist schon gut. Mir ist nur plötzlich schwindlig geworden.«

Sie hatte ihn selbst gehört, den bitteren Tonfall in ihrer Stimme, und auch Amélie war er nicht entgangen. »Es ist der Zirkus, nicht wahr?«

Anouk nickte. »Seit ich in der Manege auftrete, macht sich die dunkle Magie viel stärker bemerkbar. Sie ist wie ein Fieber, das urplötzlich über mich kommt und genauso schnell wieder verschwindet. Dasselbe gilt für die Träume. Sie quälen mich seit meinem ersten Auftritt beinahe jede Nacht. Manchmal laufe ich vor Masrador davon, manchmal vor seinen tanzenden Clowns oder den Schatten, die uns gefangen halten. Und manchmal liege ich einfach da, umgeben von all den Bildern, die der Zirkus in mir mit Finsternis überzogen hat … und ich kann sie nicht wieder lebendig machen, sosehr ich es auch versuche. Jedes Mal, wenn ich sie berühre, zerfallen sie zu Asche.«

Sie stockte. Nur zu deutlich spürte sie die Ascheflocken an den Händen, und sie sah wieder Bens Gesicht vor sich, das in der vergangenen Nacht in ihren Träumen zerbrochen war.

»Ich kann verstehen, dass dir das Angst macht«, sagte Amélie behutsam. »Und ich weiß nicht, ob es dich tröstet, wenn ich dir sage, dass das ganz normal ist. Die Kraft des *Dark Circus* wächst in dir, es ist uns allen so ergangen. Aber eines darfst du nicht vergessen: In der Wirklichkeit läufst du nicht weg wie in deinen Träumen. Du stellst dich der Dunkelheit. Und bisher machst du es sehr gut.«

Anouk musste lächeln. Es war noch immer seltsam, so erwachsene Worte wie diese aus dem Mund eines Kindes zu hören, aber mit ihrer sanften Stimme und dem übermutigen Funkeln in den Augen schaffte Amélie es jedes Mal, ihr die Anspannung zu nehmen. »Ich bemühe mich«, gab sie zurück. »Auch wenn ich auf diese Träume wirklich verzichten könnte. Es ist schrecklich, jede Nacht voller Panik aufzuwachen und minutenlang dazuliegen in der Angst, doch nicht nur geträumt zu haben.«

Amélie schenkte ihr Tee nach und setzte sich ihr gegenüber an den Tisch. »Ich erinnere mich noch gut daran, wie es bei mir war. Ich habe Monate gebraucht, bis ich die Träume überwunden hatte. Und wenn ich aufwachte, war ich ganz allein, denn damals bekam jeder Neuankömmling gleich einen Wagen für sich. Einerseits fand ich es toll, mein eigenes Reich zu haben, aber in diesen Nächten habe ich es verflucht. Du hast wirklich Glück, dass du nicht allein im Wagen bist.«

»Das kommt darauf an, wie man Alleinsein definiert.« Anouk biss sich auf die Lippe. Hatte sie ihren Gedanken gerade wirklich laut ausgesprochen? Ein Blick in Amélies forschendes Gesicht genügte, um jeden Zweifel zunichtezumachen.

»Was soll das heißen?«, fragte Amélie und hob die Brauen. »Ist Rhasgar denn nicht da?«

Anouk senkte den Blick. Sie dachte daran, wie sie zum ersten Mal von diesen Träumen heimgesucht worden war. Sie war schreiend aufgefahren, mitten in der Nacht, und erst in Rhasgars Armen hatte sie begriffen, dass alles nur ein Traum gewesen war. Sie erinnerte sich daran, wie er anschließend an ihrem Bett gesessen hatte, die Haare zerzaust und mit diesem Blick voller Zärtlichkeit. Er hatte bei ihr gewacht, bis sie wieder eingeschlafen war, und so war es jede Nacht gewesen seither. Immer wenn sie aus den entsetzlichen Träumen hochgeschreckt war, hatte sie ihn im Sessel neben dem Bett gefunden … so als könnte er sie vor ihren eigenen Träumen beschützen. Aber kaum dass es dämmerte, kehrte er hinter all seine Masken zurück und begegnete ihr wieder mit einer Distanz, die sie schon bei der Erinnerung frösteln ließ. »Wer weiß schon, wo Rhasgar ist«, murmelte sie. »Es ist nicht leicht, schlau aus ihm zu werden.«

»Das ist wahr«, erwiderte Amélie und seufzte tief. »Du glaubst nicht, wie viele Tränen ich an diesem Tisch trocknen musste. Er hat schon vielen Mädchen das Herz gebrochen.«

»Er hat mein Herz nicht gebrochen«, sagte Anouk schnell. »Aber es kommt mir so vor, als würden wir in einer Achterbahn sitzen. Einerseits sorgt er sich um mich, und ich kann gar nicht mehr zählen, wie oft er genau gespürt hat, wie es mir ging, und gerade im richtigen Moment das Richtige gesagt oder getan hat. Und dann wieder verhält er sich, als wären wir Fremde, die sich zufällig auf der Straße begegnen. Von einer Sekunde auf die andere kann er eiskalt werden, ohne die geringste Vorwarnung. Damit kann ich einfach nicht gut umgehen.«

»Rhasgar ist ein Meister darin, andere von sich fernzuhalten«, stellte Amélie fest. »Aber ganz unberechtigt ist sein Verhalten nicht. Immerhin ist er eine Gefahr für dich.«

»Das ist mir bewusst«, sagte Anouk leise. »Und es ist nicht nur die Magie des *Dark Circus,* vor der er mich beschützen will.«

»Wie kommst du darauf?«

Amélie sah sie fragend an und kurz wollte Anouk einfach den Kopf schütteln und das Gespräch beenden. Was würde es schon ändern, wenn sie über etwas sprach, das sie selbst nicht begriff? Doch dann spürte sie noch einmal die Kälte, die an jenem Tag in der Manege in ihren Leib geschossen war ... diese Kälte, die sie in Rhasgars Augen gesehen hatte, als er noch ein Kind gewesen war, und die seither wie eine unerträgliche Kluft zwischen ihnen lag. Sie würde diese Distanz niemals überwinden, wenn sie jetzt schwieg, das fühlte sie ohne jeden Zweifel. »Es war bei unserem ersten Training in der Manege«, begann sie. »Da habe ich etwas gesehen, ein Bild aus Rhasgars Vergangenheit, glaube ich. Er war noch ein Kind und stand blutüberströmt im Finstern. Er hielt ein Messer in seiner Hand, und seine Augen, sie waren ... so entsetzlich kalt. Ich brauche nur daran zu denken und fühle wieder den Frost, der durch meinen Körper jagt. Er hat mich zurückgestoßen und mir das Bewusstsein geraubt, als wäre ich ein schwaches Tier in einem tödlichen Orkan. Aber ich hatte keine Angst. Alles, was ich wollte, war bei Rhasgar zu sein und zu erfahren, was ihm zugestoßen war.«

Ihr Mund war trocken, als hätte sie stundenlang geredet, und sie nahm einen Schluck von dem Tee. Amélie sah sie eine Weile schweigend an. »Ich kenne diese Kälte«, sagte die Wandlerin dann. »Ich habe sie schon vor langer Zeit in Rhasgars Augen gesehen. Weißt du … Wir sind alle aus den unterschiedlichsten Gründen hierhergekommen. Manche suchten das Abenteuer, andere ein Zuhause, und wieder andere sehnten sich einfach fort in eine andere Welt. Die Dunkelheit des *Dark Circus* aber hat keiner von uns erwartet und wir haben sie alle fürchten gelernt. Rhasgar jedoch hat sie gesucht.«

Anouk zog die Brauen zusammen. »Wie meinst du das?«

Ein Lächeln flog über Amélies Züge, aber es galt nicht Anouk, das fühlte sie deutlich. Es war der Vergangenheit geschuldet, die nun in Amélies Gedanken aufzog. »Ich erinnere mich noch genau an den Tag, als ich ihn zum ersten Mal gesehen habe. Er stand an der Schwelle zum Zirkus und schaute mit einer Mischung aus Neugier und Vorsicht zum Zelt hinüber. Damals hatte ich schon lange genug vom *Dark Circus,* und oft habe ich versucht, potenzielle Neuankömmlinge zu warnen und zur Flucht zu bewegen. Ich wusste ja, was ihnen blühte, wenn sie in Masradors Fänge gerieten. Doch als ich Rhasgar dort stehen sah, gerade einmal elf Jahre alt und mit diesen ernsten, erwachsenen Augen in dem Kindergesicht, überkam mich zum ersten Mal das umgekehrte Bedürfnis: Ich wollte ihn bei der Hand nehmen und in den Zirkus hineinziehen, nur fort von der Welt, die ihm das angetan hatte. Ich nahm ihn nicht bei der Hand. Aber ich ging zu ihm hinüber und lächelte ihm zu. Er sah mich an. Und mit diesem einen Blick tat er den ersten Schritt in den *Dark Circus* hinein. Er wählte mich als Mentorin, und ich begann, ihn auszubilden.«

Anouk konnte sich kaum vorstellen, dass auch Rhasgar einmal gelernt hatte, ein Zauberer zu sein. Er bewegte sich mit solcher Routine, als wäre er schon mit seinen Kristallkugeln auf die Welt gekommen – schwebend auf einem unsichtbaren Seil. »Er hat sich bestimmt geschickter angestellt bei seinem ersten Training als ich.«

Amélie verstärkte ihr Lächeln. »Lass es mich so ausdrücken: Er verstand sich schon damals darauf, jeden in seiner Umgebung in seinen Bann zu ziehen. Innerhalb kürzester Zeit wickelte er uns alle um den Finger und gleichzeitig verlor sich seine Ernsthaftigkeit. Er trieb Späße mit Gleichaltrigen und brachte sein Publikum zum Lachen, wie es nur ein Kind schaffen kann. Doch niemand ahnte, was er in Wahrheit durchmachte. Niemand außer mir. Nachts kamen die Träume, aber es waren nicht die Träume des *Dark Circus*. Es waren die Träume jener Welt, aus der er gekommen war.«

Zum ersten Mal, seit sie Amélie kannte, fiel Anouk die Verachtung auf, mit der die Wandlerin von der Welt der Menschen sprach … so kühl und zornig, als redete sie von einem geliebten und zugleich gehassten Wesen.

»Ich weiß nicht, wie oft ich mitten in der Nacht durch seine Schreie geweckt wurde und zu ihm in den Wagen gelaufen bin«, fuhr Amélie fort. »Manchmal ist er im Traum aufgesprungen und hat um sich geschlagen. Einmal hat er sich das Handgelenk gebrochen, aber er hat nicht geweint. Er saß nur da und hat am ganzen Leib gezittert, und als ich ihn in den Arm nahm, hat er es nicht einmal gemerkt. Er war so verloren, wie man nur sein kann, so viel ist sicher.«

Anouk schluckte. Es kam ihr so vor, als würden Amélies Worte das Bild von Rhasgar in ihren Schädel zeichnen, zitternd und einsam in der Finsternis. »Verloren«, sagte sie leise.

»Genau so hat er ausgesehen, als er mich mit dem Messer in der Hand angeschaut hat.«

Amélie schwieg für einen Moment. »Ich werde dir nicht erzählen, was er in deiner Welt erlebt hat«, sagte sie dann. »Das soll er selbst tun, wenn er es will. Aber eines musst du wissen: Du hättest dieses Bild nicht gesehen, wenn er es dir nicht erlaubt hätte. Es ist etwas Besonderes, genauso wie die Tatsache, dass er dich bei sich wohnen lässt. Diese Nähe hat er noch nie bei jemandem geduldet.«

»Das hat Esra auch gesagt«, erwiderte Anouk. »Und ich wünschte, ich könnte ihm beistehen, wie er mir beisteht. Aber vielleicht ließ er mich nur einen Blick in seine Vergangenheit werfen, um mich fortzutreiben. Ich kann gar nicht mehr zählen, wie oft er mich schon davor gewarnt hat, ihm nahe zu kommen, und jedes Mal, wenn ich denke ihn zu verstehen, entzieht er sich mir. Dann kommt er mir vor wie ein Bild in der Dunkelheit ... ein Bild, das schöner ist als alles, was ich je gesehen habe, und das ich doch niemals malen könnte, weil ich seine Geheimnisse nicht verstehe.«

Amélie legte leicht den Kopf schief. »Vielleicht musst du sie nicht verstehen. Vielleicht musst du sie einfach fühlen.«

»Wenn das so leicht wäre«, gab Anouk zurück und seufzte. »Abgesehen davon, dass ich keine Ahnung hätte, wie ich das anstellen soll, würde Rhasgar das vermutlich niemals zulassen. Ich habe noch nie jemanden getroffen, der so abweisend sein kann wie er.«

»Oh, das glaube ich nicht«, sagte Amélie. »Du trägst dein Herz für gewöhnlich ja auch nicht gerade auf der Zunge, und als wir uns im Turm begegnet sind, wäre ich fast zur Eisskulptur geworden, so kalt warst du. Aber manchmal sind wir abweisend, damit unsere wahren Gefühle nicht offenbart werden. Nicht vor anderen – und manchmal noch nicht einmal vor uns selbst.«

Sie neigte unmerklich den Kopf, und auf einmal hatte Anouk das Gefühl, als würde Amélie durch ihre Gedanken fliegen, wie sie es im Turm getan hatte, und nicht länger nur das junge Mädchen sehen, das sich Masrador entgegenstellen wollte … sondern vor allem das Kind hinter den Mauern, das sie in der Welt dort draußen geworden war. Im selben Moment glitt ein Schemen von links heran. Anouk fuhr zurück, so nah flatterte der Papiervogel direkt vor ihrer Nase mit den Flügeln, doch Amélie lachte.

»Nun sieh dir das an!«, rief sie und klatschte in die Hände. »Da haben meine kleinen Freunde ja ganze Arbeit geleistet!«

Anouk stockte der Atem, als sie ihrem Blick folgte. Die Vögel hatten sich auf die umstehenden Regale zurückgezogen und schauten zwitschernd zu dem Mantel hinüber, der noch immer in der Luft schwebte. Aber die stumpfe Düsternis war verschwunden, denn nun war er über und über mit schillernden Spiegelscherben besetzt. Vereinzelt gaben sie die Glut des Ofens zurück, und Anouk konnte nicht verhindern, dass sie schauderte. Die Spiegel waren schwarz … tiefschwarz wie Masradors Feuer.

»Zieh ihn an«, forderte Amélie sie auf. »Dann sehen wir, ob alles funktioniert. Lass dich von der Dunkelheit nicht täuschen, du weißt doch, dass hier nichts so ist, wie es scheint.«

Das wusste Anouk allerdings, und trotzdem überkam sie ein mulmiges Gefühl, als Amélie ihr in den Mantel half. Aber kaum dass sie den zarten Stoff auf ihrer Haut fühlte, verlor sich ihre Anspannung. Diese Finsternis war weich und samten wie das Meer in der Nacht, und ein Lächeln flog über Anouks Gesicht, als sich der Mantel an ihren Leib schmiegte. »Er passt perfekt«, sagte sie und berührte die unzähligen Spiegel an ihrem Ärmel. »Und er ist so leicht, dass ich ihn kaum spüre.«

Amélie grinste. »Man könnte fast meinen, ich würde was vom Nähen verstehen, was? Aber welches Gewicht sollte ein Mantel auch haben, der aus Nacht und Farben geschaffen wurde?« Sie befahl ihre Vögel herab, die blitzschnell die Knöpfe schlossen, und strich dann nicht ohne Stolz über Anouks Schultern. »Dieser Mantel ist reine Magie«, sagte sie eindringlich. »Ich möchte, dass du dich jetzt im Kreis drehst, um den Zauber zu vollenden. Ich werde anschließend noch einige Änderungen vornehmen, damit seine Magie dort draußen keinen Verdacht erregt und du ihn immer tragen kannst. Aber eines musst du wissen: Der Mantel passt dir perfekt, weil er für dich gemacht wurde. Du hast seine Farben gesammelt, und das bedeutet, dass er nicht nur die Emotionen der Menschen, sondern auch deine Gedanken, deine Sehnsüchte, deine Gefühle in sich trägt. Sie sind deine größte Stärke gegen Masradors Feuer. Also wundere dich nicht über das, was gleich geschieht.«

Sie zog Anouk zu dem großen Spiegel, der gegenüber der Tür an der Wand lehnte. Einige Vögel hatten sich darauf niedergelassen, und Anouk spürte ihre Blicke, als sie sich selbst betrachtete. Der Mantel umgab sie wie flüsternde Nacht, und als sie sich um sich selbst drehte, flatterte der Stoff durch die Luft wie Flügel aus Papier. Ihre Umgebung verschwamm vor ihrem

Blick. Im selben Moment meinte sie, den Schwingenschlag des Greifs hören zu können, ihren eigenen Herzschlag, den Applaus der Menschen … und mit heftigem Rauschen entfachten sich die Farben in den Spiegeln. Anouk hielt den Atem an. Ihr Puls klang in den Scherben wider und da flossen die Farben ineinander. Sie konnte fühlen, wie sie ein Bild aus der Tiefe der Scherben hoben, und unnennbare Leichtigkeit erfasste sie, als sie vor dem Spiegel innehielt. Sie rechnete fest damit, jeden Moment ihrem Bruder ins Gesicht zu schauen wie damals, als sie gemeinsam am Fenster gesessen hatten. Doch es war nicht Ben, der nun in jeder Scherbe auftauchte. Es war Rhasgar. Er schlief in dem Sessel neben ihrem Bett, genau so, wie er es in all den vergangenen Nächten getan hatte: mit diesem sanften, beinahe friedlichen Lächeln auf den Lippen. Und neben ihm saß Anouk und strich ihm zärtlich eine Haarsträhne aus der Stirn.

Das Blut schoss ihr so plötzlich in den Kopf, dass sie es rauschen hören konnte. »Das …«, begann sie und musste sich räuspern, so heiser war sie auf einmal. »Das war letzte Nacht. Er hat an meinem Bett gesessen und muss irgendwann eingeschlafen sein, und ich …« Sie stockte und riss den Blick von dem Spiegel fort. »Warum erscheint dieses Bild in den Scherben? Was soll das bedeuten?«

Amélie musterte sie mit leisem Lächeln auf den Lippen. »Es bedeutet, dass du ganz genau weißt, wie das ist, sich hinter Mauern zu verstecken. Du versteckst dich sogar vor dir selbst. Du hättest niemals mit diesem Bild gerechnet und doch ist es da. Es wird Zeit, dass du aufhörst, vor deinen Gefühlen wegzulaufen. Sie sind deine stärkste Waffe gegen die Finsternis, und du kannst es dir nicht leisten, sie wegen Rhasgar ins Chaos zu stürzen. Denn ganz egal, welche Probleme ihr beide mit euch herumtragt: Ihr braucht euch in diesem Kampf. Mauern und Furcht haben darin keinen Platz.«

Anouk stieß die Luft aus. »Und was soll ich jetzt tun? Rhasgar sagen, was ich empfinde, obwohl ich mir darüber selbst gar nicht im Klaren bin?«

»Du musst das tun, was du schon die ganze Zeit tust, seit ihr euch das erste Mal begegnet seid«, gab Amélie zurück. »Sieh hinter seine Mauer und weiche nicht zurück – ganz gleich, was dich dahinter erwartet.«

Sie hatte leise gesprochen und so sanft, dass die Hitze aus Anouks Wangen wich. »Das sagt sich so leicht. Aber es ist nicht so einfach bei einem Zauberer, der tausend Masken trägt.«

Amélie lächelte ein wenig. »Es ist auch nicht so leicht bei der Königin der Farben, die sich bestens darauf versteht, niemandem zu zeigen, was sie in Wirklichkeit fühlt. Und trotzdem schafft Rhasgar es immer wieder. Oder nicht?«

»Doch«, gab Anouk zu. »Aber er ist ein Magier. Und ich ...«

»... du weißt nicht einmal ansatzweise, welche Macht du hast«, unterbrach Amélie sie. »Aber Rhasgar hat es erkannt. Vergiss das nicht, gerade wenn er dir mit Kälte begegnet. Es ist etwas Besonderes, jemanden zu finden, der hinter die eigenen Mauern sehen kann. Und eines ist sicher: Hinter all euren sorgsam errichteten Schutzwällen verbirgt sich etwas, das mächtiger ist als jede Magie der Welt. Ich hoffe für euch beide, dass ihr das noch begreifen werdet.«

Sie lächelte noch einmal, und kurz glomm die Weisheit der alten Frau in ihren Augen auf, die sie tatsächlich war. Dann wandte sie sich ab, um einen Holzscheit aufs Feuer zu legen.

Anouk jedoch blieb vor dem Spiegel stehen und sah zu, wie das Bild in den Scherben ihres Mantels verblasste. Die Finsternis kehrte zu ihm zurück, doch gerade als sie meinte, dass auch die letzten Farben erlöschen würden, ging ein Schimmer durch das Bild und trug sie für einen Moment zurück auf die Lehne des Sessels. Noch einmal schaute sie auf Rhasgar hinab, noch einmal fühlte sie sein Haar unter ihren Fingern. Und noch einmal erwachte er aus dem Schlaf, der so leicht war, dass ein Flüstern ihn aufwecken konnte, und betrachtete sie mit sanftem Lächeln.

Anouk sah zu, wie das Bild erlosch, aber selbst als ihr Mantel wieder schwarz geworden war, erwiderte sie noch Rhasgars Blick. Es schien ihr, als würde er sie noch immer ansehen, sie, die Königin der Farben, die ihm so nah war und gleichzeitig so fern … wie ein Bild in der Dunkelheit.

# 14

Die Eisdecke knackte unter Anouks Füßen. Ihre Wimpern waren gefroren, Raureif bedeckte ihr Haar, und ihre Lippen waren aufgesprungen, so kalt war es. Aber sie blieb nicht stehen. Schritt für Schritt kämpfte sie sich über das gefrorene Meer voran, durch einen Sturm, der Hagel und Schnee auf sie niedergehen ließ. Weiße Schwaden fegten über die vereisten Wellen, von denen einige turmhoch in den wolkenzerfetzten Himmel ragten, und unter ihr glitten Schatten durch das dunkle Wasser. Mitunter stießen sie gegen das Eis. Dann hörte Anouk, wie ihre Krallen daran kratzten, und sie fuhr zusammen, als könnte jeden Moment eine Klaue aus dem Meer brechen und nach ihr greifen. Ihr Blick jedoch lag fest auf der Gestalt, die dort mitten auf dem Eis stand und auf sie wartete … diese Gestalt, die sie nur schemenhaft erkennen konnte und die sie doch mit einer Gewalt vorwärtszog, als wäre sie der einzige warme Punkt inmitten einer Wüste aus Eis.

Anouk war nur noch wenige Schritte von der Gestalt entfernt, als die weißen Schleier vor ihrem Blick zerrissen. Zuerst glaubte sie, Ben vor sich zu sehen, und sie hörte die Stimme ihres Bruders wie früher, wenn sie sich inmitten des allerersten Schnees des Jahres in die Arme gefallen waren. Doch dann erkannte sie, dass es Rhasgar war, der ihr entgegenschaute. Ein Lächeln lag auf seinen Lippen, als hätte er eine Ewigkeit in dieser Kälte gestanden und nur darauf gewartet, ihren Blick zu erwidern. Instinktiv beschleunigte sie ihre Schritte und er streckte die Hand nach ihr aus. So schnell sie konnte, schlitterte sie über die spiegelglatte Fläche auf ihn zu. Doch gerade als sie seine Hand ergriff, stob ein Schatten unter ihr durch das Eis. Und ehe Rhasgar noch zurückweichen konnte, schoss die Dunkelheit aus der Tiefe des Meeres in seinen Leib.

Das Eis stöhnte, als würde es auseinanderbrechen, aber Anouk ließ Rhasgars Hand nicht los. Schwer atmend fiel er auf die Knie und öffnete den Mund. Doch kein Ton drang über seine Lippen. Stattdessen glitt die Finsternis unter seiner Haut entlang wie zuvor unter dem Eis und mit entsetzlichem Knacken färbte sie seine Augen schwarz. Hilflos umfasste Anouk seine Schultern. Sie sah noch die Verzweiflung, die ihn ergriff. Dann fraß sich die Dunkelheit in seinen Leib, und er erstarrte wie all die Gedanken, die der *Dark Circus* in ihr in Schatten gehüllt hatte. Mit rasendem Herzen saß Anouk da und sah, wie ihr Atem Rhasgars Lippen traf. Gleichzeitig überzog sein Körper sich mit Rissen – und mit entsetzlichem Knirschen brach das Eis unter Anouk ein.

Das Wasser umschlang sie mit gnadenlosem Griff. Es zog sie in die Tiefe, hinab zu den Schatten, die mit ausgestreckten Klauen auf sie zuschossen. Ein letztes Mal sah sie in Rhasgars Augen, die tot und kalt zu ihr herabstarrten. Dann fiel sein Körper in sich zusammen, und im selben Moment, da die Kälte in Anouks Lunge strömte, zerbarst das Meer um sie herum.

Mit einem Schrei fuhr Anouk in die Höhe. Sie griff sich an die Kehle und brauchte einen Moment, bis sie begriff, dass sie dem eisigen Wasser und seinen Schatten entkommen war. Es war mitten in der Nacht, und sie saß in Rhasgars Bett, die Decke um die Beine gewickelt, als hätte sie mit ihr gekämpft. Sie fuhr sich über die Augen. Ein Traum, schoss es ihr durch den Kopf. Nur ein weiterer blöder Traum.

Sie schwankte, als sie aus dem Bett stieg, als würde der Boden unter ihren Füßen noch immer aus Eis bestehen. Die Glut im Ofen war fast erloschen, der Wagen lag in Dunkelheit. So leise wie möglich huschte Anouk zum Ofen hinüber und legte einen Holzscheit nach. Sie vermied es, im auflodernden Flammenschein ihre Bilder anzusehen. Ihr Horizont erfüllte sie mit so brennendem Heimweh, dass sie kaum atmen konnte. Und Bens Greif verursachte ein endloses Echo in ihr, seit der *Dark Circus* sie nach ihrer ersten Vorstellung bestohlen hatte. Immer wieder sah sie ihren Bruder am Fenster sitzen, in Schatten getaucht von der Zirkusmacht. Die Szene erschien ihr wie ein vergessenes Wort, auf das sie sich einfach nicht mehr besinnen konnte und das sie dennoch unbedingt zurückbekommen wollte. Seufzend schaute sie durch den Wagen – und stellte mit einem Blick auf den Diwan fest, dass sie nicht so leise hätte sein müssen.

Rhasgar war nicht da, und Anouk ärgerte sich über die Enttäuschung, die sie beim Anblick des verwaisten Diwans ergriff. Seit ihre Albträume begonnen hatten, war Rhasgar nicht mehr verschwunden … bis jetzt. Aber was hatte sie erwartet? Dass er für den Rest ihrer Zeit im *Dark Circus* neben ihrem Bett sitzen und ihren Schlaf bewachen würde? Seit ihrem Gespräch mit Amélie hatte sie mehrfach versucht, mit ihm zu reden und die Kälte zu durchbrechen, mit der er ihr tagsüber begegnete. Aber jedes Mal war er ihr ausgewichen, und daher war es vermutlich nur eine Frage der Zeit gewesen, wann er dieses nächtliche Ritual beenden würde. Sie hatte damit gerechnet. Warum zur Hölle machte es sie jetzt also so nervös?

Nachdenklich schaute sie sich im Fenster an und lauschte. Es war eine stille Nacht. Anouk hörte kaum den Wind, der um den Wagen strich, und sie zog die Brauen zusammen. Rhasgar liebte es, bei Regen und Sturm durch die Nacht zu laufen, aber eine solche Stille zog ihn für gewöhnlich nicht vor die Tür. Sie ließ den Blick durch den Wagen schweifen … und bemerkte einen Schatten hinter dem großen Spiegel. Sie erwartete fast, dass er sich aufrichten und auf sie zuschießen würde, die tödlichen Klauen nach ihr ausgestreckt wie bei den Kreaturen in ihrem Traum. Doch dann stieß sie die Luft aus. Sollte sich tatsächlich einer von Masradors Schatten in Rhasgars Wagen geschlichen haben, um sie umzubringen, hätte er das längst erledigen können.

Sie ging näher heran und erkannte, dass es tatsächlich nur ein ganz gewöhnlicher Schatten war. Normalerweise hing an seiner Stelle der Spiegel. Nun jedoch stand dieser ein Stück weit vor. Anouk berührte den Rahmen und stellte zu ihrem

Erstaunen fest, dass es sich um einen Klappspiegel handelte, der nicht richtig geschlossen worden war. Vorsichtig schob sie ihn ein Stück weiter auf. Und dahinter, schwach nur beschienen vom Feuer des Ofens, lag ein Gang.

Anouk widerstand nur knapp dem Impuls, aus der Wagentür zu schauen und sich zu vergewissern, dass dort draußen jenseits der Wände tatsächlich keine Räume mehr lagen. Doch ganz gleich, was Rhasgars Wagen von außen erkennen ließ: Direkt vor ihr erstreckte sich ein düsterer Kellergang. Kurz stand sie einfach da, starrte auf den steinernen Boden und dachte darüber nach, dass dies der Moment war, in dem sie den Figuren in Horrorfilmen regelmäßig zubrüllte, dass sie gefälligst umkehren und so tun sollten, als hätten sie nichts gesehen. Dann tat sie den ersten Schritt in den Gang hinein.

Das Licht des Ofens reichte gerade einmal eine Armlänge weit. Dann wurde Anouk von der Finsternis verschluckt und tastete sich so langsam vorwärts, dass sie glaubte, der Gang würde kein Ende nehmen. Der muffige Geruch, der alten Kellerräumen für gewöhnlich anhaftete, stieg ihr in die Nase, und sie musste immer wieder den Gedanken an plötzlich aus den Schatten brechende Clowns aus ihrem Schädel treiben. Mehrfach stieß sie mit dem Fuß gegen Unebenheiten im Boden, jedes Mal zu Tode erschrocken, als hätte eine Klaue aus ihren Träumen sie doch noch erwischt. Und dann endlich drang Licht durch die Dunkelheit. Es fiel durch eine halb geöffnete Tür am Ende des Ganges. Mit klopfendem Herzen schlich Anouk sich näher heran und spähte in den Raum, der dahinter lag.

In früheren Zeiten war es wohl ein ganz gewöhnlicher Kellerraum gewesen. Noch immer stand ein Holztisch neben der

Tür, ein großer Spiegel lehnte in der Ecke, und an der Decke hingen vereinzelte Haken für Wäscheleinen. Doch abgesehen davon ließ der Raum nichts mehr von seiner einstigen Bestimmung erahnen. An den schwarz gestrichenen Wänden steckten Fackeln, die ihren rötlichen Schein über unzählige magische Symbole warfen. In verschlungenen Linien zogen sie sich über Wände und Decke und verbanden sich am Boden zu einem kunstvoll gezeichneten Pentagramm. Und darin, den freien Oberkörper vom Fackelglanz erhellt und den Kopf tief geneigt, stand Rhasgar.

Sein Anblick fuhr Anouk mit solcher Wucht ins Mark, dass sie zurückwich. Aber sie konnte sich nicht von ihm abwenden, und als ihr klar wurde, dass er ihre Anwesenheit noch nicht bemerkt hatte, kehrte sie in den Schutz der Tür zurück. Rhasgar stand so regungslos, als wäre er zu Stein geworden. Das Feuer zeichnete jeden Muskel seines Körpers nach, und kurz schien es Anouk, als würde sie eine antike Statue betrachten, so makellos sah er aus. Doch dann fiel ihr Blick auf die Narben an seinen Handgelenken, und sie bemerkte die Glut, die sich nun über seine Finger zog und das Pentagramm in Flammen setzte. Angespannt biss sie sich auf die Lippe. Was zur Hölle hatte Rhasgar vor?

Wie als Antwort auf ihre Frage hob er den Kopf. Er hielt die Augen geschlossen, aber seine Lippen bewegten sich, und gleich darauf klang seine Stimme von den Wänden wider, so eindringlich, dass Anouk sie in ihren Knochen fühlen konnte. Unwillkürlich beschleunigte sich ihr Herzschlag. Rhasgar redete in einer ihr fremden Sprache. Seine Worte ließen einzelne Zeichen an den Wänden aufglimmen. Mit leisem Flackern lösten sie sich und begannen ihn zu umkreisen, langsam zuerst, dann zusehends schneller. Sie pulsten im Rhythmus seines Herzschlags, und Anouk fühlte die Magie, die in ihnen lag ... so uralt und mächtig, dass sie in eisigen Schüben über sie hinwegstrich. Atemlos sah sie zu, wie Rhasgar die Arme ausbreitete. Er sprach nun lauter, und mit jeder Silbe, die über seine Lippen kam, loderten die Zeichen in grellen Flammen auf. Ein Raunen erfüllte die Luft, von irgendwoher gaben dunkle Stimmen seinem Zauber Antwort. Kurz nur ging ein Lächeln über sein Gesicht, so kalt, als hätte er einen Pakt besiegelt. Dann legte er den Kopf in den Nacken und gleichzeitig erhob sich der Sturm.

Anouk duckte sich in ihrem Versteck, so plötzlich fuhr ihr der Wind ins Gesicht. Rhasgar hingegen zeigte keine Regung. Er stand nur da und ließ sich vom Sturm in die Höhe heben, während die glühenden Zeichen schneller und schneller um seinen Körper sausten. Die Stimmen schwollen zu einem Gesang an, der an Trommelschläge erinnerte, und Anouk überkam der Drang, die Hand auf ihr Herz zu pressen, um es davon abzuhalten, mit diesen Tönen im selben Rhythmus zu schlagen. Funken sprühend loderten die Zeichen ringsum auf – und brannten sich mit lautem Zischen in Rhasgars Fleisch.

Nur im letzten Moment unterdrückte Anouk einen Schrei. Instinktiv stürzte sie vor, um Rhasgar aus dem Griff dieses grausamen Rituals zu befreien, doch der Sturm schlug ihr mit solcher Gewalt entgegen, dass sie erneut hinter die Tür zurückwich. Hilflos sah sie zu, wie sich Zeichen um Zeichen auf Rhasgars Haut entflammte. Bei jedem einzelnen zuckte er zusammen, und schließlich riss er die Augen auf und schrie so markerschütternd, dass Anouk sich an der Tür festhalten musste, um nicht erneut aus ihrem Versteck hervorzuspringen. Seine Augen standen in der schwarzen Glut des *Dark Circus,* aber neben dem Schmerz fand sie noch etwas anderes auf seinen Zügen, das sie über alle Maßen irritierte. Es war Erleichterung ... unnennbare Erleichterung über das Feuer, das sich in seinen Körper brannte.

Noch einmal loderten die Zeichen auf seinem Körper auf, getrieben von den donnernden Stimmen ringsum. Dann erlosch die Dunkelheit in Rhasgars Augen. Sein Kopf sank auf seine Brust, und der Sturm zerbrach ebenso schnell, wie er gekommen war. Der Gesang verstummte, die Zeichen schmolzen zu schwacher Glut zusammen. Und ohne jeden Halt stürzte Rhasgar zu Boden.

Er blieb reglos inmitten des Pentagramms liegen, umgeben von dessen lodernden Flammen und Schwaden aus Asche. Anouk zögerte nicht länger. Mit rasendem Herzen kam sie aus ihrem Versteck und lief auf ihn zu. Doch noch bevor sie das Pentagramm erreichte, musste sie an ihren Traum denken, in dem das Eis unter ihr eingebrochen war – und sie prallte zurück, als Rhasgar plötzlich den Kopf hob und sie direkt ansah. Kurz nur flammte Unglauben über seine Züge, dicht gefolgt von rasendem Zorn. Und ehe Anouk auch nur einen Ton von sich geben konnte, kam er auf die Beine.

»Was zur Hölle hast du hier zu suchen?« Seine Stimme hallte von den Wänden wider, so laut, dass Anouk zusammenfuhr. »Verschwinde von hier! Sofort!«

Noch nie zuvor hatte er so mit ihr gesprochen, noch nie hatte er sie so angesehen wie jetzt, da er über die Flammen des

Pentagramms zu ihr herüberstarrte. Jede Kälte war von seinen Zügen gewichen. Stattdessen stand ein fiebriger Glanz in seinen Augen, unzähmbar wie die Stimmen, die er gerade gerufen hatte. Er sah aus wie ein verletztes Tier, dessen Fesseln halb zerrissen von seinem Leib hingen, und Anouk spürte ihren Herzschlag in jeder Faser ihres Körpers. Doch sie rührte sich nicht von der Stelle. Stattdessen stemmte sie die Fäuste in die Hüfte.

»Ich denke gar nicht daran!«, gab sie zurück. »Nicht bevor du mir gesagt hast, was hier vor sich geht!«

Er starrte sie an, und sie rechnete damit, ihn jeden Moment über die Flammen auf sie zuspringen und sie an den Haaren in seinen Wagen zurückschleifen zu sehen. Aber sie hatte inzwischen genug von Amélie gelernt, um dieses Ritual zu begreifen. Was auch immer Rhasgar für einen Zauber gewirkt hatte: Er würde sich erst vollenden, wenn das Feuer in seinen Linien erloschen war. Und erst dann durfte Rhasgar das Pentagramm verlassen. Er presste die Zähne aufeinander, als hätte ihr Gedanke ihn gestreift. Ohne sie aus den Augen zu lassen, setzte er sich in Bewegung und ging auf und ab, dicht an der flammenden Linie seines Pentagramms entlang. Offensichtlich brachte es ihn an den Rand seiner Kräfte, in diesem Feuer eingesperrt zu sein, während sie sich seinen Anweisungen widersetzte.

»Das geht dich nichts an«, sagte er gefährlich leise. »Du hattest kein Recht, hier herunterzukommen.«

Anouk hörte ihn genau, den grollenden Zorn, der in seiner Stimme mitschwang, doch sie achtete nicht darauf. »Ach nein? Es geht mich also nichts an, wenn du mitten in der Nacht einfach verschwindest, um dich hier von irgendwelchen uralten Zaubern quälen zu lassen?«

»Genauso ist es!«, fuhr er sie an. »Du hast keine Ahnung, mit welchen Kräften du es hier zu tun hast! Eine falsche Bewegung hätte ausgereicht, um meinen Zauber zu stören, und die Magie in diesen Linien hätte dir das Fleisch von den Knochen gerissen!«

Anouk drängte die Bilder zurück, die bei seinen Worten unweigerlich in ihr auftauchten. »Dann soll ich also so tun, als würde mich all das hier nicht interessieren? Ich soll einfach verschwinden und nie wieder darüber sprechen? Darauf kannst du lange warten! Ich will wissen, wieso du dir das hier antust, und ich gehe nicht eher, bis du mir die Wahrheit gesagt hast. Warum zum Teufel ...«

»Für dich!«, rief er plötzlich so laut, dass seine Stimme von den Wänden widerhallte. Er atmete schnell, als hätte er diese Worte gewaltsam von seiner Zunge gerissen. »Um dich vor mir zu schützen! Ich lege mich in Ketten, um die Düsternis des *Dark Circus* in meinen Adern zurückzutreiben, denn ich bin nicht so stark, wie du denkst! In mir sind Abgründe, von denen du keine Vorstellung hast, und sie rufen nach mir, in jeder Sekunde meines Lebens! Aus eigener Kraft halte ich der dunklen Macht nicht stand! Ist es das, was du wissen wolltest? Dann sieh genau hin! In mir ist nichts als Finsternis!«

Die Verzweiflung in seiner Stimme ließ sie schaudern, aber in seinen Augen stand Kälte – dieselbe, die schon einmal durch Anouks Leib gerast war und ihr die Luft aus der Lunge gepresst hatte. Blitzlichtartig sah sie Rhasgar als Kind vor sich. Sein eisiger Blick drang ihr durch Fleisch und Knochen, und sie begriff mit gnadenloser Gewissheit, dass er nicht nur den *Dark Circus* mit brennenden Zeichen in Ketten legte. Vor allem anderen war es dieser Frost, den er fürchtete ... diese namenlose Kälte, die sie in die Finsternis reißen wollte und die alles verschlingen konnte, was zwischen ihnen war.

»Ich flehe dich an«, sagte Rhasgar nun, so erschöpft auf einmal, als hätten seine Worte ihn alle Kraft gekostet. »Lass mich allein. Du weißt nicht, was ich bin.«

Er schwankte, als hätte ihn plötzlicher Schwindel erfasst, und sank am Rand der flammenden Linie zu Boden, so weit von Anouk entfernt, wie das Pentagramm es zuließ. Er fuhr sich über die Augen, eine Hand abwehrend nach ihr ausgestreckt, als wollte er so verhindern, dass sie ihm zu nahe kam. Seine Worte jagten wie brennende Nadeln über ihre Haut. Doch gleichzeitig fühlte sie die Lähmung, die nun von ihm Besitz ergriff und die sie so gut kannte ... diese Einsamkeit, die sie selbst seit vielen Jahren in der Dunkelheit eines Kinderzimmers gefangen gehalten hatte und die erst durch einen Zauberer durchbrochen worden war.

»Ich weiß, dass du mir das Leben gerettet hast«, sagte sie und hielt seinem Blick stand, während sie langsam auf ihn zuging. »Mehr als einmal. Ich weiß, dass du hier herunterkommst, um mich zu schützen, dass du meinen Schlaf bewachst, damit ich keine Albträume bekomme, und dass du mir Hoffnung gibst inmitten all der Schatten. Und dann soll ich mich einfach umdrehen und dich hier sitzen lassen, allein in diesem verfluchten Keller?« Sie schüttelte den Kopf, und ehe er sie noch daran hindern konnte, trat sie über die Linien des Pentagramms. Sie spürte das Feuer kaum und sank vor ihm auf die Knie. »Es ist nicht dein Weg«, sagte sie leise. »Es ist unserer. Und ob es dir passt oder nicht: Ich werde ihn mit dir gehen.«

Ihr Herz schlug so laut, dass sie glaubte, er müsste es hören. Amélie hatte ihr geraten, seine Mauern zu durchdringen. Aber sie hatte ihr nicht gesagt, dass dabei solche Worte über ihre Lippen kommen würden. Und wie zur Hölle sollte sie damit umgehen, dass Rhasgar sie auf diese Weise ansah? Sie hatte damit gerechnet, dass sein Zorn zurückkehren würde oder schlimmer noch sein Spott, mit dem er sie bereits etliche Male von sich gestoßen hatte. Doch stattdessen wich die Abwehr von seinen Zügen und ließ eine Verwundbarkeit zurück, die Anouks Kehle zusammenzog.

»Bist du wahnsinnig oder lebensmüde?«, flüsterte er.

»Vielleicht beides«, entgegnete sie leise. »Aber das wusstest du von Anfang an. Und trotzdem hast du nie an mir gezweifelt. Du hast schon bei unserer ersten Begegnung an mich geglaubt.«

»Ja«, sagte er, und ein Hauch seines alten Spotts kehrte in seine Augen zurück. »Ich weiß selbst nicht genau wieso. Das ist einfach so passiert.«

Anouk erinnerte sich daran, wie sie diese Worte ausgesprochen hatte … im silbernen Turm, kurz nachdem sie den dunklen Clown verwundet hatte. Und wie Rhasgar lächelte sie nun, als sie seinen Blick erwiderte, und antwortete mit seinen Worten. »So wie alles, das wirkliche Macht besitzt.«

Für einen Atemzug saß sie regungslos. Dann streckte sie die Hand aus und tauchte sie in die Asche, die den Boden bedeckte. Sie fühlte erneut die uralte Magie, die darin lag … diese Kraft, die die Dunkelheit des *Dark Circus* in Ketten legte.

Und ehe er sie daran hindern konnte, strich sie über Rhasgars Wange. Er fuhr unter ihrer Berührung zusammen, aber er wich nicht vor ihr zurück. Er sah sie nur an, als könnte er nicht glauben, was sie tat, und als sie sich vorbeugte, spürte sie seinen Atem auf ihren Lippen, so nah waren sie sich.

»Ich bitte dich«, sagte sie kaum hörbar. »Lass mich dasselbe für dich tun. Lass mich an deiner Seite sein in diesem Kampf, und du wirst sehen, dass mehr in dir ist als Finsternis … so viel mehr als das.«

Rhasgar verharrte regungslos. Alles war möglich, so wie immer, wenn er sie auf diese Weise anschaute, halb spöttisch, halb sehnsuchtsvoll, und kurz rechnete Anouk damit, dass er aufstehen und sie fortschicken würde, ein letztes, endgültiges Mal in dieser Nacht. Doch stattdessen holte er Luft und unendlich langsam griff er nach ihrer Hand. Die Asche flüsterte, als er seine Finger mit den ihren verschränkte, und in diesem Moment war es egal, ob sie in einem dunklen Keller saßen oder in einem Kinderzimmer voller Schatten. Das Einzige von Bedeutung war die Wärme, die durch Rhasgars Hand in die ihre strömte, und das Lächeln des Zauberers in all der Finsternis.

Sie sprachen kein Wort, während das Feuer niederbrannte und die Zeichen in Rhasgars Körper einsanken, bis sie nicht mehr zu sehen waren. Schweigend saßen sie nebeneinander und hielten sich an den Händen, und erst als die letzten Flammen erloschen waren, kehrten sie in den Wagen zurück. Aber Rhasgar ließ Anouks Hand nicht los, selbst dann nicht, als sie im Bett lag und er in seinem Sessel Platz nahm, gerade dort, wo er in den vergangenen Nächten ihren Schlaf bewacht hatte.

Anouk erwiderte seinen Blick, bis die Müdigkeit sie überwältigte. Das Letzte, woran sie sich erinnerte, war der Geruch von Asche und die Zärtlichkeit, mit der Rhasgar sie betrachtete … so hingegeben, als wäre jede Kälte in seinen Augen nicht mehr gewesen als eine Illusion. Dann nahm der Schlaf sie mit sich. Und kein Albtraum kehrte in dieser Nacht zu ihr zurück.

# 15

Die Vorstellung war in vollem Gang. Musik und Gelächter drangen in die Nacht und das Zelt erbebte unter dem Applaus des Publikums. Doch jenseits davon lagen die Zirkuswagen in tiefster Stille, und Anouk konnte ihren eigenen Herzschlag hören, als sie hinter Rhasgar durch die Dunkelheit lief … Schritt für Schritt auf Masradors Wagen zu.

Im Morgengrauen hatte Amélie den Mantel fertiggestellt. Nun sah er aus wie ein schlichtes schwarzes Kleidungsstück, aber Anouk spürte noch immer die Kraft, die darin lag, und nur mit Mühe konnte sie sich davon abhalten, immer wieder über die Spiegelscherben zu streichen. Doch der Gedanke an das schwarze Feuer, das sie erwartete, fegte jedes Mal das Lächeln von ihren Lippen. Sie trug diesen Mantel nicht grundlos. Er war ihr Schutz vor tödlicher Gefahr.

Immer wieder blieb Rhasgar plötzlich stehen und hob warnend die Hand. Sie wichen den Artisten aus, die zufällig ihren Weg kreuzten, und Anouk versuchte mit allen Mitteln die Ruhe zu bewahren. Aber das war leichter gesagt als getan. In wenigen Augenblicken war es so weit. Dann würde sie in Masradors Wagen einbrechen und nach einer verfluchten Erinnerung suchen – ausgerechnet sie, die froh sein konnte, wenn sie in dieser elenden Finsternis nicht über einen Kiesel stolperte.

Ihre Unbeholfenheit wurde ihr durch Rhasgars Fähigkeit, sich vollkommen lautlos zu bewegen, noch schmerzlicher bewusst. Immerhin verlieh ihr der Mantel den Anschein eines huschenden Schattens, doch jedes Mal, wenn sie ein Geräusch in der Nähe hörte, stockte ihr der Atem. Erst als Masradors Stimme aus dem Zelt zu ihnen herüberklang, beruhigte sie sich ein wenig – und schüttelte gleichzeitig über sich selbst den Kopf. Dass sie einmal froh sein würde, die Stimme des Clowns zu hören, hätte sie sich auch nicht träumen lassen. Aber in der aktuellen Situation bedeutete es, dass Masrador sich im Zelt befand und ihnen nicht auf die Schliche gekommen war, wie sie es sich immer wieder in ihren Albträumen ausgemalt hatte. Es bedeutete, dass ihr Plan zumindest bis hierher funktionierte.

Sie hielt sich an diesem Gedanken fest und rekapitulierte die Fakten des Abends, um einen kühlen Kopf zu bewahren. Masrador verließ das Zelt erst mit dem Ende der Vorstellung. Artus hatte ein Auge auf ihn und würde Rhasgar warnen, sollte der Clown auch nur einen Fuß ins Freie setzen. Levin hatte sich auf dem Zirkusdach postiert und konnte so das Gelände bis zu Masradors Wagen überblicken, und Rhasgar würde sich keinen Fingerbreit von der Stelle rühren, solange Anouk sich in den Flammen befand. Viel Zeit würde sie ohnehin nicht in Masradors Wagen verbringen, denn sie musste rechtzeitig zu ihrem Auftritt wieder in der Manege sein, wenn sie keinen Verdacht erregen wollte. Wie etliche Male zuvor an diesem Abend berührte sie das Armband, das Amélie ihr gegeben hatte. Es bestand aus winzigen Kristallen und würde sie warnen, sollte sie sich wider Erwarten länger im Wagen aufhalten als geplant. Anouk seufzte leise. Sie hoffte inständig, dass es nicht zum Einsatz kommen würde.

Ihre Wangen brannten vor Aufregung, als Rhasgar im Schutz eines Anhängers stehen blieb. Die Flammen von Masradors Wagen flackerten unruhig, als würden sie spüren, dass sich jemand einen Weg durch sie hindurch bahnen wollte, der nicht das Geringste in der Unterkunft ihres Herrn zu suchen hatte. Die Hitze des Feuers strich Anouks Haar zurück, aber sie zwang sich, den Blick nicht abzuwenden. Tausendmal hatte sie sich diese Situation vorgestellt und sie immer wieder mit den anderen durchgesprochen. Jeden Augenblick würde Rhasgar eine Nachtigall imitieren, und sobald Levin diesen Ruf erwiderte, würde es beginnen. Dann war Anouk an der Reihe, und sie würde alles tun, um ihren Part zu erfüllen. Sie schaute zu Rhasgar hinüber. Er sah in die Schatten, wachsam wie ein wildes Tier kurz vor dem Angriff. Sie rechnete damit, dass er jeden Moment die Hände vor den Mund heben würde. Doch statt ihrem Plan zu folgen, griff er plötzlich nach ihrem Arm und zog sie ein Stück in die Dunkelheit zurück.

»Vergiss nicht, dich vorsichtig zu bewegen«, flüsterte er eindringlich. »Der Mantel schützt dich, aber eine Begegnung mit dem Schattenglas der Spiegel kann sehr schmerzhaft für dich sein, und Masrador ist hellhörig. Seine Flammen werden die kleinste Unachtsamkeit bestrafen.«

Anouk verdrehte die Augen. »Wie schade. Und ich dachte, ich könnte in seinem Wagen mal ein wenig Radau machen. Deswegen sind wir doch hergekommen, oder nicht?«

Rhasgar presste die Zähne aufeinander. »Mach dich nur lustig. Ich bin gespannt, ob dir immer noch nach Scherzen zumute ist, wenn Masrador dich in seinem Wagen entdeckt.«

Unwillkürlich fröstelte Anouk. »Ich bin auch so schon nervös genug, da brauche ich keine Hiobsbilder, vielen Dank. Willst du mir Angst machen?«

Rhasgar schaute schweigend auf sie herab. Seit dem Gespräch in seinem Keller gelang es ihr immer öfter, die Kälte von seinen Zügen zu vertreiben, mit der er sie auf Abstand hielt. Aber gegen seine Arroganz war sie ebenso machtlos wie gegen seine Strenge, und seit Amélie ihnen am vorigen Abend den Mantel gebracht hatte, war beides nicht mehr von ihm gewichen. Auch jetzt betrachtete er sie so unnachgiebig, als würde ein einziges freundliches Wort all das Training der vergangenen Tage zunichtemachen. Dann stieß er die Luft aus und schüttelte den Kopf. »Nein«, erwiderte er und seufzte. »Natürlich nicht. Aber du wirst gleich ganz allein in Masradors Wagen gehen, und …« Er stockte. »Ich will, dass du vorsichtig bist. Das ist alles.«

Es war kaum mehr als eine Ahnung, das leichte Zittern seiner Stimme, und doch genügte es, um Anouk die Angst fühlen zu lassen, die Rhasgar in diesem Moment empfand: nicht um die Freiheit, nach der er sich sehnte, oder den großen Plan, den sie verfolgten. Sondern um sie, Anouk, die er beschützen wollte und die nun vor seinen Augen in Masradors Flammen gehen würde.

»Keine Sorge«, sagte sie leise. »Ich werde auf mich aufpassen, das verspreche ich dir. Aber in einem Punkt irrst du dich. Ich werde nicht allein sein. Hast du das vergessen?«

Er stand so regungslos, als würde er einen inneren Kampf führen. Dann hob er die Hand und strich ihr das Haar zurück.

»Nein«, sagte er mit dieser Stimme, die rau und sanft zugleich war. »Das habe ich nicht vergessen.«

Er ließ sie nicht aus den Augen, als er die Hand zurückzog und den Ruf einer Nachtigall durch die Luft schickte, und fast wäre Anouk zusammengefahren, als Levins Antwort kam. Sie sah noch das Lächeln, das über Rhasgars Züge huschte, flüchtig wie ein Atemzug auf träumenden Lidern. Dann holte sie tief Luft, und ohne sich noch einmal umzudrehen, lief sie auf Masradors Wagen zu.

Es brauchte nicht mehr als ein Rauschen des schwarzen Feuers, um jedes Kribbeln aus ihrem Magen zu vertreiben. Geisterhaft erhoben sich die Kreaturen in den Flammen, die sie schon einmal quer über den Platz gejagt hatten. Doch Anouk zog sich die Kapuze tief ins Gesicht, und als sie die Treppe betrat, glomm die Kraft ihres Mantels auf. Sie konnte sie fühlen wie einen wärmenden Schauer und fast wäre sie stehen geblieben. Die Flammenwesen umringten sie mit wehenden Feuerhaaren, doch ihre Münder waren nicht zornig verzerrt wie bei ihrem letzten Besuch. Stattdessen sahen sie voller Staunen auf die Spiegel, in denen sich glühende Farben zu Bildern zusammenfügten … zu Bildern einer Welt, aus der auch diese Kreaturen einst gekommen waren und die noch immer fähig war, sie zu blenden. Wie in einen Traum versunken wichen sie vor Anouk zurück, und als sie die Hand auf die Türklinke legte, floss gleißendes Licht über ihre Finger. Kurz prasselte das schwarze Feuer unter ihren Fingern auf. Dann ging ein Raunen durch die Flammen. Die Tür öffnete sich, und Anouk drückte sich durch den Spalt ins Innere, ehe sie sich wieder schloss.

Die Stille in Masradors Wagen war wie von einem lebendigen Wesen, das den Atem anhielt. Anouk blieb reglos stehen, als würde eine Bewegung genügen, um das Feuer in den Wänden aufflackern zu lassen. Alles sah genauso aus wie bei ihrem letzten Besuch, und sie beschlich das unheimliche Gefühl, in einen Horrorfilm geraten zu sein, kurz bevor die trügerische Idylle auf entsetzliche Weise zerbrochen wird. Aber sie drängte die aufkeimende Angst zurück und schaute zu Masradors leerem Schreibtischstuhl hinüber. Sie war ihrem Ziel so nah wie nie zuvor. Jetzt durfte sie keine Zeit vergeuden, indem sie sich vor einem abwesenden Clown fürchtete.

Trotzdem kostete es sie einige Überwindung, sich in Bewegung zu setzen, und die ersten Schritte tat sie wie auf rohen Eiern. Rhasgars Warnung klang in ihr wider, ebenso wie Levins Ratschläge, wie sie am effektivsten nach der Erinnerung suchen sollte.

*Einbrecher öffnen die Schubladen von Kommoden von unten nach oben,* hörte sie die Stimme des Jungen. *Dann müssen sie sie nach dem Durchwühlen nicht wieder schließen, bevor sie die nächste durchsuchen. Das spart Zeit. Denk nur am Ende daran, alle auf einmal zuzuschieben. Sonst findet Masrador sie geöffnet und wundert sich, wer ihm sein Tafelsilber stehlen wollte.*

Levins Lachen hallte durch Anouks Schädel. Sollte der

Clown auch nur ahnen, dass jemand in seinen Wagen eingebrochen war, würde er alles daransetzen, denjenigen zu finden, das war ihr klar. Und die Konsequenzen mochte sie sich gar nicht vorstellen. Ausatmend blieb sie vor einem Regal stehen. Die Artisten auf den Gemälden schienen sie anzustarren, und erst als sie feststellte, dass deren Blicke von ihr abglitten, beruhigte sie sich ein wenig. Es war genauso, wie Amélie es ihr prophezeit hatte. Sie war ein Geist, gekleidet in ein Gewand aus Nacht und Farben. Und sie würde finden, wofür sie gekommen war.

Sie begann mit den Büchern. Eins nach dem anderen zog sie aus dem Regal, um es dann exakt in seine Ausgangsposition zurückzuschieben. Das Leder war kühl unter ihren Fingern, aber eine Berührung reichte aus, um sie fühlen zu lassen, dass all diese Bücher nichts als Teile einer leblosen Kulisse waren. Ebenso erging es ihr mit den Marionetten, den Spielkarten auf den Tischen und den Schatullen, die teilweise sogar verschlossen waren und doch nichts als wertlosen Schmuck oder unwichtige Papiere enthielten. Sie achtete genau darauf, alles wieder so hinzustellen, wie sie es vorgefunden hatte, aber mit jedem Gegenstand wurden ihre Bewegungen schneller, und es fiel ihr zusehends schwerer, die aufsteigende Panik kleinzuhalten. Alles um sie herum war eine Maske, und sosehr sie es auch versuchte: Es gelang ihr nicht, dahinterzublicken.

Schließlich blieb sie mitten im Raum stehen. Ihre Hände zitterten. Mehrfach waren ihr die kleinen Figuren auf den Anrichten nun schon fast aus den Fingern gefallen, und je länger sie sich mit all diesen Dingen abmühte, desto stärker überkam sie das Gefühl, zum Narren gehalten zu werden. Noch immer glitten die Blicke der Figuren auf den Gemälden von ihr ab, aber nun, da sie mit rasendem Herzen in dieser entsetzlichen Stille stand, schienen sich die Gesichter zu spöttischen Fratzen zu verziehen. Was, wenn Masrador von ihrem Plan erfahren hatte? Was, wenn er in Wahrheit ganz genau wusste, was sie gerade tat, und jeden Moment aus einem dieser verfluchten Gemälde hervorspringen würde? Instinktiv wich sie zurück und stieß gegen einen Tisch. Gerade noch rechtzeitig bewahrte sie eine Stehlampe vor dem Sturz … und sah, wie ihre Umgebung unter einem heftigen Impuls aufwallte wie Wasser, in das ein Stein geworfen worden war. Die schwarzen Spiegel begannen zu flackern. Im selben Augenblick drehten die Figuren in den Gemälden die Köpfe in ihre Richtung.

Anouk stand da wie erstarrt. Die Kreaturen konnten sie nicht sehen, das wusste sie. Aber dennoch glotzten sie ihr nun mit einer Intensität entgegen, als würden sie spüren, dass sie da war. Wieder ging der Impuls über die Regale, und da begriff sie, dass es ihr Herzschlag war, der die Umgebung aufwühlte. Krampfhaft bemühte sie sich um einen ruhigen Atem, aber sie wurde nur noch nervöser. Und mit jedem Impuls veränderte sich das Wageninnere. Die Regale verschwammen gerade so wie bei ihrem ersten Besuch. Doch dieses Mal fand sie sich nicht in der Wüste wieder oder in einem Palast aus Eis. Stattdessen verwandelte der Wagen sich in einen langen Gang, an dessen Ende der Schreibtisch des Clowns stand. Gleichzeitig wurden die Regale zu kargen Wänden, die Dielen überzogen sich mit rissigem Beton, und direkt vor Anouk schossen Eisenstangen aus dem Boden. Erschrocken wich sie zurück und stieß mit dem Rücken gegen eine Tür aus Metall. Sie wurde durch massive Ketten verschlossen und die Erkenntnis zog Anouk das Blut aus dem Kopf. Sie war in einem Kerker.

Die Stille zerbrach, als die Stangen in schwarzem Feuer aufloderten. Anouk konnte das Lachen hören, das aus der Glut drang. Die Hitze riss an ihren Haaren, glühend schoss die Luft in ihre Lunge, und sie starrte auf den Schreibtisch jenseits ihres Käfigs, als hätte er ihren Blick gebannt. Der Boden erzitterte wie unter schweren Schritten. Bald schon würde der Schreibtisch nicht mehr verlassen sein, das fühlte sie deutlich. Mit aller Kraft riss sie sich von dem Anblick los. Unzählige Male hatte Rhasgar diese Situationen mit ihr geübt und ihr eingeschärft, dass sie nicht glauben durfte, was das schwarze Feuer und ihre eigene Angst ihr vorgaukelten. Es war eine Illusion, die sie sah, nicht mehr. Ein Trugbild.

Das letzte Wort schoss mit solcher Macht in ihren Kopf, dass ihr der Atem stockte. Sie starrte auf die glühenden Stangen direkt vor ihr, aber sie sah sie kaum noch. Sie hatte sich geirrt. Der Kerker war nicht nur Maske oder Illusion. Er war ein Bild! Und wer kannte sich mit Bildern besser aus als sie?

Der Gedanke versetzte sie in Hochspannung, und sie musste sich zwingen, die Augen zu schließen. Kurz sah sie die Figuren der Gemälde vor sich, die als entsetzliche Clowns aus ihren Rahmen krochen und mit tief geneigten Köpfen auf sie zukamen. Sie konnte nicht sagen, ob das wirklich geschah oder nur ein Konstrukt ihrer gejagten Phantasie war, aber sie erkannte diese Kreaturen so deutlich, dass sie meinte, jede Minute ihren Atem auf ihrer Haut zu spüren. Schnell hob sie die Hände. Sie war daran gewöhnt, dass es dunkler hinter ihren Lidern wurde, wenn sie zu zeichnen begann. Doch dieses Mal färbte sie ihre Umgebung nicht schwarz. Stattdessen fixierte sie einen der Clowns, bewegte die Hand vor seinem Gesicht … und wischte ihn fort. Fast hätte sie die Augen geöffnet, als seine Gestalt vor ihr verschwand und nichts als verschwommene Farben zurückließ. Sie hatte ihn mit einer einzigen Geste ausradiert.

Sie strich über die Gefängnisstangen, über den langen Gang und den Schreibtisch. Es funktionierte. Auch sie verschwanden, und Anouk sah andere Orte um sich herum auftauchen: die Oase in der Wüste und den Eispalast, die sie bei ihrem ersten Besuch gesehen hatte. Dann einen verlassenen Strand, einen Friedhof, vom Mondlicht beschienen, und ein Theater mit eingeschlagenen Fenstern. Wie Lagen aus Papier löste sich all das unter ihren Fingern auf, all die Masken, mit denen Masrador seine Besucher in die Irre führte, und darunter, unter all den verwaschenen Farben, lag die Wahrheit.

Erst als ein Windstoß ihre Finger traf, ließ Anouk die Hände sinken. Noch immer hielt sie die Augen geschlossen, aber sie konnte sie deutlich vor sich sehen: die dunkle Gasse, die hinter all dem falschen Schein auf sie gewartet hatte. Unrat und Schutt lagen in den Ecken, und Ratten huschten über das Pflaster, vom flackernden Licht einer Straßenlaterne beschienen. Fast meinte Anouk, den Gestank von Fäulnis wahrzunehmen, der in der Luft lag, doch sie wandte sich nicht vom schwärzesten Punkt der Gasse ab. Etwas wartete dort im Finstern darauf, gefunden zu werden, und ehe die Furcht sie davon abhalten konnte, trat sie darauf zu.

Die Dunkelheit flackerte vor ihrem Blick wie tanzende Schatten, als sie in der äußersten Ecke der Gasse in die Knie ging. Dort vor ihr lag etwas am Boden. Zuerst glaubte sie, einen Menschen vor sich zu sehen, aber dann erkannte sie, dass es ein Kleidungsstück war, das auf einem Berg aus Asche lag. Sie streckte die Hand danach aus und betrachtete es im Schein der Laterne. Es war das Kostüm eines Clowns.

Eine zerknitterte Papierblume zierte das Revers. Der Stoff war abgenutzt und zerrissen, aber noch immer war er tiefschwarz und mit goldenen Sternen besetzt, und als Anouk darüber hinstrich, durchfuhr sie ein Gefühl, das sie seit Ewigkeiten nicht mehr in dieser Stärke empfunden hatte. Es war dieselbe Geborgenheit wie früher, wenn sie in den Armen ihrer Eltern und mit Ben an ihrer Seite eingeschlafen war, ein Raum in ihrem Inneren, der unantastbar war, da er so gut in ihr versteckt lag … ein Raum voller Farben. Und im selben Moment wusste sie, dass sie das erste Kostüm in den Händen hielt, das Masrador je getragen hatte.

Beinahe ehrfürchtig hielt sie sich das Kostüm an. Sie konnte nicht anders, als über den glitzernden Stoff zu streichen, und da fühlte sie den warmen Wind auf ihren Wangen, den Masrador gespürt hatte, als er dieses Kostüm vor langer Zeit getragen hatte. Sie nahm auch den Staub an ihren Füßen wahr, den Staub vieler Straßen, über die Masrador in diesem Kostüm gewandert war, und als sie sich damit drehte, erklang Applaus und freundliches Gelächter. Warm wie Regen prasselte es auf sie nieder, und da wusste sie, dass es von den Menschen stammte, denen Masrador in diesem Kostüm begegnet war, mehr noch: die er darin mit seinem Spiel gefesselt hatte. Sie hörte seine Stimme, jungenhaft und fern jeder Dunkelheit, und sie konnte seinen Herzschlag fühlen, kurz bevor er vor sein Publikum trat. Er war aufgeregt wie ein kleines Kind, und gleich darauf war nichts als Freude mehr in ihm … die haltlose Freude eines Menschen, der seine Bestimmung gefunden hatte.

Da strich Anouk über eine raue Stelle auf dem Kostüm, und ehe sie noch wusste, wie ihr geschah, schoss ein greller Schmerz durch ihren Schädel. Ihr stockte der Atem und sie taumelte nach vorn. Nur mit Mühe hielt sie die Augen geschlossen. Sie spürte, wie die gerade noch so übermächtige Freude in ihr zusammenstürzte und heftige Furcht zurückließ, gepaart mit unendlichem Zorn. Heiß wie schwarze Flammen schoss er durch ihre Glieder und zerriss all die Leichtigkeit, die sie gerade noch empfunden hatte. Im selben Moment berührte sie erneut den Fleck, den sie gerade gestreift hatte. Es war Blut, das fühlte sie nun. Sie konnte es riechen, so deutlich, dass Übelkeit in ihr aufstieg, und sie schmeckte Salz auf ihren Lippen … das Salz von Masradors Tränen.

Erst als ein scharfes Brennen durch ihren Arm schoss, holte sie wieder Atem. Die Kristalle des Armbands gruben sich in ihr Fleisch und riefen ihr ins Bewusstsein, wo sie sich befand. Sie hatte keine Zeit mehr. Ihre Hände zitterten, als sie in ihre Manteltasche griff und eine Ampulle hervorzog, die Amélie ihr gegeben hatte. Behutsam kratzte sie etwas Staub und Blut von dem Kostüm, dessen Empfindungen über sie gekommen waren wie ein Rätsel, das sie nicht lösen konnte. Aber eines wusste sie ohne jeden Zweifel: Sie hatte gefunden, was sie gesucht hatte. In ihren Händen hielt sie Masradors Erinnerung an die Welt der Menschen.

Ihr schwindelte, als sie die Augen öffnete. Die Regale des Zirkuswagens erhoben sich rings um sie, als wäre es nie anders gewesen, und die Fratzen in den Gemälden stierten noch ebenso blind in ihre Richtung wie vor wenigen Augenblicken. Die Stille jedoch brannte auf ihrer Haut, so laut war sie nun, und Anouk legte die Arme um den Körper, um nicht zu frösteln. Dieser Ort brauchte kein schwarzes Feuer, um ein Gefängnis zu sein, so viel war sicher.

Ein weiterer Impuls ihres Armbands trieb sie auf die Tür zu, doch ehe sie sie öffnete, schaute sie sich noch einmal um. Die Trugbilder des Zirkuswagens flackerten vor ihrem Blick, und sie sah das Clownskostüm in der Dunkelheit liegen, verborgen hinter unzähligen schillernden Masken. Es sah aus, als wäre es das Überbleibsel einer Gewalttat oder als wäre es von jemandem getragen worden, der mehr darin verloren hatte als sein Leben … vor sehr langer Zeit.

Noch einmal schaute sie zu Masradors Schreibtisch zurück, und zum ersten Mal, seit sie dem Clown begegnet war, empfand sie etwas wie Mitgefühl mit ihm. Dann riss sie ihren Blick los, und ehe sich die Kristalle ein drittes Mal in ihr Fleisch gruben, verließ sie den Wagen.

# 16

Die Kristallkugel war schwarz wie das Meer in der Nacht. Anouk konnte Rhasgar in ihrem Spiegel erkennen, wie er hinter ihr in der Küche herumhantierte, und schaute sich selbst ins Gesicht. Sie war kreidebleich. Der Einbruch in Masradors Wagen lag zwei Tage zurück und seitdem hatte sie kaum geschlafen. Stattdessen hatte sie darauf hingefiebert, dass Amélie mit dem Ritual beginnen würde – und heute Nacht war es endlich so weit. Die Wandlerin würde in Masradors Gedanken eindringen. Anouks Puls beschleunigte sich bei der Vorstellung, dass sie das Ganze über die Kugel live miterleben würde. Sie war nach der Abendvorstellung, so schnell sie konnte, zum Wagen gelaufen, doch jetzt war es bereits nach Mitternacht, und die Kugel lag noch immer reglos da. Anouk seufzte. Es gab kaum etwas Quälenderes für sie als diese elende Warterei.

»Du siehst aus, als wolltest du die Kugel hypnotisieren«, stellte Rhasgar fest und setzte sich im Schneidersitz zu ihr an den Tisch. Er hatte gerade geduscht und wirkte mit seinen noch feuchten Haaren und dem nackten Oberkörper so entspannt, dass Anouk die Augen verdrehte. Mit finsterer Miene starrte sie wieder auf die Kugel und bemühte sich, nicht auf sein Spiegelbild zu achten.

»Und du siehst aus, als stünde uns ein gemütlicher Abend auf dem Sofa bevor«, gab sie zurück. »Als würden wir uns einen Film ansehen oder ein Eis essen oder irgendetwas anderes vollkommen Harmloses tun und nicht in die Gedanken der gefährlichsten Kreatur eindringen, der ich je begegnet bin.«

Rhasgar zuckte mit den Schultern. »Es gibt größere Gefahren als Masrador. Und abgesehen davon hast du wirklich keinen Grund, nervös zu sein. Du hast die schwarzen Flammen überstanden, hast du das schon vergessen?«

»Das werde ich mein ganzes Leben lang nicht vergessen«, stellte sie fest. »Aber was, wenn uns meine Diebesbeute nirgendwo hinführt? Muss ich dann noch mal in den Wagen einbrechen? Ich weiß nicht, ob ...«

Sie hielt inne, als Rhasgar die Hand auf ihren Arm legte. Wie erstarrt schaute sie auf seine Finger, die behutsam über den Stoff ihres Pullovers strichen, und all ihre panischen Worte zerplatzten wie Seifenblasen.

»Keine Angst«, sagte er beruhigend. »Amélie weiß, was sie tut. Sie hat doch gesagt, dass die Tränen des Clowns genau das sind, was wir gesucht haben. Und sie werden uns zum Ziel führen.«

Anouk seufzte. »Wahrscheinlich hast du recht. Es ist nur ...«

Sie stockte. »Ich habe Grausamkeit erwartet, als ich in Masradors Wagen gegangen bin. Irgendwelche Gräueltaten in seiner Vergangenheit oder Erinnerungen, die mir Albträume bescheren würden. Aber stattdessen habe ich Tränen gefunden … die Tränen eines Wesens, von dem ich dachte, dass es noch nie welche geweint hat. Und jetzt frage ich mich, was schrecklicher ist: gegen das abgrundtief Böse zu kämpfen oder gegen jemanden, der mir vielleicht näher ist, als ich es je für möglich gehalten hätte.«

»Das abgrundtief Böse«, wiederholte Rhasgar und lächelte auf seine gewohnt spöttische Art. »Das klingt wie ein Begriff aus einem Märchen. Dabei ist es nicht mehr als ein Konstrukt unserer Vorstellung, ein Abstraktum, eine Projektionsfläche für unsere eigenen Ängste. Wenn es wirklich existiert, würden wir wahrscheinlich den Verstand verlieren, sobald es uns sein wahres Gesicht zeigte. Es wäre zu gewaltig für uns, wir könnten es niemals begreifen. Aber eins ist sicher: Ein Gegner, der dir nah gekommen ist, kann dir immer gefährlicher werden als ein Fremder. Und trotzdem ist er nicht das größte Hindernis in einem Kampf.«

Anouk hob die Brauen. »Sondern?«

»In jeder Schlacht kämpfen wir in erster Linie gegen uns selbst«, gab er zurück. »Das klingt wie aus Karate Kid, ich weiß. Aber Amélie hat es mir beigebracht, als ich noch neu im Zirkus war, und sie hatte recht. Kein Gegner kann uns so hart mitspielen wie wir selbst. Daher ist es fast egal, wem du im Kampf gegenüberstehst. Es kommt auf dich an – darauf, ob du bereit bist, dich dir selbst zu stellen. Bisher warst du es. Und zwar von der ersten Sekunde an, da du einen Fuß in den Zirkus gesetzt hast.«

»Den Eindruck hatte ich ganz und gar nicht«, sagte Anouk und seufzte. »In meiner Erinnerung bin ich vor allem ausgiebig weggelaufen, und zwar so schnell ich nur konnte. Und so standhaft ich mich anfangs auch gegen den Ruf des *Dark Circus* gewehrt habe … am Ende habe ich doch gegen ihn verloren.«

Rhasgar lächelte, aber er griff ihren spöttischen Ton nicht auf. »Manchmal muss man weglaufen, um anzukommen«, sagte er leise. »Manchmal muss man verlieren, um zu gewinnen.«

Anouk hatte sie genau gehört, diese Zärtlichkeit, die sich mitunter in seine Stimme schlich und sie jedes Mal dazu brachte, ihn anzustarren, als wäre er ein Wesen von einem anderen Stern. »Ja«, sagte sie. »Vielleicht hast du recht.«

Sie fühlte das leichte Zittern in ihren Worten, das nun langsam in ihren Magen sank. Rhasgar sah sie an, als hätte er es auch gespürt. Unwillkürlich erwiderte sie sein Lächeln. Eins war ihr klar: Sie sollte sich auf ihren Plan konzentrieren und all die rätselhaften Gefühle, die er in ihr weckte, zumindest für diese Nacht zum Teufel schicken. Aber wie zur Hölle sollte sie das schaffen? Der Kerl war ein Zauberer – und er trug den Nachthimmel in seinen Augen!

Das Licht traf sie so plötzlich, dass sie beide zusammenfuhren. Es brach aus der fliehenden Dunkelheit der Kugel hervor, und als Amélies Gesicht darin auftauchte, verschwand jede Leichtigkeit, die Anouk gerade noch empfunden hatte. Die Wandlerin trug einen Ernst im Blick, der ihr Kindergesicht mit der Weisheit einer uralten Frau überzog, und augenblicklich war sie zurück: die Aufregung, mit der Anouk sich die letzten Nächte um die Ohren geschlagen hatte.

Sie sah zu, wie Amélie sich an ihren Tisch setzte. Der Wagen hinter ihr lag im Dunkeln. Nur vereinzelt bewegten sich ihre Vögel auf den Regalen, und als Amélie mit leichtem Lächeln in die Kugel schaute, wusste Anouk, dass die Wandlerin nicht nur Rhasgar und sie selbst sehen konnte, sondern auch Levin, Esra, Artus und ihre anderen Verbündeten, die in diesem Moment vor ihren Kristallkugeln saßen und mit ihr den Schritt in die Finsternis wagen würden. Amélie berührte die Kugel mit beiden Händen und Anouk wechselte mit Rhasgar einen Blick. Dann legten sie gleichzeitig die Finger an die Kugel.

Anouk verspürte einen kurzen Schmerz wie von einem elektrischen Schlag. Gleich darauf wurde ihr schwarz vor Augen, und eisige Schauer jagten über ihre Haut, ehe sie sich an Amélies Tisch wiederfand. Zuerst glaubte sie, tatsächlich im Wagen der Wandlerin zu sein. Sie hörte die Vögel zwitschern und spürte die Wärme des Ofens, und Amélie war ihr so nah, als bräuchte sie nur die Hand auszustrecken, um sie zu berühren. Auch die Gegenwart der anderen fühlte sie so deutlich, als säßen sie alle gemeinsam um die kristallene Kugel herum. Nur das leichte Flackern über deren Gesichtern machte Anouk bewusst, dass sie in Wirklichkeit noch immer in Rhasgars Wagen saß. Amélies Stimme erklang, und Anouk hielt den Atem an, als die Wandlerin die Ampulle hob. Es war so weit. Nun würden sie durch Masradors Gedanken reisen … auf der Suche nach dem Geheimnis des Fluchs.

Heftiger Wind fuhr Anouk ins Haar, als Amélie die Ampulle öffnete. Staub und Blut verwandelten sich in wirbelnden Nebel, der als nicht enden wollender Strom aus der Ampulle herausfloss und rasch den gesamten Raum füllte. Anouk sah noch, wie Rhasgars Gestalt in dem grauen Dunst verschwand.

Dann stellte sie fest, dass sie die Kristallkugel nicht mehr an ihren Fingern fühlte. Sofort ging ihr Atem schneller, und sie musste sich daran erinnern, was Amélie ihr über das Ritual erzählt hatte.

*Die Reise in fremden Gedanken ist, als würdest du träumen,* klangen die Worte der Wandlerin in ihr wider. *Dein Körper rührt sich nicht von der Stelle – aber dein Geist kann fliegen. Mitunter wird er magisch angelockt von den Abgründen, die er sieht. Und auch Gedanken werden voneinander angezogen. Doch keine Sorge. Ich bin an deiner Seite. Ich werde nicht zulassen, dass du der Finsternis zu nah kommst.*

Anouk holte tief Luft. Ihr Körper saß noch immer neben Rhasgar am Tisch in seinem Wagen, aber ihr Bewusstsein war in den Nebel geraten. Sie konnte ihn auf ihren Wangen spüren, und gleich darauf fühlte sie auch den Staub unter ihren Füßen, gerade so wie es in Masradors Wagen gewesen war. Ihre Knochen schmerzten, als wäre sie sehr lange gelaufen, und im nächsten Moment zerriss ein Blitz den Nebel.

Anouk fuhr zusammen, so sehr erschreckte sie sich. Sie fand sich in einem winzigen Zimmer mit zerbrochenen Möbeln wieder und roch Alkohol und Zigaretten, ehe der nächste Blitz sie in einen Hinterhof trug. Ratten kletterten über Mülltonnen, der Wind fühlte sich an, als würde er Rasierklingen nach ihr werfen. Wieder blitzte es. Dieses Mal hörte sie Stimmen, so aggressiv, dass sich ihr Magen zusammenzog. Instinktiv wich sie zurück, nur um in die nächste Szene hinüberzustolpern. Eine abgebrochene Flasche raste auf sie zu und traf ihre Wange. Der Schmerz peitschte durch ihren Schädel, und da begriff sie, dass es Masradors Erinnerungen waren, die um sie aufblitzten – Gedanken, die sich wie die Bilder eines Albtraums aneinanderreihten.

Eine Kellertreppe, die ins Dunkle führte. Eine betrunkene Frau neben einem Sofa, auf dem Teppich davor ihr Erbrochenes. Blutspuren an einem Fensterrahmen. Eine Katze, die davonlief. Und immer wieder Schreie, die als gleißende Schemen durch die Luft jagten, aber nicht vor den Augen haltmachten. Sie glitten durch Anouk hindurch, messergleich und glühend heiß, und sie rang erleichtert nach Atem, als sie in die kühle Dunkelheit eines nächtlichen Waldes eintauchte. Erst als die Zweige ihr Gesicht trafen, begriff sie, dass sie rannte. Kurz nur erinnerte eine innere Stimme sie daran, dass nicht sie es war, die durch die Finsternis floh, sondern Masrador. Doch sie konnte sein rasendes Herz so deutlich fühlen, als wäre es ihr eigenes, und sie hielt nicht inne. Sie lief fort vor den Bildern, die sich in ihrem Rücken wie ein mächtiges Gewitter ballten, bis sie sicher war, vor Erschöpfung keinen Schritt mehr tun zu können. Die Bäume schwankten vor ihrem Blick. Sie glaubte, jede Minute zusammenzubrechen, und schließlich geschah genau das. Ihre Beine gaben unter ihr nach. Und sie fiel.

Es war ein Sturz wie im Traum. Sie schlug nicht am Boden auf, sie öffnete einfach in einer anderen Szene die Augen und fand sich auf einem Marktplatz in einer Menschenmenge wieder. Sie war noch immer außer Atem, doch nun war es eindeutig ihr eigenes Herz, das in ihrer Brust schlug, und als ein sachter Windhauch durch ihr Haar ging, begriff sie, dass Amélie Wort gehalten hatte. Sie hatte Anouk aus dem direkten Strom der Erinnerungen herausgezogen – sie war noch immer in Masradors Gedanken, aber zwischen ihr und seinen Empfindungen lag nun die schützende Magie der Wandlerin.

Und dennoch fühlte Anouk seine Nähe so deutlich, dass sie ein Frösteln überkam. Es war wie ein Flirren in der Luft, das den gesamten Platz erfüllte, auch wenn die Menschen ringsum es nicht wahrzunehmen schienen. Sie redeten leise miteinander und schauten allesamt zum Brunnen hinüber, so als gäbe es dort etwas zu sehen, das Anouk bisher verborgen geblieben war. Sie stellte sich auf die Zehenspitzen, und da war er: Masrador, gekleidet in sein Clownskostüm, der sich vor der wartenden Menge in Position begab.

Er war so jung, dass Anouk ihn im ersten Moment kaum erkannte. Lockiges Haar fiel ihm in die Stirn, seine Hände zitterten nervös, als er sein Kostüm glatt strich, und seine Augen waren von einem so warmen Braun, dass Anouk an die Kastanien denken musste, die sie früher mit Ben im Bois de Boulogne gesammelt hatte. Er war kaum geschminkt, sodass er in seinem Kostüm aussah wie ein Obdachloser und nicht wie ein Clown, der Scherze mit dem Publikum treiben wollte. Nur die Narbe in seiner Wange hatte sich nicht verändert. Doch Anouk spürte noch immer den Schmerz der abgebrochenen Flasche in ihrem eigenen Fleisch, und je länger sie den jungen Mann betrachtete, desto schwerer fiel es ihr, ihn mit dem grausamen Clown in Einklang zu bringen, den sie erlebt hatte.

Ein Raunen ging durch die Reihen, als Masrador einen Schritt vortrat. Es brachte Anouk unwillkürlich dazu, die Schultern anzuziehen. Sie fühlte die Abwehr, die darin lag, und als sie einen Blick in die Menge warf, sah sie die Kälte in den Augen der Menschen – die nur halb unterdrückte Feindseligkeit gegenüber dem merkwürdigen Kerl mit seinem abgerissenen Kostüm und dem vernarbten Gesicht. Er wirkte fehl am Platz auf dem beschaulichen Markt mit den Blumenkästen vor den Fenstern, so sehr, dass die Menschen stehen geblieben waren, um ihn anzustarren, und als er unter den ersten Spottrufen erstarrte, als wäre er von Steinen getroffen worden, da wusste Anouk, dass er zeit seines Lebens auf diese Weise vor den Menschen gestanden hatte: wie ein Ausgestoßener und Fremder, wie eine Kreatur aus einer anderen Welt.

Und dann geschah das, was sie bereits im *Dark Circus* beobachtet hatte. Masrador hob den Kopf, so langsam, als müsste er schwere Lasten von seinem Nacken stemmen. Wieder fühlte sie die Anstrengung, die ihn das kostete, und als die Stimmen verstummten, wusste sie, dass es den Menschen ebenso erging. Gleichzeitig breitete Masrador die Arme aus, und als er schließlich vor ihnen stand, den Kopf hocherhoben und mit diesem Blitzen in den Augen, das ebenso einem unschuldigen Kind wie einem Schurken gehören konnte, war es so still geworden, dass man eine Stecknadel hätte fallen hören können. Unmerklich flog ein Lächeln über Masradors Gesicht. Dann fing er an zu erzählen.

Seine Stimme war noch weit entfernt von den dunklen Tönen, in die sie sich im *Dark Circus* verwandelt hatte. Doch sie umfing Anouk mit derselben betörenden Macht, die sie schon bei ihrem ersten Besuch im Zirkus in ihren Bann gezogen hatte. Masrador begann mit einem alten Märchen, das sie schon etliche Male zuvor gehört hatte, aber die Worte blühten unter seiner Stimme auf wie ein Lied, dem sie sich nicht entziehen konnte. Und damit war sie nicht allein.

Die Befremdung auf den Gesichtern der Menschen bröckelte. Nicht einer von ihnen hatte Masrador zuhören wollen, aber sie taten es doch, und als er sie zum ersten Mal zum Lachen brachte, nahm seine Geschichte sie ganz gefangen. Mühelos führte er sein Publikum durch ein Reich der Sagen und Legenden und vollzog dabei selbst eine schier unglaubliche Verwandlung. Gerade eben war er für seine Zuschauer noch ein junger Mann von der Straße gewesen, wahrscheinlich geistig verwirrt und ziemlich heruntergekommen. Doch nun stand er vor ihnen als König Valemon, als Hagen von Tronje und der Drache Fafnir, als mutiger Ritter und tapferer Krieger und als Geschichtenerzähler, der all seine Figuren mit nicht mehr als einem Fingerstreich zum Leben erwecken konnte. So viel mehr war er nun als irgendein Kerl in einem Clownskostüm, und Anouk fühlte, wie seine Worte einen unsichtbaren Zauber zwischen ihm und den Menschen woben. Er ließ sie fliegen, sterben und auferstehen, und er zog sie mit jedem seiner Worte stärker in einen Raum, der unantastbar war ... seinen Raum aus Farben.

Der Applaus am Ende der Vorstellung war atemberaubend. Masrador verneigte sich mit geröteten Wangen, und während die Menschen nach vorn liefen und Münzen in seinen Hut warfen, bemerkte Anouk den Glanz in seinen Augen, der ihn noch jünger machte, als er es ohnehin schon war. Ein Lächeln ging über seine Züge, und für einen Moment verlor sich trotz der Narbe jede Ähnlichkeit mit dem Clown, als der er Anouk begegnet war. Kein Argwohn war mehr in seinem Blick, keine Anspannung, keine Vorsicht. Dort drüben stand nur ein Mensch, der glücklich war.

Anouk fuhr zusammen, als Dunkelheit über den Platz kam.

Sie hüllte sie ein wie ein Traum, und als sie sich lüftete, fand sie sich an anderer Stelle des Dorfes wieder. Sie stand in einer einsamen Gasse. Samtene Nacht lag über den Dächern, aber jede Freude, die sie gerade noch empfunden hatte, war verschwunden. Stattdessen spürte Anouk etwas, das wie ein unheilvoller Geruch durch die Luft zog und für das sie doch erst das passende Wort fand, als sie Masrador bemerkte. Er hatte ihr den Rücken zugekehrt und ging die Gasse hinab, langsam, als würde er auf die Geschichten lauschen, die vielleicht in den Schatten am Wegesrand auf ihn warteten. Seine Gestalt wurde von den Straßenlaternen nur schwach erhellt, und jedes Mal, wenn er zwischen den Lichtkegeln unsichtbar wurde, überkam Anouk der Wunsch, dass er tatsächlich verschwinden würde – dass er einfach untertauchte in der Dämmerwelt zwischen Licht und Finsternis und der Gefahr entkommen konnte, die sich zusehends enger um ihn zog.

Sie setzte sich in Bewegung, angetrieben von dem irritierenden Gefühl, Masrador vor etwas Unsagbarem warnen zu müssen. Was zur Hölle war los mit ihr? Sie befand sich in Masradors Erinnerungen, die ließen sich nicht mehr ändern. Und abgesehen davon: Genügte eine kleine Reise in seine Vergangenheit, um sie alles vergessen zu lassen, was er heute war? Sie zwang sich, an den grausamen Clown zu denken, doch als Masrador innehielt und mit träumerischem Lächeln zum Mond hinaufsah, zerbrach jedes Schreckensbild. Was auch immer aus ihm geworden war – an diesem Punkt seiner Geschichte hatte er mit dem mächtigen Clown des *Dark Circus* nicht mehr gemein als die Narbe auf seiner Wange.

Anouk beschleunigte ihre Schritte. Ihr Verstand rief ihr zu, dass es zwecklos war, aber irgendetwas tief in ihr trieb sie vorwärts. Sie öffnete den Mund, um ihn zu rufen, und im selben Moment wandte er den Blick halb zurück, als hätte er seinen Namen gehört, noch ehe sie ihn ausgesprochen hatte. Doch gleich darauf schloss sich Amélies Magie als eisiger Windhauch warnend um Anouks Kehle und drängte jeden Laut zurück. Und kaum dass Masrador sich wieder zum Gehen wandte, traten dunkle Gestalten vor ihm aus der Finsternis.

Es waren sieben Männer, die Gesichter nur halbherzig mit Tüchern verdeckt. Anouk sah ihre geballten Fäuste und blitzenden Messer, und sie fröstelte, als einer von ihnen nach Masradors Beutel griff. Die Augen des Mannes waren kalt, und sie begriff, dass er nicht nur wegen des Geldes gekommen war, genauso wenig wie seine Begleiter.

*Die Menschen fürchten, was sie nicht verstehen,* raunte Masradors Stimme in ihrem Kopf. *Und auf ihre Furcht folgt ihr Hass.*

Sie sah ihn vor sich wie an jenem Morgen in seinem Zirkuswagen, als er das zu ihr gesagt hatte. Aber dieses Mal erkannte sie keinen Zorn in seinem Blick, sondern nichts als den kühlen Glanz des Mondes, der sich auf seinem Kostüm spiegelte. Unendlich langsam kreisten die Männer ihn ein. Kurz erwartete Anouk, dass sich die Türen der Häuser öffnen und Clowns hervorbrechen würden, um sie niederzuschlagen, oder dass Masradors Hände sich in Klauen verwandelten. Sie ertappte sich dabei, dass sie es sich wünschte. Doch nichts dergleichen geschah. Masrador stand nur da, so reglos, als wäre er zu Eis geworden. Dann stürzten die Männer sich auf ihn.

Masrador wich ihren Schlägen so schnell aus, als hätte er

zeit seines Lebens nichts anderes getan, als grausamen Hieben zu entgehen. Seine Bewegungen waren lautlos und schattenhaft, und für einen Moment glaubte Anouk, schwarzes Feuer auf seinen Händen auflodern zu sehen. Aber auch das war nichts als ein Konstrukt ihrer eigenen Phantasie. Denn Masrador griff die Männer nicht an. Er versuchte noch nicht einmal zu fliehen. Er wurde einfach langsamer, je stärker sie ihm zusetzten, und als ihn der erste Schlag traf, fiel er zu Boden, als wäre er ein schwaches Kind.

Die Männer ließen nicht von ihm ab. Anouks Muskeln brannten, so sehr drängte es sie einzugreifen. Aber sie stand nur da, erschüttert darüber, dass keine Macht der Welt diese Erinnerung mehr ändern würde, und sah zu, wie die Männer auf Masrador einschlugen. Er wehrte sich nicht, doch bei jedem dumpfen Hieb zuckte Anouk zusammen. Es kam ihr so vor, als wäre sie selbst es, die dort auf dem Pflaster lag. Sie fühlte die Steine an ihrer Wange, das Blut, das aus etlichen Wunden rann, und sah die Papierblume, die in den Schmutz fiel. Und sie hörte die Stille, die über die Gasse kam, als die Männer das Weite suchten und Masrador liegen ließen.

Anouk setzte sich in Bewegung, in die eiserne Stille hinein, den Blick unverwandt auf Masrador gerichtet. Sein Gesicht verbarg sich im Dunkeln, und kurz sah er aus wie sein Kostüm, das sie in seinem Wagen gefunden hatte … blutbesudelt und tot. Sie erschrak fast, als sie ihn atmen sah, und kniete neben ihm nieder. Er nahm sie nicht wahr, wie sollte er auch, und doch empfand sie eine seltsame Art von Gemeinschaft, als sie neben ihm in der Finsternis hockte und auf seinen nächsten Atemzug wartete.

Nach einer Weile liefen Menschen an ihnen vorüber. Anouk konnte die Blicke fühlen, die über Masrador hinwegglitten. Aber niemand half ihm. Der Zauber des Marktplatzes war zerbrochen, er war nie von Dauer gewesen. Er war wie ein Schutzraum, in den man nicht zurückkehren konnte, sosehr man es auch versuchte, und als Masrador sich an der Hauswand hochstemmte und schließlich sitzen blieb, in die Ecke gedrängt wie ein verwundetes Tier, da musste sie an Bens Kinderzimmer denken und daran, wie sie selbst auf diese Weise am Boden gesessen hatte. Sie schmeckte seine Tränen auf ihren Lippen, diese unsinnigen Zeichen seiner Verzweiflung, die ihn auch nicht retten konnten, und ihr Herz raste. Sie kannte die Leere, die nun in Masrador aufbrach, sie fühlte den Schmerz, den unbändigen Zorn und die Kälte, die in jeden Winkel seines Körpers vordrangen und kaum zu ertragen waren … und wie all das plötzlich von lindernder Dunkelheit umfangen wurde.

Es war, als würden die Schatten aus den Nischen der Gasse in Masrador hineinkriechen, so zärtlich, als wollten sie ihn mit flüsternder Nacht erfüllen, und Anouk spürte ihn selbst: den Trost, der in dieser Finsternis lag und der nun Masradors Blick ans Ende der Gasse zog. Sie hörte die Schritte nicht, die sich ihnen näherten, aber sie konnte sie fühlen: Hell wie ferner Glockenschlag brachten sie das Pflaster zum Erzittern und nahmen die Stille mit sich. Eine innere Stimme, die sie noch nie in dieser Dringlichkeit gehört hatte, rief Anouk zu, dass sie die Beine in die Hand nehmen und rennen sollte – fort von dem, das sich vom Ende der Gasse näherte. Aber gleichzeitig war es, als hätte sich ein Bannzauber über sie gelegt, und so saß sie neben dem blutenden Clown und sah zu, wie sich eine hochgewachsene Gestalt aus der Dunkelheit formte.

Es war der Schatten eines Schattens. Und doch erkannte Anouk einzelne Details so deutlich, als würden sie von gleißenden Blitzen erhellt: die metallenen Absätze der Schuhe, die den seltsamen Silberklang auf dem Pflaster verursachten. Den langen Mantel, der zu den Seiten kein Ende zu nehmen schien, weil er so vollständig mit der Finsternis verschmolz. Den Spazierstock, auf dem eine männliche Hand mit ungewohnt feingliedrigen Fingern ruhte. Den Zylinder, unter dem langes Haar hervorschaute. Und die Dunkelheit, die darunter lag – so tief wie ein Abgrund und ebenso betörend.

Der Fremde blieb stehen und neigte den Kopf wie bei einer Verbeugung, und da begann die Düsternis zu flimmern, gerade dort, wo sein Gesicht sein musste. Anouk schwindelte. Es kam ihr so vor, als würden all die Empfindungen, die sie gerade noch gelähmt hatten, von dieser Finsternis angezogen und aufgelöst, so übermächtig, dass sie fast auf die Beine gekommen und auf den Fremden zugetreten wäre. Doch nicht sie war es, die sich rührte, sondern Masrador. Er richtete sich auf wie von unsichtbaren Fäden gezogen, und da glomm ein Augenpaar in der Schwärze unter dem Zylinder auf, golden wie die eines … Engels …

Das Wort peitschte mit entsetzlichem Hohngelächter durch Anouks Schädel. Es war ein Lachen, das aus nichts als Dunkelheit bestand – einer Dunkelheit, die grausamer war als jeder Schmerz dieser Welt. Sie riss ihren Blick fort und sah Masrador ins Gesicht. Aber nur für einen kurzen Moment erkannte sie noch den jungen Mann, der er einst gewesen war. Dann fraß sich die Finsternis der Kreatur in seine Augen, und sie sah, dass es kein Engel war, der dort drüben wartete, und auch kein Trost in der Dunkelheit. Was auch immer dort in den Schatten stand, würde Masrador nicht auffangen – es würde ihn in eine Tiefe stürzen, von der er noch keine Vorstellung hatte. Und es war nicht allein für den blutenden Clown an diesen Ort gekommen.

Anouk fuhr zusammen, so heftig flackerte Amélies Magie plötzlich über ihre Haut. Doch sie konnte sich nicht von Masrador abwenden. Das goldene Licht vom Ende der Gasse glomm in seinen Augen auf und brannte die Züge des jungen Mannes aus, bis nichts mehr zurückblieb als die Fratze des Clowns, der er im *Dark Circus* war. Dann riss er den Kopf herum und starrte Anouk an. Sie konnte nicht atmen, so gleißend schoss die Erkenntnis in ihren Leib, dass er wirklich da war – dass er in seine eigene Erinnerung gekommen war, um sie zu finden. Aber er sah sie nicht. Sein Blick ging durch sie hindurch, forschend, als suchte er etwas. Dann glitt das grausame Lächeln auf sein Gesicht und Anouk schauderte. Er hatte gefunden, was er suchte.

Amélies Schrei zerfetzte die Szene wie Feuer dünnes Papier. Anouk stürzte durch die Finsternis und fand sich im Wagen der Wandlerin wieder, am Boden zwischen den Regalen, als hätte ein heftiger Schlag sie vom Tisch fort und in die Dunkelheit getrieben. Sie konnte die anderen nicht erkennen, aber Amélie saß noch immer vor ihrer Kugel, die Hände so heftig dagegengepresst, dass das Glas splitterte. Blut lief über ihre Fingerkuppen. Sie zitterte am ganzen Leib, und als sie sich endlich von der Kugel losriss und auf die Beine kam, waren ihre

Augen weit aufgerissen. Sie taumelte rückwärts. Ihr Blick hing noch immer an der Kugel, und da brach eine Klaue daraus hervor – die Klaue eines Clowns.

Stück für Stück schob Masrador sich aus dem Glas, bis er sich vor Amélie aufrichtete. Reglos stand er da, doch Anouk sah kaum das erbarmungslose Lächeln auf seinen Lippen. Alles, was sie deutlich wahrnahm, war der Stolz in Amélies Blick, der nun jede Furcht aus ihren Augen vertrieb. Kurz hob sie den Kopf, und obwohl sie viel kleiner war als der Clown, schaute sie auf ihn hinab. Dann stieß Masrador die Faust vor, und als er Amélie an der Kehle packte und hoch in die Luft riss, peitschte heftiger Schmerz durch Anouks Glieder. Ihre Muskeln spannten sich und ihr wurde schwarz vor Augen.

Sie landete so hart am Boden, dass ihr die Luft aus der Lunge wich. Die Umgebung drehte sich vor ihrem Blick, und sie brauchte einen Moment, um zu begreifen, dass sie in Rhasgars Wagen auf den Dielen lag. Ein ohrenbetäubendes Fiepen erfüllte ihren Schädel, das erst verstummte, als Rhasgar neben ihr auf die Knie fiel. Seine Hände bluteten, aber er schien es nicht zu bemerken. Mit nichts als Sorge im Blick sah er sie an, als könnte er auf diese Weise herausfinden, ob sie verletzt war. Sie öffnete den Mund, um etwas zu sagen, doch kein Ton kam ihr über die Lippen, und so nickte sie zum Zeichen dafür, dass sie nicht verwundet worden war. Aber sie sah noch immer Masradors Gesicht vor sich, so nah an dem ihren, dass sie glaubte, seinen Atem auf ihren Wangen zu spüren. Sie war ihm entkommen, doch zu welchem Preis? Mit rasendem Herzen schaute sie zu der Kugel hinüber. Sie war gesprungen, gerade dort, wo sie sie berührt hatten … gesprungen von Amélies

Magie, die sie gerade noch rechtzeitig vor ihrer Entdeckung in Rhasgars Wagen zurückgeschickt hatte.

Behutsam zog Rhasgar sie auf die Beine, doch er sah sie nicht an. Er fixierte die Kugel, und seine Augen waren so dunkel, als hätte er dem Tod ins Angesicht geschaut. Noch nie zuvor hatte Anouk einen solchen Ausdruck auf seinen Zügen gesehen, und als er auf die Kugel zutrat, atemlos wie ein Ertrinkender, da wusste sie, dass er dasselbe Bild darin erkannte wie sie: Amélie, die in Masradors Klauen lag … in den Klauen des Clowns, den sie verraten hatte.

# 17

Das Zelt des *Dark Circus* stand in schwarzen Flammen. Sie flackerten, als Anouk neben Rhasgar darauf zutrat, aber sie verursachten keinerlei Geräusch, und auch die Geisterwesen schoben sich im Gegensatz zu ihrem sonst so tückischen Wispern schweigend aus dem Feuer. Ihre zu stummen Schreien aufgerissenen Münder verstärkten die unheilvolle Stille, die seit den Ereignissen der vergangenen Nacht auf dem Zirkus lastete, und ihre höhnischen Blicke kündeten von dem Ereignis, das nun unmittelbar bevorstand.

Anouk zog die Arme um ihren Körper. Sie fror schrecklich, trotz der Hitze des schwarzen Feuers. Die Kälte hatte sie befallen, kaum dass Amélies Gesicht in der Düsternis der Kristallkugel verschwunden war, und sie hatte sich noch verstärkt, als im Morgengrauen mehrere Eisvögel Masradors von Wagen zu Wagen geflogen waren. Sie hatten die Nachricht überbracht, dass die Vorstellung am Abend abgesagt war. Stattdessen waren alle Artisten ins Zelt gerufen worden, und Anouk wusste, dass es dort zum Tribunal gegen Amélie kommen würde. Es war das Einzige, das Rhasgar in den vergangenen Stunden zu ihr gesagt hatte.

Verstohlen sah sie ihn von der Seite an. Sein Gesicht zeigte noch immer keine Regung. Es hatte sich vor der Welt verschlossen, im selben Moment, da Masradors Nachricht gekommen war. Rhasgar hatte den schwarzen Zettel in seiner Hand verbrennen lassen und erst gemerkt, dass die Flammen ihn verwundeten, als Anouk ihn erschrocken am Arm gepackt hatte. Aber selbst da hatte sich keine Empfindung auf seinen Zügen abgezeichnet bis auf eine: die Verzweiflung darüber, dass Amélie in die Finsternis gefallen war … und dass er es nicht verhindert hatte.

Sie begegneten Levin und Esra auf dem Weg. Die beiden hielten die Köpfe geneigt und sagten kein Wort, doch das war auch nicht nötig. Die Anspannung stand Levin ins Gesicht geschrieben, und Esra war so blass, dass sie aussah wie ein Geist. Ihre Augen waren gerötet, ohne Zweifel hatte sie stundenlang geweint. Und trotzdem war es Rhasgars Schweigen, das sich lähmend auf Anouks Glieder legte. Es kam ihr so vor, als würde er mit jedem Schritt, den sie gemeinsam taten, weiter von ihr forttreiben.

Sie hatten das Zelt fast erreicht, als sie die Hand auf seinen Arm legte. Er fuhr zusammen wie so oft, wenn sie ihn berührte, doch anders als sonst fand sie keinen Tadel in seinem Blick. Stattdessen sah er sie nur an, wortlos wie in der Ruine, als er durch den Regen zu ihr herübergeschaut hatte, und sie spürte die Angst, die in ihm lauerte: die haltlose Furcht um einen Menschen, dem er mehr verdankte als sein Leben. Anouk kannte dieses Gefühl so gut, dass sich ihre Kehle zusammenzog. Es gab nichts, das sie sagen konnte, aber sie verschränkte ihre Finger mit den seinen und hielt seine Hand fest, ungeachtet der Kälte, die nun auch durch seinen Handschuh in ihre Glieder drang. Ganz gleich, was in diesem Zelt auf sie wartete – alleinlassen würde sie Rhasgar nicht. Kurz flammte der alte Trotz in seinen Augen auf, der ihn dazu treiben wollte, seine Hand zurückzuziehen. Doch schließlich nickte er und die Ahnung eines Lächelns flog über seine Lippen. Dann wandte er sich ab, und im selben Moment, da der Frost auf seine Züge zurückkehrte, betraten sie das Zelt.

Die Manege lag in fast vollständiger Dunkelheit. Ein Spotlight bestrahlte ein Katheder in der Mitte, und als Anouk Platz nahm, konnte sie die anderen Artisten ringsherum kaum erkennen. Umso deutlicher jedoch hörte sie deren Stimmen, die sich in den Schatten verloren wie Sonnenstrahlen beim Einbruch der Nacht. Kaum war der letzte Ton verklungen, durchbrach das Rauschen von Feuer die angespannte Stille. Fackeln entzündeten sich an den Masten und erhellten die Gestalt von Dario, der nun mit seinem üblichen tänzerischen Gang hereinkam. Er war ungeschminkt, doch auf seinem Gesicht lag das maskenhafte Lächeln des Harlekins.

Er ließ den Blick mit derselben Heiterkeit durch die Reihen gleiten, mit der er für gewöhnlich das Publikum begrüßte, und Anouk überkam eine unbändige Wut. Sie musste daran denken, wie oft sie ihn in den vergangenen Tagen in der Nähe von

Amélies Wagen gesehen hatte, wie er immer wieder plötzlich aus der Dunkelheit aufgetaucht war, wenn sie es am wenigsten erwartet hatte, und wie er sie angesehen hatte, jedes Mal, wenn sie sich zufällig begegnet waren, einnehmend freundlich und zugleich so forschend, als würde er jeden ihrer Schritte genau beobachten. Sie hatte diesem Eindruck keine weitere Beachtung geschenkt und ihn dem Umstand zugeschrieben, dass sie Dario gegenüber seit Rhasgars Warnung einfach misstrauisch geworden war. Aber nun, da sie ihn in der Manege stehen sah, so unbeschwert, als würde er eine weitere Vorstellung ankündigen, stieg Übelkeit in ihr auf. Er war Amélie auf die Schliche gekommen, da ging sie jede Wette ein. Er hatte sie an Masrador verraten.

Dario blieb stehen, als hätte er ihren Zorn gespürt. Für einen Moment schaute er mit rätselhaftem Flackern in den Augen zu ihr herüber, und sie musste daran denken, was Rhasgar gesagt hatte: *Für Dario ist alles nur ein Spiel.* Dann hob er die Hand, und als er sich halb zum Artisteneingang umwandte, kam Amélie in die Manege.

Ein Raunen ging durch die Reihen, und Anouk wäre vor Schreck auf die Beine gesprungen, wenn Rhasgar sie nicht zurückgehalten hätte. Flammende Geisterwesen fuhren zu denjenigen hinab, die dem gleichen Impuls folgten, und zwangen sie zurück auf ihre Plätze, doch Anouk nahm es kaum wahr. Wie erstarrt sah sie Amélie an, die mit tief geneigtem Kopf vor dem Katheder innehielt.

Sie war barfuß und wirkte in ihrer Kindergestalt hoffnungslos zerbrechlich. Blutige Striemen liefen über ihre Arme, und Anouk spürte, wie Rhasgar sich beim Anblick dieser Foltermale versteifte. Mit rasendem Herzen sah sie zu Dario hinüber, der sich nun mit seinem verfluchten Lächeln am Rand der Manege niederließ. Sie hätte es ihm am liebsten aus dem Gesicht geschlagen, und sie musste sich von ihm abwenden, um diesem Impuls nicht zu folgen. Amélies Anblick jedoch schnürte ihr die Kehle zu. Seit Anouk sie kannte, war kein Tag vergangen, an dem nicht ein Wort, ein Blick, ein Lächeln der Wandlerin sie getröstet hätte – und ausgerechnet sie, die immer stark gewesen war und anderen so viel Kraft gegeben hatte, stand nun wie gebrochen da und sah aus, als würde ein Windstoß genügen, um sie in die Knie zu zwingen.

Der Boden erbebte unter mächtigen Schritten. Anouk rührte sich nicht, als Masrador die Manege betrat. Sie sah ihn an, diesen Clown, der nun zum Katheder hinüberging, und versuchte, sich an den jungen Mann zu erinnern, dem sie sich in der vergangenen Nacht so nah gefühlt hatte. Sie konnte seine Tränen noch immer auf ihren Lippen fühlen. Aber gleich darauf ließ Masrador seinen Blick über die Reihen schweifen, und plötzlich schmeckte sie Blut auf ihrer Zunge, so als wären die Tränen in scharfe Scherben zerbrochen. Sie hob die Hand an den Mund und stellte fest, dass weder Blut noch Tränen ihre Lippen benetzten. Und doch genügte ein Blick in Masradors Augen, um jeden Bezug zu dem jungen Mann in ihr auszulöschen, als der er ihr des Nachts erschienen war. Nichts als grausame Schwärze stand mehr in seinem Blick … und ein eisiges goldenes Licht weit hinten in der Finsternis.

Masrador legte beide Hände auf den Rand des Katheders und betrachtete Amélie, als wäre er Richter und Henker in einer Person. Anouk konnte nachfühlen, aus welchem Grund

Amélie seinen Blick nicht erwiderte. Sie erinnerte sich gut an die schneidende Glut, die sie in seinem Wagen erfasst hatte. Und doch wünschte sie sich nichts mehr, als dass Amélie den Kopf heben und Masrador ansehen würde – furchtlos und zornig, wie sie vor der letzten Nacht gewesen war. Aber die Wandlerin stand nur da und rührte sich nicht und schließlich schaute Masrador in die Reihen der Artisten.

»Dies ist eine Nacht der Trauer«, sagte er, und seine Stimme zog sich als dunkles Grollen in Anouks Magen zusammen. »Es ist eine Nacht, in der Illusionen zerstört und Masken zerbrochen werden – eine Nacht, in der die Wahrheit obsiegen wird, wie entsetzlich sie auch sein mag. Ich sehe in eure Gesichter und finde dieselbe Unruhe darin, die auch ich empfinde, dieselbe Anspannung und denselben Zorn. Wir alle sind Teil des *Dark Circus*. Er rief jeden Einzelnen von uns zu sich, erreichte uns im grellsten Licht und in der tiefsten Finsternis und gab uns etwas, das wir nirgendwo sonst gefunden hätten: eine Zuflucht vor der Welt und vor uns selbst. Hier sind wir geborgen in einer Gemeinschaft der Verlorenen, die niemanden in die Irre gehen lässt. Doch wie so oft, wenn man sich sicher fühlt, steht die Bedrohung schon vor den Toren. Vergangene Nacht wurde eben diese Gemeinschaft das Opfer eines heimtückischen Angriffs, der nur ein Ziel verfolgte: die Vernichtung des Ortes, der uns allen eine Heimat geworden ist – die Vernichtung des *Dark Circus*.«

Ein Raunen ging durch die Reihen. Anouk musste sich zwingen, die anderen nicht anzuschauen, aber sie spürte, wie Levin neben ihr die Arme um den Körper schlang. Auch Esra zog die Schultern an. Nur Rhasgar saß so regungslos, als wäre er zu Eis geworden, und ließ Masrador für keine Sekunde aus den Augen.

»Manche hier erinnern sich an die Nacht der Schwerter«, fuhr Masrador fort. »Damals schlossen sich einige der hier Anwesenden zusammen, um gegen die Regeln des *Dark Circus* aufzubegehren. Ihnen stand nicht länger der Sinn nach dem, was der Zirkus ihnen einst geschenkt hatte. Sie wollten die Loslösung von allem, was er war. *Freiheit* – so nannten sie es damals. Erst als der *Dark Circus* ihnen seine Macht bewies, erkannten sie ihren Irrweg und kehrten auf den rechten Pfad zurück. Damals begriffen sie, dass Freiheit nichts ist als ein Wort. In diesem Zelt. In der Welt dort draußen. Selbst in den Köpfen derer, die es denken. Sie verstanden den Wert der Kräfte, die der *Dark Circus* jedem Einzelnen von uns schenkt. Und sie verschrieben sich ihm erneut, bedingungsloser noch als zuvor. Das zumindest glaubte ich. Doch nun musste ich erkennen: Ich habe mich geirrt.« Masrador neigte den Kopf, als er Amélie mit seinem Blick umfasste. »Vergangene Nacht wurde mehr zerstört als mein Vertrauen in unsere Gemeinschaft«, fuhr er fort. »Ich musste erleben, wie ausgerechnet diejenige, die damals den Aufstand anführte, sich nun erneut gegen mich wandte. Amélie, die ich für eine meiner treuesten Verbündeten hielt, schlich sich vor wenigen Stunden in meine Gedanken, um alles zu zerstören, was wir sind.«

Erneut erklang Gemurmel, aber eine Geste von Masrador genügte, um die Anwesenden zum Schweigen zu bringen.

»Ja«, sagte er dunkel. »Amélie wollte den *Dark Circus* zerschlagen und das ist schwer zu begreifen. Selbst ich, der sie in seinem eigenen Schädel gefunden hat, kann es kaum glauben, und es ist nicht leicht für mich, eine solche Niedertracht in ihr zu erkennen. Umso gründlicher habe ich in den vergangenen Stunden versucht, ihre Motive zu verstehen.«

Rhasgar zog seine Hand zurück und ballte sie zur Faust. Anouk wusste, dass er nur mit Mühe den Zorn in sich kleinhalten konnte, und sie stieß die Luft aus angesichts der blutigen Wunden in Amélies Leib, die deutlich zeigten, wie sehr Masrador sich um eine Erklärung bemüht hatte.

»Ihr könnt euch denken, dass mir das nicht leichtgefallen ist«, sagte der Clown mit einer Betroffenheit, die Anouk den Magen umdrehte. »Aber so schwer es auch war: Es ist mir gelungen, Amélies Tat zu verstehen – und zwar mit ihrer Hilfe. Ihr hört richtig. Nach einer Phase der Verwirrung und Furcht hat sie ehrliche Reue gezeigt. Und sie hat mir offenbart, dass der Verrat viel tiefer reicht, als ich zunächst annahm. Denn Amélie handelte nicht allein.«

Anouk erschrak so sehr, dass ihr das Blut aus dem Kopf wich. Immer wieder hatte sie sich in den vergangenen Stunden gefragt, ob Amélie sie an Masrador verraten würde, und es nicht für möglich gehalten. Nun schoss heftiger Schwindel in ihren Schädel, und sie sah aus dem Augenwinkel, wie Levin auf seinem Sitz erstarrte. Rhasgar jedoch zeigte noch immer keinerlei Regung und zum ersten Mal war Anouk dankbar für seine Kälte. Wie ein Panzer legte sie sich jetzt auf ihre Glieder und hielt die aufkeimende Panik in ihr verschlossen.

»Ja«, fuhr Masrador fort, die Stimme so unheilvoll, als würde jeden Moment ein Gewitter über sie hereinbrechen. »Amélie hatte Verbündete und sie wird jeden Einzelnen preisgeben. Denn sie hat ihren Irrweg erkannt, und so abscheulich ihre Tat auch war: Wenn sie sich vor euch erklärt, wie sie es vor mir bereits getan hat, und ihre Abbitte vor euch allen wiederholt, soll ihr vergeben werden. So wollen es die Regeln des *Dark Circus*.«

Anouk biss sich auf die Lippe vor Anspannung. Noch vor wenigen Stunden hätte sie darauf geschworen, dass Amélie niemals vor Masrador auf die Knie fallen würde, und auch jetzt provozierten seine Worte heftigen Widerstand in ihr. Aber ein Blick auf Amélie genügte, um ihren Atem stocken zu lassen. Dort drüben stand nicht mehr die Wandlerin, die ohne einen Wimpernschlag der Gefahr ins Auge geschaut hatte. Dort drüben stand ein verwundetes Kind.

»Amélie«, sagte Masrador nun, und obwohl er leise sprach, schlug ihr Name wie ein Befehl durch die Luft. Sie hob den Kopf, gerade genug, um den obersten Rand des Katheders zu fixieren. »Wie ich gerade sagte, hast du dich vor vielen Jahren schon einmal gegen mich gewandt. Damals wurden deine Pläne vereitelt, und ich vertraute darauf, dass du von ihnen abgelassen hättest. So hast du es mir geschworen. Entsprach dein Schwur der Wahrheit?«

Amélie reagierte nicht auf seine Frage. Erst als Dario sich ein wenig aufrichtete, schüttelte sie fahrig den Kopf. »Nein«, brachte sie hervor. Sie sprach so leise, dass Anouk sie kaum verstand, und doch reichte das Wort aus, um ein Raunen durch die Reihen zu schicken. Amélies Stimme klang wie Glas kurz vor dem Zerspringen. Jede Kraft war aus ihr gewichen.

»Nein«, wiederholte Masrador, und dieses Mal ging das Wort als Donnerschlag auf die Köpfe nieder. »Stattdessen hast du irgendwann begonnen, einen zweiten Angriff auf meine Person zu planen. Ist es so gewesen?«

Amélie starrte mit solcher Intensität gegen das Katheder, als würde sie darin die Bilder der Vergangenheit sehen. »Nein«, flüsterte sie. »Ich habe nie damit aufgehört.« Kurz ging ein trotziger Schimmer durch ihren Blick. Aber kaum dass Masrador sich vorbeugte, erlosch er wieder.

»Du hast also über viele Jahre im Geheimen daran gearbeitet, mich zu stürzen«, stellte er fest. »Du wolltest meine Macht brechen und den Zirkus zerschlagen. Aber aus welchem Grund? Was war dein Ziel?«

Amélie öffnete den Mund, als wollte sie schreien. Doch das Wort, das über ihre Lippen kam, war nicht mehr als ein Wispern, so leise, dass Anouk es kaum verstand.

»Freiheit«, wiederholte Masrador, und Amélies Mund formte sein ironisches Lächeln nach, als wäre sie eine Puppe in seinen Händen. Anouk schauderte. Noch nie war ihr ein Wort so schwach erschienen wie dieses, das wie ein geflüsterter Scherz aus Amélies Mund gedrungen war.

»Für dieses Ziel hast du mich in der Nacht der Schwerter angegriffen«, sagte Masrador. »Erzähle mir noch einmal, mit welchen Mitteln du dieses Mal den Sieg davontragen wolltest.«

Amélies Blick glitt ins Leere. Sie stand da wie eine leere Hülle, deren Herz an einen sicheren Ort geflohen war und die doch aus unerfindlichen Gründen noch funktionierte. »Der Zirkus ist ein Rätsel«, murmelte sie. »Ich wusste, wenn ich es lösen wollte, muss ich in den Kopf desjenigen vordringen, der es bewahrt. Das war nicht einfach, denn lange Zeit fürchtete ich mich vor der Finsternis. Aber letztlich ist es mir gelungen. Ich sprang in die Gedanken des Clowns … und dort wartete er auf mich.«

Sie zitterte so heftig, dass sie schwankte, und Anouk konnte das Entsetzen fühlen, das Amélie in diesem Moment empfand. Es strich so deutlich über ihre Glieder, als würde sie noch einmal das goldene Licht in Masradors Augen sehen, kurz bevor er in der Gasse den Kopf herumgerissen und Amélie entdeckt hatte.

»Du bist in meine Gedanken eingedrungen«, sagte er und fixierte Amélie unerbittlich. »So sehr wolltest du das Rätsel des *Dark Circus* lösen. Nun sag mir: Welche Erkenntnisse hast du gewonnen?«

Amélie schwieg, aber ihre Augen füllten sich mit Tränen, als wäre er mit dieser einen Frage doch noch zu ihr durchgedrungen – zu dem kleinen Mädchen, das sich nichts so sehr gewünscht hatte, als seinen Schatten zu entkommen, und sich doch nur in noch tieferer Dunkelheit wiedergefunden hatte. Selten hatte Anouk eine solche Hoffnungslosigkeit gesehen wie nun, da Amélie den Kopf schüttelte. »Keine.«

»Keine!«, donnerte die Stimme des Clowns durch die Manege. »Genau so ist es! Denn der *Dark Circus* ist mächtiger als du und jeder andere in diesen Reihen, und er schützt seine Rätsel mit Kräften, die du dir nicht einmal vorstellen kannst!«

Anouk hätte es nicht gewundert, wenn goldene Flammen aus seinen Augen geschossen wären. Seine Finger krallten sich in das Katheder, dass das Holz splitterte, und erst nach einem Moment kehrte die Fassung auf seine Züge zurück.

»Du bist in die Finsternis gesprungen«, fuhr er fort. »Aber es ist nicht leicht, in meine Gedanken einzudringen, selbst für eine Wandlerin wie dich. Wie war dir das ohne jede Hilfe möglich?«

Amélie bewegte die Lippen, ohne etwas zu sagen. »Das war es nicht«, flüsterte sie dann. »Allein hätte ich es niemals geschafft.«

Anouks Herz schlug gegen den eisigen Panzer, den Rhasgar über sie gelegt hatte. Trotz der Kälte brannte Masradors Lächeln auf ihren Wangen. »Du hattest Verbündete«, sagte er und nickte unmerklich. »Bei unserem Gespräch unter vier Augen wolltest du ihre Identität nicht verraten.«

»Ich wollte es vor allen tun«, sagte Amélie. »Das bin ich dir schuldig – und ihnen auch.«

Masradors Lächeln wurde grabestief. »Dann nenne uns ihre Namen.«

Anouk atmete nicht. Sie konnte sie spüren, die Anspannung, die sich immer enger um sie schloss und die auch Rhasgar und Levin neben ihr in eisernem Bann hielt. Doch gerade als sie kaum noch zu ertragen war, hob Amélie den Blick und sah Masrador an, und mit nicht mehr als einem Wimpernschlag zerbrach die Maske des schwachen kleinen Mädchens. Ein eisiges Lächeln trat auf ihre Lippen, und in ihren Augen erglühte derselbe Mut, mit dem sie ihrem Feind in der Nacht zuvor begegnet war – gepaart mit einem Stolz, den keine Macht der Welt brechen konnte.

»Du fragst mich nach den Namen derer, die mich in deine Finsternis begleiteten«, sagte sie, und ihre Stimme war wieder voll und klar. »Und ich nenne sie dir.« Sie hielt kurz inne, und dann brachen die Worte wie Kanonenschüsse aus ihr hervor, so laut, dass Anouk bei jedem einzelnen zusammenfuhr. »Sehnsucht«, rief Amélie in die Düsternis der Manege. »Entschlossenheit. Zuversicht. Tapferkeit. Hoffnung. Das sind die

Namen meiner Gefährten – die einzigen, die du je von mir hören wirst!«

Masrador stand da und starrte Amélie an, die mit glühenden Augen zu ihm aufschaute, so unerschütterlich, als wäre sie mit dem Erdboden verwachsen. Anouk konnte kaum glauben, dass dasselbe kleine Mädchen ihr gerade noch schwach und zerbrechlich erschienen war. Jetzt durchströmte sie dessen Kraft, als würde das Leben selbst durch ihre Adern fließen, und sie erfasste tiefe Erleichterung. Aber da neigte Masrador den Kopf, und ehe Anouk begriff, was er vorhatte, stieß er die Faust vor. Der Hieb traf Amélie mit solcher Wucht, dass sie zurückgeschleudert wurde. Selbst Dario kam auf die Beine, als hätte ihn diese plötzliche Härte überrascht. Doch die Stimme des Clowns fegte in Feuerschwaden durch die Manege.

»Törichtes Kind!«, brüllte er und trat auf Amélie zu. »Ich rettete dich vor der Welt, ich verzieh dir den schlimmsten Verrat, ich zeigte selbst jetzt Geduld mit deinen Freveln und bot dir einen Ausweg! Und wie dankst du es mir? Indem du mich belügst?«

Er streckte die Hand aus, und ohne sie zu berühren, riss er Amélie auf die Beine. Anouk sah entsetzt zu, wie deren Foltermale unter Masradors Einfluss zu kohlen begannen und sich noch tiefer in ihr Fleisch gruben. Aber Amélie zeigte keine Anzeichen von Schmerz. Sie stand nur da, während ihr Körper unter der Folter zitterte, und stieß ein spöttisches Lachen aus. »Du hingegen hast viel Wahres gesagt in dieser Nacht«, brachte sie hervor. »Es ist eine Nacht, in der Illusionen zerstört und Masken zerbrochen werden – eine Nacht, in der die Wahrheit obsiegen wird, wie entsetzlich sie auch sein mag. Aber in einem hast du dich geirrt. Denn dies ist keine Nacht der Trauer. Es ist eine Nacht der Freiheit!«

Es war dieses Wort, das Anouks Entsetzen zerriss. Nichts mehr hatte es gemein mit der geraunten Hülse, die Amélie vor wenigen Augenblicken über die Lippen gebracht hatte. Stattdessen pulste seine Kraft durch Anouks Glieder, und das Bild brannte sich in ihr ein: Amélie, die vor dem übermächtigen Clown stand, blutend und zitternd, den Körper von schwelenden Feuermalen bedeckt, aber mit dem unbezwingbaren Glauben in ihren Augen, dass in diesem einen Wort alles möglich war – alles, was sich nur träumen ließ.

Es war die Stimme des Clowns, die jede Schönheit zerbrach. Gewaltsam ging sie auf die Anwesenden nieder und hüllte die Manege in flackerndes Licht. »Du hast deine Wahl getroffen«, rief Masrador und breitete die Arme aus. »Und du weißt, was das bedeutet. Jeder, der den *Dark Circus* hintergeht und keine Reue zeigt, wird aus der Gemeinschaft ausgeschlossen – aus der Gemeinschaft, die er vernichten wollte. Ihm wird alle Kraft genommen, die der Zirkus ihm einst gab. In deinem Fall bedeutet das den Tod!«

Anouk wurde die Luft aus der Lunge gepresst. Sie hörte noch die entsetzten Rufe der Artisten. Gleich darauf brach die Manege auseinander. Sie zerriss, als wäre sie nie mehr gewesen als brennendes Papier. Erschrocken griff Anouk nach Rhasgars Arm und er zog sie an sich. Dann stürzten sie in die Dunkelheit.

# 18

Eisiger Wind riss an Anouks Haaren, als sie sich auf den Hügeln vor dem Dorf wiederfand. Offensichtlich hatte ein Zauber Masradors sie an diesen Ort getragen, der sich nun wie ein dunkler Fluch von ihr löste. Doch Rhasgar hielt sie noch immer fest und machte angesichts des Bildes, das sich ihnen bot, auch keine Anstalten, sie loszulassen.

Die anderen Artisten kamen ringsherum auf die Beine, auch Amélie war gestürzt. Nur Dario hatte sich scheinbar nicht von der Stelle gerührt und Masrador stand noch immer in gebieterischer Haltung da. Dutzende seiner Feuergeister schwebten um ihn herum, und als er nun die Arme hob, glitten die tanzenden Schatten näher heran, so rasch, dass Anouk sie flüstern hörte. Es war, als würden sie in tödlicher Gier einen Namen formen, aber entsetzlicher als dieses Geräusch war die Furcht, die nun über Amélies Gesicht huschte und jede Tapferkeit der vergangenen Momente fortwischte.

»Die Schatten rufen deinen Namen«, sagte Masrador und riss Amélie mit der Geste seiner linken Hand auf die Beine. »Ich frage dich noch ein letztes Mal: Gibt es etwas, das du mir sagen könntest, um deine Strafe zu mindern? Willst du um Gnade bitten, mir jede Wahrheit offenlegen? Solltest du mit jemandem im Bunde stehen, werde ich es ohnehin herausfinden, das weißt du genau. Also überlege es dir gut! Tust du es nicht, führt dein Weg in die Schatten!«

Amélie atmete schnell, als ihr Name zusehends lauter über die Hügel klang. Doch trotz der Angst in ihrem Blick straffte sie die Schultern. »Eher sterbe ich in den Schatten, als auch nur einen Tag länger in deinem Gefängnis zu bleiben. Denn nichts anderes ist er, dein glorreicher Zirkus der Verlorenen: ein verdammter Kerker!«

Anouk sah noch das goldene Licht, das in Masradors Augen aufbrach. Dann riss er die Faust in die Höhe, erschuf eine brennende Peitsche zwischen seinen Fingern und schlug sie so heftig vor Amélies Füße, dass diese erschrocken zurückwich. Die Schatten hinter ihr schienen zu lachen, als sie stolperte und nur im letzten Moment das Gleichgewicht halten konnte. Erneut holte Masrador aus, um sie weiter auf die Schatten zuzutreiben. Aber da trat Rhasgar vor. Blitzschnell packte er Masradors Faust und zwang sie nieder. »Du gehst zu weit!«, raunte er und fixierte den Clown mit einer Kälte, die das Feuer der Waffe flackern ließ. »Was auch immer sie getan hat: Sie ist eine von uns!«

Mit einem Zornesschrei schlug Masrador ihm vor die Brust, so heftig, dass Rhasgar zurückgeschleudert wurde. Er landete am Boden, und als er sich aufrappelte, schossen die Geister des Clowns auf ihn zu. Sie rissen ihm die Arme auf den Rücken und zwangen ihn auf die Knie. Erschrocken lief Anouk zu ihm, doch die Hitze des schwarzen Feuers schlug ihr entgegen und trieb sie zurück. Selbst Artus stand hilflos vor dem glühenden Kreis, in dessen Mitte Rhasgar kniete, ebenso wie die anderen Artisten. Ihre Gesichter wirkten selbst geistergleich, so fassungslos schauten sie auf das Geschehen, und auch Anouk hoffte, in einen schrecklichen Traum geraten zu sein, aus dem sie jeden Moment erwachen würde. Aber da trat Masrador auf Rhasgar zu und seine Stimme zerriss jede Illusion.

*»Eine von uns!«*, wiederholte der Clown drohend. »*Eine von uns* würde also über viele Jahre im Verborgenen ihr Ziel verfolgen, mich zu stürzen? *Eine von uns* würde den Plan fassen, den *Dark Circus* zu vernichten? *Eine von uns* würde uns alles nehmen, was unsere Existenz begründet?«

Rhasgar riss an seinen Fesseln, aber sie senkten sich nur noch tiefer in sein Fleisch. »Eine von uns ist aus grellem Licht oder tiefster Finsternis gekommen«, rief er gegen das Rauschen an. »Das waren deine Worte, und manchmal kommt es vor, dass man dorthin zurückkehrt, willentlich oder nicht! Jeder hier kennt die Abgründe, die in ihm sind, niemand kann behaupten, er besäße keine! Doch noch hat Amélie keinem hier geschadet! Sind wir denn so schwach, dass wir eine Einzelne für stärker halten als die Gemeinschaft, die du gerade vorhin noch so wortreich beschrieben hast?«

»Ob es diese Gemeinschaft wirklich gibt, wird sich erst noch zeigen«, gab Masrador mit düsterer Miene zurück. »Und selbst wenn Amélie allein gehandelt hat: Eine winzige Flamme kann genügen, um eine Festung niederzubrennen. Sie hat sich gegen uns gestellt, und damit hat sie jedes Recht verwirkt, das ihr die dunkle Macht einst gab. Der *Dark Circus* beschenkt keine Verräter!«

Rhasgar stieß die Luft aus. Die Hitze ließ seine Haut schimmern, und die Flammen züngelten über die Narben an seinen Handgelenken, aber er schien es nicht wahrzunehmen. Mit glühenden Augen fixierte er den Clown. »*Wir* sind der *Dark Circus*«, sagte er eindringlich. »Das predigst du doch ständig! Also sind wir es auch, die in einem Fall wie diesem entscheiden sollten! Was du vorhast, ist Unrecht! Soll eine einzige falsche Wahl über Leben und Tod bestimmen? Jeder hier kennt Amélie! Sie hat dem *Dark Circus* gedient, sie war uns allen treu! Viele von uns wären schon lange in die Schatten gegangen, wenn sie uns nicht aufgefangen hätte, mit Worten und Taten!«

Ein zustimmendes Raunen ging durch die Menge, doch Masrador schnaubte verächtlich. »Und nun geht sie euch voraus«, fuhr er Rhasgar an. »Sie hat uns verraten, uns alle, und sie bereut keine Sekunde ihrer Hinterlist! Sie ist eine Gefahr für uns, denn sie bedroht, was uns beschützt! Ich kenne deinen Eigensinn, ich weiß, dass er dich zwingt, gegen mich aufzubegehren. In den vergangenen Jahren habe ich ihn sogar schätzen gelernt, denn es kann nie schaden, das eigene Verhalten hin und wieder zu überdenken. Aber diese Angelegenheit steht nicht zur Diskussion! Wie kannst du es wagen, mir hier zu widersprechen? Willst du dich auf Amélies Seite stellen?«

Rhasgars Augen funkelten wie zwei Perlen aus blauem Eis. »Ich stehe auf meiner Seite. Das ist noch nie anders gewesen und das weißt du sehr gut!«

»Und du weißt, wie gefährlich dieser Standpunkt werden kann«, sagte Masrador und streifte mit seinem Blick Rhasgars Handgelenke. »Schon einmal musste ich dir das sagen und ich wiederhole es nun ein letztes Mal. Erinnere dich an die Macht, die in deinen Adern fließt. Ihr bist du stärker verpflichtet als jedem anderen Gefühl, denn frage dich eines: Was wärest du ohne sie?«

Anouk wagte kaum zu atmen, als Rhasgar den Blick senkte. Sie konnte die Muskeln an seinen Schläfen spielen sehen, so fest presste er die Zähne aufeinander, und sie wusste, dass er schweigen musste, wenn er nicht Masradors Misstrauen auf sich lenken wollte. Doch sie bemerkte auch den Trotz in seinen Augen, der mit solcher Übermacht aufflammte, dass keine Gegenwehr mehr möglich war. Binnen eines Wimpernschlags riss er die Arme nach vorn, entwand sich dem Griff der Geister und sprang auf die Beine. Im nächsten Moment stand er Masrador gegenüber, so nah, dass die schwarzen Flammen der Peitsche nach seinem Haar griffen. »Ich kenne die dunkle Macht besser als die meisten hier«, sagte Rhasgar und starrte Masrador mit unverhohlenem Zorn ins Gesicht. »Aber dennoch ist mehr in mir, als du glaubst, und ich warne dich: Sage mir niemals, wer ich bin!«

Für einen Augenblick schien die Zeit stillzustehen. Rhasgars Frost legte sich auf die Wangen des Clowns und dessen Glut spiegelte sich im Blau seiner Augen. Dann neigte Masrador den Kopf und sein Lächeln grub sich wie Gift tiefer in sein Gesicht. »Wer du bist?«, fragte er und verbarg nicht die Drohung, die in seiner Stimme mitschwang. »Soll ich dir die dunkle Macht nehmen, damit wir das herausfinden? Soll ich sie dir nehmen, weil du eine Verräterin verteidigst? Und soll ich sie dann einem der anderen hier schenken, die tiefe, schwarze Macht des großen Herrn der Spiegel? Jemandem, der sie mehr zu schätzen weiß und ihrer würdiger ist als du? Dem Jungen dort vielleicht? Oder deiner Freundin?«

Levin erstarrte, als Masrador auf ihn deutete, und Anouk wurde glühend heiß, kaum dass der Clown in ihre Richtung wies. Nun beugte er sich vor, und obwohl er leise sprach, drangen seine Worte schneidend scharf an ihr Ohr.

»Rhasgar«, flüsterte er. »Bist du wirklich sicher, dass du mich herausfordern willst?«

Anouk sah, wie Rhasgar die Finger seiner linken Hand bewegte, und kurz wollte sie nichts mehr, als ihn nach seinem Messer greifen zu sehen. Sie wollte sehen, wie Masradors Lächeln zerbrach, wie er zu Boden ging und in blanker Fassungslosigkeit zu Rhasgar aufschaute. Aber sie wusste, dass nichts damit gewonnen wäre. Ein offenes Aufbegehren gegen den Clown würde an dieser Stelle nur dazu führen, dass auch Rhasgar in Ungnade fiel. Jede noch so kleine Chance, dem *Dark Circus* zu entkommen, wäre damit dahin ... ganz zu schweigen von den Konsequenzen, die Rhasgar dann zu befürchten hatte. Anouk trat einen Schritt vor, um seine Aufmerksamkeit auf sich zu lenken, doch da merkte sie, dass er bereits den Blick von Masrador abgewandt hatte. Und dort, nah den tanzenden Schatten, wurde er von einem anderen Augenpaar aufgefangen.

Amélie rührte sich nicht. Noch immer zerrte der Wind an ihrem Kleid, noch immer stand das Entsetzen in ihren Augen angesichts der Schatten, die ihren Namen flüsterten. Aber es war klein geworden unter der Kraft des Willens, der nun in ihren Augen loderte.

*Es geht um mehr als nur um uns. Vergiss das niemals.*

Amélies Züge wurden streng wie an jenem Tag, da Anouk diese Worte zum ersten Mal aus ihrem Mund gehört hatte, und die Entschlossenheit auf ihrem Gesicht duldete keinen Widerspruch. Rhasgar ballte die Hände zu Fäusten, als wollte er gegen Amélies stummen Befehl aufbegehren. Dann riss er seinen Blick von ihr los und senkte den Kopf. Er stand da wie ein Besiegter, und Anouk fuhr zusammen, als Masradors Lachen das Schweigen durchbrach.

»Das dachte ich auch nicht«, sagte der Clown befriedigt und ging langsam auf Amélie zu.

Anouk lief zu Rhasgar hinüber. Er sah sie nicht an, doch als sie die Hand nach ihm ausstreckte, zog er sie an sich. Noch immer schimmerte seine Haut durch die Hitze des schwarzen Feuers, und umso erschrockener stellte sie fest, wie kalt er geworden war. Es fühlte sich an, als würde sie eine Statue aus Eis umarmen, und als Levin zu ihnen kam, legte Rhasgar seltsam mechanisch den freien Arm um ihn. Er war bei ihnen und gleichzeitig auch nicht. Tief in seinem Inneren floh er vor dem, was nun geschehen musste, das konnte Anouk spüren.

Masrador blieb vor Amélie stehen. Er sagte kein Wort, aber während sie seinen Blick erwiderte, schien es, als wollte etwas in ihm ihn doch noch dazu bringen, vor seiner Entscheidung zurückzuweichen. Aber dann hob er die linke Hand und sofort glitten mehrere Feuerwesen heran. Anouk sah noch, wie ihre Flammen sich in Amélies Augen spiegelten. Dann packten sie die Wandlerin und schleiften sie auf die Schatten zu.

Anouk barg das Gesicht an Rhasgars Brust. Sie konnte nicht verhindern, dass Tränen über ihre Wangen liefen. Sie musste daran denken, wie oft Amélie schaudernd von den tanzenden Schatten gesprochen hatte, davon, wie grausam es gewesen war, als Masrador vor langer Zeit ihren Willen in Finsternis gehüllt hatte, und von ihrer Furcht davor, eines Tages von dieser Macht verschlungen zu werden. Sie hörte die Schreckenslaute der Artisten, fühlte, wie Levin zu zittern begann, und hielt sich an Rhasgars Kälte fest, um sich nicht loszureißen und Amélie vor den entsetzlichen Schatten zurückzuziehen, ganz gleich, was das bedeuten mochte. Mit stockendem Atem wartete sie auf den ersten Schmerzensschrei aus Amélies Kehle ... und fuhr zusammen, als eine andere Stimme die Luft zerriss.

Esra schrie so laut, dass die Flammenwesen vor ihr zurückwichen. Dann rannte sie auf Masrador zu. Ihre Haare fingen Feuer, als die Geister nach ihr griffen, doch sie achtete nicht darauf. Wie ein Kobold sprang sie direkt vor den Clown und schlug so unvermittelt auf ihn ein, dass er zurücktaumelte. »Du hast es versprochen!«, kreischte sie außer sich. »Du hast versprochen, dass ihr nichts passiert!«

Anouk stand da wie erstarrt. Die Hiebe klangen durch die Luft, aber sie nahm sie wahr wie aus weiter Ferne. Sie hörte Levin stöhnen, als wäre er verwundet worden. Doch erst als Rhasgars Arm sich fester um sie schloss und ihren schockierten Körper daran hinderte zu fallen, schoss die Erkenntnis mit aller Kraft in sie hinein. Nicht Dario hatte Amélie verraten. Sondern Esra.

Es war ausgerechnet der Blick des Clowns, der Anouk die Kontrolle über ihren Körper zurückgab. Mit verschlagenem

Lächeln schaute er unter Esras Hieben zu Amélie hinüber. Die Flammenwesen hatten von ihr abgelassen, und während sie dastand, die Augen nicht mehr als zwei dunkle Seen, wusste Anouk, dass Masrador ihr Entsetzen spüren konnte – die tief gehende Erschütterung, weil sie von ihrer engsten Vertrauten verraten worden war.

Anouk musste sich zwingen, Esra ins Gesicht zu schauen, die wie von Sinnen auf Masrador einschlug. *Verraten. Verraten. Verraten.* Das Wort hallte unnatürlich laut in Anouk wider, mit jedem Hieb, den Esra auf den Clown niedergehen ließ. Und doch war es, als würde Anouk selbst getroffen, als Masrador schließlich ausholte und Esra ins Gesicht schlug.

Der Hieb war so heftig, dass Esra ein Stück weit durch die Luft flog. Sie drehte sich um die eigene Achse wie eine Puppe, die von heftigem Sturm erfasst wurde. Dann landete sie am Boden und augenblicklich war nichts mehr zu hören als das Wispern der Schatten und Esras Schluchzen. Sie weinte so hemmungslos, dass ihre gefrorenen Tränen auf ihren Wangen schmolzen und sich mit dem Blut vermischten, das aus ihrem Mundwinkel lief. Anouk kam es so vor, als wäre dieses weinende Mädchen dort drüben der einzige lebendige Punkt zwischen reglosen Figuren aus Papier. Dann setzte Masrador sich in Bewegung. Mit schweren Schritten ging er zu Esra und kniete sich vor ihr nieder, und als er die Hand ausstreckte und zärtlich über ihre Wange strich, wirkte das Bild irritierend tröstlich. Seine Stimme jedoch vernichtete diese Illusion sofort.

»Weißt du das immer noch nicht?«, fragte er, so sanft, dass Anouk es kaum ertrug. »Ich bin ein Lügner.«

Esra starrte ihn aus großen Augen an. Etwas in ihr schien

gegen seine Worte zu rebellieren, ehe sie erkannte, dass er ausnahmsweise einmal die Wahrheit sagte. Für einen Moment kehrte der alte Starrsinn auf ihre Züge zurück, der sie schon so oft auf die Barrikaden gebracht hatte. Doch dann ging ein Beben über ihren Leib, als wäre auch dieser Trotz nichts als eine Lüge gewesen, und jeder Widerstand gegen Masradors Willen stürzte in sich zusammen.

Obwohl Esra noch immer weinte, drang kein Laut mehr über ihre Lippen. Sie zog die Arme um den Körper und wiegte sich vor und zurück, als könnte sie so dem Clown entkommen, der sie noch immer schweigend anschaute. Es war ein verstörender Anblick, der sich noch verstärkte, als Masrador sich mit kaltem Lächeln zu Amélie umdrehte.

»Die Verräterin wurde verraten«, sagte er und verzog den Mund zu einem ironischen Grinsen. »Ausgerechnet deine treueste Freundin gab mir den Hinweis, dass du mich in meinen Gedanken besuchen würdest. Soll ich dir etwas sagen, Wandlerin? Der Begriff der Freundschaft ist genauso unsinnig wie jener der Freiheit. Du bist ganz allein, du warst es schon immer. Und allein wirst du sterben – mit dem Wissen allerdings, dass ich auch ohne deine Hilfe alles erfahren werde, was es über deinen kleinen Aufstand zu wissen gibt. Bisher waren Esras Gedanken tückisch, aber wie mir scheint, finde ich langsam einen Weg hinein.«

Er richtete sich auf und streckte die Hand nach Esra aus, woraufhin sie sich wie eine Marionette erhob. Anouk wusste noch genau, wie sie sich vor der Zimmertür ihrer Tante gefühlt hatte, so hilflos und verzweifelt, als wäre sie in den Leib einer willenlosen Puppe gesperrt worden. Doch auf Esras Gesicht spiegelte sich keine Empfindung mehr. Ihre Augen waren so stumpf, dass es schwerfiel, an den schalkhaften Übermut zu denken, der einmal darin geglüht und jeden Eindringling mit höhnischem Lachen aus Esras Gedanken befördert hatte. Anouk spürte, wie Rhasgar die Muskeln anspannte, und sie selbst konnte kaum noch atmen. In diesem Zustand war es für Masrador ein Leichtes, in Esras Erinnerungen vorzudringen … und bis zu ihnen.

Der Clown betrachtete Esra abfällig. »Sieh es dir an, dieses armselige Häufchen Elend. Ich wusste schon damals, dass sie nichts weiter ist als ein schwaches Tier, das …«

Weiter kam er nicht. Denn plötzlich erfüllte ein Rauschen die Luft, so laut, dass es Masrador das Wort abschnitt. Wie alle anderen schaute Anouk zu Amélie hinüber. Mit ausgebreiteten Armen stand die Wandlerin da, und aus ihrem weit geöffneten Mund stoben Papiervögel ins Freie – so viele, dass sie Amélies Gestalt einhüllten. Ihre schrillen Schreie verschmolzen zu einem Gesang, der wie Messerstiche in Anouks Fleisch drang, und auch die anderen Artisten fuhren unter den Klängen zusammen. Dario krümmte sich, und selbst Masrador schwankte, doch Anouk sah es kaum. Ihr Blick hing an Amélie, die aus dem Schwarm ihrer Vögel trat.

Die Wandlerin war nicht länger das kleine Mädchen. Sie hatte sich in die alte Frau verwandelt, der Anouk bei ihrem ersten Besuch im *Dark Circus* begegnet war. Doch ihr schwarzes Kleid färbte sich weiß und breitete sich in mächtigen Schwingen hinter ihr aus. Mit kräftigem Flügelschlag erhob sie sich in die Luft. Dario wurde wie unter plötzlichem Sturmwind in die Knie gezwungen, und ehe Masrador noch abwehrend die Faust heben konnte, jagte Amélie als weiße Krähe auf ihn zu. Blitzartig packte sie den Eisvogel, der ihr aus der Faust des Clowns entgegenglitt, und grub ihre Krallen in seinen Leib. Masrador keuchte, als wäre es sein Körper, der verwundet wurde, und als sein Eisvogel gelähmt zu Boden fiel, stieß Amélie auf ihn nieder. Anouk sah noch, wie Masrador schwarze Flammen über seine Finger schickte und die Krähe ins Auge fasste. Dann schloss der Schwarm ihn ein.

Die Leiber der Vögel erstrahlten in grellem Licht. Sie schnitten die Feuerwesen in Fetzen, die von allen Seiten herbeistürmten, und immer wieder sah Anouk Masradors dunkle Gestalt zwischen den Vögeln um sich schlagen. Doch seine Bewegungen waren ebenso verlangsamt wie die seines Tieres, das am Boden matt mit den Flügeln flatterte, und als Blut wie von winzigen Schnitten über sein Gesicht rann, wusste Anouk, dass es die Vögel waren, die ihn verwundeten – die messerscharfen Flügel der Dämmerung. Immer schneller schossen sie auf ihn hinab, immer heftiger wurden die Angriffe, und schließlich stieß er einen Schrei aus, so markerschütternd, dass Anouk die Luft aus der Lunge wich. Nur am Schwarm der Vögel erkannte sie, dass er auf die Knie sank. Gleich darauf landete Amélie in Menschengestalt vor ihm.

Ihr Kleid war verkohlt und zerrissen, aber noch immer ragten mächtige Flügel aus ihrem Rücken, und ihr Gesicht war das einer Kriegerin, so triumphierend schaute sie auf ihren Feind hinab. Schwer atmend stand sie da, die Wangen von schwarzem Blut befleckt, und öffnete langsam die linke Hand. Anouk schauderte, als sie das Auge erkannte, das darin lag. Es war Masradors Auge, das Amélie blind entgegenstarrte. Ohne ein

Wort krallte sie nun ihre Finger hinein und zerquetschte es in ihrer Faust, ehe sie es fallen ließ. Es verglühte in schwarzem Licht zu ihren Füßen.

Ehe es ganz erloschen war, wandte sie sich ab und trat auf Esra zu, die noch immer zusammengekauert am Boden hockte. Amélies Schwingen ragten wie die Flügel eines Engels hinter ihr auf, und erst als Masradors Flammen durch ihre tobenden Vögel loderten und etliche davon verbrannten, schwankte sie ein wenig. Mit jedem seiner Hiebe zogen sich Striemen über ihre Haut, und ihre Füße hinterließen Blutspuren auf dem Gras der Hügel. Aber sie blieb nicht stehen, und sie wandte sich auch nicht von Esra ab, die nun zu ihr aufsah, als wäre sie eine Gestalt aus einem Märchen. Dicht vor ihr blieb Amélie stehen, und kurz glaubte Anouk, sie würde Esra schlagen oder sie ebenfalls von tausend Klingen durchbohren lassen.

Doch Amélie beugte sich langsam nieder, und nach einem kurzen Moment strich sie Esras Tränen fort, so selbstverständlich wie eine Mutter, die ihr Kind tröstete. Esra saß da wie erstarrt. Reue zerbrach den dumpfen Schleier vor ihren Augen, aber Amélie schüttelte unmerklich den Kopf. Sie sagte kein Wort, doch in ihrem Blick lag ein Verständnis, das Anouk das Herz zusammenzog. Esra nickte, als die Wandlerin sich vorbeugte und ihr etwas ins Ohr flüsterte. Nichts als Dankbarkeit blieb mehr auf ihren Zügen zurück, als Amélie ihr das Blut vom Mund wischte, genau so, wie sie es bei ihrer ersten Begegnung getan hatte. Und wie damals erschuf sie auch nun einen Papiervogel aus dem Blut – so rot wie Esras Haar und ebenso wunderschön. Noch einmal strich Amélie ihr durchs Haar und ließ Funken durch die Strähnen glühen, ungeachtet der blutigen Wunden, die sich wie von unsichtbaren Klingen gezogen durch ihr Fleisch gruben. Dann richtete sie sich auf, und ohne noch einen Blick zurückzuwerfen, trat sie auf Masrador zu.

Der Clown war auf die Beine gekommen. Der Schwarm der Vögel hatte sich gelichtet, reihenweise fielen verkohlte Körper um ihn nieder, doch noch lag sein Eisvogel betäubt am Boden, und seine Bewegungen waren so langsam, als befände er sich unter Wasser. Erst als Amélie näher kam, hob er ruckartig den Kopf. Anouk erschrak, als sie die leere Höhle seines linken Auges sah. Goldenes Feuer loderte darin auf, und die Hitze schlug Amélie mit solcher Macht entgegen, dass Funken über ihre Schwingen flogen. Doch sie wandte sich nicht von ihm ab, selbst dann nicht, als die Glut in ihr Fleisch drang und ihr Haar verkohlte. Sie ging in die Knie und strich beinahe sanft über die bebenden Schwingen des Eisvogels, ehe sie ihren Weg fortsetzte. Die Asche ihrer Vögel fiel um sie nieder, als sie dicht vor Masrador stehen blieb.

»Ich glaubte, du würdest mich zerbrechen«, flüsterte sie, während dasselbe Zittern seinen Körper überlief, das den Eisvogel in seinen Klauen hielt. »Ich glaubte, du würdest mich verbrennen, wenn ich jemals ganz zu dir zurückkehrte. Ich glaubte, mein Wille würde zu Staub werden unter deinen Füßen. Aber jetzt sehe ich, dass das nicht wahr ist. Du magst die Macht haben, mich in Flammen zu setzen, du kannst mich sogar töten. Doch du wirst mich niemals besiegen. Denn ich bin frei, ich war es schon immer. Und kein Schatten kann so entsetzlich sein wie die Finsternis, die dich gefangen hält. Denn du bist nicht ihr Herr. Du bist ihr Sklave!«

Sie streckte die Hand aus, und ohne dass er etwas dagegen

tun konnte, berührte sie seine Wange. Kurz schien es, als würde der blaue Glanz seines Eisvogels über seine Haut gehen, und wie gegen seinen Willen erlosch sein Zorn und ließ das Staunen eines jungen Mannes zurück, der einst in einer anderen Welt ein Geschichtenerzähler gewesen war. Glitzernde Tränen rannen über seine Wange. Erst als sie in seinem Feuer erloschen, kehrte die Kälte in seinen Blick zurück.

Amélie jedoch wich nicht vor ihm zurück. Sie wandte sich einfach ab, als wäre niemand mehr da, mit dem sie hätte sprechen sollen, und während die letzten Vögel hinter ihr niederfielen, trat sie auf die Schatten zu. Aus dem Augenwinkel sah Anouk, wie der Eisvogel kräftig mit den Flügeln schlug und die brennenden Wesen sich unheilvoll aufrichteten. Ihr Blick jedoch lag auf Amélie, die sich vor der auflodernden Wand aus Finsternis noch einmal umdrehte. Sie schaute zu ihren Weggefährten zurück, zu ihren Freunden, die ihre Heimat geworden waren, und als sie jedem Einzelnen in die Augen sah, schnürte sich Anouks Kehle zusammen. Sie hasste dieses Brennen in ihrer Lunge, das von einem endgültigen Abschied kündete, und nur mit Mühe konnte sie sich davon abhalten, auf Amélie zuzulaufen und sie festzuhalten. Aber auf den Zügen der Wandlerin fand sie keine Furcht mehr. Stattdessen lag ein Lächeln auf Amélies Lippen, als sie ihren Blick erwiderte, und in ihren Augen lag nichts als unerschütterliches Vertrauen – das Vertrauen in eine Freiheit, die keine Grenzen kannte.

Mit einem einzigen kleinen Schritt trat Amélie in die Schatten. Anouk sah noch, wie die Wandlerin die Hand zum Abschied hob, und sie fuhr zusammen, als die Dunkelheit über ihr einstürzte. Fast fürchtete sie, das gnadenlose Geräusch klirrender Messer zu hören. Doch stattdessen ging ein Ton durch die Luft, hell und klar wie ein Kinderlied. Kurz nur tauchte ein weißer Vogel durch die Schatten, schwerelos, als würde er tatsächlich fliegen. Dann löste er sich auf wie brennendes Papier und war verschwunden.

Im selben Moment fielen die restlichen Vögel nieder. Masrador stand in der wirbelnden Asche, so regungslos, als würde heftiger Schwindel in ihm wüten, und er hob die Hand an seine Wange, als würde er noch immer die Tränen daran fühlen. Aber stattdessen berührten seine Finger das Blut, das seine Haut bedeckte, und wie von einem Schlag getroffen straffte er die Schulter. Sein linkes Auge glühte in einem Gold, das gleißende Hitze über die Hügel schickte. Anouk hätte sich nicht gewundert, wenn die Gräser unter dieser Glut verbrannt wären.

»Eine Nacht der Trauer«, sagte Masrador und schaute mit düsterer Miene in die Reihen der Artisten. »Beten wir darum, dass es vorerst die letzte war. Und nun seht zu, dass ihr zurückkommt zum *Dark Circus*. Die nächste Vorstellung wartet auf uns.«

Kaum hatte er geendet, zog sich Finsternis über sein Auge. Binnen eines Atemzugs war nichts mehr von dem goldenen Feuer zu sehen, aber Anouk spürte, dass es noch immer da war … verborgen unter einer dünnen Haut, die jederzeit reißen konnte.

Die Schatten wichen vor Masrador zurück wie fliehender Nebel, kaum dass er sich in Bewegung setzte. Die Feuerwesen erhoben sich in die Luft und folgten ihrem Herrn, und Dario trieb Esra auf die Beine, als wäre sie ein unwilliger Hund. Sie stolperte und richtete den Blick zu Boden, doch in ihren Händen hielt sie noch immer den roten Vogel. Er sah aus wie ein Licht, das in einen tiefen Brunnen fiel, und als sie schließlich aus Anouks Blickfeld verschwand, blieb nichts als tiefe Stille zurück.

Nach und nach kehrten auch die anderen Artisten in den Zirkus zurück, bis Anouk mit Rhasgar und Levin allein war. Keiner von ihnen sagte ein Wort. Was auch hätten sie sagen sollen, gerade hier, wo selbst die Gräser Augen hatten – hier zwischen den Hügeln, wo Amélie in die Schatten gegangen war, um sie alle zu retten? Levin weinte lautlos, aber Rhasgar rührte sich nicht. Er stand einfach da, als wäre er von Eis überzogen. Doch als Anouk seine Hand nahm, hörte sie ihn schreien, tief in seinem Inneren. Er schlug sich die Fäuste blutig an den Mauern um sich herum, und sie fühlte seine Qualen wie die ihren damals auf Bens Beerdigung: gefangen wie ein Tier, unfähig, sich von dem eigenen Schmerz zu befreien.

Seine Augen waren tiefschwarz, als er ihren Blick erwiderte, angefüllt von der Macht in seinen Adern, die er hasste – der Macht, die ihn von ihr trennte und die Amélie das Leben genommen hatte. Wie gegen seinen Willen streckte er die Hand nach ihr aus und hielt kurz vor ihrer Wange inne, so als würde eine Berührung von ihm ausreichen, um sie ebenfalls für alle Zeit in die Schatten zu treiben. Sie sah noch, wie Tränen in seine Augen traten. Dann riss er sich los und ging über die Hügel davon, ein Zauberer, der vor sich selbst davonlief … umgeben von tanzenden Schatten.

# 19

»Wach auf!«

Anouk öffnete die Augen, als wären diese beiden Worte eisiges Wasser, das jemand über ihr ausgeschüttet hatte. Rhasgar saß an ihrem Bett. Seine Stimme war drängend gewesen und sorgenvoll, aber seine Züge zeigten nichts als die kühle Anspannung der vergangenen Stunden, und kaum dass sie sich aufrichtete, wich er in seinem üblichen Instinkt vor ihr zurück.

»Was ist los?«, flüsterte sie und zog sich die Decke um die Schultern. Es war eiskalt im Wagen. Zum ersten Mal, seit sie bei ihm wohnte, hatte Rhasgar das Feuer ausgehen lassen. »Ist was passiert?«

Kaum hatte sie das gefragt, schoss ihr die Absurdität ihrer Worte durch den Sinn. Als wenn in den letzten Stunden nicht genug passiert wäre! Doch Rhasgar schüttelte nur den Kopf. Erst jetzt bemerkte sie, dass er seinen Mantel trug.

»Wir müssen gehen«, erwiderte er und warf ihren Spiegelmantel aufs Bett. »Jetzt ist keine Zeit für Erklärungen. Beeil dich. Dario wird bald zurück sein.«

Anouks Miene verfinsterte sich bei diesem Namen, aber er genügte, um sie ohne weitere Fragen aus dem Bett zu treiben. Rasch zog sie sich an und folgte Rhasgar in die Nacht.

Der Zirkus lag in bleiernem Schweigen. In den meisten Wagen war das Licht gelöscht, niemand war auf den Beinen. Nicht einmal einen Tag lag Amélies Hinrichtung zurück, aber Masrador gönnte den Artisten keine Zeit der Trauer. Die abendliche Vorstellung hatte wie gewohnt stattgefunden, und seit Stunden verhörte er Esra in seinem Wagen, während Dario über das Gelände schlich, um jedes unbedachte Wort aufzuschnappen und seinem Herrn zuzutragen. Bislang hatte Esra offensichtlich niemanden verraten, doch unter der Folter des Clowns war es nur eine Frage der Zeit, bis sie ihr Schweigen brechen würde. Anouk warf einen Blick über die Schulter, ehe sie hinter Rhasgar den Pfad zur Ruine einschlug. Masradors Zorn hatte den Zirkus in Dunkelheit gehüllt – aber noch hatte er nicht gesiegt.

Der Wind schlug ihnen so zornig entgegen, als wollte er sie mit aller Macht zum Umkehren bewegen. Weit vorgebeugt kämpften sie sich im Schein von Rhasgars Kristallkugel voran, doch trotz der schneidenden Böen fühlte Anouk keine Kälte. Zu deutlich sah sie Amélies Gesicht vor sich, die vor wenigen Stunden auf diesen Hügeln in den Tod gegangen war, und zu stark spürte sie den Drang, den gemeinsamen Weg fortzusetzen und den Fluch des *Dark Circus* zu brechen.

Artus hatte bereits damit begonnen, mithilfe eines komplizierten Rituals nach Überresten des Zaubers zu suchen, mit dem Amélie in Masradors Gedanken gelangt war. Ohne Unterlass rief der Phönix den Nebel, der sie schon einmal in den verfluchten Schädel des Clowns getragen hatte. Anouk zweifelte nicht daran, dass es ihm erneut gelingen würde, und der Gedanke an einen Triumph trieb ihr das Blut in die Wangen. Aber Rhasgars Schweigen schickte eisige Schauer über ihre Haut … dieses Schweigen, in das er sich nach Amélies Tod zurückgezogen hatte und in dem ihn niemand erreichen konnte.

Er ging so schnell, dass Anouk kaum mit ihm Schritt halten konnte. Sein Mantel flatterte im Wind. Er hatte ihn nicht geschlossen, und etwas an der Art, wie er sich bewegte, so entschieden, als wollte er die Erde unter seinen Füßen in Asche verwandeln, und zugleich so nachlässig mit sich selbst, setzte eine nagende Unruhe in Anouks Nacken. Noch nie zuvor hatte sie ihn in einem so rastlosen Zustand erlebt. Doch als ihr Magen sich zusammenzog, dachte sie an Amélie. Wie hätte Rhasgar ausgerechnet an diesem Ort die Ruhe bewahren können? Anouk fiel es selbst schwer, nicht zu den tanzenden Schatten hinüberzusehen, und sie hätte alles getan, um Rhasgar in seinem Schmerz beizustehen. Aber sie ahnte, dass nur eines seine Trauer lindern würde: der Sieg über Masrador, den Amélie sich gewünscht hatte.

Anouks Atem beschleunigte sich, als die Ruine vor ihnen auftauchte. Vielleicht waren sie diesem Ziel näher, als sie es für möglich gehalten hatte. Vielleicht war es Artus bereits gelungen, den Zauber der Wandlerin in seine Gewalt zu bringen, vielleicht führte Rhasgar sie zu einem geheimen Treffen mit den anderen. Vielleicht konnten sie das Rätsel des Fluchs schon bald lösen.

Anouk erinnerte sich lebhaft an ihren letzten Besuch an diesem Ort. Da war sie staunend stehen geblieben, als Rhasgars Licht aus den Trümmern einen Turm aus Mondschein erschaffen hatte. In gespannter Erwartung hielt sie inne. Doch der Silberglanz, der nun über die Mauern glitt, blieb kaum mehr als ein blasser Schimmer, und die Steine errichteten sich mühsam wie unter Schmerzen. Das Dach hüllte sich in Dunkelheit, etliche Fensternischen blieben leer, und das Portal war nur ein flackernder Schemen angesichts des majestätischen Tores, das sich zuletzt vor Anouks Augen erhoben hatte.

Sie zog die Schultern an, als sie hinter Rhasgar den Turm betrat. Auch im Inneren war jede alte Pracht verloren. Die Steinfiguren standen tief in den Schatten verborgen, als würden selbst sie Trauer tragen, und Anouk beschleunigte ihre Schritte, deren Widerhall ihr geisterhaft nacheilte. Als sie endlich das Kaminzimmer erreichten, war sie außer Atem und fand jede Hoffnung, ihre Gefährten vor dem Feuer zu finden, zerschlagen. Aschfahl lag das Zimmer da, die Kissen am Boden waren staubbedeckt, als wäre seit Urzeiten niemand mehr hier gewesen. Auf einmal war es zurück, das seltsame Gefühl von düsterer Vorahnung, und es verstärkte sich, als Anouk zu Rhasgar hinübersah. Er stand an der Schwelle des Zimmers und schaute so reglos hinein, als würde er in all der Trostlosigkeit etwas sehen, vor dem er am liebsten weit zurückgewichen wäre.

»Was tun wir hier?«, fragte Anouk.

Als hätte ihre Stimme ihn aus einer Trance geweckt, setzte Rhasgar sich in Bewegung. Mit raschen Schritten betrat er den

Raum und hob vor dem Kamin die Hand, worauf die silberne Kugel zersprang. Und als hätten ihre Scherben einen Tarnzauber zerrissen, tauchte ein Tor vor ihnen auf – so strahlend hell, wie der Turm es einst gewesen war. Anouk konnte nicht anders, als darauf zuzugehen. Der Rahmen schien aus fließendem Licht zu bestehen, doch ihr Blick wurde von der Nacht angezogen, die er einsäumte … tiefblau und mit silbernen Funken besetzt. Erst nach einem Moment erkannte sie, was sie da vor sich sah. Es war der Himmel, den sie früher durch die Scheibe eines Autos gesehen hatte … der Nachthimmel ihrer Kindheit, den es nur an einem Ort gab.

»Ein Portal«, flüsterte sie. »Ein Portal in die Welt der Menschen.« Rhasgar stand einige Schritte von ihr entfernt zwischen der Finsternis des Turms und dem Silberlicht des Tores. Er sah aus wie ein Trugbild, das jeden Moment verschwinden konnte, und Anouk ging auf ihn zu. »Was hat das zu bedeuten?«

Ehe sie ihn erreichte, brachte er sie mit einer Geste dazu, stehen zu bleiben. »Dieses Tor führt in deine Welt«, sagte er mit einer Ruhe, die in seltsamem Gegensatz zu seiner gerade noch atemlosen Eile stand. »Es führt durch alle Schatten und jede Düsternis. Du wirst es heute Nacht nutzen, um zu fliehen.«

Seine Worte hallten in Anouk wider wie zuvor das Echo ihrer Schritte in der Dunkelheit des Turms – so unheilvoll, dass sie am liebsten vor ihnen davongelaufen wäre. Aber stattdessen wandte sie sich erneut dem Portal zu. Das Licht war so hell, dass sie es kaum direkt ansehen konnte, ohne dass ihre Augen anfingen zu tränen. »Du hast gesagt, dass es keinen Weg durch die Schatten gibt«, sagte sie, und etwas in seinem Schweigen trieb ihr Blut schneller durch ihre Adern. »Was ist das für ein Zauber, Rhasgar? Welche Kraft erhält ihn aufrecht?«

Er antwortete nicht, und so streckte sie die Hand nach dem Portal aus, um die Magie auf der Haut zu spüren. Sie berührte den Rahmen und sofort ging ein heftiger Schmerz durch ihre Glieder. Sie fühlte noch die übermächtige Kälte, die ihre Hand mit Eis überzog. Dann packte Rhasgar ihren Arm und zog sie grob zurück. »Halte dich fern von Dingen, die du nicht verstehst«, sagte er schneidend. »Wie oft muss ich dir das noch erklären? Das Licht des Rahmens ist gefährlich, doch sein Frost wird dich schützen. Bleibe in der Dunkelheit, die es bewacht. Dann wird dir nichts geschehen.«

Er strich über ihre Hand und zerbrach das Eis. Sie starrte ihn an, und als schmerzhafte Wärme durch ihre Finger zog, wusste sie, was er getan hatte. »Dein Leben«, flüsterte sie so leise, dass sie sich selbst kaum verstand. »Du hast dein Leben in diesen Zauber gelegt, um mich zu retten. Er wird mich in meine Welt tragen, und wenn er erlischt … wirst du sterben.« Sie hörte ihre eigenen Worte und wollte darüber lachen, um das aufkeimende Entsetzen kleinzuhalten. Aber Rhasgar sah sie nur an, und ein Blick in seine Augen genügte, um jede Flucht zu zerschlagen. Sie schwankte, als sie ihre Hand vor ihm zurückzog. »Was zur Hölle hast du getan?«, brachte sie hervor. »Du willst dein Leben geben, damit ich fliehen kann? Bist du vollkommen verrückt geworden?«

Rhasgar begegnete ihrem rasenden Herzen, wie er es schon so oft getan hatte: mit eisiger Kälte. »Meine Magie ist stark«, gab er zurück. »Es ist möglich, dass ich überlebe.«

*»Es ist möglich?«*, wiederholte Anouk. Sie sprach viel lauter,

als sie es beabsichtigte, und ihre Stimme erschien ihr fremd, so schrill klang sie. »Was für großartige Neuigkeiten! Und wenn du so viel Glück hast und überlebst, was passiert dann? Hat dein Genius von einem Gehirn darüber vielleicht auch mal nachgedacht? Masrador wird dich jagen!«

Er hob fast gleichgültig die Schultern. »Der *Dark Circus* hat mich schon einmal bestraft. Es kümmert mich nicht, wenn er es wieder tut.«

»Er wird dich umbringen!« Anouks Stimme überschlug sich, aber sie achtete nicht darauf. »Das hast du dir ja hervorragend ausgedacht! Du gehst heldenhaft in den Tod und lässt alles zusammenstürzen, was wir dem Zirkus entgegenzusetzen haben! Aber da hast du die Rechnung ohne mich gemacht, so viel sage ich dir! Keinen Schritt setze ich in dieses Licht – keinen verdammten Schritt!«

Noch nie zuvor hatte sie so mit ihm gesprochen. Überhaupt erinnerte sie sich nicht daran, wann sie zuletzt ihren Puls in ihrer Zunge gespürt hatte vor Wut und Angst, und eine seltsame Genugtuung ergriff sie, als sie sah, dass ihr Ausbruch seine Wirkung nicht verfehlte. Gefährlich langsam senkte Rhasgar den Kopf. Zorn stand in seinen Augen, und als er auf sie zutrat, fühlte sie die Kälte, die in ihm aufbrach – diesen erbarmungslosen Frost, der nicht davor zurückschreckte, sie gewaltsam seinem Willen zu unterwerfen. »Oh doch«, sagte Rhasgar dunkel. »Genau das wirst du tun!«

Anouk konnte kaum atmen, so kalt wurde es im Zimmer. Sie spürte, wie Rhasgars Macht sich um ihre Glieder schlang, aber sie wich keinen Fingerbreit vor ihm zurück. Stattdessen ballte sie die Hände zu Fäusten und trat ihm entgegen. Zur Hölle noch eins, sie war nicht tödlichen Clowns und Feuergeistern entkommen, um jetzt vor einem Zauberer ins Mäuseloch zu kriechen! »Sonst was?«, gab sie zurück und blieb so dicht vor ihm stehen, dass ihr Atem in der Luft gefror. »Willst du mich wirklich durch dieses Tor treiben, nur damit ich die erstbeste Gelegenheit nutze, um in den Zirkus zurückzukehren? Denn du kannst Gift darauf nehmen, dass ich genau das tun werde! Ich lasse mich nicht gegen meinen Willen zu etwas bringen, auch und gerade nicht von dir! Du weißt das genau! Wie kannst du mich zwingen wollen, dich zu verlassen? Wie kannst du einfach aufgeben? Ist es wirklich schon so weit gekommen?«

Sie starrte ihn an und erkannte sich selbst im Spiegel seiner Augen. Nichts als Schwärze war mehr in seinem Blick, diese Dunkelheit, die sie nicht durchdringen konnte, sosehr sie es auch versuchte. Alles war möglich in diesem Moment, und sie rechnete damit, dass Rhasgar sie am Arm packen und durch das Portal schleudern würde, ungeachtet jeder Drohung, die sie ausgesprochen hatte. Allein der Gedanke daran schnürte ihr die Kehle zu. Und als hätte Rhasgar ihre Verzweiflung gespürt, senkte er den Blick.

»Wir haben keine Wahl«, sagte er kaum hörbar. »Ich habe geglaubt, dass ich dich vor der Macht des *Dark Circus* beschützen könnte. Aber ich habe mich geirrt. Vor wenigen Stunden ist Amélie ermordet worden und ich stand daneben und habe nichts dagegen getan.«

»Das ist nicht wahr«, sagte Anouk eindringlich. »Du hättest mit allem, was du bist, gegen Masrador gekämpft. Aber hier geht es um mehr als jeden Einzelnen von uns. Amélie hat uns das oft genug gesagt. Sie kannte das Risiko und war bereit, es mit allen Konsequenzen zu tragen. Sie war es, die dich auf den Hügeln zurückgehalten hat. Jeder weitere Widerstand hätte unseren Plan gefährdet und dann wäre Amélie umsonst gestorben. Und wir vermutlich mit ihr!«

Rhasgar zog die Brauen zusammen. »*Wir*«, wiederholte er. »Was soll das heißen? Glaubst du etwa, ich hätte zugelassen, dass du dich auf den Hügeln in Gefahr begibst?«

»Du hättest wohl kaum eine Wahl gehabt«, gab sie zurück. »Oder glaubst *du* etwa, ich hätte dich allein gegen Masrador kämpfen lassen? Mit Händen und Füßen hätte ich mich gewehrt, wenn du versucht hättest, mich daran zu hindern! Und du weißt ja, dass ich durchaus wehrhaft sein kann!«

Sie würdigte seine Wange keines Blickes, aber er hob die Hand und berührte die Stelle, an der sie ihn auf der Flucht vor den Clowns gekratzt hatte. Und wie in jener Nacht ging auch nun ein erstaunter Schimmer durch seine Augen, gepaart mit einer stillen, kaum unterdrückten Ahnung von Respekt. Langsam schüttelte er den Kopf. »Du bist der sturköpfigste Mensch, der mir je begegnet ist.«

»*Ich* bin sturköpfig?«, Anouk deutete auf das glühende Portal, ohne ihn aus den Augen zu lassen. »Wer will denn hier sein Leben geben, um mich vor dem *Dark Circus* zu retten? Ich kann auch verstehen, dass du besorgt bist. Keiner von uns hat mit dem gerechnet, was letzte Nacht passiert ist, vielleicht abgesehen von Amélie selbst. Ich sehe die Gefahr, das kannst du mir glauben. Aber ich bin nicht mehr so hilflos und schwach wie an meinem ersten Tag im Zirkus. Und ich kann mir niemanden vorstellen, der mich besser vor der Dunkelheit beschützen könnte als du.«

Rhasgar stieß die Luft aus und trat ans Fenster. »Du sagst das, weil du es nicht besser weißt. Du hast keine Ahnung von der Finsternis, die ich in mir trage.«

»Vielleicht hast du recht«, gab Anouk zu. »Aber ich sehe, wie du gegen sie kämpfst. »Du kannst sie besiegen, wenn …«

Da fuhr er herum. »Was weißt du denn schon?«, rief er. »Du weißt nicht, wie das ist, in der Dunkelheit zu sein, in jedem verfluchten Augenblick! Hier geht es um mehr als die Kraft des *Dark Circus!* Ich sagte dir schon einmal, dass es tiefere Finsternisse gibt als die seinen, und nichts ist wahrer! In mir ist es Nacht, verstehst du das? Und diese Düsternis ist ein Teil von mir und sie wird es immer bleiben! Du glaubst, ich wäre stark, aber du siehst nur das von mir, was ich dir zeige, keinen Deut mehr! Es gibt so vieles in mir, das du nicht kennst! Ich bin kein Held, Anouk! Ich bin verloren!«

Das letzte Wort hallte im Turm wider wie in einer Gruft. Anouk schien es, als würde sie noch einmal in dem dunklen Keller stehen, jenseits der lodernden Flammen, und die Kälte in Rhasgars Augen aufglühen sehen, diese Kälte, die sie mit aller Macht fortstoßen wollte. Fröstelnd zog sie die Schultern an, aber wie in dem elenden Keller wandte sie sich auch jetzt nicht von Rhasgar ab. »Wie das Kind in der Dunkelheit mit dem Messer in den Händen?«, fragte sie. Sie konnte sehen, dass ihre Worte Rhasgar trafen. Er stand so regungslos, als wäre er zu einer Statue aus Granit geworden, doch die plötzliche Verwundbarkeit in seinem Blick ließ sie fortfahren. »Du hast es mich sehen lassen, um mich von dir fernzuhalten, nicht wahr? Glaub mir, ich weiß genau, wie das ist. Ich bin Meisterin darin, jemanden auf Abstand zu halten. Aber wie du siehst, hast du dein Ziel nicht erreicht. Ich bin immer noch hier.«

Für einen Moment sah er sie nur an. »Königin der Farben«, sagte er dann, so leise, dass sie ihn fast nicht hören konnte. »Hast du denn keine Angst?«

Zum ersten Mal in dieser Nacht klang etwas wie Zärtlichkeit in seiner Stimme mit. »Ich habe Angst«, sagte Anouk ebenso leise wie er. »Vor dir, vor mir, vor der Dunkelheit. Ich sehe die Augen dieses Kindes noch immer vor mir und jedes Mal wird mir eiskalt. Aber nicht, weil ich mich fürchte, sondern weil ich mich frage, was dieses Kind gesehen haben muss.« Sie hielt kurz inne. »Was hast du gesehen, Rhasgar, um solche Augen zu bekommen?«

Er sah sie an wie ein Tier, das sich zu weit aus dem Dickicht gewagt hatte und jeden Moment wieder im schützenden Wald verschwinden konnte. Sie spürte, wie er mit sich rang, und sie hielt den Atem an, so sehr fürchtete sie, dass er binnen eines Wimpernschlags in seine übliche Abwehr zurückkehren würde. Aber dann schüttelte er nur den Kopf und schaute erneut hinaus in die Nacht.

»Seit damals sind so viele Jahre vergangen«, sagte er wie zu sich selbst. »Und doch ist es noch immer, als wäre all das erst gestern passiert. Ich verlor meine Eltern, als ich sechs Jahre alt war. Ich kann mich kaum noch an sie erinnern, aber eine Szene hat sich mir eingebrannt, und ich weiß, dass ich sie nie vergessen werde. Es war Weihnachten und meine Eltern gaben mir ein Päckchen. Darin lag ein Messingrohr, und als meine Mutter es drehte, kam ich aus dem Staunen nicht mehr heraus. Unzählige Farben und Formen explodierten vor meinen Augen, und ich höre noch heute die Stimme meines Vaters, als er sagte: *Die Welt ist voller Wunder. Und wie dunkel es auch um dich werden mag: Tief in dir, mein Sohn, ist das Licht.*«

Das Lächeln auf Rhasgars Lippen war nicht mehr als ein Schimmer, und doch reichte es aus, um Anouk die Kehle zuzuschnüren, so traurig war es und zugleich so schön.

»Von da an war das Kaleidoskop mein ständiger Begleiter«, fuhr er fort. »Es kam mir vor wie ein magischer Gegenstand. Vielleicht glaubte ich, es würde mich beschützen und alles Unheil von mir fernhalten. Aber so war es nicht. Wenige Wochen nach Weihnachten kamen meine Eltern bei einem Unfall ums Leben. Von da an änderte sich alles. Ich wurde von entfernten Verwandten an Heime und Pflegefamilien weitergereicht. Ich weiß nicht mehr, in wie viele sogenannte Familien ich geschickt wurde, aber ich erinnere mich noch genau an das Gefühl, nicht dazuzugehören … fremd zu sein unter Leuten, die mein Zuhause hätten werden müssen, und nachts mit einem metallenen Gegenstand in den Händen einzuschlafen, dessen Anblick mich besser trösten konnte als jedes Wort der Menschen um mich herum. Damals wusste ich noch nicht, dass es Schlimmeres gibt als die Einsamkeit. Sehr viel Schlimmeres.«

Seine Stimme hatte einen Ton angenommen, den Anouk noch nie gehört hatte. Er war so eisig, dass selbst die Kälte in Rhasgars Leib dagegen sanft wirkte. Instinktiv zog sie die Schultern an und wusste doch, dass es keinen Schutz gab gegen das, was Rhasgar nun sagen würde.

»Ich war acht Jahre alt, als ich in meine letzte Familie kam«, fuhr er fort, den Blick wie versteinert in die Dunkelheit gerichtet. »Er war Projektleiter in einer großen Firma. Sie war

Kindergärtnerin und hatte zwei ältere Töchter mit in die Ehe gebracht. Ich bekam ein eigenes Zimmer mit meinem Namen an der Tür. Wir aßen jeden Abend zusammen und lasen uns Geschichten vor. Am Wochenende unternahmen wir Ausflüge aufs Land. Von außen sahen wir aus wie eine Bilderbuchfamilie. Aber nichts war weiter von der Wahrheit entfernt als das. Es dauerte nur ein paar Wochen, bis mein neuer *Vater* zum ersten Mal nachts in mein Zimmer kam. Er war betrunken, noch heute kann ich den Gestank des Alkohols riechen, und er redete so seltsam schmeichlerisch mit mir, dass mir eiskalt wurde. Ich hatte keine Ahnung, was er von mir wollte, als er sich zu mir ins Bett legte. Dann begann er, mich anzufassen. Ich wehrte mich, aber das schien ihn nur noch anzustacheln. Er drehte mich auf den Bauch und schlug meinen Kopf gegen den Bettpfosten, als ich nicht aufhörte zu weinen. Von dem Moment an widersetzte ich mich nicht mehr. Es war, als würde ich in einen tiefen Brunnen stürzen, während er sich an mir verging. Hinterher ließ er mich liegen, als wäre ich ein totes Stück Fleisch. Ich erinnere mich an den Schmerz und den Ekel, als ich zusammengekrümmt in meinem Bett lag, und an den Schweißgeruch, der schwer im Zimmer stand. Erst viel später habe ich begriffen, was er mir angetan hat, aber *gefühlt* habe ich es schon in dieser ersten Nacht. Mir war schrecklich übel. Ich schämte mich, ohne zu wissen warum. Und obwohl ich vor Kälte zitterte, konnte ich mich nicht zudecken, weil ich keine Berührung von irgendetwas ertragen konnte. Stundenlang lag ich reglos wach in der Angst, er würde zurückkommen. Und das tat er auch. Von da an geschah es immer wieder. Wenn ich mich wehrte, hat er mich geschlagen oder mich stundenlang in den Keller gesperrt, wo ich allein im Finstern war. Ich hätte wohl den Verstand verloren, wenn ich mich nicht in die Welt des Kaleidoskops geflüchtet hätte und in das Gefühl, das es für mich bedeutete: Geborgenheit, Schutz ... und Hoffnung.«

Nur mit Mühe konnte Anouk sich davon abhalten, zu ihm hinüberzugehen und die Arme um ihn zu legen. Seine Worte hatten einen entsetzlichen Bilderstrom durch ihre Gedanken geschickt, gegen den sie sich nicht wehren konnte, und sie wollte nichts mehr, als Rhasgar beizustehen und ihm das Gefühl zu geben, nicht allein zu sein. Aber er stand noch immer regungslos am Fenster, und eine unbedachte Bewegung von ihr würde genügen, um ihn hinter seine Mauern zurückzutreiben, das wusste sie genau. Und so blieb sie, wo sie war, und spürte, wie der Zorn gegen seinen Peiniger sich in ihr in blanken Hass verwandelte.

»Ich weiß nicht, warum ich nicht davonlief«, sagte Rhasgar und hob leicht die Schultern. »Vielleicht hoffte ich, dass er aufhören würde. Vielleicht wusste ich auch einfach nicht, wohin ich hätte gehen sollen. Lange glaubte ich, er hätte mich gebrochen. Aber ich blieb kein schwaches Kind, das er mit körperlicher Gewalt und den immer gleichen Sprüchen einschüchtern konnte. Ich wurde größer. Und eines Nachts habe ich mich gewehrt.« Er hielt kurz inne, und als er die Hände zu Fäusten ballte, wusste Anouk, dass er in diesem Moment in jene Nacht von damals zurückkehrte. »Er war wieder betrunken, als er in mein Zimmer kam«, fuhr er fort, so leise nun, dass seine Stimme fast im Rauschen des Windes unterging. »Und in seinen Augen stand nichts als kalte Wut. Er drohte mir mit einem Klappmesser und warf Sachen herum, als ich mich weigerte, seinen Anweisungen zu folgen. Dabei erwischte er auch das Kaleidoskop. Ich erinnere mich bis heute an das Geräusch, als es zu Boden fiel und das Glas zerbrach. Es war wie ein Riss, der durch mein Inneres ging und der mich vorwärtstrieb, direkt auf ihn zu. Ich stürzte mich auf ihn. Immer wieder schlug ich ihn, und er war zu betrunken oder zu überrascht, um sich zu verteidigen. Ich bekam das Messer zu fassen. Und ohne zu zögern, stach ich zu. Ich sehe ihn noch heute zu Boden fallen. Die Wunde blutete stark, obwohl sie nicht tief war. Er war so schockiert, dass er dalag wie erstarrt. Alles in mir schrie mir zu, ihm die verfluchte Klinge ins Herz zu treiben.«

Noch immer stand er am Fenster, aber in diesem Moment sah Anouk ihn als Kind vor sich: mit Augen so dunkel, dass kein Licht sich in ihnen spiegelte, und nichts als Kälte war mehr in seinem Blick. Doch gleich darauf fuhr er sich übers Gesicht und holte Atem.

»Aber ich tat es nicht«, sagte er leise. »Damals habe ich selbst nicht begriffen, warum ich zögerte. Heute denke ich, dass ich ihm nicht noch mehr von mir opfern wollte als das, was er sich mit Gewalt genommen hat. Ich ließ das Messer fallen und hob mein Kaleidoskop vom Boden auf. Dann lief ich fort und gelangte zum *Dark Circus*. Doch der Zorn, den ich damals empfand, kam mit mir. Vielleicht war er der Grund, warum ich dem Zirkus lange treu gedient habe. Denn jedes Mal, wenn ich die dunkle Macht nutzte, wurde ein Stück meiner Vergangenheit in mir ausgelöscht. So bin ich in die Finsternis gefallen, wieder und wieder. Ich habe Dinge getan, von denen du keine Vorstellung hast, um mir selbst zu entkommen, bis ich eines

Tages erkannte, dass ich auf diesem Weg gerade das verlieren würde, was ich doch mit aller Kraft bewahren wollte: das Licht, das meine Eltern in mir gesehen haben. Ich wandte mich vom Weg der Dunkelheit ab im festen Vertrauen darauf, noch andere Pfade in mir zu haben als den ihren. Aber seit Amélies Tod bin ich mir da nicht mehr sicher. Ich sehe in mich hinein und finde nichts als Finsternis. Und ich kann sie noch immer fühlen: die Kälte gegenüber der Welt dort draußen, die mich dazu treiben will, mich noch tiefer in die Dunkelheit des *Dark Circus* hineinzustürzen … so tief, bis nichts mehr von mir übrig ist, nicht einmal mehr der Schmerz.«

Anouks Mund war staubtrocken. Sie wollte ihn fragen, was das für Dinge waren, die er getan hatte, und fürchtete sich gleichzeitig vor seiner Antwort. Irgendetwas war bei diesen Worten in seinen Blick getreten, etwas wie ein düsteres Versprechen, das jede Nachfrage hinter ihren Lippen verschloss.

»Amélie hat mir erzählt, wie du in den Zirkus gekommen bist«, sagte sie schließlich. »Von der Kälte in deinem Blick. Von deinen Albträumen. Von den Mauern um dich herum. Der Zirkus hat dich aufgefangen, als niemand sonst es gekonnt hätte, aber was auch immer du unter seinem Einfluss getan hast: Jetzt hast du dich gegen diesen Weg entschieden. Ist dieser Entschluss nicht Beweis genug für dich, dass du andere Möglichkeiten hast, als für immer ein Sklave des *Dark Circus* zu sein?«

»Das habe ich geglaubt«, sagte Rhasgar. »Aber was, wenn es keinen Weg zurück mehr gibt, wenn man einmal in die Dunkelheit gefallen ist? Immer wieder stehe ich auf den Hügeln und sehe zu, wie Amélie in die Schatten geht. Und ich frage mich: Was, wenn ich in Wahrheit gar nicht gegen die Finsternis kämpfen will? Was, wenn ich will, dass sie gewinnt?«

Er wandte sich zu ihr um, als würde er eine Antwort erwarten. »Du bist mehr als die Dunkelheit in dir«, erwiderte sie. »Ich glaube fest daran und du hast es Masrador selbst gesagt.«

»Man sagt viel, wenn man versucht, das Leben einer Freundin zu retten«, stellte er fest. »Aber am Ende ist es mir nicht gelungen, und eines weiß ich genau: Ich könnte es mir nie verzeihen, wenn dir etwas zustoßen würde. Dir zu begegnen war wie der erste Blick in mein Kaleidoskop. Du hast mich fühlen lassen, dass die Welt dort draußen mehr sein kann als alles, was ich erlebt habe. Ich werde dir das nicht vergelten, indem ich dich noch tiefer in die Finsternis ziehe. Dafür hast du mich zu reich beschenkt ... mehr, als du je wissen wirst.«

Anouk konnte nicht verhindern, dass ihr das Blut in die Wangen stieg. Noch nie hatte Rhasgar auf diese Art mit ihr gesprochen, und vielleicht lag es an der Zärtlichkeit in seinem Blick, dass ihre Stimme zitterte, als sie ihm antwortete: »Und dasselbe hast du für mich getan.«

Kurz nur hob er erstaunt die Brauen. Dann glitt sein altes Spottlächeln über sein Gesicht und zeigte ganz offensichtlich, dass er ihr kein Wort glaubte. »Ich bin ein Zauberer«, sagte er mit einem Anflug des Schalks, der seine Augen blitzen ließ. »Illusionen sind mein Geschäft.«

»So weit reichen deine Zauberkünste noch nicht«, gab sie zurück. »Ich meine es ernst. Nach Bens Tod habe ich geglaubt, nie wieder wirkliche Nähe zu jemandem zu empfinden. Ich habe Mauern um mich errichtet, die niemand durchdringen konnte, manchmal nicht einmal ich selbst. Und dann kamst du und hast mich angesehen, als würde ich ohne jeden Schutz vor dir stehen. Du hast meine Traurigkeit gefühlt und meinen Schmerz, und du hast mich Farben sehen lassen, von denen ich nicht einmal wusste, dass es sie gibt. Du bringst mich dazu, mitten in der Nacht aufzuwachen und mich zu fragen, wo du bist, du schaffst es, jede Angst mit einem winzigen Lächeln zu vertreiben, und du lässt mich unbeschwert sein im Angesicht der größten Bedrohung, die ich mir überhaupt vorstellen kann. Du glaubst, du würdest nichts als Finsternis in dir tragen, aber du strahlst so hell, dass ich tausend Jahre bräuchte, um jede Facette deines Lächelns zu malen. Du bist ein Zauberer, in jedem möglichen Sinn des Wortes. Du willst, dass ich am Leben bleibe, dabei bist du es, der es mir zurückgegeben hat: das Leben, das ich seit Jahren nicht mehr gefühlt habe, bis zu dem Tag, da ich dich traf. Glaube es oder nicht, Herr der Spiegel: Es ist nicht die Dunkelheit, die in dir herrscht. Es ist das Licht.«

Sie hatte nicht gemerkt, dass sie auf ihn zugetreten war. Nun stand sie vor ihm, so nah, dass sie nur die Hand ausstrecken musste, um ihn zu erreichen. Doch sie rührte sich nicht, selbst dann nicht, als er den Kopf neigte und sie direkt ansah. »Du schaust mich an, wie Amélie es getan hat«, sagte er leise. »So voller Hoffnung, dass ich mich dabei ertappe, dir zu glauben.«

*»Sieh hinter seine Mauer und weiche nicht zurück – ganz gleich, was dich dahinter erwartet«*, wiederholte Anouk die Worte der Wandlerin. »Das hat Amélie zu mir gesagt, als ich mich bei ihr über die Kälte beschwerte, mit der du mir begegnet bist. Sie war der festen Überzeugung, dass wir uns brauchen und dass wir den Fluch des *Dark Circus* brechen können, wenn wir Sei-

te an Seite stehen. Es ist mir egal, was du dazu sagst. Ich werde ihren Rat befolgen. Und du kannst nichts dagegen tun.«

Sie hörte ihn selbst, den Trotz in ihrer Stimme, der ein Lächeln auf Rhasgars Gesicht schickte. »Warum tust du das?«, fragte er. »Ich biete dir einen Ausweg aus diesem Chaos, und du stehst da, als hättest du dein Leben lang davon geträumt, meinem Weg in die Finsternis zu folgen.«

»Ich habe es dir schon einmal gesagt«, erwiderte sie. »Und ich wiederhole es so oft, bis du mir glaubst: Es ist nicht dein Weg, es ist unserer. Und ob es dir passt oder nicht: Ich werde ihn mit dir gehen.«

Er sah sie nur an, als wäre sie eines seiner Lichter, die er erschuf, nur um ihnen gleich darauf beim Erlöschen zuzusehen. Dann streckte er die Hand nach ihr aus. Sie sah aus dem Augenwinkel, wie das Licht des Portals durch den Raum auf sie zu und über seine Finger strömte, und als er ihre Wange berührte, flog es zärtlich wie Regen über ihre Haut. Ein Schauer ergriff sie, als Rhasgar die Hand in ihren Nacken legte und sie näher an sich zog. Seine Finger waren ganz warm. Sie schloss die Augen, als sein Atem ihre Lippen streifte … und fuhr im nächsten Moment unter einem lauten Knistern zusammen.

Erschrocken riss sie die Augen auf und sah, dass das Licht auf ihrem Körper zu prasseln begann, als hätten sich unzählige Wunderkerzen auf ihrer Haut entzündet. Rhasgar lachte und mit nicht mehr als einem Fingerschnipsen schickte er die Funken hinaus in die Nacht. Wie Glühwürmchen tanzten sie durcheinander und strebten in Richtung des Meeres.

Anouk fuhr sich verlegen durchs Haar. Sie rechnete damit, dass die übliche Abwehr in Rhasgars Blick zurückgekehrt war, als sie ihn ansah. Doch er stand nur da, an den Rahmen des Fensters gelehnt, und ehe sie unter seinem Lächeln den Kopf senken konnte, zog er sie an sich. Noch immer tanzten einzelne Funken über seine Finger, und Anouk erwiderte sein Lächeln, als er ihr unendlich sanft das Haar zurückstrich.

Aufatmend lehnte sie den Kopf an seine Brust und schaute hinaus in die Nacht. Mochte er in tausend Finsternisse gefallen sein und die Hölle selbst in seinen Adern tragen … niemals würde sie ihn alleinlassen. Niemals würde sie sich abwenden von Rhasgar, dem Zauberer, der ihr ein Kaleidoskop aus Farben geschenkt hatte.

# 20

Schweigend stand Anouk neben Rhasgar auf der Klippe und beobachtete, wie der Morgen heraufzog. Die Wellen färbten sich zuerst grau und dann blassviolett, ehe sich dunkles Blau über das Meer zog. Es war ein Anblick, der Anouk mit glühender Sehnsucht nach dem Horizont und dem Himmel erfüllte, und sie sah Rhasgar an, um nicht an den tanzenden Schatten hängen zu bleiben … den verfluchten Grenzen des *Dark Circus,* die ihr nicht einmal erlaubten, den Sonnenaufgang zu sehen.

Rhasgar jedoch schaute in Richtung des Horizonts, als wären sie gar nicht da. Die fliehende Nacht zeichnete seine Konturen nach, und Anouk überkam das Bedürfnis, noch einmal den Kopf an seine Brust zu legen und auf seinen Herzschlag zu lauschen, während er mit seinen Fingern durch ihr Haar strich – hingegeben an den Gedanken, dass es nichts gab, das sie voneinander trennte. Es war ein wunderschönes Gefühl gewesen, Rhasgar so nah zu sein. Aber inzwischen waren die Funken seines Zaubers erloschen und damit war die Gefahr zu ihnen zurückgekehrt. Hinter ihnen lag der Zirkus unverändert da, und hatten sie sich auch wenige Stunden in ihrem Refugium abgetrotzt, wusste Anouk doch, dass sie zu ihm zurückkehren mussten, sobald die ersten Sonnenstrahlen das Meer berührten. Sie holte tief Atem, um diesen Gedanken fortzudrängen. Denn noch standen sie nebeneinander, so nah, wie die Gefahr in Rhasgars Adern es eben zuließ, und als er sie ansah, lag noch immer die Zärtlichkeit in seinen Augen, mit der er sie vor wenigen Stunden an sich gezogen hatte. Fast war es, als würde er noch einmal ihren Nacken berühren, und unwillkürlich erwiderte sie sein Lächeln.

Der Ruf war kaum zu hören, aber er zerbrach die andächtige Stille so plötzlich, als würde eine Seifenblase zerplatzen. Sofort verschwand jede Gelassenheit von Rhasgars Zügen und wich der Anspannung des Seiltänzers, der bei jedem seiner Atemzüge mit tödlicher Gefahr rechnete. Alarmiert drehte er sich um, und als Anouk seinem Blick folgte, erkannte sie Levin, der über die Hügel auf sie zurannte.

Sein Haar wehte im Wind, ebenso wie das dünne Hemd seines Schlafanzugs. Er trug weder Schal noch Mantel gegen die Kälte und seine Hose steckte in den Stiefeln. Offensichtlich war er in plötzlicher Eile aus dem Bett gesprungen, und nun lief er so schnell auf sie zu, dass er trotz seines sonst so legendären Geschicks mehrfach stolperte. Rhasgar eilte ihm entgegen, und Anouk bemerkte den besorgten Ausdruck auf seinen

Zügen, der ihren Puls beschleunigte. Selten zeigte Rhasgar in einem Zustand der Konzentration auch nur irgendeine Art der Emotion, aber als Levin vor der Ruine innehielt, verstand sie seine Beunruhigung. Noch nie hatte sie den Jungen in einem Zustand so heilloser Aufregung gesehen. Levin stützte die Hände auf seine Knie und rang nach Luft.

»Esra«, brachte er hervor. »Sie … haben Esra.«

Rhasgar packte ihn an den Schultern, ehe er den nächsten Atemzug tun konnte. »Was ist passiert?«, fragte er eindringlich. »Sprich!«

»Artus und Luana«, keuchte Levin mit glühenden Wangen. »Sie haben Esra vor deinem Wagen erwischt. Keine Ahnung, was sie da wollte, aber sie haben sie mitgenommen. Sie sind jetzt bei Artus. Du weißt, wie wütend er werden kann. Keine Ahnung, ob er ihr etwas antun will, aber wenn Masrador das erfährt …«

Rhasgar ließ ihn so abrupt los, dass Levin fast gestürzt wäre. Im letzten Moment fing Anouk ihn auf und zog ihn hinter Rhasgar her, der über die Hügel zum Zirkus zurücklief. Erst als er den Platz betrat, verlangsamte er seine Schritte. Es war ein ganz gewöhnlicher Morgen im *Dark Circus* – so alltäglich, dass Anouk fest damit rechnete, Rhasgar wie ein Unwetter in die geschäftige Atmosphäre einbrechen zu sehen. Aber stattdessen streifte er die Eile, die ihn über die Hügel getrieben hatte, schon bei den ersten Schritten ab. Mit seinem üblichen geschmeidigen Gang lief er an den Wagen vorüber, und hätte Anouk nicht gewusst, was in ihm vorging, hätte sie es ihm nicht angemerkt. Auch Levin sprang beinahe ausgelassen neben ihr her und grüßte die Artisten, die ihnen auf dem Weg zum Training entgegenkamen, als wäre er vollkommen entspannt. Sie selbst hingegen mühte sich nach Kräften, ihre Nervosität zu verbergen, und sie machte innerlich drei Kreuze, als endlich der Wagen des Phönix vor ihnen auftauchte.

Die Tür wurde geöffnet, kaum dass Rhasgar anklopfte. Luana musterte sie mit finsterer Miene und ließ sie ohne ein Wort hinein. Sofort umfing sie der Geruch von Feuer, der Anouk in den vergangenen Wochen so vertraut geworden war wie die Funken in Artus' Haaren. Sie war schon viele Male in seinem Wagen gewesen. Zu Beginn vor allem für ihre Trainingseinheiten, später dann auch, um mit den anderen Artisten Karten zu spielen oder mit Artus über die Welt der Menschen zu sprechen, die er schmerzlich vermisste. Sie hatte es geliebt, inmitten all der Schwarz-Weiß-Fotografien von seiner Familie zu sitzen, die er an den Wänden aufgehängt hatte, und die Flammen der Federn auf ihrer Haut zu spüren, die in den schönsten Feuerfarben die Decke schmückten. Umso erschrockener zog sie nun die Arme um ihren Leib, als sie sich im Wagen umschaute.

Er sah aus, als wäre er von innen heraus ausgebrannt. Dicke Ascheschichten lagen auf den Regalen, die Bilder waren nicht mehr als verkohlte Fetzen an den Wänden, und die Federn, unzerstörbar durch Flammen jeder Art, glühten in so dunkler Glut, dass sie Masradors Feuer hätten Konkurrenz machen können. Artus, den Anouk stets als ruhigen und freundlichen Menschen kennengelernt hatte, stand mit freiem Oberkörper und rot glimmenden Augen vor seinem Kamin. Er hatte beide Hände auf die glühenden Kacheln gelegt, und wenngleich die Hitze ihn nicht dauerhaft verbrannte, schickte sie doch knisternde Blasen über seine Haut. Anouk begriff, dass er auf diese

Weise seinen Zorn bezähmte. Mit angehaltenem Atem folgte sie Rhasgar in den Wagen hinein, und da, nah am Kamin auf einen Stuhl gefesselt, saß Esra.

Blaue Flecke bedeckten ihren Hals und ihre Schultern, Blut klebte in ihren Haaren und an ihrem Mund, und ihr linker Arm war von tiefen Kratzspuren übersät. Aber in ihren verweinten Augen stand eine Wut, die Funken sprühte. Mit geballten Fäusten sah sie zu Artus hinüber, als könnte sie ihn mit einem einzigen Blick in Asche verwandeln, gerade so, wie er es mit dem Inneren seines Wagens getan hatte.

»Was zum Teufel habt ihr getan?« Rhasgars Zorn brachte die Luft zum Gefrieren. Er fuhr herum, so schnell, dass Anouk instinktiv vor ihm zurückwich. Auch Luana, die an der Tür stehen geblieben war, ging auf Abstand, und selbst Levin zog die Schultern an. Nur Artus blieb, wo er war, und hob in der kraftvollen Gelassenheit eines uralten Kriegers den Blick.

»Keine Sorge«, grollte er und schaute verächtlich zu Esra hinüber. »Ich hab sie nicht angerührt, und Luana genauso wenig. Du kennst doch die Zeichen, die Masradors heitere Fragerunden hinterlassen. Er war es, der sie so zugerichtet hat. Aber ich leugne nicht, dass ich es gern selbst gewesen wäre.«

Rhasgars Wut schmolz zu einer eisigen Flamme in seinem Blick zusammen, doch er ließ Artus nicht aus den Augen. »Und deswegen hast du sie hergebracht?«, fragte er düster. »Um ihr jeden Knochen einzeln zu brechen, oder wolltest du sie in deinem Feuer verbrennen? Seit wann zur Hölle stellen wir uns mit Masrador und seinen Methoden auf eine Stufe?«

Luana senkte den Blick, und eine dunkle Betroffenheit spiegelte sich auf Artus' Zügen, die ihn die Hände vom Kamin nehmen ließ. Ausatmend strich er sich die Haare zurück, doch anstelle der glühenden Funken fielen nur Ascheflocken auf seine Schultern hinab. »Ich gebe es zu«, sagte er. »Ich würde dieser Schlange dort am liebsten den Hals umdrehen. Aber ich habe sie nicht hergebracht, um sie zu foltern. Sie hat vor deinem Wagen herumgelungert und sich an deiner Tür zu schaffen gemacht. Luana hat das gesehen und mich geholt, und weil ich nicht zulassen wollte, dass sie bei dir einbricht, habe ich sie hier festgesetzt.«

Rhasgar bedachte Esra mit eisigem Blick, doch ehe er etwas sagen konnte, trat Luana vor. Ihr sonst so puppenhaftes Gesicht wirkte schmal und ausgezehrt, so aufgebracht war sie. »Sie ist über den Platz geschlichen wie einer von Masradors Spitzeln. Sie wollte irgendwas in deinem Wagen anstellen, vielleicht Beweise finden für das, was sie Masrador erzählt hat. Sie wollte dich ausliefern, darauf verwette ich meinen Kopf!«

»Das ist nicht wahr!« Esra atmete schnell, die Haare klebten an ihrer Stirn. Schweiß lief über ihr Gesicht und vermischte sich mit ihrem Blut, aber als sie Rhasgars Blick erwiderte, wich der Zorn von ihren Zügen. »Mein Verhör bei Masrador ist beendet, ich habe keinen von euch ans Messer geliefert! Glaubt ihr, ihr würdet noch hier stehen, wenn es anders wäre?«

Artus schnaubte. »Das Messer war nah genug an meiner Kehle, so viel ist mal sicher. Ich fühle immer noch die Kälte des Metalls.«

»Rhasgar, bitte«, flehte Esra mit zitternder Stimme. »Du musst mir glauben, ich hatte nicht vor, euch zu schaden! Bitte, hör mich an! Ich war nur aus einem einzigen Grund bei dir am Wagen! Ich …«

Eine Handbewegung Rhasgars genügte, um sie zum Schweigen zu bringen. Anouk kannte diese Geste, kaum mehr als eine Ahnung von der Kraft, die in ihm lag, und doch ausreichend, um Esra auf ihrem Stuhl erstarren zu lassen, als hätte sie ein eisiger Hieb getroffen. »Seid ihr sicher, dass euch niemand gesehen hat, als ihr sie hierherbrachtet?«, wandte er sich an Artus. Er klang so abgeklärt, als spräche er übers Wetter, aber in seinen Augen glühte noch immer die unheilvolle Flamme, die jeden Moment auflodern konnte. Dennoch fixierte Artus ihn ohne einen Wimpernschlag.

»Ich mag kein Zauberer sein«, grollte er finster. »Aber ich bin kein Idiot. Niemand hat uns bemerkt, da kannst du sicher sein. Du bist nicht der Einzige, der sich mit Täuschung auskennt.«

Rhasgar nickte. »Und was habt ihr jetzt vor? Wollt ihr sie umbringen?«

Er fragte das, als würde er tatsächlich eine Antwort erwarten. Artus verschränkte die Arme vor der Brust, doch es war Luana, die das Wort ergriff. »Wir sind keine Mörder«, gab sie zurück. »Aber wir dürfen nicht zulassen, dass wir von einer Verräterin bespitzelt werden. Wer weiß schon, was in Masradors Wagen passiert ist? Wir sollten sie einsperren, so oder so. Sie weiß einfach zu viel. Und wenn ihr Verschwinden auffällt, behaupten wir, sie wäre aus Verzweiflung und Scham in die Schatten gegangen. Es wäre keine unübliche Reaktion auf den Verrat, den sie begangen hat.«

Sie schaute zu Esra hinüber, doch diese erwiderte ihren Blick nicht. Bei Luanas Worten waren ihre Augen glasig geworden, und nun sank ihr Kopf nach vorn, als hätte sie keine Kraft mehr. Fast hätte Anouk Mitleid mit ihr empfunden, so jämmerlich sah sie aus.

»Wir wissen jetzt, wer sie ist«, sagte Rhasgar nach einem Moment. »Wir wissen, dass sie eine von uns an Masrador verraten hat, wir wissen, dass wir ihr nicht trauen können. Aber hätte sie Masrador von uns erzählt, würden wir jetzt nicht mehr miteinander reden. Bei allem Zorn und allem Schmerz dürfen wir nicht den Blick für die Realität verlieren.«

Artus ließ die Arme sinken. »Soll das heißen, wir lassen sie laufen?«

Seine Stimme schickte ein Knistern durch die erstarrten Federn ringsum, aber Rhasgar blieb unbeeindruckt. »Soll sie herumschnüffeln, so viel sie will«, sagte er achselzuckend. »Meine Geheimnisse schützen sich selbst und bei euch wird das nicht anders sein. Masrador hat sie geschlagen und eingesperrt, um seinen Zorn zu befriedigen, und wenn es eines gibt, das wir noch für Amélie tun können, dann ist es dies: Wir müssen uns daran erinnern, wer wir sind. Und ganz gleich, wie unterschiedlich unsere Antworten ausfallen mögen, in einem sind sie doch gleich: Wir sind nicht wie er.« Er sah Artus fest in die Augen, dann schweifte sein Blick zu Luana. Erst als beide die Köpfe neigten, wandte er sich ab. »Und jetzt entschuldigt mich«, sagte er. »Ich kann diesen Anblick nicht länger ertragen.«

Er trat zur Tür, aber als er die Klinke berührte, ging ein Schluchzen durch den Raum.

»Bitte«, rief Esra verzweifelt. »Hör dir an, was ich zu sagen habe! Für Amélie!«

Der Name fegte wie ein Windstoß durch die Asche. Artus fuhr herum, doch ehe er auch nur die Hand nach Esra ausstrecken konnte, umfasste Rhasgar sie mit seinem Blick. Sein Gesicht war so ausdruckslos, als hätte er sich in leblosen Stein verwandelt. Aber seine Stimme bebte vor Zorn, und Anouk zweifelte nicht daran, dass er Esra an der Kehle packen würde, sollte sie auch nur für einen Moment den Blick von ihm abwenden. Wie erstarrt sah sie zu ihm auf.

»Wie kannst du es wagen, ihren Namen auszusprechen?«, raunte er mit schneidender Kälte. »Ich warne dich: Tust du das noch einmal, kenne ich keine Grenzen mehr. Dann wirst du erfahren, was der Tod bedeutet, und am Ende wirst du um seine Gnade betteln!«

Anouk spürte ihren Herzschlag in der Kehle. Sie konnte kaum glauben, dass es Rhasgar war, der diese Worte aussprach, Rhasgar, ihr Zauberer, der sie noch vor wenigen Stunden mit nichts als Zärtlichkeit in seinem Blick an sich gezogen hatte. Und trotz der Grausamkeit in seiner Stimme, trotz der Kälte, die sich eng um ihre Kehle legte, fühlte sie nichts als den Drang, ihm die Verzweiflung zu nehmen – die Verzweiflung über Amélies Tod, die ihn in entsetzliche Tiefen stürzte.

»Ich wünschte, ich wäre an ihrer Stelle gestorben«, flüsterte Esra so leise, dass Anouk sie kaum verstand. »Ich wünschte, ich könnte alles ungeschehen machen, aber das kann ich nicht. Es tut mir so schrecklich leid, dass …«

»Es tut dir leid«, murmelte Artus, und dann stürzte er auf Esra zu. »Es tut dir leid?«, rief er und schüttelte sie, dass die Lehne des Stuhls laut krachte. »Amélie ist *tot*, und dir tut es *leid?* Wie konntest du das tun, verflucht noch eins? Du warst wie eine Schwester für mich! Und jetzt kann ich dich nicht mal mehr ansehen!«

Tränen liefen über Esras Wangen, die als Eissplitter in ihren Schoß fielen. »Ich wollte nicht, dass jemand stirbt«, brachte sie hervor. »Ich dachte, sie würde nur verwarnt wie schon so oft, wenn sie gegen die Grenzen des *Dark Circus* angerannt ist. Masrador hat es mir versprochen!«

Artus wich vor ihr zurück, als könnte er sich nur so davon abhalten, ihr den Kopf von den Schultern zu reißen, und Rhasgar starrte mit solcher Eiseskälte auf sie hinab, dass Anouk für einen Wimpernschlag glaubte, er würde seine Drohung wahrmachen und sie auf der Stelle an den Haaren in die Schatten zerren. Luana stieß voller Verachtung die Luft aus und Anouk las ihre eigenen Gedanken auf den Zügen der anderen. Esra kannte den dunklen Clown. Sie hätte wissen müssen, dass er ihr jede Lüge der Welt erzählt hätte, um seine Ziele zu erreichen. Wie konnte sie nur so dumm sein? Als hätte Esra ihre Empfindungen gespürt, ließ sie den Blick sinken. Doch ehe sie in ihre Lethargie zurückfallen konnte, trat Levin auf sie zu. Er verursachte beim Gehen keinerlei Geräusch, und als er vor ihr stehen blieb, sah sie mit stillem Erstaunen zu ihm auf, als wäre ein Engel zu ihr hinabgestiegen. Er betrachtete sie mit diesem ruhigen, nachdenklichen Ausdruck, mit dem er stets auf das schaute, was er nicht verstand.

»Du hast uns alle verraten«, sagte er schließlich. »Warum hast du das getan?«

Esra öffnete den Mund und schloss ihn gleich wieder, ohne etwas zu sagen. All die Vorwürfe, die in den vergangenen Stunden auf sie eingeprasselt waren, hatten sie sichtlich verletzt. Aber nichts hatte sie so sehr verwundet wie die Traurigkeit, die nun in Levins Stimme mitschwang, das konnte Anouk sehen, und sie spürte sie selbst: die unerträgliche Unschuld dieser Frage, die ein Kind gestellt hatte, mitten hinein in all den Zorn und die Verächtlichkeit.

»Ich hatte nie ein Zuhause«, sagte Esra da. Sie weinte nicht mehr, doch ihre Worte waren so trostlos, dass sich Anouks Kehle zusammenzog. »Weißt du, wie es sich anfühlt, wenn man sich nach einer Heimat sehnt, über sehr viele Jahre – und auf einmal bekommt man eine geschenkt? Der Zirkus ist mein Zuhause. Ich habe nie ein anderes gekannt.«

Artus stieß leise die Luft aus. »Und deswegen verrätst du die, die deine Familie geworden sind?«

»Ihr wollt eure Freiheit, aber ihr nehmt mir alles, was ich habe.« Sie hielt inne und schaute auf die schmelzenden Tränen in ihrem Schoß. »Das dachte ich zumindest. Ich hatte Angst davor, dass der Zirkus zerbricht, sobald der Fluch vernichtet wird. Keiner von uns kann sicher wissen, was dann geschieht. Vielleicht verlieren wir all unsere Gaben. Vielleicht sogar alles, was er uns jemals gegeben hat, mit allen Erinnerungen und allen Träumen. Ich wollte verhindern, dass es so weit kommt. Aber jetzt habe ich begriffen, dass meine Gefühle ohnehin nie etwas anderes waren als eine Illusion. Es gab nie eine Heimat für mich an diesem Ort, und das, was ich hier gefunden habe, habe ich durch eigene Hand zerstört. Ich habe alles verloren, was mir je etwas bedeutet hat.«

Anouk rührte sich nicht. Eine einzige Bewegung und sie wäre auf Esra zugetreten, so sehr griff deren Einsamkeit ihr ans Herz. Rhasgar hatte die Hand gegen die Wand gestützt und sich von ihr abgewandt, aber der Zorn in seinem Blick war verraucht, und stattdessen stand eine Traurigkeit darin, die Anouk das Atmen schwer machte. Auch Artus und Luana sagten kein Wort. Levin jedoch sah unverwandt auf Esra hinab, und auf einmal glühte ein Lächeln über sein Gesicht, nicht höhnisch oder herablassend, sondern so sanft, dass Anouk die Luft anhielt.

»Der *Dark Circus* erlischt niemals«, sagte er wie auf dem Dach von Rhasgars Wagen. »Er wird sich nur wandeln, du wirst schon sehen. Denn er ist mehr, als jeder von uns weiß. Er ist das Herz der Nacht und der Atem der Sonne, und er kennt die Träume der Sterne, die der Himmel ihm erzählt. Er ist die Schönheit und der Schrecken und die Sehnsucht, und ja, er ist auch ein Dieb. Aber das, was er dir geschenkt hat, gehört dir. Jetzt … und für immer.«

Levins Worte legten sich wie ein Zauber auf Anouks Stirn. Kälte und Feuer verloren ihre Grobheit und verschmolzen zu samtenem Licht, und ein Lächeln glitt über ihre Lippen, als sie Rhasgars Blick begegnete. Er war neben sie getreten, und sie wusste, dass er den Zauber ebenfalls fühlen konnte, der zu ihnen gekommen war und Artus dazu brachte, sich mit leisem Funkenflug das Haar aus der Stirn zu streichen. Niemand hätte den Zorn des Phönix bannen können außer diesem Kind, das nun in unbeirrbarem Glauben eine Träne von Esras Wange wischte.

»Sie wäre so stolz auf dich«, flüsterte Esra nun, und obwohl sie Amélies Namen nicht aussprach, wusste Anouk, von wem sie sprach. »Auf euch alle. Aber ihr werdet ihren Weg nicht vollenden können – nicht so, wie ihr es bisher versucht habt. Deswegen bin ich zu Rhasgars Wagen gegangen. Ich wusste, er würde mich nicht hereinlassen, also wartete ich, bis er fort war …«

»… und hast versucht, ihn aufzubrechen«, beendete Luana ihren Satz. »Wozu? Willst du etwa behaupten, um uns zu helfen?«

Esra nickte unmerklich. »Die Kraft des Phönix ist groß«, sagte sie schnell, als Artus sich aufrichtete. »Aber all seine Mühe, Amélies Nebel einzufangen, wird vergeblich sein. Ich weiß es genau. Ich habe oft genug dabei geholfen, ihn entstehen lassen. Er lässt sich von niemandem rufen als von derjenigen, die ihn erschaffen hat.«

Artus stieß die Luft aus. »Bist du hier, um uns den Mut zu nehmen?«

Esra hob leicht den Kopf und zum ersten Mal an diesem Morgen kehrte ein Hauch der einstigen Kampfeslust in ihre Augen zurück. »Ich bin hier, um Vergeltung zu üben und um Buße zu tun. Ich habe Amélie getötet. Ich bin das gewesen, niemand sonst. Ich habe ihr mit meinem Verrat das Herz aus der Brust gerissen … und sie hat es mir ein letztes Mal zu Füßen gelegt. Bindet mich los und ich werde es euch zeigen.«

Für einen Moment war es totenstill. Instinktiv sah Anouk Rhasgar an und stellte fest, dass die anderen ihrem Beispiel folgten. Es war unmöglich, in seinen Zügen zu lesen, doch schließlich nickte er, und Levin löste Esras Fesseln. Anouk schauderte, als sie das Blut sah, das die Seile bedeckte, aber Esra achtete nicht darauf. Mit zitternden Fingern griff sie in ihre Tasche und zog ein zerknülltes Stück Papier daraus hervor. Behutsam faltete sie es auseinander. Erst auf den zweiten Blick erkannte Anouk, dass es der rote Vogel war, den Amélie ihr kurz vor ihrem Tod geschenkt hatte. Sie atmete schnell, als sie ihn in die Höhe hielt. Wie magisch angezogen trat Rhasgar darauf zu, doch Artus hielt ihn zurück, als er die Hand nach dem Vogel ausstreckte.

»Das ist ein Trick«, raunte der Phönix. »Eine List Masradors!«

»Ich mag die Hoffnung verloren haben«, sagte Esra und schaute ihn mit einem Schimmer der alten Schärfe an, mit der sie früher oft mit ihm gestritten hatte. »Aber ich werde die ihre nicht noch einmal verraten. Sie hat getan, was ich selbst niemals schaffen werde. Sie hat mir verziehen und mir ihre Stimme anvertraut. Untersucht den Vogel, ihr habt alle Fähigkeiten, das zu tun. Ihr werdet keinen Makel in ihm finden und keinen Verrat, und wenn ihr es doch tut, könnt ihr ihn verbrennen. Aber eines ist sicher: Ohne ihn habt ihr gegen Masrador keine Chance.«

Artus ließ die Hand sinken, mit der er Rhasgar festgehalten hatte. Wie betäubt starrte er auf den Vogel, doch erst als Luana ihm zunickte, nahm er ihn entgegen. Der Phönix stand regungslos da, das kleine leblose Papierstückchen auf der ausgestreckten Hand. Er schaute darauf, als wollte er es ins Feuer werfen, und kurz ging ein Beben durch seinen Leib, dass Anouk fürchtete, er würde es tatsächlich tun. Aber dann holte er tief Atem und schloss die Augen.

Um ihn herum begann die Asche zu knistern. Prasselnde Funken brachen aus ihr hervor und zogen sich in glühenden Linien durch Wände und Decke, als Artus seine Kräfte rief, und schließlich schossen die Flammen an seinen Beinen hinauf und hüllten ihn binnen eines Wimpernschlags in rauschendes Feuer. Unzählige Funken jagten über seine Hand, durchdrangen den Vogel, der noch immer reglos dalag, und tauchten ihn schließlich in lodernde Glut. Sie wurde so hell, dass Anouk sich abwenden musste. Mit rasendem Herzen sah sie zu Rhasgar auf und erkannte in dessen Augen, wie das Feuer des Phönix in gleißendem Licht erstrahlte. Kurz nur warf Artus den Kopf in den Nacken, als würde er von dem Glanz auseinandergerissen. Dann sank er auf die Knie, und als er auf dem Boden aufkam, erlosch jedes Feuer.

Die plötzliche Dunkelheit machte Anouk für einen Moment blind. Dann sah sie die mächtige Gestalt des Phönix, der reglos dasaß, schwarz wie Asche von Kopf bis Fuß, und unendlich langsam die Hände hob. Behutsam öffnete er sie, und da saß der rote Vogel auf seiner Handfläche, lebendig nun und mit winzigen Flämmchen wie mit Federn bedeckt. Seine Augen jedoch bestanden aus Sternenstaub, und Anouk hielt den Atem an, als sie das übermütige Funkeln darin erkannte. Es war, als würde sie Amélie in die Augen sehen, und als der Vogel den Kopf in den Nacken legte und sang, war es die Stimme der Wandlerin, die die Luft erfüllte ... getragen vom Schwingenschlag ihrer weißen Vögel.

Erst als Rhasgar ihren Arm berührte, behutsam und sorgenvoll und doch mit diesem Lächeln, das sie unwillkürlich erwidern musste, merkte Anouk, dass sie weinte. Aber es waren keine Tränen der Trauer und Verzweiflung, die über ihre Wangen liefen. Es waren Tränen der Freude darüber, dass Amélie noch immer bei ihnen war, und sie lachte leise, als Artus zu ihnen herüberkam und den Vogel auf Rhasgars Hand setzte. Mit blitzenden Augen schaute er zu ihnen auf, doch aus der Nähe bemerkte Anouk, dass er seine Flügel nicht entfalten konnte.

»Er sieht aus, als wären sie gebrochen worden«, sagte sie, aber Rhasgar lächelte nur.

Gedankenverloren strich er über die Vogelschwingen, die sich mit silbernem Licht überzogen. »Traue niemals dem Schein«, sagte er und sah zu, wie der Vogel nun doch die Schwingen ausbreitete. »Heute Nacht wird er fliegen, durch Schatten und Finsternis. Heute Nacht lüften wir das Geheimnis des Fluchs.«

# 21

Die Kreidelinien liefen wie ein Netzwerk aus glühenden Adern über Rhasgars Wände. Sie bedeckten die Regale, die Buchrücken, selbst die Decke und den Boden. Immer wieder verschmolzen sie zu rätselhaften Formeln, die flackernde Lichtreflexe durch den Raum sandten, und in ihrer Mitte stand Artus und fügte in nervenzehrender Akribie weitere Zeichen hinzu. Anouk hockte mit angezogenen Beinen am Tisch und rührte sich nicht. Es schien ihr, als wäre sie in einen Kosmos aus flüsternder Glut geraten, die sich bei einer einzigen falschen Bewegung entzünden konnte … und das lag nicht allein an den glimmenden Strichen um sie herum.

Die Anspannung erfüllte die Luft mit knisternder Elektrizität. Artus verströmte die Rastlosigkeit mühsam gezügelten Feuers, und Rhasgar ging auf und ab, als würde seine innere Unruhe ihn sonst auseinanderreißen. Anouk konnte nicht mehr zählen, wie oft er nun schon zur Küche hinübergelaufen und sinnloserweise eine Tasse in den Händen gedreht hatte, immer darauf bedacht, nicht zu dem roten Vogel hinaufzusehen, der auf einem Regal hockte und schlief. Gerade kontrollierte er zum wiederholten Mal die Vorhänge vor den Fenstern, und vermutlich wäre er anschließend neben Artus stehen geblieben, um den Fortschritt des Zaubers zu überprüfen, wenn der Phönix nicht genervt die Luft ausgestoßen hätte.

»Willst du eine Kerbe in deine Dielen rennen, oder setzt du dich jetzt endlich hin?«, brummte Artus mit finsterer Miene. »Du störst meine Kreise, und eins sollte dir klar sein: Ich bin nicht Archimedes!«

Rhasgar blieb stehen, als hätte er gar nicht gemerkt, dass er seit einer halben Ewigkeit durch seinen Wagen tigerte wie ein eingesperrtes Raubtier. Seufzend ließ er sich neben Anouk auf einen Stuhl fallen und begann, mit den Fingern auf der Tischplatte herumzutrommeln. Anouk konnte nachfühlen, wie es ihm ging. Sie standen kurz davor, erneut in Masradors Gedanken einzudringen … ein Unterfangen, das Amélie das Leben gekostet hatte. Doch dieses Mal würde niemand mehr allein das Risiko der Entdeckung auf sich nehmen. Dieses Mal stellten sie sich der Gefahr gemeinsam.

Rhasgar erwiderte ihren Blick, als hätte er ihre Gedanken gehört, und ließ seine Finger ruhen. Es passte ihm überhaupt nicht, dass sie bei diesem Ritual dabei war, das konnte sie sehen. Noch am Abend hatte er versucht, sie von ihrem Entschluss abzubringen. Er hatte an ihre Vernunft appelliert und ihr in den entsetzlichsten Farben die Gefahr beschrieben, in die sie sich mit diesem Schritt begaben. Aber Anouk hatte sich geweigert, sich die Schreckensszenarien auch nur vorzustellen. Sie hatten diesen Weg gemeinsam betreten. Und gemeinsam würden sie ihn beenden.

Sie fuhr zusammen, als es an der Tür klopfte, doch Rhasgar sprang auf, als hätte er nur auf dieses Geräusch gewartet. Er ließ Levin herein und verschloss die Tür mit einem Bannzauber, der sich flammend über den Rahmen legte.

»Luana ist auf dem Weg«, sagte der Junge und setzte sich zu Anouk an den Tisch. »Ich habe sie über den Platz laufen sehen, wütend wie sonst was. Die anderen sind vor ihr zurückgewichen, so sehr war sie in Fahrt. Sie hat sich so stark in ihren Diven-Modus hineingesteigert, dass ihre Augen Funken gesprüht haben. Wenn sie in diesem Zustand nach einem komfortableren Wagen verlangt, haben Masrador und Dario auf jeden Fall eine ganze Weile zu tun. So schnell wird sie sich nicht abwimmeln lassen.«

Anouk musste grinsen. Sie zweifelte nicht daran, dass Luana den Clown und seinen Helfer ausgezeichnet ablenken würde. Oft genug hatte sie die Wutanfälle der Artistin miterlebt, um sich deren bühnenreifen Auftritt vorstellen zu können. Doch sie kam nicht dazu, diesem Gedanken weiter nachzuhängen. Denn nun ließ Artus die Kreide sinken und mit einem gemurmelten Befehl entfachten sich die Zeichen zu weißem Feuer. Erhaben wie der Flügelschlag des Phönix strich die Hitze über Anouks Haut und ließ sie die Kraft fühlen, die in dem Zauber lag.

»Dieser Bann wird Masrador fernhalten«, sagte Artus und ging an seinen Zeichen vorüber, als betrachtete er Gemälde einer anderen Zeit. »Wir werden wie ein blinder Fleck in seinem Kopf sein, an den er einfach nicht denken wird. Sollte er sich uns nähern, ob bewusst oder unbewusst, werde ich es spüren und alles tun, um ihn mit der Kraft meiner Magie auf andere Fährten zu lenken. Aber ohne Luanas Hilfe werde ich das nicht schaffen. Wenn ihr Schauspiel nicht glaubhaft genug ist und der Clown Verdacht schöpft ...«

»Das wird er nicht«, unterbrach ihn Levin. Mit leuchtenden Augen schaute der Junge auf die brennenden Zeichen, als könnte er sich nur mit Mühe davon abhalten, sie zu berühren. »Du hättest Luana sehen sollen. Sie würde Dario eher den Kopf abreißen und darin Bowle servieren, als Masrador aus ihrem Sturm des Zorns zu entlassen.«

»Levin hat recht«, stimmte Rhasgar ihm zu. »Du kennst Luana doch. Sie weiß, wie sie Masradors Aufmerksamkeit fesseln kann. Selbst wenn er sich von ihrem Zorn nicht blenden lassen will ... sie beherrscht die Kunst der Verführung wie keine Zweite, das solltest du doch wissen.«

Anouk presste die Zähne aufeinander. Seine Worte versetzten ihr einen Stich, was sie zu gleichen Teilen überraschte und ärgerte. Aber Artus schienen sie zu beruhigen. Er setzte sich an den Tisch und nickte Rhasgar zu. »Fangen wir an.«

Erst als sie alle erwartungsvoll zu ihm hinüberschauten, setzte Rhasgar sich in Bewegung. Er nahm neben Anouk Platz und zog das Tuch von der Kristallkugel. Kaum fiel deren Licht in den Raum, öffnete der rote Vogel die Augen. Er flatterte auf Rhasgars Finger, und kurz schien es, als würden sie in Gedanken miteinander sprechen. Rhasgar lächelte, so flüchtig, dass es fast nicht zu sehen war. Dann legte der Vogel den Kopf zurück und begann zu singen. Doch es war nicht das Zwitschern des Tieres, das den Raum erfüllte. Es war die Stimme Amélies.

Anouk verstand die Worte nicht, die Amélie sang, aber sie klangen wie ein nicht enden wollender Zauber in einer wunderschönen Sprache, und sie lauschte den verschlungenen Zeilen so hingegeben, dass sie den Nebel kaum bemerkte, der mit jeder Silbe in den Wagen getragen wurde. Er umschmeichelte die Kugel, und im selben Moment, da Anouk mit den anderen ihre Finger dagegenlegte, riss das erste Blitzlicht sie mit sich.

In den vergangenen Stunden hatte sie sich innerlich auf den Bilderstrom vorbereitet, den ein Flug durch Masradors Gedanken bedeutete, und auch auf dieses Gefühl, plötzlich jeden Halt zu verlieren und in grelles Licht und tiefste Finsternis zu fallen. Sie hatte geglaubt, ihm gewappnet zu sein, doch kaum spürte sie den Wind in ihrem Haar, drehte sich ihr der Magen um. Nur mit Mühe konnte sie die Übelkeit zurückdrängen, als in rascher Folge Bilder um sie herum aufblitzten. Schemenhafte Gestalten, die über einen weiten Platz flüchteten. Wolken an einem blassen Morgenhimmel. Blut auf Häuserwänden. Ein schwarzer Hund, reglos am Rand einer Straße. Die verdrehten Glieder nackter Menschen auf einem Feld im Winter. Es waren wirre, durcheinandergewürfelte Szenen, die so schnell hintereinander um Anouk aufflammten, dass sie sie weder verstehen noch deuten konnte. Erleichtert stieß sie die Luft aus, als sie endlich von samtener Dunkelheit umgeben wurde.

Sie rechnete damit, sich in der Gasse wiederzufinden, gerade dort, wo Masrador Amélie in seinen Gedanken entdeckt und ihr Ritual unterbrochen hatte. Aber als sie sich umsah, stellte sie fest, dass sie bei Nacht auf einem Feldweg stand. Ihre Knochen schmerzten, als wäre sie verprügelt worden, und ehe sie noch an sich hinabschaute und das Clownskostüm bemerkte, begriff sie, dass sie in Masradors Leib zurückgekehrt war. Sie bewegte die Hände und konnte das verkrustete Blut spüren, das ihre Finger bedeckte, und die Wunden an Rücken und Armen von den Schlägen der Menschen. Erneut stieg Übelkeit in ihr auf, doch die Empfindung blieb seltsam fern. Umso stärker fühlte sie den Herzschlag in ihrer Brust. Aber es war nicht ihr Herz, das da schlug. Es war das Herz des dunklen Clowns, und sein Zorn peitschte mit roher Gewalt durch ihre Adern. Anouk holte Atem. Dieses Mal gab es niemanden, der sich zwischen sie und Masradors Gefühle stellte, wie Amélie es getan hatte. Dieses Mal musste sie sich selbst schützen vor dem, was sie in der Finsternis erwartete.

Ein leises Gewittergrollen ging über sie hinweg, und für einen Moment saß sie wieder neben Artus am Tisch und spürte, wie der Phönix seinen Bann aufflammen ließ. Er hielt Masradors Gedanken fern, die sich ihnen genähert hatten. Anouk zwang sich, die aufkeimende Panik niederzukämpfen, und während ihr Körper vor der kristallenen Kugel verharrte, kehrte sie im Geist auf den Pfad zurück.

Jeder Schritt fiel ihr schwer. Die Verletzungen waren tief genug, um sie schwanken zu lassen, und immer wieder konnte sie sich nur knapp vor einem Sturz bewahren. Ihr Atem ging schnell, ihre Zunge klebte vor Durst an ihrem Gaumen, und ihr Magen hatte sich zu einem knurrenden Bündel zusammengezogen. Sie musste schon eine halbe Ewigkeit unterwegs sein, ohne auch nur für einen Augenblick Rast gemacht zu haben. Aber trotz der Qualen blieb sie nicht stehen. Schritt für Schritt ging sie vorwärts, gezogen von einem namenlosen Brennen tief in ihr, das sie immer weiter in die Dunkelheit führte. Wortlos rief es ihren Namen und trieb sie über den Pfad, vorüber an schlafenden Dörfern und Äckern, bis sie schließlich vor einem brachliegenden Feld stehen blieb. Ringsherum war nichts als die Stille der Nacht, und vor ihr, so regungslos, dass sie zuerst glaubte, ein Trugbild vor sich zu sehen, erhob sich ein verlassener Jahrmarkt.

Er hätte ohne Weiteres als Kulisse für einen Horrorfilm herhalten können. Die Farbe der Stände war schon vor langer Zeit abgeblättert und verblichen, die Figuren der Geisterbahn starrten aus leeren Augenhöhlen in die Nacht, und allenthalben ragte der mechanische Arm eines Fahrgeschäfts in die Höhe, als wäre ihm mitten in der Bewegung das Herz aus dem Leib gerissen worden. Die Gondeln des Riesenrads bewegten sich geisterhaft im Wind und das leise Knarzen eines verrosteten Kettenkarussells durchdrang die Stille in vollendeter Trostlosigkeit.

Anouk rechnete damit, jeden Moment eine entsetzliche Fratze in einem der Stände auftauchen zu sehen, die in lauerndem Schweigen die Wege säumten. Sie ließ den Blick über ein verspiegeltes Kassenhäuschen schweifen und erschrak beinahe, als sie anstelle ihres eigenen Gesichts die Züge von Masrador darin erkannte. Er sah entsetzlich aus, die Wangen blutig, die Lippen aufgeplatzt, und als er sich mit großen Augen betrachtete, da schien es, als wäre er noch immer der junge Mann, den sie auf dem Marktplatz gesehen hatte – staunend angesichts der Welt, in die er geraten war. Doch gleich darauf spürte sie wieder die Glut in seiner Brust, und da sah sie, wie eben diese Hitze auch in seinen Pupillen aufbrach, blassgolden wie ferne Sterne … der unbezwingbare Wille, der seine Augen auch heute noch in zwei Scherben aus Eis verwandeln konnte, wenn er sich ein Ziel gesetzt hatte. Und sein Ziel in dieser Nacht war die Finsternis.

Wie eine Antwort auf diesen Gedanken erklang auf einmal Musik. Sie kam von irgendwoher, so leise, dass Anouk sie kaum hörte, und doch beschleunigte sich ihr Herzschlag sofort. Sie hörte das Blut des Clowns in ihren Ohren, als er dem Ruf der Töne folgte und auf ein uraltes Karussell zutrat. Es war mit hölzernen Pferden besetzt, und mit jedem Schritt, den Anouk darauf zuging, wurde die Musik lauter.

Die Pferde sahen aus wie im Sprung gebannt. Ihre Augen glitzerten unheilvoll, und Anouk spürte, dass sie sich auf ihrem Stuhl in Rhasgars Wagen verkrampfte. Sie wollte sich diesem Karussell nicht nähern, dessen Pferde sie dämonisch anstarrten, und sie fuhr zusammen, als plötzlich die Lichter aufglühten und das Karussell sich zu drehen begann. Aber ihr Schreck blieb fern und verblasste vor Masradors Hingabe, die nun ihren Leib durchdrang. Die Musik zog ihn näher, und Anouk hatte keine andere Wahl, als in seinem Körper zu den Pferden hinaufzuspringen.

Schwankend hielt sie sich an einer der Stangen fest und fühlte, wie die Musik ihr mit betörendem Schwindel ins Mark fuhr. Sie schien aus den Blicken der Pferde gewebt zu sein, beängstigend und zugleich geheimnisvoll, und unweigerlich streckte sie die Hand nach einem der Tiere aus. Vielleicht konnte sie die Starre fortreißen, die die Pferde so unheimlich wirken ließ, schoss es ihr durch den Kopf. Vielleicht konnte sie diesen Ort zu neuem Leben erwecken.

Das Holz war eisig unter ihren Fingern, als sie über die geschwungene Mähne strich. Kurz meinte sie, seidenes Fell spüren zu können und den kraftvollen, donnernden Klang von Hufen. Im nächsten Moment drehte das Pferd den Kopf und sah sie an. Doch seine Augen waren nicht länger glänzend und schön, sondern kalt und gebrochen wie Totenaugen, und aus seinem Mund tropfte Blut ... das rote Blut eines Menschen.

Der Schreck fuhr Anouk in die Glieder. Sie riss die Hand zurück und stolperte vom Karussell, das gleich darauf wieder vollkommen reglos vor ihr stand. Auch die Musik war verstummt. Anouk hörte kaum das Grollen des Gewitters und wie Artus es erneut bezwang. Stattdessen spürte sie, wie Masrador in die Stille hineinatmete, als würde er an ihr ersticken. Sie konnte die Furcht fühlen, die tief aus seinem Inneren aufstieg und sich mit der ihren mischte, und sie wuchs mit jedem Blutstropfen, der aus dem Pferdemaul zu Boden fiel. Schon setzte Anouk einen Schritt zurück, aber ehe sie sich zur Flucht wenden konnte, huschte etwas an ihr vorüber.

Es war nicht mehr als ein Schatten, der sie streifte, und doch zog er sie vorwärts, so unvermittelt, als hätte sie ein heftiger Sturmwind ergriffen. Wie gegen ihren Willen taumelte sie dem Schatten hinterher, der blitzschnell über die Stände huschte, und spürte, wie das Brennen in ihrer Brust bei diesem Anblick zunahm. Fern war die Stimme der Furcht, die sie zur Umkehr rief. Sie nahm nur den Schatten wahr, der sie mit einer Gewalt anzog, der sie nicht widerstehen konnte. Immer schneller stob er vor ihr davon, bis sie zu rennen begann, um ihn nicht zu verlieren. Stechender Schmerz schoss durch ihre geschundenen Glieder, und erst als der Schatten zwischen den Glasscheiben eines Spiegellabyrinths verschwand, verlangsamte sie ihre Schritte.

Auch diese Attraktion war in die Jahre gekommen. Etliche Spiegel waren zerbrochen oder gesprungen, und allenthalben ragten Glasscherben auf, scharf wie Messer. Und dennoch hätte Anouk bei dem Anblick beinahe gelächelt. Sie erinnerte sich daran, wie oft sie früher mit ihren Eltern und Ben in einem solchen Labyrinth gewesen war, und Masradors Entzücken verschmolz mit dem ihren. Sie hatte nie viel übriggehabt für Achterbahnen und dergleichen, aber das Spiegellabyrinth hatte sie auf jedem Jahrmarkt besucht.

Mit klopfendem Herzen passierte sie die zerbrochene Schranke am Eingang und tastete sich durch die schmalen Gänge. Bald schon konnte sie nicht mehr hinaussehen, und sie begann sich zu wundern, wie groß das Labyrinth sein musste, lief sie doch Gang um Gang geradeaus, ohne dass ein Ende in Sicht kam. Instinktiv beschleunigte sie ihre Schritte. Es waren Masradors Hände, die über die Spiegel glitten, aber sie spürte die Hitze, die auf einmal darunter aufbrach – so glühend, dass sie erschrocken zurückwich. Dunkelheit zog sich über die Spiegel, bis Anouk erkannte, dass sie aus Schattenglas bestanden. Und im selben Moment begannen sie zu flüstern.

*Herz aus Glas*, wisperten sie, und es klang wie ein alter Kinderreim. *Herz aus Glas, sing deine Lieder, kein lebendig Blut kehrt wieder, niemand flieht dich, Herz der Nacht, hast uns um den Schlaf gebracht!*

Mit einem Schlag war jeder Anflug von Unbeschwertheit verschwunden. Anouk drehte sich um sich selbst, während die Silben in ewiger Wiederholung von allen Seiten auf sie einprasselten. Entsetzt sah sie zu, wie Blut aus den Rissen der Spiegel drang. Es formte sich zu Hand- und Fußabdrücken, Schleifspuren zogen sich über den Boden, und sie überkam eine grausame Gewissheit. Dieses Labyrinth war eine Falle – und kein Mensch war ihm bisher entkommen.

Fast war sie erstaunt, als sie die Angst fühlte, die nun erneut in Masrador aufkeimte, so übermächtig, dass er rückwärtstaumelte. Doch gleich darauf verwandelten sich die Stimmen der Spiegel. Sie wurden zu Gelächter, dem Gelächter der Menschen vom Marktplatz, und ehe Anouk noch wusste, was vor sich ging, wurde Masradors Leib von einem unsichtbaren Schlag getroffen.

Der Schmerz explodierte in ihrem Schädel. Sie rannte los, blindlings den Gang hinunter, während immer heftigere Schläge auf sie niedergingen. Das Labyrinth verschwamm vor ihren Augen. Ihr schien es, als würde sie durch ein dunkles Dorf laufen, verfolgt von Menschen, die sie am Boden sehen wollten, und sie spürte die Panik, die Masrador in jener Nacht empfunden hatte … jener Nacht, da er von den Menschen halb tot geprügelt worden war. Sie rannte um eine Ecke – und krachte mit voller Wucht gegen einen Spiegel.

Sie ging zu Boden. Benommen hob sie den Blick, streifte die Papierblume, die zerknickt vor ihr lag, und sah Masrador im Spiegel … ein blutendes, schwaches Häufchen Elend. Noch immer fühlte sie den Schmerz, den er empfand, und sie überkam eine solche Müdigkeit, dass sie sich nur mit Mühe davon abhalten konnte, erneut zusammenzusinken. Schwer atmend erwiderte sie Masradors Blick und spürte seine Erschöpfung in jeder Faser ihres Körpers. Sie wollte nur schlafen, endlich schlafen und nichts mehr fühlen.

Doch kaum, dass sie wieder zu Boden sank, umfing sie Masradors Blick mit einer Verachtung, die ihr das Blut aus dem Kopf zog. Zorn war es, der nun in seinen Augen stand, und wie unter einem stummen Befehl flammten erneut die Bilder um sie auf, die sie an diesen verfluchten Ort gebracht hatten. Aber nun verstand sie, wer die schemenhaften Gestalten waren, die über den weiten Platz flüchteten, sie begriff, wer in den Morgenhimmel geschaut und sich am Blut an den Hauswänden geweidet hatte, und sie erkannte, wer die Menschen waren, die mit verdrehten Gliedern auf einem Feld im Winter lagen. Wie erstarrt kauerte sie in Masradors Leib und sah zu, wie sich sein Mund zu einem grausamen Lächeln verzog. Er hatte seine Peiniger gejagt. Er hatte sie gestellt. Und er hatte sie getötet. Zu lange war er geschlagen und getreten worden, zu lange hatte er sich im Zwielicht versteckt, zu lange war er vor sich selbst davongelaufen. Nun war das vorbei.

Anouk konnte sehen, wie dieser Entschluss die Schwäche von Masradors Zügen brannte. Er nahm ihm jede Sanftheit, jeden Zweifel, jede Hingabe und ließ nur ein einziges Gefühl zurück: namenlosen Hass auf jene Welt, die ihn verraten hatte. Sie spürte kaum, dass sie auf die Beine kam. Mit rasendem Herzen schaute sie Masradors Spiegelbild an. Ein seltsamer Glanz ging durch dessen Augen. Und im selben Moment, da sie vor ihm den Kopf neigte, verwandelte Masradors Abbild sich in die Gestalt in den Schatten … jene Gestalt, die ihm in der dunklen Gasse jede Schwere genommen und sie in goldenes Licht verwandelt hatte.

Es war ein Engel, so glaubte Anouk zuerst. Er hatte eine Haut wie Schnee und Augen aus finsterster Nacht, und seine Hände waren so zart, als hätten sie nie ein Schwert geführt oder die Glut der Sonne gespürt. Sein Gesicht war von einnehmender Schönheit, so makellos, dass es fast wehtat, ihn anzusehen, und seine Augen schienen Welten zu bergen, die kein sterbliches Hirn sich jemals hätte ausdenken können. Sein Lächeln aber war kälter als jeder Frost. Es drückte Anouk die Luft ab, ohne dass sie auch nur für einen Wimpernschlag den Blick hätte abwenden können, und als sich das goldene Feuer in seinen Augen entzündete, fühlte sie ein Entsetzen, wie sie es noch nie zuvor empfunden hatte. Noch nie hatte sie eine solche Schönheit gesehen wie die Nacht, die in diesen goldenen Augen lag ... so grausam und verführerisch und von solcher Tiefe, dass nicht einmal ein Engel sie in sich tragen konnte, wenn er nicht wusste, was es bedeutete zu fallen.

Ohne jedes Geräusch trat der gefallene Engel aus dem Spiegel heraus. Er sagte kein einziges Wort, aber das Feuer seiner Augen strich mit unnennbarer Zärtlichkeit über Anouks Haut. Irgendetwas in ihr schrie ihr zu, dass nicht sie es war, die nun auf den Engel zuging. Doch sie hörte es kaum. Alles, was sie wahrnahm, war das Versprechen, das in der goldenen Glut des Engels stand, und als Masrador dessen ausgestreckte Hand ergriff, da wusste sie, was das bedeutete: das Ende von Schmerz und Furcht ... und der Anfang von etwas Neuem, erfüllt von gleißender Dunkelheit. Ohne jedes Geräusch blühte die Blume am Boden in grellem Licht auf. Anouk spürte, dass Masrador lächelte, aber es war ihr Herz, das sich beim Anblick des Engels vor haltloser Sehnsucht zusammenkrampfte. Alles würde enden mit ihm – und alles würde neu beginnen.

Der Schmerz kam mit solcher Übermacht, dass Anouk

glaubte, die Besinnung zu verlieren. Es war Masradors Hand, durch deren Fleisch der Schnitt ging, gezogen von einem unsichtbaren Willen, und Masradors Blut, das über seine Finger lief und auf dem gläsernen Boden aufkam. Der Herzschlag jedoch, der durch das Labyrinth ging, war wie ihr eigener, und als das goldene Licht in Masradors Augen aufbrach, da fühlte sie, wie es durch ihre Adern raste, so übermächtig, dass es alles verschlingen konnte, was sie war. Sie hörte sich schreien, fern in einer anderen Welt, doch aus Masradors Kehle kam ein Lachen, das die Spiegel zum Erzittern brachte. Ohrenbetäubend laut hallte es in Anouk wider und verschmolz mit der Stille des Engels zu einem entsetzlichen Crescendo aus schwarzem Feuer, das in den Spiegeln ringsum aufloderte. Übermenschliche Hitze explodierte in den Gängen des Labyrinths und setzte sich in der äußeren Welt fort. Anouk sah, wie der Jahrmarkt in Flammen aufging, und aus den Feuerströmen, die wie entfesselt durch die Luft rasten, formte sich ein neuer Ort der Finsternis. Es war ein Ort für die Verlorenen und Zerbrochenen, pulsierend wie ein Herz in tiefster Nacht, ein Kosmos voller Magie inmitten einer Wüste … es war der *Dark Circus*.

Heftiger Donner zerriss die Luft. Anouk konnte das Gewitter spüren, das direkt auf sie zusteuerte, und sie wusste, dass es Masrador war, der sich näherte. Und trotzdem gelang es ihr nicht, sich von dem Engel abzuwenden. Sie sah noch, wie er sie anschaute, lächelnd und mit einem Wissen, das ihr wie ein Messer durchs Herz glitt … als wollte er ihr sagen, dass jede Flucht vor seinem Feuer sinnlos war. Dann überzogen sich die verbliebenen Spiegel mit Blut, und als Anouk ihre Hand zurückriss, zersprang das Labyrinth in unzählige Scherben.

Anouk stürzte rücklings über ihren Stuhl und landete auf dem Boden des Zirkuswagens, direkt neben Rhasgar und Levin. Sie sah gerade noch, wie Artus mit einem Zornesschrei die Hände von der Kristallkugel zurückzog. Er sprang auf die Beine, schwer atmend, als hätte er gerade einen Faustkampf ausgefochten, und starrte mit glühenden Augen auf die Kugel nieder, während sein Bannzauber um ihn herum in beeindruckendem Funkenregen erlosch.

»Das hast du dir so gedacht«, grollte er, und Anouk hörte die Genugtuung in seiner Stimme, als er seine blutenden Finger an seinem Oberkörper abwischte. »Dachtest wohl, du könntest dich anschleichen und mich übertölpeln. Doch da hast du die Rechnung ohne mich gemacht, Clown Oberschlau. Du bist uns vielleicht nah gekommen. Aber entdeckt hast du uns nicht!«

Er stieß ein so donnerndes Lachen aus, dass der Boden erzitterte. Rhasgar half Anouk auf die Beine und bedeckte die Kugel wieder mit einem Tuch. »Bist du dir sicher?«, fragte er und sah Artus eindringlich an. »Ich konnte Masradors Atem schon in meinem Nacken fühlen!«

Der Phönix maß ihn mit spöttischem Blick. »Sag bloß, der Herr Magier hatte die Hosen voll. Keine Sorge, ich bin mir vollkommen sicher. Sonst würde ich hier nicht stehen, das kannst du mir glauben. Ich habe Masrador gesehen, gerade eben. Er hockt mit Luana und Dario in seinem Wagen und wird ihr jeden Moment an die Gurgel gehen, so wütend ist er. Vermutlich hat er zwischenzeitlich versucht, an was anderes zu denken, um sich von ihren Tiraden abzulenken, aber damit war er nicht sehr erfolgreich.«

Levin legte die Arme um den Körper und ließ sich auf einen

der Stühle fallen. Er war kreidebleich, und erst als der rote Vogel auf seine Hand flatterte und an seinem Daumen pickte, hob er den Kopf. »Der Kerl mit den goldenen Augen«, murmelte er und sah von einem zum anderen. »Ihr habt ihn doch auch gesehen, nicht wahr? War das …«

Er verstummte, als würde er sich auf einmal davor fürchten, seinen Gedanken auszusprechen. Rhasgar sah Artus an, doch der Phönix stieß unwirsch die Luft aus. »Woher soll ich das wissen«, brummte er. »Nur weil ich mit Feuer zu tun habe, bedeutet das nicht, dass ich mich in den Kreisen der Hölle auskenne. Außerdem ist es völlig egal, wer er war. Wichtig ist nur eins: Er hat Masrador die Macht über den Zirkus gegeben, und zwar gerade dort, wo er entstanden ist: im Herzen aus Glas.«

Anouk erinnerte sich daran, wie sie diesen Namen zum ersten Mal gehört hatte: im Turm aus Mondlicht, als Amélie ihr vom *Dark Circus* erzählt hatte.

»Ich habe gedacht, das wäre nur ein Märchen«, sagte Levin und sprach ihren Gedanken aus. »Amélie hat mir Lieder darüber vorgesungen, aber ich hätte nie geglaubt, dass das Gläserne Herz wirklich existiert.« Er schaute auf die Tischplatte, als würde er noch einmal das Labyrinth vor sich sehen. »Es war schön dort und gleichzeitig unheimlich wie in diesen düsteren Träumen, in denen man weiß, dass man träumt … und trotzdem sind sie so viel wirklicher als das Leben jenseits von ihnen.«

»So wie alle Märchen«, murmelte Artus. »Und vor allem sind sie gefährlich. Ich fühle noch immer die Glut vom Schattenglas auf meiner Haut. Jedenfalls wissen wir jetzt, dass der Fluch ans Gläserne Herz gebunden ist. Wenn man es bricht …«

»… dann endet auch der Fluch«, stellte Levin fest. Eine aufgeregte Röte überzog seine Wangen. »Dann wissen wir, was wir zu tun haben. Wir finden das Gläserne Herz und …«

»Niemand weiß, wo es sich befindet«, unterbrach Rhasgar ihn. »Oder ob es nicht nur eine weitere falsche Fährte ist.«

Anouk sah ihn an. Eine Gereiztheit lag in seiner Stimme, die sie noch nie an ihm bemerkt hatte. Auch Artus schien das wahrzunehmen, denn er hob wachsam den Kopf. »Ich habe die Magie gefühlt«, erwiderte er ruhig. »Dieser Ort ist kein falscher Zauber. In einem hast du allerdings recht: Es dürfte nicht so leicht sein, ihn aufzuspüren.«

Levin zuckte mit den Schultern. »Wenn das einer schafft, dann ja wohl du. Immerhin hast du die Kraft des Labyrinths gefühlt, und Amélie hat mir schon vor Ewigkeiten beigebracht, magischen Fährten zu folgen. Gemeinsam werden wir das Gläserne Herz finden, davon bin ich überzeugt.«

»Und was dann?« Rhasgars Stimme peitschte die Reste des Bannzaubers auf, sodass sie Funken schlugen. »Was habt ihr dann vor?«

Erschrocken sah Levin zu ihm auf, und Artus hob die Brauen angesichts der Heftigkeit, mit der Rhasgar gesprochen hatte. Doch Anouk sah es deutlich, dieses unruhige Flackern in Rhasgars Blick, als wäre er ein Tier, das mit jedem weiteren Wort stärker in eine Ecke gedrängt wurde.

»Dann tun wir, was wir uns vorgenommen haben«, sagte sie und kam auf die Beine. »Wir zerbrechen das Labyrinth und …«

»Zur Hölle noch eins!« Er fuhr so plötzlich herum, dass sie vor ihm zurückwich. »Und du glaubst, das wäre so einfach?

Denkst du vielleicht, wir marschieren mit einem Vorschlaghammer da rein, hauen alles kurz und klein und damit hat sich die Sache? Du hast keine Ahnung, wovon du redest!«

Noch vor wenigen Tagen wäre Anouk diesem Ausbruch mit einem Zorn begegnet, den sie auch nun glühend heiß auf ihren Wangen fühlte. Aber sie erinnerte sich zu gut daran, wie Rhasgar sie vor dem Portal im silbernen Turm angesehen hatte – mit derselben Verzweiflung in den Augen wie jetzt, da er sich von ihr abwandte und in die Schatten starrte.

»Nein«, gab sie zurück, spöttisch zwar, doch ohne jede Wut. »Offensichtlich bin ich wieder mal die Einzige, die hier nichts kapiert. Vielleicht klärt mich einer von euch drei Weisen aus dem Morgenland mal auf?«

Rhasgar schwieg und endlich räusperte Artus sich in der beklemmenden Stille. »Nun ja«, begann er, und etwas an der Art, wie er auf einmal seine Finger knetete, ließ Anouks Herz schneller schlagen. »Ein Fluch ist nur so zu brechen, wie er gewirkt wurde. In diesem Fall bedeutet das …«

»Es bedeutet, dass das Blut eines Menschen im Herzen des Labyrinths vergossen werden muss«, unterbrach Rhasgar ihn und sah sie mit finsterer Miene an. »Dem Ort, dem wir gerade nur mit Mühe entkommen sind – und den bisher kein Mensch lebendig wieder verlassen hat!«

Anouk schluckte. Der unheimliche Reim über das Gläserne Herz klang in ihr wieder, und sie sah noch einmal den goldenen Blick des Engels, der sie mit diesem Lächeln anschaute, als würde er sie wirklich sehen und sich seines Sieges nur allzu gewiss sein. Sie spürte wieder den Drang, auf ihn zuzutreten, getrieben von dieser pochenden Sehnsucht, die sie sich nicht erklären konnte, und es schien ihr, als würde sein Lächeln in ihren Gedanken breiter werden. Doch dann stieß sie die Luft aus, so schneidend, dass jedes Bild zerbrach.

»Dann wird es Zeit, dass wir uns auf den Weg machen«, sagte sie und sah von einem zum anderen. »Ich jedenfalls habe keine Lust, vor irgendeinem Kerl mit Glühaugen und einem Clown in Pluderhosen davonzulaufen, nur weil irgendwelche Spiegel mir Angst einjagen wollen. Ich werde das Labyrinth finden. Und ich werde es vernichten.« Rhasgar öffnete den Mund, um etwas zu sagen, aber sie ließ ihn nicht zu Wort kommen. »Amélie hat an uns geglaubt«, fuhr sie fort, so ernst nun, dass ihre Stimme zitterte. »Sie hat ihr Leben für die Freiheit gegeben, weil sie der Überzeugung war, dass wir es wert sind. Sie hat daran geglaubt, dass wir stärker sind als die Dunkelheit Masradors – und das sind wir! Bin ich mit diesem Glauben etwa ganz allein?«

Für einen Moment war es totenstill. Anouk bemerkte aus dem Augenwinkel, wie Artus und Levin sich ansahen, und sie spürte die Kraft, die sie den beiden mit ihren Worten gegeben hatte. Doch sie konnte sich nicht von Rhasgar abwenden, und als er ihren Blick erwiderte, da war ihr klar, dass er mit einem einzigen Wort alles zu Fall bringen konnte, was sie in den vergangenen Wochen aufgebaut hatten. Langsam trat er auf sie zu. Sie fühlte seinen Widerstand, seine Sorge um sie und seinen Unwillen, sie in eine Schlacht zu schicken, die ihr Ende bedeuten konnte. Tiefschwarz senkte sich sein Blick auf sie. Aber sie würde nicht nachgeben. Um nichts in der Welt.

Dicht vor ihr blieb er stehen, und sie spürte die Macht, die er in sich trug, als bräuchte er nur die Hand zu heben, um sie seinem Willen zu unterwerfen. Doch dann neigte er den Kopf. Und wie im Regen in der Ruine ließ er eine Strähne ihres Haares durch seine Finger gleiten. »Nein«, raunte er, und seine Stimme war nicht mehr als ein Flüstern. »Das bist du nicht.«

Es war das erste Mal, dass er sie auf diese Weise ansah, wenn andere zugegen waren, und sie lächelte, als er die Hand sinken ließ. Sie wusste, dass Artus und Levin sich einen Blick zuwarfen, aber sie schaute nicht zu ihnen hinüber. Alles, was in diesem Moment wichtig war, war die Nähe zwischen Rhasgar und ihr … und der Blick eines kleinen roten Vogels, der mit weisem Lächeln in den Augen zu ihnen aufsah.

# 22

Rhasgars Hand war warm auf Anouks Haut. Er saß an ihrem Bett und strich so zärtlich über ihre Wange, dass sie ein Schauer überlief. Das Mondlicht malte Schatten auf sein Gesicht, aber sie sah es genau, dieses sanfte Lächeln, das sie binnen eines Wimpernschlags entwaffnen konnte. Kurz nur hielt er inne. Dann beugte er sich zu ihr herab. Sein Haar streifte ihre Stirn, es war weich wie frisch gefallener Schnee. Gleich darauf spürte sie seinen Atem auf ihren Lippen. Ihr Herz begann zu rasen … und im nächsten Moment hörte sie, wie eine Tür zuklappte.

Das Geräusch riss sie aus dem Dämmerzustand zwischen Schlafen und Wachen. Benommen setzte sie sich auf und schaute sich im dunklen Wagen um. Der Widerschein der Ofenglut flackerte über die Dielen, und trotz der Finsternis konnte sie erkennen, dass der Diwan leer war. Sie meinte, Rhasgars Geruch wahrzunehmen, diesen schwachen Duft nach Regen und Wind, der wie ein Versprechen war, und fuhr sich unwillkürlich an die Wange. War es ein Traum gewesen oder hatte er gerade tatsächlich an ihrem Bett gesessen?

Eine heftige Windböe ließ den Wagen schwanken. Am Abend war ein Sturm aufgezogen, und nun hielt er den Zirkus mit so starker Hand umfasst, dass die Wagen sich wie Schiffe auf See bewegten und die Zeltschnüre leise ächzten. Anouk schaute zur Tür hinüber, und ehe sie noch darüber nachgedacht hatte, was Rhasgar in einer solchen Nacht dort draußen tat, sprang sie aus dem Bett. Sie spürte es selbst: das Zittern der Luft, das der Anspannung in ihrem Inneren Antwort gab und sie in Windeseile in Mantel und Stiefel trieb. Diese Nacht war nicht zum Schlafen gedacht. Diese Nacht gehörte denen, die mit offenen Augen träumen konnten.

Anouk lächelte, als sie aus der Tür schlüpfte und der Wind nach ihren Haaren griff. Wie viele solcher Nächte hatte sie in Paris allein an ihrem Fenster verbracht, wie oft war sie nur mit Schlafanzug und Mantel bekleidet durch die Straßen gelaufen, den Kopf in den Nacken gelegt inmitten wirbelnder Blätter? Sie kannte die Atemlosigkeit, die diese Nächte bargen, und das Gefühl, kurz vor einem Wunder zu stehen, das sichtbar oder verborgen über die Welt kommen würde und dem man sich nicht verweigern durfte, wie beängstigend es auch erscheinen mochte. Sie huschte an Masradors Wagen vorüber und spürte wilden Triumph, als der Wind die schwarzen Flammen flackern ließ. Noch hielt der Fluch den *Dark Circus* umklammert. Aber sie waren ihm auf die Spur gekommen. Bald schon würden sie ihn brechen und mit ihm alle Ketten, die den Zirkus jetzt noch gefangen hielten.

Sie fand ihren Träumer in der Ruine. Er stand hoch oben auf seinem Seil, gerade so, wie sie ihn bei ihrer ersten Begegnung an diesem Ort gesehen hatte. Wieder hatte er die Arme zu beiden Seiten seines Körpers ausgebreitet. Der Sturm ließ das Seil unter seinen Füßen schwanken und zerrte an seinem Haar und seiner Kleidung, aber er hielt die Augen geschlossen, als stünde er auf festem Grund. Und wie damals lächelte er, als würde er die Geschichten hören, die der Wind ihm aus der Welt der Menschen zutrug. Doch anders als in jener Nacht trat Anouk dieses Mal nicht auf ihn zu. Sie stand nur da und sah zu ihm auf – und fuhr umso heftiger zusammen, als plötzlich das laute Krachen eines Zweigs die Luft zerfetzte. Rhasgar riss die Augen auf, ihre Blicke trafen sich. Dann verlor er das Gleichgewicht und stürzte zu Boden. Mit rasendem Herzen lief Anouk in den Hof – aber Rhasgar war verschwunden.

»Verflucht noch eins«, sagte da jemand hinter ihr. »Verfolgst du mich etwa?«

Anouk erschrak so sehr, dass sie wie ein Kastenteufel in die Höhe hüpfte. Sie drehte sich um, und vor ihr stand Rhasgar, den Mund zu einem schadenfrohen Grinsen verzogen. Sie erinnerte sich nur zu gut, wie er diese Worte zu ihr gesagt hatte, als sie tatsächlich auf einen morschen Ast getreten war und seinen Sturz verursacht hatte. »Bist du verrückt geworden?«, fuhr sie ihn an. »Ich dachte, du hättest dir das Genick gebrochen!«

»So leicht stirbt es sich auch wieder nicht«, gab er zurück. »Und immerhin hatte ich noch ein Mal Erschrecken bei dir gut.«

Anouk presste die Zähne aufeinander. Da war sie wieder, diese unerträgliche Arroganz – und das übermütige Funkeln in seinen Augen, das unwillkürlich ein Lächeln auf ihre Lippen schickte. »Da kann ich wohl froh sein, dass du mich nicht vom Seil geworfen hast, was?«

Er hob die Schultern. »Man kann nur fallen, wenn man sich in die Höhe begibt, was du niemals tun würdest, jedenfalls nicht auf einem Hochseil. Wobei ich nicht begreife, aus welchem Grund. Immerhin stürzt du dich Abend für Abend vom Trapez in die Tiefe und spazierst mit Vorliebe bei Unwetter durch die Gegend. Lebensmüde und wahnsinnig eben, nicht wahr?«

Anouk seufzte. Bei ihrer ersten Unterhaltung hatte er das so abfällig zu ihr gesagt, dass sie beinahe auf der Stelle wütend geworden war. Nun jedoch war seine Stimme sanft, und in seinen Augen tanzte noch immer der jungenhafte Schalk, der ein Kribbeln durch ihren Magen schickte. »Ja«, erwiderte sie. »Und damit bin ich offensichtlich nicht allein.«

Rhasgar schwang sich auf die Mauer und lehnte den Kopf zurück. Der Wind strich fast zärtlich durch sein Haar und er lächelte so hingegeben wie oben auf seinem Seil. »Eine solche Nacht hatten wir lange nicht. Der Sturm peitscht durch die Schatten, das dunkle Feuer zieht sich in die eigene Glut zurück, und der Wind trägt sie an jedes Ohr, das zuhören will: die Geschichten aus der Welt der Menschen und von all den anderen Orten, durch die er reist.«

»Welche Orte meinst du?« Anouk setzte sich neben ihn und kam sich vor wie früher als Kind, als sie ihre Eltern um eine weitere Geschichte, ein weiteres Lied, ein weiteres Gedicht aus dem Reich der Sagen und Legenden angebettelt hatte. Aber Rhasgar bedachte sie nicht mit dem ihm sonst üblichen Spott. Stattdessen glühten seine Augen verschwörerisch, als er ihren Blick erwiderte.

»Ich bin mir sicher, dass du sie kennst«, sagte er. »Die Anderwelt, das Reich des Schlafs und der Träume, die Welt der Toten, der Mythen, der Geheimnisse und Rätsel. Ich kann sie in deinen Augen sehen, all die Wesen, die darin leben und hin und wieder viel näher an uns herankommen, als die meisten von ihnen es eigentlich dürften. Du hast sie in deinen Gedanken besucht, immer wieder. Und wer weiß, vielleicht hast du die eine oder andere Welt sogar selbst erschaffen.«

Anouk musste lachen. »Ich mag vieles sein, von lebensmüde über wahnsinnig bis hin zu akrophob. Aber eine Weltenschöpferin bin ich nicht.«

Er stieß verächtlich die Luft aus. »So ein Unsinn. Was sind deine Bilder denn anderes als Welten, die es vorher noch nicht gab? Woher weißt du, was sie zeigen, wenn du gerade nicht hinsiehst? Oder ob es nicht vielleicht einen Weg hinein gibt, den du nur noch nicht kennst? Dein Talent ist eine Gabe, die Tore öffnen und Grenzen überwinden kann. Aber selbst wenn du keine Bilder machen würdest – wir alle sind Weltenschöpfer, wir alle, die träumen und lieben können. Die meisten von uns mögen es vergessen haben, doch irgendwo existieren die Welten, die wir in unseren Gedanken formen. Sie warten auf uns. Mitunter flüstern sie unsere Namen, und vielleicht kehren wir eines Tages dahin zurück oder vielleicht auch niemals. Aber heute Nacht können wir sie singen hören. Und das ist ein Geschenk.«

Anouk sah ihn von der Seite an. Sie war immer wieder erstaunt, was er hinter seiner meist so kühlen Fassade verborgen hielt, und als er zum Meer hinabsah, wirkte er wie die Figur in einem Gemälde, gezeichnet aus Regen und Wind. Sein Lächeln galt den Wellen, der Nacht und dem Sturm, die zu ihm sprachen, und während Anouk ihn betrachtete, glaubte sie, sie auch zu hören ... bezaubernde Stimmen, die sich zu Gesängen formten. Sie klangen seltsam fern und zugleich so nah, dass Anouk den Blick in die Schatten richtete in der irrigen Hoffnung, jene Gestalten zu entdecken, die ihr aus fremden Welten zuwinkten. Natürlich sah sie dort niemanden, aber die Gesänge schwollen an, bis es ihr schien, als würden sie in farbigen Strömen durch die Luft ziehen. Kurz glaubte sie, die Stimmen ihrer Eltern zu hören, so dicht an ihrem Ohr, dass sie lächelte. Und dann erklang das Lachen eines Kindes. Es war so leise, dass Anouk es kaum wahrnahm, und doch flog ein eisiger Hauch über ihren Leib. Bens Stimme erinnerte sie an die Bilder, die der *Dark Circus* ihr genommen hatte und die darauf warteten, dass sie sie sich zurückholte ... all die Bilder, die verloren waren, sollte sie im Gläsernen Herzen scheitern.

Erst als sie den Blick von den Schatten abwandte, merkte sie, dass Rhasgar sie ansah, behutsam und unverwandt wie immer, wenn er ohne ein Wort herausgefunden hatte, was in ihr vorging.

»Wir sind unserem Ziel so nah wie nie zuvor«, sagte er. »Artus und Levin haben sich im Wagen des Phönix verschanzt, und du weißt so gut wie ich, dass sie das nicht getan haben, um Karten zu spielen, wie sie überall erzählt haben. Sie suchen das Gläserne Herz. Und ich weiß, dass sie es finden werden.«

Anouk musste an Artus denken, der mit wild flammendem Blick in seinen Wagen gestapft war, kaum dass sie ihr Ritual beendet hatten, und an Levin, der hoch konzentriert und stundenlang über einer magischen Fährte brüten konnte. »Ja«, sagte sie und nickte. »Sie werden es schaffen und dann werden wir den Fluch brechen. Daran zweifle ich nicht.« Sie hörte es selbst, das leichte Zittern in ihrer Stimme, und bemerkte aus dem Augenwinkel, dass Rhasgar lächelte. Sie sah ihn an. »Worüber lachst du?«

Rhasgar schüttelte den Kopf. »Über dich«, erwiderte er und schaute wieder zum Meer hinab. »Und wie du zweifelst, obwohl du behauptest, es nicht zu tun.«

Anouk öffnete den Mund zum Widerspruch und schloss ihn wieder, als ihr bewusst wurde, dass er recht hatte. »Und was ist daran so lustig?«, fragte sie stattdessen. »Artus und Levin werden ihre Sache gut machen, da bin ich mir ziemlich sicher. Aber es ist doch wohl logisch, dass ich ein bisschen nervös werde, wenn ich an das Gläserne Herz denke. Oder etwa nicht?«

»Natürlich«, sagte er, aber sein Lächeln wurde nur noch breiter. »Du könntest es allerdings auch einfach zugeben. Jedenfalls ist es interessant zu sehen, wie sich dein Gesicht verändert, wenn du versuchst dich selbst zu belügen. Du wirst blass, dein Blick schweift zur Seite und deine Augen werden noch eine Spur dunkler. Es ist verdammt selten, dass man so deutlich sieht, was in dir vorgeht. Normalerweise muss ich mich mehr anstrengen, um rauszufinden, was du fühlst.«

Trotz seines Lächelns war ein Ernst in seinen Blick getreten, der Anouk unruhig hin und her rutschen ließ. Es war genau dieser Ausdruck, mit dem Rhasgar es jedes Mal schaffte, bis in ihre tiefsten Gedanken vorzudringen. »Du bist wirklich der Letzte, der sich darüber beschweren dürfte, dass jemand nicht leicht durchschaubar ist, Monsieur Unnahbar.«

Er hob die Brauen. »*Monsieur Unnahbar.* Vielleicht sollte ich mir einen Künstlernamen zulegen.« Er lachte leise, ehe er wieder ernst wurde. »Es ist nicht schlimm, nervös zu sein bei dem, was wir vorhaben. Nur lass dem Zweifel nicht die Oberhand. Und auch der Angst nicht.«

»Das habe ich auch nicht vor«, gab Anouk zurück. »Ich will den Fluch brechen, mehr als alles andere. Für Amélie, für die anderen. Und für uns.«

Erst als sie es ausgesprochen hatte, wurde ihr die seltsame Betonung der letzten Worte klar. Sie flirrten auf ihrer Zunge, und aus irgendeinem Grund konnte sie Rhasgars Blick plötzlich nicht mehr erwidern, ohne dass ihr das Blut in die Wangen stieg. Verlegen schaute sie auf ihre Hände, während die Worte die Luft zwischen ihnen zum Flüstern brachten. *Für uns.* Rhasgar hingegen sah sie nur an, und als hätte sein Schweigen einen tückischen Magnetismus entwickelt, musste sie nach einer Weile einfach den Kopf heben und ihn anschauen. Erst jetzt fiel ihr auf, wie dicht sie beieinandersaßen, nah genug, dass ihre Hand beinahe sein Knie berührte. Seine Augen glühten, als bestünden sie aus Nacht und Silber, und da war sie wieder: dieselbe Spannung wie im Mondturm, die Anouk mit jedem Augenblick des Schweigens stärker den Atem nahm.

»Das ist wirklich hoch«, sagte sie ein wenig heiser und deutete in Richtung des Seils. Im selben Moment verdrehte sie über sich selbst die Augen. Was für eine geistreiche Anmerkung war das denn? Sie hatte die Stille durchbrechen müssen, die sie sonst nur dazu getrieben hätte, die Hand nach Rhasgar auszustrecken, um ihm diese verfluchte Haarsträhne aus der Stirn zu streichen, die immer wieder vor seine Augen fiel. Aber hätte sie nicht irgendwas Klügeres sagen können? Prompt kehrte das spöttische Lächeln auf Rhasgars Züge zurück.

»Es wirkt gar nicht so hoch, wenn man erst mal oben ist«, sagte er achselzuckend. »Willst du es versuchen?«

»Aber sicher«, erwiderte sie grinsend. »Und danach fliege ich noch eine Runde um den Mond und schaue nach, was auf der dunklen Seite so los ist. Soll ich dir Popcorn mitbringen?«

Er lachte. »Wenn du einen Weg zur dunklen Seite des Mondes kennst, bin ich auf jeden Fall dabei. Aber vorerst würde es mir schon reichen, dich auf dem Seil zu sehen.«

»Das hast du doch schon«, gab sie zurück. »In der Manege, genau dreißig Zentimeter über dem Boden. Und es war jedes Mal ein ganz und gar trostloser Anblick, darauf möchte ich wetten.«

»Es hat seinen Zweck erfüllt«, sagte er achselzuckend. »Inzwischen kannst du das Gleichgewicht halten, deine Körperspannung hat sich verbessert, und deine Präsenz in der Manege ist ausgezeichnet. Ich muss dich wohl nicht daran erinnern, in welcher Höhe du jeden Abend auf dem Trapez sitzt … von deinem Sturz in die Tiefe ganz zu schweigen. Da ist es fast schon albern, wenn du angesichts des Seils da oben solche Angst hast.«

Anouk stieß die Luft aus. »Das ist was anderes. Hier gibt es keinen Greif, der mich rettet, wenn ich falle.«

»Das ist wahr«, stimmte er ihr zu. »Aber dort wie hier gibt

es Kräfte, die dich am Fallen hindern. Ich dachte, das hättest du inzwischen gelernt. Also, was sagst du?«

Anouk suchte nach der vertrauten Ironie in seinem Gesicht und starrte ihn fassungslos an, als sie nichts davon fand. Er meinte es tatsächlich ernst. »Der Sturm schlägt dir wohl auf den Verstand«, sagte sie, konnte aber nicht verhindern, dass ihr Herz nervös anfing zu schlagen. »Hast du nicht gerade gesagt, dass nur der fallen kann, der sich in die Höhe begibt?«

Er lächelte, doch nur für einen Moment. »Das stimmt. Aber nur derjenige wird fliegen lernen. Hast du wirklich solche Panik, dass du es nicht mal versuchen willst?«

Er legte leicht den Kopf schief und sie hörte deutlich den herausfordernden Ton in seiner Stimme. Sie warf einen Blick zum Seil hinauf. Es schwankte im Sturm hin und her und allein der Gedanke an die Höhe ließ sie schwindeln. Doch sie sah aus dem Augenwinkel den Hohn, der sich auf Rhasgars Züge schlich, und als der Wind nach ihrem Haar griff, so grob, als wollte er sie gewaltsam in ein Abenteuer stürzen, stieß sie die Luft aus. Sie war nicht in dieser Nacht vor die Tür getreten, um nun verschüchtert zu einem dämlichen Seil hinaufzuglotzen. »Ich versuche es«, sagte sie und ignorierte die Stimme, die in ihrem Inneren wild herumschrie und ihr förmlich einen Vogel zeigte. »Wer *lebensmüde* sagt, muss auch *Anouk* sagen, nicht wahr?«

Für einen Wimpernschlag ging etwas wie Erstaunen über Rhasgars Züge. Offensichtlich hatte er nicht mit dieser Reaktion gerechnet, was Anouk mit leiser Befriedigung zur Kenntnis nahm. Aber er fing sich sofort und schickte ein abenteuerlustiges Lächeln auf seine Lippen, das sie schlucken ließ.

»Du brauchst wirklich keine Angst zu haben«, sagte er und griff nach ihrer Hand. »Dir wird nichts passieren.«

Er zog sie so abrupt mit sich von der Mauer, dass sie stolperte. Aber er hielt nicht inne. Mit schnellen Schritten führte er sie zum Wehrturm, und ihr Herz raste, als sie mit seiner Hilfe daran hochkletterte. Ganz am Rand des Turms blieb Rhasgar stehen, so entspannt, als würde er noch immer feste Erde unter seinen Füßen haben. Vorsichtig spähte Anouk über die Kante – und stieß einen Schrei aus.

»Lügner!«, entfuhr es ihr. »Von wegen, dass es nicht so hoch wirkt, wenn man erst mal oben ist! Es ist ja noch viel schlimmer, als ich dachte!«

Sie hörte die Hysterie in ihrer Stimme selbst, doch sie konnte nichts dagegen tun. Mit weit aufgerissenen Augen starrte sie in die Tiefe, unfähig, sich davon abzuwenden, und merkte, wie sich der Schwindel in ihrem ganzen Körper ausbreitete. Rhasgar hingegen warf ihr einen Blick zu, als wäre sie vor einer winzigen Maus in Panik ausgebrochen und kreischend auf einen Stuhl gesprungen. »Alles eine Sache der Erfahrung«, sagte er ungerührt. »Irgendwann erscheint dir nichts mehr hoch, wenn du von dort aus noch Details erkennen kannst.«

Anouk schnappte nach Luft. »Ich müsste tausend Jahre alt werden, damit es mir so ginge! Sieh dir das Elend da unten doch an! Man kann nicht mal die Kiesel auf dem Weg erkennen! Es ist alles schwarz!«

Sie deutete in die Tiefe, doch als der Schwindel sie schwanken ließ, zog Rhasgar sie vom Abgrund zurück. Erst als er sich vor sie stellte und ihr so den Blick nach unten nahm, konnte sie ihn anschauen. »Erste Regel«, sagte er und legte beruhigend die

Hand auf ihre Schulter. »Sieh niemals nach unten. Niemand befolgt diese Regel am Anfang, das ist mir klar. Ich habe es auch nicht getan. Aber sie ist trotzdem das oberste Gebot auf dem Seil, also sag mir hinterher nicht, ich hätte dich nicht gewarnt.«

Sie presste die Zähne aufeinander. »Ich wäre schon froh gewesen, wenn du mich *überhaupt* gewarnt hättest.«

»Entschuldige.« Er lächelte in vollendeter Ironie. »Das nächste Mal werde ich dich darauf hinweisen, dass es auf einem alten Wehrturm definitiv höher ist als auf dem flachen Land.«

Anouk verzog den Mund, sparte sich aber eine Antwort. Es war schon schlimm genug, bei Sturm in schwindelerregender Höhe zu stehen, da hatte sie keine Lust auf eine Diskussion mit einem Zauberer, der ohnehin immer alles besser wusste … und ohne den sie nebenbei bemerkt vermutlich auch nie wieder feste Erde unter den Füßen fühlen würde, denn sie hatte keine Ahnung, wie sie allein jemals von diesem Wehrturm wieder herunterkommen sollte.

»Zweite Regel«, sagte Rhasgar und zog ihre Aufmerksamkeit wieder auf sich. »Nimm nichts mit aufs Seil, das dir gefährlich werden könnte.«

Er zog ihr den Schal vom Hals und Anouk biss sich unwillkürlich auf die Lippe. Auf einmal kam es ihr so vor, als hätte Rhasgar mit dem Schal sämtliche Klamotten von ihrem Körper gestreift, so entblößt fühlte sie sich. Nichts, das ihr gefährlich werden konnte. Sehr lustig. Sollte sie ihm ganz direkt sagen, dass er dann bitte an Ort und Stelle stehen bleiben musste, da er weit und breit die allergrößte Gefahr für sie war? Sie wandte sich ab, damit er ihre Gedanken wenigstens dieses eine Mal nicht erraten konnte, aber er streckte die Hand aus und hob ihr Kinn, während er den Schal zu Boden gleiten ließ.

»Und drittens«, sagte er, ohne sie loszulassen. »Halte das Gleichgewicht. Wenn du diese drei Regeln befolgst, kann nichts schiefgehen.«

Anouk ging jede Wette ein, dass er ihr Herz hören konnte, das wie verrückt gegen ihren Brustkorb schlug. Dann bückte er sich nach dem Seil, um die Schwingung zu unterbinden, und als hätte sich ein Bann von ihr gelöst, stieß Anouk die Luft aus.

»Wenn es weiter nichts ist«, murmelte sie. »Da frage ich mich doch ernsthaft, warum ich nicht schon längst Seiltänzerin geworden bin. In der Manege wird mir zwar trotz aller Übungen immer noch regelmäßig flau im Magen. Aber wen kümmert das? Es klingt ja wie ein Kinderspiel, es ist ein Job mit viel Bewegung, und wenn man will, ist man jederzeit an der frischen Luft.«

Rhasgar lachte leise, doch als er sich aufrichtete, hielt er vor dem Seil inne, so reglos, als würde er mit ihm Zwiesprache halten. Er sah aus wie ein Krieger, der sich vor dem Kampf demütig vor seinem Gegner verneigte. Dann wandte er sich zu Anouk um. Er strahlte Erhabenheit aus, wie er dastand, ganz in Schwarz gekleidet und mit diesem Blick, der mehr Frage als Antwort war. Unmerklich neigte er vor ihr den Kopf, und ohne sie aus den Augen zu lassen, betrat er rücklings das Seil. Es bäumte sich unter seinen Füßen auf, doch er bezwang es so mühelos, als wäre jedes Kräftemessen nichts als ein Spiel mit einem alten Freund. Anouk hingegen stand da wie festgewachsen. Rhasgars Nähe hatte sich mit schützender Wärme um sie gelegt, aber nun griff der Sturm nach ihr, und die Tiefe breitete sich vor ihr aus. Sie zwang sich, nicht nach unten zu schauen, doch sie hörte erneut das Knacken unter ihren Füßen, das Rhasgar schon einmal in die Tiefe gerissen hatte, und ihr Atem ging schneller. Sie war nicht in der Manege, wo die Magie des *Dark Circus* sie vor dem Sturz bewahren konnte. Was, wenn sie auf dem verfluchten Seil Panik überkam, was, wenn sie … Aber ehe sie ihren Gedanken beenden konnte, neigte Rhasgar leicht den Kopf.

»Nicht denken«, sagte er mit leiser Strenge. »Vertrau mir.«

Damit streckte er die Hand nach ihr aus. Er stand so regungslos inmitten des Sturms, dass sie nicht anders konnte, als auf das Seil zuzutreten. Sie bemühte sich weiter, nicht nach unten zu sehen, auch nicht zum Meer hinüber oder zu den Bäumen, die wild im Sturm rauschten. Sie sah nur Rhasgar an, der ihren Blick festhielt, als würde er beide Arme um sie legen, und vorsichtig setzte sie einen Fuß auf das Seil. Es zitterte, und zum ersten Mal erkannte sie, dass es am anderen Ende zu einem Spiegel führte, der ihr bisher verborgen geblieben war. Reglos schwebte er in der Luft und zeigte Anouk, wie sie mit ausgebreiteten Armen vorwärtsging. Sie bewegte sich so langsam, dass sie glaubte, überhaupt nicht von der Stelle zu kommen. Aber anders als in der Manege, wo sie noch vor Kurzem bei jedem Schritt das Gleichgewicht verloren hatte, spürte sie nun Rhasgars Kraft, mit der er die Magie des Seils ebenso bezwang wie den Sturm und die Dunkelheit. Es schien ihr, als würde er sie tatsächlich festhalten, als sie auf ihn zutrat. Jedes Mal, wenn sie ins Wanken geriet, umfing sie seine Präsenz und zog sie weiter in seine Richtung. Ihre Panik sank in sie zurück, und erst als der Sturm aufwallte, begann sie heftig zu schwanken. Aber als er ihr Haar zurückriss, ergriff Rhasgar ihre Hand, und sie gewann wieder festen Stand. Mit rasendem Herzen stand sie ihm gegenüber und erwiderte das Lächeln, das über sein Gesicht huschte. Dann setzte er sich in Bewegung und führte sie über den Abgrund.

Es war wie ein Tanz und der Wind war die Musik. Mit jedem Schritt verlor sich Anouks Anspannung, und es kam ihr so vor, als würde die Anmut, mit der Rhasgar sich bewegte, wie durch Zauberhand auf sie übergehen. Sie lachte, als Rhasgar sich spielerisch vor und zurück bewegte und dabei kleine Scherze machte, und sie sah sich selbst von außen: ein Mädchen an der Hand eines Zauberers, das über einer unendlichen Tiefe balancierte und sich dabei so unbeschwert fühlte wie seit Ewigkeiten nicht mehr. Sie hörte das Rauschen der Wellen und das Wispern der Bäume und für einen unbedachten Moment glitt ihr Blick in die Tiefe. Sofort kehrte der Schwindel zu ihr zurück, doch noch ehe sie schwankte, zog Rhasgar sie näher an sich heran.

Er stand regungslos. Sie konnte seinen Herzschlag in ihren Fingern spüren, und ihr Puls beschleunigte sich, als ein übermütiger Funke in seinen Augen aufglomm. Er hatte etwas vor, das stand außer Frage – etwas, das ihr schon jetzt den Atem nahm, wo sie noch nicht einmal wusste, was es war. Und ehe sie ihn davon abhalten konnte, bewegte er seine freie Hand und löste das Seil unter ihnen auf.

Anouk schrie auf und krallte sich in plötzlicher Panik an Rhasgar fest. Unzählige Male hatte sie gesehen, wie er sein Seil unsichtbar gemacht hatte, und stets hatte sie sich vorgestellt, dass es trotzdem noch da war, ob sie es nun sehen konnte oder nicht. Doch so war es nicht. Im selben Moment, da es vor ihren Augen verschwand, verlor es sich auch unter ihren Füßen. Der Wind zerrte an ihr, und sie rechnete damit, jede Sekunde auf harter Erde aufzuschlagen. Erst als Rhasgar behutsam den Arm um sie legte, stellte sie fest, dass sie noch immer an Ort und Stelle stand – schwebend, als bräuchte sie nichts als seine Nähe dazu. Langsam hob sie den Kopf. Sie standen so dicht zusammen, dass sein Haar ihre Wange streifte, und sein Lächeln legte sich warm auf ihre Haut.

»Keine Angst«, raunte er. »Weißt du es denn nicht? Der Halt ist in dir.«

Er ließ die Arme sinken, doch er schob sie nicht von sich. Er sah sie nur an und etwas in seinem Blick löschte die Panik in ihr aus und ließ sie die Hände fortnehmen. Mit pochendem Herzen richtete sie sich auf und merkte zu ihrem unendlichen Erstaunen, dass er recht hatte. Sie fiel nicht. Sie schwebte. Und im selben Moment, da das Glücksgefühl sie überkam, begann es zu regnen.

Rhasgar breitete die Arme aus und legte den Kopf in den Nacken. »Verflucht«, murmelte er, und Anouk sah zu, wie der Regen zärtlich über sein Gesicht rann. »Wie habe ich dich vermisst.«

Sie musste lächeln. »Ich wusste es«, sagte sie und merkte erst an Rhasgars Blick, dass sie ihren Gedanken laut ausgesprochen hatte.

»Du wusstest was?«

Anouk folgte den Linien der Regentropfen auf seinem Hals mit den Augen. »Als ich dich zum ersten Mal auf dem Seil gesehen habe, zwischen diesen Mauern … da dachte ich, dass ich noch nie jemanden getroffen habe, der den Regen so liebt wie ich.«

Rhasgar schwieg für einen Moment, dann schüttelte er den Kopf. »Die Menschen sind merkwürdig. Sie gieren nach dem Leben, aber wenn es sie berühren will, schrecken sie davor zurück. Es gibt nur sehr wenig, das sich für mich so intensiv anfühlt wie Regen auf der Haut.«

Anouk fragte sich automatisch, was den Regen in Rhasgars Augen noch übertreffen konnte, und unwillkürlich errötete sie. »Und das, obwohl du den Wind doch auch ganz gern magst«, meinte sie, nur um überhaupt etwas zu sagen. Aber Rhasgar schien ihre Verlegenheit nicht zu bemerken, oder er hatte zur Abwechslung mal die Höflichkeit, es sie nicht spüren zu lassen. Schweigend beobachtete er, wie die Tropfen über seine Hände in die Tiefe fielen.

»Der Wind ist ein Wanderer«, sagte er dann. »Er hat alle Geschichten gehört und kann sie erzählen, doch er ist heimatlos und wird es immer bleiben. Aber der Regen, der den Duft deines Haares kennt und die Wärme deiner Haut ... dieser Regen ist ein Teil deiner Welt. Er beschützt mich vor der dunklen Macht. Er schließt sie in mir ein wie ein Schutzschild, bis ich sie fast nicht mehr fühlen kann. Die Zeit im Regen ist, als wäre ich frei.« Er hob den Kopf und sah nun so interessiert zu, wie die Regentropfen über ihren Hals und hinab zum Schlüsselbein liefen, dass sie fast meinte, seinen Blick als Berührung spüren zu können. »Du hast recht«, sagte er, und seine Stimme war ein wenig rau. »Ich habe den Regen immer geliebt ... doch nie so sehr wie seit dem Tag, an dem ich dich kennenlernte.«

Er schien selbst überrascht von seinen Worten, denn kaum

hatte er sie ausgesprochen, wandte er den Blick ab. Anouk war froh, mit ihm auf dem Seil zu sein, denn hier konnte er nicht so leicht vor ihr zurückweichen, wie er es auf sicherem Boden vermutlich getan hätte. »Wie meinst du das?«, fragte sie, und er schüttelte den Kopf, als wollte er ihr darauf keine Antwort geben. Aber dann hielt er inne, und auf einmal wurde sein Blick so sanft, als würde er in den Schatten etwas sehen, das ihr verborgen blieb.

»Seit ich dich kenne, sehe ich die Sterne in ihm funkeln«, sagte er kaum hörbar, und da wusste sie, dass es ihre Bilder waren, die er in der Dunkelheit erkannte – all die Bilder, die sie in den vergangenen Wochen mit tausend Farben gezeichnet hatte. »Ich höre das Lachen der Kinder, die nie einen Fuß in den *Dark Circus* setzen würden, und ich kann die Straßen von Paris riechen, wenn in einer warmen Sommernacht der Regen auf sie niederfällt. Ich sehe den Baum vor deinem Fenster darin, das Licht der Sonne früh am Morgen, das durch die Blätter fällt … und ich sehe dich in jedem einzelnen schillernden Tropfen.« Er verstummte und lächelte mit seinem üblichen Spott über seine eigenen Worte, doch als er Anouk ansah, wurde er wieder ernst. »I do not know what it is about you that closes and opens«, sagte er leise. »Only something in me understands the voice of your eyes is deeper than all roses. Nobody, not even the rain, has such small hands.« Er hielt inne. »Das ist die letzte Strophe eines Gedichts von E. E. Cummings. Ich mochte es, seit ich es zum ersten Mal gehört habe, aber wirklich verstehen kann ich es erst jetzt … durch dich.«

Kurz stand er regungslos. Dann streifte er die Handschuhe ab, und mit demselben Zögern, mit dem er sich zwischen

Schlafen und Wachen über sie gebeugt hatte, streckte er die Hand nach ihr aus. Doch kurz vor ihrer Wange hielt er inne und binnen eines Wimpernschlags verlor sich die Sanftheit in seinem Blick. Er wollte sich abwenden, aber Anouk hinderte ihn daran. Ohne darüber nachzudenken, griff sie nach seiner Hand und führte sie zu ihrer Wange. Ein Schauer flog über ihren Körper, als seine Finger sie berührten, und sie sah, wie der Impuls sich über Rhasgars Leib fortsetzte. Mit klopfendem Herzen strich sie ihm das Haar aus der Stirn und fuhr die Linie seines Halses hinab. Seine Haut war so weich, dass sie unwillkürlich näher an ihn herantrat. Aber da zog er seine Hand zurück und griff nach ihrem Arm.

»Anouk, ich …«, begann er, doch sie ließ ihn nicht ausreden. Nie zuvor war er ihr so nah gewesen wie nun, da er ohne jeden Schutz mit ihr über dem Abgrund stand, und sosehr sie die Dunkelheit frösteln ließ, die noch immer weit hinten in seinen Augen stand, so deutlich fühlte sie auch, dass sie ihn nicht gehen lassen durfte – nicht hier im Regen, in einer Nacht der Wunder.

»Wovor hast du Angst?«, fragte sie so leise, dass sie sich selbst kaum verstand.

Er zögerte, als gäbe es zu viel, das er darauf antworten konnte. Dann riss er sich von den Schatten los. »Zu fallen«, erwiderte er.

»Aber du kannst nicht fallen«, flüsterte sie und lächelte unmerklich. »Weißt du es denn nicht? Der Halt ist in uns.«

Sie sah, wie seine eigenen Worte in ihm widerhallten, und ehe er sich gegen ihre Macht wehren konnte, befreite sie sich aus seinem Griff und verschränkte ihre Finger mit den seinen.

Sie erinnerte sich deutlich an die dunkle Macht, die schon so oft über seine Haut in ihren Körper gelangt war. Doch dieses Mal war da nichts als Wärme und Regen. Wie zwei Träumende schauten sie auf ihre ineinander verschränkten Hände und im selben Moment zerbrach Rhasgars Abwehr. Kurz nur strich er über ihre Finger, so sacht, als berührte er eine Figur aus hauchdünnem Glas. Dann zog er Anouk an sich, nahm ihr Gesicht in beide Hände und küsste sie.

Sein Kuss löschte jeden Gedanken in ihr aus. Sie grub ihre Hände in sein Haar, es war weicher als jeder Schnee, den sie je geträumt hatte, und als sie die Arme um seinen Hals legte, sanken sie beide in die Umarmung hinein mit allem, was sie waren. Unendlich sanft und fordernd zugleich glitten Rhasgars Hände über ihren Körper, und er küsste sie so leidenschaftlich, als könnte sie ihn vor etwas retten, von dem sie keine Vorstellung hatte. Er fiel, das spürte sie wieder, doch für diesen Augenblick war er nicht allein in seiner Dunkelheit. Sie war bei ihm, weil er es ihr erlaubte, und es kümmerte sie nicht, ob Schatten um sie waren oder gleißendes Licht. Alles, was zählte, war seine Nähe und sein Atem auf ihrer Haut, und sie ließ sich von ihm festhalten, jenseits aller Grenzen – von ihm, dem Zauberer, der ihr gezeigt hatte, wie es war, zu schweben.

Sie waren außer Atem, als sie sich voneinander lösten. Anouk sah das Lächeln, das über Rhasgars Gesicht flog, und den fast ungläubigen Ausdruck in seinen Augen, als er sie anschaute, so als könnte sie jeden Moment verschwinden und niemals zu ihm zurückkehren. Da war er wieder, dieser dunkle Schmerz, den sie nicht deuten konnte, aber sie ließ ihm keine Macht. Sie berührte Rhasgars Wange und dieses Mal wich er nicht vor ihr zurück. Stattdessen erwiderte er ihr Lächeln, und da wusste sie, dass er dasselbe empfand wie sie. Nie hatte sie sich so unverwundbar gefühlt wie nun, da sie ohne Netz und doppelten Boden im Regen über dem Abgrund stand ... in diesem geheimen Raum zwischen allen Welten, den nur Liebende erreichen konnten.

# 23

Der Maskenwagen war ein eigener Kosmos aus Glitzer, Puder und Wärme. Anouk erinnerte sich noch genau daran, wie sie ihn zum ersten Mal betreten hatte. An der Seite Amélies hatte sie sich an den Artisten vorbeigedrängt, die sich mit beeindruckender Routine in ihre Kostüme gezwängt und letzte Korrekturen an ihrem Make-up vorgenommen hatten. Staunend hatte sie zu den Requisiten und Masken aufgesehen, die die Wände und die Decke bedeckten, und hatte sich schließlich auf einen Hocker vor den beleuchteten Spiegel gesetzt. Mit wachsender Verzweiflung hatte sie versucht, sich optisch in die Königin der Farben zu verwandeln, und wäre grandios gescheitert, hätte Amélie ihr nicht die grundlegenden Tricks beigebracht. Inzwischen brauchte sie nicht mehr lange, um sich für die Vorstellung fertig zu machen, und das Geplapper der anderen Artisten versetzte sie auch nicht mehr in Aufregung, sondern verschaffte ihr gerade die richtige Anspannung, die sie brauchte, um trotz des Lampenfiebers aufzutreten. Sie verteilte dunkelblaues Glitzerpuder auf ihrer Wange, vom Schminkspiegel zum Funkeln gebracht. An diesem Abend rührte das Flirren in ihrem Magen allerdings beileibe nicht nur von ihrem bevorstehenden Auftritt her.

Sie setzte Strasssteinchen auf ihre Wangenknochen und musste daran denken, wie Rhasgars Finger in der letzten Nacht an gerade dieser Stelle über ihre Haut geglitten waren. Er hatte ihr Gesicht erkundet, als würde er es erst durch seine Berührung wirklich sehen, und sie fühlte noch immer seine Lippen, die mit wachsendem Verlangen die ihren gesucht hatten. Erst in der Dämmerung hatten sie die Ruine verlassen und waren wie Kinder über die Hügel gerannt, nur um sich vor seinem Wagen erneut zu küssen, so lange, bis der Regen schließlich aufgehört hatte. Kaum dass Rhasgar sich von ihr gelöst hatte, war ihr bewusst geworden, wie sehr die nassen Klamotten und der eisige Wind sie ausgekühlt hatten. Eilig hatte sie sich abgetrocknet und war ins Bett geschlüpft, und sie sah Rhasgar noch immer vor sich, wie er neben dem Vorhang stand und auf sie herabschaute, als bräuchte es nicht mehr als einen Wink von ihr, damit er ihr folgte.

Sie hätte ihm jeden Hinweis gegeben. In diesem Moment, da er sie so vorsichtig ansah, hätte sie jede Gefahr in Kauf genommen. Sie wollte nichts mehr, als ihm nah zu sein und in seinen Armen zu liegen, und als er sich zu ihr ans Bett setzte, wusste sie, dass er wieder einmal ihre Gedanken gelesen hatte. Doch er war ihr nicht gefolgt. Er hatte sie nur angeschaut und dann mit den letzten Regentropfen an seinen Fingern über ihre Lippen gestrichen für einen allerletzten Kuss. Anders als all die anderen Küsse zuvor war dieser so zart gewesen wie ein Atemhauch und in seiner Zerbrechlichkeit so intensiv, dass Anouk sich nur eines gewünscht hatte: dass dieser Kuss niemals endete. Schließlich hatte Rhasgar sich doch von ihr gelöst. Aber sie hatte seinen Blick noch auf sich gespürt, als er längst zum Diwan hinübergegangen war … und sein Lächeln, das in seiner Zärtlichkeit selbst eine Liebkosung gewesen war.

Nach wenigen Stunden Schlaf hatten sie zusammen gefrühstückt, und obwohl keiner von ihnen ein Wort dazu sagte, fühlte Anouk doch ihren gemeinsamen Groll auf die Sonne, die den Regen vertrieben hatte. Scheinbar gleichmütig hatten sie sich gegenübergesessen, aber es hatte Anouk danach gedrängt, Rhasgar zu berühren, jedes Mal, wenn er sich vorgebeugt und ihr die Marmelade oder ein Messer gereicht hatte, und an seinen vorsichtigen Bewegungen hatte sie gesehen, dass es ihm ebenso ergangen war. Seit ihrer ersten Begegnung war jede Bewegung zwischen ihnen ein Spiel mit dem Feuer gewesen, ob sie sich dessen nun bewusst gewesen waren oder nicht. Doch vor dem Eindruck der letzten Nacht war das keine untragbare Bürde mehr. Es war wie ein Tanz auf dem Seil, der Anouk noch immer lächeln ließ.

Plötzlich wurde die Tür des Maskenwagens aufgerissen und eisige Luft fuhr Anouk in den Nacken. Das gerade noch fröhliche Stimmengewirr verwandelte sich umgehend in Empörung – und fiel zu wohlwollendem Gemurmel zusammen, als die Artisten erkannten, dass es Levin war, der in der Tür stand. Er lächelte eines seiner spitzbübischen Lächeln, mit denen er stets die Herzen der anderen für sich gewann, und winkte zu Anouk herüber.

»Kannst du mal kommen?«, rief er ihr zu. »Luana hat ein Problem mit ihrem Kostüm. Sie ist sich nicht sicher, welche Farben sie heute Abend kombinieren möchte, und vielleicht kannst du ihr helfen.«

Jasper lachte auf. »Aber sei vorsichtig, dass sie dich hinterher nicht auf Schadenersatz verklagt. Sie braucht weder Anwalt noch Richter, um zu ihrem Recht zu kommen, das haben wir ja gerade wieder erlebt!«

Zustimmendes Gelächter erklang, und Anouk grinste, als sie sich ihren Weg an den Spiegeln vorbei bahnte. Der Umstand, dass Luana von Masrador nach ihrem Gezeter einen besseren Wagen bekommen hatte, war unter den Artisten auf allgemeine Belustigung gestoßen. Jeder im *Dark Circus* hatte schon einmal mit Luanas Launen zu kämpfen gehabt, und Anouk bemerkte den einen oder anderen mitleidigen Blick, als sie Levin nach draußen folgte. Niemand hatte bei seinen Worten Verdacht geschöpft. Aber Anouk ahnte, dass es eine Lüge war. Luana würde eher splitterfasernackt in die Manege spazieren, als sie um Hilfe bei ihrem Kostüm zu bitten, und abgesehen davon tanzte ein nervöser Funke in Levins blauem Auge, den auch sein scheinbar so unbeschwertes Lächeln nicht verbergen konnte. Kurz nur sah Anouk ihn von der Seite an, und das genügte, um ihr Gewissheit zu verschaffen. Seine Worte waren nichts anderes gewesen als ein weiterer Schritt auf ihrem Weg zum Herzen aus Glas.

Der Wind blies ihnen entgegen und trieb Schwaden aus Holzspänen durch die Luft, als sie über den Platz liefen. Es drängte Anouk danach, Levin zu fragen, was passiert war, aber sie wusste, dass das seit Esras Verrat in der Öffentlichkeit zu riskant war. Überall verbargen sich Masradors Augen und bemerkten selbst die kleinste Unachtsamkeit. Und so zog sie die Arme an den Körper und hastete hinter dem Jungen her, bis sie endlich den Wagen des Phönix erreichten. Im Inneren umfing sie schützende Wärme. Artus und Luana saßen neben dem Ofen, und gegenüber der Tür lehnte Rhasgar an einem Regal, den Kopf leicht geneigt. Unwillkürlich erwiderte Anouk sein Lächeln. Sie konnte sehen, dass er nur knapp dem Impuls widerstand, sie an sich zu ziehen.

»Passt nur auf, dass die Funken zwischen euch meinen Wagen nicht in Brand setzen«, murmelte Artus mit leisem Spott. »Es gibt Feuer, gegen die selbst ich nichts ausrichten kann.«

Verlegen senkte Anouk den Blick, doch Rhasgar stieß nur die Luft aus. »Da habe ich anderes gehört. Immerhin hast du eine Glut bezwungen, gegen die sogar Masrador machtlos war.«

Er schaute zu Luana hinüber, die laut auflachte. »*Bezwungen* ist eindeutig zu viel gesagt«, meinte sie grinsend. »Sagen wir einfach, er hat sie ganz gut gezähmt.«

»Ich habe eben ein Händchen für Feuer«, gab Artus zurück. »So einfach ist das.«

Er sah nicht auf, aber Anouk bemerkte das Lächeln auf seinen Lippen, das sich auf Luanas Zügen spiegelte. Sie waren selten, die liebevollen Momente zwischen diesen beiden rauen Charakteren, doch jedes Mal, wenn Artus mit diesem sanften Ausdruck zu seiner Gefährtin hinübersah, schmolz deren Kühle und hinterließ eine Vertrautheit zwischen ihnen, die sich wärmer als jedes Feuer auf Anouks Glieder legte.

»Keine Ahnung, was ihr da redet«, stellte Levin fest und schüttelte mit solcher Verächtlichkeit den Kopf, dass Anouk lachen musste. »Aber die Vorstellung fängt bald an, also sollten wir uns beeilen. Zeig es ihnen.«

Er sah Artus auffordernd an und mit einem Schlag wich jedes Lächeln von dessen Zügen. Die Flammen ringsum begannen zu flüstern, und Anouk trat instinktiv näher, als der Phönix den Blick auf seine linke Faust richtete. Erst jetzt fiel ihr auf, dass er sie die ganze Zeit reglos auf dem Tisch hatte ruhen lassen, als würde er etwas darin verbergen. Langsam sog Artus die Luft ein und ohne ein Wort öffnete er die Finger. Auf seiner Handfläche saß der rote Vogel von Amélie. Doch sein Körper bestand nicht länger aus Papier, sondern ganz und gar aus Glas und Spiegeln, und seine Augen trugen nicht allein den Mut der Wandlerin in sich. Sie glühten auch in einem Feuer, das den Flammen des Phönix Antwort gab.

»Verehrtes Publikum«, sagte Levin und schaute stolz von einem zum anderen. »Die Magie des Gläsernen Herzens – mit einer Seele aus Feuer und Sternenstaub!«

Artus schnaubte. »Von Seelen verstehe ich nichts. Aber dieser Vogel ist ein Abbild der Magie, die wir in Masradors Gedanken gefunden haben. Wenn alles funktioniert, wie ich es mir denke, wird er uns unweigerlich zu dem Ort führen, der ihm ähnlich ist: zum Herzen des *Dark Circus* und bis in seine grausamste Tiefe hinein. Seine Augen durchdringen jeden Tarnzauber und er wird sich weder von Feuer noch von Kälte aufhalten lassen. Er wird uns den Weg weisen. Genau wie Amélie es getan hat.«

»Wenn er sich entzündet, sieht er aus wie ein Stern«, sagte

Levin begeistert. »Und er ist ziemlich schnell, aber das ist kein Problem. Ich kann seine Spur immer wiederfinden. Allerdings haben wir nicht viel Zeit, denn mit jedem Augenblick, der vergeht, verliert er an Kraft.«

Rhasgar trat an den Tisch heran. Er schaute so konzentriert wie kurz vor jedem Auftritt und er erwiderte den Blick des Vogels mit abschätzender Kälte. »Der Zauber ist stark«, sagte er, und Anouk schien es, als würde der Vogel hochmütig den Kopf heben. »Außerhalb dieses Wagens könnte er leicht bemerkt werden. Weder Masrador noch Dario oder irgendwer sonst, der nicht sicher auf unserer Seite steht, darf uns beobachten. Das könnte schwierig werden, zumal ich nicht davon ausgehe, dass sich das Gläserne Herz in einem unserer Wagen befindet.«

Luana hob die Schultern. »Ich würde mich ja für eine Ablenkung anbieten, aber noch mal fällt Masrador sicher nicht auf mich rein. Das letzte Mal war es schon ziemlich heikel. Am Ende hat er mir zwar gegeben, was ich wollte, doch er hat seine Jagd auf mögliche Verräter noch lange nicht aufgegeben. Hätte ich nur einen winzigen Fehler gemacht, wäre ich jetzt nicht mehr hier.«

»Ihr könnt aufhören, euch die Köpfe zu zerbrechen«, stellte Artus fest. Er saß da wie ein Bär mit dem winzigen Vogel in der Hand, und als dessen Lichtreflexe über sein Gesicht glitten, nickte er wie nach einem wortlosen Zwiegespräch. »Ich habe einen Plan. Er wird euch noch heute Nacht die Gelegenheit geben, dem Vogel zu folgen. Haltet euch also bereit.«

Rhasgar zog die Brauen zusammen, doch es war Luana, die das Wort ergriff. »Was soll das heißen?«, fragte sie und straffte die Schultern wie immer, wenn sie die Stimme erhob. »Du hast einen Plan, in den du keinen von uns einweihst? Was hast du vor?«

»Das werde ich dir nicht sagen«, gab Artus zurück. »Und auch sonst niemandem. Mein Plan ist auch so schon gefährlich genug. Ich werde nicht das Risiko eingehen, dass einer von euch durch irgendeine unüberlegte Aktion alles verdirbt. Ihr müsst euch so verhalten wie immer, sonst waren alle Mühen umsonst.«

Luana schüttelte den Kopf. »Du bist wohl vollkommen verrückt geworden! Was auch immer du vorhast: Du wirst dich nicht allein in die erste Reihe stellen, ohne dass ich überhaupt weiß, was passieren wird! Wir haben gesehen, wie gefährlich das Ganze ist, und ich …«

»Es geht hier nicht um dich!« Artus schloss die Faust über dem Vogel, und seine Stimme wühlte sich in solcher Tiefe durch die Flammen, dass sich Anouks Magen zusammenzog. »Es geht um unser Ziel! Das Ziel, für das Amélie ihr Leben gegeben hat und für das ich alles tun würde – *alles,* verstehst du das?«

Anouk hielt den Atem an und sah zu, wie die Farbe aus Luanas Gesicht wich. Wie erstarrt saß die sonst so wehrhafte Artistin da und schaute Artus an, dessen Augen in wildem Feuer glühten. Es schien, dass er größer wurde, je länger er ihren Blick erwiderte.

»Du hast recht«, grollte er schließlich. »Wir haben gesehen, wie gefährlich das alles ist. Und gerade aus diesem Grund verfolge ich meinen Plan. Ich habe lange darüber nachgedacht, wieder und wieder. Ich kenne diesen Zauber, ich weiß um seine Macht und dass er nicht wiederholbar ist. Wir haben nur diese eine Chance, das Gläserne Herz zu finden. Ich werde sie ergreifen, aber ich brauche euch an meiner Seite. Ich muss wissen, dass ihr da sein werdet, wenn es so weit ist. Ich kann die Weichen stellen, doch ihr müsst ihnen folgen, und ihr dürft nicht zögern, ganz gleich, was geschehen wird. Die Frage lautet also: Werdet ihr das tun? Werdet ihr diesen Weg gehen, wenn er sich euch zeigt?«

Er sah von einem zum anderen, und Anouk erkannte dasselbe kompromisslose Glühen in seinen Augen, das auch in Amélies Blick gestanden hatte, kurz bevor sie in die Schatten gegangen war. Was auch immer er vorhatte: Es war gefährlicher als alles, was sie bisher unternommen hatten, das stand außer Zweifel. Sie konnte nichts dagegen tun, dass sie heftiger Widerwille ergriff. Sie wollte nicht, dass er sich allein in Gefahr begab. Überdeutlich stand ihr Amélie vor Augen … und im selben Moment, da sie den Blick der Wandlerin erwiderte, wusste sie, dass sie Artus nicht aufhalten durfte. Noch einmal sah sie die beiden Seite an Seite am Rand der Manege sitzen, so vertraut wie Mutter und Sohn, und sie holte tief Atem. Artus hatte seinen Weg gefunden. Sie hatte nicht das Recht, ihn davon zurückzuziehen.

Es war Luana, die das Schweigen brach, doch sie tat es nicht mit Worten. Sie legte nur die Hand auf Artus' Faust, und als sie nickte, lief eine einzelne Träne über ihre Wange. Behutsam wischte Artus sie fort. Anouk hatte nie zuvor eine solche Stärke in Luanas Augen gesehen wie nun, da sie den Blick des Phönix erwiderte. Sie legte ihre Hand ebenfalls auf Artus' Faust, und als die anderen ihrem Beispiel folgten, brach das

Licht des Vogels zwischen ihren Fingern hindurch. Es war, als hätte Anouk ein Blick aus Sternenstaubaugen gestreift, und sie zweifelte nicht daran, dass auch die anderen Amélies Nähe spüren konnten.

Der Vogel rührte sich nicht, als Artus schließlich seine Faust öffnete. Noch einmal schaute er dem Tier in die Augen. Dann übergab er es an Rhasgar, der es mühelos unter seinen Händen verschwinden ließ. Artus lächelte unmerklich, als er von einem zum anderen sah, und Anouk erwiderte die Geste. Welche Gefahr auch immer auf den Phönix wartete – er würde nicht allein sein in der Dunkelheit.

Anouk fröstelte, als sie den anderen in die Nacht folgte. Sie trennten sich, kaum dass der Wind sie berührte. Luana und Levin liefen zum Zelt hinüber, Artus machte sich auf den Weg zum Übungsplatz, und Rhasgar tauchte in den Schatten unter wie jedes Mal, wenn eine Vorstellung kurz bevor stand. Anouk eilte zum Maskenwagen zurück. Sie rechnete damit, dass die Wärme dort ihr ein wenig von der Anspannung nehmen würde. Aber kaum dass sie einen Schritt ins Innere setzte, überkam sie Übelkeit. Die Luft war viel zu stickig und das ausgelassene Stimmengewirr der anderen legte sich steinschwer auf ihre Schultern.

»Ach du meine Güte!«, rief Jasper und sah sie erschrocken an. »Was ist denn mit dir passiert?«

Anouk ließ sich auf einen Hocker fallen. Betont gleichgültig schaute sie in den Spiegel und schluckte den Schreck hinunter, der sie bei ihrem eigenen Anblick befiel. Selbst mit all der Schminke auf ihrem Gesicht konnte sie erkennen, wie blass sie war. Aber sie zuckte nur mit den Schultern und griff nach einem Schminkpinsel. »Du weißt doch, wie Luana ist. Sie hat ein Talent dafür, anderen zuzusetzen.«

Jasper stieß kopfschüttelnd die Luft aus. »Du Ärmste. Mich hatte sie auch schon das eine ums andere Mal in der Mangel. Ich erinnere mich noch an damals, als sie unbedingt ein Teil meiner Nummer werden wollte ...«

Er begann davon zu erzählen, in welches Chaos Luana seinen Auftritt gestürzt hatte, doch während die anderen Artisten sich mit eigenen Anekdoten an seiner Geschichte beteiligten, hörte Anouk ihm kaum zu. Hin und wieder nickte sie beiläufig, aber die Worte rauschten an ihr vorbei wie der Wind, der an den Fenstern rüttelte. Unentwegt musste sie an Luana denken, die gerade in diesen Augenblicken in der Manege stand und über die Köpfe der Zuschauer hinwegflog, daran, wie schwer ihr das Lächeln fallen musste, hinter dem sie ihre wahren Gefühle verbarg, und an Artus, der kein Sterbenswörtchen darüber verloren hatte, was er plante. Seit Anouk in den Zirkus gekommen war, hatte er ihr zur Seite gestanden mit seiner gelassenen, unerschütterlichen Art. Doch als er an seinem Tisch gesessen hatte, mit dem kleinen Vogel in der Hand, hatte sie etwas anderes auf seinen Zügen gesehen. Etwas, das ihren Puls beschleunigte und es ihr unmöglich machte, ihn wieder zu beruhigen. Artus, der mächtige Phönix, hatte Angst.

Sie schwankte leicht, als sie zu ihrem Auftritt gerufen wurde. Unter den verständnisvollen Blicken der anderen verließ sie den Wagen und sog die eisige Luft ein in der vergeblichen Hoffnung, ihre Anspannung loszuwerden. Normalerweise wartete sie vor der Schleuse darauf, dass sich der Vorhang öffnete, aber nun drängte sie sich in den Spalt zwischen Artisteneingang und Manege und spähte durch die zahlreichen Löcher, die neugierige Finger in den vergangenen Jahren in den Vorhang gebohrt hatten. Die Reihen waren voll besetzt. Anouk schaute in die Gesichter der Menschen, die gerade von einer Clownshorde in Scherze verwickelt wurden, und musste daran denken, wie oft sie in den letzten Wochen mit glühender Sehnsucht ins Publikum gesehen und ihre Welt vermisst hatte. Nun jedoch blieb das Gelächter der Menschen ihr fern, und es gelang ihr nicht, sich länger als wenige Augenblicke auf ein Gesicht zu konzentrieren. Stattdessen sah sie Artus vor sich, wie er reglos am Tisch saß, mit einem zerbrechlichen Glasvogel in der Hand.

Die Clowns verließen die Manege und Masrador trat ins Scheinwerferlicht. Anouk bezog vor dem Vorhang Position. Sie hörte, wie Masrador sie ankündigte, und zwang sich, ruhiger zu atmen. Was auch immer Artus vorhatte – sie musste ihren Auftritt über die Bühne bringen, ohne dass der Clown Verdacht schöpfte. Mit aller Kraft dachte sie an die Stimme des Phönix, mit der er sie durch jede noch so anstrengende Trainingseinheit geführt hatte. Er hatte ihr beigebracht, ihre Aufregung kleinzuhalten, und eines war sicher: Nie hatte sie seine Lektionen so sehr gebraucht wie in diesem Moment. Sie hörte noch, wie das Publikum in Beifall ausbrach. Dann öffnete sich der Vorhang und sie lief hinaus in die Manege.

Sie erlebte ihren Auftritt wie im Traum. Gesichter, Applaus und Farben strömten an ihr vorüber, als wäre sie gar nicht wirklich anwesend, und erst als sie sich schließlich vor dem Publikum verbeugte, spürte sie die Erschöpfung in ihren Gliedern. Das Lächeln auf ihrem Gesicht war wie eine Maske und zum ersten Mal seit ihren Anfängen im *Dark Circus* fühlte sie etwas wie Dankbarkeit für die Rolle der Königin der Farben. Sie war immer eine schillernde Figur für sie gewesen, in die sie hineinschlüpfen und mit deren Hilfe sie die Menschen verzaubern konnte. Nun aber lagen die Farben der Königin wie ein Schutzpanzer über ihr, den kein misstrauisches Auge durchdringen konnte. Noch einmal winkte sie den Zuschauern zu, und erst als sie durch die Schleuse lief und in der Nacht stehen blieb, erfasste sie der Schwindel.

Er packte sie mit solcher Gewalt, dass sie taumelte. Schnell setzte sie sich wieder in Bewegung und merkte schon nach wenigen Schritten, dass die kalte Luft sie beruhigte. Der Maskenwagen schickte ihr sein Licht entgegen, doch sie widerstand dem Drang, sich in seine Wärme zu flüchten. In dieser Nacht hatte sie anderes zu tun, als in einem Zirkuswagen herumzusitzen. Unauffällig lief sie an der Außenseite des Zelts entlang. Die Musik drang durch die Plane, aber die Glühbirnen flackerten, und zwischen den Seilen war es so dunkel, dass sie kaum die Hand vor Augen sehen konnte. Ganz in der Nähe gab es einen Nebeneingang, durch den manche Artisten in die Manege liefen, er musste hier irgendwo …

Weiter kam sie nicht. Die Hand zog sie so abrupt ans Zelt heran, dass ihr der Atem stockte. Instinktiv wehrte sie sich gegen den Griff und nahm erst nach einem Moment den Duft wahr, der ihr in die Nase stieg. Regen. Und Wind. Sofort hielt sie inne und erkannte Rhasgars Gesicht im aufglimmenden Licht einer Glühbirne. Schemenhaft konnte sie Levin hinter ihm ausmachen, der im Nebeneingang stand und durch den Vorhang ins Innere des Zelts spähte.

»Was zur Hölle tust du hier?«, raunte Rhasgar und zog ihre Aufmerksamkeit wieder auf sich. »Das ist wohl kaum die richtige Zeit für eine Nachtwanderung.«

Sie befreite sich aus seinem Griff. »Ich will sehen, was passiert«, gab sie zurück. »Oder hast du was dagegen?«

Er schob leicht das Kinn vor, und das genügte, um ihr deutlich zu zeigen, dass er allerhand dagegen hatte. Sie kannte diesen Blick genau, so prüfend und besorgt, als wäre sie ein Kind, das er vor sich selbst beschützen musste. Oft genug hatte er sie während ihres Trainings auf diese Weise angesehen, um herauszufinden, ob sie tatsächlich bereit war für das, was sie forderte, und sie erwiderte seinen Blick mit allem Trotz, den sie aufbieten konnte. Sie wusste genau, was er dachte. Niemand konnte sagen, was Artus vorhatte und welche Schrecken er möglicherweise einsetzen würde, um Masrador abzulenken. Aber sie konnte nicht im Maskenwagen herumsitzen, während all das geschah. Sie hatte Artus ein Versprechen gegeben, er war ihr Lehrer und ihr Freund. Sie durfte ihn nicht allein lassen. Erst als Rhasgar auf ihre Hände sah, merkte sie, dass sie zitterten. Schnell wollte sie sie auf den Rücken legen, doch er hielt sie davon ab.

»Schon gut«, sagte er leise und zog sie an sich. Seine Stimme war sanft, als er durch ihr Haar strich. »Es geht uns allen so.«

Es fiel ihr schwer, das zu glauben. Sie fühlte sich so sicher in seinen Armen, als würde jede Furcht und alle Unsicherheit von ihm abprallen. Wortlos lehnte sie den Kopf an seine Brust und schloss die Augen, und für einen Moment wünschte sie sich fort, zurück in den Regen, der wie ein Zauber gewesen war. Aber dann drang Masradors Stimme aus dem Zelt und

Anouk hob den Kopf. Der Clown kündigte Artus an. Nun würde es beginnen.

Rhasgar zog sie neben Levin in den Eingang und blieb dicht hinter ihr stehen. Sie befanden sich vollständig im Dunkeln, doch als Artus die Manege betrat, schien es Anouk, als würde sein Feuer sie mit aller Kraft treffen. Seit ihrem ersten Besuch im Zirkus hatte sie keinen seiner Auftritte mehr ganz gesehen, und umso beeindruckter war sie nun, da er die Arme ausbreitete. Schon sein Anblick sorgte dafür, dass die Menschen in Beifall ausbrachen. Sein freier Oberkörper schimmerte unter einem Funkenschleier, Flämmchen züngelten in seinem Bart, und seine Augen glommen in rotem Feuer. Jede Sanftmut, die ihn sonst auszeichnete, war von seinen Zügen gewichen. Er sah aus wie ein Krieger, der in die Schlacht zog.

Das Publikum stieß Rufe des Erstaunens aus, als Artus seine Schwingen entfaltete und sich in der Gestalt des Phönix in die Luft erhob. Rauschend flog er über die Köpfe der Zuschauer hinweg, spie Flammen und ließ Glutregen in die Manege niederprasseln. Anouk fuhr zusammen, als er einen seiner Feuerbälle unter effektvollem Donnern zum Bersten brachte. Hinter jedem Funken steckte eine enorme Kraft, und ihr schoss der Gedanke in den Sinn, dass er möglicherweise einen besonders mächtigen Zauber erschaffen hatte … einen Zauber, mit dem er Masrador angreifen konnte.

Sie biss sich auf die Lippe. Kein Feuer konnte den Clown bezwingen, das hatte Artus ihr selbst einmal gesagt. Aber vielleicht gab es eine Glut, die Masrador zumindest für eine Weile außer Gefecht setzen würde, lange genug, um das Gläserne Herz zu finden und den Fluch zu brechen. Anouk stieß leise die Luft aus. Ein Angriff auf Masrador wäre Wahnsinn, das stand außer Zweifel. Selbst wenn Artus ihn kurzzeitig bannen konnte, würde keiner seiner Zauber der dunklen Macht des Clowns lange standhalten. Vermutlich würde er sich schon nach kurzer Zeit befreien, und dann … Sie unterbrach ihren Gedanken, als Rhasgar beruhigend die Hände auf ihre Schultern legte. Sie musste damit aufhören. Artus hatte einen Plan. Sie musste darauf vertrauen, dass er wusste, was er tat.

In atemberaubender Majestät flog der Phönix über die Reihen hinweg. Die Zuschauer johlten und streckten die Hände nach ihm aus, begeistert von den knisternden Funken, die an ihren Fingern haften blieben. Anouk erinnerte sich daran, wie sie selbst bei ihrem ersten Besuch im *Dark Circus* dort gesessen hatte, und als Artus hoch oben in der Luft in seine menschliche Gestalt zurückkehrte und nur von brennenden Flügeln getragen über den Menschen schwebte, war für einen kurzen Moment die Unbeschwertheit zurück, die sie an jenem Abend empfunden hatte … gemischt mit dem berauschenden Gefühl, an etwas Unerklärlichem teilzuhaben.

Knisternd flogen die Flammen seiner Schwingen nun über seinen Leib und veranlassten Anouk, den Atem anzuhalten. Diesen Part brachte Artus nur bei wenigen Vorstellungen. Er würde sich gänzlich in Flammen setzen, ohne dabei seinen menschlichen Körper zu verlassen, und für wenige Augenblicke wie ein brennender Engel über den Köpfen schweben. Anouk spürte, wie Rhasgar sich hinter ihr versteifte, und auch sie wusste, dass dies der schwierigste Teil der Vorführung war. Das Feuer des Phönix hatte einen eigenen Willen, so hatte Artus es ihr erklärt, und war nie mächtiger als in dem Moment, da er es gänzlich entfesselte. Zischend glitt rote Glut über seine Brust und seine Arme, und als hätten die Menschen die Gefahr gefühlt, wurde es totenstill. Dann schlug Artus mit den Schwingen und im selben Augenblick entfachte er sich zu gleißendem Feuer.

Anouk atmete nicht, als sie ihn dort oben sah, so überwältigend war der Anblick, und in einem plötzlichen Impuls schaute sie zu Masrador hinüber. Der Clown stand reglos am Rand der Manege. Das Feuer des Phönix spiegelte sich in seinen Augen, und kurz glaubte sie, Artus würde es über ihm ausgießen, über ihm, der staunend wie ein Kind zu ihm aufsah, damit es ihm das Fleisch von den Knochen fraß. Schon schlug der Phönix erneut mit den Schwingen. Schwärme aus Funken fielen in die Manege hinab. Aber keine Flamme erreichte den Clown. Stattdessen glühte das Feuer grell auf – und fraß sich in Artus' Fleisch.

Anouk fuhr zusammen, so heftig, dass sie gefallen wäre, hätte Rhasgar sie nicht festgehalten. Überdeutlich nahm sie die Stille des Publikums wahr, Levin, der neben ihr ein Keuchen ausstieß, und Rhasgar, der seine Hände so fest um ihre Schultern schloss, als wäre sie es, die dort oben im Griff des Feuers lag. Eine innere Stimme schrie ihr zu, den Blick abzuwenden, aber sie konnte es nicht. Wie erstarrt sah sie zu, wie das Feuer in gnadenloser Gier durch Artus' Körper raste. Doch schlimmer noch als die klaffenden Wunden und das Knacken seiner Knochen war der Ausdruck auf seinem Gesicht: so schmerzerfüllt, als wäre ihm das Herz aus der Brust gerissen worden. Mit dem entsetzlichen Geräusch berstender Knochen erloschen seine Schwingen. Er riss den Kopf zu einem stummen

Schrei in den Nacken, und ohne dass auch nur ein Laut über seine Lippen gekommen wäre, stürzte er zu Boden.

Der Aufprall schien in der anschließenden Stille nachzuhallen. Anouk spürte die Erschütterung in ihren Gliedern, so schmerzhaft, dass sie aufstöhnte. Im selben Moment gingen entsetzte Schreie durchs Publikum. Masrador reagierte sofort. Mit einer Schnelligkeit, als würde etwas Derartiges jeden Tag passieren, rannten zwei Artisten mit einer Trage zu Artus, der reglos dalag, während die Clowns sich um die Zuschauer kümmerten. Anouk sah, wie Luana neben dem Phönix auf die Knie fiel, sah auch Masrador, der sich über ihn beugte und nach einem Augenblick vor das Publikum trat. Aber sie hörte nicht, was er sagte, und bemerkte kaum, dass die Menschen hinausgeleitet wurden. Alles, was sie deutlich wahrnahm, war die zusammengesunkene Gestalt des Phönix und die Erkenntnis, die übermächtig in ihr widerhallte: Seine Wunden waren tödlich, und es gab nur einen, der sie heilen konnte: Masrador.

Rhasgar zog sie hinter sich her zur Schleuse, so schnell, dass sie kaum mit ihm Schritt halten konnte. Levin blieb dicht bei ihnen. Erst jetzt, neben den anderen Artisten, die besorgt näher kamen, sah sie, wie blass der Junge war. Sie rührte sich nicht, als Masrador mit Dario an ihr vorbeieilte, um den Wagen des Clowns vorzubereiten, und auch nicht, als Artus auf die Trage gehoben wurde, begleitet von einer lautlos weinenden Luana. Aber mit jedem Atemzug wurde ihr bewusster, dass das sein Plan gewesen war. Er hatte seinen Tod in Kauf genommen für ihr Ziel, genauso, wie Amélie es getan hatte. Sie fühlte die Hitze der Flammen, als er an ihr vorbeigetragen wurde, und als sie ihm ins Gesicht sah, öffnete er die Augen. Er sah sie an, nur sie, niemanden sonst. Und er tat es mit all der Hoffnung, die Feuer geben konnte.

Wie aus weiter Ferne hörte Anouk die Stimmen der Menschen, die aus dem Zelt geführt wurden. Sie verstummten, als sie den Zirkusplatz hinter sich ließen, und bald war nur noch das leise Flüstern der Artisten zu hören, die sich auf den Weg zu Masradors Wagen machten. Rhasgar jedoch blieb stehen, wo er war, ebenso wie Levin, und als Artus im Wagen verschwand, neigten sie alle den Kopf.

Erst als das Zelt hinter ihnen erlosch, folgten sie den anderen. Der Wind griff nach Anouks Haar, aber sie brauchte ihn nicht mehr, um ihren Puls zu beruhigen. Ein Blick in rot glühende Augen hatte genügt, um jede Furcht in ihr zu ersticken. Sie wechselte einen Blick mit Rhasgar, als sie vor Masradors Wagen innehielten, und fand dieselbe Entschlossenheit in seinen Augen, die sie selbst in sich spürte. Der Phönix hatte ihnen den Weg bereitet. Und noch in dieser Nacht würden sie ihn gehen.

# 24

Der Sturz des Phönix hatte lähmende Stille über den *Dark Circus* gebracht. Er hatte die Glühbirnen und Fackeln gelöscht und sämtliches Licht in Masradors Wagen zusammengezogen. Davor standen die Artisten und warteten. In geisterhafter Reglosigkeit schauten sie zu den glühenden Fenstern hinauf, und als ein gellender Schrei durch die Nacht drang, erschraken sie wie ein einziges Wesen, dessen Herz dort in den Flammen mit dem Tod kämpfte.

Anouk fixierte die Tür, ohne sich auch nur für einen Wimpernschlag abzuwenden. Gemeinsam mit Rhasgar und Levin stand sie hinter all den anderen Artisten, weit genug von ihnen entfernt, um unbemerkt in die Schatten abtauchen zu können, wenn die Zeit gekommen war. Doch noch war es nicht so weit. Der gesamte Zirkus hatte sich im Lichtkreis des Wagens versammelt, und immer wieder schweiften Blicke umher, die es unmöglich machten, unauffällig zu verschwinden. So stand sie mit fliehendem Atem in der Nacht, war dankbar für Rhasgars Hand, die beruhigend auf ihrem Rücken lag, und fixierte im Fenster der Tür ein schwaches rotes Licht. Jedes Mal, wenn Artus' Stimme die Luft in Fetzen riss, flackerte es auf, und dann konnte sie die Kraft fühlen, die noch immer in dieser Glut lag – die Stärke des Phönix, der sich den Wunden seines Körpers noch nicht ergeben hatte. Masradors Schatten glitt an der Tür vorbei und Anouk empfand erstmals seit einer gefühlten Ewigkeit keinen Groll bei seinem Anblick. In dieser Nacht war er nicht nur der Clown, den sie bekämpfte. Er war auch der Herrscher des schwarzen Feuers, der Artus retten konnte.

Ein Raunen ging durch die Reihen, als sich die Tür öffnete und Luana ins Freie trat. Sie hatte aufgehört zu weinen, aber die Tränenspuren bedeckten noch immer ihr Gesicht, und eine Zerbrechlichkeit war in ihre Augen getreten, die Anouk ans Herz griff. Luana war ihr stets als starke, unverwundbare Kämpferin erschienen. Doch als sie nun eine Fackel entzündete, wirkte sie wie ein Kind, dem man jeden Halt entzogen hatte. Die Flammen verstärkten die Schatten unter ihren Augen. Langsam hob sie die freie Hand und ließ drei Blutstropfen in die Glut fallen. Sofort verfärbte sich das Feuer in leuchtendem Rot. Anouk holte tief Atem. Es war das Blut des Phönix, das nun die Flammen beherrschte, und als Luana sich in Bewegung setzte, da schien es, als würde Artus' Stimme durch die Luft ziehen.

Dunkel senkte sie sich auf die Köpfe nieder und setzte den Asphalt in Brand, kaum dass Luana begann, die Fackel in einem weiten Kreis um den Wagen und die Artisten herumzutragen. Die Hitze des Feuers brannte auf Anouks Haut, und sie erinnerte sich mit Schrecken daran, was Amélie ihr einmal über das Heilungsritual des *Dark Circus* erzählt hatte. Es nutzte die Kräfte aller Artisten, und es duldete nicht, dass sich jemand entzog. War er erst einmal geschlossen, würde der Kreis sie in seinem Inneren festhalten, bis die letzte Flamme erloschen war – und jede Chance, dem gläsernen Vogel zu folgen, wäre verloren.

Sie wollte zurückweichen, aber Rhasgar verstärkte den Druck auf ihrem Rücken, und so blieb ihr nichts anderes übrig, als stehen zu bleiben, wo sie war, und wie all die anderen Luana zuzusehen, die mit geneigtem Kopf eine Bahn aus Feuer hinter sich herzog. Hier und da blieb sie stehen und ließ sich von den Artisten umarmen, doch sie schaute nicht auf. Ihr Blick war in eine Ferne gerichtet, in der sie niemanden sah außer einen brennenden Menschen, der ohne jeden Halt zu Boden fiel. Sie schwankte und setzte ihre Schritte so vorsichtig, als liefe sie über Messerklingen. Wortlos zog Rhasgar sie an sich, als sie kurz vor ihm stehen blieb, und Anouk folgte seinem Beispiel. Jetzt war es unwichtig, welche Auseinandersetzungen sie in der Vergangenheit mit Luana gehabt hatte. Sie kannte die Angst um einen geliebten Menschen nur zu gut, und wenn auch nur die leiseste Möglichkeit bestand, der Artistin in diesen Augenblicken beizustehen, musste Anouk sie nutzen.

Luanas Körper war so zart, dass Anouk meinte, jeden ihrer Knochen fühlen zu können. Umso mehr erschrak sie, als sich deren Finger um ihre rechte Hand schlossen, so fest, dass es wehtat. Anouk spürte etwas Feuchtes an ihrer Handfläche, das schmerzhaft zu glühen anfing, und ihr stockte der Atem, als sie begriff, dass es das Blut des Phönix war, das auf ihrer Haut aufloderte ... die einzige Glut, die den Kreis der Heilung durchbrechen konnte. Luana schob Anouks Hand unter den Spiegelmantel, ehe einer der Umstehenden etwas bemerkte. Als sie zurückwich, sah sie Anouk in die Augen. Und da erkannte Anouk das Feuer, das in Luana glühte, hinter all den Masken aus Schmerz, und das nur eine Wahrheit kannte: Ihr Kampf war noch nicht beendet. Er hatte gerade erst begonnen.

Mit klopfendem Herzen sah sie zu, wie Luana binnen eines Atemzugs in ihre Rolle zurückkehrte und so kraftlos die Fackel umfasste, als müsste sie unter der Last zusammenbrechen. Unter den mitfühlenden Blicken der anderen Artisten beendete sie den Kreis und blieb schließlich vor der Tür stehen. Sie schloss die Augen, als die Fackel in ihren Händen zu flackern begann, und fing an zu singen. Ihre Stimme mischte sich mit denen der Artisten, die in ihren Gesang einfielen. Es war ein Lied, dessen Worte Anouk nicht verstand, aber die Silben bildeten sich wie von selbst auf ihrer Zunge und zogen all die Zuneigung, die sie für Artus empfand, in sich zusammen. In kraftvollen Tönen vereinten sie sich mit den Empfindungen der anderen, und Anouk konnte spüren, wie sie durch die schwarzen Flammen in den Wagen eindrangen, um Artus bei seinem Kampf zu unterstützen. Kurz sah sie ihn daliegen, den mächtigen Phönix, ausgestreckt auf einem Tisch aus rauem Granit, sie sah Dario, der mit ernstem Gesicht seine Wunden versorgte, und Masrador, der sich über ihn beugte und dunkle Zauber sprach. Dann drang der Gesang in Artus' Leib, und als ein Keuchen über seine Lippen kam, schwollen die Stimmen der

Artisten an. Anouk jedoch schien es, als würde der Atem ihres Lehrers ihre Wange streifen, und als wäre das ihr Befehl gewesen, wich sie einen Schritt zurück. Rhasgar und Levin taten es ihr gleich. Niemand ringsum beachtete sie mehr, und als sie durch den Flammenkreis ging und ihre Hand zu brennen begann, achtete sie nicht auf den Schmerz. Entschlossen riss sie den Blick von Masradors Wagen fort und tauchte in den Schatten unter, genauso wie Artus es von ihr erwartete.

So leise wie möglich rannte sie durch die Dunkelheit. Schemenhaft nur konnte Anouk die anderen vor sich erkennen, und fast wäre sie mit Rhasgar zusammengestoßen, als er plötzlich zwischen zwei Wagen innehielt. Im letzten Moment fing er sie auf und holte den Vogel hervor. Sie waren weit genug von Masradors Wagen entfernt, um die Stimmen der anderen nur noch leise zu hören. Levin atmete schnell, als er das Tier entgegennahm. Der Vogel schlug mit den Flügeln und ein Lächeln glitt über Levins Züge. Er hob den Vogel vor seinen Mund, und kaum, dass er etwas flüsterte, schwang sich das Tier in die Luft. Kurz schwebte es mit flirrenden Flügeln vor ihnen, als wollte es sich ihnen in all seiner Pracht zeigen. Dann fuhr es herum und jagte zwischen den Wagen davon.

Levin zögerte keinen Augenblick. Er eilte dem Vogel hinterher wie ein Blitz, sodass selbst Rhasgar ihm nicht so leicht folgen konnte. Innerhalb kürzester Zeit verlor Anouk die Glutlinien aus den Augen, die flüchtig hinter dem Schwingenschlag zurückblieben. Immer wieder krochen sie unter Wagen hindurch oder sprangen über Hindernisse hinweg, und als Levin endlich innehielt, war Anouk vollkommen außer Atem. Mit zusammengekniffenen Augen folgte sie Levins Blick und erkannte den Vogel in einiger Entfernung an der Rückseite des Zelts. Noch einmal schlug er heftig mit den Flügeln, sodass ein grelles Funkeln zu ihnen herüberdrang. Dann schoss er durch einen Spalt in der Plane ins Zelt hinein.

Levin stieß ein Stöhnen aus, und Anouk merkte, wie Rhasgar die Hände zu Fäusten ballte. Sie konnte sich auch Besseres vorstellen, als ausgerechnet an jenem Ort nach dem Gläsernen Herzen zu suchen, an dem Artus so schwer verunglückt war. Aber es half alles nichts. Der Vogel tauchte nicht wieder auf, und so blieb ihnen nichts anderes übrig, als ihm zu folgen. Ohne jedes Geräusch hob Rhasgar die Plane und gemeinsam betraten sie das Zelt.

Es war so dunkel, dass Anouk zuerst nichts sah als die schemenhaften Umrisse der Sitzreihen. Vorsichtig tastete sie sich vorwärts und fuhr zusammen, als Levin plötzlich einen schmerzerfüllten Laut ausstieß. Sie sah, wie der Junge schattenschnell über die Sessel hinwegsprang und in der Manege auf die Knie fiel, und als sie neben ihm innehielt, zog sich ihr Magen zusammen. Dort vor ihm erkannte sie einen Blutfleck, der ohne Zweifel von Artus stammte. Und daneben, die Flügel wie gebrochen ausgestreckt, lag der gläserne Vogel in erlöschendem Feuer.

»Er stirbt«, flüsterte Levin und grub die Hände in die Holzspäne. »Seht ihr das Licht seiner Augen? Es erlischt!«

Er klang so verzweifelt, dass Anouk den Arm um ihn legte. Sie suchte Rhasgars Blick und schauderte, als sie die Schatten sah, die sich in dessen Augen zusammenzogen. Er ließ sich neben dem Vogel nieder und im selben Moment drang Artus' Schrei durch die Nacht. Er klang wie aus weiter Ferne, doch der Vogel zuckte so heftig, als würde ihn der Schmerz seines Herrn durchziehen. Gleich darauf brach das Tier zusammen und rührte sich nicht mehr. Levin schlang die Arme um den Körper. Erst jetzt bemerkte Anouk, dass der Junge weinte. Aber ehe sie einen Ton von sich geben konnte, beugte Rhasgar sich vor und zwang Levin, ihn anzusehen.

»Nein«, sagte Rhasgar so sanft und eindringlich zugleich, wie sie ihn noch nie gehört hatte. »Es flackert nur.«

Und ohne sich von Levin abzuwenden, streckte er die Hand nach dem Vogel aus. Er berührte ihn nicht, doch Anouk spürte die Kraft, die aus Rhasgars Fingern in den Leib des Tieres drang, ebenso wie die Kälte, die umgekehrt in Rhasgars Körper strömte. Seine Muskeln spannten sich, seine Finger begannen zu zittern, aber er wandte sich nicht ab. Anouk sah, wie er dem Tod seine Kraft entgegensetzte und die erlöschende Flamme des Vogels mit seiner Dunkelheit umfing, und erst als das Tier mit heftigem Flügelschlagen die Augen öffnete, konnte sie Atem holen. Sichtlich erschöpft ließ Rhasgar die Hand sinken, doch er lächelte, als Levin ihn mit großen Augen anschaute.

»Ich habe ihn gefühlt«, flüsterte der Junge und wischte sich übers Gesicht, als würde er erst jetzt die Tränen bemerken, die über seine Wangen liefen. »Den Tod. Er ist noch immer ganz nah.«

Rhasgar schwieg für einen Moment. »Das ist er immer«, gab er dann zurück. »Aber manchmal lässt er sich zurückdrängen. Nicht jedes Feuer ist für ihn bestimmt, das weißt du doch. Dieser Vogel hier hat ein anderes Schicksal, als mit gebrochenen Flügeln zu erlöschen.«

»Du hast ihn gerettet«, sagte Levin leise, aber Rhasgar schüttelte den Kopf.

»Das könnte ich nicht«, erwiderte er und strich Levin das Haar aus der Stirn. »Retten wirst du ihn.«

Das Lächeln auf Levins Zügen war kaum zu sehen, doch er nickte und holte tief Atem. Dann streckte er die Hand aus und hob den Vogel erneut an seinen Mund. Die Tränen auf seinen Wangen glitzerten im Schein des Feuers, aber er musste lachen, als der Vogel sacht gegen seine Lippe pickte. »Flieg heim, kleiner Vogel«, flüsterte er. »Flieg nach Hause.«

Kurz nur blinzelte der Vogel ihn an, und Anouk schien es, als würde Artus ihm über die Wange streichen. Dann erhob sich der Vogel in die Luft, schlug hoheitsvoll mit den Flügeln und schoss auf das Blut des Phönix zu. Grelles Licht brach auf, als er im Boden einschlug. Im nächsten Moment war das Blut mitsamt des Vogels verschwunden.

Anouk schwankte, so plötzlich umfing sie die Dunkelheit. Sie wollte auf die Beine kommen, aber ehe sie noch das Gleichgewicht wiedergefunden hatte, packte Rhasgar sie am Arm. Er zog sie mit sich, und da hörte sie es auch: das Grollen, das plötzlich durch den Boden ging und die Manege zum Zittern brachte. Erschrocken griff Anouk nach Levin, der vor ihr stand, und fuhr zusammen, als Blitze durch die Luft zuckten. Flackernd vereinten sie sich in der Mitte der Manege und wurden so hell, dass Anouk die Augen zusammenkneifen musste. Atemlos sah sie, wie sich eine Tür aus den Blitzen herausbildete … eine Tür aus schwarzem Kristall. Noch einmal jagten die Blitze durch den Rahmen. Dann erloschen sie und ließen nichts als glühende Finsternis zurück.

Die Tür schwebte in der Mitte der Manege, so reglos, als hätte sie eine Frage gestellt und würde nun auf Antwort warten. Levin löste sich aus Anouks Griff und sie folgte ihm an Rhasgars Seite zur Tür. Aus der Nähe erkannte sie die filigranen Formen des Rahmens, schreiende, weinende, lachende Gesichter, Gargoyles, Engel, Dämonen, selbst Drachen und Elfen fand sie darin, und immer wieder Figuren, die sie noch nie gesehen hatte und die ihr doch aus irgendeinem Grund seltsam vertraut erschienen. Ein Flüstern drang aus deren Mündern, die Dunkelheit ringsum begann zu flackern wie ein Tarnzauber kurz vor dem Zerbrechen. Dann fiel die Finsternis nieder wie schwarze Vorhänge. Und darunter lag das Herz aus Glas.

In endlosen, weiß glühenden Gängen zog sich das Labyrinth dahin, und es schien zu wachsen, je stärker sich Anouks Blick darin verlor. Direkt hinter der Tür erstreckte es sich in verzweigten Korridoren, die Gänge führten von ihr fort wie die Arterien eines Körpers vom Herzen, und selbst unter Anouks Füßen dehnte es sich aus. Die Holzspäne der Manege fielen in ewige Tiefen, Treppen führten ins scheinbare Nirgendwo, und zahllose Spiegel erzeugten die Illusion einer kristallenen Grenzenlosigkeit. Von plötzlichem Schwindel befallen hob Anouk den Kopf und sah, wie sich die Sitzreihen, das Zelt, sogar der Platz jenseits davon mit all seinen Wagen zugunsten des kalt glühenden Labyrinths auflösten, das sich auch dort fortsetzte. Ihr schien es, als würde Schleier um Schleier vor ihren Augen zerreißen, und ihr stockte der Atem, als sie die Wahrheit erkannte, die unter der düsteren Maske lag. Das Gläserne Herz war mehr als ein Geheimnis, das der *Dark Circus* verborgen hielt. Es *war* der Zirkus – und es war wunderschön.

Anouk merkte kaum, wie sie noch einen Schritt auf die Tür zutrat. Sie betrachtete noch einmal die Figuren in deren Rahmen. Sie sahen aus wie in Eis gebannt, und alle schienen sie nach der Klinke zu greifen, die in Form eines Kolibris in schwachem Licht erglühte. Anouk überkam der drängende Impuls, sie zu berühren, aber es war Levin, der die Hand nach der Klinke ausstreckte. Doch Rhasgar zog ihn zurück, und das keinen Moment zu früh. Erschrocken starrte Anouk auf das Feuer, das urplötzlich aus den Schwingen des Kolibris gebrochen war – die schwarzen Flammen Masradors.

Anouk spürte ihren Herzschlag in der Kehle. Schon einmal hatte sie diesem Feuer gegenübergestanden, schon einmal hatte sie sich ihm gestellt, doch der Zorn, der sich ihrer nun bemächtigte, war ihr neu. Denn er hatte nichts zu tun mit dem Clown und allem, was er getan hatte. Er konzentrierte sich einzig und allein auf das Feuer, das sie fernhalten wollte vom Herzen aus Glas, diesem Ort, an den sie plötzlich mit einer Dringlichkeit gelangen wollte, die sie selbst nicht verstand. Irgendetwas darin zog sie unwiderstehlich an, und sie musste mehrfach tief einatmen, um diese Gefühle zurückzudrängen. Sie war nicht gekommen, um sich von dem Herzen aus Glas verzaubern zu lassen. Sie war hier, um es zu zerbrechen.

Ohne ein Wort zog sie sich ihren Spiegelmantel um den Leib. Sie sah aus dem Augenwinkel, wie Levin die Arme um den Körper schlang, und sie spürte Rhasgars Impuls, sie zurückzuhalten. Sie fühlte sie selbst, die Hitze des schwarzen Feuers, die nur darauf wartete, sie ihrem Meister auszuliefern. Aber sie schaute in die Gesichter all der Wesen, die in dieser Tür gefangen waren, und holte tief Luft. Sie würde keine von ihnen werden, im Gegenteil. Sie würde sie befreien. Mit diesem Gedanken legte sie die Hand auf die Klinke und drückte sie hinunter.

Die schwarzen Flammen leckten über ihre Finger. Kurz glaubte sie, die Hitze würde ihren Schutz durchdringen. Doch sie tat es nicht und mit einer leichten Drehung ihrer Hand öffnete sich die Tür. Sie wollte sich zu Rhasgar und Levin umdrehen, aber da strich kühler Wind ihr Haar zurück, und sie hörte eine Stimme, die leise ihren Namen rief … eine Stimme, der sie nicht widerstehen konnte, sosehr sie sich auch bemühte. Sie trat einen Schritt vor und fand sich umgeben von Spiegeln wieder, und als die Stimme über ihre Wange glitt und den Hals hinab, sah sie ihr Spiegelbild lachen, so unbeschwert, dass sich jede Anspannung der vergangenen Stunden in Luft auflöste. Diese Stimme war wie ein Zauber, der alles ganz leicht machte. Sie war wie … ein Versprechen.

Dieses Wort ging mit solcher Schärfe durch Anouks Bewusstsein, dass sie zusammenfuhr. Gleichzeitig fühlte sie einen leisen Schmerz in ihrem Arm, und als sie erneut ihr Spiegelbild betrachtete, erkannte sie ein Flackern in dessen Augen. Voller Entsetzen wich sie zurück, doch sie konnte nicht verhindern, dass sich ihr Gesicht dort im Spiegel in das Antlitz eines Engels verwandelte, so fremd und zugleich so vertraut, dass sie zu zittern begann. Sie hatte diesen Engel schon einmal gesehen, und als Flammen aus seinen Augen brachen, ergoss sich die Erkenntnis mit aller Kraft in ihre Glieder: In diesem Labyrinth lag eine größere Macht als schwarze Flammen. In diesen Spiegeln lauerte goldenes Feuer.

Der Schmerz peitschte mit solcher Gewalt durch ihren Körper, dass ihr die Luft wegblieb. Die Spiegel lösten sich vor ihrem Blick auf. Stattdessen sah sie wie in Trance, dass sie das Labyrinth nie betreten hatte. Sie stand noch immer vor der verschlossenen Tür, die Hand wie gegen ihren Willen fest um die Klinke geschlossen. Jeden Moment würde das Feuer in ihren Körper schießen, diese Glut, die in tausend Stimmen ihren Namen rief und sie in Fetzen reißen konnte. Sie spürte schon, wie sich ihre Kehle zusammenzog, so gnadenlos jagte die Hitze über ihre Haut. Panisch riss sie an ihrer Hand – und wurde im nächsten Augenblick von der Tür zurückgezogen.

Sie landete in Rhasgars Armen auf dem Boden. Kurz umfing sie Erleichterung, dem goldenen Feuer entkommen zu sein. Aber gleich darauf jagte Rhasgars Frost mit einer Übermacht durch ihren Leib, die sie zittern ließ. Sie brauchte nicht auf ihren Arm hinabzuschauen, um die Schatten zu sehen, die über seine Hand in ihren Körper einsanken und die hier vor den Toren des Gläsernen Herzens weder Regen noch Farben fernhalten konnten, und sie fand ihren eigenen Schmerz in seinen Augen gespiegelt, ehe er auf die Beine kam und sich abwandte. Er hatte sie vor dem goldenen Feuer zurückgezogen, doch nun war sie zurück … die Finsternis, die sie voneinander trennte und die jede Nähe der letzten Tage binnen eines Atemzugs vernichten konnte.

»Anouk«, rief Levin und griff nach ihrem Arm. »Ist alles in Ordnung?«

Sie sah ihn in einiger Verwirrung an. Sie hatte nicht gemerkt, dass er neben ihr auf die Knie gefallen war. »Ja«, brachte sie hervor und kam auf die Beine. »Das heißt … nein, es ist gar nichts in Ordnung.«

Fragend hob Levin die Brauen. »Was ist denn nur passiert? Du hast die Klinke angefasst und auf einmal hast du aufgehört zu atmen. Wir haben dich gerufen, aber du hast nicht reagiert, und da hat Rhasgar …«

»Ich weiß«, unterbrach sie ihn, auch wenn das nicht der Wahrheit entsprach. Sie hatte nicht einmal gemerkt, dass sie nicht mehr geatmet hatte. »Anfangs dachte ich, dass ich die schwarzen Flammen überwunden hätte. Ich habe mich hinter der Tür wiedergefunden, und …« Sie hielt inne, als sie noch einmal ihr eigenes Gesicht in all den Spiegeln sah, das sich langsam in das Gesicht des Engels verwandelte. »Es ist nicht nur Masradors Feuer, das uns in diesem Labyrinth erwartet.«

Levin öffnete den Mund, um etwas zu sagen, aber wie unter einer plötzlichen Erkenntnis sog er nur die Luft ein und schloss ihn wieder. Ohne jeden Zweifel wusste sie, dass auch er in diesem Moment den Engel vor sich sah.

»Die Tür führt ins Innere des Pakts«, fuhr sie fort und schmeckte eine solche Bitterkeit auf der Zunge, dass ihr übel davon wurde. »Sie trägt seine Kraft in sich, und nur einer kann sie öffnen: der, der sie einst geschlossen hat.«

»Masrador«, flüsterte Levin und schüttelte den Kopf. »Was sollen wir jetzt tun? Der Sternenvogel wartet auf der anderen Seite der Tür auf uns, aber wir können das Herz nicht zerstören, wenn wir nicht einmal hineingelangen!«

Anouk erwiderte nichts. Sie stand nur da mit der verfluchten Kälte in den Gliedern und sah zu, wie das Labyrinth erlosch. Stück für Stück senkte sich die Dunkelheit wieder über seine Gänge, und mit jedem erlöschenden Spiegel fiel es ihr schwerer, ihre Verzweiflung zurückzudrängen. Rhasgar jedoch zeigte keine Regung. Langsam trat er auf die Tür zu, und als der Widerschein der Glut sein Gesicht traf, lächelte er. Die Geste kam so überraschend, dass Anouk auf ihn zuging. Doch ehe sie ihn erreicht hatte, hob er die Hand. Sie riss die Augen auf, als sie die Flammen sah, die er darin gefangen hielt, umgeben von Schleiern aus Finsternis. Schwarz waren sie … und golden.

»Ich werde einen Weg finden«, raunte Rhasgar und schloss die Finger um das Feuer zur Faust. »Das Herz aus Glas besteht aus Spiegeln. Und ihr Herr … bin ich.«

Seine Worte hallten in der Manege wider. Sie zogen die Kälte aus Anouks Leib, so entschlossen klangen sie, doch gleich darauf drang ein Lachen durch die Luft, irgendwo aus der Mitte des Labyrinths, so höhnisch, dass sie den Atem anhielt. Dann zerfielen die letzten Korridore, die Tür erlosch. Und nichts als Dunkelheit blieb um sie her zurück.

# 25

Die Kälte vereiste Anouks Atem, als sie aus dem Wagen des Phönix ins Freie trat. Geisterhafter Dunst kroch über den Platz. Die letzte Vorstellung war vorbei und das Zelt stand in tiefem Schweigen. Anouk zog sich den Mantel enger um den Leib, als sie daran vorüberging. Sie hatte lange bei Artus am Bett gesessen und Luana zugehört, wie sie die alten Lieder ihrer Familie gesungen hatte. Zum ersten Mal seit Tagen war der Phönix wieder in sein vertrautes Lachen ausgebrochen, und Anouk war unendlich erleichtert gewesen. Zwar murrte Artus ausgiebig über die erzwungene Bettruhe und stöhnte unter seinen gebrochenen Rippen. Aber der Schatten des Todes hatte ihn freigegeben, und wenn er sich weiterhin schonte, würde er wieder ganz gesund werden. Masrador hatte ihn von der Dunkelheit zurückgezogen.

Der Gedanke an den Clown ließ Anouk schneller gehen. Drei Tage waren seit ihrem missglückten Ausflug zum Gläsernen Herzen vergangen, und doch schien es ihr, als würde sie noch immer die Hitze des goldenen Feuers fühlen, begleitet von der betörenden Stimme des Engels. Eine ganze Weile hatte sie befürchtet, dass Masrador ihnen doch noch auf die Schliche kommen würde. Erst als der Clown ihr mit dem gewohnten Lächeln begegnet war und selbst Dario keinerlei Versuche unternahm, sie zu bespitzeln, schenkte sie Rhasgar und Levin Glauben. So wenig das Auffinden des Labyrinths auch von Erfolg gekrönt gewesen war – entdeckt worden war ihr Vorstoß immerhin nicht.

Kaum hatte sie an Levin gedacht, bemerkte sie seine Gestalt auf dem Übungsplatz. Seine Kegel glühten in der Nacht, und sie konnte hören, dass er sich selbst Befehle gab, so schnell, dass seine Bewegungen zu einer rasanten Choreografie verschmolzen. Um ihn herum herrschte die gewöhnliche Atmosphäre, die nach jeder Vorstellung über den Zirkus kam. Die Artisten hatten sich in ihre Wagen zurückgezogen, nur vereinzelt glomm noch Licht aus den Fenstern, und bald würde sich der Schlaf über das Lager senken wie ein friedlicher Schleier, der erst im Morgengrauen gelüftet wurde. Levins Anblick jedoch ließ Anouk wieder einmal fühlen, dass an diesem Ort nichts war, wie es schien. Mit jeder seiner Bewegungen spürte sie die Anspannung und sie seufzte leise. Wie gern wäre sie an seiner Stelle gewesen. Sie hätte viel lieber glühende Kegel durch die Gegend geworfen, als mit der Unruhe in ihren Gliedern in Rhasgars Wagen zurückzukehren.

Schon beim Öffnen der Tür konnte sie die Stille fühlen, die

im Inneren auf sie wartete … diese lähmende Stille, die sie in den vergangenen Tagen umfangen hatte wie Wasser, in dem sie zu ertrinken drohte, und die ihre Gedanken dazu brachte, sich endlos im Kreis zu drehen. Sie zog die Tür hinter sich zu, laut genug, um zumindest den Widerhall hören zu können, und ließ sich auf einen Stuhl fallen. Sie war allein, wieder einmal. Inzwischen konnte sie nicht mehr zählen, wie viele Stunden sie dagesessen und auf den verfluchten Kellerspiegel gestarrt hatte, hinter dem Rhasgar sich seinen geheimen Plänen widmete. Er hatte kaum ein Wort mit ihr gesprochen, seit sie vom Labyrinth zurückgekommen waren, aber sie wusste, dass er seine gesamte Kraft darauf konzentrierte, einen Weg zwischen die Spiegel zu finden … hinein in das Konstrukt aus Glas, das sie allein beim Gedanken daran frösteln ließ.

Sie stand auf, um die Erinnerung an goldenes Feuer abzuschütteln, zog ihren Mantel aus, legte Holz nach und ging im Wagen auf und ab, bis ihre Unruhe zu einem dumpfen Pochen geworden war, das sich in ihrem Magen zusammenballte. Sie wusste, wie die kommenden Stunden aussehen würden. Irgendwann würde Rhasgar aus seinem Verlies zurückkehren, den Blick verhangen, als trüge er noch immer das schwarzgoldene Feuer darin, irgendwelche belanglosen Worte mit ihr wechseln, die ihm bestätigten, dass sie noch nicht den Verstand verloren hatte vor Nervosität, und wieder verschwinden. Sie schaute erneut zum Spiegel hinüber und musste daran denken, wie sie Rhasgar in der Manege des *Dark Circus* zum ersten Mal begegnet war und wie sie das Bedürfnis überkommen hatte, ihn festzuhalten, damit er nicht durch einen Spiegel verschwinden würde. Nie hätte sie geglaubt, dass es einmal wirklich so kommen würde. Und nun wollte sie nichts mehr, als ihn zurückzuziehen vor der Dunkelheit, in die er sich immer wieder begab … oder mit ihm zu gehen.

Behutsam nahm sie das Kaleidoskop aus dem Regal und legte sich aufs Bett. Die Farben fächerten sich vor ihrem Auge auf, und wie jedes Mal bei diesem Anblick hatte sie das Gefühl, als würde Rhasgar neben ihr liegen. Sie konnte noch immer die Kälte spüren, die er vor dem Labyrinth in ihren Leib geschickt hatte, aber inmitten seiner Farben empfand sie weder Schmerz noch Furcht. Stattdessen fühlte sie seine Hände wie den Regen auf ihrer Haut und ihr Atem beruhigte sich. Sie wusste, dass er alles dafür tat, um die Stille ringsum zu durchbrechen und sie nie wiederkehren zu lassen, und sie würde an seiner Seite sein. Mit seiner Hilfe würde sie das Gläserne Herz zerschlagen. Sie ließ das Kaleidoskop sinken und schloss die Augen, ohne die Farben zu verlieren. Sanft legten sie sich auf ihre Lider, und sie meinte, Rhasgars Atem in ihrem Haar zu fühlen, als sie langsam in das Reich des Schlafs hinüberglitt. Wie hätte sie voraussehen können, dass sie einmal so für Rhasgar empfinden würde, ausgerechnet für ihn, der noch immer nicht mehr als ein Lächeln brauchte, um die widersprüchlichsten Gefühle in ihr zu wecken. Er war ein Zauberer, eine Gefahr, ein Rätsel … und er hatte ihr die Farben zurückgegeben.

Später hätte sie nicht mehr sagen können, ob es dieser Gedanke war oder der sachte Atemzug an ihren Lippen, der sie weckte. Sie wusste nur noch, dass sie die Augen aufschlug und Rhasgar neben ihr saß, reglos und mit diesem leisen Lächeln, das sie in den vergangenen Tagen so schmerzlich vermisst hatte. Er berührte sie nicht, und doch hatte sie das Gefühl, als würde er zärtlich durch ihr Haar streichen. Unmerklich neigte er den Blick, und im selben Moment spürte sie, dass etwas anders war. Die Stille war verschwunden. Nun lag eine Erwartung im Raum, die die Luft flirren ließ. Und noch bevor Anouk zum Spiegel hinübersah, wusste sie, dass er offen stand.

»Es ist so weit«, sagte sie und setzte sich abrupt auf. Es hatte eine Frage werden sollen, aber noch während sie es aussprach, spürte sie, dass es die Wahrheit war.

Rhasgar nickte. »Alles ist vorbereitet. Wir können aufbrechen.«

Anouk saß da wie erstarrt. Auf nichts hatte sie in den vergangenen Tagen so sehr hingefiebert wie auf diesen Moment, doch nun, da sie kurz davor standen, zum Gläsernen Herzen zurückzukehren, zog sich ihr Magen zusammen. In grellen Bildern brachen Erlebnisse der vergangenen Wochen in ihr auf. Sie dachte an ihre Auftritte in der Manege, an die anderen Artisten, an unzählige Situationen des Zirkuslebens. Immer wieder hatte sie sich vorgestellt, wie es wäre, all das hinter sich zu lassen, aber erst jetzt überkam sie bei diesem Gedanken ein Gefühl von erschütternder Wehmut. Auch Rhasgar hatte offensichtlich mit einer anderen Reaktion gerechnet, denn er zog leicht die Brauen zusammen, und sein Blick bekam diese Intensität, die nie lange brauchte, um Anouks Gedanken zu durchdringen. »Was ist mit Levin?«, fragte sie rasch, und Rhasgar wandte sich ab.

»Er weiß es nicht«, entgegnete er entschieden. »Und so wird es auch bleiben. Denn sosehr er sich wünscht, dass es anders wäre: Er ist noch ein Kind. Und ich habe ihn nicht in den *Dark Circus* geholt, um ihn hier sterben zu sehen.«

»Sterben«, wiederholte Anouk und fühlte das Wort auf ihrer Zunge zerbröseln wie Asche. »Meinst du wirklich, dass wir …« Sie sprach es nicht aus, aber die Schatten in Rhasgars Augen genügten, um sie die Luft ausstoßen zu lassen. »Verdammt, kannst du nicht wenigstens so *tun*, als wäre es nicht so gefährlich?«

Sie wusste selbst, wie absurd ihre Worte waren, und prompt lachte Rhasgar auf. »Als wenn dich das beruhigen würde. Du kennst die Gefahr doch ebenso gut wie ich.«

»Das macht es nicht besser.« Sie rutschte aus dem Bett und ging auf und ab, um ihre Anspannung loszuwerden, was schändlich misslang. Rhasgar hingegen blieb sitzen, wo er war, und sah ihr mit einer Reglosigkeit zu, die sie nur noch nervöser machte. Sie fuhr sich über die Augen. »Hast du denn gar keine Angst?«

Noch während sie es aussprach, wusste sie, wie er sie anschauen würde. Abgeklärt, furchtlos, mit leichtem Spott wie immer, wenn sie sich aufführte wie ein ahnungsloses Mädchen aus der Welt der Menschen. Sie sah angriffslustig zu ihm hinüber … und erkannte, dass sie sich geirrt hatte. Rhasgar lächelte nicht mehr. Mit tiefem Ernst erwiderte er ihren Blick.

»Doch«, sagte er so leise, dass sie ihn fast nicht verstand. »So sehr wie noch nie zuvor in meinem Leben.«

Sie erinnerte sich an die Verletzlichkeit, die nun in seiner Stimme mitschwang. Sie hatte sie schon einmal gehört, in jener Nacht, da er sie zur Flucht überreden wollte, ungeachtet der Konsequenzen, die das für ihn bedeutet hätte. Und wie im silbernen Turm sah sie auch den Schmerz in seinen Augen … und den überwältigenden Drang, sie vor der Finsternis zu beschützen, die er bedeutete. Er hatte keine Angst vor dem Labyrinth, den Spiegeln oder dem goldenen Feuer. Er hatte Angst um sie.

»Entschuldige«, sagte Anouk und hob hilflos die Schultern. »Ich wollte nicht …«

»Nein«, unterbrach er sie. Er kam auf die Beine und umfasste ihre Arme, sodass sie ihn ansehen musste. »Du brauchst dich nicht zu entschuldigen, für gar nichts. Ganz im Gegensatz zu mir. Seit ich dich das erste Mal sah, wollte ich dich vor dem *Dark Circus* beschützen. Und jetzt führe ich dich mitten hinein in sein Herz. Wir sind einen langen Weg zusammen gegangen, aber ich will, dass du eins weißt: Wenn du ihn heute Nacht nicht beenden willst, aus welchen Gründen auch immer, ist das in Ordnung. Ich werde dich nicht verurteilen, ich werde dich nicht drängen. Und ich werde weiter für dich da sein … so wie bisher.«

Unwillkürlich musste Anouk lächeln. »Im Regen, meinst du?«

»Im Regen«, erwiderte er sacht. »In der Dunkelheit, im Licht. Und in jeder Dämmerung dazwischen. Es ist deine Entscheidung, und wie sie auch ausfallen mag: Ich trage sie mit dir.«

Sie holte tief Atem. Ihr Puls raste noch immer, doch als sie die Hand auf Rhasgars Brust legte und seinen Herzschlag fühlte, löste sich das Chaos in ihr auf, das sie gerade noch rastlos durch seinen Wagen getrieben hatte. »Ich habe sie getroffen. Schon als ich dich damals im Regen stehen sah und nichts wollte, als dich vor dem nahenden Unwetter zu bewahren. Hier geht es nicht nur um mich, nicht nur um die Freiheit und das

Brechen eines grausamen Fluchs. Es geht um uns, Rhasgar. Und ich habe mich für uns entschieden.«

Er neigte unmerklich den Kopf und sie hielt seinem prüfenden Blick stand. Und endlich kehrte das Lächeln auf seine Züge zurück. Er führte ihre Hand an seine Lippen, zart wie ein Kuss strich sein Atem über ihre Haut, ehe er sie losließ. Schweigend schaute sie sich noch einmal im Wagen um, und es schien ihr, als würde sich jede Einzelheit in ihr einprägen wie ein Schatz, den sie niemals wiedersehen würde. Am Ende sah sie zu ihren Bildern hinüber und zum ersten Mal seit langer Zeit lächelte sie bei diesem Anblick. Jetzt war es so weit. Sie würde sich die Freude des Greifs zurückholen – und die Freiheit ihres Horizonts. Wortlos legte Rhasgar ihr den Mantel um die Schultern, und ohne sich noch einmal umzudrehen, führte er sie durch den Spiegel.

Sie erinnerte sich an das letzte Mal, da sie diesen Weg gegangen war. Damals war es so dunkel gewesen, dass sie kaum etwas gesehen hatte. Nun jedoch wurde der Gang von Fackeln erhellt, und sie konnte erkennen, dass die Wände mit Spiegelsplittern besetzt waren. Etliche waren zerkratzt und Anouk zog die Schultern an. Wie viele Spiegel hatte Rhasgar zerschlagen müssen, um all die Scherben seines Lebens zum Schweigen zu bringen?

Der schwarze Raum glühte im Feuerschein. Auch hier flackerten Fackeln an den Wänden und erhellten ein kompliziertes Muster aus Kreidezeichen, das sich auf den darunterliegenden Symbolen über den Stein zog. Am Boden formten sie sich zu dem Pentagramm, das Anouk schon bei ihrem letzten Besuch gesehen hatte. Und in seiner Mitte, umgeben von lodernden Schatten, schwebte das Feuer des Labyrinths. Anouk ließ den Blick über einige Zeichen gleiten, die das Pentagramm umrahmten und aussahen, als wären sie mit Blut gezeichnet worden, und holte tief Atem.

»Sieh mal an«, murmelte sie. »Ich wusste gar nicht, dass wir heute noch Dämonen beschwören wollen.«

Rhasgar warf ihr einen spöttischen Blick zu. »So sieht das für dich aus? Wie ein Ritual, um Dämonen zu rufen?«

»Was weiß ich denn«, gab sie zurück. »Das Pentagramm spricht ja eigentlich schon für sich und jetzt gibt es sogar mit Blut geschriebene Zeichen ...«

»... fehlt noch der geköpfte Hahn und fertig ist der Hobbykeller für Satanisten, schon klar«, beendete Rhasgar ihren Satz und zog ein Tuch von dem großen Spiegel. Er zeigte die verlassene Manege, als wäre er eine Kamera. »Deine Phantasie möchte ich haben.«

Sie seufzte. »Glaub mir, das möchtest du nicht. Das würde dich nur ...«

Weiter kam sie nicht, denn in diesem Moment zog er sich ohne ein weiteres Wort den Pullover über den Kopf. Achtlos ließ er ihn zu Boden fallen, aber Anouk nahm es kaum wahr. Sie stand nur da und beobachtete, wie der Feuerschein über Rhasgars Oberkörper glitt, als er dicht vor ihr stehen blieb. »Ja?«, fragte er so leise, dass sie seine Stimme mehr fühlte als hörte. »Das würde mich nur ... was?«

Anouk riss ihren Blick von seiner schimmernden Haut los. »Verwirren«, sagte sie und zwang sich, ihm in die Augen zu sehen und sonst nirgendwohin. »Ganz eindeutig würde es dich verwirren, meine Phantasie zu haben.«

Erst als sie es ausgesprochen hatte, wurde ihr bewusst, wie doppeldeutig der Satz in dieser Situation war. Prompt verstärkte Rhasgar sein Lächeln. »Es kann nicht schaden, hin und wieder verwirrt zu werden«, stellte er fest. »Und jetzt zieh dich aus.«

Anouk merkte, dass sie ihn mit offenem Mund anstarrte, doch sie konnte es nicht verhindern. »Ich soll *was?*«

Für einen Moment hielt er den Ernst in seinem Blick aufrecht. Dann lachte er los, so unbeschwert und zügellos, dass Anouk beinahe mitlachen musste.

»Siehst du«, gab er zurück und grinste. »Verwirrung kann nicht schaden, denn sie hält uns wach. Aber keine Sorge, du brauchst dich nicht komplett auszuziehen. Die Arme genügen. Oder ist es dir unangenehm? Ich kann mich auch so lange umdrehen.«

»Schon gut«, meinte sie. »Du würdest mich doch sowieso durch den Spiegel beobachten.« Der Schalk in seinem Blick ließ sie lächeln, aber es war tatsächlich ein seltsames Gefühl, als sie vor seinen Augen Mantel und Pullover auszog. Sie merkte, dass er auf ihren Mund schaute, und sie wusste, woran er dachte. An Regen und Küsse und Hände auf nackter Haut. Sie zog ihr Top glatt und bemühte sich um größtmögliche Abgeklärtheit in ihrer Stimme. »Allerdings wäre es ganz reizend von dir, wenn du mir sagen würdest, was du vorhast.«

»Das weißt du«, erwiderte er und nahm ihr Mantel und Pullover aus den Händen. »Ich öffne uns den Weg ins Labyrinth.«

Sie verdrehte die Augen. »Ich dachte mir schon, dass wir nicht nach Disneyland aufbrechen. Aber du hast dich mehrere Nächte hier unten eingeschlossen, und das ja wohl kaum, damit wir uns halb nackt gegenüberstehen. Willst du mir nicht langsam sagen, wie dein Plan aussieht?«

Er warf ihre Klamotten auf den Tisch und griff nach einer der Fackeln. Mit geübter Drehung zog er sie aus der Halterung. »Das wirst du schon sehen. Nimm dir eine Fackel.«

Anouk brauchte eine Weile, um die Fackel ihrerseits aus der Halterung zu ziehen. Offensichtlich war sie seit einer Ewigkeit nicht mehr bewegt worden, und sie fluchte leise vor sich hin, bis das verdammte Ding endlich in ihrer Hand lag. Rhasgar war in die Mitte des Pentagramms getreten, und ein Blick auf ihn genügte, um ihr Herz schneller schlagen zu lassen. Das Feuer zeichnete jeden Muskel seines Körpers nach, und als er wortlos die Hand nach ihr ausstreckte, verschwand jeder Anflug von Leichtigkeit, den sie gerade noch empfunden hatte.

Sie wusste nicht, ob die Symbole tatsächlich anfingen zu wispern oder ob das ihrer Nervosität geschuldet war. Aber die Linien des Pentagramms entflammten sich, kaum dass sie sich in Bewegung setzte. Sie erinnerte sich daran, wie sie bei ihrem letzten Aufenthalt in diesem Raum durch das Feuer getreten und es kaum gespürt hatte. Jetzt jedoch jagte es eisige Schauer durch ihren Leib, und erst als sie vor Rhasgar stehen blieb, konnte sie Luft holen. Er schaute auf die Hand, mit der sie die Fackel hielt, und sie merkte, wie krampfhaft sich ihre Finger um den Griff geschlossen hatten. Kurz kehrte das Lächeln in Rhasgars Augen zurück.

»Vertrau mir«, sagte er sanft. »Ich weiß, was ich tue.«

Er wartete, bis sie nickte. Dann holte er Atem, und mit einer Konzentration, die sich kühl auf sein Gesicht legte, löste er die Fackeln aus ihren Händen und ließ sie in der Luft schweben.

Staunend sah Anouk zu ihnen auf und bemerkte erst nach einem Moment die Spiegelscherbe, die Rhasgar mit geschmeidiger Bewegung zwischen seinen Fingern hervorzauberte. Sie schimmerte im Feuerschein, und Anouk meinte, die Wellen des Meeres darin erkennen zu können, vom Sturm aufgewühlt, gerade so wie in der Nacht, da sie sich zum ersten Mal geküsst hatten. Sie lächelte, als er die Scherbe spielerisch über seine Finger wandern ließ. Wortlos bedeutete er ihr, die Hand auszustrecken – und schnitt tief in ihr Fleisch.

Erschrocken wich sie zurück. Blut quoll aus der Wunde, und ihr stockte der Atem, als Rhasgar auch seine eigene Handfläche mit einem Schnitt versah. Doch ehe sie etwas sagen konnte, drang seine Stimme aus den Zeichen jenseits des Pentagramms. Sie verstand die Worte nicht, die er sprach, aber sie strichen mit solcher Macht über ihren Leib, dass sie sich keinen Schritt von der Stelle rührte. So viel Wärme lag in seiner Stimme, dass sie keinen Schmerz mehr empfand. Alles, was sie wahrnahm, war die Zärtlichkeit, mit der Rhasgar sie ansah, und die Gewissheit, dass er alles tun würde, um sie vor Leid zu bewahren. Vorsichtig ließ er ihr Blut auf die Spiegelscherbe tropfen, wo es sich mit seinem eigenen vermischte, und mit sachter Geste malte er ein verschlungenes Zeichen auf ihre linke Schulter. Die Berührung beschleunigte ihren Puls unwillkürlich.

»Dieses Symbol wird dich schützen«, sagte Rhasgar und ließ die Hand sinken. »Zeichne es auf meiner Schulter nach.«

Er sagte das, als hätte er sie gebeten, ihm einen Tee zu bringen. Gelassen hielt er die Spiegelscherbe so, dass Anouk das Symbol sehen konnte, doch ihre Finger zitterten. Das Blut war warm, und als sie Rhasgars Aufforderung folgte, spürte sie die Kraft, die in seinem Körper lag. Im Regen war es leicht gewesen, ihn zu berühren, umgeben von Dunkelheit und mit geschlossenen Augen. Aber nun, da seine Haut im Feuerschein schimmerte, fiel es ihr schwer, nicht auf seinen Atem zu achten, der über ihren Hals strich. Ohne ein Wort begann er mit weiteren Symbolen, und als sie die Zeichen auf seinen Körper übertrug, auf seine Arme, seine Hände, sein Schlüsselbein, fühlte sie seinen Herzschlag. Verführerisch pochte er gegen ihre Finger, verschmolz mit dem ihren und klang in den Symbolen jenseits des Pentagramms wider. Und da spürte sie den Schutzzauber, der sie umfing, mit jedem Zeichen stärker. Wie eine Rüstung legte er sich auf ihre Glieder, und nur Rhasgar konnte ihn durchdringen … Rhasgar, der nun langsam die Hand sinken ließ.

Obgleich sie das letzte Blut auf der Scherbe verbraucht hatten, blieb er dicht vor ihr stehen, umgeben vom regelmäßigen Widerhall ihrer Herztöne. Unmerklich beugte er sich vor. Doch gerade als sie glaubte, seine Lippen auf den ihren zu fühlen, hob er mit einem dunklen Befehl die Arme. Die Fackeln zersprangen wie Gebilde aus Glas. Funken sprühend schossen ihre Flammen durch die Luft und zerrissen Rhasgars Schatten und mit ohrenbetäubendem Rauschen entfachte sich das Feuer des Labyrinths.

Anouk erschrak, so hell wurde es. Heftiger Wind zerrte an ihren Haaren, Flammen umtosten sie, und das Geräusch von Glas erfüllte den Raum, das sich knirschend zusammenfügte. Sie schützte ihren Kopf mit den Händen, aber Rhasgar trat näher zu ihr, und da merkte sie, dass die Zeichen auf ihrem

Körper in strahlendem Licht standen. Gleißend beschienen sie das Chaos ringsum und nicht ein Splitter, nicht ein Feuerfunken traf ihre Haut. Kurz darauf fiel die Helligkeit in sich zusammen und Anouk fand sich in einem anderen Raum wieder. Die Wände, der Boden, selbst die Decke waren mit Spiegeln in jeder Form und Größe bedeckt und ihr Herz setzte für einen Schlag aus. Sie kannte das kalte Glühen, das in diesen Spiegeln lag, sie hatte es schon einmal gesehen. Umgehend wusste sie, wo sie war. Sie befand sich im Gläsernen Herzen.

Rhasgar hob warnend die Hand vor den Mund, ehe Anouk auch nur einen Laut von sich geben konnte. Das Licht seiner Runen war zu einem schwachen Glimmen geworden, doch als er sich in Bewegung setzte, flackerte es auf, jedes Mal, wenn er einem der Spiegel zu nah kam. Er ging leicht geduckt, als würde er damit rechnen, jeden Moment angegriffen zu werden, und Anouk folgte ihm mit rasendem Herzen. Bei jedem Schritt fürchtete sie, dass sich ihr Gesicht in den Spiegeln in das Antlitz des Engels verwandeln würde. Aber die Symbole schienen jedes Feuer von ihr fernzuhalten, und als sie sich selbst im Spiegel betrachtete, musste sie beinahe lächeln. Mit den rätselhaften Zeichen auf der Haut sah sie fast aus wie eine Kriegerin. Doch kaum begegnete sie ihrem eigenen Blick, ging ein Flackern über ihr Abbild und ließ es verschwinden. An seiner Stelle tauchte ein anderes Bild im Spiegel auf – und Anouk fuhr der Schreck in die Glieder, als sie es erkannte.

Das Spiegelbild zeigte einen Ofen mit einer Teufelsfratze. Feuer loderte hinter dem dünnen Glas, sodass die Augen des Teufels aufglühten, und die Schatten in seinem Haar tanzten. Anouk erinnerte sich daran, wie sie dieses Bild zum ersten Mal gesehen hatte, und wie damals zog sie auch jetzt die Schultern an. Dieser Ofen stand in Masradors Wagen.

Rhasgar wandte sich zu ihr um, doch ehe sie seinen Blick erwidern konnte, begannen auch die anderen Spiegel zu flackern. Anouk wich vor ihnen zurück, aber sie konnte sich nicht von ihnen abwenden, als weitere Ecken aus Masradors Wagen darin aufglommen. Die Gemälde an der Wand. Die alten Bücher in den Regalen. Die Marionetten, die sich leicht an ihren Fäden drehten. Doch die Bilder waren nicht deutlich zu erkennen, sondern verzerrt, beschlagen oder verkratzt, und Anouk verstand, dass sie tatsächlich in Masradors Wagen hineinsah: durch jeden glänzenden Bilderrahmen, der dort hing, jeden Löffel, jede spiegelnde Fläche schaute sie ins Reich des Clowns.

Kaum hatte sie das gedacht, tauchte der Schreibtisch in einem Spiegel auf, und daran, den Kopf tief geneigt, saß Masrador. Er schrieb etwas, und plötzlich konnte Anouk das Kratzen der Feder auf dem Papier hören, mehr noch … sie konnte es fühlen, als schriebe er auf ihrer Haut. Sie ballte die Hände zu Fäusten, um ein Zittern zu unterdrücken. Die Spiegel schienen ihr auf einmal so dünn, als wären auch sie nichts als Papier. Instinktiv wich sie vor dem Schreibtisch zurück – und ehe Rhasgar sie noch auffangen konnte, stieß sie mit dem Rücken gegen die Wand.

Anouk erstarrte in ihrer Bewegung. Sie merkte kaum, wie Rhasgar sie zurück in die Mitte des Gangs zog. Zu deutlich spürte sie ihren Herzschlag, der nun über die Spiegel hinwegglitt und langsam jedes Bild darin veränderte. Der Ofen verschwand, ebenso die Bücher und all die anderen reglosen Szenen. Stattdessen zeigten die Spiegel nun Masrador, jeder aus einer anderen Perspektive … und alle offenbarten die Anspannung, die plötzlich über seinen Körper lief. Der Clown ließ die Feder sinken. Mit jedem Pochen, das die Spiegel durchzog, hob er ein Stück weiter den Kopf. Und dann, mit eisigem Glanz in seinem Blick, sah er Anouk direkt an.

Rhasgar griff nach Anouks Hand und zog sie mit sich, so schnell, dass sie kaum mit ihm Schritt halten konnte. Sie wollte sich von Masrador losreißen, aber sie schaffte es nicht. Sein Blick schloss sich um ihre Kehle, und sie musste zusehen, wie sich sein Gesicht verzerrte, wie sein Kostüm vermoderte und ein grausames Lächeln auf seine Lippen trat. Dann duckte er sich und mit der Schnelligkeit eines Raubtiers sprang er auf sie zu.

Anouk schrie. Sie hörte kein Splittern von Glas, aber jeden Moment, das wusste sie, würde sie die Nägel des Clowns in ihrem Fleisch spüren. Blindlings fuhr sie herum und rannte, so schnell sie nur konnte, die Finger in Rhasgars Hand gekrallt. Ihr Atem ging stoßweise, doch da hob sich der Boden unter ihren Füßen, und gleich darauf barsten die Spiegel ringsherum. Grelles Licht traf Anouks Augen und ließ sie stolpern, und ehe sie noch das Gleichgewicht bewahren konnte, landete sie am Boden. Rhasgar fing ihren Sturz auf – und sie umgab samtene Dunkelheit. Anouk traute ihren Augen nicht. Sie lag mit Rhasgar auf rauem Boden, umgeben von Fackeln und Linien aus Feuer. Sie waren in seinem schwarzen Raum.

»Was zum Teufel …«, begann sie, doch Rhasgar ließ ihr keine Zeit, um den Satz zu beenden.

»Es war eine Illusion«, sagte er und zog sie auf die Beine. »Wir waren nicht wirklich im Labyrinth. Aber Masrador glaubt das. Er hat uns zwischen seinen Spiegeln gesehen. Er denkt, dass wir in sein verfluchtes Herz eingedrungen sind. Es tut mir leid, aber ich konnte dich nicht einweihen. Ich brauchte deine Angst, sonst hätte es nicht funktioniert.«

Anouk starrte ihn an. »*Funktioniert?*«, rief sie und konnte nicht verhindern, dass ihre Stimme sich überschlug. »Was hast du dir dabei gedacht? Jetzt weiß er, dass wir uns gegen ihn gestellt haben! Er weiß, dass wir gegen ihn kämpfen!«

Ein dunkles Lächeln trat in seine Augen. »Ja«, sagte er leise. »Es wurde Zeit, dass er es erfährt.«

»Aber er wird uns jagen!«, brachte sie hervor. »Er wird alles daransetzen, uns zu kriegen!«

Rhasgar zog sich den Pullover über den Kopf. »Genauso ist es«, sagte er und gab Anouk ihre Kleidung zurück. »Gerade in diesem Augenblick ist er auf dem Weg zum Labyrinth, an den Ort, der uns verschlossen ist. Er wird ihn öffnen. Für sich … und für uns.«

Anouk sagte kein Wort. Sie stand nur da und schaute Rhasgar an, und als sie seine Worte begriff, spürte sie es auch: das glühende Triumphgefühl, das durch seine Adern jagte. Rhasgar, der Herr der Spiegel, hatte Masrador hinters Licht geführt. Das Gläserne Herz war zum Greifen nah. Rasch schlüpfte sie in ihre Klamotten. »Also dann«, flüsterte sie atemlos. »Worauf warten wir noch?«

Kurz nur flammte das Lächeln über sein Gesicht. Dann zog er sie hinter sich durch den Spiegel. Anouk duckte sich, als sie sich zwischen den Sitzreihen des Zelts wiederfand. Das Blut rauschte in ihren Adern. Die Symbole auf ihren Händen wurden so dunkel, dass sie sie kaum noch erkennen konnte, und kurz wünschte sie sich, mit den Schatten zu verschmelzen, die sie umgaben … umso mehr, als sie die Schritte hörte, die sich dem Zelt näherten. Rhasgar zog sie tiefer zwischen die Sessel, aber Anouk konnte ihn dennoch sehen: Masrador, der nun den Vorhang öffnete und in die Manege trat.

Seine Gestalt wurde vom einfallenden Licht des Platzes bekränzt. Er ging schnell, doch das nahm ihm nicht den düsteren Zauber seiner Erscheinung. Hätte Anouk es nicht besser gewusst, hätte sie ihn für die Gestalt aus einem Märchen gehalten. Majestätisch breitete er die Arme aus und ohne jedes Wort rief er nach dem Labyrinth. Anouk fröstelte, als das Grollen durch den Boden ging. Es klang in ihren Knochen wider, und sie musste sich an Rhasgar festhalten, um keinen Ton von sich zu geben. Angespannt sah sie zu, wie sich die kristallene Tür vor ihnen errichtete. Sie fürchtete, dass Masrador wie unter einer plötzlichen Eingebung den Kopf heben und zu ihnen herüberschauen würde. Aber der Clown wandte nicht den Blick. Mit finsterer Miene sah er zu, wie die Tür sich vollendete, und als sein Feuer darin aufflammte, drückte er die Klinke hinunter und betrat das Labyrinth.

Funken schlugen unter seinen Füßen auf, als er den Gang hinablief. Auf einmal schien es Anouk, als würde er sich unglaublich langsam bewegen, während die Tür sich bereits wieder schloss. Sie spürte, wie Rhasgar sich neben ihr vorbeugte. Noch immer war die Gestalt des Clowns in dem Gang zu erkennen. Und dann, endlich, verschwand er in einem anderen Korridor. Rhasgar wartete noch einen Atemzug. Dann stieß er die Faust vor, und so schnell, dass Anouk ihn kaum wahrnahm, glitt sein Zauber durch die Dunkelheit. Zwei Flammen waren es, eine schwarze und eine goldene, von flackernden Schatten umgeben. Lautlos schlugen sie in die Tür ein – und brachten sie zum Stehen.

Anouk saß da wie erstarrt, doch Rhasgar zögerte keinen Augenblick. Er packte ihren Arm und gemeinsam hasteten sie durch die Manege. Kurz nur hielten sie vor der Tür inne, die Rhasgars Fessel bereits auflöste. Dann holte Anouk Atem. Und im selben Moment, da Rhasgar ihre Hand ergriff, betraten sie das Herz aus Glas.

# 26

Anouk drehte sich um sich selbst. Die Tür war verschwunden, kaum dass sie mit Rhasgar über die Schwelle getreten war, und nun befanden sie sich an einem Ort, den sie niemals hinter dem Portal erwartet hätte. Gläserne Säulen hielten prunkvolle Gewölbedecken, der Schein von Kristallleuchtern verfing sich in den Spiegeln, und das Schachbrettmuster des Marmorbodens vervielfältigte sich, als setzten sich die Gänge bis in alle Ewigkeit fort. Rhasgar schaute mit reglosem Staunen zu den funkelnden Lichtern auf, und auch Anouk konnte sich nicht gegen die Faszination wehren, die sie bei diesem Anblick ergriff. Wie oft hatte sie sich vorgestellt, in eines ihrer Bilder hineinzusteigen? Nun, da sie den Blick über die glühenden Spiegel schweifen ließ, bekam sie eine Ahnung davon, was das für ein Gefühl sein musste. Dieser Ort war wie der erste Hauch einer Inspiration, einer Idee, eines Pinselstrichs. Tausend Geschichten lagen hinter jeder Ecke, tausend Fragen warteten in den Gängen, und ebenso viele Antworten blickten Anouk aus all den Spiegeln entgegen. Das Labyrinth mochte das Gläserne Herz des *Dark Circus* sein, doch gleichzeitig war es viel mehr als das. Es war ein Geheimnis, das Anfang und Ende zugleich in sich trug ... ein Ort, an dem alles möglich war.

Die Tür schloss sich mit dumpfem Grollen und holte Anouk in die Realität zurück. Sie wandte den Blick, aber dort, wo gerade noch die Tür gewesen war, lag nun ein weiterer Spiegel, und das Grollen hallte im Boden wider, als befände sich sein Ursprung unendlich weit entfernt. Es erinnerte Anouk an das Zuschlagen einer Kerkertür, und sie musste nicht in Rhasgars finsteres Gesicht schauen, um zu wissen, dass es genau das war. Die Tür aus Feuer hatte sich geschlossen, sie waren gefangen. Und nur durch die Zerstörung des Gläsernen Herzens konnten sie sich befreien.

Fröstelnd zog sie die Schultern an. Die Verzauberung, die sie gerade noch empfunden hatte, wich tiefer Beklemmung. Auf einmal schienen die Spiegel näher zu rücken, und Anouk fuhr zusammen, als ein Geräusch die Luft zerriss, schneidend wie ein Messer. Alarmiert trat Rhasgar einen Schritt vor. Doch gleich darauf verschwand der harte Zug um seinen Mund. Er hob die Hand, und da bemerkte auch Anouk den hellen Stern, der auf sie zuschoss. Ihr Herz machte einen Satz. Graziös drehte der gläserne Vogel eine Runde über ihren Köpfen und landete auf Rhasgars Hand, wo er ausgelassen mit den Flügeln flatterte.

»Hey, kleiner Kerl«, flüsterte Anouk und kraulte den Vogel im Nacken. »Schön, dich zu sehen. Ich hätte nicht gedacht, dass du uns so schnell finden würdest.«

Der Vogel hob empört den Kopf und Rhasgar lachte leise. »Manchmal ist es gut, nicht so viel zu denken. Ich dachte, das hättest du gelernt.«

Sein Lächeln war kaum zu sehen, als er den Vogel an seinen Mund hob und etwas flüsterte, gerade so, wie Levin es getan hatte. Aber ehe das Tier noch die Flügel ausbreiten konnte, hallten Rhasgars Worte von den Spiegeln wider, so laut, als hätte er gebrüllt. Die Symbole auf Anouks Körper glommen auf, und da ging ein Stöhnen durch die Gänge, schmerzerfüllt wie aus menschlicher Kehle. Die Spiegel wurden blind, als würden sie rasend schnell altern, und Risse zogen sich über den Boden. Die kristallenen Leuchter erloschen und im selben Moment stürzte das Labyrinth mit unwirklichem Rauschen in sich zusammen. Erschrocken barg Anouk den Kopf an Rhasgars Brust. Sie erwartete, von fallenden Trümmern getroffen zu werden, aber nichts als eisiger Wind streifte ihr Haar, während das Gläserne Herz zerbrach. Gleich darauf fanden sie sich in der Manege wieder.

Verwirrt schaute Anouk sich um. War das Labyrinth nichts weiter als ein Trugbild gewesen? Oder hatte Masrador sie darin entdeckt und hinausbefördert, bevor er jeden Augenblick aus den Schatten brechen würde? Sie konnte sich nicht von den Sitzreihen abwenden, doch Rhasgar drückte beruhigend ihren Arm und trat auf die Dunkelheit zu, furchtlos wie immer. Kurz blieb er vor den Sesseln stehen. Dann hob er die Hand und ein Flackern ging durch die Luft. Die Masten, die Sitzreihen, selbst die Finsternis zwischen ihnen bewegten sich wie eine Leinwand unter Wasser. Mit düsterer Miene kehrte Rhasgar zu Anouk zurück.

»Es ist ein Trick«, sagte er. »Ein Possenspiel, um uns den Weg durch das Labyrinth zu erschweren.«

Anouk sah zu, wie sich die Sitzreihen wieder beruhigten, bis sie ebenso reglos dalagen wie zuvor. »Nichts ist, wie es scheint, wieder einmal«, stellte sie fest. »Dann sind wir also immer noch im Gläsernen Herzen?«

Rhasgar nickte. »Und dieses Herz hat seinen eigenen Willen. Wir müssen vorsichtig sein. Der *Dark Circus* mag seine Abgründe haben – aber dieser Zirkus hier ist nicht real.«

Damit hob er die Hand und der Vogel schwang sich in die Luft. Kurz nur hielt er inne, als würde er lieber in Rhasgars Faust verschwinden, als sich auf den Weg durch dieses Zwielicht zu machen. Aber dann blitzten seine Augen kampfeslustig auf und mit neu entfachter Entschlossenheit flog er quer durch die Manege und aus dem Zelt hinaus.

Anouk hatte kaum einen Schritt auf den Platz gesetzt, als sie sah, dass Rhasgar recht hatte. Auf den ersten Blick schienen sie denselben Zirkus vor sich zu haben, den sie gerade mit dem Weg ins Labyrinth hinter sich gelassen hatten. Noch immer fiel Licht aus einigen Wagen, selbst die Glühbirnen flackerten im aufkommenden Wind, genau so, wie sie es zuvor getan hatten. Und dennoch schauderte Anouk, als sie den Blick über den Platz schweifen ließ. Es kam ihr so vor, als müsste sie nach Pinselstrichen Ausschau halten, so trügerisch erschien ihr die Idylle, die sich wie bei einem ihrer Bilder über einer anderen Wirklichkeit spannte. Das, was sie nun umgab, war nichts als ein Abbild des *Dark Circus*, bereit, sie in die Irre zu führen …

ein Abgrund, der jeden Moment unter ihren Füßen aufbrechen konnte.

Der Flug des Vogels hinterließ glühende Reflexe in der Luft. Immer wieder hielt das Tier inne, als würde es wissen, dass sie seine Fährte möglicherweise nicht wiederfinden konnten, und landete schließlich beim Wagen des Phönix. Fast rechnete Anouk damit, Artus und Luana im Inneren anzutreffen. Aber stattdessen erwartete sie ein Interieur aus lang vergangener Zeit. Vergilbte Zeitungen lagen halb zerrissen auf dem Boden und die Chaiselongue in der Ecke war ebenso staubbedeckt wie der Samowar auf dem Teetischchen und die Gemälde an den Wänden. Der Vogel sauste zu einem Bild hinüber, das Anouk an Füsslis *Nachtmahr* erinnerte, flatterte davor auf und ab und glitt dann mitten hinein. Doch das Gemälde wurde nicht beschädigt. Stattdessen verschluckte es den Vogel, als bestünde es aus Wasser. Erneut zogen sich Wellen über die Szene, und Anouk konnte sie auf ihrer Haut fühlen, als sie gemeinsam mit Rhasgar durch das Bild hindurchging. Kurz nur umhüllte sie Dunkelheit. Dann fand sie sich in einer Schmiede wieder. Sie war ihr so vertraut, als hätte sie diesen Ort schon einmal betreten.

»Das *Drachenfeuer*«, flüsterte sie ehrfürchtig. »Die alte Schmiede von Artus' Großvater.« Sie betrachtete den Amboss, der tatsächlich aussah wie ein Drachenkopf – gerade so, wie der Phönix es ihr immer wieder erzählt hatte. »Warum sind wir hier?«

Sie drehte sich zu Rhasgar um, der mit finsterer Miene zum Schraubstock hinübersah. »*Schatten um Schatten hält der Zirkus bereit*«, sagte er wie zu sich selbst. »*Und lässt uns auf ihnen fliegen … Am schwarzen Rand jedoch liegen … Verlorene Lande, Räume ohne Zeit.«*

»Verlorene Lande«, wiederholte Anouk. »Was soll das bedeuten?«

Rhasgar sah sie an. »Die Verlorenen Lande sind all die Orte, die der *Dark Circus* seinen Bewohnern gestohlen hat. Orte, die wir auf dem Weg verloren haben, Orte, die uns fremd wurden, umso mehr, je höher wir mit den Schatten geflogen sind.«

Anouk musste an Artus denken, daran, wie der Phönix mitten im Satz abgebrochen hatte, wenn das Gespräch auf die Schmiede gekommen war, nur um gleich darauf erneut anzufangen, davon zu erzählen, als versuchte er, sich etwas zu nähern, das für ihn unerreichbar geworden war. Und da spürte sie wieder die Macht des Zirkus in ihren Gliedern, kühl und tückisch wie das Lächeln ihres Feindes.

»Wir müssen wachsam sein«, sagte Rhasgar und holte sie aus ihren Gedanken. »All diese Orte erscheinen lebendig, aber sie sind es nicht. Sie bergen nichts mehr als den Tod.«

Damit ging er zum Fenster hinüber. Erst jetzt bemerkte Anouk, dass der Vogel heftig gegen das Glas pickte, und als Rhasgar es öffnete, flog er hinaus ins Freie. Anouk wollte Rhasgar fragen, woher der dunkle Zorn kam, der auf einmal in seinen Worten mitschwang, aber ein Blick in sein Gesicht verbot ihr jedes Wort. Sie kannte die Kälte auf seinen Zügen inzwischen gut genug, um zu wissen, dass keine Frage der Welt sie näher an seine Gedanken heranführen würde. Niemand konnte Rhasgars Abwehr durchdringen, wenn er es nicht wollte. Und so blieb ihr nichts anderes übrig, als ihm durch das Fenster zu folgen, mitten hinein in eine Abfolge von Räumen, die wie ein Traum an ihr vorüberliefen.

Sie fanden sich auf einer Sanddüne wieder, die bis zum Horizont reichte, sprangen durch eine Falltür in ein Fischerboot mit blutigem Kiel, gerieten in einen schwebenden Turm und an etliche weitere Orte, die Anouk noch nie gesehen hatte. Eines jedoch hatten sie alle gemeinsam: Eine tiefe Trostlosigkeit lag in ihnen, die sich mit jedem Schritt enger um Anouks Brustkorb legte. All diese Orte waren einst Teile eines Lebens gewesen … Bruchstücke einer Welt, die der Zirkus seinen Bewohnern genommen und in die keiner von ihnen je einen Weg zurückgefunden hatte. Mit angezogenen Schultern folgte sie dem Vogel durch ein Feld aus Mohnblumen, öffnete die Tür eines kleinen Schuppens – und fand sich gleich darauf in einem Raum wieder, dessen Anblick ihr Herz für einen Schlag aussetzen ließ.

Bens Kinderzimmer sah aus, als wäre er gerade zur Tür hinausgelaufen und würde jeden Moment wiederkommen. Seine Stofftiere saßen in munterer Runde auf seinem Bett, bunte Bilder lagen auf seinem Schreibtisch und dem Boden davor, und überall standen Superheldenfiguren herum, auf dem Schrank, der Fensterbank und dem Nachttisch. Anouk erinnerte sich daran, wie sie früher mit diesen Figuren gespielt hatten. Aber als sie nun den Blick darüber schweifen ließ, blieben sie ihr ebenso fremd wie das ganze Zimmer. Es war, als wäre sie durch eine gläserne Wand von ihm getrennt.

»Anouk.«

Sie fuhr zusammen, als Rhasgars Stimme sie traf. Er stand am Fenster und schaute zu ihr herüber, und als hätte sein Blick einen Bann von ihr genommen, holte sie Atem. Sie musste sich zusammenreißen. Dieses Zimmer war eine Falle – eine Illusion, nicht mehr. Ohne nach rechts oder links zu schauen, ging sie zum Fenster. Der Glasvogel schlüpfte hinaus, kaum dass Rhasgar es öffnete, und Anouk kletterte auf die Fensterbank, um ihm zu folgen. Sie fühlte schon den kühlen Wind auf ihren Wangen, als ihr Blick auf die Handabdrücke fiel, die das Fenster zierten.

Sie wusste noch genau, wie sie diese Abdrücke gemeinsam mit Ben auf das Glas gemalt hatte. Auch sie waren nun wie die Bilder aus einem Film, der sie kaum noch etwas anging, aber sosehr sie es auch versuchte: Sie konnte sich nicht von ihnen abwenden. Überdeutlich erinnerte sie sich daran, wie Ben mit bunt gefleckten Fingern neben ihr gesessen hatte, und sie sehnte sich so sehr danach, ihn noch einmal zu berühren, dass sich ihre Kehle zusammenzog. Sie sah, wie Rhasgar nach ihrem Arm griff, aber es war schon zu spät. Wie von einer fremden Macht gesteuert legte Anouk die Finger auf einen von Bens Handabdrücken. Sie fühlte noch, wie er unter der Berührung zu Asche wurde, ebenso wie das Glas darunter. Dann gab die Fensterbank unter ihr nach und mit einem Schrei fiel sie in die Tiefe.

Der Aufprall war so heftig, dass ihr schwarz vor Augen wurde. Doch als sie sich aufrappelte, verdrängte das Entsetzen den Schmerz in ihrem Schädel. Sie befand sich in einem düsteren Keller und sie war ganz allein. Panik stieg in ihr auf. Sie hatte schon den Mund geöffnet, um nach Rhasgar zu rufen, als sie die Hände zu Fäusten ballte. Der verfluchte Zirkus hatte sie in die Irre geführt, und sie war selbst schuld daran. Sie war ihm auf den Leim gegangen, verführt durch Bilder ihrer Vergangenheit. Aber sie würde nicht im Dunkeln hocken und nach einem Retter rufen, der sie vermutlich ohnehin nicht hören konnte. Langsam sog sie die Luft ein. Sie war noch immer im Labyrinth, und sicher würde Rhasgar sie mithilfe des Sternenvogels aufspüren. Sie musste nur die Nerven behalten.

Die Kälte des Raums kroch ihr in die Knochen und brachte sie dazu, sich in Bewegung zu setzen. Sie verließ das Zimmer durch die einzige Tür und fand sich in einem dunklen Flur wieder. Er war so lang, dass sie sein Ende nicht erkennen konnte, und zu beiden Seiten reihten sich massive Kerkertüren aneinander. Als Anouk an ihnen vorüberging, meinte sie, ein Wimmern hören zu können. Mehrfach ertappte sie sich dabei, wie sie stehen blieb und die Hände nach den Riegeln ausstreckte, ergriffen von plötzlichem Mitgefühl. Aber jedes Mal zwang sie sich, ihren Weg fortzusetzen. Rhasgar hatte sie gewarnt. Sie durfte nicht noch einmal in die Irre gehen. Das Wimmern jenseits der Türen schwoll jedoch an, und schließlich begann sie zu rennen, die Arme fest um den Leib geschlungen. Erst als sie das Blut am Boden sah, hielt sie inne.

Schwarz war es, schwarz wie Tinte, und es zog sich in langen Schleifspuren über den Boden. Es sah aus, als wäre ein menschlicher Körper den Gang hinabgeschleppt worden. Der Anblick ließ Anouk schwanken. Sie wusste, wessen Blut das war, noch ehe sie in die Knie ging und feststellte, dass es noch warm war. Sie kam auf die Beine und stolperte, als sie erneut zu rennen begann, aber sie hielt nicht inne. Zu deutlich sah sie den Raum, der auf einmal am Ende des Ganges auftauchte, ein Raum ohne Tür, in dem die Blutspuren mündeten. Er war vollständig dunkel, doch Anouk zögerte nicht, als sie ihn erreichte. Mit rasendem Herzen trat sie ein und erkannte nach einem Augenblick das flackernde Licht einer Kerze neben einem verrosteten Bettgestell. In der Ecke hing ein halb zerbrochener Spiegel. Und darin, den Blick von ihr abgewandt, stand Rhasgar.

Er atmete schwer und hielt sich mit einer Hand an der Wand fest, während Blut aus einer tiefen Wunde in seiner Brust rann. Anouk setzte sich in Bewegung. Über die Schulter schaute sie in die Ecke des Raumes, die der Spiegel wiedergab, aber sie war nicht überrascht, als sie dort niemanden fand. Das Labyrinth hatte sie von Rhasgar getrennt und eine Wand aus Glas zwischen ihnen gezogen, und sie fühlte die Dunkelheit, die sich nun um sie schloss und das Feuer der Kerze zum Flackern brachte – die Finsternis des *Dark Circus*, die sie glauben lassen wollte, allein in den Schatten zu sein. Doch das war sie nicht.

Dicht vor dem Spiegel blieb sie stehen. Rhasgar hatte sie bisher nicht bemerkt, aber es musste eine Möglichkeit geben, zu ihm zu gelangen, gerade so, wie sie auch hinter die Maske des Zirkus getreten war. Sie legte die Hand gegen das Glas und Rhasgar fuhr zusammen. Wie ein elektrischer Impuls war ihre Berührung in seinen Leib gefahren, und Anouk überkam unnennbare Erleichterung, als sich das Glas unter ihren Fingern auflöste. Doch dann hielt Rhasgar inne, und etwas an der Art, wie er die Hand bewegte, spielerisch, als würde er ein Musikstück dirigieren, ließ sie erstarren. Sein Atem ging nicht länger schnell und schmerzerfüllt, im Gegenteil: Er atmete überhaupt nicht mehr, und als er den Kopf langsam in ihre Richtung drehte, trat ein Lächeln auf seine Lippen … so grausam, dass ihr das Blut aus dem Kopf wich. Es war nicht Rhasgars Lächeln, das sich in seine Züge fraß, das konnte sie sehen. Und im selben Augenblick, da er sie direkt anschaute, wusste sie, wen sie vor sich hatte.

Masrador sprang vor, so schnell, dass die Illusion von Rhasgars Körper hinter ihm in der Luft stehen blieb. In dunklen Farben fiel sie nieder und wurde zu schwarzem Blut auf dem Boden. Anouk stieß einen Schrei aus und wich zurück, aber ihre Hand wurde vom Spiegel festgehalten, als hätte sich das Silber mit ihrer Haut verbunden. Im nächsten Moment hatte Masrador sie erreicht. Blitzartig schoss seine Klaue aus dem Spiegel und packte ihren Arm so grob, dass seine Krallen durch ihren Mantel drangen. Sie spürte den Schmerz, doch er blieb seltsam dumpf. Stattdessen nahm sie das Gesicht des Clowns in allen Details wahr. Die pergamentartige Haut, die anfing zu bröckeln. Die Augen, glühend in schwarzem Feuer. Und die Zähne, messerscharf und von diesem entsetzlichen Lächeln umschlossen.

Ohrenbetäubend laut drang Masradors Lachen in ihre Glieder, während er sie Stück für Stück näher an den Spiegel heranzog. Es lähmte sie wie vor der Tür ihrer Tante, als sie die Kontrolle über ihren Körper verloren hatte. Sie wusste, dass sie auf der anderen Seite des Spiegels unter diesem Klang zerbrechen würde, und wilder Zorn ergriff sie. So einfach würde sie es diesem verfluchten Clown nicht machen! Mit aller Kraft stemmte sie sich gegen die Wand – und gerade als sie das Silber auf ihrer Wange spürte, schoss etwas an ihr vorbei.

Nicht mehr als ein Schatten war es, der durch den Spiegel sprang, aber dieser Eindruck währte nur kurz. Gleich darauf landete Rhasgar neben Masrador und schlug dem Clown ins

Gesicht, sodass dessen Kopf in den Nacken flog. Keuchend wich Anouk zurück, von Masradors Klaue befreit. Der Sternenvogel flatterte aufgeregt auf ihre Schulter, und sie sah zu, wie Rhasgar im Spiegel den Hieben des Clowns auswich. Mehrfach wurde er dennoch an Brust und Schulter getroffen, doch dann stieß er die Faust vor, packte Masrador an der Kehle – und sprang zurück an ihre Seite.

Jetzt sah Anouk, dass etliche Wunden seinen Körper bedeckten, als wäre er in Glasscherben gefallen. Aber er schien keinen Schmerz zu spüren. Schwer atmend krallte er die freie Hand in die Wand. Dann riss er den Clown ein ganzes Stück weit in den Keller hinein. Masrador schrie auf, doch nicht dunkel und dröhnend wie sonst. Es klang wie Kinderschreie, als jetzt die Symbole auf Rhasgars Händen aufglühten und das Gesicht des Clowns verbrannten. Kurz nur zog Rhasgar seinen Feind nah an sich heran, als wollte er den Gestank des verkohlten Fleisches riechen. Dann stieß er ihn von sich. Masrador flog in den Spiegel zurück, der sich in einen ellenlangen Korridor verwandelte. Wie ein Tier blieb er auf allen vieren sitzen und stierte zu ihnen herüber, die linke Hälfte seines Gesichts so schwer verbrannt, dass die Knochen hervorstachen. Gleich darauf zerbrach sein Körper in einen Schwarm aus Eisvögeln und mit gewittergleichen Schreien jagten die Tiere auf sie zu.

Rhasgar packte Anouks Arm und riss sie mit sich. Der gläserne Vogel schoss ihnen voraus. Sie rannten, so schnell sie konnten, aber Anouk fühlte sich wie in einem Albtraum, in dem sie trotz aller Anstrengung kaum von der Stelle kam. Das schreckliche Lachen des Clowns hallte von den Wänden wider und veränderte sie in rascher Folge. Der lange Gang wurde zu einem Schlachthaus, einem Nachtklub, einem Kirchensaal, und mit jeder Wandlung verstärkte sich der Schwindel hinter Anouks Stirn. Dann flogen die Türen ringsum aus den Angeln. Wie Spielkarten wirbelten sie durch die Luft und entließen brennende Geister. Rhasgar zog Anouk durch die Tür, durch die sie gekommen war – und gleich darauf fanden sie sich zwischen den Wagen des *Dark Circus* wieder.

Für einen Atemzug glaubte Anouk, tatsächlich wieder im Zirkus zu sein, jenseits des verfluchten Labyrinths und des Clownslachens, dessen Grausamkeit sie noch immer fühlte, obwohl sie es nicht mehr hören konnte. Aber dann setzte Rhasgar sich in Bewegung, und im selben Moment sprühten Funken unter seinen Füßen auf. Schwarze Flammen schossen aus dem Boden, glühend heiß stoben sie Anouk ins Gesicht. Sie schrie auf, als ein blutiger Striemen über ihre Wange lief, brennend wie von einem Messer gezogen, und sie sah starr vor Schreck, dass die Feuergeister aus der Erde brachen, aus den Fenstern der umliegenden Wagen, selbst aus den Schatten zwischen ihnen. Überdeutlich erinnerte sie sich an ihre erste Flucht vor Masrador, daran, wie der Zirkus sich in tödlichem Feuer entzündet hatte, und ihr stockte der Atem, als flirrende Hitze in ihre Lunge drang.

Aber Rhasgar wich keinen Schritt vor den Flammen zurück. Stattdessen zog er Anouk mit sich, mitten hinein in die herbeiströmenden Geister. Anouk meinte schon, deren Krallen in ihrem Fleisch zu spüren, doch da glühten die Zeichen auf Rhasgars Händen auf. Grelles Licht glitt über seine Glieder und trieb die Kreaturen zurück, als wären sie geblendet worden, und Anouk stolperte hinter dem Sternenvogel her, der als winziger Funken durch die Luft flog. Er hielt auf Rhasgars Wagen zu, und Anouk überkam Erleichterung, als sie im Inneren die gewohnte Umgebung vorfand. Doch dann schlug Rhasgar die Tür hinter ihnen zu und sie zog die Schultern an. Sie durfte sich nicht täuschen lassen. Alles um sie herum war eine Illusion, ganz gleich, ob sie es auf den ersten Blick sehen konnte oder nicht.

»Es tut mir so leid«, brachte sie hervor. »Das ist alles meine Schuld. Masrador hätte uns nicht gefunden, wenn ich nicht …«

»Noch hat er uns nicht besiegt«, unterbrach Rhasgar sie. »Und ich werde alles dafür tun, damit das so bleibt.« Er lief zum Spiegel hinüber, auf dem der gläserne Vogel gelandet war. Ehe Anouk ihn daran hindern konnte, schnitt er sich mit seinem Messer in die Hand. Blut lief über seine Haut, und Anouk sah zu, wie er damit ein verschlungenes Symbol auf den Spiegel zeichnete. Kaum traf sein Blut das Glas, wurde es rot wie das eines Menschen, und der Wagen überzog sich mit silbernem Licht. »Masrador jagt uns durch Illusionen und die Verlorenen Lande«, fuhr Rhasgar fort und ließ den Schein mit einem zweiten Symbol noch heller strahlen. »Aber es gibt Räume, die er nicht betreten kann. Räume, in denen wir in Sicherheit sind … zumindest vor ihm.«

Seine Worte ließen Anouk frösteln, ohne dass sie sagen konnte, aus welchem Grund. Ein seltsamer Glanz war in seinen Blick getreten, der ihm etwas Getriebenes gab, und sie sah zu ihrem Schrecken, dass seine Finger zitterten, als er dazu ansetzte, ein drittes Symbol auf den Spiegel zu zeichnen. Aber ehe er es beenden konnte, ging ein Krachen durch den Raum, so heftig, dass der Wagen erzitterte. Anouk taumelte gegen die

Wand, auch Rhasgar verlor beinahe das Gleichgewicht. Erschrocken hob er den Blick, und da sah Anouk die Feuerwesen, die wie von Sinnen gegen Dach und Fenster schlugen. Ihre Glieder erloschen, kaum dass sie das silberne Licht berührten, doch immer wieder brachen einzelne von ihnen durch und hieben mit solcher Gewalt auf den Wagen ein, dass er ächzte wie zwischen den Fäusten eines Riesen.

Rhasgar griff nach Anouks Arm, um sie von der Wand zurückzuziehen. Aber ehe er sie erreichte, ging ein Riss durch seinen Spiegel, und er fuhr mit einem Schmerzensschrei zusammen. Das silberne Licht begann zu flackern, doch Anouk achtete nicht darauf. Zu heftig war der Schmerz auf Rhasgars Zügen. Atemlos fiel sie neben ihm auf die Knie und stützte ihn, als er wie verwundet zu Boden sank. Er presste sich die Hand vor die Brust, gerade so wie sein falsches Abbild es in dem düsteren Keller getan hatte. Im selben Moment, da die Symbole auf dem Spiegel zerbrachen, erlosch auch das silberne Licht. Und sein Wagen verwandelte sich in den von Masrador.

Anouk schrie auf, als sie den Clown hinter seinem Schreibtisch sitzen sah. Noch immer war sein Gesicht verbrannt, aber er saß auf seinem Sessel, als hätte er seit Stunden nichts anderes getan, als auf sie zu warten. Die linke Seite seines Mundes war verkohlt. Es sah aus, als würde sich sein Gesicht jederzeit auflösen können und nichts als Schatten darunter offenbaren. Anouk erinnerte sich mit aller Schärfe daran, wie sie ihn zum ersten Mal in der Manege gesehen hatte. Schon damals war er wie ein Riss durch ihre Welt gegangen … so als trüge er nichts als Dunkelheit unter seiner Maske. Doch wie damals widerstand sie dem Impuls, vor ihm davonzulaufen, und sie tat es in vollem Bewusstsein. Sie würde nicht zurückweichen vor seiner Finsternis. Erst als er mit den langen Krallen gegen die Tischplatte tippte, merkte Anouk, wie still es auf einmal war. Die Geisterwesen waren verschwunden, und nichts als ihr eigener Herzschlag erfüllte die Luft, das elende Geräusch der Clownskrallen … und Rhasgars Schweigen, als er nun langsam den Kopf hob.

Als Rhasgars Blick ihn traf, kam Masrador auf die Beine. Das schwarze Feuer flammte unter seinen Füßen auf und kroch wispernd über die Dielen, und Anouk konnte die Schatten spüren, in die der Clown sie hüllen wollte – Schatten mit messerscharfen Klauen, die sie in Fetzen reißen würden. Unendlich langsam kam er auf sie zu und verstärkte sein Lächeln, als Rhasgar sich erhob. Anouk wusste, dass er sich jeden Augenblick vorstürzen würde, geradewegs auf den Clown zu. Vielleicht würde es ihm gelingen, sein Licht erneut zu entfachen, vielleicht würde sie durch seinen Spiegel fliehen können, wenn er sie in seinen Wagen zurücktrug und den Clown aufhielt … Sie hörte seine Gedanken so deutlich, als wären sie in ihrem eigenen Kopf. Aber sie folgte nicht seinem stummen Befehl, vor Masrador zurückzuweichen. Stattdessen kam sie auf die Beine und griff nach Rhasgars Hand. Sie erwiderte seinen Blick ohne einen Wimpernschlag, als er sie fast erschrocken ansah.

*Es ist unser Weg*, dachte sie und wusste, dass Rhasgar sie hören konnte. *Und was auch kommen mag – wir gehen ihn gemeinsam.*

Ein Wechselspiel widerstreitender Empfindungen flog über Rhasgars Züge, doch ehe er etwas entgegnen konnte, ging ein Geräusch durch die Luft, so entsetzlich, dass Anouk zusammenfuhr. Sie wandte den Kopf und sah, dass es Masrador war, der in donnerndes Lachen ausgebrochen war. Seine Stimme drang in ihren Leib, als wäre er das Blut in ihren Adern. Rauschend loderten seine Flammen ringsum auf und da barst sein Lachen in ihrem Schädel zu reißender Glut auseinander. Anouk nahm kaum die Kälte wahr, die Rhasgar schützend über ihre Glieder legte, oder den Schmerz, als sie zu Boden sank. Alles, was sie deutlich fühlte, war das Lachen des Clowns und der Spott angesichts des Bildes, das sich ihm bot: zwei Menschenkinder, die sich inmitten seines Feuers an den Händen hielten, umgeben von reißenden Schatten.

Der Ton war kaum zu hören, und doch drang er Anouk mit solcher Wucht ins Mark, dass ihr schwarz vor Augen wurde. Sie fühlte, wie Rhasgar neben ihr zusammenfuhr, und erst als sie begriff, was das für ein Ton war, verschwand die Dunkelheit hinter ihren Lidern. Papier. Reißendes Papier, von tosendem Sturm erfasst. Anouk öffnete die Augen. Die Flammen um sie herum waren fast erloschen. Tiefe Risse liefen über die Wände des Wagens, ebenso wie durch das Dach, hinter dessen Trümmern ein schwarzer Himmel ohne Sterne lag. Und dort, kaum wenige Armlängen von Anouk entfernt, stand Esra.

Anouk hätte sie beinahe nicht erkannt. Ihr rotes Haar loderte wie Feuer, die Peitsche in ihrer Hand glühte im Licht der Sterne, die sie in all den traumlosen Nächten vom Himmel geholt hatte, und sie stand so regungslos, als würde sie die Hitze nicht spüren, die gnadenlos über ihre Haut strich. Mit festem Blick sah sie Masrador in die Augen.

»Komm nur näher«, sagte Esra mit einem Lächeln. »Viel zu lange schon wartet meine Peitsche auf dein Fleisch!«

Masrador rührte sich nicht. Das Feuer in seinen Augen war zu einer tückisch lodernden Flamme zusammengeschmolzen, und für einen Moment glomm etwas wie Erstaunen über seine Züge ... so als würde er sich fragen, ob er in einen der Albträume geraten war, die der *Dark Circus* für gewöhnlich durch die Nacht schickte. Doch dann kehrte die alte Verächtlichkeit zu ihm zurück. »Sieh an«, murmelte er und maß Esra mit kaltem Blick. »Dich hätte ich hier nicht erwartet. Hast du nun endgültig den Verstand verloren, dass du dich in mein Feuer begibst?«

Sein Blick schweifte über die Striemen an Esras Arm, aber sie lachte nur, so unbeschwert, als wäre sie ein Kind, das auf einer blühenden Wiese spielte. »Man kann nichts verlieren, das man nie besessen hat«, gab sie zurück. »Was ist mit dir, irrender Clown? Was hast du verloren, dass diese Angst in deinen Augen steht?«

Anouk sah den Zorn, der nun in Masradors Blick aufflammte. Rhasgar griff nach ihrem Arm und zog sie zurück, aber sie konnte sich nicht von dem Schauspiel abwenden, das sich ihr bot. Der Clown duckte sich, langsam und wie zum Sprung bereit.

»Auch du wirst lernen, was Angst bedeutet«, raunte Masrador. »Vielleicht weißt du es schon längst. Bist du nicht gerade erst zu mir gekommen, um jene dort zu verraten? Wolltest du den Zirkus nicht vor ihnen bewahren? Und jetzt verteidigst du sie?«

Spielerisch bewegte Esra ihre Peitsche und strich durch die letzten Flammen, die sich wie unter einem stummen Befehl in steinerne Schmetterlinge verwandelten. »Nicht sie sind es, die den Zirkus zerstören«, gab sie zurück. »Du bist es!«

Der letzte Satz schoss aus ihrem Mund wie ein Hieb. Anouk

sah noch, wie Masrador zurücktaumelte, als hätte ihn etwas getroffen. Dann schlug Esra die Peitsche vor seine Füße und riss den Boden auf. Schnee stob aus dem Spalt, Anouk meinte, die grauen Felsen des Schlafgebirges zu sehen, und da sprang Esra über die Kluft hinweg. Blitzschnell wich Masrador ihr aus, doch Esra lachte erneut. Ihre Peitsche glitt über seinen Schreibtisch, der Sessel dahinter verwandelte sich in einen klapprigen Schemel. Donnernd schlug Esra ihn entzwei und der Clown keuchte auf. Blut lief über seine Schulter, als wäre er es gewesen, der getroffen worden war. Mit einem Zornesschrei ließ er sein Feuer auflodern, aber Esra hielt nicht inne. In rasender Geschwindigkeit riss sie ihre Peitsche durch die Luft, verwandelte jedes Regal, jedes Buch unter ihrer Waffe in morsches Holz und brüchiges Papier, um sie gleich darauf zu zerschlagen, und mit jedem zerbrochenen Ding büßte der Clown seine Kräfte mehr ein. Mit fieberglühenden Augen drehte er sich um sich selbst, und dann, mit einer einzigen kräftigen Bewegung, wirbelte Esra ihre Peitsche im Kreis herum. Klirrend fiel der Wagen in sich zusammen – und im nächsten Moment umgab sie das Labyrinth aus Glas und Spiegeln.

Anouk schwankte, so plötzlich hatte sich die Umgebung geändert. Doch Esra zögerte keinen Augenblick. Blitzartig sprang sie auf Masrador zu und schlang ihm die Peitsche um den Hals. Der Clown keuchte. Sein Fleisch verbrannte, als er nach der Waffe griff, und auch Esras Finger wurden rot unter der Hitze seines Feuers. Aber sie achtete nicht darauf. Mit lautlosem Befehl ließ sie ihre Peitsche aufglühen, und als sie in Masradors Fleisch schnitt, flackerten Bilder in den Spiegeln ringsum auf. Anouk hielt den Atem an. Sie sah den Himmel über einem Dorf jenseits der Hügel, lachende Gesichter auf kleinen Marktplätzen, Straßen, die sich endlos weit durch die Natur zogen, und sie begriff, dass jedes einzelne Bild aus Masradors Erinnerungen stammte. Stöhnend kämpfte er gegen Esras Bann an, doch er lag auf den Knien und starrte in die Spiegel … in Ketten gelegt von nichts als Träumen und Gedanken.

»Zur Hölle noch eins«, schrie Esra da und riss Anouk aus ihrer Starre. »Seht zu, dass ihr verschwindet! Lauft!«

Es war ihre Stimme, die Anouk in Bewegung setzte, hell und schrill wie die eines Kindes. So schnell sie konnte, rannte sie neben Rhasgar den Gang hinab, immer dem Vogel hinterher, der als glühender Funke an den Spiegeln vorüberglitt. Mehrfach sprangen sie durch leere Rahmen, drängten sich durch schmale Durchgänge und kletterten über verspiegelte Treppen, und erst als die Bilder Masradors weit hinter ihnen zurückgeblieben waren, wagte Anouk einen Blick über die Schulter.

Das Labyrinth lag in reglosem Schweigen, und der Gang erstreckte sich in solchem Glanz, als wäre ihm jede Dunkelheit unbekannt. Anouk spürte, wie ein kaltes Lächeln auf ihre Lippen trat. Dieser Ort war ebenso ein Lügner wie sein Herr, aber in all diesen falschen Schein hatte sich die Wahrheit hineingeschlichen. Anouk folgte Rhasgar den Gang hinab, immer darauf bedacht, den Spiegeln nicht zu nah zu kommen, und sie sah Esra vor sich, die Masrador in Ketten hielt. Als Kriegerin war sie ihm entgegengetreten, als Zauberin hatte sie ihn gebannt. Und doch war es ihr letzter Blick, der Anouk nachging, während sie durch das Herz des *Dark Circus* lief: ein Blick der Hoffnung von einem Mädchen voller Träume – einem Mädchen, das erfahren hatte, was Heimat bedeutete.

# 27

Die Scherben der Spiegel knirschten unter Anouks Füßen. Für eine ganze Weile war es ihr gelungen, sich fast so lautlos durch das Labyrinth zu bewegen wie Rhasgar. Aber inzwischen hatten sie die makellosen Gänge hinter sich gelassen. Immer häufiger glühten die Spiegel in der unheilvollen Schwärze des Schattenglases und mit der einstigen Schönheit war auch Anouks Geschicklichkeit verschwunden. Immer wieder erschrak sie vor dem Lärm ihrer eigenen Schritte und zuckte zusammen, wenn sie leichtsinnigerweise einen Blick in die Spiegel warf. Niemals hätte sie erwartet, nach der anfänglichen Pracht der Korridore an einen Ort wie diesen vorzustoßen.

Das Licht der Gänge war fast gänzlich erloschen. Nur vereinzelt glitten noch Funken über die Spiegel und ihr Schein warf unheimliche Schatten auf den gebrochenen Boden. Er sah aus, als wären schwere Lasten darauf niedergegangen. Kratzer zogen sich darüber hin und die Wände hinauf und das Silber der Spiegel war an zahlreichen Stellen oxidiert und bildete rätselhafte Muster. Jedes Mal, wenn Anouk versehentlich hineinsah, fand sie ihr eigenes Gesicht ebenso wie Rhasgars Gestalt grotesk verzerrt, und selbst der Vogel, der ihnen mit flackerndem Schwingenschlag vorausflog, wirkte wie ein geisterhafter Schemen. Es kam ihr so vor, als wären sie in eine Ruine geraten, die seit Urzeiten kein menschliches Wesen mehr betreten hatte … lange genug jedenfalls, um die Scherben auf dem Boden auszubreiten wie eine Decke aus Schnee über tiefen Wunden.

»Wenn das so weitergeht, stehen wir bald in einer Wüste voller Spiegelscherben«, murmelte sie und war dankbar, das Knirschen unter ihren Füßen zumindest für einen Augenblick mit ihrer eigenen Stimme zu übertönen. »Eine Wüste, die bis zum Horizont reicht und kein Ende nimmt. Ich sehe uns schon vor mir: alt und grau zwischen all den Hügeln.«

Rhasgar warf ihr einen spöttischen Blick zu. »Das ist kein sehr wahrscheinliches Szenario. Früher oder später müssten wir was zu essen und zu trinken auftreiben und beides dürfte schwierig werden. Insofern kann ich dich beruhigen. Selbst wenn wir in besagter Wüste landen sollten, werden wir nicht lange genug überleben, um alt und grau zu werden.«

»Großartig«, gab Anouk zurück. »Das ist genau der Optimismus, den wir jetzt brauchen.«

Rhasgar lachte. »Gern geschehen. Und um die heitere Stimmung komplett zu machen: Auch unser Verfolger wird alles daransetzen, um uns ein langsames Dahinsiechen auf Scherbendünen zu ersparen.«

Anouk warf einen Blick über die Schulter. Sie fand den Gang verlassen, aber vor ihrem inneren Auge sah sie Esra vor sich, lachend, tanzend, singend … und bereit zu sterben im Angesicht des dunklen Clowns. »Ob Esra ihn noch gefangen hält? Oder hat er sie vielleicht …«

Sie sprach nicht weiter, doch Rhasgar schaute in die gebrochenen Spiegel, als könnte er darin den Kampf der ungleichen Gegner erkennen, und sein Gesicht verfinsterte sich. »Esra verfügt über große Macht. Sie hat lange gebraucht, um sie zu erkennen, und umso stärker ist sie nun. Sie hat sich in die Dunkelheit ihres Feindes begeben, und sie wird ihn so lange in seinen eigenen Gedanken gefangen halten, wie es ihr möglich ist. Noch ist er uns nicht auf den Fersen, was bedeutet, dass sie ihn bisher erfolgreich fesseln konnte. Und es ist unsere Aufgabe, den Fluch zu brechen, bevor er sich dafür rächen kann.«

Anouk schaute zum Vogel hinüber, der zum wiederholten Mal am Boden innehielt. Er verlor seine Kraft, das konnte sie sehen, und sie zog die Schultern an, als Rhasgar ihrem Blick folgte und sie die Anspannung bemerkte, die über seine Züge strich. »Wenn wir nur endlich diese Gänge hinter uns lassen könnten«, sagte sie, um seine Aufmerksamkeit vom Sternenvogel abzulenken. »Es kommt mir so vor, als würde ich beobachtet, und jedes Mal, wenn ich mich umdrehe, sehe ich nur mein eigenes Gesicht. Nun ja … mehr oder weniger.«

Sie bedachte ihr verzerrtes Spiegelbild mit einem abfälligen Blick und merkte erst nach einem Moment, dass Rhasgar sie von der Seite ansah. »Du solltest weniger auf deine eigenen Schritte hören und mehr auf das, was um dich herum passiert. Es ist nicht dein Gesicht, das dich aus den Spiegeln anschaut.«

Ehe Anouk etwas entgegnen konnte, ging ein Raunen durch den Gang, so leise, dass sie zuerst glaubte, nur ein weiteres Mal das Knirschen der Scherben zu hören. Sie blieb stehen und lauschte, und da war es erneut: das Wispern, das jenseits ihrer Schritte die Luft erfüllte. Sie zog die Brauen zusammen. War es tatsächlich die ganze Zeit über da gewesen und sie hatte es nur nicht wahrgenommen? Ihr Blick glitt zu den Spiegeln hinüber. Sie sah sich selbst darin, reglos und blass ... und erschrak, als sie den Nebel bemerkte, der in ihren Pupillen lag. Kurz schien es ihr, als würde ihr Blick aus glühenden Augen erwidert. Dann stob ein grauer Schemen hinter ihrem Spiegelbild hervor und huschte über etliche Spiegel hinweg, so schnell, dass sie seine Konturen nicht ausmachen konnte. Geisterhaft flog er den Gang hinab und ließ ihr Spiegelbild zurück, das sie nun aus leeren Augenhöhlen anstarrte. Eine Maske war es, die das verbarg, wofür sie keine Worte fand.

»Was zum Teufel ...«, begann sie, doch sie beendete ihren Satz nicht. Zu deutlich sah sie plötzlich überall neblige Schemen, in den Rissen des Bodens, in den Spiegeln, selbst in den Scherben zu ihren Füßen. Einige waren winzig wie Hagelkörner, andere nicht mehr als fließende weiße Schleier, und manche standen als Kontur eines Menschen auf der anderen Seite der Spiegel – regungslos, die unsichtbaren Augen direkt auf sie gerichtet. Immer wieder stoben sie plötzlich auf das Glas zu, nur um im letzten Moment daran abzugleiten, lautlos wie Geister. »Was hat das zu bedeuten?«, fragte Anouk so leise, dass sie sich selbst kaum verstand. »Ist das ein Zauber?«

»Nein«, erwiderte Rhasgar dunkel und setzte seinen Weg fort. »Es sind Spiegelbilder.«

Anouk folgte ihm. »Möglich, dass ich etwas blass geworden bin in diesen Gängen. Aber in einen nebligen Schemen habe ich mich ja wohl noch nicht verwandelt. Und ich kann dir versichern, dass auch du noch ziemlich genau so aussiehst wie zu dem Zeitpunkt, da wir das Labyrinth betreten haben.«

»Nicht *unsere* Spiegelbilder«, gab er zurück. »Sondern die Abbilder von dem, was in diesen Gängen verloren gegangen ist. Gedanken. Träume. Ängste. Sehnsüchte und Wünsche. Viele vor uns sind im Gläsernen Herzen herumgeirrt. Und sie alle haben etwas darin zurückgelassen, das nicht sterben kann.«

Wie als Antwort auf seine Worte hallte plötzlich ein Seufzen durch den Gang, so nah, dass Anouk meinte, einen Atemzug im Nacken zu fühlen. Sie fuhr herum und sah gerade noch, wie ein Schemen aus dem Spiegel hinter ihr verschwand und den Gang hinunterglitt. »Noch ein Grund mehr, so schnell wie möglich von hier zu verschwinden«, murmelte sie. »Bevor uns unsere eigenen Gedanken auch noch von diesen Spiegeln gestohlen werden.«

Rhasgar schüttelte seufzend den Kopf. »Manchmal bist du noch immer das Mädchen aus der Welt der Menschen.«

Sie stieß die Luft aus. »Was soll das denn heißen? Weil ich nicht will, dass meine Gedanken in diesen Spiegeln landen? Ich weiß nicht, wieso …«

Da sah er sie an, und sein Blick war so ernst, dass er sie zum Schweigen brachte. »Verstehst du denn nicht?«, fragte er kaum hörbar. »Dafür ist es längst zu spät. Das Labyrinth bestiehlt uns, vom ersten Schritt an, den wir in diesen Gängen getan haben, und mit jedem unserer Atemzüge erwacht der Nebel in den Spiegeln stärker zum Leben. Du kannst ihn nicht verstehen, aber er ruft unsere Namen. Er will, dass wir uns in ihm verlieren, und ein einziger Schritt durch seine gläsernen Türen reicht aus, um das zu tun ... ein einziger Schritt in das Vergessen hinein. Deshalb, was auch immer er dir zeigt: Halte dich von den Spiegeln fern.«

Die Warnung ließ Anouk schaudern. Sie hielt sich in der Mitte des Ganges und bemühte sich, nicht auf die Schemen zu achten, die zunehmend stärker von allen Seiten auf sie zudrängten. Doch es gelang ihr nicht. Zu glühend brannte die Frage hinter ihrer Stirn, welche ihrer Gedanken, Träume und Sehnsüchte dort hinter dem Glas in Ketten lagen. Neugierig wie Kinder glitten die Schemen an den Spiegeln vorüber. Vereinzelt schaute Anouk in Gesichter ohne Augen, die ihren Blick dennoch so eindringlich erwiderten, dass sie fröstelte, und immer wieder meinte sie, knöcherne Totenhände von der anderen Seite gegen das Glas klopfen zu hören. Aber keiner der Schemen erinnerte sie an etwas, das einmal ein Teil von ihr gewesen war. Sie zog sich den Mantel enger um die Glieder. Fast meinte sie, die Farben darin fühlen zu können, und ein Lächeln flog über ihr Gesicht. Vielleicht schützte deren Macht sie sogar hier ... umgeben von Nebel und Spiegeln.

Der Geruch war so flüchtig, dass Anouk ihn fast nicht wahrnahm, und doch erfasste er sie mit einer Gewalt, die ihren Herzschlag stocken ließ. Kalt war er, steril und chemisch, ein Geruch aus Angst und Atemlosigkeit, der nicht an diesen Ort gehörte. Oft genug hatte sie ihn an anderer Stelle wahrgenommen, um genau zu wissen, woher er kam. Und dennoch stand sie da wie gelähmt, als sich etliche Spiegel weiß verfärbten.

»Dieser Geruch«, flüsterte sie und schloss zu Rhasgar auf. »Und die Spiegel … sie verändern sich.«

»Ich weiß«, erwiderte er, ohne sie anzusehen. »Aber hab keine Angst. Es ist nur eins ihrer Spiele. Wir sind noch immer im Labyrinth, nicht in einem stinkenden Keller.«

Anouk zog die Brauen zusammen. »Wovon sprichst du? Die Spiegel zeigen keinen Keller, sondern …«

Weiter kam sie nicht, denn plötzlich stolperte Rhasgar, so heftig, als hätte ihn ein unsichtbarer Hieb in den Nacken getroffen. In letzter Sekunde fing er sich an einem der Spiegel ab. »Sie zeigen, was wir sind«, brachte er hervor, die linke Hand schwer atmend gegen das Glas gestützt. »Und was wir nicht sind. Du darfst sie nicht ansehen. Sie führen uns in die Irre.«

Damit stieß er sich vom Spiegel ab und setzte seinen Weg fort. Er schwankte, als wäre er verwundet worden … und Anouk bemerkte erst nach einem Moment den blutigen Handabdruck, den er auf dem Spiegel hinterlassen hatte. Ein Schauer glitt über ihren Leib. Es war rotes Blut. Das Blut eines Menschen.

»Rhasgar«, rief Anouk, lauter als beabsichtigt. Sie rannte ihm nach, ungeachtet der Scherben, die unter ihren Füßen zerbrachen, doch er hielt erst inne, als sie nach seinem Arm griff. Aufatmend sah er sie an, den Blick verhangen, als hätte sie ihn aus einem Traum geweckt. »Deine Hand …«, begann sie und verstummte, als sie auf seine Hand hinabsah, mit der er gerade noch den Spiegel berührt hatte. Sie war unversehrt. Verwirrt deutete Anouk den Gang hinab. »Sie hat einen Abdruck hinterlassen, auf dem Spiegel da hinten. Einen blutigen Handabdruck, rot wie …«

Rhasgar presste die Zähne aufeinander. »Trugbilder«, raunte er kaum hörbar. »Nicht mehr. Wir müssen weiter. Wir dürfen nicht zulassen, dass sie uns in ihre Welt zurückziehen.«

Damit eilte er dem Vogel nach, so schnell, dass Anouk ihm kaum folgen konnte. Ein seltsamer Glanz war in seinen Blick getreten, und sie konnte sich nicht gegen den Schauer wehren, der sie bei seinen Worten ergriff. Von welcher Welt sprach er? Sie versuchte, zu ihm aufzuschließen, aber plötzlich schwoll das Wispern der Spiegel an, und ein seltsamer Wind kam auf, der sich rasch zu schneidendem Sturm entwickelte. Anouk duckte sich in seinem Griff und sah, wie Rhasgar sich die Hände gegen die Ohren presste, als würde er die Stimmen nicht länger ertragen. Entschlossen kämpfte sie sich gegen den Sturm voran. Aber noch bevor sie Rhasgar erreichte, kehrte der Geruch zu ihr zurück, so deutlich dieses Mal, dass sie nicht anders konnte, als zu den Spiegeln hinüberzusehen. Sie alle hatten sich inzwischen in weißem Licht verfärbt, und da war er ... der Flur im Krankenhaus, den sie nie im Leben vergessen würde.

Sie kannte ihn so gut, dass sie jede Einzelheit blind hätte zeichnen können. Die Schrammen an der Wand, die aussahen wie ein Dreizack. Die Bilder, Klee, Monet, Picasso, allesamt in schief hängenden Plastikrahmen neben den Türen. Und der Ficus, der inmitten dieser Trostlosigkeit lebte, obwohl alle anderen hierhergekommen waren, um zu sterben.

Anouk fuhr sich an die Stirn. Ihr Gesicht glühte, als hätte sie Fieber. Sie konnte die Schritte der Schwestern hören, quietschend auf dem Linoleum, die gedämpften Stimmen im Besuchsraum, das Flackern der Notbeleuchtung. Sie roch den dünnen Kaffee und den Pfefferminztee. Und sie fühlte die elende Helligkeit, die den Flur vor ihren Augen verschwimmen ließ, als würde sie weinen.

Mit aller Kraft riss sie den Blick von den kalkweißen Wänden fort und rieb sich die Augen, die trocken wie Walnüsse in ihrem Schädel steckten. Dann setzte sie sich wieder in Bewegung. Verflucht, sie durfte nicht auf diese Bilder hereinfallen. Sie war noch immer im Labyrinth – sie musste ihren Weg im Auge behalten. Sie hörte die Scherben unter ihren Füßen nicht mehr, aber sie sah noch immer die dunkle Gestalt, die vor ihr lief, begleitet von einem hellen flackernden Licht, und sie beschleunigte ihre Schritte. Rhasgar war zu weit vorausgegangen. Sie musste zu ihm aufschließen, sie durfte nicht zurückbleiben in diesem Flur, der alle Spiegel verschlungen hatte. Sie musste …

Das Zimmer tauchte so plötzlich vor ihr auf, dass sie nicht sagen konnte, ob sie den Blick zur Wand gedreht hatte oder ob es geradewegs vor ihr aus dem Boden geschossen war. Alles, was sie wahrnahm, war die Tür mit der blassblauen Nummer neben der Klinke, und die Stille, die dahinterlag – die Stille, die nun mit aller Macht in ihre Glieder schoss und die sie durchbrechen musste, wenn sie nicht daran ersticken wollte.

Das Klacken der Klinke fuhr ihr ins Mark. Es klang genauso wie an jenem Morgen, genauso wie in all den Träumen, die sie anschließend davon gehabt hatte: leise und unabänderlich wie ein Hebel in ihrem Inneren, der sich in diesem Augenblick umlegte. Auch die ersten Schritte in dem Zimmer waren so, wie sie sie in Erinnerung hatte: seltsam fühllos, unfähig, die Stille zu zerreißen, die sich wie eine erstickende Masse um ihre Kehle legte. Sie trat auf das Bett zu. Es war riesengroß, das wusste sie, aber sie sah es nicht an. Sie fixierte den feinen Riss im Boden. Auch ihn kannte sie genau. Er war gezackt wie ein Blitz und führte unter dem linken Rad des Bettes hindurch bis zum Tropf auf der anderen Seite und zum Sauerstoffgerät, das normalerweise einen Mordslärm machte. Jetzt trug es seinen Part zur Symphonie der Stille bei.

Anouk blieb stehen, als sie das kalte Metall des Bettgestells an ihren Fingern fühlte, und hob langsam den Kopf. Sie wusste, welcher Anblick sich ihr bieten würde. Sie erinnerte sich an das blasse Gesicht ihres Bruders, an sein Haar auf dem Kissen und seine Hände, so bleich und zart, dass sie fast durchscheinend wirkten. Sie wappnete sich gegen das Entsetzen angesichts seines Totengesichts, das nichts, gar nichts mehr mit ihm zu tun hatte – und erschrak. Es war nicht ihr Bruder, den sie sah. Es war Amélie, die tot in diesem Bett lag. In wächserner Blässe ruhten ihre Hände auf dem Laken, und langsam verwandelte sie sich in Artus, in Luana, Esra, Rhasgar ... und am Ende in Anouk selbst.

Mit stockendem Atem starrte sie sich ins Gesicht. Sie war sich so fremd, dass sie sich beinahe nicht erkannt hätte. Das dunkle Haar umrahmte ihre Züge. Ihre Wangen, ihre Stirn, selbst ihre Lippen wirkten wie aus Eis geformt, und jeder Trotz, der sie, seit sie denken konnte, ausgezeichnet hatte, war zugunsten eines beinahe erhabenen Lächelns verschwunden. Nun sah sie fast schön aus, wie sie mit geschlossenen Augen dalag ... und vielleicht war es diese Schönheit, die Anouk mit eisiger Hand ans Herz griff. Sie kannte sie zu gut, diese Reglosigkeit in den Gliedern, und auf einmal wusste sie, wie sich die

Haut dieses toten Körpers anfühlte: kalt wie die eines Friedhofsengels in der Nacht. Ihr schien es, als würde ihr Atem in der Luft gefrieren und Raureif über ihr erstarrtes Ebenbild schicken. Er kroch über die Schultern und den Hals hinauf, und im selben Moment, da er die Lippen berührte, öffnete die Tote die Augen. Anouk wich das Blut aus dem Kopf. Diese Augen waren nicht dunkel wie ihre eigenen. Diese Augen waren golden.

Anouk wollte zurückweichen, aber sie konnte es nicht. Sie stand da wie erstarrt und schaute zu, wie sich die Tote langsam aufrichtete, ihr Ebenbild, das einen Engel unter seinen Zügen barg … einen Engel mit breiten Schwingen, der nicht mehr als einen Blick brauchte, um jede Gegenwehr in ihr zu ersticken. Sie konnte ihn unter der Maske ihres eigenen Gesichts nur erahnen, doch sein Lächeln war so, wie das ihre seit einer Ewigkeit nicht mehr gewesen war: so glücklich und unbeschwert, dass sich ihr Herz zusammenzog. Unmerklich glomm das Feuer seiner Augen auf und strich mit unendlicher Zärtlichkeit über ihre Haut, und da zögerte sie nicht länger. Schritt für Schritt trat sie auf den Engel zu, und als sie die Hand nach ihm ausstreckte, blieb nur ein einziger Gedanke in ihr zurück: Sie wollte auch solche Augen haben … Augen, die keinen Schmerz kannten.

Es war nur ein Flüstern, das sie den Blick senken ließ, ein Ruf aus weiter Ferne, der wie ihr eigener Name klang. Kurz nur schaute sie auf ihre Hand hinab, die das Herz ihres Ebenbildes fast erreicht hatte – und fuhr heftig zusammen. Goldenes Feuer zog sich über ihre Finger, doch es war nicht heiß, wie sie erwartet hätte. Es war kalt, so entsetzlich kalt, dass sie hören konnte, wie Eiskristalle über ihre Hand flogen, den Arm entlang und ihren Hals hinauf. Sie rang nach Atem, aber sie bekam keine Luft mehr. Es war, als würde sich ein Totentuch um ihre Glieder schlingen, und als sie panisch zurücktaumelte, fühlte sie erneut das Feuer des Engels auf ihren Wangen. Grausam war es nun, als hätte er gewusst, dass sie in seine Falle laufen würde … diese Falle, der sie nichts entgegensetzen konnte.

Sie merkte kaum, wie die goldene Glut über ihren Körper glitt und sie in die Knie zwang. Blitzlichtartig flackerten Bilder in ihr auf, ihre Eltern, Ben, der Winterhimmel, wenn es schneite, unzählige Szenen, die alle im Feuer des Engels verbrannten, und sie hörte noch einmal ihren Namen, geschrien in einer Nacht ohne Morgen. Es war Rhasgar, der sie rief, das spürte sie mit haltloser Verzweiflung, aber sie konnte ihm nicht mehr antworten. Hilflos lag sie im Feuer des Engels und musste zusehen, wie selbst ihr Entsetzen von der Kälte verschlungen wurde. Dann wurde ihr schwarz vor Augen.

Der Funke war hell wie ein verglühender Stern. Er zerriss die Finsternis und trug Anouk in den kalten Raum zurück, und im selben Moment, da sie den Glasvogel erkannte, die Flügel in silbernes Feuer gesetzt, durchschlug er die Brust der Toten. Anouk sah noch, wie sich Risse über deren Leib zogen, als bestünde sie aus Porzellan. Das Gold ihrer Augen färbte sich silbern und mit lautem Krachen brach sie auseinander.

Anouk wurde zurückgeschleudert und fand sich am Boden des Labyrinths wieder, umgeben von den düsteren Spiegeln der Gänge. Der Flur des Krankenhauses war ebenso verschwunden wie das Zimmer, aber sie spürte noch immer die Kälte in ihren Gliedern, als sie sich inmitten von Eissplittern aufrichtete. Gleich darauf war Rhasgar an ihrer Seite. Ein blutiger Striemen zierte seine Wange, doch in seinem Blick stand nichts als Sorge um sie. Er packte sie an den Schultern. Schmerzhaft schoss seine Wärme in ihren Leib, und als sie Atem holte, drang die Luft glühend in ihre Lunge. Und doch nahm sie all das wahr wie durch einen Schleier. Alles, was sie deutlich sah, war der Vogel, der neben ihr am Boden lag … regungslos, als wäre alles Leben aus ihm gewichen. Ihre Kehle zog sich zusammen. Sie wollte Rhasgar anflehen, ihm zu helfen, wie er es schon einmal getan hatte, aber sie wusste, dass es zwecklos war. Selbst er war machtlos angesichts des Zauberers, der nun an ihre Seite trat.

Behutsam hob sie den Vogel auf, und als sie ihn in ihren Händen hielt, spürte sie ihn noch einmal: den Schleier des Todes, der über sie gekommen war und den dieser Vogel für sie zerrissen hatte. Er blinzelte sie aus Sternenstaubaugen an, und für einen Moment schien es ihr, als würde er lächeln, tröstend, als wäre sie es, die inmitten tanzender Schatten sterben musste und nicht er. Sie ertrug den Frost auf ihren Lippen, als sie ihn küsste, und meinte, ein Licht in seinen Augen aufglimmen zu sehen … zärtlich wie das Funkeln eines Sterns. Dann sank auch dieser Glanz in ihn zurück und der Vogel zerbrach ohne jedes Geräusch zu schwarzen Scherben.

Anouk spürte die Tränen kaum, die über ihre Wangen liefen. Aber sie fühlte die Stille, die von allen Seiten näher kroch, diese unsägliche Stille, die sie gerade noch in die Irre geführt hatte … und gleichzeitig den glühenden Willen, ihr nicht die Oberhand zu lassen. Entschlossen wischte sie sich über die

Augen und schaute auf die schwarzen Scherben nieder. Der Schimmer eines Sterns war für sie gestorben – und das würde nicht vergebens gewesen sein.

Ihre Hand zitterte, als sie über die Scherben strich. Noch immer glühte die Kälte darin, aber da war noch etwas anderes, tief in der Dunkelheit, gerade wie damals, als sie an Bens Totenbett gesessen und in sich hineingelauscht hatte, um der Stille zu entkommen. Sie fühlte Rhasgars Blick, als sie die Finger um die Scherben schloss … und da ging ein Impuls durch sie hindurch, so schwach, dass er fast nicht zu spüren war, und doch deutlich genug, um Anouk den Atem anhalten zu lassen. Es war der Herzschlag des Sternenvogels, der nun durch ihren Körper drang, die Stimme Amélies und die Schönheit der Nacht, die tief im Gläsernen Herzen verborgen lag. Reglos lauschte Anouk auf diesen Ton … und sog die Luft ein, als ein Pulsen über die umliegenden Spiegel ging. Schwach war es, wie ein Flimmern, aber es genügte, um sie auf die Beine zu treiben, und sie fand ihre eigene Aufregung in Rhasgars Augen gespiegelt. Sie hatte den Herzschlag des Vogels gefunden – und das Labyrinth antwortete ihr.

Sie hielt die schwarzen Scherben fest umschlossen, als sie auf die Beine kam. Rhasgar blieb dicht bei ihr, und Schritt für Schritt folgten sie dem Ruf des Gläsernen Herzens, durch dunkle Gänge und geborstene Spiegel, bis der Ton schließlich als heftiges Dröhnen durch Boden und Wände pulste. Anouk stieg eine Treppe hinauf, so ausgetreten, dass sie unter ihren Füßen bröckelte, trat durch ein Tor, dessen gläserne Flügel halb zerbrochen in den Angeln hingen, und fand sich in einem gewaltigen Kirchenschiff wieder.

Jede Kuppel, jede Säule, selbst die Kerzen und Lüster bestanden aus Schattenglas. Anouk konnte sich vorstellen, wie prachtvoll dieser Ort in früheren Zeiten gewesen sein musste. Nun jedoch war der Verfall über ihn gekommen. Die Wände waren teilweise eingestürzt, tiefe Risse zogen sich durchs Fundament, und die Fenster waren gesprungen, sodass die Scherben scharf wie Messer aus den Rahmen ragten. Und doch ergriff Anouk eine tiefe Ehrfurcht, als sie den Blick durch die Dämmerung schweifen ließ. Noch nie zuvor war sie in einer Kathedrale wie dieser gewesen, die aussah, als wäre sie in einem vollkommenen Traum entstanden ... und dieser Traum hielt den Atem an, das fühlte sie deutlich. Lange hatte dieser Ort darauf gewartet, aus der Einsamkeit erlöst zu werden. Und nun war die Zeit gekommen.

Wie der Schwingenschlag eines Vogels erhoben sich die schwarzen Scherben in die Luft. Getragen vom steten Pulsen flogen sie den Mittelgang hinauf und legten sich vor dem zerbrochenen Altar auf etwas nieder, das Anouk erst erkannte, als sie an Rhasgars Seite näher trat. Es war eine Blume, die in den Trümmern wuchs, zart und zerbrechlich, den schweren Kopf tief geneigt. Sie sah aus wie die Papierblume, die Masrador am Revers getragen hatte. Aber sie bestand ganz und gar aus weißem Glas, und als die Scherben sie berührten, erblühte sie in samtenem Glanz. Und da spürte Anouk, dass sie es war, die den dunklen Impuls aussandte – sie, die das Herz des Herzens war.

Die Lichtreflexe der Blume flackerten über Anouks Gesicht, als sie vor ihr in die Knie ging. Die Scherben funkelten wie schwarzer Tau und ihre Blütenblätter schimmerten leicht. Erst als Anouk sich vorbeugte, erkannte sie die geschliffenen Kanten, und sie hielt den Atem an. Die Blätter dieser Blume waren schärfer als jede Klinge.

Sie fühlte Rhasgars Blick auf sich und hob den Kopf. Er war neben ihr stehen geblieben und im Schein der Blume wirkte er kreidebleich. Anouk konnte die Anspannung in seinen Gliedern sehen, und für einen Moment glaubte sie, er würde die Hand nach ihr ausstrecken und sie vor der Blume zurückziehen. Doch sie nickte nur und wandte sich wieder der Blume zu. So lange hatte sie auf diesen Augenblick hingearbeitet, so oft ihn sich vorgestellt und fest damit gerechnet, dass sie vor Aufregung umkommen würde, wenn sie das Zentrum des *Dark Circus* endlich erreicht hätte. Aber nun, da sie die Blume betrachtete, empfand sie nichts als ihre namenlose Schönheit … die Schönheit des Herzens, dessen Ende ihre Freiheit bedeutete. Langsam hob sie die Hand und strich über ein Blütenblatt.

Der Schmerz jagte durch Anouks Körper wie ein Messerstich. Rhasgar griff nach ihrem Arm, doch gleich darauf ließ der Schmerz nach, und sie sah, wie ihr Blut als feiner Tropfen über die Blüte rann. Er färbte sie in tiefem Blau, und da brach Licht aus der Blume, so hell, dass Anouk die Hand vor die Augen legen musste. In mächtigem Grollen ging es durch die Wände und zog die Finsternis aus ihnen, bis sie durchscheinend wirkten wie der Traum, der sie einst gewesen waren … ein Traum, der nie vollkommener gewesen war als kurz vor dem Zerbrechen. Anouk griff nach Rhasgars Hand. Jeden Moment würde dieser Ort verschwinden und mit ihm der Fluch, der sie gefangen hielt, und dann …

Der Schrei hallte dunkel durch die Mauern, so plötzlich, dass Anouk zusammenfuhr. Kurz glaubte sie, die Wände ringsum einstürzen zu sehen, aber dann wiederholte sich der Ton, und ihr wich das Blut aus dem Kopf. Es war kein Stöhnen von brechendem Glas, wie sie es erwartet hatte. Es war ein Schrei … des Triumphs.

Erschrocken sah sie, wie das Licht in die Mauern zurücksank und sich schwarz verfärbte, und gleich darauf erneuerten sich die Wände, die Säulen, selbst die Fenster, wie durch Geisterhand. Riss für Riss verschloss sich unter schwarzer Glut, und mit jeder geheilten Wunde der Kathedrale wurde der Herzschlag lauter, der noch immer durch den Boden drang. Er hallte in Anouks Gliedern wider und schickte heftigen Schwindel hinter ihre Stirn. Fassungslos musste sie zusehen, wie die Blume vor ihr die Maske abwarf und ihre wahre Farbe zeigte. Sie war schwarz … schwarz wie die Kraft des *Dark Circus*, die nun mit aller Macht durch Anouks Adern jagte.

Keuchend griff sie sich an die Kehle. Düstere Schlieren zogen an ihren Augen vorbei, als die Dunkelheit mit tödlicher Macht ihr Herz umfasste, doch sie spürte keinen Schmerz und merkte kaum, wie Rhasgar ihren Namen rief. Zu entsetzlich war die Erkenntnis, die nun mit Eiseskälte in ihre Glieder schoss. Es war eine Falle gewesen. Sie hatte den Fluch nicht gebrochen, im Gegenteil: Sie hatte ihn erneuert.

Ihr Magen krampfte sich zusammen, und für einen Moment glaubte Anouk, ohnmächtig zu werden, so heftig wurde der Schwindel. Aber dann hörte sie ein Geräusch, das sie die Augen öffnen ließ. In Rhasgars Armen hob sie den Kopf und schaute den Gang hinab und unwillkürlich begann sie zu zittern. Das, was sie für einen Herzschlag gehalten hatte, wandelte sich und wurde zu Schritten. Und über die Scherben trat Masrador auf sie zu.

# 28

Die Scherben knirschten unter den Füßen des Clowns, als er langsam näher kam. Das Geräusch zerschnitt die Luft mit solcher Schärfe, dass Anouk meinte, die Splitter auf der Haut zu spüren. Sie klammerte sich an Rhasgar, der sie fest in seinen Armen hielt. Aber obwohl er ihr so nah war, dass sie seine schnellen Atemzüge fühlen konnte, kam es ihr so vor, als würden sie auseinandergerissen … mit jeder splitternden Scherbe ein Stück weiter.

Masrador blieb einige Schritte von ihnen entfernt stehen. Die Stille war schlimmer als jedes Geräusch zuvor. Drohend ballte sie sich über Anouk zusammen, und als Masrador mit tief geneigtem Kopf zu ihr herüberstarrte, presste das schwarze Feuer seiner Augen ihr die Kehle zu. Rhasgar zog sie näher an sich, doch es fühlte sich dumpf an wie in einem Traum. Die

Finsternis in ihren Adern ließ die Umgebung vor ihrem Blick verschwimmen. Nur Masrador stand noch immer in grausamer Schärfe vor ihr. Es war fast, als wäre sie mit ihm ganz allein.

»Törichtes Kind«, sagte der Clown. »Hast du wirklich geglaubt, es wäre so einfach?«

Seine Stimme packte Anouk mit einer Gewalt, die sie aufkeuchen ließ. Betörend war sie wie ein Zauber, der sich lähmend um jeden freien Gedanken legte, und die Töne trieben das dunkle Gift noch schneller durch ihre Adern. Ihre Muskeln waren zum Zerreißen gespannt, der Schwindel zog ihren Magen zusammen. Kurz wollte sie einfach die Augen schließen und sich der Ohnmacht überlassen, die nach ihr griff. Aber dann spürte sie, dass Rhasgar sich vorbeugte. Seine linke Hand glitt langsam in Richtung seines Messers und Anouk stieß die Luft aus. Sie durfte sich nicht geschlagen geben. Nicht, solange Rhasgar an ihrer Seite war. »Verfluchter Bastard von einem Clown«, brachte sie hervor, um Masradors Aufmerksamkeit auf sich zu ziehen. »Was zur Hölle geht hier vor?«

Masrador sah sie mit kalter Verachtung an. »Du verstehst nichts von Schatten und Finsternis. Du weißt nicht, was es heißt, einen Ort wie diesen zu erhalten. Der *Dark Circus* birgt große Macht, doch von Zeit zu Zeit muss er sich erneuern, um weiter zu bestehen. Dafür braucht er ein Leben – das Leben eines Menschen, aus reiner Liebe und freien Stücken geopfert. Und du hast es ihm gegeben.«

Anouk starrte ihn an, aber erst als sich Rhasgars Hand fester um ihren Arm schloss, begriff sie, was Masrador gerade gesagt hatte. Sie schüttelte den Kopf, doch kein Ton kam über ihre Lippen, so kalt wurde ihr auf einmal. Als hätte er ihr Entsetzen gespürt, verstärkte der Clown sein Lächeln.

»Ja«, raunte er kaum hörbar. »Ich habe es gewusst, als ich dich zum ersten Mal sah. Du bist dazu bestimmt, den *Dark Circus* zum Leuchten zu bringen. Du hast schon damit begonnen, mit jedem einzelnen deiner Auftritte. Und jetzt wirst du dein Werk vollenden. Du wirst ihn entzünden mit deinem Leben, und die Königin der Farben wird sterben … in meinen Schatten.«

Goldenes Feuer flammte in seinem linken Auge auf und da krampfte Anouks Herz sich zusammen. Es war, als schlössen sich Totenklauen um ihre Brust. Verzweifelt rang sie nach Atem, aber sie bekam keine Luft mehr. Stattdessen schwankte der Boden unter ihr, und im nächsten Moment kauerte sie wieder in Bens Kinderzimmer, gerade so wie in jener Nacht, als der Clown sie zum ersten Mal in seine Dunkelheit gehüllt hatte. Doch dieses Mal jagten seine Schatten so schnell auf sie zu, dass sie nicht fliehen konnte. Gnadenlos schlangen sie sich um ihre Kehle und glitten ihren Rachen hinab. Sie schossen durch ihre Gedanken, und sie spürte, was sie suchten: das strahlendste Licht, das sie in sich trug. Mit aller Kraft bäumte sie sich auf, aber es war zwecklos. Schon sah sie das Gesicht ihres Bruders vor ihrem inneren Auge auftauchen. Die Schatten wallten auf, und da erstarb Bens Lachen in ihr, so beiläufig, als wäre es nie mehr gewesen als ein Flüstern im Wind. Anouk stieß einen Schrei aus, mitten hinein in die entsetzliche Stille, die sich in ihr ausbreitete. Doch sie hörte ihre eigene Stimme kaum. Alles, was sie deutlich wahrnahm, war das Schweigen tief in ihr, die Finsternis, die sich durch ihren Leib wühlte – und die Glut eines Messers, die plötzlich die Luft durchschnitt.

Die Hitze sprengte den Druck um Anouks Herz. Keuchend holte sie Atem und sah, wie Rhasgar auf Masrador zustürzte. Mit der tödlichen Eleganz eines Assassinen glitt er durch den Raum, verschwand, als wäre er nicht mehr als ein Flackern der Luft, nur um gleich darauf an anderer Stelle wieder aufzutauchen, und zog sein Messer in glühenden Mustern durch das Zwielicht. Immer wieder sprang er vor und löste sich auf, ehe der Clown ihn packen konnte, so geschmeidig, als wäre dieser Kampf nichts als ein Spiel. Dicht vor Masrador blieb er stehen, stürzte in sich zusammen, als der Clown nach ihm schlug, und tauchte direkt hinter ihm wieder auf. Masrador fuhr herum, aber es war schon zu spät. Rhasgar duckte sich unter einem Hieb, stieß das Messer vor – und zog es dem Clown quer über die Brust.

Der Schmiss war tief und blutete sofort. Das Kostüm verfärbte sich schwarz, und als Masrador die Wunde berührte, starrte er auf seine Finger, als könnte er nicht glauben, sein eigenes Blut daran zu sehen. Rhasgar sprang erneut vor, und Anouk glaubte schon, seine Klinge durch Masradors Kehle gleiten zu sehen. Doch bevor er den Clown ein weiteres Mal verwunden konnte, riss dieser die Arme in die Luft und schlug Rhasgar zurück. Gleichzeitig erwachten die Schatten ringsum zum Leben und stürzten sich so schnell vor, dass Rhasgar nicht mehr ausweichen konnte. Ihre Klauen gruben sich in sein Fleisch, grob rissen sie ihm die Arme zurück. Die Zeichen auf seiner Haut glühten auf, für einen Augenblick erstrahlten sie in gleißendem Silberlicht. Anouk spürte ihre Kraft am eigenen Leib. In entsetzlicher Hitze gruben sie sich in ihr Fleisch. Dann schrie Rhasgar auf und mit ohrenbetäubendem Klirren verwandelten sich die Zeichen zu Asche.

Wie betäubt sank Rhasgar auf die Knie, aufrecht gehalten nur noch von den Schatten, die sich in brennenden Schnüren um seinen Körper schlangen. Anouk atmete schnell. Die Symbole glitten zerbrochen über ihre Haut, und es fühlte sich an, als wollten sie jede verbleibende Kraft mit sich nehmen. Aber sie zwang sich, die Augen offen zu halten. Mit schweren Schritten trat Masrador auf Rhasgar zu … und im selben Moment stemmte Anouk sich auf die Beine.

Sie spürte die Asche, als die restlichen Zeichen von ihrem Körper fielen, und riss den Blick von Rhasgar los. Mit aller Entschlossenheit, die sie aufbieten konnte, stellte sie sich zwischen ihn und den Clown, der nun innehielt. Sie schwankte, so heftig wurde der Schwindel. Doch sie wandte sich nicht für einen Wimpernschlag von Masrador ab.

»Ich habe dich schon einmal verwundet«, sagte sie und ballte die Hände zu Fäusten. »Und ich werde es wieder tun, wenn du Rhasgar etwas antust!«

Sie hörte selbst, wie lächerlich ihre Drohung klang, aber sie ließ dem Clown keine Zeit, ihr seinen Spott vor die Füße zu spucken. Mit mächtigem Rauschen entfachte sie die Kraft ihres Mantels. Sie spürte die Schwärze von nächtlichem Regen auf ihrer Haut, das warme Rot eines Feuers und das Spiel von tausend Farben, und sie fühlte Rhasgars Nähe, gerade so, wie es in jedem einzelnen der Bilder gewesen war, die nun in all den Spiegeln entstanden. Es waren Szenen des Glücks, die sie Masrador entgegensetzte, und tatsächlich starrte er sie für einen Moment an, als würde er diese Lichter fürchten … diese Farben, die wie rasche Flügelschläge über sein Gesicht glitten. Doch dann stieß er einen Laut aus, so tief und grollend, dass Anouk zusammenfuhr. Er lachte über sie wie über ein dummes Kind, das nichts begriff.

»Wie rührend«, sagte er und legte fast bedauernd den Kopf schief. »Und wie überaus tragisch, mit welcher Leidenschaft du dich an deinen Trugbildern festhältst. Siehst du denn noch immer die Wahrheit nicht?«

Anouk hörte, wie Rhasgar etwas flüsterte, aber sie wandte sich nicht zu ihm um. »Ich sehe einen Lügner, der von Wahrheit redet und nichts davon versteht«, gab sie zurück. »Ich sehe einen verfluchten Clown!«

»Und das ist dein Problem«, erwiderte Masrador, ohne jedes Lächeln nun und mit einer Schärfe, die die Luft vereiste. »Frage dich selbst: Wie bist du an diesen Ort geraten? Wer hat dich hergeführt, mitten hinein ins Gläserne Herz? Wer ließ es zu, dass du dich mit tödlichem Gift verwundet hast?«

Die Fragen stachen in Anouks Fleisch wie Messer. Rhasgar flüsterte ihren Namen, so eindringlich, dass sie fröstelte, aber sie schüttelte entschlossen den Kopf. »Du machst dich lächerlich«, sagte sie und starrte Masrador mit all ihrer Wut ins Gesicht. »Rhasgar hätte sein Leben für mich gegeben, er würde mich niemals verraten! Du hast uns in eine Falle gelockt, du …«

Es war das Lächeln, das nun auf die Lippen des Clowns zurückkehrte, das sie zum Schweigen brachte. Nie hatte sie etwas wie Mitleid darin gefunden, bis zu diesem Moment. »Bist du wirklich so blind, einsame Königin?«, fragte er leise. »Oder willst du nicht sehen, was doch direkt vor dir liegt? Hast du dir die Bilder einmal angeschaut, die du am Körper trägst, die Bilder des Zauberers, den du zu kennen glaubst? Kannst du wirklich nicht sehen, was in ihnen liegt?«

Mit nicht mehr als einer Handbewegung ließ er die Schatten näher treten. Anouk wich vor ihnen zurück, aber sie konnte nicht verhindern, dass der Widerschein des schwarzen Feuers sich in den Spiegeln ihres Mantels brach, und da veränderten sich die Bilder. Die Farben sanken in sie zurück, die Formen verschwammen, und jedes vertraute Gefühl, das Anouk gerade noch erfüllt hatte, verschwand zugunsten einer Kälte, die sie zittern ließ. Atemlos schaute sie an sich hinab, und aus jedem einzelnen Bild sah ihr Rhasgar entgegen, Rhasgar in seiner Kindergestalt mit dem Messer in der Hand, die Augen in Spiegel aus Eis verwandelt. Die Erkenntnis ergoss sich mit gnadenloser Macht in ihre Glieder, und es war Masradors Stimme, die sie in Worte kleidete.

»Er hat dich belogen«, raunte der Clown, so leise nun, dass Anouk seine Stimme mehr fühlte als hörte. »Nur mit seiner Hilfe konnten wir dich überhaupt an diesen Punkt bringen. Für wen sonst hättest du dein Leben geopfert, wenn nicht für ihn?«

Wie betäubt schaute Anouk zu Rhasgar hinüber und der Ausdruck auf seinen Zügen schnürte ihr die Kehle zu. Nichts als Schmerz zeichnete sein Gesicht ... und eine Schuld, die ihr das Blut aus dem Kopf zog. »Aber warum?«, flüsterte sie kaum hörbar. »Warum sollte er so etwas tun?«

Sie wusste selbst nicht, wen sie fragte, doch es war Masrador, der ihr antwortete. Er war dicht hinter sie getreten, ohne dass sie es überhaupt gemerkt hatte, und beugte sich nun vor. »Weil er ein Diener des *Dark Circus* ist«, wisperte er nah an ihrem Ohr. »Du glaubst ihn zu kennen? Dann sieh genau hin! Sieh in die Finsternis, die du liebst!«

Damit breitete er die Arme aus. Anouk konnte sein Kostüm rascheln hören, so nah war er ihr, aber sie wandte sich nicht von Rhasgar ab, selbst dann nicht, als die Dunkelheit ringsum näher kam. Noch immer lag er reglos auf seinen Knien und sah sie an, und eine Hoffnungslosigkeit erfüllte sein Gesicht, die ihr ins Herz schnitt. Dann fuhr er zusammen, als hätte ihn ein Hieb getroffen. Er hob die linke Hand, mit namenlosem Entsetzen sah er zu, wie sie sich mit rotem Blut überzog – gerade so, wie sie den Abdruck am Spiegel hinterlassen hatte. Anouk sah noch die Verzweiflung, der auf Rhasgars Zügen aufbrach, so übermächtig, dass er einen Schrei ausstieß. Im nächsten Moment schlugen die Schatten über ihnen zusammen.

Für einige Atemzüge nahm Anouk nichts mehr wahr als Finsternis. Dann flackerten Funken um sie auf, so grell, dass sie geblendet zurückwich, und sie fand sich in einem Gang des Labyrinths wieder. Die schwarzen Spiegel jedoch waren makellos, der Boden zeigte keinen Kratzer, und selbst die Decke sah aus, als wären ihre Kristalle gerade erst zusammengefügt worden. Doch trotz der Pracht flirrte die Luft vor Anspannung, und gleich darauf hörte Anouk einen Ton, der ihr ins Mark fuhr. Es war ein menschliches Schluchzen, ausgestoßen in Todesangst.

Schritte klangen durch den Gang. Instinktiv wich Anouk zurück, als eine Gestalt vor ihr auftauchte. Es war ein Mann, etwa fünfzig Jahre alt, der ihr seltsam bekannt vorkam. Sein dunkles Haar klebte schweißnass an seiner Stirn, sein Anzug war zerrissen und blutig, und er war barfuß, was seiner Erscheinung etwas Groteskes gab. Er stolperte auf sie zu, die Augen wie im Fieberwahn aufgerissen. Offensichtlich lief er vor etwas davon, das ihn schon seit einer ganzen Weile durch die Gänge jagte – etwas, das ihm jedes Gefühl genommen hatte außer wilder Panik.

Er nahm Anouk nicht wahr, als er an ihr vorbeirannte und mit voller Wucht gegen einen der Spiegel krachte. Ein Keuchen entwich seiner Kehle und er taumelte zurück. Seine Hände zitterten, als er sich an die blutende Stirn griff, und etwas ging durch seinen Blick, das Anouk frösteln ließ … eine kalte Wut, die sie an irgendetwas erinnerte. Sie zog die Brauen zusammen. Die Erkenntnis war zum Greifen nah, aber sie entglitt ihr, als ein Geräusch durch die Luft ging. Es war leise wie ein Flüstern und doch so durchdringend, dass der Fremde herumfuhr. Mit fliegendem Atem starrte er den Gang hinab, und als erneut das Geräusch erklang, dieser Ton von brechendem Glas, da wusste Anouk, wer jeden Augenblick dort am Ende des Ganges auftauchen würde … dort zwischen den Spiegeln, die sich langsam blutig färbten.

Rhasgar bewegte sich wie der Jäger, der er war. Er ging an den Spiegeln vorüber, geschmeidig, fast tänzelnd, und er neigte unmerklich den Kopf, als der Fremde begann, mit den Fäusten gegen die Spiegel zu trommeln. Anouk stand da wie erstarrt. Sie kannte diesen Blick, allzu oft hatte er sich mit all seiner Intensität auf sie gerichtet. Doch nun war er so gnadenlos, dass sie kaum atmen konnte. Schreckensbleich sah sie zu, wie Rhasgar sein Messer zog, und ehe sie noch wusste, was geschah, schleuderte er es durch die Luft und traf den Fremden am Oberschenkel.

Der Schrei des Mannes hallte von den Spiegeln wieder. Er griff sich ans Bein und schwankte, und Anouk sah zu, wie sein Blut auf den Boden pulste, als Rhasgar mit nicht mehr als einer Geste sein Messer in seine Hand zurückbefahl. Noch immer ging er langsam, und er drehte seine Waffe um seine Finger, so mühelos, als wäre all das nichts als ein makaberes Spiel. Gleich darauf schickte er das Messer noch einmal durch die Luft und dann immer wieder, bis der Mann an etlichen Stellen getroffen zu Boden sank. Seine Schreie ließen die Spiegel erzittern, aber Anouk konnte sich nicht von Rhasgar abwenden, der sie nun fast erreicht hatte.

Sein Gesicht zeigte keine Regung, und ohne darüber nachzudenken, trat sie ihm entgegen. Sie musste die Maske von seinen Zügen reißen, die ihn in diesen Abgrund trieb, sie musste ihn zurückhalten vor dem, was er ohne Zweifel tun wollte. Mit rasendem Herzen griff sie nach seinem Arm und tatsächlich fühlte sie für einen Moment einen Widerstand an ihren Fingern. Rhasgar hielt inne. Etwas wie Erstaunen glomm über seine Züge, als er in ihre Richtung sah. Doch er erkannte sie nicht, und gleich darauf glitt ihre Hand durch ihn hindurch, als wäre sie nichts als ein Hologramm. Kurz nur schaute er auf seinen Arm, gerade dorthin, wo sie ihn berührt hatte. Dann riss er den Blick fort, und als die Reglosigkeit auf seine Züge zurückkehrte, ging er auf den Mann zu.

Anouk wollte sich nicht umdrehen. Sie wollte sich an dem Gedanken festhalten, dass sie in eine Illusion des Clowns geraten war, die sie in die Irre führen sollte. Aber sie fühlte noch immer den Schmerz, der Rhasgars Gesicht gezeichnet hatte, während er in den Schatten lag, und so hob sie den Blick und schaute zu ihm hinüber. Und da sah sie, wie Rhasgar das Messer hob und es auf den Fremden niedergehen ließ, wieder und wieder. Nichts als das erstickte Keuchen seines Opfers war zu hören und das Klirren der Spiegel, die sich ringsherum mit Rissen überzogen. Anouk fuhr zusammen, mit jedem Stich und jedem Hieb. Doch sie sah die Wunden kaum. Ihre gesamte Aufmerksamkeit lag auf Rhasgars Gesicht, und sie meinte, das Blut schmecken zu können, das über seine Hände lief ... diese Hände, die sie so oft vor einem Sturz in die Finsternis bewahrt hatten. Endlich rührte der Fremde sich nicht mehr. In der einbrechenden Stille hob Rhasgar den Kopf und sah Anouk direkt an. Und seine Augen waren zwei Spiegel aus Eis.

Langsam kam er auf die Beine und trat auf sie zu. Er hinterließ blutige Spuren auf dem glänzenden Boden, rote Striemen zogen sich über seine Wangen. Anouk überkam das absurde Bedürfnis, das Blut fortzuwischen, als er vor ihr innehielt, und ein Lächeln flog über sein Gesicht, als hätte er diesen Gedanken gehört. Aber es war nicht Rhasgars Lächeln. Es war das Lächeln eines Clowns. Anouk merkte kaum, dass die Illusion zerbrach und sie in die dunkle Kathedrale zurückkehrte. Sie sah nur Masrador, der nun vor ihr stand, mit diesem Lächeln, das sie gerade noch auf Rhasgars Zügen gesehen hatte.

»Hast du jetzt verstanden?«, raunte er mit einer Stimme aus Regen und Wind, und sie ertrug seinen Anblick kaum. »Weißt du endlich, wer ich bin?«

Anouk atmete nicht. Kurz schien es ihr, als würde sie in ein tiefblaues Meer schauen, während sie seinen Blick erwiderte. Dann löste sich seine Gestalt auf und fiel in Ascheflocken nieder, als wäre er nie mehr gewesen als das: ein Trugbild aus brennendem Papier. Ihr Blick glitt durch die fliegenden Fetzen zu Rhasgar hinüber, der noch immer in den glühenden Fesseln lag. Unendlich langsam hob er den Kopf. Ein blutiger Schmiss lief über seine Brust, gerade dort, wo er Masrador gerade noch verwundet hatte. Und er sah Anouk mit den schwarzen Augen des Clowns an.

Sein Lächeln war nicht mehr als ein Schimmer, aber es traf Anouk wie ein Hieb. Sie taumelte zurück, während die Spiegel ihres Mantels sich mit schwarzer Asche überzogen, doch sie konnte sich nicht von ihm abwenden. Es gab keinen Clown, den sie besiegen konnte. Es hatte ihn nie gegeben. Es gab nur Rhasgar, der in all der Zeit ihr Feind gewesen war ... Rhasgar, der nichts mehr in den Augen trug als grausame Finsternis.

Sie sah, dass er aufstand und auf sie zukam, die Schattenfesseln abstreifend wie all die Illusionen, in die er sie in den vergangenen Wochen gehüllt hatte. Sie wusste, dass sie weglaufen musste, fort von ihm. Aber sie konnte es nicht. Zu deutlich fühlte sie seinen Atem auf ihrer Haut, seine Hände in ihrem Haar, seine Lippen auf den ihren, zu übermächtig wurde der Schmerz, als jedes Bild zwischen ihnen zerbrach. Fast gnädig flammte die Dunkelheit des *Dark Circus* in ihr auf, und sie spürte, wie ihr kalt wurde ... so schrecklich kalt, dass jede andere Empfindung darin unterging.

Es war der Schrei eines Kindes, der sie aus der Erstarrung riss. Benommen wandte sie den Blick – und traute ihren Augen nicht. Blitze schossen durch den Raum, trafen sich über dem zerbrochenen Altar und schufen einen Spiegel aus gleißendem Licht, der sich rasch um sich selbst drehte. Funken sprühend hielt er inne, seine Fläche wurde schwarz wie das Meer in der

Nacht. Und darin, die Hände von weißem Feuer umflammt, stand Levin.

Sein Haar wehte wie in einem Sturm, blutige Kratzer zogen sich über sein Gesicht, als wäre er durch Scherben gesprungen. Aber sein Blick glühte vor Entschlossenheit. Geschickt wich er den Schatten aus, die sich nun auf ihn stürzten, und stieß die linke Hand vor. Kurz nur glomm sein Feuer auf. Dann entriss er Rhasgar das Messer, drehte es im Flug und schickte es auf seiner Bahn zurück. Rhasgar wich ihm aus, doch nicht schnell genug. Levin ballte die Hand zur Faust – und die Waffe grub sich in Rhasgars Schulter.

»Anouk!«, rief Levin, so laut, dass sich seine Stimme überschlug. »Lauf!«

Sie wusste nicht, ob es die Entschlossenheit in seinem Blick war oder die Verzweiflung in seiner Stimme, die sie vorwärtstrieb. Sie sah nur das Kind, das inmitten eines schwarzen Spiegels stand und die Hand nach ihr ausstreckte. Messerscharfe Scherben schossen durch die Luft, in Schwärmen aus schwarzem Feuer jagten sie hinter Anouk her, und sie sah, wie Levin immer wieder in die Knie ging, um ihnen zu entkommen. Mehrfach wurde er getroffen, aber er hielt das Gleichgewicht, und mit einem letzten Sprung landete sie neben ihm im Spiegel.

Sie fuhr herum. Rhasgar kniete inmitten der Kathedrale am Boden, die rechte Hand fest um das Messer in seiner Schulter geschlossen, die linke so tief in den Boden gekrallt, dass Blut über seine Finger lief. Sie sah noch, wie etwas durch die Schwärze seiner Augen brach. Es war ein Schmerz, der ihr den Atem nahm. Dann schlug Levin die Hände zusammen und sie stürzten in die Dunkelheit.

# 29

Die Schatten zerrissen so plötzlich, dass Anouk das Gleichgewicht verlor. Im letzten Moment fing sie sich ab und packte Levin am Arm, der ebenfalls ins Straucheln geraten war. Sie hörte das Rauschen der Bäume und fand sich auf der Mauer der Ruine wieder – hoch auf der Klippe über dem Meer. Vor ihnen glühten magische Treppen, die hinab in den Innenhof führten, der Spiegel drehte sich lautlos hinter ihnen. Niemand war ihnen an diesen Ort gefolgt, der Anouk seit ihrem ersten Tag im *Dark Circus* eine Zuflucht gewesen war. Levin sog die Luft ein, als sie die Stufen hinabstiegen, erschöpft von ihrer Flucht durch die Finsternis. Und im selben Augenblick, da sie den Hof erreichten und der Wind ihm ins Haar fuhr, brach er zusammen.

Anouk fiel neben ihm auf die Knie. Das Gift in ihren Adern

ließ sie schwindeln, aber sie zwang sich, nicht darauf zu achten. Levin war kreidebleich. Selbst im fahlen Schein des Spiegels konnte sie erkennen, dass er schnell atmete und sich die Hand gegen den Bauch presste. Sie hob sein Hemd und hielt erschrocken inne. Eine tiefe Wunde zog sich durch sein Fleisch … geschlagen von den schwarzen Scherben der Kathedrale. Unwillkürlich begannen Anouks Hände zu zittern.

»Ganz ruhig«, sagte sie und wusste nicht, ob sie damit Levin meinte oder sich selbst. »Ich laufe zum Zirkus und hole Verbandszeug, und dann …«

Levin sagte kein Wort. Er legte nur die Hand auf ihren Arm und sah sie so still an, dass jedes weitere Wort auf ihrer Zunge zerbrach. »Es gibt keine Rettung vor den schwarzen Scherben«, flüsterte er. »Nicht für ein Kind der Nacht wie mich.«

Anouk streifte ihren Mantel ab und deckte Levin damit zu. »Es gibt immer einen Weg. Hast du mir das nicht beigebracht?«

Da glitt ein schwaches Lächeln über seine Lippen. »Nicht diesen Weg«, sagte er kaum hörbar. »Es ist zu spät für mich … aber nicht für dich. Der Spiegel wird dich zurück ins Labyrinth bringen. Das Gift verliert seine Kraft, wenn du den Fluch zerbrichst. Und das wirst du … ich weiß es genau.«

Anouk grub ihre Nägel in die Handflächen, um das Zittern zu unterdrücken. »Aber es war eine Falle. Ich war nicht dafür da, um den Fluch zu brechen. Ich war dafür da, um ihn zu erneuern, und genau das habe ich getan. Rhasgar hat mich in die Falle laufen lassen.«

Ihre Stimme brach, als sein Name über ihre Lippen kam, doch Levin sah sie nur an, so ruhig, dass sie sich nicht von ihm abwenden konnte. »Er hat an dich geglaubt«, flüsterte er. »Mehr als jeder andere von uns.«

Anouk starrte ihn an. Sie brauchte einen Moment, um seine Worte zu begreifen, und schüttelte dann langsam den Kopf. »Ihr habt es gewusst?« Die Fassungslosigkeit machte ihre Stimme ganz dünn. »Ihr habt gewusst, dass Rhasgar mich belogen hat, wer er in Wahrheit ist – dass er mich in dieses Labyrinth geführt hat, um mich zu töten?«

Levin verzog das Gesicht unter Schmerzen und kurz krallten sich seine Finger schwach und hilflos in Anouks Arm. »Das hat er nicht getan«, brachte er hervor. »Er wollte dich retten, von Anfang an.«

»Er ist Masrador!«, rief Anouk, so laut, dass sie selbst darüber erschrak. »Er ist derjenige, den wir bekämpft haben!«

Levin richtete sich ein wenig auf und lehnte sich gegen die Mauer. »Anouk«, sagte er eindringlich. »Du verstehst nicht …«

»Ich verstehe sehr gut«, unterbrach sie ihn. »Ich mag ja aus der Welt der Menschen kommen und wenig Ahnung haben von Zauberei und dem ganzen Kram. Aber ich begreife, dass ich für dumm verkauft worden bin. Ihr habt gewusst, dass der *Dark Circus* ein Leben fordert, um weiter bestehen zu können, oder nicht? Und ihr habt mich ins Messer laufen lassen, ohne mich zu warnen. Steckt ihr mit Rhasgar unter einer Decke? War das von Anfang an euer Ziel – dass ich den Fluch mit meinem Tod erneuere, anstatt ihn zu brechen?«

Levin schüttelte den Kopf. »Es ist nicht so, wie du denkst. Niemand von uns konnte wissen, welche Abgründe im *Dark Circus* lauern. Aber wir haben dich vor der Gefahr des Labyrinths gewarnt. Wir haben dir gesagt, dass noch nie zuvor ein Mensch lebendig daraus zurückgekehrt ist, und trotzdem hast du dich auf den Weg gemacht. Das hat uns in unserem Glauben bestärkt, dass du die Kraft hast, den Fluch zu brechen. Das ist die Wahrheit. Wir haben deine Farben gesehen, wir haben dir vertraut – und wir tun es noch immer!«

»Du redest von Vertrauen«, sagte Anouk und fühlte, wie sich ihre Kehle zusammenzog. »Dabei hat mir keiner von euch erzählt, wer Rhasgar in Wirklichkeit ist!«

»Wer ist er denn?«, gab Levin zurück. »Ein Mensch, der gegen die Finsternis kämpft und jetzt in ihren Ketten liegt! Lass dich vom *Dark Circus* nicht täuschen! Nichts ist, wie es scheint – hast du das denn immer noch nicht gelernt? Glaubst du wirklich, dass Rhasgar deinen Tod will?«

Anouk spürte ihr Herz im ganzen Körper. Wieder sah sie Rhasgar vor sich, die Augen in Masradors Feuer entbrannt ... und dieses Bild war so falsch, dass sich ihr Magen zusammenkrampfte. »Nein!«, stieß sie aus. »Und ich will es auch nicht glauben! Aber ich weiß doch, was ich gesehen habe. Masrador war ein Trugbild und dahinter steckte Rhasgar!«

»Masrador war ein Trugbild«, wiederholte Levin und nickte. »Aber nicht Rhasgar herrschte darüber – sondern der Zirkus selbst. Sein Wille war es, der den Clown erfüllte. Und jetzt hat er Rhasgar überwältigt, gerade in dem Moment, da ihr kurz davor standet, ihn zu besiegen. Er hat Rhasgar in die Dunkelheit gerissen. Aber es ist ihm nicht gelungen, ihn zu brechen. Er ist noch immer da und er widersetzt sich der Finsternis mit all seiner Kraft. Ohne seine Hilfe wären wir nicht entkommen. Kein anderer hätte das schwarze Feuer so lange aufgehalten.«

Er rang nach Atem. »Sein Licht ist nicht erloschen«, flüsterte er dann. »Es flackert nur.«

Anouk rührte sich nicht. Levins Worte hallten in ihrem Schädel wider und kurz überkam sie haltlose Erleichterung. Sie sah Rhasgar so deutlich vor sich, als wäre er tatsächlich da. Das boshafte Lächeln des Clowns wich von seinen Zügen wie die Illusion, die es von Anfang an gewesen war, und stattdessen erkannte sie noch einmal den Schmerz in seinem Blick, als er die Finger in den Boden krallte ... nicht in körperlicher Qual, wie sie zuerst geglaubt hatte, sondern um das Feuer der Kathedrale zurückzuhalten. Anouk zog die Arme an den Körper. Rhasgar war in die Schatten gestürzt, und sie überkam der verzweifelte Drang, die Hand nach ihm auszustrecken und ihn aus dieser Düsternis herauszuziehen. Aber gleich darauf erinnerte sie sich an den Frost in seinen Augen ... diese namenlose Kälte, die noch immer über ihre Haut jagte und die grausamer war als jedes Lächeln eines Clowns.

»Ich habe ihm vertraut«, sagte sie, während das Bild vor ihr zerbrach. »Ich wollte es nicht, und doch ist es passiert, mit jedem Tag der vergangenen Wochen ein Stückchen mehr. Er war an meiner Seite, ich habe es gefühlt. Es war keine dunkle Macht, die mit mir gelacht und geweint und mich geküsst hat. Es war Rhasgar, der Zauberer, der den Regen liebt. Aber die Kreatur in der Kathedrale ... das war etwas anderes. Und ich spreche nicht von der Finsternis des *Dark Circus,* die von ihm Besitz ergriffen hat. Ich habe hinter seine Maske geschaut, genau so, wie Amélie es mir geraten hat. Und ich habe gesehen, was er im Labyrinth getan hat. Er hat diesen Fremden gejagt wie ein Tier.«

»Weil dieser *Fremde* ein Tier war«, sagte Levin da, leise und zugleich so verzweifelt, dass es klang wie ein erstickter Schrei. »Er war mein Vater.«

Anouk saß da wie erstarrt. Mit einem Schlag wusste sie, aus welchem Grund ihr der Mann so bekannt vorgekommen war. Die plötzliche Verlassenheit in Levins Stimme legte sich schwer auf ihre Schultern, und als der Junge sie mit tränennassen Augen ansah, nahm sie seine Hand. Sie war so klein und kalt, dass sie fürchtete, sie zu zerbrechen.

»Ich habe dir erzählt, was er mir angetan hat«, fuhr Levin fort, die Stimme bebend vor Abscheu und Zorn. »Aber das ist nichts gegen das, was Rhasgar in seiner Gewalt erleben musste. Rhasgar kam als Pflegekind zu meinen Eltern, noch vor meiner Geburt. Aber statt eines liebevollen Zuhauses erwartete ihn die Hölle auf Erden. Mein Vater hat ihn geschlagen. Er hat ihn in den Keller gesperrt, stundenlang, und ihn im Stockfinstern sitzen lassen. Und er hat ihn missbraucht, bis Rhasgar sich gewünscht hat, allein in der Dunkelheit zu sterben, um das nicht weiter aushalten zu müssen. Eines Nachts ist er weggelaufen. Ich weiß nicht, wie lange er auf der Straße gelebt hat, bis er den *Dark Circus* fand. Hier kam er zur Ruhe, und als er mich später vor meinem Vater rettete, hatte Amélie den Eindruck, dass er die Vergangenheit hinter sich gelassen hätte. Er wirkte fast glücklich, sagte sie … bis zu dem Abend, an dem mein Vater im Publikum saß. Äußerlich ließ Rhasgar sich nichts anmerken. Doch in seinem Inneren tobte er. Mein Vater hat ihn beinahe umgebracht, auf jede erdenkliche Art. Und nun war er in sein Refugium eingedrungen, in den einzigen sicheren Raum, den Rhasgar je gekannt hat. Das konnte er nicht ertragen. Masrador merkte, was mit ihm los war. Er war es, der meinen Vater in den Zirkus lockte … und Rhasgar tötete ihn.«

Er atmete schnell wie nach einem langen Lauf, und Anouk wusste, dass er in diesem Moment denselben Geruch wahrnahm wie sie: Blut und Schweiß und Tränen, vergossen zwischen schwarzen Spiegeln. »Er hat es schon einmal versucht«, sagte sie leise. »Als Kind. Ich habe ihn mit dem Messer dastehen sehen … und wollte ihm nur helfen, sosehr sein Anblick mich auch erschreckt hat. Er war so verloren. Ich wollte ihn unbedingt vor dem Abgrund zurückziehen. Und jetzt habe ich zugesehen, wie er gefallen ist.«

»Er hat seine Rache bekommen«, erwiderte Levin. »Aber gleichzeitig hat er etwas verloren, das er niemals zurückerlangen kann. *In diesem Moment,* sagte er mir später, *hat der Alte mich doch noch gekriegt. Davor nicht. Aber als ich ihn tötete, ist etwas in mir zerbrochen.*«

Anouk sah Rhasgar vor sich, sein eisiges Gesicht, das ihr so fremd gewesen war … und spürte noch einmal den Drang, das Blut von seinen Wangen zu wischen und diese verfluchte Kälte von seinen Zügen zu schmelzen, an der er sich tief in seinem Inneren die Fäuste blutig schlug.

»Der *Dark Circus* hätte fast gewonnen«, fuhr Levin fort. »Rhasgar hat mir von der Finsternis erzählt, die ihn zur Jagd getrieben hat wie in einem Rausch. Aber als er sein Ziel erreicht hatte, wurde sie zu einer eisigen Leere in seinem Inneren. Und sie hat ihn mit denselben toten Augen angestarrt wie mein Vater. Rhasgar hätte dieser Leere alles geben können, was er war, es wäre so leicht gewesen. Aber er hat es nicht getan.

In diesem Moment hat er sich vom Weg des *Dark Circus* abgewandt. Und er hat beschlossen, Masrador zu bekämpfen.«

»Dann gab es Masrador also wirklich?«, fragte Anouk. »Und der Kampf gegen ihn hat tatsächlich stattgefunden?«

Levins Finger glitten wie im Traum über die Spiegel des Mantels, als er nickte. Noch immer waren sie schwarz, wie verkohlt. »Es gelang Rhasgar und den anderen, Masrador zu töten. Aber die Kraft, die ihn aufrechterhielt, starb nicht. Stattdessen griff sie nach Rhasgar. Nur mit all seiner Macht konnte er sich gegen den Willen des *Dark Circus* verwahren, der darauf in Masradors toten Körper einfuhr. Von jener Stunde an widerstand Rhasgar dem Ruf der Dunkelheit. Er quälte sich mit glühenden Zeichen, um die Finsternis in sich kleinzuhalten, er zog sich hinter Mauern aus Kälte und Gleichgültigkeit zurück, die niemand durchdringen konnte, mitunter nicht einmal er selbst. Nur mit seinen engsten Vertrauten sprach er darüber, die Grenzen unseres Kerkers zu sprengen, aber in Wahrheit glaubte er nicht daran, dem Zirkus jemals entkommen zu können ... bis er dir begegnete.«

Anouk stieß die Luft aus, so absurd klangen diese Worte in ihren Ohren. »Bei unserer ersten Begegnung habe ich ihm fast den Hals gebrochen. Er ist furchtbar wütend gewesen, als ich ihn danach noch mal getroffen habe ... gerade hier, wo wir jetzt sitzen.«

Levin lächelte unmerklich. »Ich weiß«, flüsterte er. »Er hat mir davon erzählt. Und dennoch: Von der Stunde an, da er dich zum ersten Mal gesehen hat, kehrte die Hoffnung zu ihm zurück. Er hat gespürt, dass du die Kraft hast, den Kerker zu zerbrechen. Und trotzdem hat er zuerst alles getan, um dich vom Zirkus fernzuhalten … und von sich selbst. Er wollte dich beschützen, vom ersten Augenblick an.«

»Ich habe noch nie jemanden wie ihn getroffen«, sagte Anouk leise. »Jemanden, der mich dazu bringen kann, ihn im selben Moment küssen und erwürgen zu wollen. Er hat mich herausgefordert, von Anfang an. Und er hat mir das Gefühl gegeben, dass er mehr in mir sieht als … nun, was immer ich auch bin. Ich dachte, ich würde ihn kennen. Und jetzt erfahre ich, dass ich überhaupt nichts über ihn wusste.«

Levin schüttelte den Kopf. »Du weißt mehr über ihn als die meisten anderen. Du bist ihm näher gekommen, als er es selbst jemals für möglich gehalten hätte. Wenn er gewusst hätte, was geschehen würde, hätte er dich niemals ins Labyrinth geführt. Er glaubte, dem Willen des *Dark Circus* standhalten zu können, und mehr noch glaubte er an dich. Er rechnete fest damit, dass du den Fluch brechen würdest. Du hast die Kraft dazu, das hast du immer wieder bewiesen. Du hättest es schaffen können.«

»Ja, das hat ganz großartig funktioniert.« Anouk schüttelte den Kopf. »Aber warum hat er mir nicht die Wahrheit gesagt? Wenn er wirklich an mich geglaubt hat … wieso hat er mich belogen?«

»Weil du ihm vertraut hast«, sagte Levin leise. »So sehr, wie er sich selbst seit langer Zeit nicht mehr vertraute. Du hast ihm Kraft gegeben, du hast an ihn geglaubt. Das wollte er nicht zerstören. Er hätte es nicht ertragen, dich aus gerade dem Grund zu verlieren, aus dem er selbst sich verachtet. *Sie sieht mich an, als wäre ich ein guter Mensch,* sagte er zu mir. *Als wäre mehr in mir als Dunkelheit.*«

Anouk zog die Schultern hoch. Sie hörte Rhasgars Stimme so deutlich, als würde er ihr die Worte ins Ohr flüstern, und sie erinnerte sich daran, wie sie ihn in seinem Keller gefunden hatte … verzweifelt und einsam in den Ketten, in die er sich selbst gelegt hatte. »Es ist mehr in ihm als das«, flüsterte sie. »Und er hat mich daran teilhaben lassen, vom ersten Augenblick an, da ich ihm begegnet bin. Bei ihm habe ich mich so lebendig gefühlt. Ich hatte vergessen, dass ich zu solchen Empfindungen überhaupt fähig bin. Aber jetzt sinkt alles in die Finsternis. Ich kann zusehen, wie die Kraft des *Dark Circus* meine Gedanken vereist, wie sie mich von mir selbst trennt und von allem, was mir etwas bedeutet. Ich kann nichts dagegen tun. Es ist wie damals, als ich Ben in dem verfluchten Krankenhaus zurückgelassen habe. Es wurde kälter in mir, mit jedem Schritt und jedem Atemzug. Und alles, was ich sehe, ist Dunkelheit.« Sie hob den Kopf, als Levin nicht antwortete, und erkannte, dass er lächelte. »Was ist daran so lustig?«

Er hob die Schultern. »Dass du Rhasgar so ähnlich bist. Auch du glaubst, nichts als Finsternis in dir zu haben. Und es stimmt, Rhasgar hat dich die Schönheit des *Dark Circus* sehen lassen und die Lichter deiner Welt, genauso, wie er es bei mir getan hat. Aber er hat dir nicht deine Farben geschenkt. Er hat nur den Schleier von ihnen gezogen. Und vielleicht hat er dich irgendwo tief in dir daran erinnert, dass sie stärker sind als alle Schatten.«

Das letzte Wort strich wie ein Flügelschlag über Anouks Stirn und sie schüttelte langsam den Kopf. »In der Kathedrale waren sie es nicht. Sie sind einfach erloschen, und alles, was sie gerade noch zum Glühen gebracht haben, ist jetzt tot in mir.«

»Sie sind nicht erloschen«, widersprach Levin ihr. »Nicht damals im Krankenhaus und auch jetzt nicht. Sie haben dir Bilder geschenkt, die die Träume der Menschen in Flammen setzen. Sie haben dich Rhasgars Wahrheit fühlen lassen, sie haben Ben in dir bewahrt, unantastbar von allen Schatten. Und sie lassen dich weinen, gerade jetzt, wo du glaubst, nichts mehr zu empfinden. Vielleicht kommst du dir im Moment nicht besonders lebendig vor, aber eines ist sicher: Tote weinen nicht.«

Erst als er ihre Wange berührte, bemerkte Anouk ihre Tränen. Sie waren wie Regen auf ihrer Haut, und für einen Wimpernschlag ging ein Schauer durch ihren Leib, warm wie das Lächeln, das nun auf Levins Lippen glitt. »Ein Kaleidoskop der Dunkelheit«, sagte er leise. »So hast du den Zirkus genannt, damals auf dem Dach im Regen. Erinnerst du dich daran?«

Anouk nickte. »So erscheint er mir noch immer. Wie ein schrecklicher, verwirrender, wunderschöner Tanz der Schatten.«

»Und das ist er«, stimmte Levin ihr zu. »Aber du trägst selbst ein solches Kaleidoskop in dir. Auf den ersten Blick siehst du nichts als Finsternis. Doch wenn du genau hinschaust, fächern sich die Schatten vor dir auf wie tausend Scherben. Und weißt du, was sie in sich tragen? Das Leben, Königin. Und alle Farben deiner Welt.«

Anouk bemerkte die Funken auf ihren Fingern erst, als Levin ihre Hand berührte. Leise tanzten sie darüber hin, silbrig glitzernd wie Sterne in der Nacht, und Anouk schien es, als würden sie in ihr Inneres fallen … weit hinab in eine Tiefe, die sie vor langer Zeit vergessen hatte und die dieser Glut nun Antwort gab. Die Funken entzündeten sich in sachtem

Licht. Und für einen Moment blieb nichts als Zärtlichkeit in ihr zurück.

»Der *Dark Circus* will meinen Tod«, sagte sie, während die Funken über den Mantel glitten. »Ich kann sein Gift in meinen Adern spüren, mit jedem meiner Atemzüge wird es stärker. Wenn ich ins Gläserne Herz zurückkehre, wird der Zirkus alles daransetzen, mich umzubringen … mit Rhasgars Händen.«

Blitzlichtartig sah sie noch einmal, wie Rhasgar auf sie zutrat, den Kopf tief geneigt, die Hand um sein Messer geschlossen. »Und das kannst du für dich nutzen«, sagte Levin und zerbrach das Bild. »Weißt du nicht mehr, was für den Fluch gilt? *Er muss von innen zerbrochen werden, aus dem Geheimnis heraus, das ihn begründet. Und das kennt nur einer: der, der ihn aufrechterhält.*«

Anouk erinnerte sich daran, wie Amélie das im silbernen Turm zu ihr gesagt hatte. »Masrador existiert nicht mehr«, sagte sie nachdenklich. »Es ist Rhasgar, der den Fluch aufrechterhält, und wenn er sich noch so sehr dagegen wehrt. Er ist es, der den Willen des *Dark Circus* in sich trägt.«

»Und in seinem Herzen liegt der Schlüssel, um ihn zu brechen«, flüsterte Levin. »Du kannst darin lesen. Rhasgar kämpft mit all seiner Kraft gegen die Dunkelheit, die ihn gefangen hält, ebenso wie du. Gemeinsam könnt ihr sie bezwingen.« Er griff in seine Tasche, doch erst als er einen metallenen Gegenstand in ihre Hand legte, wandte Anouk den Blick von ihm ab. Ein Ziehen ging durch ihre Brust. Vor ihr, vom Schein des Spiegels bekränzt, lag Rhasgars Kaleidoskop. »Entscheide dich für das Leben«, flüsterte Levin kaum hörbar. »Entscheide dich … für die Farben.«

Behutsam strich Anouk über das Kaleidoskop und wie unter einem Zauber schimmerten die Farben durch das Metall. In filigranen Mustern glitten sie über den Mantel und legten sich auf ihre Gesichter, und Anouk schien es, als würden sie noch einmal unter dem leuchtend gelben Regenschirm sitzen und vom Dach des Zirkuswagens zum Dorf hinüberschauen, weit entfernt von Kälte und Gefahr ... in einem Raum, der unantastbar war.

Levin fuhr so heftig zusammen, als hätte ihn ein Hieb getroffen. Mit schmerzerfülltem Gesicht griff er sich an die Brust, und Anouk sah mit Entsetzen, dass schwarze Tinte über seine Lippen trat. Seine Hand erkaltete wie unter plötzlichem Frost, und gleichzeitig wurde sein Körper so blass, als bestünde er aus Nebel, der sich langsam auflöste. »Ich werde mich beeilen«, flüsterte sie eindringlich. »Ich werde den Fluch brechen und dich retten, und dann werden wir gemeinsam über die verfluchten Hügel dort draußen rennen, so schnell wir nur können!«

Sie hörte sie selbst, die Hilflosigkeit in ihrer Stimme, und ihre Kehle zog sich zusammen, als Levin mit sanftem Lächeln ihre Wange berührte. Ihre Tränen gaben seinen Fingern die Farbe zurück, die gleich darauf wieder verblassten. »Das habe ich doch schon längst gemacht«, erwiderte er leise. »Du glaubst gar nicht, wie oft ich im Traum an dir vorbeigelaufen bin.« Er streckte die Hand aus und ließ seinen Kristall in die ihre fallen. »Gib Rhasgar das von mir«, fuhr er fort. »Er wird sich schreckliche Vorwürfe machen, aber sage ihm, dass er keine Schuld trägt, im Gegenteil. Ich habe es aus eigener Kraft geschafft, durch die Spiegel zu reisen, und ich weiß, dass er mich gerettet hätte, wenn das möglich gewesen wäre. Er hat den Wind und den Regen zu meinen Freunden gemacht, niemand sonst hätte das je geschafft, und er wird bis in alle Zeit mein großer Bruder sein. Er hat mir das Leben geschenkt. Das darf er niemals vergessen.«

Er hustete und Anouk krampfte sich das Herz zusammen. Sie schüttelte den Kopf und wollte etwas sagen, irgendetwas, das diese schreckliche Gewissheit von seinen Zügen nehmen würde. Aber Levin sah sie mit solchem Ernst an, dass erneut jedes Wort auf ihrer Zunge zerbrach.

»Ich will nicht, dass du um mich weinst«, sagte er kaum hörbar. »Ich bin kein Junge, wie Ben es war, nicht mehr. Seit langer Zeit bin ich nichts weiter als eine Lüge, zusammengefügt aus dem, was wir den Menschen gestohlen haben. Und deshalb sterbe ich auch nicht. Ich erlösche ... so wie Gedanken es tun.«

Anouk brauchte ihre ganze Kraft, um seine Hand festzuhalten. »Du bist keine Lüge«, sagte sie und strich ihm behutsam das Haar aus der Stirn, während er sie aus seinen ungleichen Augen anschaute. »Du bist das Feuer eines Drachen. Du bist der Traum der Medusa und der letzte Gedanke des steingrauen Riesen. Du bist es, der zu den silbernen Bergen gewandert ist, und du allein hast den Phönix über dem Meer der Nacht gesehen. Du bist der Junge mit den Augen aus Sternenlicht, und ich weiß, dass gerade in diesem Moment unzählige Kinder friedlich in ihren Betten schlafen, weil du ihnen deine Träume geschenkt hast. Du hast Rhasgars Spiegel betreten, du bist ein Licht, das nicht erlöschen kann, und das wird sich niemals ändern. Denn das Feuer der Sterne ist unsterblich, wenn es sich in menschlichen Augen bricht.«

Levins Lächeln war nicht mehr als ein Hauch. Er schaute

zum Himmel hinauf, der wie immer schwarz war unter den fliegenden Schatten. »Ich wünschte, ich hätte sie sehen können«, flüsterte er kaum hörbar. »Nur ein einziges Mal.«

Keine Bitterkeit lag in seiner Stimme und kaum ein Schmerz. Aber seine Sehnsucht ließ den Wind flüstern, und Anouk fühlte die Kühle, die nun zu ihnen trat und Levins Lider langsam niederdrückte. Doch ehe seine Hand aus der ihren gleiten konnte, umfasste sie sie fester. »Willst du sie sehen?«, flüsterte sie und beugte sich vor, damit er ihre Worte hören konnte. »Willst du die Sterne meiner Welt sehen, Wanderer?«

Levin schaute sie an wie aus einem Traum erwacht. Seine Haut war nun so bleich, dass Anouk die Finsternis dahinter sehen konnte, aber auf seinen spröden Lippen blühte ein Lächeln. Sie zog ihn näher an sich, gerade so, wie sie es früher mit Ben getan hatte, wenn sie gemeinsam den Nachthimmel nach Sternschnuppen abgesucht hatten. Levins Körper war so zart, dass sie ihn kaum spürte. Sie zog ihren Mantel enger um seinen Leib und hielt ihn fest, und dann, mit einer einzigen Bewegung ihrer Hand, wischte sie die Schatten über ihnen fort. Blau war es, das sie über das Firmament zog, ein Blau so tief wie das Meer, und dann hob sie Levins Hand und ließ silberne Funken darüber hintanzen. Er lachte, als sie seine Finger kitzelten … und in ausgelassenem Schwung warf Anouk sie hinauf in die Nacht über ihnen. Levin riss die Augen auf. Immer wieder hob er die Hand in die Höhe, und als er schließlich erschöpft innehielt, prangte ein Sternenhimmel über ihnen, wie Anouk ihn noch nie im Leben gesehen hatte. Es sah aus, als wäre jedes Licht und alle Schönheit der Welt an diesem Ort zusammengekommen, um sich hoch über ihnen in silbernen

Funken zu vereinen. Sacht glitt ihr Schein über ihren Mantel und deckte Levin zu wie glitzernder Schnee, und als der Junge Atem holte, da fühlte Anouk ihn auch: den Ton in den Spiegeln, der dem Funkeln der Sterne Antwort gab … leise und unsterblich wie das Lachen eines Kindes.

Levins letzter Atemzug streifte Anouks Wange. Sie ertrug die Stille, die mit der Kühle über sie kam, und sah zu, wie sein Körper sich in hauchzartes Glas verwandelte, nur durchbrochen von den bunten Spuren, die ihre Tränen auf seinen Händen hinterließen. Seine Augen jedoch standen in silbernem Licht, und Anouk sah es noch vor sich, als sein Körper längst zerbrochen und in glitzernden Scherben vom Wind davongetragen worden war … das Licht der Sterne, die seinen Blick erwidert hatten.

# 30

Der Spiegel flackerte unruhig, als Anouk zu ihm hinaufschaute. Sie war in die Mitte des Innenhofs getreten, dorthin, wo Rhasgar nach seinem Sturz vom Seil gelandet war, und obwohl sie wusste, dass die Zeit drängte, konnte sie sich nicht von der Stelle bewegen. Fast schien es ihr, als würde der Spiegel höhnisch zu ihr herunterfunkeln, gerade so wie sein einstiger Herr bei ihrer ersten Begegnung. Die Treppe aus Licht, die Levin und sie sicher in den Hof geführt hatte, war zerbrochen, und nun gab es nur noch einen einzigen Weg zum Spiegel hinauf … einen Weg, der Anouk beim bloßen Gedanken daran den Magen umdrehte.

Gewaltsam riss sie den Blick vom Spiegel los und sog die eisige Luft in ihre Lunge. Der Schwindel hinter ihrer Stirn ließ sie schwanken, aber sie presste die Zähne aufeinander, als sie zum Wehrturm hinüberging. Sie musste sich zusammenreißen, verflucht noch eins. Sie hatte mehr vor in dieser Nacht, als dämlich unter einem magischen Spiegel herumzustehen wie ein Kaninchen vor der Schlange.

Ihre Finger schmerzten, als sie sich an den bröckelnden Steinen aufwärtszog. Sie erinnerte sich daran, wie sie gemeinsam mit Rhasgar diesen Weg genommen hatte, und erst jetzt wurde ihr bewusst, wie sehr er um ihr Wohlergehen besorgt gewesen war. Er hatte sie mit einem Zauber vor den scharfen Kanten der Steine geschützt und oft hatte er sie mit geübtem Griff weiter hinaufgezogen. Nun jedoch war sie auf sich allein gestellt, und sie kam sich vor wie eine Kröte, die ungeschickt versuchte, eine Mauer zu erklimmen. Immer wieder rutschte sie von den schmalen Vorsprüngen ab, der Mantel lag steinschwer auf ihren Gliedern, als hätte er die Nacht selbst in den schwarzen Spiegeln zusammengezogen, und als sie endlich oben ankam, war sie so außer Atem, dass sie für einen Moment rücklings dalag und in ihren Sternenhimmel schnaufte. Dann schaute sie zur Kante des Turms hinüber. Augenblicklich wurde ihr Mund staubtrocken. Dort vor ihr, schwach nur beschienen vom Glanz des Spiegels, lag das Seil.

Anouk kam auf die Beine. Jetzt durfte sie nicht zögern, für keinen noch so kleinen Moment. Sie musste schneller sein als ihre Panik. Sonst würde sie mit dem Turm verschmelzen und sich nie wieder von der Stelle rühren. So entschlossen wie möglich trat sie auf das Seil zu, aber als der Wind nach ihrem Haar griff, brauchte sie ihre gesamte Kraft, um nicht nach unten zu sehen. Stattdessen fixierte sie den Spiegel, und vorsichtig setzte sie ihre Füße auf das Seil, einen nach dem anderen.

Sie fürchtete, dass es sich aufbäumen würde, wie es das unter Rhasgars Schritten getan hatte. Aber es lag so reglos da, als wäre nie auch nur ein Hauch von Leben in ihm gewesen. Anouk wagte sich weiter vor, doch anstelle von Erleichterung empfand sie eine nagende Unruhe. Vielleicht war das Seil unter ihren Füßen nur aus einem einzigen Grund so still. Vielleicht rührte es sich nicht mehr, weil der *Dark Circus* es endgültig geschafft hatte, Rhasgar zu unterwerfen. Vielleicht war auch der letzte Funke seines eigenen Willens inzwischen in der Dunkelheit erloschen, und nun war er nichts mehr als eine Hülle, ebenso kalt wie das Seil, das er einst zum Leben erweckt hatte. Der Gedanke ließ sie schwanken, aber sie fing sich sofort. Langsam atmete sie ein. Wenn es einen Ort gab, an dem sie sich nicht in Panik versetzen lassen durfte, dann war es dieser. Reglos oder nicht, das Ding unter ihren Füßen war nur eines: ein verfluchtes Seil. Und es würde sie zu ihrem Ziel tragen.

Das Licht des Spiegels funkelte auf, als sie sich wieder in Bewegung setzte. Ihr schien es, als würde sie Levins Gestalt in der glühenden Fläche erkennen, hoch oben auf einem der Masten, von dem er ihre ersten Trainingseinheiten am Trapez beobachtet und jeden Erfolg mit begeistertem Applaus belohnt hatte. Mit unendlicher Geduld hatte er ihr geholfen, das Gleichgewicht auf dem beschämend niedrig angebrachten Seil zu halten, hatte sie angespornt, wenn sie angesichts der Höhe auf dem Trapez hatte aufgeben wollen, und war über ihre Bilder in Verzückung geraten. Noch einmal hörte sie seine Stimme und sah den Glanz in seinen Augen angesichts des Sternenhimmels, der sich noch immer über ihr spannte, und ein Lächeln flog auf ihre Lippen. Er hatte ihr vertraut. Er hatte all seinen Glauben in sie gesetzt und sie würde ihn nicht enttäuschen. Sie …

Weiter kam sie nicht. Wie eine Antwort auf ihre Zuversicht traf sie eine eisige Sturmböe, und Gewitter grollte auf, so durchdringend, dass sie schwankte. Unwillkürlich musste sie an Rhasgar denken, daran, wie er sie bei ihrer letzten Panikattacke auf diesem Seil festgehalten hatte. Aber nun war er nicht da, und sie erinnerte sich daran, wie heftige Blitze ihn von ihr fortgerissen hatten … dort unten in der Ruine, als er durch den Regen zu ihr herübergeschaut hatte. Damals hatte er noch geglaubt, dem Willen des *Dark Circus* entkommen zu können, und nun …

Es donnerte erneut, das Seil erzitterte. Anouk breitete erschrocken die Arme aus, und im selben Moment sah sie Rhasgar auf sich zukommen, den Kopf tief geneigt, mit dem Messer in der Hand. Mit aller Kraft wollte sie den Blick fortreißen, doch es gelang ihr nicht. Grell glühte die Klinge im Schein des ersten Blitzes auf … und Anouk verlor das Gleichgewicht.

Gerade noch rechtzeitig kauerte sie sich auf dem Seil nieder und hielt sich mit beiden Händen daran fest. Kurz schloss sie die Augen, um nicht versehentlich nach unten zu schauen. Dann hob sie den Kopf und sah nach vorn. Das Gewittergrollen klang wie aus weiter Ferne und Rhasgar war verschwunden. Sie stieß einen Fluch aus. Er war nicht real gewesen. Er lag im Gläsernen Herzen in Ketten – und sie war die Einzige, die ihn befreien konnte. Sie musste auf die Beine kommen, und das schnell. Doch der Schwindel in ihrem Schädel nahm mit jedem ihrer Atemzüge zu, ihre Hände waren starr vor Kälte, und das Licht des Spiegels flackerte, als würde es jeden

Moment erlöschen. Sie umfasste das Seil stärker und wollte sich aufrichten. Aber sie spürte das Zittern ihrer Knie, kaum dass sie eine Hand vom Seil nahm, und schloss erneut die Augen. Sie musste den Halt wiederfinden, zur Hölle noch eins.

*Der Halt ist in dir.*

Die Stimme war so leise, dass Anouk den Atem anhielt. Zuerst glaubte sie, noch einmal Rhasgar vor sich zu sehen, nah bei ihr wie in jener Nacht auf dem Seil, da er diese Worte zu ihr gesagt hatte. Doch es war nicht seine Stimme, die sie hörte. Es war die Stimme ihres Bruders. Anouk erinnerte sich daran, wie Ben ihr mit dieser besonderen Tonlage ins Ohr geflüstert hatte, jedes Mal, wenn er ihr ein Geheimnis anvertraut hatte. Sie hielt sich an seiner Stimme fest, als sie langsam den Kopf hob. Und da sah sie ihn mit geschlossenen Augen vor sich, kaum eine Armlänge von ihr entfernt auf dem Seil. Sie sah ihn so deutlich, als würde er tatsächlich vor ihr knien – genau so wie in jener Nacht, als sie sich heimlich aufs Dach geschlichen hatten. Er hatte von einem Sturm aus Sternschnuppen gehört, der auf die Welt niedergehen sollte, und furchtlos wie immer war er ihr vorausgeklettert. Es hatte geregnet, sie hatten neben dem Schornstein beieinandergekauert und Boote in den Pfützen auf der Dachpappe schwimmen lassen, und irgendwann waren die Wolken aufgerissen, und sie hatten tatsächlich Sternschnuppen gesehen, so viele, dass sie am Ende nicht mehr gewusst hatten, was sie sich wünschen sollten. Anouk erinnerte sich daran, wie sie neben Ben zum Himmel aufgesehen hatte, den Regen noch in ihren Haaren. Sie hatte das Gefühl gehabt, mitten in ein Wunder hineingeraten zu sein, und sie hatte gewusst, dass Ben es ebenso empfunden hatte. Es war ihr letzter glücklicher Abend gewesen … ein Kinderabend, der nicht wusste, was Endlichkeit bedeutete.

Anouk schwankte nicht, als sie die rechte Hand vom Seil löste. Noch immer hielt sie die Augen geschlossen, aber sie sah deutlich, wie Ben seinerseits die Hand ausstreckte. Langsam näherten sie sich einander und für einen Moment berührten sie sich. Anouk konnte Bens Finger spüren, und sie sah sie beide vor sich: reglos und staunend wie damals auf dem Dach, als sie zum Himmel aufgeschaut hatten. Sie saßen da wie auf zwei Seiten eines Spiegels, und Anouk lächelte, als eine tiefe Gewissheit sie überkam. Ben war da, gerade in diesem Augenblick. Er würde immer da sein, auf dem Seil hoch über dem Abgrund, auf der anderen Seite des Spiegels … und in der sternlosen Dunkelheit in ihr.

Die Berührung war kaum zu spüren, und doch brachte sie Anouk dazu, die Augen zu öffnen. Das Seil lag verlassen vor ihr. Aber allein war sie nicht. Erneut traf ein Tropfen ihre Wange, und als sie sich aufrichtete, prasselte der Regen auf sie nieder, so heftig, dass die Welt um sie herum von mächtigem Rauschen erfüllt wurde. Es war, als würden Mauern um sie niederfallen. In schnellen Küssen jagte der Regen über ihre Haut, und etwas in ihr gab ihm Antwort … etwas, dessen Stimme sie seit einer Ewigkeit nicht mehr in dieser Stärke gehört hatte und das nun mit so mächtigem Pulsieren durch ihren Körper drang, dass sie ein unbeschreibliches Glücksgefühl ergriff. Lachend legte sie den Kopf in den Nacken und breitete die Arme aus, und da strömte das Licht ihrer Sterne zu ihr herab, glühend wie Sternschnuppen in düsterer Nacht. Ihr Glanz riss die Kälte von Anouks Gliedern und drängte den Schwindel zurück, und mit einem Ton, der wie ein Schlachtruf klang, brannte er die Schwärze aus den Spiegeln ihres Mantels. Stattdessen flutete Silberlicht darüber hinweg, und es traf Anouk mit solcher Zärtlichkeit, dass Tränen in ihre Augen traten, die sich mit dem Regen vermischten. Mochte der *Dark Circus* mit all seiner Finsternis auf sie warten, sie würde nicht länger vor ihm zurückweichen. Sie hatte sich an die Sprache des Regens erinnert … und sie trug einen Mantel aus Sternenlicht.

Schritt für Schritt setzte sie ihren Weg fort. Sie spürte den Wind in ihrem Haar, hörte das Flüstern der Bäume und das Rauschen der Wellen, und sie meinte, zwei Kinder sehen zu können, die in diesem Augenblick über die letzten erlöschenden Sterne hinwegsprangen. Ein Wanderer war es, mit nichts als Übermut in den Augen, und ein Träumer, dessen Hand sie noch immer an der ihren fühlte. Mit dem Licht der Sterne im Haar schauten beide zu ihr herab … und ihr Lachen legte sich wie der Panzer eines Drachen auf ihre Haut.

Dicht vor dem Spiegel hielt sie inne. Schwach nur glomm noch das Licht in die Nacht, und Anouk wandte ihr Gesicht noch einmal dem Regen zu, der sanft und rau zugleich darüber strömte. Sie wusste, dass die Kinder oben in den Sternen ihr Lächeln sehen konnten. Dann zog sie sich den Mantel enger um den Leib und mit einem einzigen Schritt betrat sie das Herz des *Dark Circus*.

# 31

Das Gläserne Herz empfing Anouk mit undurchdringlicher Schwärze. Nur die schwache Glut ihres Mantels spendete etwas Licht, aber es reichte kaum weiter als wenige Fingerbreit in den Raum hinein. Anouk schien es, als würde die Finsternis jeden Funken aufzehren. Sie hörte das Flackern des Spiegels, als er sich hinter ihr auflöste, und kurz nahm sie nichts mehr wahr als ihre eigenen Atemzüge. Dann streifte ein Windhauch ihre Wange und die Dunkelheit begann zu flüstern.

Sie klang wie ein Lied, gesungen aus sterbenden Kehlen. Unwillkürlich sah Anouk die Fratzen der Flammenwesen vor sich, die Klauen drohend nach ihr ausgestreckt, und sie schauderte, als sie blind in die Finsternis starrte. Doch gleich darauf straffte sie die Schultern und da bemerkte sie eine Bewegung vor sich in den Schatten. Sie kniff die Augen zusammen und erkannte, dass es ein Spiegel war, der mit gesprungener Oberfläche an einer aschfarbenen Wand hing.

Anouk schaute sich selbst ins Gesicht, das bekränzt vom Silberschein ihres Mantels noch blasser wirkte als sonst – und wich nicht zurück, als sich die Augen ihres Spiegelbildes plötzlich in goldenem Feuer entflammten. Stattdessen fixierte sie das Trugbild mit aller Entschlossenheit, die sie aufbieten konnte. Lange genug war sie vor Schatten und goldenem Feuer geflohen. Nun war es an der Zeit, ihnen zu begegnen. Ihr Spiegelbild lächelte, als hätte es ihre Gedanken gehört. Und im selben Moment legte das Gläserne Herz die Maske der Dunkelheit ab.

Das elektrische Licht einer Glühbirne traf Anouk so plötzlich, dass sie geblendet die Hand vor die Augen hob. Noch ehe sie sich umsah, wusste sie, wo sie sich befand. Der Geruch von kalter Feuchtigkeit erfüllte die Luft, und sie zog die Schultern an, als sie den Blick über die Wände schweifen ließ und den Gang hinab, der sich im Zwielicht verlor. Sie war schon einmal an diesem Ort gewesen. Anstelle der Kerkertüren hingen nun zerbrochene Spiegel an den Wänden und da erkannte sie ihn. Es war der Keller, in dem Rhasgar gefangen gehalten worden war … die Räume seines Zorns. Anouk holte tief Atem. Das Labyrinth des *Dark Circus* hatte sie in einen Kerker geschickt, aber sie würde ihn zerbrechen – gemeinsam mit Rhasgar, der irgendwo in dieser Dämmerung in Ketten lag.

Ihre Schritte waren unnatürlich laut auf dem steinernen Boden. Jedes Scharren klang von den Wänden wider und beschleunigte ihren Herzschlag, während sie Raum um Raum durchquerte. Überall hingen Spiegel, einige zerschlagen, andere zerkratzt, als hätte der Betrachter den eigenen Anblick nicht ertragen. Mitunter blickte Anouk versehentlich hinein und erschrak, wenn sie das Gesicht mit den goldenen Augen höhnisch angrinste. Immer wieder öffnete sie halb zerfallene Türen, aber sie fand keinen Ausweg, und schließlich musste sie feststellen, dass sie nur noch in Räume geriet, die sie bereits betreten hatte. Die Erkenntnis schickte den Schwindel mit geballter Kraft hinter ihre Stirn. Sie war im Kreis gelaufen.

Schwankend stützte sie sich an der Wand ab. Eine unbändige Müdigkeit drückte ihr die Augen zu, und sie brauchte ihre gesamte Kraft, um bei Bewusstsein zu bleiben. Sie musste den richtigen Weg finden, und das schnell. Das Gift in ihren Adern raubte ihr nicht nur die Kraft. Es raubte ihr den Willen. Entschlossen stieß sie sich von der Wand ab. Irgendwo in diesen Räumen musste es einen Hinweis geben, irgendetwas, das sie zu Rhasgar führen würde. Noch immer schwankend setzte sie sich wieder in Bewegung, bog um eine Ecke – und stieß so heftig mit jemandem zusammen, dass sie zurücktaumelte. Sie hörte ein schmerzerfülltes Keuchen und roch den Gestank von verbrannter Haut. Dann hob sie den Blick und riss fassungslos die Augen auf.

»Ach du meine Güte!«, stieß sie aus. »Was tust du denn hier?«

Vor ihr, das Haar zerzaust, die linke Wange mit einem Striemen versehrt, stand Esra und starrte sie an. Ihre Peitsche war nur noch eine verkohlte Schnur an ihrem Gürtel. Stattdessen hielt sie wie zur Verteidigung eine Spiegelscherbe in die Höhe, die sie nun mit erleichtertem Seufzen sinken ließ. »Die Frage könnte ich zurückgeben«, stellte sie fest und fuhr sich an die

Wange. »Verflucht, was hast du mit deinen Spiegeln gemacht? Sie sind heiß wie Feuer!«

Anouk strich über ihren Mantel. Für sie war das silberne Licht nur lauwarm, doch in Esras Adern schwelte die Kraft des *Dark Circus*, und es erfüllte Anouk mit Genugtuung, zu sehen, mit welcher Kraft sich ihre Spiegel der Finsternis entgegenwarfen.

»Sie sind kalt wie das Licht der Sterne«, gab sie zurück. »Und sie werden die Glut des *Dark Circus* bezwingen, wenn ich erst diesen Keller hinter mir gelassen habe. Aber wie bist du hierhergekommen? Ich hatte befürchtet, du wärest ...«

Esra unterbrach sie mit abschätzigem Schnaufen. »So schnell stirbt man nicht. Ich habe Masrador aufgehalten, solange ich konnte, aber am Ende hat er mich doch außer Gefecht gesetzt. Als ich zu mir kam, war ich in diesem verfluchten Keller, und bis gerade eben war es so stockdunkel, dass ich gegen die Wände gelaufen bin. Aber was hast du hier zu suchen? Und wo ist Rhasgar?«

»Meinst du Rhasgar?«, fragte Anouk zurück. »Oder den Herrn des *Dark Circus*, der von ihm Besitz ergriffen hat?«

Esras Miene verfinsterte sich. »Verdammt«, murmelte sie und biss sich auf die Lippe. »Dabei hat er alles getan, um der Dunkelheit standzuhalten. Aber ich bin mir sicher, dass er sich noch nicht ergeben hat. Er hat sich gegen sie gewehrt, seit er ihr zum ersten Mal leibhaftig ins Angesicht geschaut hat. So wie jeder von uns es hätte tun sollen.«

Ein Zittern ging durch ihre Stimme, und kurz sah Anouk sie wieder auf den Hügeln kauern, hoffnungslos und verzweifelt angesichts der Folgen ihres Verrats. »Du tust es jetzt. Du hast uns gerettet. Ohne dich wären wir dem Clown nicht entkommen.«

»Ich war es euch schuldig«, sagte Esra kaum hörbar. »Und nicht nur euch.«

Sie senkte den Blick, und auf einmal wirkte sie so jung wie damals, als Anouk sie in der Manege gesehen hatte … so hingegeben an ihr Spiel wie ein Kind, das nie erwachsen werden würde. »Amélie hat dir verziehen«, erwiderte Anouk. »Und sie wäre stolz auf dich, wenn sie dich im Kampf gegen Masrador gesehen hätte. Sie wäre stolz auf das, was du geworden bist.«

Esra fixierte den Boden vor ihren Füßen mit einer Intensität, als würde sie darin etwas sehen, das Anouk verschlossen bleiben musste. »Letzten Endes werden wir, was wir sind, nicht wahr?«, fragte sie und hob den Blick. »Und du, Königin der Farben? Wer bist du?«

»Ich bin das Mädchen aus der Welt der Menschen«, sagte Anouk leise, aber mit fester Stimme. »Ich bin diejenige, die den Fluch brechen wird. Und ich werde Rhasgar befreien, was auch immer ich dafür tun muss.«

Esra sah sie an, forschend, als würde sie durch Anouks Gedanken fliegen. »Er bedeutet dir viel«, stellte sie fest, nachdenklich und wie zu sich selbst. »Du würdest es wieder tun, nicht wahr? Auch wenn du wüsstest, was passieren würde, meine ich … Du würdest wieder mit ihm in die Schatten gehen.«

Anouk schwieg für einen Moment. »Ja«, sagte sie dann. »Ich konnte mir dieses Gefühl lange nicht erklären, aber seit ich ihn zum ersten Mal gesehen habe, wollte ich nur eines: die Fesseln lösen, die ihn gefangen halten. Ihm ist es bei mir gelungen, so mühelos, dass ich es fast nicht gemerkt hätte … und jetzt werde ich dasselbe für ihn tun. Ich werde an seiner Seite sein, genauso, wie ich es ihm versprochen habe.«

Esra nickte. »Es gibt nichts Schlimmeres, als allein im Dunkeln zu sein«, sagte sie, und ein seltsamer Ausdruck trat in ihren Blick … Sehnsucht und Zorn. Er kam Anouk bekannt vor, ohne dass sie sagen konnte, wo sie ihn schon einmal gesehen hatte. Dann legte sich Entschlossenheit auf ihre Züge, und Anouk war sich nicht mehr sicher, ob sie überhaupt je etwas anderes darin gesehen hatte. »Verlieren wir keine Zeit«, sagte Esra und deutete den Gang hinauf. »Jetzt, wo es hell geworden ist, finde ich den Weg aus diesem Keller. Lass uns gehen.«

Esras Füße verursachten kaum ein Geräusch. Mit dem Geschick eines Schattens eilte sie Anouk voraus, passierte finstere Räume und blieb endlich vor einer Mauernische stehen. Kurz hielt sie die Hände vor den Stein, als würde sie nach etwas tasten, das dahinterlag. Dann presste sie die Finger gegen die Wand, und gerade dort, wo eben noch rauer Stein gewesen war, schob sich eine Tür aus der Dunkelheit. Anouk hob die Brauen.

»Ich bin seit einer Ewigkeit einfach nur im Kreis gelaufen«, sagte sie kopfschüttelnd. »Wie hast du diese Tür gefunden?«

Esra zuckte mit den Schultern. »Ich mag ja keine Königin von irgendetwas sein«, gab sie mit leisem Spott zurück. »Aber mit verborgenen Gedanken kenne ich mich aus.«

Damit öffnete sie die Tür, und Anouk folgte ihr in einen Raum, den sie nur zu gut kannte. Kreidezeichen zierten die schwarzen Wände, am Boden war das Pentagramm, und in der Ecke stand der mannshohe Spiegel. Sie holte tief Atem. Kurz schien es ihr, als würde noch einmal der Schein von Feuer über die Wände gleiten … und über schimmernde Haut, bedeckt von rätselhaften Symbolen.

»Komm schon«, raunte Esra und durchbrach ihre Gedanken mit hektischem Winken. »Wir dürfen keine Zeit mehr verlieren. Sieh dich nur an!«

Anouk schaute in den Spiegel und erschrak vor ihrem eigenen Anblick. Tiefe Schatten lagen unter ihren Augen, und für einen Moment glaubte sie, die Finsternis sehen zu können, die sich durch ihre Adern schob. Das Wiedersehen mit Esra hatte den Schwindel zurückgedrängt, aber nun griff er erneut nach Anouks Bewusstsein und ließ den Boden unter ihren Füßen schwanken. Mit rasendem Puls trat sie an Esras Seite und sah zu, wie diese die Hand über der Spiegelfläche bewegte. Kurz ging ein Flackern darüber, dann wurde sie silbern. Triumphierend stieß Esra ein Lachen aus und Anouk beugte sich vor. Auf der anderen Seite des Spiegels lagen die glühenden Gänge des Labyrinths … durchsetzt mit den ersten Wänden aus Schattenglas.

»Das Herz des Herzens«, flüsterte Anouk und meinte, ihre Stimme in den Gewölben widerhallen zu hören. »Es ist ganz nah.«

»Beeilen wir uns«, raunte Esra. »Du musst bei Kräften sein, wenn du Rhasgar entgegentrittst. Die Kathedrale ist nicht mehr weit entfernt.«

Die Worte glitten durch Anouks Gedanken wie glühende Klingen. »Woher weißt du das?«, fragte sie so leise, dass sie sich selbst kaum verstand. »Woher weißt du, dass das Herz eine Kathedrale ist? Niemand kann das wissen … es sei denn, er ist dort gewesen.«

Kaum hatte sie das ausgesprochen, sah sie Esra im Spiegel an, und der Schreck schoss mit aller Gewalt in ihre Glieder. Der Schmiss an ihrer Wange sah nicht länger wie ein Brandmal aus. Stattdessen klaffte die Haut wie eine Maske auseinander, und darunter lag Schminke … die weiße Schminke eines Clowns.

»Aber das war ich doch«, sagte Esra nun mit einer Stimme wie Gewittergrollen. »Nur warst du wieder einmal zu blind, um mich zu sehen!«

Im letzten Moment fuhr Anouk herum und wich dem Hieb der Klaue aus, in die sich Esras Hand blitzschnell verwandelte. Hinter ihr zerbrach das Trugbild des Spiegels, und sie konnte die tanzenden Schatten fühlen, die in Wahrheit darin auf sie warteten. Jetzt erinnerte sie sich, wo sie den Ausdruck von Sehnsucht und Zorn schon einmal gesehen hatte: in Masradors Augen, als sie ihm erstmals in seinem Wagen begegnet war und ihm ihre Farben gezeigt hatte … Farben einer Welt, die für ihn unerreichbar war. Sie starrte dem Clown ins Gesicht, der nun die Gestalt des Mädchens abwarf und auf sie zutrat.

»Du kämpfst so sehr darum, keine Figur aus einer Geschichte zu werden«, fuhr Masrador mit goldglimmenden Augen fort. »Aber genau das bist du schon längst, Königin der Farben. So wie wir alle. Und jenseits deiner Seiten – gibt es nichts!«

Anouk schauderte, als sie Amélies Worte aus dem Mund des Clowns hörte, doch sie grub die Finger tief in ihren Mantel und starrte ihm voller Zorn ins Gesicht. »Ich kämpfe für die Freiheit«, gab sie zurück. »Und im Gegensatz zu dir habe ich sie nie verloren! Sie ist in mir, im Meer und in den Sternen und in jedem Buchstaben, der vielleicht irgendwo von mir erzählt! Denn ich bin es, die jede verfluchte Zeile mit Leben erfüllt, ich, die sie in tausend Farben setzt und sie mit der Stimme des Regens flüstern lässt! Ich mag eine Figur in einer Geschichte sein wie wir alle, gerade jetzt in diesem Moment. Aber jenseits ihrer Seiten liegt die ganze Welt, auch wenn du sie nicht erreichen kannst. Und weißt du was, goldäugiger Bastard? Sie ruft meinen Namen!«

Sie sah noch das Erstaunen in Masradors Blick. Dann riss sie einen Spiegel aus ihrem Mantel, und so schnell, dass er nicht vor ihr zurückweichen konnte, ließ sie das Licht der Sterne darin aufbrechen. Gleißend traf es den Clown und verkohlte seine Haut. Mit schmerzerfülltem Schrei schlug er sich die Klauen vors Gesicht, aber Anouk zögerte nicht. Mit aller Kraft packte sie seinen Arm und stieß ihn in die Schatten des Spiegels. Seine Nägel krallten sich in den Rahmen. »Wir werden, was wir sind!«, schrie er, während sein Leib von Messern und Dolchen zerrissen wurde. »Das wirst auch du erfahren – Königin der Narren!«

Noch einmal riss er den Mund auf, als wollte er ihr die Schatten ins Gesicht speien, die ihn verschlangen. Dann glitten seine Klauen vom Spiegel ab und er verschwand in der Finsternis.

Anouk stand mit rasendem Herzen da und sah zu, wie die Spiegelfläche sich wieder in dunkles Glas verwandelte. Sie hatte die Maske gefühlt, die Masrador gewesen war … eine dünne Haut über einem alles vernichtenden, goldenen Feuer, und seine Worte klangen mit einer Macht in ihr wider, der sie sich nicht verschließen konnte. Sie fuhr sich an die Stirn. Abwechselnd peitschten eisige und glühend heiße Schauer durch ihren

Leib und sie umfasste mit zitternden Fingern die Spiegelscherbe. Sie musste sich zusammenreißen. Irgendwo in diesem Keller gab es einen Ausweg. Sie musste ihn finden und …

Da plötzlich begann der Spiegel vor ihr zu flackern. Grelle Blitze zuckten darüber und gleich darauf drängte sich Nebel von der anderen Seite gegen das Glas. Anouk wich zurück, aber sie konnte sich nicht von dem Anblick abwenden, der sich ihr bot. Gestalten schoben sich aus dem Nebel, schemenhaft zuerst und dann so deutlich, dass ihr der Atem stockte. Sie erkannte Amélie, die umringt von ihren Vögeln langsam auf sie zutrat. Auch Levin war dort, ebenso wie Artus und Luana und die Umrisse all der anderen Artisten, die sich Masrador je entgegengestellt hatten. Sie schauten zu Anouk herüber … und das teuflische Lächeln des Clowns trat auf ihre Züge. Anouk stolperte rückwärts. Sie sah noch, wie die Kreaturen zum Sprung ansetzten. Dann fuhr sie herum und rannte los.

Die Tür flog hinter ihr aus den Angeln, so heftig stieß Anouk sie auf. Sie wagte keinen Blick über die Schulter, aber sie sah sie vor sich: die entstellten Fratzen ihrer Verfolger, die ihr mit höhnischem Lachen nachglitten. Schwarze Flammen zogen sich über die Wände, Anouk fühlte sie glühend heiß in ihrem Nacken, und als die ersten Funken ihre Haut trafen, kehrte der Schwindel mit aller Macht zu ihr zurück. Sie stolperte und versuchte noch, einen Sturz abzufangen. Aber im selben Moment erlosch das Licht und sie fiel.

Hart schlug sie am Boden auf. Das Lachen hinter ihr war ebenso verschwunden wie das Feuer, doch als Anouk benommen den Kopf hob, hallte ein Weinen von den Wänden wider, so durchdringend, dass es ihr ins Mark fuhr. Es war das Weinen eines Kindes. Die Lampe über ihr flackerte auf, und in dem plötzlichen Licht sah sie ein Zeichen vor sich auf dem dunklen Untergrund: den geschwungenen Umriss einer Welle. Unwillkürlich strich sie darüber, über dieses Bild, das Rhasgar vor langer Zeit in den Stein geritzt hatte, und da spürte sie seine Angst, die ihn damals durch die Finsternis getrieben hatte … und die Kälte, die nun durch die Luft drang und jedes Weinen erstickte. Mit eisiger Kraft drang sie in Anouks Körper und lähmte ihre Glieder. Und da hörte sie Schritte hinter sich.

Sie warf sich herum und erkannte Rhasgar am Ende des Ganges. Reglos stand er da in seiner Kindergestalt, vor den düsteren Abbildern der anderen Artisten. Erst als das Lächeln auf seine Lippen trat, setzte er sich in Bewegung. Im flackernden Licht der Lampe sah Anouk, wie er näher kam, Schritt für Schritt und mit diesem gnadenlosen Ausdruck auf den Zügen, mit dem er seinen einstigen Peiniger in den Tod getrieben hatte. Spielerisch drehte er sein Messer in der Hand, zog es über die Wand wie durch Butter … und verwandelte den Keller in das Labyrinth aus Spiegeln.

Vergeblich versuchte Anouk auf die Beine zu kommen. Die Kälte in ihren Gliedern ließ sie zittern, und so schob sie sich von ihrem Verfolger fort, bis sie mit dem Rücken gegen die Wand stieß. Im selben Moment verstärkte sich sein Lächeln. Mit leisem Flackern tauchte seine Gestalt plötzlich in jedem Spiegel des Ganges auf … und von allen Seiten kam er auf Anouk zu.

Ihr Herz raste, während sie ihm entgegenstarrte. Auch er war nichts als eine Illusion, das wusste sie, aber sein Frost drang mit Übermacht in ihre Glieder und machte es ihr zunehmend schwer, gegen die Finsternis des *Dark Circus* in ihren Adern anzukämpfen, die sie unablässig näher an die Ohnmacht heranzog. Eine einzige Berührung mit seiner Klinge, und sie würde dem Gift nicht länger standhalten können. Sie presste die Hände gegen die Spiegel. Kurz schien es ihr, als würde sie noch einmal in einem verfluchten Kinderzimmer in der Ecke sitzen, gelähmt von dem Gedanken, diesem Ort niemals entkommen zu können ... und sie ballte die Hände zu Fäusten. Genau so musste Rhasgar sich fühlen: als würde er dem Labyrinth in seinem Inneren nie entfliehen können. Aber so war es nicht. Rhasgar war ein Zauberer und sie die Königin der Farben, zur Hölle noch eins. Sie würden sich nicht geschlagen geben durch Trugbilder und Schatten!

Noch einmal fixierte sie Rhasgar mit ihrem Blick und zwang ein Lächeln auf ihre Lippen. *Du solltest es besser wissen,* flüsterte sie in Gedanken. *Ich mag dir schwach erscheinen, doch wir sind noch immer im Dark Circus. Und da gilt eines mehr als alles andere: Nichts ist, wie es scheint!*

Sie bemerkte noch den Spott, der auf seine Züge trat. Dann schloss sie die Augen, und sie sah ihn vor sich: ein Kind, das allein und verloren in der Dunkelheit stand ... dicht vor den Toren des *Dark Circus*. Er war blass und abgemagert wie sein düsteres Abbild im Labyrinth, aber er sah voller Faszination zu dem Zirkus auf, und in seinem Gesicht war ein Zauber, der nicht zu bezwingen war, von keinem Frost und keinem Feuer der Welt. Anouk lächelte. Mochte der Zirkus ihr tausend Mal einen Jungen mit Augen aus Eis entgegenstellen – es war dieses Kind dort vor dem Zirkuszelt, das ein Zauberer geworden war. Und es war nicht allein in der Finsternis.

Sie hörte, wie der Frost direkt vor ihr über den Boden zog. Dann riss sie die Arme empor, und als das Zirkuszelt aufleuchtete, entzündete sich ihr Mantel mit ganzer Kraft. In einem Rauschen wie von Flammen glomm Amélies Gesicht darin auf, Luanas Stimme, die Glut des Phönix und Levins Lächeln, und als Anouk die Augen öffnete, sah sie deren düstere Abbilder vor diesem Glanz verblassen, so schreckensstarr, als könnten sie den Anblick nicht ertragen. Auch Rhasgar wich zurück. Wie gegen seinen Willen trat haltloses Staunen auf sein Gesicht, und kurz schauten sie einander an: der Junge mit dem Messer in der Hand und das Kind, das seinen Blick aus den Spiegeln erwiderte. Dann brandete das Licht der Sterne in den Gang. Es wurde so heiß, dass Anouks Mantel zu kohlen begann. Und glühend wie Schwingen aus Feuer nahm es jede Illusion mit sich.

Das Licht erlosch so plötzlich, dass Anouk einen Moment brauchte, um ihr Gleichgewicht wiederzufinden. Erneut war es dunkel um sie herum, doch es war eine samtene Schwärze, die keinen Schrecken in sich barg. Anouks Mantel war verbrannt. Wispernd fielen die Überreste von ihrem Leib, als sie sich in Bewegung setzte. Ihr Feuer hatte die Spiegel mit einer Rußschicht überzogen, und als sie davor innehielt, spürte sie noch immer die Wärme des Lichts, die jede Kälte aus ihrem Leib vertrieben hatte. Ein zärtlicher Hauch flog über ihre Haut, als sie die Hand mit der Scherbe hob. Es war still um sie herum … so still wie ein Lächeln im Regen.

Die Scherbe verursachte keinerlei Geräusch, als Anouk zu zeichnen begann. Sacht glitt sie über die schwarze Fläche hin und in filigranen Linien formte sich ein Gesicht aus der

Dunkelheit. Ungebändigtes Haar fiel in eine hohe Stirn, die Züge waren makellos, beinahe zart, und der Mund zeigte Abwehr und leisen Trotz. Es war Rhasgars Kindergesicht, das Anouk malte, aber als die Scherbe in ihrer Hand aufglomm und ihr Glanz sich über die Linien zog, waren seine Augen nicht länger kalt und leblos. Sie glühten nun im Schein der Sterne … und sie trugen das Mondlicht auf den Wellen des Meeres in sich.

Anouk sah noch, wie das Kind lächelte, unmerklich und doch deutlich genug, um sie die Geste erwidern zu lassen. Dann erlosch das Licht ihrer Linien. Die Spiegelfläche dahinter verwandelte sich zu Asche und mit einem Rauschen fiel sie in sich zusammen. Anouk holte tief Atem und mit einem entschlossenen Schritt trat sie durch den Spiegel.

Sie sah sich nicht um, als das Glas sich hinter ihr neu zusammenfügte. Vor ihr lag die schwarze Kathedrale in regloser Dämmerung. Vereinzelt glommen Kerzen auf den neu erstarkten Mauern, Lichtlanzen fielen durch Fenster und Kuppeln, als würde die Sonne selbst ihren Glanz durch die Schatten schicken. Und dort vor dem Altar, den Blick auf die glimmende Blume gerichtet, wartete der Zauberer auf sie.

# 32

Das Licht der Kerzen glitt über Rhasgars Körper, als er sich langsam aufrichtete. Sein Haar fiel ihm in die Stirn, und kurz schien es Anouk, als wäre tatsächlich er es, der nun zu ihr herübersah – reglos und mit dieser raubtierhaften Anspannung in den Gliedern wie damals nach seinem Sturz in der Ruine. Sie überkam der überwältigende Drang, auf ihn zuzulaufen, und sie musste die Hände zu Fäusten ballen, um sich davon abzuhalten. Schritt für Schritt ging sie am Saum zwischen Dunkelheit und Licht entlang und bewegte wie beiläufig ihre linke Hand durch die Schatten, bis der flackernde Schein der Blume ihr Gesicht traf. Im selben Moment glühten Rhasgars Augen in goldenem Feuer auf.

»Du bist zurückgekehrt«, sagte er, und seine Stimme war unendlich sanft. »Du hast dich den Schatten widersetzt und dein Einsatz hat sich gelohnt. Nun kannst du mit eigenen Augen sehen, wie dein Leben diesen Ort verwandelt. Es gibt ihm die Kraft, die er braucht, um neu zu erblühen, und das ist noch nicht alles. Kannst du den Wind spüren, der um die Säulen streicht? Er wird vom letzten Atemzug des Jungen getragen, der in deinen Armen gestorben ist … erloschen, um in meinen Schatten aufzugehen.«

Anouk zitterte, als der Wind über ihre Wange strich, aber sie wandte sich nicht von Rhasgar ab. »Sein Name ist Levin«, gab sie zurück und stellte mit Genugtuung fest, dass ihr Zorn die Luft in Fetzen schnitt. »Und er ist nicht in deine Schatten gestürzt. Er ist im Licht der Sterne!«

Rhasgar legte amüsiert den Kopf schief. »Ich sehe, der Schmerz ist noch zu frisch, als dass du die Wahrheit ertragen könntest. Aber lass mich dich aufklären: Levin war ein Geschöpf des *Dark Circus*. Er hat für ihn gelebt und er ist für ihn gestorben. Sein schwaches Herz mag sich mir widersetzt haben. Doch nun ist er mein Diener wie alle, die meinem Ruf gefolgt sind.«

»Der einzige Diener deiner Schatten bist du selbst.« Anouk setzte sich wieder in Bewegung und maß die schwarz glühende Blume mit spöttischem Blick. »Keinen Schritt hast du dich fortgewagt vom Zentrum deines Fluchs. Fürchtest du, dass ein Windstoß ihn zerbrechen könnte – getrieben vom Atem deiner Opfer?«

Da stieß Rhasgar ein Lachen aus, so kalt, dass Anouk fröstelte. »Du solltest deine letzten Augenblicke nicht mit Feindseligkeiten verschwenden. Habe ich dir nicht gegeben, was du dir gewünscht hast? Ich schenkte dir Magie, ich gab dir einen

Ort, an dem alles möglich ist. Danach hast du dich doch gesehnt, nicht wahr?«

»Du hast recht. Du hast mir Magie gegeben und deine Welt ist voller Zauber. Aber der einzige Ort, an dem alles möglich ist, liegt in mir selbst. Und die Welt da draußen weiß auch, was Wunder sind. Dir ist das längst klar, denn alles, was du bist, stammt aus ihr, letzten Endes. Alles, was du je gewollt hast.«

Ein harter Zug trat auf seine Züge. »Ausgerechnet du sprichst von der Welt dort draußen«, sagte er verächtlich. »Dabei wolltest du sie doch hinter dir lassen, hast du das schon vergessen? Einsam und verloren hast du auf den Hügeln gesessen und deine Bilder gemalt, die einzigen Tore in ein Reich, zu dem dir der Zugang fehlte, und in all der Zeit hattest du nur einen Wunsch: Du wolltest dich lebendig fühlen, endlich wieder nach all den Jahren in der Finsternis. Das war es, was du ersehnt hast – und ich habe es dir geschenkt!«

Sein Zorn war nicht mehr als ein leichtes Grollen in seiner Stimme und doch ging er wie ein Flammenschauer über Anouks Haut. »Nein«, sagte sie und trotzte der Glut in seinem Blick. »Nicht du hast das getan. Es war Rhasgar, der mich die Sterne sehen ließ, obwohl es sie in deiner Welt gar nicht gibt. Er hat mir den Wind der Wüste geschenkt, auch wenn ich noch nie in einer Wüste war, und er hat mich die Stimmen des Meeres hören lassen, jenseits aller Schatten. Er hat mir beigebracht, dass die Welt dort draußen ebenso magisch ist wie dieser Zirkus, denn der wahre Zauber steckt in uns, und wenn wir ihn finden, sehen wir ihn überall um uns herum. Erinnerst du dich, was für ein Zauber das ist, Herr des Feuers? Oder hast du ihn … vergessen?«

Sie sah noch, wie das Lächeln von Rhasgars Lippen wich. Dann ballte sie die linke Hand zur Faust und im selben Moment glitt ein farbiger Schemen hinter ihr aus der Dunkelheit. Anouk konnte die Linien ihres Ebenbildes sehen, das sie heimlich in den Schatten gezeichnet hatte: mit wehendem Haar, eine Spiegelscherbe in der Hand. Blitzschnell jagte es durch den Raum und traf Rhasgar mit gezieltem Hieb an der Wange. Blut quoll aus dem Schnitt in seinem Fleisch, und Anouk überkam ein glühendes Triumphgefühl, als ihr Schemen die Spiegelscherbe erneut in die Höhe riss. Rhasgar holte zum Schlag aus, doch als er das Ebenbild zerbrach, schoss die Scherbe in unzähligen Funken in die Schatten. Kurz nur glühten sie auf, und ehe Rhasgar auch nur die Hand heben konnte, stoben sie als neue Schemen auf ihn zu – weitere Abbilder Anouks, die mit ihren Spiegelscherben die Luft zerrissen. Immer wieder streiften sie Rhasgars Körper und Anouk zögerte nicht länger. So schnell sie konnte, rannte sie auf die Blume zu. Ein stechender Schmerz schoss durch ihren Leib, als sie sich ungebremst neben ihr auf die Knie fallen ließ, aber sie achtete nicht darauf. Atemlos ließ sie sprühende Funken auf ihrer Hand aufbrechen und schloss die Finger um die Blüte.

Sie konnte sehen, wie ihre Funken in die Dunkelheit strömten. In gleißenden Schwärmen erhellten sie die Finsternis, und Anouk schien es, als würde sie ein fernes Lachen darin hören können – so kristallklar, dass es die Blume mit silbernem Glanz erfüllte. Aus dem Augenwinkel sah sie, dass Rhasgar sich an die Brust griff, als hätte dieser Ton auch ihn berührt. Doch gleich darauf ging ein Grollen durch den Raum, das Anouk schwanken ließ. Sie sah noch den goldenen Schimmer, der durch den

Boden auf die Blume zuglitt. Dann brach Rhasgars Feuer mit solcher Kraft aus der Blüte, dass Anouk zurückgeschleudert wurde.

Sie schlug hart gegen eine Säule und landete am Boden. Funken sprühend zerbrachen ihre Ebenbilder, während sie nach der Scherbe griff, und ihre Hand zitterte unkontrolliert, so sehr hatte das goldene Feuer sie verbrannt. In eisigen Schüben jagte die Glut des *Dark Circus* durch ihre Glieder und presste ihr die Luft aus der Lunge, und doch war es Rhasgars Lachen, das sie bis ins Mark erschütterte: dieses zügellose, unbeschwerte Lachen, das sie noch vor wenigen Stunden so gern gehört hatte und das nun die Säulen zum Beben brachte.

»Der *Dark Circus* erlischt niemals!«, rief Rhasgar und ließ goldene Flammenschwärme aus der Blüte brechen. »Er ist mein Geschöpf, Närrin von einer Königin! Du bist meinem Feuer nicht gewachsen!«

Anouk schützte ihr Gesicht mit den Armen, als die Flammen auf sie niederstießen. Der Raum drehte sich vor ihr. Schon zogen schwarze Schlieren vor ihren Augen entlang, aber sie konnte sie noch immer sehen: ihre Farben, die durch das goldene Feuer des *Dark Circus* strömten, gerade so wie dessen Gift durch ihre Adern jagte. In glühenden Funken stoben sie durch den Grund der Kathedrale, flogen durch Katakomben und Gewölbe und erreichten schließlich Korridore aus tiefschwarzen Spiegeln. Mit aller Entschlossenheit, die sie aufbieten konnte, presste Anouk die linke Hand gegen den Boden.

*Gedanken*, schoss es ihr durch den Kopf. *Träume. Ängste. Sehnsüchte und Wünsche. Viele vor uns sind im gläsernen Her-*

*zen herumgeirrt. Und sie alle haben etwas darin zurückgelassen, das nicht sterben kann.*

Sie hörte Rhasgars Schritte im Boden widerklingen. Jeden Augenblick würde er sie packen und ihr die letzte Luft aus dem Leib pressen. Aber sie sah ihn nicht an und sie ignorierte auch den Schmerz in ihrer Hand. Stattdessen war sie in ihren Gedanken in den Gängen des Labyrinths, gerade dort, wo ihr die Schemen im Nebel begegnet waren: all die Spiegelbilder, die an diesem Ort verloren gegangen waren. Noch einmal fühlte sie das eisige Glas an ihren Fingern, noch einmal die Verzweiflung, die auf der anderen Seite lauerte, den Zorn angesichts des goldenen Feuers, das diesen Kerker aufrechterhielt … und ein Rauschen, das ihrem Herzschlag Antwort gab.

»Es gibt mehr in diesem Zirkus als dein Feuer«, flüsterte sie und sah zu Rhasgar auf. »Viel mehr als das!«

Kaum hatte sie geendet, ging ein Dröhnen durch den Raum, so laut, dass die Wände erzitterten. Anouk meinte, das Bersten von Glas unter ihren Händen spüren zu können. Nebelblasse Schemen glitten durch den Boden … und ihnen folgte ein Schatten, so gewaltig, dass er den Raum verdunkelte. Anouk sah noch, wie Rhasgar vor ihm zurückwich. Dann erzitterten die Säulen erneut und der Schatten stob als gewaltige Welle aus dem Boden. Sie wuchs zu einem Turm aus wirbelndem Wasser an. Für einen Moment konnte Anouk das Meer riechen, und sie sah das Mondlicht, das sich in den Fluten brach, silbern und glitzernd, wie Rhasgar es ihr erzählt hatte. Gleich darauf stürzte die Welle mit mächtigem Rauschen auf ihn nieder.

Anouk hielt sich an einer Säule fest, um von der Flut nicht mitgerissen zu werden. Ohrenbetäubend laut schlug das Wasser am Boden auf, brandete gegen die Mauern und zerrte an ihrem Leib. Grob drückten die Wellen sie unter Wasser, aber sie hörte noch immer Rhasgars Worte, als er ihr von seiner ersten Begegnung mit dem Meer erzählt hatte. Sie sah ihn vor sich, wie er als Kind in die Wellen gelaufen war: sehnsüchtig nach etwas greifend, das ihn zugleich retten und vernichten konnte, und als sie mit dem Kopf aus dem Wasser tauchte und Luft holte, da wusste sie, dass das Meer ihn so wie damals auffangen würde: mühelos und mit kraftvoller Zärtlichkeit wie der Zauberer, der es war. Sie fühlte, wie die Wellen ihr durchs Haar strichen … und gleich darauf die Hitze, die das Wasser durchdrang. Anouk presste sich gegen die Säule, und das keinen Augenblick zu früh. Sie hörte noch das Brüllen, das die Luft in Fetzen riss. Dann brach goldenes Feuer durch die Wellen und mit einem ohrenbetäubenden Schrei zerrieb es das Meer zwischen glühenden Klauen.

Das Feuer erlosch ebenso schnell, wie es gekommen war. Der Boden dampfte, und die Luft war so heiß, dass Anouk husten musste. Langsam nur schaffte sie es, sich am Fuß der Säule aufzurappeln, und sie schwankte, als sie sich zu Rhasgar umdrehte. Er stand mit ausgebreiteten Armen da, gerade an der Stelle, an der die Welle über ihn gekommen war. Noch immer züngelten Flammen zu seinen Füßen, und sie schauderte, als er den Kopf wandte. Sie sah noch, wie seine Augen in goldener Glut aufloderten. Dann stieß er die Faust vor und ein unsichtbarer Hieb traf sie ins Gesicht.

Sie ging zu Boden. Im letzten Moment bewahrte sie ihre Scherbe vor dem Zerbrechen und presste sich die Hand gegen die Schläfe. Doch schlimmer noch als der Schmerz war der

Spott in Rhasgars Blick. Das Lächeln auf seinen Lippen war kalt geworden und gnadenlos, und Anouk krallte ihre Finger in die Säule, um sich auf die Beine zu ziehen. Ihm stand nicht länger der Sinn danach mit ihr zu spielen, so viel konnte sie sehen. Er wollte ihr Leben. Schon setzte er sich in Bewegung … und schwankte plötzlich. Abrupt blieb er stehen und zog die Brauen zusammen, doch gleich darauf riss er den linken Arm zurück, schnell und wie von unsichtbaren Fäden gezogen. Anouk hielt inne. Es sah aus, als würde sich etwas tief in ihm gegen den Willen wehren, der von ihm Besitz ergriffen hatte … etwas, das noch immer das Rauschen der Wellen hörte.

Anouks Finger zitterten, als sie ihre Scherbe aufglühen ließ. Sie achtete kaum auf den Schemen, der ihrem stummen Ruf folgte und über den Boden auf sie zuglitt. Zu deutlich sah sie den Schmerz, der nun über Rhasgars Züge flog und der ihr galt: dem Mädchen, das ihn gefunden hatte und dem er nicht wehtun wollte. Kühl strömte der Schemen über Anouks Körper und in die Scherbe hinein, und gleich darauf wurde Rhasgars Blick wieder kalt und so gnadenlos, dass sie meinte, er würde mit eisiger Hand ihre Kehle umfassen.

»Du kannst mich nicht bezwingen«, raunte er, so dunkel, dass seine Stimme wie ein weiterer Hieb in ihre Glieder fuhr und sie auf die Knie zwang. »Meine Schatten sind in deinen Adern. Sieh dich an, du kannst nicht einmal mehr aufrecht stehen. Du stirbst, Königin der Farben, ist dir das nicht klar?«

Es fiel ihr schwer, seinen Worten standzuhalten, umso mehr, als er nun vor ihr stehen blieb und mit höhnischem Blick auf sie niedersah wie auf eine Kreatur, die er jeden Moment zertreten würde. Doch sie rief sich den Schmerz vor Augen, den sie gerade noch auf eben diesem Gesicht gesehen hatte, und erwiderte seinen Blick regungslos. »Ich kenne den Tod«, sagte sie. »Aber ich habe immer schon mehr Angst vor dem Leben gehabt. Davor, dass es vorbei sein könnte, bevor ich überhaupt damit anfange, und vor seinem Verlust. Du weißt, wie das ist, nicht wahr? Du, der du dich in Rhasgars Körper verbirgst. Du weißt, wie es ist … zu fallen!«

Sie sah noch, wie er mit zornglühenden Augen nach ihr griff. Dann stieß sie die Spiegelscherbe vor. Für einen Wimpernschlag glomm ein Bild um sie herum auf: eine Gasse in der Nacht, das Pflaster feucht von Regen und Blut. Und da wusste sie, dass nicht sie es war, die schwarzes Feuer in der Scherbe auflodern ließ und einen blutigen Schmiss quer über Rhasgars Hand zog. Es war ein junger Mann, der in den Schatten kauerte und den Pakt zurückwies, der ihm schon einmal angeboten worden war. Es war die Hoffnung eines Clowns in der Finsternis.

Rhasgar wich zurück. Sein Lächeln war von seinem Gesicht verschwunden, und er hielt sich die Hand, als könnte er nicht glauben, dass es sein Blut war, das nun über seine Finger lief. Anouk kam auf die Beine und ging ihm nach und mit jedem Schritt glitten weitere Schemen über die Wände, die Säulen, den Boden auf sie zu und ließen ihre Scherbe aufglühen. Sie spürte die Spiegelbilder, die sich darin nach vorn warfen, begierig darauf, sich ebenfalls ins Fleisch ihres Peinigers zu graben, und zum ersten Mal, seit sie die Kathedrale betreten hatte, sah sie die Überheblichkeit in Rhasgars Augen erlöschen.

Hart stieß er mit dem Rücken gegen eine Säule und Anouk hob die Scherbe an seine Kehle. Sie konnte ihn noch immer fühlen, den Hohn in den goldenen Augen, und am liebsten hätte sie diesen Spott mit ihrem Spiegel in Fetzen geschnitten. Aber sie zwang sich, nicht auf die Glut der Flammen zu achten, und als sie zu sprechen begann, wandte sie sich nicht an den Herrn des Feuers, der so dicht vor ihr stand. Ihre Worte galten dem Zauberer, den sie liebte.

»Rhasgar«, sagte sie, und sie konnte nicht verhindern, dass ihre Stimme zitterte. »Ich weiß, dass du mich hören kannst. Du glaubst, nichts als Finsternis in dir zu haben, doch das ist nicht wahr. *Sein Licht ist nicht erloschen. Es flackert nur.* Das hat Levin in seinen letzten Augenblicken über dich gesagt und er hatte recht. Gerade in diesem Moment umspielt dich der Klang der Wellen, denn du hast ihn nicht verloren. Du bist wie der Zirkus. Sein wahres Herz ist kein Fluch und kein goldenes Feuer. Sein wahres Herz ist die Sehnsucht. Ich habe dich in der Dunkelheit gesehen, in meiner eigenen ebenso wie in deiner, und ich weiß, was du bist: ein Königreich aus Farben. Und was auch immer geschehen wird – ich glaube an dich.«

Noch einmal schaute sie in die goldflammenden Augen, und sie meinte, etwas wie Erstaunen darin zu erkennen. Dann ließ sie den Arm sinken. Der Spiegel glitt ihr aus der Hand, klirrend zersprang er am Boden. Und ehe Rhasgar noch etwas hätte tun können, küsste sie ihn.

Das goldene Feuer griff nach ihrem Haar, aber nur für einen Moment. Dann strömte samtene Kühle über ihre Haut, und als Rhasgar ihren Kuss erwiderte, konnte sie den Regen auf seinen Lippen schmecken, so zärtlich, dass er jeden Schmerz aus ihren Gliedern zog. Anouk spürte kaum die Finsternis, die in ihren Leib drang. Ihre Hände fanden sich, sie hielten sich aneinander fest wie hoch oben auf dem Seil, und sie fühlte Rhasgars Lächeln, als sie ihm das Kaleidoskop zurückgab … diesen Zauber aus tausend Farben, der ihn schon einmal durch die Dunkelheit geführt hatte. Dann brandete das Feuer in ihm auf. Er fuhr zusammen, als hätte ihn ein mächtiger Hieb getroffen, und mit schmerzerfülltem Keuchen stieß er Anouk von sich.

Zorn verzerrte sein Gesicht, als das Feuer in seinen Augen aufloderte. Er krallte die Finger in das Kaleidoskop und verwandelte das Metall in Asche. Doch ehe er es triumphierend zu Boden schleudern konnte, warf er wie von unsichtbarer Faust getroffen den Kopf zur Seite. Das Feuer in seinen Augen erlosch. Taumelnd fiel er auf die Knie, und Anouk hielt den Atem an, als sie die farbigen Glassplitter in seiner Hand sah. Goldene Flammen züngelten über seinen Körper und ließen seinen Arm zittern, aber er presste sich die Scherben gegen die Brust, dorthin, wo sein Herz war. Im selben Moment erstrahlten sie in gleißenden Farben. Anouk hörte das Rauschen der Wellen, den Gesang der Vögel früh am Morgen, sie sah Sonnenstrahlen im jungen Grün eines Waldes und immer wieder den Regen, wie er auf ferne Welten niederfiel. Grell strahlten die Scherben auf, die Töne erfüllten den Raum, und mit einem fulminanten Funkensturm schossen sie in Rhasgars Leib hinein. Kurz riss er die Arme zurück, sein Mund öffnete sich wie zum Schrei. Dann erlosch jede Farbe und er brach zusammen.

Anouk zögerte nicht länger. Mit rasendem Herzen fiel sie vor ihm auf die Knie und packte seine Schultern. Er war eiskalt, und als er plötzlich die Luft einsog, erschrak sie. Wie aus einem Traum geweckt sah er sie an … und haltlose Erleichterung flutete ihren Körper. Seine Augen waren blau – tiefblau wie der Himmel in der Nacht. Jedes goldene Feuer war verschwunden, und als er sie an sich zog, spürte sie nichts mehr als Zärtlichkeit. Sie schlang die Arme um seinen Hals, und ein Schauer überkam sie, als ihr der Duft von Regen und Wind in die Nase stieg. Er war zu ihr zurückgekehrt und sie zu ihm: die Königin der Farben und ihr Zauberer.

Der Schwingenschlag fegte wie ein Sturm aus Feuer über sie hinweg. Anouk wich die Luft aus der Lunge, so heiß wurde es, und Rhasgar zog sie enger an sich, als Schwaden aus goldenen Funken auf sie niederprasselten. Im nächsten Moment schossen Flammen aus den Säulen und der Decke, auch aus dem Boden, den Fenstern, dem Altar. Binnen weniger Augenblicke stand fast die gesamte Kathedrale in goldenem Feuer, und dort in den letzten verbliebenen Schatten, die Augen zu kalter Glut entfacht, stand ein Engel.

Seine Kleidung wirkte wie aus Schatten genäht, doch Anouk sah sie kaum. Alles, was sie deutlich wahrnahm, war das goldene Haar, das über den Rücken des Engels fiel, sein schmales, makelloses Gesicht, und sein Lächeln, in vollkommener Balance zwischen Erhabenheit und Spott. Er sah aus wie die Idee einer antiken Statue, bevor stümperhafte Menschenhände sich an ihr zu schaffen gemacht hatten, und auch wenn Anouk die Flügel nicht sehen konnte, zweifelte sie nicht daran, dass sie sich hinter dem Engel erhoben, tiefschwarz wie die Schatten, die ihn umgaben. Unmerklich neigte er den Kopf, und da schien es ihr, als würde sein kühler Atem über ihre Haut streichen, über ihre Wange und ihre Lippen … Sein Lächeln verstärkte sich wie eine Antwort auf ihre Gedanken, und da fühlte Anouk die Kälte, die sie schon bei ihrer ersten

Begegnung empfunden hatte: die reglose Grausamkeit eines Wesens, das jede Ehrfurcht vor dem Leben schon vor langer Zeit verloren hatte. Erneut spürte sie einen kühlen Hauch an ihren Lippen und Entsetzen breitete sich in ihr aus. Vor ihr stand ein Engel, er atmete nicht. Und sein Kuss ... schenkte den Tod.

Anouk griff sich an die Kehle. Jetzt fühlte sie die Magie, die mit tödlicher Gewalt über ihre Lippen und ihre Kehle hinabrann. Hilflos rang sie nach Luft, als Rhasgar sich über sie beugte. Sie ertrug den Schmerz auf seinen Zügen kaum, als er begriff, was geschehen war. Sein Kuss hatte sie vergiftet. Der Engel hatte sie zum Narren gehalten.

Behutsam strich Rhasgar ihr Haar zurück, aber sie spürte die Berührung kaum. Zu kalt schoss die Kraft des Engels durch ihre Glieder, als dieser sich nun in Bewegung setzte und auf sie zukam. Seine Schritte zwangen ihren Herzschlag unter seine Kontrolle. Ihr schien es, als würden sich eisige Klauen um ihren Brustkorb schließen, und als Rhasgar außer sich vor Zorn auf die Beine sprang und sich auf ihren Feind stürzte, verschwamm seine Gestalt zu einem dunklen Schemen. Die Umgebung verwischte, als würde heftiges Fieber nach ihr greifen. Sie sah nur die Klinge, die gleißend hell die Luft zerriss – und das Feuer des Engels, das mit lautem Donnern aus dessen Faust schoss und Rhasgar vor die Brust traf. Anouk stieß einen Schrei aus, doch er blieb stumm. Wie in Zeitlupe stürzte Rhasgar zu Boden. Das Messer glitt ihm aus der Hand und er blieb reglos liegen. Der Engel stieg über ihn hinweg, als wäre er ein wertloses Bündel. Wenige Schritte von Anouk entfernt blieb er stehen und schaute auf sie herab.

»Törichtes Kind«, sagte er mit einer Stimme, die so sanft war, dass Anouk nur mit aller Kraft ihre Abwehr gegen diese Kreatur aufrechterhalten konnte. »Hast du wirklich geglaubt, du hättest eine Chance in diesem Spiel? Du hast mir das Einerlei meiner Tage versüßt, das ist alles. Doch tröste dich. Hättest du mich tatsächlich getötet, wäre deinem Freund dort drüben dasselbe Schicksal widerfahren wie mir. Denn ich bin mit ihm verbunden, verstehst du? Wenn ich sterbe, stirbt auch er. Ich bin in seinem Blut … so wie in deinem!«

Wie zur Bekräftigung seiner Worte jagte ein eisiger Guss durch Anouks Glieder. Sie presste ihre Hände gegen den Boden, um nicht gänzlich vor ihm niederzufallen, und funkelte ihn mit all ihrem Zorn an. »Du magst in meinem Blut sein«, stieß sie hervor, so heftig zitternd, dass ihre Zähne aufeinanderschlugen. »Aber nicht in meinem Willen!«

»In der Tat«, stimmte er ihr zu und ging vor ihr in die Knie. Er war ihr nun so nah, dass sie das Flüstern der Asche auf seiner Haut hören konnte, und bei einem Blick auf seine Kleidung erkannte sie, dass sie Schluchten und Täler zeigte, von glühenden Adern durchsetzt, und winzige Kreaturen, die sich darin bewegten. »Dein Wille ist stark«, fuhr der Engel fort und zog ihren Blick zurück in sein Gesicht, so unabänderlich, als hätte er ihr Kinn angehoben. »Es ist fast schade, ihn zu brechen. Ich muss gestehen, dass mir nicht oft Menschen von deiner Stärke begegnen. Und daher möchte ich dir etwas vorschlagen.«

Anouk stieß die Luft aus und bereute es sofort. Keuchend rang sie nach Atem, aber sie ließ ihr Gegenüber nicht aus den Augen. »Tatsächlich«, gab sie zurück und hörte zu ihrer Genugtuung, wie spöttisch ihre Stimme klang. »Einen Pakt etwa, ausgerechnet mit dir nach allem, was geschehen ist? Du musst …«

»Nein«, unterbrach sie der Engel da, und eine Kälte schwang in seiner Stimme mit, die ihr jedes weitere Wort verbot. »Ich muss gar nichts. Doch Levins Leben genügt, um meinen Zirkus zu erhalten, und ich sehe nicht den geringsten Grund dafür, dich ebenfalls zu töten. Du magst mich jetzt hassen, aber dieses Gefühl ist vergänglich, so viel lass dir gesagt sein. Mein Angebot hingegen …«

Die Bewegung war nicht mehr als ein Flackern in Anouks Augenwinkel, und doch fuhr sie ihr mit einer Macht in die Glieder, die jede Faser ihres Körpers anspannte. Rhasgar rührte sich hinter dem Engel. »Lass hören«, brachte Anouk hervor. »Wenn ich schon sterben muss, will ich es wenigstens mit einem Lachen tun!«

Der Engel neigte amüsiert den Kopf. Dann beugte er sich ein wenig vor. »Du wirst mir dienen«, raunte er, und seine betörende Stimme zerbrach jeden Spott in ihr. »Du wirst den *Dark Circus* erblühen lassen in Feuer und in Farben … und ich werde dir zurückgeben, was du verloren hast: all die Empfindungen von damals, bevor du die Dunkelheit kennengelernt hast. Ich werde dir die Last des Todes nehmen, ich werde dir goldene Augen schenken, die keine Kälte kennen und keine Furcht. Ich werde dich heilen von deinem Schmerz, Kind der Menschen, und eines weißt du genau: Ich habe die Macht dazu.«

Anouk wollte sich gegen seine Worte wehren. Sie wollte ihn auslachen, wie sie es gerade noch getan hatte, und das Lächeln auf seinen Lippen zerbrechen sehen. Aber etwas in seinem Blick zog sie näher zu ihm, gerade so wie in der Gasse, als er als Schemen in den Schatten gestanden und zu ihr herübergeschaut hatte ... ein Versprechen, dass jede Unruhe, jedes Leid und jede Angst der vergangenen Jahre ein für alle Mal vorbei sein könnten ... ein Versprechen aus goldenem Feuer. Sie sah ihm in die Augen, und die Flammen glitten so zärtlich über ihre Haut, dass sie sein Lächeln erwiderte.

*»Für wen hättest du dein Leben geopfert, wenn nicht für ihn?«*, flüsterte sie kaum hörbar. »Das hast du mich gefragt, Herr des Feuers, erinnerst du dich daran? Du glaubst, ich wäre für Rhasgar in die Schatten gegangen, und vielleicht ist das ein Teil der Wahrheit. Doch ich habe es nicht nur für ihn getan. Ich tat es auch für das Licht der Sonne über dem Horizont, für die Sterne in der Nacht und das Lachen meines Bruders, ich tat es für den Schnee auf seinem Grab und die Tränen, die ich um ihn weine, ich tat es für das Leben, das dort draußen auf mich wartet und das ich in mir trage – das Leben, das ich liebe. Dein Angebot ist verlockend. Aber in Wahrheit birgt es nichts als Einsamkeit und ich habe mich schon zu lange in diesem Reich der Schatten aufgehalten. Jetzt wähle ich das Leben.«

Der Engel schüttelte langsam den Kopf. »Welches Leben?«, fragte er fast zärtlich. »Mein Wille ist alles, was dich noch atmen lässt, verstehst du das denn nicht?«

Da richtete Anouk sich ein wenig auf. »Und das ist dein Problem«, raunte sie, und ihr Lächeln wurde kalt. »Du hast dich immer schon überschätzt.«

Für einen Wimpernschlag nur erstarrte das Gesicht des Engels. Dann schwand jede Wärme aus seinem Blick und hinterließ nichts als tödliche Kälte. Lautlos fraß sie sich in die makellosen Züge und verwandelte sie in eine Maske des Schreckens.

»Ich hätte dich retten können«, grollte er, während er sich aufrichtete. »Doch nun hülle ich dich in meine Glut, und ich werde dir zeigen, dass es weit Schlimmeres gibt als den Tod. Schon bald ist nichts als Stille und Dunkelheit mehr in dir … und darin warte ich auf dich.«

Sie sah noch sein Lächeln, das tödlich wie sein Kuss auf sie niedersank. Dann strich etwas über ihre Stirn, kalt wie eine Berührung von dunklen Schwingen, und im nächsten Moment wurde ihr schwarz vor Augen. Wie aus weiter Ferne spürte sie, dass ihr Körper vergeblich nach Luft rang. Gleich darauf griff der Wind nach ihrem Haar, und wie früher, wenn sie aus einem Albtraum aufgeschreckt war, erfasste sie das Gefühl zu fallen. Aber dieses Mal erwachte sie nicht. Ohne jeden Halt stürzte sie in die Finsternis, und sie sah Bilder um sich herum zerbrechen, in groben Strichen gemalt wie von ihrer eigenen Hand. Die Gesichter ihrer Eltern im Morgengrauen. Der Wald hinter ihrem Fenster. Ben auf dem Fahrrad vor ihrem Haus. Rhasgar, das Gesicht nass vom Regen. Die Sterne in der Nacht. Sie schlug hindurch wie durch dünnes Glas, und jedes Bild zerbrach, als wäre es nie mehr gewesen als ein Traum. Eine Weile noch glühten die Linien in den Schatten. Dann war da nichts mehr als Dunkelheit.

Anouk rührte sich nicht. Sie spürte keinen Boden unter ihren Füßen und keine Schwerelosigkeit, nicht einmal mehr ihren eigenen Herzschlag. Alles, was der Engel ihr gelassen hatte, war die Kälte, die sich nun in ihr ausbreitete, und die dumpfe Verzweiflung, die dieser Frost seit jeher mit sich gebracht hatte. Aber sie wusste, dass auch sie schon bald verschwinden würde. Sie würde erlöschen und nichts zurücklassen als die Stille, die sich jenseits ihrer versagenden Atemzüge näherte … diese Stille, die jeden Gedanken und jedes Gefühl in ihrem stummen Schrei zerriss. Anouk spürte, wie sie sich um ihre Glieder schlang und sie lähmte, und sie überkam der Impuls, nach dem Engel zu rufen – nach ihm und seinem goldenen Feuer, das diese Finsternis zerbrechen konnte. Doch gleich darauf ballte sie die Hände zu Fäusten. Sie hatte sich nicht in die Dunkelheit gestürzt, um zu fallen, zur Hölle noch eins. Sie hatte es getan, um zu fliegen. Mit aufkeimendem Trotz starrte sie den Schatten ins Gesicht und da drang eine Stimme an ihr Ohr.

*Auf den ersten Blick siehst du nichts als Finsternis,* flüsterte die Stimme eines Kindes. *Doch wenn du genau hinschaust, fächern sich die Schatten vor dir auf wie tausend Scherben. Und weißt du, was sie in sich tragen? Das Leben, Königin. Und alle Farben deiner Welt.*

Sie kniff die Augen zusammen. Im ersten Moment nahm sie nichts wahr als ein Flackern. Dann jedoch spürte sie festen Boden unter ihren Füßen, und als sie den Blick wandte, fand sie sich in Bens Kinderzimmer wieder. Es war vollständig in Schatten getaucht und so dunkel, dass Anouk kaum die Umrisse erkennen konnte. Aber sie fühlte die Kerben im Türrahmen, das Holzschwert auf dem Schreibtisch und die Bilder, die noch immer an den Wänden hingen. Kurz erschienen sie ihr wie aus Eis gegossen, so kalt waren sie. Doch sie wich nicht vor ihnen zurück, und da lösten sie sich von den Wänden, als hätte sie ihnen einen stummen Befehl gegeben, und umschwebten sie wie schwarze Sterne: die Scherben der Dunkelheit, die seit langer Zeit darauf gewartet hatten, von ihr gefunden zu werden.

Kurz nur holte sie Atem. Dann streckte sie die Hand nach

einem der Bilder aus. Und als sie es berührte, brach das Blau des Himmels darin auf. In gleißendem Licht entfaltete es sich auf Bens Zeichnung, dasselbe Blau, das jeden Sommer ihrer Kindheit zum Leuchten gebracht hatte, und es setzte sich fort in Tönen aus Purpur und Violett bis hin zum strahlenden Rot all der Sonnenaufgänge, die sie mit Ben erlebt hatte. Sie sah, wie seine Fabelwesen aus den Bildern brachen, begleitet von Schwärmen aus glühenden Funken. Mit einem Freudenschrei breitete der Greif seine Schwingen aus, und im selben Moment ging ein Lachen durch die Luft, so hell und zügellos, dass Anouk den Atem anhielt. Die Kälte wich von ihrem Körper, kaum dass die Farben die Schatten zerrissen, und sie konnte sie in ihren Fingern spüren, als sie die Augen öffnete und sich in der Kathedrale wiederfand. Noch immer schaute der Engel auf sie herab, so regungslos, als wollte er jedem Lebensfunken dabei zusehen, wie er in ihr erlosch, und sie lächelte, als sie sich langsam aufrichtete.

»Herr des goldenen Feuers«, flüsterte sie und beugte sich vor, bis sie seine Glut auf der Haut fühlte. »Ich fürchte mich nicht mehr vor der Stille. Denn auf ihrem Grund liegen die Farben. Und ihre Königin – ist die Nacht!«

Sie sah noch das Erstaunen auf den Zügen des Engels, als sie in ihren Blick traten: all die Farben, die ihre Dunkelheit in sich trug. Dann sprang Rhasgar hinter ihm auf die Beine und packte ihn und Anouk zögerte nicht länger. Blitzschnell griff sie nach Rhasgars Messer – und mit einem Schrei, der jede Stille aus ihrem Schädel riss, stieß sie dem Engel die Klinge ins Herz.

Er taumelte zurück. Das Geräusch von berstendem Glas zerriss die Luft, als Anouks Farbenstrom in seinen Leib schoss, und da entzündeten sich die grauen Schemen ringsherum. Rasend schnell schossen sie durch die Kathedrale, die Wünsche und Sehnsüchte der Menschen, die in den Mauern des *Dark Circus* steckten, die Hoffnungen der Artisten, die in den Verlorenen Landen erstarrt waren, und die Tränen all jener, die die tanzenden Schatten zerrissen hatten. In gleißenden Strömen jagten sie auf den Engel zu und schossen durch seinen Leib, bis grelles Licht aus seinen Augen brach. Rhasgar zog Anouk an sich, und gemeinsam sahen sie zu, wie der Engel sich ein Stück weit in die Luft erhob. Er streckte die Arme aus, als wollte er das Messer aus seiner Brust ziehen. Doch sein Blick war auf die Farben gerichtet, die ihn umflossen, und Anouk sah die Träne, die über seine Wange lief. Noch einmal erklang das Geräusch von berstendem Glas, dann brach der Körper des Engels auseinander, und er verwandelte sich in Farben – so wunderschön, dass Anouk sie niemals hätte zeichnen können. Mit rasendem Herzen legte sie den Kopf an Rhasgars Brust, als der Engel in tausend Funken zerbarst. Auch er war mehr als Feuer und Finsternis, das fühlte sie nun mit Gewissheit. Das Herz des Engels war die Sehnsucht.

Das Messer zerbrach zu silbernem Licht, und kurz glühte auch der Schmiss in Anouks Hand auf, den Masrador ihr gezogen hatte, dann wurde er zu Asche und verschwand. Sie spürte, wie die tödliche Kraft des *Dark Circus* in ihr erlosch, und atemlos vor Erleichterung schlang sie die Arme um Rhasgars Hals. Er zog sie an sich und ihr Lachen klang hell in der berstenden Kathedrale wider. Sie hatten gesiegt. Der Fluch des Zirkus war gebrochen, nun waren sie …

Plötzlich zuckte Rhasgar zusammen, als hätte ihn ein Hieb

getroffen. Erschrocken griff Anouk nach seinem Arm, aber sie konnte nicht verhindern, dass er zu Boden sank. Leichenblass schaute er zu ihr auf, während seine Hände durchscheinend wurden. Sie packte ihn an den Schultern … und sah zu ihrem Entsetzen die Wunde, die in seiner Brust klaffte, gerade dort, wo das Herz war.

*Ich bin in seinem Blut,* raunte die Stimme des Engels in ihren Gedanken. *Wenn ich sterbe … stirbt auch er!*

Rhasgar streckte die Hand nach ihr aus, doch seine Finger glitten durch sie hindurch, als wäre er nicht mehr als ein Nebelstreif in der Nacht. Und ehe Anouk etwas hätte tun können, war er fort.

# 33

Die schwarze Kathedrale löste sich auf, als wäre sie nie mehr gewesen als ein Traum. Lautlos stürzten Mauern und Säulen um Anouk zusammen und wurden zu dichtem Nebel und gleich darauf verschwand der gläserne Boden unter ihr. Stattdessen spürte sie Asphalt unter ihren Händen, und als kühler Wind in ihre Haare fuhr, wusste sie, wo sie sich befand. Sie war auf dem Parkplatz vor dem Dorf, von weißem Dunst umgeben, und sie war ganz allein. Die Zirkuswagen, das Zelt, selbst die Holzspäne, die allenthalten über den Asphalt geweht waren, hatten sich in Luft aufgelöst, als hätte es sie nie gegeben. Der *Dark Circus* war verschwunden.

Anouk kam auf die Beine. Die Erschöpfung pochte hinter ihrer Stirn, aber sie achtete nicht darauf. Noch immer spürte sie Rhasgars Hand in der ihren, fühlte, wie sein Körper sich auflöste, und sah die Verzweiflung in seinem Blick, als er begriff, was mit ihm geschah. Er war einfach verschwunden, gerade so wie der *Dark Circus,* der so lange ein Teil dieses Ortes gewesen war. In Schwaden geisterte der Nebel über den Platz, und Anouk konnte nicht verhindern, dass Tränen über ihre Wangen liefen.

»Rhasgar!«, schrie sie so laut, dass ihre Stimme sich überschlug.

Sie setzte sich in Bewegung. Wieder und wieder rief sie seinen Namen, und während der Nebel ihn fast vollständig verschluckte, hallte er in ihrem Inneren in einer Lautstärke wider, die ihr schließlich das Gleichgewicht nahm. Sie schlug auf den Knien auf und blieb einfach sitzen. Das durfte nicht wahr sein. Sie hatten den Fluch gebrochen, sie hatten das Gläserne Herz zerschlagen, sie hatten alles getan, um endlich zusammen sein zu können, und jetzt ... Noch einmal spürte sie Rhasgars Atem auf ihrer Haut und wie er langsam verschwand, und sie presste die Hände gegen den Asphalt. So konnte es doch nicht enden!

Der Wind strich ihr das Haar zurück, zärtlich wie eine Berührung, und im selben Moment bemerkte sie die Gestalt, die durch den Nebel auf sie zukam. Ihr Herz machte einen Satz. Sie taumelte, als sie auf die Beine kam, aber sie hielt nicht inne. So schnell sie konnte, lief sie dem dunklen Schemen entgegen, und Wellen der Erleichterung fluteten ihren Leib. Die Kraft des *Dark Circus* war zerrissen worden, vermutlich hatte sie Rhasgar an irgendeinen anderen Ort auf den Hügeln getragen, und nun hatte er sie wiedergefunden. Mit rasendem Herzen rannte sie auf die Gestalt zu – und prallte zurück, als sie erkannte, wer es wirklich war.

Dario näherte sich ihr langsam, Schritt für Schritt. Sein Kostüm war blutig und zerrissen, seine Schminke verlaufen, als wäre er in heftigen Regen geraten. Doch auf seinen Lippen lag das Lächeln des Harlekins, der er noch immer war, und instinktiv wich Anouk vor ihm zurück. Im selben Moment blieb Dario stehen und sah schweigend zu ihr herüber, den Kopf leicht zur Seite geneigt wie damals, als er die spielenden Kinder beobachtet hatte … halb spöttisch, halb sehnsuchtsvoll.

»Wo ist Rhasgar?«, fragte sie, so leise, dass sie sich selbst kaum verstand.

Dario jedoch hörte sie. Er hob den Kopf und nickte, als hätte sie ihm die Antwort auf eine ungestellte Frage gegeben. Dann breitete er die Arme aus. »Du hast den Fluch gebrochen«, sagte er und ließ den Blick anerkennend über den verwaisten Parkplatz schweifen. »Du hast es tatsächlich geschafft. Und das bedeutet, dass ich mich bei dir entschuldigen muss. Denn ich habe es nicht für möglich gehalten. Nun … jedenfalls zu Anfang nicht. Sieh her. Ich habe dir etwas mitgebracht.«

Er zog eine Papierrolle hinter seinem Rücken hervor, aber Anouk sah sie kaum an. Jedes seiner Worte trieb das Blut schneller durch ihre Adern. Er sprach mit so gelassener Heiterkeit, dass sie ihm am liebsten die Faust ins Gesicht geschlagen hätte. Langsam ging sie auf ihn zu, riss ihm die Rolle aus den Händen und hielt den Atem an, als sie erkannte, dass es ihre Bilder waren, mit wie von Klauen zerrissenen Rändern … ihr Horizont am Ende des Meeres und Bens Greif, der in tausend Farben stand. Es war, als würde das Feuer seines Blicks erneut seinen Schwingenschlag über ihre Haut schicken und jedes entsetzliche Echo der vergangenen Wochen für alle Zeit ausbrennen. Aber ihren rasenden Herzschlag konnte es nicht beruhigen. Sie riss sich von ihm los und fixierte Dario.

»Wo ist Rhasgar?«, fragte sie erneut, jede Silbe so stark betont, als würde sie in einer fremden Sprache reden.

Das Lächeln verschwand von Darios Zügen. »Im Reich der Schatten«, sagte er leise. »Er trug die Kraft meines Herrn in den Adern. Und dessen Herz hast du in Fetzen gerissen.«

Anouk rührte sich nicht. Darios Worte hallten in ihr wider, aber ihr Sinn erschloss sich ihr nicht. Wie betäubt starrte sie in das Gesicht des Harlekins.

»Ich bin dir übrigens dankbar«, fuhr dieser fort. »Dafür, dass du meinen Herrn in die Knie gezwungen hast. Anfangs war er amüsant, das bestreite ich nicht, aber mit der Zeit wurden seine Ambitionen doch recht öde. Er war schrecklich unversöhnlich, was dein Volk betrifft, und machen wir uns nichts vor: Er war ein fürchterlicher Snob. Es wurde höchste Zeit, dass seine Herrschaft gebrochen wurde und an jemand anderen übergeht. An jemanden, der … einen neuen Anfang machen kann.« Er griff in seine Tasche. »Dir und Rhasgar gebührt mein Respekt«, sagte er und drehte etwas zwischen den Fingern. »Ihr habt eure Rollen in diesem Stück hervorragend gespielt.«

Anouk starrte auf die gläserne Blume, das Herz des *Dark Circus*, das in Darios Hand in blauem Feuer aufglomm. »Ein Spiel«, brachte sie hervor, doch ihre Stimme klang wie die eines Kindes von einer verkratzten Schallplatte. Sie schüttelte den Kopf, als würde das taube Gefühl in ihren Gliedern so verschwinden. Aber es blieb, und mit eisiger Kraft zog es sich zu einer Erkenntnis zusammen, die ihr die Luft aus der

Lunge presste. Ihr Kampf gegen den Zirkus, ihre Tränen, ihr Schmerz, ihre Verzweiflung, all das war nichts als ein Spiel gewesen von Kräften, die sie nicht begriff, und Rhasgar … Er war in die Schatten gestürzt. Rhasgar, der Zauberer, der ihr auf jede erdenkliche Art das Leben gerettet hatte, war tot.

Das Wort presste ihr mit solcher Gewalt den Magen zusammen, dass sie aufkeuchte. Ihre Gedanken schossen als gleißende Lichter durch ihren Kopf, Übelkeit erfasste sie. Gleich darauf hallte ihre Trauer als gellender Schrei über den Platz und sie stürzte sich auf Dario. Außer sich schlug sie auf ihn ein. Ihr Fleisch platzte auf, und ihre Knochen knackten, denn sein Körper war hart wie Stein. Aber sie hielt nicht inne. Der Schmerz in ihrem Inneren wurde so übermächtig, dass sie glaubte, den Verstand zu verlieren, wenn sie nur für einen Atemzug aufhörte. Wieder und wieder traf sie Dario mit den Fäusten, der reglos dastand und sie ansah, noch immer mit diesem ernsten, seltsam fremden Ausdruck auf den Zügen. Erst als Blut über ihren Arm lief, packte er mit sanfter Gewalt ihre Handgelenke. Sie sah kaum, dass sie sich die linke Hand an seiner Wange aufgerissen hatte. Alles, was sie wahrnahm, war die lähmende Kälte, die er durch ihre Glieder schickte … und das goldene Glimmen, das nun seine Augen durchzog.

Darios Macht duldete keine Gegenwehr. Sie schlang sich um Anouks Willen und betäubte sie wie unter einem Zauber, und als eine tiefe Schwere durch ihren Leib zog, widerstand sie nicht länger. Kraftlos sank sie zu Boden, gehalten von Dario, der neben ihr in die Knie ging. Sie kannte die Zärtlichkeit, mit der sein goldenes Feuer über ihre Haut strich, aber sie empfand keine Faszination mehr und keine Ehrfurcht. Alles, was sie fühlte, war unendliche Abscheu vor der Kälte, die diese Glut begründete.

»Du bist kein Harlekin«, stieß sie hervor und schaute direkt in seine lodernden Augen. »Und auch kein Mensch. Du bist ein Monster – genau wie dein Herr!«

Ein Schatten ging durch seinen Blick. Im ersten Moment hielt Anouk ihn für Traurigkeit, doch dann erkannte sie, dass es Mitgefühl war ... das brennende Mitgefühl eines Engels mit einem Wesen, das nichts verstand von einer Kreatur wie ihm. »Vielleicht bin ich das«, sagte er schließlich. »Vielleicht bin ich es fast so sehr, wie ihr Menschen es seid. Aber es gibt keine Dunkelheit ohne Farben, das hast du selbst erlebt, und du weißt, dass das Gold in meinen Augen nicht alles ist, was ich bin. Du hast mich weinen sehen. Erinnerst du dich?«

Ehe Anouk etwas erwidern konnte, hob er die Hand und strich über ihre Stirn. Sein Bild verschwamm vor ihr, und sie konnte nicht verhindern, dass sie in Schlaf sank, einen Schlaf so tief und fest, dass jeder Schmerz in ihm erlosch. Langsam nur kehrte sie aus ihm zurück, und ehe sie die Augen öffnete, fühlte sie den kleinen Körper ihres Bruders neben sich. Anouk spürte die Bettdecke an ihrer Wange, der Geruch von Keksen hing in der Luft. Sie wusste, dass es ein Traum war, ein Traum von Weihnachten, wie es früher gewesen war, aber das kümmerte sie nicht. Sie schloss die Arme um Ben und nahm den Duft seines Haares wahr, und ein Gefühl aus Wärme und Geborgenheit erfüllte sie, das nichts anderes mehr neben sich duldete. Ein Lächeln legte sich auf ihr Gesicht. Sie war zu Hause.

Der Regentropfen fiel kühl auf ihre Hand und ließ sie die Augen öffnen. Sie fand sich in Rhasgars Bett wieder, gerade so wie vor wenigen Wochen, als sie scheinbar auf diese Weise erwacht war. Wieder betrachtete sie den Tropfen in ihrer Hand und stellte fest, dass es eine Träne war, eine Träne aus schwarzem Kristall, und noch einmal entdeckte sie Dario, der weinend neben ihrem Bett stand und auf sie herabschaute. Doch dieses Mal zerbrach sein Bild nicht.

Anouks Herz schlug rasend schnell in ihrer Brust. Dario war ihr so nah, dass sie nur die Hand hätte auszustrecken brauchen, um ihn zu berühren. In einem ersten Impuls wollte sie nach der Lampe greifen und nach ihm schlagen, um einen möglichen Angriff abzuwehren. Aber die Tränen in seinen Augen hielten sie davon ab. Er war gekommen, um ihr einen Traum zu stehlen, das fühlte sie … doch im letzten Moment war er zurückgewichen, als hätte dieser Traum ihn verletzt. Er sah aus wie ein Kind, das in einer ihm fremden Welt in die Irre gegangen war und nun für einen winzigen Moment einen Blick auf das erhascht hatte, was er verloren hatte. Und er wirkte so verwundbar, dass jede Abscheu und jede Furcht, die Anouk gerade noch vor ihm empfunden hatte, in ihr erstarb.

Sie stieg aus dem Bett und Dario wich vor ihr zurück. Anouk sah sie beide von außen: den Harlekin und das Mädchen, wie sie einander näher kamen und sich gleichzeitig auf Abstand hielten wie in einem seltsamen Tanz. Schließlich stieß Dario mit dem Rücken gegen die Tür. Anouk spürte seine Kälte, aber sie wich nicht vor ihm zurück. Stattdessen nahm sie seine Hand und legte sie an ihre Schläfe. Unmerklich nickte sie, und da fühlte sie, wie ihr Traum durch seine Finger in ihn hineinströmte. Er zuckte zusammen, doch er zog die Hand nicht zurück, und als er sie schließlich sinken ließ, konnte sie sich selbst in seinen Augen sehen: Seite an Seite mit Ben. Er erwiderte ihr Lächeln so vorsichtig, als würde das Bild zerbrechen, wenn er sich stärker regte. Dann streckte er erneut die Hand nach ihr aus. Er strich über ihre Lider, sacht wie der Wind über den Hügeln, und sie erwachte auf dem Parkplatz im Nebel. Dario jedoch schaute sie noch genau so an wie in jener Nacht: so staunend, als hätte sie ihm ein Wunder geschenkt.

»Ich wusste nicht, dass du ein Traumdieb bist«, sagte sie leise. »Nicht, bis Rhasgar es mir erzählt hat. Ich dachte, ich hätte in jener Nacht von dir geträumt. Ich habe mich nicht mehr an viel erinnert, aber dein weinendes Gesicht … ich dachte, es wäre ein Traum gewesen.«

Dario lachte so sanft, dass Anouk den Atem anhielt. Noch nie hatte sie ein solches Lachen gehört, nicht einmal bei Ben. Es war das Lachen eines Wesens, das einmal gewusst hatte, was tiefstes Glück bedeutete, und das sicher war, es nie wieder erfahren zu können. »Ihr Menschen«, sagte er zärtlich. »Ihr wisst nicht mehr, was Träume bedeuten, und glaubt ihnen zu begegnen, wenn ihr doch nichts als die Wirklichkeit vor euch seht. Nein, es war kein Traum, auch wenn ich alles tat, um es dich glauben zu lassen. In jener Nacht hast du mir deinen Traum geschenkt … den schönsten, den ich je gesehen habe.«

Anouk spürte, wie die Traurigkeit in seiner Stimme sich auf sie übertrug, als wäre sie ein Meer, das jeden Kiesel an seinem Ufer in die Tiefe reißen konnte. Entschlossen stieß sie die Luft aus. Sie durfte sich nicht in seinen Bann ziehen lassen. Dario war seit ihrer ersten Stunde im *Dark Circus* ihr Feind gewesen, sie …

»Ich bin niemandes Feind«, sagte er und zerbrach jeden weiteren Gedanken in ihrem Kopf. »So wie ich niemandes Freund bin.«

Kurz spürte Anouk sie wieder, die eisige Macht, die von ihm ausging, und sie musste sich zwingen, nicht unter ihr zu erzittern. »Traum, Feind und Freund«, sagte sie und stellte zu ihrer Befriedigung fest, dass ihre Stimme ebenso kalt klang, wie seine Kraft sich anfühlte. »Warum erzählst du mir das alles?«

Dario schwieg. »Ich habe lange unter euch Menschen gelebt«, sagte er dann. »Ich habe eure Ränkespiele beobachtet, ich habe euch in die Irre geführt, und ich bin durch eure Träume gegangen, wieder und wieder, ohne dass ihr mich auch nur bemerkt hättet. All diese Träume waren einzigartig in ihrem Geschmack, aber sie blieben mir fern wie die Farben am Horizont. Dein Traum war anders. Es lag so viel Wärme in ihm, so viel … Heimat …« Das Wort war nicht mehr als ein Flüstern. »Es ist sehr lange her, seit ich zuletzt etwas Ähnliches sah. Ich wollte nichts mehr, als diesen Traum zu besitzen.«

Anouk maß ihn mit ihrem Blick. »Du hättest ihn dir nehmen können. Das ist es doch, was Traumdiebe tun. Das ist es, was ihr von Anfang an getan habt, du und dein verfluchter Herr und Meister: Ihr habt euch genommen, was ihr wolltet, ungeachtet aller Folgen.«

»Ja«, sagte er kaum hörbar. »Aber manche Dinge kann man nicht stehlen. Manche Dinge muss man geschenkt bekommen. Und das hast du getan. Du hast mir deinen Traum gegeben. Er war das größte Geschenk, das mir je zuteilwurde, denn weißt du … Engel träumen nicht. Engel lieben nicht. Und Engel sterben nicht.«

Anouk zog die Brauen zusammen. »Aber du hast doch gesagt, dein Herr wäre vernichtet worden.«

»Vielleicht hätte er sich das gewünscht«, gab Dario zurück. »Zumindest ein Teil von ihm. Aber ich sagte, dass du sein Herz zerrissen hast, und nicht, dass er getötet wurde. Er ist in die Schatten gestürzt … wie Rhasgar.«

Sein Name ließ Anouks Herz schneller schlagen. »Für einen Engel mögen die Schatten ein Tanz in der Dunkelheit sein. Aber für uns Menschen bedeuten sie den Tod … oder nicht?«

Ihre Frage war so leise gewesen, dass sie sie selbst kaum gehört hatte. Sie spürte, wie ihr Mund trocken wurde, während sie Darios Blick erwiderte. Ihr schien es, als würde eine Ewigkeit vergehen, bis er zu einer Antwort ansetzte. »Die Schatten sind grausam«, sagte er schließlich. »Sie rauben euch den Verstand und zerfetzen eure Körper, ja, das ist wahr. Doch es gibt ein Feuer, das ihnen gewachsen ist … das goldene Feuer eines Engels.«

Ein Blitzen ging durch seine Augen, das Anouk ins Mark fuhr. Mit einem Schlag war jede Betäubung, jede Schwäche aus ihren Gliedern verschwunden und sie fühlte nur noch ihren rasenden Herzschlag. »Was soll das heißen?«

Er lächelte ein wenig. »Wenn jemand einen Zauberer durch das Reich der Schatten führen kann, dann ein Engel, der den Traum eines Menschen in seinem Herzen trägt.« Kurz nur hielt er inne, und sie versuchte verzweifelt, die Bedeutung seiner Worte zu erfassen. Dann half er ihr auf die Beine, und jeder Schalk wich aus seinem Gesicht. Anouk sah zu ihm auf. Er war ihr so nah, dass sie meinte, seinen Atem fühlen zu können. »Engel atmen nicht«, erinnerte er sie sanft. »Aber manchmal bekommen sie die Gelegenheit zu verstehen, was wahres Licht ist und wahre Dunkelheit. Und dann ist es an ihnen, sich für eine Seite zu entscheiden, gerade so, wie ihr Menschen es in jeder Stunde eures verfluchten Daseins tun müsst.«

»Und du hast dich entschieden«, sagte Anouk atemlos. »Für welche Seite?«

Für einen Moment stand er regungslos. Dann hob er die Hand und strich ihr durchs Haar. Er lächelte, als hätte er das schon seit einer langen Zeit tun wollen. Es fühlte sich an, als würde der Wind hindurchgehen. Dann ließ er die Hand sinken und sah ihr in die Augen. »Der *Dark Circus* hat bekommen, was er verlangte«, sagte er. »Und mehr als das. Für diese Nacht ist es genug.«

Noch ehe Anouk die Bedeutung seiner Worte verstand, folgte sie seinem Fingerzeig. Der Nebel um sie her hatte sich etwas gelichtet. Noch lag die Dunkelheit über den Hügeln, aber über dem Meer kündigte sich der Morgen an. Anouks Blick flog in Richtung der Ruine, dorthin, wo die Nacht noch am tiefsten war – und sie wäre gefallen, hätte Dario sie nicht festgehalten. Dort auf den Hügeln, den Kopf leicht geneigt, stand Rhasgar. Blut bedeckte seine Wange und seine Lippen, er war kreidebleich und seine Kleidung war zerrissen, als wäre er durch ein Heer aus Klingen gesprungen. Doch sein Blick zeigte keinen Schmerz. Und als die ersten Sonnenstrahlen auf die Wellen trafen, kehrte das Lächeln auf seine Lippen zurück.

Anouk lief auf ihn zu. Sie spürte das Gras unter ihren Füßen nicht, auch nicht den Wind, der ihr entgegenschlug, oder das Grollen des Meeres. Alles, was sie wahrnahm, war Rhasgar, der die Arme ausbreitete, und mit einem Jubelschrei flog sie auf ihn zu. Lachend fing er sie auf und wirbelte sie herum, so ausgelassen als wären sie Kinder. Als er innehielt, schwankte sie, so schwindlig war ihr. Aber Rhasgar hielt sie fest wie hoch oben auf dem Seil. Sanft grub er die Hände in ihr Haar und küsste sie, und da war keine Kälte, keine Finsternis mehr, die über seine Lippen in ihren Körper strömte. Sein Blut war rot und süß, und Anouk konnte seinen Herzschlag spüren: den Herzschlag des Zauberers, der durch alle Schatten der Welt zu ihr zurückgekehrt war.

Es war nicht mehr als ein Flüstern, das sie den Blick wenden ließ. Sie fühlte ihn deutlich, den Wind in ihrem Haar, und Rhasgar zog sie näher an sich, als sie beide zu der Gestalt auf dem Platz hinüberschauten, gerade dort, wo sich noch vor Kurzem der *Dark Circus* erhoben hatte. Es war ein Straßenjunge mit abgerissenem Kostüm und verwischter Schminke, ein Harlekin, der wie ein einsamer Wanderer inmitten der Nebelschleier stand … und der für einen Wimpernschlag seine Maske lüftete.

Anouk schien es, als würden mächtige Flügel aus Dämmerung hinter ihm aufragen, und sie fühlte ihn noch einmal: den sanften und doch grausamen Ruf des goldenen Feuers. Dann verbeugte er sich, wie er es stets in der Manege getan hatte – Standbein und Spielbein gekreuzt, die Arme zu beiden Seiten ausgebreitet. Und im selben Moment, da sie sein Lächeln erwiderte, war er verschwunden.

# 34

Der Nebel hüllte die Ruine in graue Schleier. Geisterhaft strich er über Anouks Wangen, während sie auf der Mauer saß und dem nächtlichen Wind zuhörte. Er flüsterte in den Kronen der Bäume und erzählte von fliehenden Schatten auf wilden, freien Hügeln, von tödlicher Finsternis und glühenden Farben und von der Stille nach dem Kampf, die selbst einer Ruine wie dieser etwas Erhabenes verlieh. Weit unten rauschten die Wellen so leise, als hörten sie ihm zu, und nur manchmal wurden sie wie der Wind von den gedämpften Stimmen der Artisten unterbrochen, die im Innenhof zusammengekommen waren ... die Krieger der Nacht, die den Sieg davongetragen hatten.

Anouk sah sie vor sich, ohne sich umzudrehen. Aaron unterhielt sich mit einigen anderen in der Nähe der Bäume, Artus stand an die Mauer gelehnt und hielt Luanas Hände in den seinen, und abseits kauerte Esra im Portal des Wehrturms, die Arme um den Körper geschlungen. Sie rührten sich kaum, und Anouk musste daran denken, wie sie vor wenigen Stunden aus dem Nebel rings um die Ruine getaucht waren, einer nach dem anderen – so schemenhaft, als wären sie nichts als Trugbilder, die jederzeit wieder verschwinden konnten. Aber sie waren geblieben, hier an diesem Ort, an dem sie sich nach dem Sieg über den dunklen Fluch hatten treffen wollen. Viele waren sich in unendlicher Erleichterung in die Arme gefallen, und nun warteten sie darauf, dass die Wolken sich lüften und den Blick auf den Himmel freigeben würden … einen Himmel, den sie alle seit langer Zeit vermisst hatten. Anouk konnte die Sehnsucht spüren, die sie umgab. Aber niemand trug sie in solcher Stärke in sich wie der Träumer, der neben ihr auf der Mauer saß und zum Meer hinabschaute.

Anouk folgte seinem Blick. Der Nebel lichtete sich zusehends. In tiefschwarzem Rauschen schlugen die Wellen an Land, und für einen Moment wünschte sie sich, dass das Meer mit seiner Urgewalt die Schwere von Rhasgars Schultern ziehen konnte … diese eiskalte, lähmende Schuld, die ihn seit Levins Tod quälte und deren Grausamkeit sie spürte, auch wenn er kein Wort darüber verlor. Sie hatte ihm erzählt, was Levin selbst ihr in seinen letzten Augenblicken gesagt hatte.

*Er hat mir das Leben geschenkt*, ging die Stimme des Jungen erneut durch ihren Kopf. *Das darf er niemals vergessen.*

Doch Rhasgar hatte sie nur angesehen mit diesem dunklen, verhangenen Blick, und nun, da er neben ihr auf der Mauer saß und Levins Kristall zwischen den Fingern drehte, fühlte sie wieder, dass kein Wort und kein Meer der Welt ihm diese Gefühle nehmen konnte. Nur Levin konnte das tun … der kleine Gaukler, der irgendwo tief im Dickicht von Rhasgars Trauer wartete und ihm eines Tages helfen würde, diese Fessel zu sprengen.

»Es wird besser werden«, sagte Anouk leise. »Es ist zwar eine Lüge, dass die Zeit alle Wunden heilt. Aber sie lehrt uns, mit den Narben zu leben.«

Rhasgar schwieg für einen Moment. »Ob deine Welt mir dabei helfen wird?«

Er schaute nicht auf, aber sie spürte die Anspannung, die ihn beim Gedanken an ihre Welt befiel. So lange hatte er sich nach ihr gesehnt und gleichzeitig immer wieder mit Spott auf sie hinabgeschaut, so lange hatte er fern ihrer Regeln gelebt … und nun stand er kurz davor, zu ihr zurückzukehren. Behutsam nahm Anouk seine Hand.

»Ich weiß es nicht«, gab sie zu. »Aber eins steht außer Frage: Ich werde es tun.«

Für einen Wimpernschlag kehrte sein Lächeln zurück: dieses sanfte Lächeln, das so viel mehr sagte, als jedes Wort es gekonnt hätte. Dann ging ein schelmisches Funkeln durch seine Augen. »Also habe ich zumindest schon mal eine Zuschauerin, wenn ich als Zauberer auf den Bühnen von Paris stehe … ob mit oder ohne magische Fähigkeiten.«

Anouk spürte sie selbst, die Kühle der Magie, die noch immer in ihren Adern schwelte, und sie wusste, dass auch Rhasgar und die anderen Artisten ihre Kräfte bisher nicht gänzlich verloren hatten. Vielleicht würden sie ihnen bleiben, vielleicht würden sie sich wandeln … niemand konnte das voraussagen.

Aber Rhasgars Talent war erstaunlich. Sie zweifelte nicht daran, dass er die Menschen auch ohne magische Stärke in Begeisterung versetzen konnte. »Ich werde jeden Abend im Publikum sitzen«, versicherte sie. »Es ist mir doch immer wieder eine Ehre, dich vom Seil zu holen.«

Er lachte leise. »Übung hast du jedenfalls, das kann man nicht anders sagen. Wirst du mich so auch deinen Eltern vorstellen: Das ist Rhasgar, der Zauberer, dem ich fast das Genick gebrochen habe?«

Anouk verzog den Mund, als würde sie überlegen. »Mein Vater mag es gar nicht, wenn ich Sachen nicht zu Ende bringe, und meiner Mutter geht es da ähnlich. Also wäre der menschliche Blitzableiter mit Super-Light-Show vielleicht die bessere Wahl.«

»Es ist nie verkehrt, alles auf eine Karte zu setzen«, gab er zurück. »Vor allem, wenn es um so weitreichende Begegnungen geht.«

»Interessant«, sagte sie mit leisem Spott. »Du turnst ungesichert bei Sturm und Gewitter in schwindelnder Höhe herum. Du springst durch Feuer und tödlichen Frost, und du hast kein Problem damit, dich mörderischer Finsternis entgegenzustellen oder jederzeit für deine Freunde dein Leben zu riskieren. Aber du wirst nervös, wenn du an meine Eltern denkst.«

Er hob leicht die Schultern. »Ich werde bei so ziemlich allem nervös, was deine Welt betrifft. Und deine Eltern, nun ja … sie sind dir wichtig, oder nicht? Dann wäre es doch ziemlich unangenehm, wenn sie mich nicht ausstehen könnten.«

Anouk schüttelte den Kopf. Sie musste daran denken, wie sie Rhasgar zum ersten Mal in der Manege begegnet war –

diesem faszinierenden, unnahbaren Zauberer, dessen Lächeln an Herablassung nicht zu überbieten war. Nie im Leben hätte sie damals damit gerechnet, jemals ein solches Gespräch mit ihm zu führen ... und nun kam es ihr so natürlich vor, als hätte es von Anfang an gar keine andere Möglichkeit gegeben als diese: sie beide mitten in der Nacht auf der Mauer der Ruine, vertieft in ein Gespräch über ihre gemeinsame Zukunft. »Du hast recht«, sagte sie schließlich. »Meine Eltern sind mir wichtig. Und deswegen werde ich ihnen sagen, wer du bist: Rhasgar, der Herr der Spiegel, der mir das Leben gerettet hat.«

Sofort wich jedes Lächeln aus seinem Blick. »Du willst ihnen erzählen, was passiert ist?«

Er hatte leise gesprochen, als fürchtete er, dass verborgene Ohren ihn hören konnten, und prompt schlug Anouks Herz schneller. Sie dachte an das spöttische Gesicht ihres Vaters und die ironische Kühle ihrer Mutter, mit denen die beiden ihr in den vergangenen Jahren so oft begegnet waren ... immer dann, wenn sie nahe daran gewesen war, den unsichtbaren Panzer zu durchstoßen, den sie alle um sich gezogen hatten. Aber gleichzeitig hörte sie noch einmal das Lachen ihres Vaters, wie es früher gewesen war, so zügellos und unbeschwert, dass es sie an Rhasgars Lachen erinnerte, und sie dachte an die Verzauberung, mit der ihre Mutter früher den Fabelwesen in den Wolken Namen gegeben hatte. Und im selben Moment sah sie Ben auf dem Seil vor sich, so nah bei ihr, dass sie lächeln musste. »Ja«, sagte sie leise. »Ich habe zwar noch nicht die geringste Ahnung, wie ich das anstellen soll, ohne dass sie mich für komplett durchgedreht halten. Aber ich werde ihnen die Wahrheit sagen. Das habe ich viel zu lange nicht mehr getan.«

Für einen Moment glaubte sie, dass er sie für verrückt erklären würde. Sie erinnerte sich an all die Situationen, in denen er so spöttisch über die ignoranten Menschen gesprochen hatte, über ihre Furcht vor Wundern und ihre Verlorenheit, wenn sie mit Unerklärlichem konfrontiert wurden. Aber dann kehrte sein Lächeln zurück und er schloss seine Finger fest um die ihren. Da war er wieder, dieser zärtliche Schimmer in seinen Augen, mit dem er sie schon bei ihrer ersten Begegnung angesehen hatte … damals, als sie Bens Bild instinktiv gegen jede Dunkelheit verteidigt hatte. Sacht strich er über ihre Hand und er brauchte kein Wort zu sagen. Sie spürte auch so, dass er an ihrer Seite sein würde, wann immer sie ihn brauchte.

Das Licht traf sie so plötzlich, dass sie geblendet die Augen zusammenkniff. Zuerst glaubte sie, dass einer der Artisten eine Fackel entzündet hätte. Aber dann erklangen Rufe des Erstaunens hinter ihr, und als sie den Blick zum Himmel hob, stockte ihr der Atem. Die Wolken waren zerrissen. Wie zerfetzte Kleider flogen sie über das Firmament und hinter ihnen glühte der Mond in silberner Pracht. Er schien ihnen so nah zu sein, als bräuchten sie nur die Hand auszustrecken, um ihn zu berühren. Rhasgar kam auf die Beine und zog Anouk mit sich, und ein warmer Schwindel ging durch ihre Schläfen, als sie den Blick durch das Sternenmeer gleiten ließ. Für einen Moment erkannte sie Ben dort oben und Levin, gerade so, wie die beiden in ihrem glimmenden Bild von Stern zu Stern gesprungen waren, und sie wusste, dass auch Rhasgar sie sehen konnte.

Doch das Lachen, das gleich darauf die Luft durchdrang, kam nicht von den Jungen in den Sternen. Sie folgte Rhasgars Blick zum Meer hinab und kurz schien eine Gestalt aus dem

Wasser zu tauchen. Es war Rhasgar als Kind, der ausgelassen in den Wellen tobte. Lachend warf er sich in die Fluten und wurde vom Meer aufgefangen, so behutsam, als wäre er eine zerbrechliche Glasfigur. Anouk spürte, wie Rhasgar neben ihr die Luft einsog, und sie fühlte sie selbst: die tiefe Verzauberung über diesen Anblick. Das Kind dort in den Wellen war frei. Wie im Spiegel des Labyrinths glühten seine Augen im Schein der Sterne … und sie trugen das Mondlicht der Wellen in sich.

»Das ist wunderschön.«

Anouk hatte den Mund geöffnet, um gerade diese Worte auszusprechen. Aber nicht sie hatte sie über die Lippen gebracht. Sie wandte den Blick und sah, dass Esra neben sie getreten war. Blutige Striemen zierten ihre Arme, und Anouk musste daran denken, wie erleichtert sie gewesen war, als Esra vor wenigen Stunden aus dem Nebel auf sie zugetreten war – Esra, die Kriegerin, die ihnen das Leben gerettet hatte. Masrador hatte sie einfach liegen gelassen, nachdem er sich befreit hatte … als wäre sie es nicht wert gewesen, von ihm getötet zu werden. So hatte Esra es erzählt, und das lähmende Schweigen der anderen war wie eine Entgegnung gewesen, die sie aus dem Kreis der Artisten und in die Einsamkeit des Wehrturms getrieben hatte. Nun schaute sie mit glänzenden Augen zu den Sternen auf, und während sie lächelte, rannen Tränen über ihre Wangen. Leise klirrend schlugen sie auf der Mauer auf und zerbrachen zu glitzernden Scherben.

»Ja«, sagte Anouk. »Es ist wie ein Geschenk nach allem, was geschehen ist.«

Esra nickte. »Ein Geschenk für euch. Ein Geschenk für die Helden dieser Nacht.«

Sie sagte das wie zu sich selbst, und als Rhasgar sie ansah, fuhr sie zusammen, als würde sie erwarten, dass er sie von der Mauer zurücktreiben würde, ebenso unterkühlt und abweisend, wie er ihr in letzter Zeit begegnet war. Doch er stand nur da und hielt ihren Blick fest. »Ohne dich wären wir nicht mehr hier«, sagte er, und zum ersten Mal seit ihrem Verrat fand sich keine Kälte mehr in seiner Stimme. »Dieser Himmel gehört … uns.«

Es war nur ein kleines Wort, und doch fuhr es Esra mit einer Wucht in den Leib, dass sie schwankte. Anouk konnte sie spüren: die Dankbarkeit, die in diesem Moment in ihr aufbrach und ihr Gesicht von jedem Schmerz befreite. Kurz schien es, als wollte sie etwas erwidern. Aber dann schaute sie schweigend zum Himmel auf und das Licht des Mondes ließ ihre Tränen aussehen wie Silberperlen.

»Warum weinst du?«, fragte Anouk leise.

»Weil es so schön ist«, sagte Esra, ohne den Blick vom Mond abzuwenden. »Und gleichzeitig so traurig. Mir fehlt der *Dark Circus* so sehr, dass mir alles wehtut. Nicht die tanzenden Schatten natürlich oder die grausamen Clowns … aber alles andere. Die Abende in der Manege, wenn uns die Menschen mit leuchtenden Augen angesehen haben. Die Trainingsstunden, in denen wir uns gegenseitig halfen. Und all die Augenblicke, in denen wir einfach zusammen waren, lachend und weinend und staunend wie Kinder in einem Kosmos voller Zauber. Ich wünschte, ich könnte es so sehen wie Levin … dass der Zirkus noch immer da ist. Aber das ist er nicht … nicht wirklich. Er ist fort. Für immer.«

Anouk zog die Schultern an. Auf einmal schien der Wind

kälter über ihre Haut zu streichen, und für einen Moment stand sie noch einmal an ihrem Fenster im Wirtshaus wie in jener Nacht, da der Zirkus gekommen war. Doch die Hügel lagen reglos und dunkel da, und Anouk fühlte die Leere in ihrem Inneren, gerade dort, wo noch vor Kurzem das kindliche Staunen angesichts der glühenden Lichter aufgeblüht war. Ein Frösteln zog über ihren Rücken, als ihr bewusst wurde, dass Esra recht hatte. Der *Dark Circus* war verschwunden … und mit ihm jeder Zauber, der sie in jener Nacht ergriffen hatte.

»Nein.«

Esra fuhr herum, als hätte sie ein Hieb getroffen, und Anouk hielt den Atem an. Artus stand vor ihnen, und während die anderen Artisten sich langsam näherten, rührte er sich nicht. Vollkommen regungslos schaute er auf Esra hinab, den Bart von knisternden Funken durchzogen. Die Schatten unter seinen Augen erinnerten an die Tortur, die er seinem Körper zugemutet hatte, aber sein Blick stand in wilder Glut wie seit jeher. Kurz fürchtete Anouk, dass sein Zorn erneut aufbrechen und sich gegen Esra wenden würde. Doch dann neigte er unmerklich den Kopf, und etwas anderes ging durch seinen Blick … eine Wärme, die wie ein Atemhauch durch die Luft zog und Esras Haar zurückstrich.

»Nein«, wiederholte er sanft. »Das ist er nicht.«

Kurz nur lächelte er in die Stille hinein, die ihn umgab. Dann ballte er die Hand zur Faust. Glühende Funken schossen zwischen seinen Fingern hervor. Pfeilschnell jagten sie an den Artisten vorbei, glühten grell auf – und explodierten zu rauschendem Feuer. Rhasgar zog Anouk an sich, doch sie konnte sich nicht von dem Bild abwenden, das sich ihr bot. Die Flammen des Phönix wuchsen als Masten in die Höhe, formten sich zu Sitzreihen und spannten sich als Zeltplane ringsherum. Holzspäne wirbelten durch die Luft, Anouk nahm ihren Geruch wahr, als sie sich in diesem glühenden Abbild des *Dark Circus* umsah. Und dort in der Manege, kaum wenige Armlängen von ihr entfernt, stand ein Phönix und brachte einem Mädchen mit leuchtend rotem Haar das Feuerspucken bei.

Die Körper der beiden bestanden aus winzigen Flammen, doch Anouk sah es genau: das Lächeln, das über ihre Gesichter zog und sich nun auf den Zügen von Artus und Esra spiegelte. Ohne ein Wort schauten sie sich an, und jede Kälte, die seit dem Verrat zwischen sie getreten war, verschwand. Damals vor so vielen Jahren waren sie einander Bruder und Schwester geworden … und das waren sie noch immer.

Da trat Luana vor. Die Anstrengungen der letzten Zeit hatten auch bei ihr Spuren hinterlassen. Sie wirkte noch zarter als sonst, und in ihren Augen stand ein Ernst, der Anouk unweigerlich an jenen Abend denken ließ, da sie lautlos um Artus geweint hatte … und an die Stärke in ihrem Blick, mit der sie ihr im Kreis der Heilung begegnet war. Ein leises Lächeln flog über Luanas Züge, als sie zu Anouk herüberschaute. Dann hob sie die Hand, und im nächsten Moment zog Popcorngeruch durch die Luft, dicht gefolgt von der heiteren Musik, die den Beginn jeder Vorstellung begleitet hatte.

Als hätten die Töne den Anstoß gegeben, kam auch in die anderen Artisten Bewegung. Bezaubert wie Kinder sahen sie sich in dem glühenden Zelt um, und als sie die Hände hoben, formten sich ihre Ebenbilder aus der Glut der Manege. Anouk musste lachen, als Aaron seinen glühenden Zwilling mit großen

Augen anstarrte, nur um gleich darauf in pantomimischer Eleganz seine Bewegungen nachzuahmen. Es war, als wären sie in den *Dark Circus* zurückgekehrt ... jenseits jeder tödlichen Gefahr. Ausgelassen mischten sich die Stimmen der Artisten mit dem Flüstern der Flammen, und erst als Rhasgar die Manege betrat, hielten sie inne.

Er bewegte sich ohne jedes Geräusch. Nur das Feuer zu seinen Füßen wisperte leise, und als er Levins Kristall hob, schien es, als würde die Glut ihren Schein zugunsten des Lichts verringern, das nun in die Manege fiel. Samten war es wie der goldene Schein aus den Fenstern der Menschen, zu denen Levin vor einem Tag oder tausend Jahren vom Dach eines Zirkuswagens aus hinübergeschaut hatte ... und im nächsten Moment glitt es über die Sitzreihen hinweg. Anouk konnte es fühlen, es war wie der Wind auf ihrer Haut, und sie hielt den Atem an, als die Menschen in den Reihen auftauchten – all die freundlichen Gesichter, die Levin über die Jahre in seinem Kristall gesammelt hatte. Hingegeben schauten sie die Artisten an, als würden sie gerade tatsächlich auf den abgenutzten Sesseln sitzen, und wie durch Zauberhand blieben ihre Blicke an Rhasgar hängen.

Für einen Moment stand er regungslos. Fast meinte Anouk, er würde eine Kristallkugel aus seiner Tasche ziehen und mit der Vorstellung beginnen, so sehr erinnerte sie seine Miene an ihre erste Begegnung. Doch dann neigte er den Kopf wie bei einer Verbeugung. Mit nicht mehr als einer Geste erschuf er einen Spiegel in der Luft. Anouk sah, dass er schneller atmete, als er die Hand nach dem Rahmen ausstreckte. Er gab dem Spiegel Schwung, und noch während er sich drehte, erschien eine Gestalt darin. Es war ein Junge von vielleicht zwölf Jahren. Sein rechtes Auge war beinahe schwarz, aber sein linkes war von so heiterem Blau, dass Anouk meinte, die Strahlen der Sonne auf ihrer Haut spüren zu können. Lächelnd hob Levin die Hand zum Gruß, und als Rhasgar es ihm gleichtat, zweifelte sie nicht daran, dass sie einander ansahen: gerade in diesem Moment, von beiden Seiten eines Spiegels.

Prasselnde Funken fielen in die Manege nieder, als Artus einen gewaltigen Feuerstrom über die Köpfe spie. Sein glühendes Ebenbild tat es ihm gleich, und als Esra die Hand hob, entfachte sich eine Peitsche zwischen ihren Fingern, mit der sie blitzschnell nach den Funken schlug. Sofort zerstoben sie in winzige Flämmchen, und Anouk lächelte, als sie sich nun ebenfalls in Bewegung setzte und sie knisternd über ihre Haut sprangen. Überall um sie herum erwachte der *Dark Circus* zum Leben … und sie richtete ihre Aufmerksamkeit auf die Schatten, die im Eingang der Artisten flackerten, wie sie es immer getan hatten.

Doch dieses Mal waren es nicht die Schatten Masradors, die sich vor ihr erhoben. Es waren die Schatten unter ihrem Bett, vor ihrem Fenster und hinter ihren Lidern, jedes Mal, wenn sie kurz davor war, aus unruhigen Träumen zu erwachen … die Schatten, die Wunder in sich bargen. Langsam trat sie darauf zu. Sie bewegte die Finger und spürte die Dunkelheit wie schwarze Seide. Dort in der Finsternis formte sich eine Gestalt. Sie erschuf sich aus dem warmen Licht, das aus den Fenstern der Zirkuswagen in die Nacht gefallen war, aus der Glut des Zeltes nach jeder Vorstellung und dem vertrauten Beisammensein der Artisten, wenn sie für Augenblicke nichts weiter gewesen waren als dies: Verlorene, die einander gefunden hatten. Anouks Herz schlug schneller, als sie das weiche Fell unter ihren Händen fühlte. Mit ohrenbetäubendem Schrei brach ihr Greif aus den Schatten – und auf seinem Rücken saß Ben, dessen Lachen wie ein Farbenstrom hinter ihnen herzog. Dicht vor Anouk erhoben die beiden sich in die Luft, und als die Funken wie ein Regenschauer auf sie niederfielen, da war es, als würde sie mit ihnen durch die Manege fliegen ... so unbeschwert wie das Kind, das sie noch immer war.

Die Stimme des Phönix war nicht mehr als ein Raunen in den Flammen, und doch genügte sie, um die Artisten innehalten zu lassen. Für einen Moment standen sie alle reglos da und schauten sich in dem Kosmos um, der sie umgab ... in dieser Welt aus Feuer und Gedanken, die sie erschaffen hatten. Dann schwoll Artus' Stimme an. Sie wurde zu einem Grollen, das Anouk in die Glieder fuhr, und wie unter einem Befehl hoben alle Artisten gleichzeitig die Hände. Kurz nur flackerte die Glut ringsum auf. Dann erhob sich das Zelt mitsamt den glühenden Figuren in die Luft, und in einem Feuerschweif, der gleißend hell in die Nacht schnitt, flog es hinauf in den Himmel.

Es war so groß, dass es den Mond verdeckte. Anouk erinnerte sich daran, wie sie vor nicht allzu langer Zeit am Fenster gestanden und in die Nacht hinausgeschaut hatte, zum *Dark Circus* hoch am Firmament ... und als sich nun etwas im Eingang des Zelts bewegte, fühlte sie noch einmal den Frost Masradors wie in jenem Augenblick, da sein Eisvogel direkt auf sie zugeschossen war.

Doch dieses Mal war es nicht die Kraft des Clowns, die sich in die Nacht ergoss. Es war ein Schwarm aus Papiervögeln.

Begeisterte Rufe gingen durch die Luft, als die Vögel in kunstvollen Manövern dahinflogen. Sie formten die Gesichter der Artisten, die zu ihnen aufsahen, und gleich darauf zogen sie die Flügel an die Körper und jagten ihnen entgegen. Funkelnd glitten sie durch die Nacht, jeder in anderen Farben entfacht. Anouk wich zurück, als ein in warmem roten Feuer glühender Vogel direkt an ihrem Kopf vorbei auf Artus zuschoss, und sie meinte, das Funkeln nächtlicher Wellen in einem Vogelleib zu erkennen, der auf Rhasgars Hand flog. Dann ging ein Flackern vor ihr durch die Luft wie von wehenden Seidentüchern. Und im selben Moment, da sie die Hand danach ausstreckte, landete ein Papiervogel auf ihrem Finger.

Er war pechschwarz, doch als Anouk seinen Blick erwiderte, glommen seine Augen in flammenden Farben auf, und die Gesichter der Artisten gingen durch seine Schwingen ... schemenhaft wie in den Kristallkugeln, wenn sie im Verborgenen miteinander kommuniziert hatten. Anouk hob den Kopf und fand ihr eigenes Lächeln auf den Zügen der anderen gespiegelt. Sie alle waren in dieser Nacht nicht allein für den Sternenhimmel an diesen Ort gekommen. Sie standen hier zusammen, weil der nächste Schritt sie zwangsläufig auseinanderführen würde ... der nächste Schritt in einer Welt, die vielen von ihnen fremd geworden war. Doch nun, da die Vögel mit den Schwingen flatterten, ging ein Lachen durch die Reihen, das die Schwere von den Schultern vertrieb. Wohin auch immer ihre Wege sie führen mochten – die Flügel der Dämmerung würden sie miteinander verbinden. Und so fremd ihnen die Welt dort draußen auch erscheinen mochte: Sie konnten jederzeit zueinander zurückkehren.

Sacht strich Anouk über den Kopf des Vogels, und da strömten die Farben seiner Augen über seinen Leib. Dort, wo das Herz war, ballten sie sich zusammen, und ihr stockte der Atem, als der Greif mit flammendem Schwingenschlag durch die Finsternis flog … mit Ben auf seinem Rücken. Noch einmal spürte Anouk die Funken auf ihrer Haut, und sie begriff, dass es nicht mehr als einen Schrei des Vogels brauchte, um sie in den *Dark Circus* zurückzutragen … zurück in die Manege, die sie soeben mit den anderen erschaffen hatte. Mit klopfendem Herzen sah sie zu, wie der Greif mit ihrem Bruder durch den Schattenleib des Vogels glitt, um gleich darauf wieder mit den Farben seiner Augen zu verschmelzen. Und im selben Moment wusste sie, wie sie ihren Eltern von den letzten Wochen erzählen würde. Sie würde sie mitnehmen auf eine Reise in die Dunkelheit … und sie würde ihnen die Farben zurückbringen, die sie verloren hatten.

Es war der Glanz der Sonne, der nun jeden letzten Nebelstreif zerriss. Die Vögel erglühten wie funkelnde Sterne, und Anouk spürte die Wärme an ihren Fingern, so zärtlich, dass sie schauderte. Doch sie schaute nicht zum Rand des Meeres hinüber wie all die anderen. Sie suchte Rhasgars Blick, und wie damals in der Manege sahen sie einander an … lächelnd, als wären sie ganz allein inmitten all der Flammen. Dann kam er zu ihr und zog sie an sich. Sie lehnte den Kopf an seine Brust und gemeinsam schauten sie über die Wellen hinweg. Anouk hielt den Atem an. Dort am Rand des Meeres lag ihr Horizont, frei und glühend im ersten Licht des Morgens, und über ihm stand der *Dark Circus* in tausend Farben. Noch einmal fühlte Anouk das Feuer der Manege, den Applaus des Publikums, den Schwingenschlag des Greifs … und den Wind ihrer Welt in ihrem Haar. Sie konnte nicht verhindern, dass Tränen in ihre Augen stiegen. Sie war in ihr Bild hineingeschlüpft, ganz genau so, wie sie es sich immer gewünscht hatte. Aber es war kein Bild. Es war das Leben.

Die Konturen des *Dark Circus* begannen zu prasseln wie erlöschende Glut, kaum dass das Licht des Tages sie berührte. Ein letztes Mal glühten seine Farben auf, und als sie in langen Funkenschnüren niederfielen, ergriff Anouk eine tiefe Wehmut, die im Schweigen der anderen widerklang. Levin hatte recht gehabt. Der *Dark Circus* war immer mehr gewesen als Schrecken und Finsternis … so viel mehr, dass sie vermutlich ihr ganzes Leben brauchen würde, um die richtigen Worte für ihn zu finden. Er war in ihrem Herzen und in den Herzen der anderen, und sein Zauber würde sie zusammenhalten, jetzt und für immer. Aber dort draußen gab es ihn nicht mehr … und die Welt war ärmer ohne ihn.

Es war nicht mehr als ein Flüstern, das die Stille zerbrach. Die Flammen des *Dark Circus* glühten am Himmel auf, und im selben Moment, da er zerbarst, formten sie sich zu etwas anderem. Anouk meinte, einen Jahrmarkt zu erkennen, einsame Gasen in einer großen Stadt, ein Café im Regen … und davor stand ein Junge mit dem Lächeln eines Harlekins auf dem Gesicht.

Das Raunen der Artisten ging wie ein Zauber durch die Dämmerung. Anouk hörte Abwehr darin, Zorn, Verzweiflung … und tief wurzelndes Erstaunen, das es nicht duldete, dass auch nur einer von ihnen seinen Blick von dem Jungen abwandte. Sacht strich der Wind durch Anouks Haar, und da wusste sie, dass es kein Trugbild war, das sie dort oben am Himmel sah. Gerade in diesem Moment war ein Engel irgendwo da draußen in der Welt, umgeben von einem Raum aus Farben … und er trug den Traum eines Menschen in seiner Brust.

Sie spürte Rhasgars Herzschlag an ihrer Wange und hielt sich an ihm fest, ihrem Zauberer, der in diesem Moment dasselbe empfand wie sie: die unsterbliche Hingabe an das Geheimnis, das ihnen geschenkt worden war. Unmerklich hob sie die Hand, und sie lächelte, als der Engel die Geste erwiderte. Leise ging seine Stimme durch ihre Gedanken, und sie war sich sicher, dass die anderen sie ebenfalls hören konnten … diese Stimme aus goldenem Feuer, die wie ein Versprechen war.

*Träumer und Narren,* sagte der Harlekin zärtlich. *Der Dark Circus erlischt niemals.*

Gesa Schwartz wurde 1980 in Stade geboren. Sie hat Deutsche Philologie, Philosophie und Deutsch als Fremdsprache studiert. Nach ihrem Abschluss begab sie sich auf eine einjährige Reise durch Europa auf den Spuren der alten Geschichtenerzähler. Für ihr Debüt »Grim. Das Siegel des Feuers« erhielt sie 2011 den Deutschen Phantastik Preis in der Sparte Bestes deutschsprachiges Romandebüt. Zurzeit lebt sie in der Nähe von Hamburg in einem Zirkuswagen.

Mehr über die Autorin unter:
www.gesa-schwartz.de

*Von Gesa Schwartz bei cbt ebenfalls erschienen:*

Nacht ohne Sterne (16320)
Herz aus Nacht und Scherben (16450)

Mehr zu cbt auch auf Instagram @hey_reader

Gesa Schwartz

# Nacht ohne Sterne

ca. 500 Seiten, ISBN 978-3-570-16320-7

Die 16-jährige Naya ist Tochter einer Elfe und eines Menschen. Ein Mischwesen, das keine Magie zu beherrschen scheint und sich weder der geheimnisvollen Elfenwelt New Yorks noch der Welt der Menschen gänzlich zugehörig fühlt. Ihr bester Freund Jaron ist ein Lichtelf, der New York vor den Machenschaften der Dunkelelfen bewahren soll. Doch dann wird Naya mitten hinein gezogen in den jahrhundertealten Krieg zwischen den beiden Völkern. Und als sie den Dunkelelf Vidar kennenlernt, wird all ihr bisheriges Wissen auf den Kopf gestellt. Welche Ziele verfolgt Jaron, welche Geheimnisse verbirgt Vidar? Wem kann sie trauen? Naya muss auf ihr Herz hören, doch das ist leichter gesagt als getan ...

70024

cbt

www.cbt-buecher.de

Gesa Schwartz

# Herz aus Nacht und Scherben

544 Seiten, ISBN 978-3-570-16450-1

„Seine Augen waren wie eine Frage, deren Antwort sie ersehnte und zugleich fürchtete, und sie spürte instinktiv, dass ein einziger Schritt auf ihn zu sie ins Bodenlose führen würde ... ein einziger Schritt, der alles ändern konnte, was sie zu sein glaubte.“
In Venedig gerät die 17-jährige Milou in die Welt der Scherben: das Reich der verlorenen Gedanken, der zerschlagenen Träume und vergessenen Wünsche. Auf der Suche nach spurlos im Nebel verschwundenen Menschen verliebt sie sich in den mysteriösen Rabenwandler Nív, doch sie weiß: Seine Welt ist nicht für sie bestimmt ...

70050

www.cbt-buecher.de

## Lynn Raven

# Windfire

464 Seiten, ISBN 978-3-570-16102-9

Las Vegas – inmitten der glitzernden Stadt der Glücksspieler schlägt Jessie sich gerade so durch. Immer knapp bei Kasse, versetzt sie ein kostbares Erbstück. Doch kaum hat der Schmuck den Besitzer gewechselt, poltert ein unberechenbarer Fremder in Jessies Leben: Shane. Und er verlangt genau dieses Amulett von ihr.
Die Begegnung der beiden entfacht ungeahnte Leidenschaft: Feuer trifft auf Wind, Halb-Djinn auf Hexe. Wie echte Gegensätze ziehen sich Jessie und Shane an, stoßen sich ab, und Magie bricht sich Bahn. Schnell wird klar, dass sie gemeinsame Feinde haben. Halb auf der Flucht, halb auf der Suche reisen sie zusammen in die Wüstenstadt Petra, um dort Antworten zu finden – Antworten, die weiter führen als je gedacht.

cbt

70034

www.cbt-buecher.de